FIÈVRE DE GLACE

ŒUVRE DE DEAN R. KOONTZ
CHEZ POCKET

LA MAISON INTERDITE
LE MASQUE DE L'OUBLI
MIROIRS DE SANG
LA MORT À LA TRAÎNE
LA NUIT DES CAFARDS
LA NUIT DU FORAIN
LA PESTE GRISE
UNE PORTE SUR L'HIVER
LA VOIX DES TÉNÈBRES
LES YEUX DES TÉNÈBRES
LUNE FROIDE

COLLECTION TERREUR
dirigée par Patrice Duvic

DEAN R. KOONTZ

FIÈVRE DE GLACE

ALBIN MICHEL

Titre original :
COLD FIRE

Traduit de l'américain par Michel Page

Si vous souhaitez recevoir régulièrement
notre zine « **Rendez-vous ailleurs** », écrivez-nous à :

« Rendez-vous ailleurs »
Service promo Pocket
12, avenue d'Italie
75627 PARIS Cedex 13

Pour Nick et Vicky Page,
qui sauraient être de bons
voisins et de bons amis
— si seulement ils voulaient *essayer*.
&
Dick et Pat Karlan,
qui de tous les gens de « Hollywood »
sont parmi les rares
à posséder encore leur âme
— et qui la posséderont toujours.

Ma vie est plus belle depuis
que je vous connais.
Plus étrange, mais plus belle !

ISBN : 2-266-00371-2

Première partie

LE HÉROS, L'AMI

« Dans la réalité
comme en songe,
les apparences parfois
sont mensonges. »

LE LIVRE DES CHAGRINS COMPTÉS

▲

« Une vie dénuée de sens
ne se peut tolérer.
Chaque homme doit découvrir
une cause et s'y dévouer
— ou bien ouïr de la Mort
la trompe d'obscurité.
Celui qui n'aurait pas
de but dans l'existence
errerait en aveugle,
connaîtrait la souffrance
— ou de sa propre main
répandrait son essence.

LE LIVRE DES CHAGRINS COMPTÉS

12 AOÛT

1

Avant même les événements du supermarché, Jim Ironheart aurait dû sentir que les problèmes arrivaient. Durant la nuit, il rêva qu'il était poursuivi à travers champs par une volée de grands oiseaux noirs qui, dans un battement d'ailes tumultueux, le lacéraient de leurs becs crochus, aussi aiguisés que des scalpels, en poussant des cris perçants. Lorsqu'il s'éveilla, le souffle court, il sortit d'un pas traînant sur le balcon, en pantalon de pyjama, pour respirer un peu d'air frais. Mais à neuf heures et demie du matin, la température, déjà supérieure à trente degrés, ne fit qu'accentuer son impression d'étouffement.

Se raser et prendre une longue douche le rafraîchit.

Le réfrigérateur ne contenait qu'un reste de gâteau industriel moisi, évoquant la culture en laboratoire de quelque nouvelle toxine botulinique délicieusement virulente.

Cette journée d'août était si chaude que les oiseaux, hors des cauchemars, préféraient la verdure des arbres au ciel brûlant de la Californie ; ils demeuraient perchés dans leurs abris végétaux, n'émettant que de rares sifflements, sans enthousiasme. Aussi vifs que des chats, les chiens filaient sur les trottoirs chauffés à blanc. Quant aux humains, aucun ne s'arrêtait pour vérifier qu'il était possible de faire cuire un œuf sur l'asphalte, chacun considérant qu'il s'agissait d'une question de foi.

Après avoir avalé un petit déjeuner frugal, assis à une table ombragée dans le patio d'un café du bord de mer, à Laguna Beach, Jim se sentit à nouveau pris de faiblesse et couvert de sueur. C'était l'un de ces rares moments où le Pacifique ne peut même pas produire la plus légère brise.

De là, il se rendit au supermarché, lequel lui fit tout d'abord l'effet d'un sanctuaire. Jim ne portait qu'un pantalon de coton fort lâche et un T-shirt bleu, aussi l'air conditionné et les courants froids s'élevant des compartiments réfrigérés étaient-ils revigorants.

Il se trouvait au rayon pâtisserie, comparant les ingrédients des macarons à la crème à ceux des barres ananas-noix de coco-amandes, pour tenter de déterminer lequel de ces deux péchés contre la diététique était le moins grave, lorsque l'attaque le frappa. Ce n'était pas une grosse attaque : ni convulsions, ni contractions musculaires violentes, ni suées soudaines, ni délire en des langues inconnues. Jim se tourna simplement vers une cliente debout près de lui et déclara :

— Ligne de vie.

La femme avait environ trente ans, portait un short et un débardeur. Suffisamment jolie pour avoir été l'objet de toutes sortes d'avances masculines, elle crut peut-être avoir affaire à un dragueur. Elle l'observa d'un œil méfiant.

— Je vous demande pardon ?

Suis le mouvement, se dit-il. N'aie pas peur.

Il se mit à frissonner, non pas à cause de l'air conditionné, mais en raison d'une série de vagues de froid *internes* qui le traversèrent à l'instar d'une frétillante colonie d'anguilles. Toute force déserta ses mains, et il laissa tomber les paquets de gâteaux.

Gêné, mais incapable de se contrôler, il répéta :

— Ligne de vie.

— Je ne comprends pas, dit la jeune femme.

— Moi non plus, avoua-t-il, quoique cela lui fût déjà arrivé neuf fois par le passé.

Son interlocutrice se saisit d'une boîte de gaufrettes à la vanille, comme pour la lui jeter au visage avant de s'enfuir s'il s'avérait être un gros titre ambulant du genre « Un fou furieux abat six personnes dans un supermarché ». Elle fut néanmoins assez charitable pour demeurer auprès de lui et prendre le temps d'une dernière question :

— Vous ne vous sentez pas bien ?

Jim était pâle, sans aucun doute. Il lui semblait que le sang avait déserté son visage. Il tenta d'esquisser un sourire rassurant, tout en sachant qu'il n'obtiendrait qu'une sinistre grimace, et dit :

— Il faut que je m'en aille.

Abandonnant son caddie, il sortit du magasin et retrouva la chaleur torride du mois d'août. La différence de température de vingt degrés lui coupa momentanément le souffle. Le goudron du parking fondait par endroits. Le soleil créait des reflets argentés sur les pare-brise des voitures et semblait se fracasser en éclats éblouissants contre les pare-chocs chromés et les grilles de radiateur.

Jim monta au volant de sa Ford. Celle-ci était équipée de l'air conditionné, mais même apres qu'il eut traversé le parking et se fut engagé sur la rocade de Crown Valley, le courant d'air provenant du tableau de bord ne lui parut rafraîchissant que par comparaison avec l'atmosphère surchauffée du véhicule. Il descendit sa vitre.

Tout d'abord, il ne sut pas où il se rendait. Puis il eut la vague sensation qu'il devait rentrer chez lui. Très vite, cette sensation devint forte intuition, l'intuition conviction, et la conviction compulsion. Il fallait *absolument* qu'il rentre chez lui.

Il conduisit trop vite, zigzaguant entre les voitures, prenant des risques — ce qui ne lui ressemblait guère. Arrêté par un flic, il eût été bien en peine d'expliquer cette hâte désespérée, puisqu'il ne la comprenait pas lui-même.

On eût dit que le moindre de ses gestes était orchestré par un être invisible, le contrôlant de la même façon que lui contrôlait la Ford.

A nouveau, il s'enjoignit de suivre le mouvement, ce qui était aisé puisqu'il n'avait pas le choix. Il se répéta également de ne pas avoir peur, mais la peur était une compagne dont il ne pouvait se défaire.

Lorsqu'il se gara dans son allée, à Laguna Niguel, les ombres noires et pointues des feuilles de palmiers dessinaient des fissures sur les murs de stuc blanc flamboyant de sa petite maison, comme si le bâtiment s'était desséché puis fendu sous l'effet de la chaleur. Les tuiles rouges du toit semblaient onduler telles des vagues de flammes.

Dans sa chambre, la lumière filtrée par les vitres teintées prenait un ton cuivré. Elle jetait sur le lit et le tapis blanc cassé des rayures claires qui alternaient avec les bandes d'ombre provenant des jalousies à demi ouvertes.

Jim alluma une lampe de chevet.

Il ignorait qu'il allait faire ses bagages avant de se surprendre à sortir une valise de son placard. Il rassembla tout d'abord son nécessaire à raser et ses affaires de toilette. Bien qu'il ne connût ni sa destination, ni la durée de son déplacement, il se munit de deux tenues de rechange. Ces travaux — ces aventures, ces missions, quel que fût le terme convenable — ne réclamaient généralement pas une absence de plus de deux ou trois jours.

Il hésita, se demandant s'il avait pris assez de vêtements. Mais les voyages étaient dangereux; chacun pouvait être le dernier, auquel cas avoir emporté trop ou trop peu de bagages n'aurait plus aucune importance.

Il referma la valise et l'observa, incertain de ce qu'il devait faire ensuite. Puis il dit : « Il faut que je prenne l'avion », et il comprit.

Il lui fallut moins d'une demi-heure pour atteindre l'aéroport John Wayne, au sud-est de Santa Ana. En chemin, il remarqua de subtils détails rappelant que le sud de la Californie avait été un désert avant la construction des aqueducs. Un panneau d'affichage exhortait aux économies d'eau. Des jardiniers installaient cactus et autres plantes peu exigeantes devant un immeuble neuf à la mode du Sud-Ouest. Entre les espaces verts et les quartiers emplis de propriétés luxuriantes, la végétation des terres en friche et des collines était brune, desséchée, attendant le baiser de l'allumette tenue par la main tremblante d'un des pyromanes qui contribuaient chaque année à la saison des incendies dévastateurs.

A l'aérogare principale de l'aéroport, de nombreux voyageurs franchissaient dans les deux sens les portes d'embarquement. La foule multiraciale démentait le mythe tenace voulant que le comté d'Orange fût culturellement homogène et seulement peuplé d'Anglo-Saxons blancs protestants. Tandis qu'il se dirigeait vers la suite d'écrans vidéo de la compagnie PSA, où s'inscrivait la liste des arrivées et des départs, Jim entendit parler quatre langues en plus de l'anglais.

Il parcourut de haut en bas la colonne des destinations. L'avant-dernière ville — Portland, Oregon — fit jaillir en lui une étincelle d'inspiration, et il marcha droit vers le guichet des billets.

Le jeune homme bien mis qui le servit avait une apparence aussi saine qu'un employé de Disneyland — du moins à première vue.

— Le vol pour Portland qui part dans vingt minutes, s'enquit Jim. Il est complet ?

Le préposé consulta son ordinateur.

— Vous avez de la chance, monsieur. Il nous reste trois places.

Pendant qu'il débitait la carte de crédit et préparait le billet de Jim, celui-ci remarqua qu'il avait les oreilles percées. Il ne mettait pas de boucles pendant le travail, mais les trous dans ses lobes étaient assez apparents pour indiquer qu'il en portait régulièrement en dehors du service, et qu'il avait une préférence pour les bijoux volumineux. Lorsqu'il rendit sa carte à son client, sa manche de chemise se releva sur son poignet droit et révéla le museau grimaçant de ce qui semblait être un tatouage de dragon coloré, au dessin élaboré, s'étendant sur la totalité du bras. Les jointures des doigts de la même main étaient couvertes de croûtes, comme si elles avaient été écorchées au cours d'un combat.

En marchant vers la porte d'embarquement, Jim se demanda dans quelle sous-culture se plongeait l'employé à la fin de sa journée, après avoir ôté son uniforme. Quelque chose lui disait que l'individu n'était pas un simple voyou à moto.

L'avion s'envola vers le sud, l'impitoyable rayonnement du soleil frappant les hublots du côté de Jim. Il vira ensuite à l'ouest et tourna vers le nord au-dessus de l'océan. L'astre ne fut alors plus visible au voyageur que par sa flamboyante réverbération sur la mer, qui semblait changer l'eau en une énorme masse de lave en fusion jaillissant de l'écorce terrestre.

Jim se rendit compte qu'il serrait les dents. Il baissa les yeux sur les accoudoirs de son siège, où ses mains étaient crispées telles les serres d'un aigle sur la roche d'un perchoir instable.

Il tenta de se détendre.

Il n'avait pas peur de prendre l'avion. Ce qu'il craignait, c'était Portland... et la mort qui l'attendait là-bas, sous quelque forme qu'elle pût se présenter.

2

Holly Thorne se trouvait dans une école primaire privée de l'ouest de Portland pour interviewer Louise Tarvohl, une institutrice qui avait publié un recueil de poèmes chez un grand éditeur new-yorkais — un exploit, à une époque où les connaissances en poésie de la plupart des gens se limitaient aux paroles de chansons et à des strophes publicitaires vantant nourriture pour chiens, déodorants ou pneus radiaux. Seules quelques classes d'été fonctionnaient encore. Un collègue remplaçait Louise auprès de ses élèves afin qu'elle puisse répondre aux questions de la journaliste.

Celle-ci avait vérifié que le banc qui flanquait la table de jardin en séquoia de la cour de récréation était assez propre pour ne pas tacher sa robe de coton blanc, et les deux femmes s'étaient assises. Sur leur gauche se trouvait un terrain de gymnastique, sur leur droite une balançoire. La journée était douce et la brise parfumée de l'agréable fragrance des sapins de Douglas, tout proches.

— Respirez-moi ça ! (Louise inspira profondément.) On sent qu'on est à la lisière de deux mille hectares de parc naturel, hein ? Il y a tellement peu d'odeurs d'humanité dans l'air.

Quand Tom Corvey, chef de la rubrique loisirs du *Press*, l'avait chargée de faire la critique du livre *Cyprès frémissant et Autres poèmes*, Holly en avait reçu un jeu d'épreuves. Elle était toute prête à se laisser séduire. Elle aimait voir les gens réussir — peut-être parce qu'elle n'avait jamais fait d'étincelles dans sa propre carrière et avait besoin qu'on lui rappelle de temps à autre que le succès existait. Malheureusement, les poèmes étaient de plates et grandiloquentes célébrations de la nature, qu'on eût dit écrites de la main de quelque Robert Frost raté, revues et corrigées par un éditeur de cartes d'anniversaire pour grands-mères.

Holly n'avait cependant pas l'intention de rédiger un article critique. Au fil des ans, elle avait connu beaucoup trop de journalistes qui, par envie ou amertume, ou en raison d'un sentiment de supériorité déplacé, s'amusaient à présenter les choses sous un certain angle dans leurs papiers pour ridiculiser celui dont ils traitaient. Sauf lorsqu'il s'agissait de criminels ou de politiciens particulièrement odieux, la jeune femme n'avait jamais ressenti assez de haine pour écrire de cette manière. C'était là une des raisons pour lesquelles sa carrière l'avait fait dégringoler en flèche de trois journaux importants de trois grandes villes jusqu'à son poste actuel, dans les modestes bureaux du *Portland Press*. Les articles orientés étaient souvent plus attrayants que les articles objectifs. Ils faisaient vendre plus de journaux, suscitaient plus de commentaires, plus d'admiration. Mais bien qu'elle en vînt rapidement à trouver Louise Tarvohl encore plus exécrable que sa poésie, Holly ne se sentait pas le courage de descendre le livre en flammes.

— Je ne suis vraiment à l'aise que loin des bruits et du béton de la civilisation. Là où je peux entendre les voix de la nature dans les arbres, les buissons, les étangs, la poussière.

Des voix dans la poussière ? songea la journaliste, retenant de peu un éclat de rire.

Elle aimait bien l'apparence de Louise : robuste, énergique, pleine de vie. La poétesse n'avait que trente-cinq ans, soit deux de plus qu'Holly, quoiqu'elle parût son aînée de dix ans. Les pattes d'oie au coin de ses yeux et de sa bouche, ses profondes rides d'expression et sa peau tannée dénotaient une femme vivant au grand air. Ses cheveux décolorés par le soleil étaient réunis en queue de cheval. Elle portait un jean et une chemise à carreaux bleus.

— Il y a dans la boue des forêts une pureté que ne peut atteindre aucune salle d'opération, aussi récurée, aussi stérilisée soit-elle, insista-t-elle. (Elle rejeta la tête en arrière pour offrir son visage aux rayons du soleil.) La pureté de la nature vous lave l'âme. Et c'est de cette pureté renouvelée de l'âme que surgit la sublime vapeur de la grande poésie.

— La sublime vapeur ? répéta son interlocutrice, comme pour s'assurer que le magnétophone enregistrerait correctement chacune de ces phrases impérissables.

— La sublime vapeur, confirma la poétesse en souriant.

C'était la mentalité de Louise qui déplaisait à Holly. Elle affectait un détachement des choses totalement artificiel, tout en surface et sans la moindre substance. Ses opinions et ses attitudes étaient creuses, moins fondées sur les faits et l'introspection que sur des lubies — des lubies inébranlables mais des lubies tout de même —, et elle les exprimait dans un langage flamboyant mais imprécis, surchargé mais vide.

Quelque peu écologiste, elle aussi, la journaliste était dépitée de constater qu'elles avaient la même opinion sur certains sujets. Il est irritant de posséder des alliés qu'on considère comme loufoques. Cela rend suspectes vos propres opinions.

L'institutrice se pencha en avant, croisant les bras sur la table.

— La terre est vivante. Elle pourrait nous parler si nous en valions la peine. Elle pourrait parler par la bouche de n'importe quelle pierre, n'importe quelle plante ou n'importe quel lac et s'exprimer aussi facilement que vous ou moi.

— Voilà un concept fascinant, dit Holly.

— Les êtres humains ne sont que des poux.

— Des poux?

— Des poux qui rampent sur le corps de la terre, précisa la poétesse rêveuse.

— Je n'avais jamais vu les choses comme ça, avoua Holly.

— Dieu n'est pas seulement *dans* chaque papillon : il *est* chaque papillon, chaque oiseau, chaque lapin, chaque animal sauvage. Je sacrifierais volontiers un million de vies humaines — et même dix millions ou plus — si cela pouvait sauver une seule famille de belettes innocentes, parce que Dieu *est* chacune de ces belettes.

Comme transportée par cette rhétorique, qu'elle jugeait en fait dangereusement extrémiste, la journaliste reprit :

— Je donne autant que je peux à la Société de protection de l'environnement et je me considère comme écologiste, mais je vois que je n'ai pas une conscience aussi élevée que la vôtre.

Son interlocutrice ne comprit pas le sarcasme. Elle tendit la main pour presser celle d'Holly.

— Ne vous inquiétez pas, ma chère, cela viendra. Je sens autour de vous l'aura d'un grand potentiel spirituel.

— Aidez-moi à comprendre... Dieu est les papillons, les lapins et toutes les choses vivantes. Il est les pierres, la poussière et l'eau — mais il n'est pas nous?

— Non. Parce que nous possédons une caractéristique qui n'est pas naturelle.

— A savoir?

— L'intelligence.

Holly cligna des yeux de surprise.

— L'intelligence n'est pas naturelle ?

— Une intelligence supérieure, non. Elle n'existe en aucune autre créature de l'univers. C'est pourquoi la nature nous fuit, c'est pourquoi nous la détestons dans notre subconscient et cherchons à la détruire. L'intelligence supérieure mène au concept de progrès. Le progrès apporte les armes nucléaires, les manipulations biologiques, le chaos et, au bout du compte, l'annihilation.

— Mais n'est-ce pas Dieu... ou l'évolution naturelle qui nous a donné l'intelligence ?

— C'était une mutation imprévue. Nous sommes des mutants, voilà tout, des monstres.

— Alors, moins une créature fait preuve d'intelligence..., commença Holly.

— Plus elle est naturelle, acheva Louise.

La journaliste hocha la tête, pensive, comme si elle se demandait pour de bon si un monde plus bête ne serait pas un monde meilleur. En fait, elle se disait que, finalement, elle ne pourrait pas se charger de ce travail. Louise Tarvohl lui semblait si dénuée de bon sens qu'il lui serait impossible d'écrire sur elle un article élogieux en conservant son intégrité. Mais elle n'avait cependant pas le cœur de ridiculiser la poétesse.

Le problème d'Holly n'était pas son cynisme profond et permanent mais son cœur tendre. Aucun être n'est plus sûr d'être frustré et insatisfait de la vie qu'un cynique amer qui garde au fond de lui-même une grande réserve de compassion.

Elle reposa son stylo. Elle ne prendrait pas de notes. Elle n'avait qu'une envie : quitter l'institutrice, la cour de récréation, et retrouver le monde réel — bien que celui-ci ne lui eût jamais semblé qu'à peine moins dingue que cette femme. Mais le minimum qu'elle dût à Tom Corvey était une cassette d'une heure à une heure et demie d'interview, qui fournirait assez de matière à un autre journaliste pour écrire l'article.

— A la lumière de ce que vous m'avez révélé, dit-elle, je pense que vous êtes la personne la plus naturelle que j'aie jamais rencontrée.

Louise ne comprit pas. Elle crut à un compliment et eut un sourire éclatant.

— Les arbres sont nos frères, affirma-t-elle, ravie de dévoiler une autre facette de sa personnalité, ayant à l'évidence oublié que les êtres humains n'étaient pas des arbres mais des poux. Trancheriez-vous les membres de votre frère ? Débiteriez-vous cruellement sa chair ? Construiriez-vous votre maison avec les morceaux de son cadavre ?

— Non, répondit Holly, sincère. D'ailleurs, la ville ne délivrerait probablement pas de permis de construire pour un bâtiment aussi peu conventionnel.

Elle n'avait rien à craindre. La poétesse ne possédait pas le moindre sens de l'humour et ne pouvait donc être offensée par la plaisanterie.

Tandis que l'institutrice continuait à babiller, Holly s'accouda à la table de jardin, feignant l'intérêt, et fit un rapide survol mental de sa vie d'adulte. Elle en conclut qu'elle avait passé ce temps précieux en compagnie de crétins et d'escrocs, à écouter leurs projets débiles et leurs rêves idiots, à chercher en vain la moindre parcelle de sagesse et d'intérêt dans leurs inepties et leurs histoires de fou.

De plus en plus déprimée, elle commença à s'apitoyer sur son sort. Elle n'avait déployé aucun effort pour se faire des amies intimes à Portland, peut-être parce qu'elle sentait que cette ville n'était qu'une étape de plus dans sa carrière journalistique. Ses expériences avec les hommes s'étaient révélées encore plus décourageantes que ses contacts professionnels avec des interviewés des deux sexes. Pourtant, elle espérait encore rencontrer l'âme sœur, se marier, avoir des enfants et mener une vie de couple enrichissante. Mais elle se demandait si un homme gentil, sain d'esprit, intelligent et réellement intéressant entrerait un jour dans sa vie.

Probablement pas.

Et si, par miracle, un tel homme croisait son chemin, cette agréable apparence ne serait sans nul doute qu'un masque sous lequel se dissimulerait un tueur psychopathe ricanant, avec une tronçonneuse pour fétiche.

3

En sortant de l'aéroport international de Portland, Jim Ironheart monta dans un taxi de la compagnie de la Nouvelle Rome, dont le nom évoquait quelque rejeton issu de la lointaine ère hippie et né à l'époque des cheveux longs et du *flower power*. Mais le chauffeur — Frazier Tooley, à en croire sa plaque — expliqua qu'on appelait Portland la Cité des Roses, car ces fleurs y poussaient en multitude et étaient censées symboliser la croissance et le renouvellement.

— De même que les mendiants de New York sont le symbole de l'effondrement et de la décrépitude, ajouta-t-il, faisant preuve d'une suffisance curieusement charmante qui, Jim le sentit, était partagée par de nombreux habitants de Portland.

Tooley, qui ressemblait à un ténor italien sorti du même moule que Luciano Pavarotti, n'était pas sûr d'avoir compris les instructions de son passager.

— Vous voulez juste que je vous promène un moment, c'est ça ?

— Oui. J'ai envie de voir un peu la ville avant d'aller à mon hôtel. C'est la première fois que je viens ici.

En réalité, il ne savait pas dans quel hôtel il devait descendre, ni s'il lui faudrait accomplir sa tâche dès ce soir. Il espérait apprendre la nature de sa mission en essayant de se détendre et en attendant l'illumination.

S'il ne pouvait rien pour lui concernant cette illumination, le chauffeur était en revanche ravi de lui faire visiter Portland — parce qu'un bon prix allait s'inscrire au compteur, mais aussi parce qu'il aimait visiblement montrer sa cité. De fait, celle-ci était particulièrement agréable : des vieux bâtiments en briques et des grilles en fer forgé du XIXe siècle y subsistaient, intacts, au milieu de modernes gratte-ciel de verre. Regorgeant de fontaines et d'arbres, les parcs étaient si nombreux qu'il semblait parfois que la ville fût construite dans une forêt. Les roses y étaient omniprésentes, moins nombreuses qu'au début de l'été, mais aux couleurs éclatantes.

Une demi-heure à peine s'était écoulée quand Jim fut soudain pénétré du sentiment que le moment approchait. Il s'avança sur la banquette arrière et s'entendit demander :

— Connaissez-vous l'école McAlbury ?

— Bien sûr, répondit Tooley.

— Qu'est-ce que c'est ?

— De la façon dont vous en parliez, je croyais que vous le saviez. C'est une école primaire privée, à l'ouest de la ville.

Le cœur de Jim battit plus vite :

— Conduisez-moi là-bas.

Le chauffeur l'observa dans le rétroviseur, fronçant le sourcil :

— Vous avez un problème ?

— Il faut que j'y aille.

Tooley s'arrêta à un feu rouge et jeta un coup d'œil par-dessus son épaule :

— Qu'est-ce qui ne va pas ?

— Il faut juste que j'y aille, rétorqua sèchement son passager, frustré.

— Bien sûr. Pas de lézard.

Depuis qu'il avait prononcé les mots « ligne de vie » devant la cliente du supermarché, plus de quatre heures auparavant, la peur n'avait cessé d'ondoyer en Jim. Maintenant, ces ondoiements s'enflaient en vagues sombres qui le portaient vers l'école McAlbury. Avec la déplaisante et inexplicable sensation de n'avoir pas un instant à perdre, il précisa :

— Il faut que j'y sois dans *un quart d'heure !*

— Pourquoi est-ce que vous ne l'avez pas dit plus tôt ?

Il aurait voulu répondre que, plus tôt, il ne le *savait* pas, mais il se contenta de demander :

— Pouvez-vous y être à temps ?

— Ça va être juste.

— Je triple le prix de la course.

— Vous le *triplez* ?

— Si vous arrivez à temps, confirma-t-il en tirant de son portefeuille un billet de cent dollars qu'il tendit à Tooley. Prenez ça comme avance.

— C'est si important que ça ?

— C'est une question de vie ou de mort.

Le chauffeur lui jeta un regard qui signifiait : vous êtes dingue, ou quoi ?

— Le feu est vert, dit Jim. Allons-y !

Quoique sa moue sceptique s'intensifiât, Tooley se retourna, vira à gauche au carrefour et appuya à fond sur l'accélérateur.

Ils n'arrivèrent devant l'école qu'avec trois minutes d'avance, sans que Jim eût levé les yeux de sa montre. Il se délesta d'un autre billet, payant ainsi encore plus qu'il ne l'avait promis, et sortit vivement du taxi avec sa valise.

Tooley se pencha par sa vitre ouverte :

— Vous voulez que je vous attende ?

— Non. Non, merci. Vous pouvez partir, répliqua Jim en claquant la portière.

Tandis qu'il se détournait pour étudier avec anxiété la façade de l'école McAlbury, il entendit la voiture s'éloigner. L'édifice consistait en une grande bâtisse coloniale blanche, dotée d'un large porche d'entrée et à laquelle avaient été rajoutées deux ailes de plain-pied afin d'y installer des salles de classe supplémentaires. L'école était ombragée par des sapins de Douglas et d'imposants vieux sycomores. Avec sa pelouse et sa cour de récréation, elle occupait toute la longueur du petit pâté de maisons.

Face à Jim, des enfants passaient la porte à deux battants du bâtiment principal, traversaient le porche et descendaient l'escalier. Riant, bavardant, portant des livres, de grandes ardoises et des mallettes-repas décorées de personnages de dessins animés, ils suivaient l'allée du parc, franchissaient le portail qui s'ouvrait dans la grille de fer aux pointes acérées, puis tournaient à droite ou à gauche et s'éloignaient.

Plus que deux minutes. Jim n'avait pas besoin de consulter sa montre. Son cœur battait deux pulsations par seconde, et il connaissait l'heure aussi sûrement que s'il avait été une horloge.

Filtré par les grands arbres, le soleil dessinait de délicats motifs sur cette scène et sur ses acteurs, comme si l'ensemble avait été recouvert d'une gigantesque dentelle arachnéenne, cousue de fils d'or. Ce véritable filet de lumière ornemental semblait miroiter au rythme des cris et des rires des écoliers. L'instant aurait dû être paisible, idyllique.

Mais la mort approchait.

Soudain, Jim comprit qu'elle venait pour l'un des enfants. Pas pour les trois instituteurs, sous le porche, juste pour un enfant. Ce ne serait pas une grande catastrophe — une explosion, un incendie, ou un avion qui balaierait une douzaine de gosses en s'écrasant. Un seul. Une petite tragédie. Mais *lequel* ?

L'observateur focalisa son attention sur les écoliers, examinan leurs frais visages juvéniles lorsqu'ils passaient près de lui, cherchant sur l'un d'eux la marque d'une mort imminente. Mais tous donnaient l'impression de devoir vivre éternellement.

— Lequel ? interrogea-t-il à haute voix, sans s'adresser ni à lui-même, ni aux enfants, mais à... oui, il supposait qu'il s'adressai à Dieu. Lequel ?

Quelques-uns remontaient la rue pour rejoindre les passages protégés d'un carrefour. D'autres la descendaient vers l'extrémité opposée du pâté de maisons. Des deux côtés, des femmes en gilet orange vif, munies de grandes pancartes « stop » rouges semblables à des pagaies, avaient commencé à les faire traverser par petits groupes. Aucun véhicule en mouvement n'était en vue, si bien que même sans la présence de ces gardiennes, la circulation n'aurait présenté que peu de danger.

Une minute et demie.

Jim observa deux minibus jaunes garés non loin de là, le long du trottoir. McAlbury était apparemment une école de quartier à laquelle la majorité des enfants se rendaient à pied. Mais certains montaient dans les petits bus. Les deux chauffeurs se tenaient debout près des portes, souriant à leurs turbulents passagers, plaisantant. Aucun de ces écoliers-là ne semblait condamné, et les joyeux véhicules jaunes ne faisaient pas à Jim l'effet de fourgons mortuaires déguisés.

Mais la mort était de plus en plus près.

Elle était presque au milieu d'eux.

Un changement inquiétant affectait la scène, non dans la réalité mais dans la perception qu'en avait Jim. Il était désormais moins conscient de la dentelle de lumière dorée que des ombres entrelacées au sein de ce voile éclatant : les petites ombres des feuilles frémissantes ou des aiguilles de conifères ; celles, plus grandes, des troncs et des branches ; les raies géométriques dues aux barreaux de la grille. Chacune de ces taches d'obscurité semblait être un seuil potentiel par lequel la mort pouvait s'infiltrer.

Une minute.

Affolé, sa petite valise battant contre sa jambe, Jim fit quelques pas rapides vers le bas de la rue pour se mêler aux enfants. Il s'attira des regards étonnés tandis qu'il les examinait les uns après les autres, sans savoir quelle sorte de signe il cherchait.

Cinquante secondes.

Les ombres semblaient grandir, s'étendre, se fondre les unes aux autres.

Jim s'arrêta et observa le côté opposé de la rue, là où la femme debout au milieu du carrefour levait son panneau « stop » et faisait signe aux écoliers de traverser. Cinq d'entre eux se trouvaient sur la chaussée. Une demi-douzaine d'autres approchaient de l'angle et ne tarderaient pas à s'engager sur le passage protégé.

— Il y a quelque chose qui ne va pas, monsieur ? demanda l'un des chauffeurs de minibus.

Quarante secondes.

Lâchant sa valise, Jim courut vers le carrefour, toujours incertain de ce qui allait se produire et de l'identité de celui qui risquait sa vie. Il était poussé dans cette direction par la même force invisible qui lui avait fait prendre l'avion pour Portland. Quelques enfants étonnés s'écartèrent pour lui laisser le passage.

A la périphérie de son champ de vision, tout était devenu d'un noir d'encre. Il n'était plus conscient que de ce qui se déroulait directement en face de lui. D'un trottoir à l'autre, l'intersection lui apparaissait comme une portion de décor révélée par un projecteur sur une scène plongée dans l'obscurité.

Une demi-minute.

Deux femmes qui lui bloquaient la route relevèrent les yeux avec stupeur mais ne parvinrent pas à s'écarter assez vite. Bien qu'il tentât de les éviter, il frôla une blonde en robe d'été blanche et manqua de la renverser. Sentant que la mort était désormais parmi eux, froide présence, il continua de courir.

Il atteignit le carrefour, descendit du trottoir et s'immobilisa. Quatre enfants traversaient. L'un d'eux serait la victime. Mais lequel ? Et la victime de quoi ?

Vingt secondes.

La préposée à la circulation le regardait fixement.

Tous les écoliers sauf un approchaient du trottoir. Jim sentit que les bas-côtés étaient sûrs. La mort frapperait sur la chaussée.

Il se dirigea vers la retardataire, une petite fille rousse qui se retourna et cligna les yeux de surprise en le voyant.

Quinze secondes.

Ce n'était pas elle. Au fond de ses yeux vert jade, il lut qu'elle n'était pas menacée. Sans pouvoir dire pourquoi, il en avait la certitude.

Les autres enfants avaient atteint le trottoir.

Quatorze secondes.

Jim pivota. Quatre nouveaux écoliers s'étaient engagés sur la chaussée derrière lui.

Treize secondes.

Ils commencèrent à le contourner, lui jetant des regards obliques, méfiants. Il était conscient d'avoir l'air un peu dérangé, ainsi debout au milieu de la rue, les fixant avec des yeux exorbités, le visage tordu par la peur.

Onze secondes.

Aucune voiture n'était en vue. Mais le sommet de la côte ne se trouvait qu'à une centaine de mètres au-delà du carrefour. Peut-être un inconscient fonçait-il de l'autre côté, pied au plancher. Dès que cette image apparut dans son esprit, Jim sut qu'il s'agissait d'une vision prophétique de l'instrument qu'allait utiliser la mort : un conducteur en état d'ivresse.

Huit secondes.

Il voulut crier aux écoliers de courir, mais cela n'aurait sans doute fait que semer la panique, amener l'enfant marqué à se ruer vers le danger plutôt qu'à s'en éloigner.

Sept secondes.

Jim entendit le grondement étouffé d'un moteur qui se changea instantanément en rugissement, puis en hurlement de pistons malmenés. Un pick-up surgit au sommet de la côte. Un instant, il s'envola littéralement, le soleil de l'après-midi étincelant sur son pare-brise, scintillant sur ses chromes, comme s'il se fût agi d'un char flamboyant descendu des cieux au jour du Jugement dernier. Puis, avec un crissement aigu, les roues avant reprirent contact avec le bitume et l'arrière de la camionnette s'abattit dans un craquement sinistre.

Cinq secondes.

Les enfants qui se trouvaient dans la rue s'éparpillèrent — à l'exception d'un petit garçon aux cheveux de sable et aux yeux couleur pétales de rose fanés. Une tennis délacée, la main serrée sur une mallette-repas aux teintes vives, incapable de bouger, il regardait le pick-up foncer sur lui comme s'il sentait que ce qui venait à sa rencontre n'était pas un simple véhicule mais son destin, auquel il ne pouvait échapper. C'était un garçon de huit ou neuf ans que plus rien n'attendait, sinon la tombe.

Deux secondes.

Jim bondit directement en travers de la route de l'engin et saisit l'enfant dans ses bras. Exécutant ce qui lui parut être un saut de l'ange depuis une haute falaise, aussi lent que dans un rêve, il décrivit une courbe gracieuse jusqu'au sol et roula vers le caniveau rempli de feuilles mortes. Il ne ressentit aucune douleur en frappant la chaussée, tellement engourdi par la terreur et l'adrénaline qu'il eût aussi bien pu être en train de batifoler dans un pré d'herbe épaisse et de terre grasse.

Véritable roulement de tonnerre résonnant *à l'intérieur* de lui-même, le rugissement de la camionnette était le bruit le plus fort qu'il eût jamais entendu. Il sentit quelque chose frapper son pied gauche, aussi rudement qu'un marteau. Au même instant, une force gigantesque sembla lui tordre la cheville comme un torchon. Un éclair de douleur écarlate remonta le long de sa jambe jusqu'à sa hanche, explosant dans l'articulation à la manière d'une fusée du Quatre Juillet dans un ciel nocturne.

Furieuse, Holly se lança à la poursuite de l'homme qui l'avait bousculée, bien décidée à lui passer un savon. Mais avant qu'elle n'atteignît le carrefour, un pick-up rouge et gris franchit le sommet de la côte, comme propulsé par un lance-pierres géant. La jeune femme s'immobilisa.

Le hurlement du moteur était une incantation magique qui ralentissait le flot du temps, étirait chaque seconde en minute. Holly vit l'étranger emporter le petit garçon hors du chemin du véhicule avec une telle agilité, une telle grâce qu'il semblait danser au ralenti un ballet démentiel. Elle vit le pare-chocs lui frapper le pied gauche et, horrifiée, contempla la chaussure projetée en l'air, tourbillonnant. Du coin de l'œil, elle aperçut également l'homme et l'enfant qui roulaient vers le caniveau, la camionnette qui braquait brutalement à droite, la gardienne du carrefour hébétée qui lâchait sa pancarte, la camionnette qui ricochait contre une voiture garée de l'autre côté de la rue, l'homme et l'enfant qui s'immobilisaient près du trottoir, la camionnette qui se renversait et dévalait la côte dans une cascade d'étincelles jaunes et bleues — mais durant tout ce temps, son attention resta focalisée sur cette tennis qui voltigeait, se découpant sur le ciel bleu, qui se stabilisait au point culminant de sa course durant un instant interminable, puis se remettait à tourbillonner et commençait à redescendre. Comme hypnotisée, Holly ne pouvait en détacher les yeux, car elle avait le macabre sentiment que le pied se trouvait toujours dans la chaussure, arraché au niveau de la cheville, hérissé d'éclats d'os, traînant dans son sillage de petits lambeaux de veines et d'artères. La chaussure descendait, descendait droit sur elle, et elle sentit un hurlement naître au fond de sa gorge. La chaussure descendait.

Descendait... descendait...

Enfin, elle s'abattit dans le caniveau humide, juste devant Holly. Celle-ci ne put s'empêcher de la suivre encore des yeux, tout comme elle observait le visage du monstre dans ses cauchemars, sans aucun désir de le faire mais incapable de détourner le regard, à la fois dégoûtée et fascinée par l'innommable.

La tennis était vide. Pas de pied tranché. Même pas de sang.

La jeune femme ravala son cri. Elle sentit un goût de vomi au fond de sa gorge et l'avala également.

Lorsque le pick-up s'immobilisa sur le flanc, au milieu du pâté de maisons, Holly courut vers l'homme et l'enfant. Elle fut la première à les atteindre, alors qu'ils se redressaient pour s'asseoir sur le bitume.

Hormis une écorchure à la main et une petite éraflure au menton, l'écolier semblait indemne. Il ne pleurait même pas.

La journaliste s'accroupit près de lui.

— Tu vas bien, mon chéri ?

Quoique hébété, il comprit et répondit.

— Ça va. J'ai un peu mal à la main, c'est tout.

L'homme au pantalon blanc et au T-shirt bleu avait roulé sa chaussette jusqu'à mi-pied et se massait vigoureusement la cheville. Celle-ci était gonflée et déjà enflammée, mais Holly s'étonna pourtant de l'absence de sang.

La femme qui réglait la circulation, deux instituteurs et quelques enfants firent cercle autour d'eux. Un concert de voix enthousiastes s'éleva de tous côtés. L'un des enseignants aida le petit garçon à se relever et le prit dans ses bras.

Le blessé grimaçait de douleur tout en continuant à manipuler sa cheville. Enfin, il leva la tête et croisa le regard d'Holly. Ses yeux étaient d'un bleu intense. Un instant, ils parurent aussi froids que s'ils appartenaient non à un être humain mais à une machine.

Puis l'homme sourit. Aussitôt, ce sentiment fut remplacé par une impression de chaleur, au point qu'Holly se sentit transportée par la clarté et la beauté de ces yeux — couleur de ciel matinal. Il lui sembla qu'à travers eux, elle découvrait une âme noble. Cette attirance immédiate était d'autant plus surprenante que la jeune femme, en bonne cynique, se défiait d'ordinaire au premier abord tout autant d'une nonne que d'un parrain de la Mafia. Bien que les mots fussent à la fois sa passion et son gagne-pain, elle fut incapable d'en trouver.

— C'est pas passé loin ! dit l'homme.

Et son sourire en fit naître un sur les lèvres d'Holly.

4

Holly attendit Jim Ironheart dans le hall de l'école, près des toilettes des garçons. Enfants et instituteurs étaient enfin rentrés chez eux et, à part le ronflement étouffé d'une cireuse électrique, au premier étage, le bâtiment était silencieux. Il flottait dans l'air un léger parfum de poussière de craie, de pâte à modeler et de cire désinfectante à la sève de pin.

Dans la rue, la police continuait sans doute à superviser les dépanneurs s'employant à remettre d'aplomb la camionnette renversée pour pouvoir la remorquer. Le chauffeur se trouvait bien en état d'ivresse au moment de l'accident. Pour l'heure, il était à l'hôpital, où l'on soignait sa jambe cassée, ses coupures, ses contusions et ses brûlures.

Holly avait amassé la plupart des informations qui lui seraient nécessaires pour écrire l'article : l'identité du garçon qui avait failli être tué — Billy Jenkins —, le déroulement de l'incident, la réaction des témoins, une déclaration des policiers et les balbutiements du chauffard, qui regrettait sa conduite tout en s'apitoyant sur son sort. Un seul élément manquait encore à la journaliste, le plus important : des renseignements sur Jim Ironheart, le héros de toute l'affaire. Les lecteurs voudraient tout connaître de lui. Mais, pour le moment, elle n'aurait pu leur livrer que son nom et le fait qu'il venait du sud de la Californie.

Holly ne cessait de lorgner la valise brune posée contre le mur. Bien que, tout d'abord, elle ne comprît pas la raison de ce désir, elle brûlait d'en faire sauter les fermetures et d'en explorer le contenu. Puis elle réalisa qu'il était rare de voir un homme chargé de bagages au beau milieu d'un quartier résidentiel. Se montrer curieux de tout ce qui sort de l'ordinaire fait partie des habitudes d'un reporter — voire de son patrimoine génétique.

Quand Ironheart émergea des toilettes, Holly contemplait toujours la valise. Elle se figea, aussi gênée que s'il l'avait surprise en train de fouiller dans ses affaires.

— Comment vous sentez-vous ? demanda-t-elle.

— Bien. (Il boitait.) Mais je vous ai déjà dit que je ne voulais pas être interviewé.

Il avait recoiffé ses épais cheveux bruns et chassé la plus grande partie de la poussière qui maculait son pantalon blanc. Quoique la gauche fût bosselée et déchirée, il portait à nouveau ses deux chaussures.

— Ce ne sera pas très long, assura la jeune femme.

— C'est sûr, admit-il en souriant.

— Oh, allons, soyez gentil !

— Désolé. Je n'aurais de toute façon rien de bien intéressant à dire.

— Mais vous venez de sauver la vie d'un enfant !

— En dehors de ça, je suis tout ce qu'il y a d'ennuyeux.

Holly n'aurait su dire quoi exactement, mais quelque chose en lui démentait cette affirmation. Il avait environ trente-cinq ans, mesurait un peu moins d'un mètre quatre-vingts, et possédait une silhouette mince quoique bien charpentée. S'il était assez séduisant, elle ne lui trouvait cependant pas une plastique d'acteur de cinéma. Il avait certes de beaux yeux, mais aucun homme ne l'avait jamais attirée par son physique, encore moins par un seul trait exceptionnel.

Il ramassa sa valise et commença à remonter le couloir en boitillant. Holly le rattrapa.

— Vous devriez aller voir un médecin, conseilla-t-elle.

— Au pire, c'est une entorse.

— Il faut tout de même s'en occuper.

— Eh bien, j'achèterai une bande à l'aéroport ou lorsque j'arriverai chez moi.

Peut-être était-ce son attitude que la jeune femme jugeait si plaisante. Il avait la voix douce, le sourire facile, un peu à la manière d'un gentleman du Sud, bien qu'il fût dépourvu d'accent. De plus, même en boitant, il faisait preuve d'une fluidité de mouvements peu commune. Holly se souvint d'avoir songé à un ballet lorsque, avec une élégance de danseur, il avait sauvé le petit garçon du pick-up emballé. Mais si une grâce exceptionnelle alliée à une douceur naturelle était attirante chez un homme, ce n'étaient pas ces qualités qui fascinaient la journaliste. C'était autre chose. Quelque chose de plus difficile à saisir.

Comme ils atteignaient la porte d'entrée, elle proposa :

— Si vous avez vraiment l'intention de rentrer chez vous, je peux vous déposer à l'aéroport.

— Merci. Vous êtes très gentille, mais ce n'est pas la peine.

Elle le suivit sous le porche.

— Ça fait une sacrée trotte.

Il s'arrêta, fronça le sourcil.

— Ah, oui, en effet. Eh bien, il y a certainement un téléphone ici. Je vais appeler un taxi.

— Allons, vous n'avez rien à craindre. Je ne suis pas un tueur psychopathe. Je n'ai pas de tronçonneuse dans ma voiture.

Il l'observa un instant puis eut un sourire désarmant.

— C'est vrai : vous avez plutôt l'air du genre à y aller avec un instrument contondant.

— Je suis journaliste. Nous nous servons de crans d'arrêt. Mais je n'ai encore tué personne cette semaine.

— Et la semaine dernière ?

— Deux types. Des représentants qui faisaient du porte-à-porte.

— Ça reste de l'homicide.

— Oui, mais avec circonstances atténuantes.

— Très bien. J'accepte votre offre.

La Toyota bleue d'Holly était garée le long du trottoir d'en face, à deux places de parking du véhicule qu'avait enfoncé le chauffard. Un peu plus bas, la dépanneuse emmenait enfin l'engin accidenté et les derniers policiers remontaient dans leur voiture. Le soleil de la fin d'après-midi faisait étinceler sur le bitume quelques éclats de verre provenant des vitres du pick-up.

Ils roulèrent en silence pendant quelques secondes.

— Vous avez des amis à Portland ? interrogea enfin Holly.

— Oui. Des copains d'université.

— Vous étiez logé chez eux ?

— Ouais.

— Ils ne pouvaient pas vous emmener à l'aéroport ?

— Ils auraient pu si j'étais parti le matin, mais cet après-midi, ils travaillaient tous les deux.

— Ah, dit-elle, avant de s'extasier sur de superbes rosiers grimpants jaunes qui poussaient le long d'une grille et de demander à son compagnon s'il savait qu'on appelait Portland la Cité des Roses — ce qui était le cas.

Après un autre silence, elle en revint à la *véritable* conversation

— Leur téléphone était en dérangement, alors ?

— Je vous demande pardon ?

— Vos amis. (Elle haussa les épaules.) Je me demandais juste pourquoi vous n'aviez pas appelé un taxi de chez eux.

— J'avais l'intention d'y aller à pied.

— A l'aéroport ?

— A ce moment-là, ma cheville allait très bien.

— Ça fait quand même une longue marche.

— Je suis un maniaque de la forme.

— Une très longue marche — surtout avec une valise.

— Elle n'est pas bien lourde. Quand je fais de l'exercice, il m'arrive souvent de porter des poids pour faire travailler le haut du corps.

— Moi aussi, j'aime marcher, lui apprit-elle, s'arrêtant à un feu rouge. Autrefois, je faisais même du jogging tous les matins, mais j'ai commencé à avoir mal aux genoux.

— Tout comme moi. C'est pour ça que je me suis mis à la marche. Si on maintient une bonne allure, ça fait autant de bien au cœur.

Durant trois ou quatre kilomètres, où elle conduisit aussi lentement qu'elle put afin de reculer l'instant de leur séparation, ils discutèrent de forme physique et d'aliments allégés. Enfin, il laissa échapper quelque chose qui permit à Holly de lui demander avec un naturel total le nom de ses amis de Portland.

— Non, répondit-il.

— Comment ?

— Non, je ne vous dirai pas leur nom. Ce sont de braves gens qui tiennent à leur intimité et je n'ai pas envie qu'on les ennuie.

— On ne m'avait encore jamais dit que j'étais ennuyeuse.

— Je ne veux pas vous offenser, Miss Thorne, mais je ne veux pas non plus qu'ils se retrouvent avec leur nom dans les journaux et ainsi de suite. Que leur vie soit chamboulée.

— Il y a des tas de gens qui aiment voir leur nom dans les journaux.

— Et des tas qui n'aiment pas ça.

— Ça pourrait leur plaire de parler de leur ami, le grand héros.

— Désolé, trancha-t-il, affable, souriant.

Holly commençait à comprendre pourquoi elle le trouvait aussi attirant : sa résolution inébranlable était irrésistible. A Los Angeles, où elle avait travaillé deux ans, la jeune femme avait connu bien des hommes qui cultivaient ce type d'attitude, se décrivant comme des modèles de sang-froid. Mais malgré les discours onctueux — *appuie-toi sur moi, chérie, et le monde ne pourra pas nous atteindre. Nous sommes hors de portée du destin* —, aucun ne posséddait l'imperturbabilité et les nerfs d'acier dont il se vantait. La garde-robe, le bronzage parfait et l'insouciance étudiée de Bruce Willis ne changent personne en Bruce Willis. L'expérience permet d'acquérir de la confiance en soi, mais le véritable aplomb est une chose que l'on possède naturellement ou que l'on apprend à imiter — et pour l'œil avisé, l'imitation n'est jamais convaincante. Jim Ironheart, lui, avait reçu à la naissance une dose d'aplomb qui, répartie également entre tous les hommes de Rhode Island, aurait suffi à créer tout un État d'êtres froids et décontractés. Il affrontait avec la même sérénité les questions des journalistes et les camions lancés à pleine vitesse. Le simple fait de se trouver en sa compagnie était étrangement relaxant, rassurant.

— Vous avez un nom intéressant, remarqua Holly.

— Jim ?

Il se moquait.

— Ironheart [1]. On dirait un nom indien.

— Ça ne me dérangerait pas d'avoir du sang chippewa ou apache. Ça me rendrait moins terne, un peu mystérieux. Mais Ironheart n'est que la version anglicisée du nom allemand originel de ma famille : Eisenherz.

Une fois sur la voie express de Portland Est, alors qu'ils approchaient rapidement de la sortie de Killingsworth Street, Holly se sentit déprimée à l'idée de déposer son passager à l'aérogare. En tant que reporter, elle avait beaucoup d'autres questions à lui poser. En tant que femme, elle était de surcroît plus intriguée par lui qu'elle ne l'avait été par n'importe quel homme depuis des lustres. Elle envisagea brièvement de prendre une route détournée pour le conduire à destination : connaissant peu la ville, il ne s'en rendrait peut-être pas compte. Puis elle réalisa que les panneaux de signalisation annonçaient déjà la sortie menant à l'aéroport. Même s'il ne les avait pas lus, Ironheart n'avait pu manquer de remarquer l'importance accrue du trafic aérien.

— Qu'est-ce que vous faites, en Californie ? s'enquit Holly.

— Je profite de la vie.

— Je voulais dire : comme travail ?

— A votre avis ?

— Eh bien… une chose est sûre : vous n'êtes pas bibliothécaire.

— Pourquoi ça ?

— Il y a une aura de mystère autour de vous.

— Un bibliothécaire ne peut-il pas être mystérieux ?

1. *Ironheart* : littéralement, « cœur de fer ». (*N.d.T.*)

— Je n'en ai jamais connu qui l'était. (A regret, elle s'engagea sur la bretelle de sortie.) Vous êtes peut-être une sorte de flic.

— Qu'est-ce qui vous fait penser ça?

— Les bons flics sont froids, imperturbables.

— Mon Dieu ! Je me considère comme quelqu'un de chaleureux et d'ouvert. Vous me trouvez froid?

Sur la route conduisant à l'aéroport, la circulation était assez importante. La jeune femme en joua pour ralentir encore son allure.

— Je veux dire que vous avez énormément de sang-froid, corrigea-t-elle.

— Depuis combien de temps êtes-vous journaliste?

— Douze ans.

— A Portland uniquement?

— Non. Je suis ici depuis un an.

— Où travailliez-vous avant?

— Chicago... Los Angeles... Seattle...

— Vous aimez votre métier?

Réalisant qu'elle avait perdu le contrôle de la situation, Holly s'exclama :

— Dites-donc ! On ne joue pas au jeu de la vérité !

— Vraiment? sourit-il. J'avais pourtant bien l'impression que c'était le cas.

Peu accoutumée à voir sa volonté discutée, la journaliste était irritée de l'entêtement d'Ironheart, frustrée par le mur impénétrable qu'il avait érigé autour de lui. Mais pour autant qu'elle pût en juger, il n'avait aucune méchanceté, et guère de talent pour le mensonge. Il était tout bonnement décidé à préserver son intimité. Ayant elle-même des doutes sur les droits des reporters à s'imposer dans la vie des gens, Holly comprenait sa réticence. Elle lui jeta un bref regard et eut un petit rire.

— Vous êtes doué.

— Vous aussi.

— Non, répondit-elle en s'arrêtant le long du trottoir, devant l'aérogare. Si j'étais douée, j'aurais au moins réussi à apprendre ce que vous faites dans la vie.

Il eut un sourire charmeur. Et ces *yeux*!

— Je n'ai pas dit que vous étiez aussi douée que moi — juste que vous étiez douée.

Il sortit de la voiture, récupéra sa valise sur le siège arrière, puis revint près de la portière qu'il venait de passer.

— Écoutez ! Je me suis juste trouvé au bon endroit, au bon

moment. Par un pur hasard, j'ai pu sauver cet enfant. Il ne serait pas juste que ma vie soit bouleversée par les médias parce que j'ai fait une bonne action.

— C'est vrai, admit la jeune femme.

Avec un regard soulagé, il ajouta :

— Merci.

— Mais je dois dire que votre modestie est rafraîchissante.

Il la fixa un long moment de ses yeux extraordinaires.

— Vous aussi, vous l'êtes, Miss Thorne.

Puis il ferma la portière, tourna les talons et entra dans l'aérogare.

Leurs dernières paroles dansaient dans l'esprit d'Holly :

Votre modestie est rafraîchissante.

Vous aussi, vous l'êtes, Miss Thorne.

Elle contempla la porte par laquelle il avait disparu. Cet homme semblait trop beau pour être vrai. N'avait-elle pas tout simplement pris un esprit en stop ? Une fine brume filtrait la lumière déclinante du soleil, formant des paillettes colorées, si bien que l'air était imprégné d'une sorte de halo doré comme on en voit parfois dans les vieux films de revenants, au moment où le fantôme se volatilise.

Un bruit sec et sonore la fit sursauter.

Un agent de sécurité de l'aéroport tapotait sur le capot de la voiture. Lorsqu'il eut attiré son attention, il lui désigna une pancarte : ZONE DE CHARGEMENT.

Tout en se demandant combien de temps elle était demeurée là, perdue dans ses pensées, Holly relâcha le frein à main et passa la première. Elle s'éloigna de l'aérogare.

Votre modestie est rafraîchissante.

Vous aussi, vous l'êtes, Miss Thorne.

Une étrange sensation se nicha en elle sur le chemin du retour, l'impression qu'un être quasi surnaturel venait de traverser sa vie. Troublée de se sentir ainsi affectée par un homme, mal à l'aise, elle se traita de collégienne. D'idiote même. Mais en même temps, elle appréciait cet étrange état d'esprit et ne désirait pas le voir s'évanouir.

Vous aussi, vous l'êtes, Miss Thorne.

5

Le soir-même, dans son appartement, au deuxième étage d'un immeuble dominant le parc de Council Crest, alors qu'elle se confectionnait un plat de cheveux d'anges avec de la sauce au pistou, des pignons de pin, de l'ail frais et des tranches de tomates, Holly se demanda soudain comment Jim Ironheart avait pu savoir que le jeune Billy Jenkins était en danger avant que le chauffard ivre n'eût franchi le sommet de la côte.

Cessant de découper la tomate qu'elle tenait en main, elle regarda par la fenêtre de la cuisine. Un crépuscule pourpre commençait à envahir les espaces verts. Entre les arbres, les lampadaires du parc projetaient des flaques de lumière chaude et ambrée sur les allées bordées de gazon.

Holly revit l'instant où elle s'était lancée à la poursuite d'Ironheart après qu'il l'avait bousculée. Lorsqu'elle avait atteint le carrefour, il s'était déjà engagé sur la chaussée et regardait autour de lui, l'air agité... inquiet. En fait, son attitude était si étrange que les enfants faisaient un grand détour pour l'éviter. La jeune femme avait remarqué son expression de panique et la réaction des écoliers une ou deux secondes *avant* que la camionnette ne surgisse en haut de la côte, telle une voiture de cascadeur au sommet d'un tremplin. Alors seulement, Ironheart s'était intéressé à Billy Jenkins et l'avait entraîné hors du chemin du pick-up.

Avait-il pu entendre le rugissement du moteur, réaliser que quelque chose approchait du carrefour à une vitesse folle et obéir à une perception instinctive du danger ? Holly tenta en vain de se rappeler si elle avait, elle, été consciente du bruit du moteur emballé au moment où Ironheart l'avait bousculée. Peut-être, oui, mais sans comprendre aussi bien que le sauveur providentiel ce que cela signifiait. Ou peut-être pas du tout, parce qu'elle cherchait à se débarrasser de l'infatigable Louise Tarvohl, qui avait insisté pour la raccompagner à sa voiture. Sentant qu'elle deviendrait folle s'il lui fallait supporter une minute de plus les inepties de la poétesse, elle n'avait été préoccupée que par l'impérieux désir de fuir.

Et ce soir, dans sa cuisine, elle n'avait conscience que d'un seul bruit : l'eau qui bouillait vigoureusement dans la grande casserole posée sur la cuisinière. Il fallait baisser la gaz, mettre les pâtes à cuire, programmer le minuteur... Holly demeura immobile devant sa planche à découper, la tomate dans une main, le couteau dans l'autre, regardant le parc mais voyant la fameuse intersection près de l'école McAlbury.

Même si Ironheart avait entendu le moteur depuis le milieu du pâté de maisons, comment avait-il pu déterminer aussi vite la direction d'où venait la camionnette, comprendre que le chauffeur en avait perdu le contrôle et que, par conséquent, les enfants étaient en danger ? Quoique beaucoup plus proche du bruit qu'Ironheart, la femme qui réglait la circulation avait été prise au dépourvu, tout comme les écoliers eux-mêmes.

Certaines personnes possèdent bien sûr des sens plus aiguisés que la normale : les compositeurs de symphonies entendent plus de rythmes et d'harmonies complexes que l'amateur de concerts moyen ; certains joueurs du base-ball voient bien plus tôt que les autres une balle s'envoler dans un ciel éblouissant ; un œnologue de talent distinguera dans un grand millésime des qualités plus subtiles qu'un ivrogne seulement sensible à l'effet. De même, certaines personnes ont des réflexes beaucoup plus rapides que d'autres : voilà pourquoi Wayne Gretzky valait des millions de dollars par an pour un club de hockey sur glace professionnel. Holly avait pu constater qu'Ironheart possédait les réflexes foudroyants d'un athlète. Il était sans aucun doute aussi pourvu d'une ouïe extrêmement fine. La plupart des gens dotés d'un avantage physique exceptionnel jouissaient également d'autres dons. C'était une question de gènes. Elle tenait là son explication : toute simple ; ni étrange ni mystérieuse, et certainement pas surnaturelle. Juste une question de gènes.

Dans le parc, les ombres s'épaississaient. Hormis à proximité des lampadaires, l'allée disparaissait dans les ténèbres grandissantes. Les arbres semblaient se serrer les uns contre les autres.

Holly posa son couteau et s'approcha de la cuisinière. Elle baissa le gaz sous la casserole et plongea les pâtes dans l'eau.

De retour devant la planche à découper, prête à reprendre son ouvrage, elle regarda à nouveau par la fenêtre. Les étoiles commençaient à apparaître dans le ciel, tandis que s'estompait la lumière pourpre du crépuscule et que la ligne cramoisie de l'horizon virait au grenat. La plus grande partie de l'allée du parc baignait désormais dans l'obscurité.

Soudain, la jeune femme fut saisie par l'étrange conviction que Jim Ironheart allait sortir de l'ombre, se matérialiser dans un halo de lumière ambrée et lever les yeux vers sa fenêtre. Qu'il avait d'une manière ou d'une autre appris où elle vivait et était revenu la chercher. C'était une idée ridicule. Pourtant, un frisson descendit le long de son épine dorsale et elle eut l'impression que ses vertèbres se tassaient.

▼▲▼

Plus tard, aux environs de minuit, lorsqu'Holly s'assit au bord de son lit et éteignit la lampe de chevet, elle jeta un coup d'œil à la croisée de sa chambre, qui surplombait également le parc, et un nouveau frisson la traversa. Elle commença à s'allonger, hésita, puis finit par se relever. En slip et T-shirt, son habituelle tenue pour dormir, elle traversa la pièce obscure jusqu'à la fenêtre, écarta les rideaux.

Il n'était pas en bas. Elle attendit une minute, puis une autre. Il n'apparut pas. Désorientée, se sentant stupide, elle retourna se coucher.

▼▲▼

Elle s'éveilla au beau milieu de la nuit, frissonnante. Du rêve, elle ne se rappelait que des yeux bleus, d'un bleu intense, dotés d'un regard qui la pénétrait aussi aisément qu'un couteau aiguisé tranche une motte de beurre tendre.

Elle se leva et, seulement guidée par le faible rayonnement lunaire que filtraient les rideaux, gagna la salle de bains, où elle n'alluma pas la lumière. Elle urina, se lava les mains et demeura un instant immobile, observant son reflet indistinct sur la tache blanche luisante du miroir. Après s'être relavé les mains, elle but un verre d'eau froide. Elle réalisa soudain qu'elle retardait son retour dans la chambre par peur d'être à nouveau attirée à la fenêtre.

C'est ridicule, se dit-elle. Qu'est-ce qui te prend ?

Elle rentra dans l'autre pièce et se surprit à s'approcher de la fenêtre plutôt que du lit. Elle écarta les rideaux.

Il n'était pas là.

Holly fut à la fois déçue et soulagée. Tandis qu'elle contemplait l'étendue obscure du parc de Council Crest, elle fut à nouveau parcourue d'un long frisson et se rendit compte que celui-ci n'était qu'à moitié dû à une peur sans nom. Une étrange excitation la possédait également, l'agréable sensation qu'il allait lui arriver...

Quoi ?

Elle l'ignorait.

L'effet qu'avait produit sur elle Jim Ironheart se révélait profond et tenace. Jamais elle n'avait rien ressenti de tel. Elle avait beau s'efforcer de comprendre ce qu'elle éprouvait, aucune explication ne lui venait. Il ne pouvait s'agir d'une simple attirance sexuelle. Holly avait depuis longtemps passé l'âge de la puberté : ni une poussée d'hormones, ni un infantile besoin de romanesque ne pouvaient l'affecter ainsi.

Elle retourna enfin au lit, sûre de ne pas se rendormir. A sa grande surprise, elle commença bientôt à somnoler. Tandis qu'elle vacillait à la lisière de l'inconscience, elle s'entendit murmurer « *ces yeux* », puis sombra dans le néant.

▼▲▼

Dans son propre lit à Laguna Niguel, Jim s'éveilla juste avant l'aube, le cœur battant à tout rompre. Malgré la fraîcheur de la pièce, il était trempé de sueur. Il venait d'avoir un de ses cauchemars habituels, mais seul lui restait en mémoire le souvenir d'une chose impitoyable, puissante et cruelle lancée à ses trousses...

Il avait à ce point le sentiment que la mort se ruait à sa rencontre qu'il dut allumer la lumière pour s'assurer qu'aucune créature inhumaine assoiffée de sang ne se trouvait réellement dans la chambre. Il était seul.

— Mais pas pour longtemps, articula-t-il à haute voix.

Il se demanda ce qu'il avait voulu dire par là.

DU 20 AU 22 AOÛT

1

Jim Ironheart scrutait anxieusement la route à travers le pare-brise poussiéreux de la Camaro volée. Le soleil était une sphère blanche au milieu du ciel et sa lumière avait l'amertume de la lime en poudre. Malgré ses lunettes noires, le conducteur plissait les yeux. Des courants d'air torrides s'élevant de l'asphalte brûlant suscitaient des mirages de voitures, d'êtres humains ou de points d'eau.

Jim était fatigué. Il lui semblait que ses yeux avaient été passés au papier de verre. Parfois, des nuages de poussière se joignaient aux illusions créées par la chaleur pour troubler sa vision. De plus, les paysages infinis du désert Mojave l'empêchaient d'avoir une idée précise de sa vitesse. Bien qu'il n'eût pas le sentiment de rouler vite, la voiture filait à près de cent quatre-vingts kilomètres-heure. Dans son état, il aurait dû conduire bien plus lentement.

Mais il avait la conviction croissante qu'il arrivait trop tard, qu'il allait tout compromettre. Parce qu'il n'avait pas été assez rapide, quelqu'un allait mourir.

Il jeta un coup d'œil au fusil de chasse chargé, calé devant l'autre siège, la crosse sur le plancher, la gueule du canon dirigée vers la droite. Une pleine boîte de cartouches occupait la place du passager.

Malade d'angoisse, Jim écrasa l'accélérateur. L'aiguille du compteur de vitesse dépassa la barre des cent quatre-vingts.

La Camaro arriva au sommet d'une longue pente douce. De l'autre côté s'étendait une cuvette de trente-cinq à quarante kilomètres de diamètre, si alcaline qu'elle offrait un aspect blanchâtre et totalement dépourvue de végétation, hormis quelques broussailles grises qui tourbillonnaient sur le sol, poussées par le vent, et un fin tapis d'herbe desséchée. Peut-être cette cuvette avait-elle été formée par la chute d'un astéroïde, des milliers d'années auparavant. Quoique l'érosion eût considérablement adouci ses contours, elle constituait un parfait témoignage des premiers âges.

La vallée était divisée en deux par le noir ruban de la nationale sur lequel étincelaient les flaques d'eau chimériques. Le long des accotements, des fantômes de chaleur miroitaient et ondulaient langoureusement.

Jim vit d'abord la voiture, un break Chevrolet arrêté sur le bord de la route, à environ un kilomètre et demi de lui, près d'un canal de drainage où l'eau ne coulait que lors des rares orages et des crues soudaines.

Son cœur se mit à battre plus fort. En dépit du courant d'air frais sortant du tableau de bord, il commença à transpirer. Il était arrivé.

Huit cents mètres plus loin, il aperçut alors le mobil-home, à demi englouti par l'une des mares chimériques les plus profondes. Le véhicule s'éloignait vers le fond de la vallée, là où la nationale traversait des montagnes de roche rouge et nue.

Jim se demanda si les occupants du break avaient besoin de son aide. Partageant son attention entre les deux véhicules, il leva le pied.

Tandis que sa vitesse diminuait, il s'attendit à mieux comprendre le but de sa mission. En vain. D'ordinaire, il était poussé à agir, comme si une voix lui parlait à un niveau subconscient ou bien comme s'il était une machine répondant à une suite d'instructions programmées. Pas cette fois.

Avec un désespoir croissant, il pila et s'arrêta en travers, non loin de la Chevrolet. Il jeta un coup d'œil au fusil posé près de lui mais il sentit confusément qu'il n'en avait pas besoin. Pas encore.

Il sortit de la Camaro et s'approcha vivement du break. Des bagages étaient empilés à l'arrière. En regardant par la vitre latérale, Jim vit un homme effondré sur le siège avant. Lorsqu'il ouvrit la portière, il tressaillit d'horreur : tout ce sang !

L'inconnu n'était pas encore mort mais peu s'en fallait. Il avait reçu deux balles dans le torse. Sa tête, appuyée contre la portière du passager, rappela à Jim celle du Christ sur la croix. Comme il tentait de distinguer l'arrivant, son regard s'éclaircit brièvement.

— Lisa... Susie..., souffla-t-il d'une voix aussi affolée que fragile. Ma femme, ma fille...

Puis ses yeux torturés se troublèrent à nouveau. Un sifflement rauque lui échappa, sa tête retomba sur le côté et il mourut.

Écœuré, presque paralysé par son sentiment de culpabilité, Jim recula d'un pas et demeura un instant debout au milieu de la chaussée, sous le soleil brûlant. S'il avait conduit plus vite, mieux, il aurait peut-être pu arriver quelques minutes plus tôt et empêcher ce meurtre.

Un son angoissé, grave, animal, naquit au fond de sa gorge. Ce ne fut tout d'abord qu'un murmure, qui s'enfla en un gémissement léger. Mais lorsqu'il se détourna du mort pour regarder le mobil-home qui s'éloignait toujours, son cri se mua en hurlement de rage. Car soudain, il savait ce qui s'était produit.

Et il savait aussi ce qu'il devait faire.

Il remonta dans la Camaro, emplit de cartouches les poches profondes de son pantalon de coton bleu. Le canon court du fusil à pompe calibre 12 était à portée de sa main.

Il jeta un coup d'œil dans le rétroviseur. En ce mercredi matin, la nationale était déserte. Il n'avait aucune aide à attendre. Tout reposait sur lui.

Au loin, le mobil-home disparut au milieu de courants thermiques miroitant tels d'ondulants rideaux de perles translucides.

Jim passa une vitesse. Les pneus patinèrent un instant puis dérapèrent sur l'asphalte ramolli, dans un crissement qui résonna lugubrement au travers de l'immensité désertique — comme avaient dû résonner les hurlements de l'inconnu et de sa famille lorsque le premier avait été abattu à bout portant. D'un coup, la Camaro vainquit toute résistance et bondit en avant.

Pied au plancher, Jim zigzagua pour tenter d'apercevoir sa proie. Au bout de quelques secondes, les voiles de chaleur s'écartèrent et le grand véhicule se dessina devant lui à l'instar d'un vaisseau de ligne naviguant sur une mer asséchée.

Le mobil-home ne pouvait lutter avec la Camaro. Bientôt, celle-ci le rejoignit. C'était un vieux Roadking de dix mètres de long qui avait beaucoup roulé. Ses flancs d'aluminium blanc étaient éraflés, couverts de poussière et rouillés par endroits. Les rideaux jaunes tendus devant les vitres avaient sans nul doute jadis été blancs. L'ensemble faisait penser à la demeure itinérante d'un couple de retraités amoureux des voyages, vivant d'allocations sociales et incapables de l'entretenir avec le même soin que lorsqu'il était neuf.

A l'exception de la moto. A l'arrière du Roadking, sur la gauche de l'échelle permettant d'accéder au toit, une Harley était attachée par des chaînes à un châssis de fer forgé. Il s'agissait d'un engin puissant, quoique assez petit — pas le genre de jouet sur lequel caracole le retraité moyen.

Mais en dépit de ce détail, le mobil-home n'avait rien de louche. Pourtant, dans son sillage, Jim Ironheart fut submergé par une sensation de malaise intense, à la manière d'une marée noire déferlant avec toute la puissance de l'océan derrière elle. Il eut un haut-le-cœur, comme s'il avait pu sentir l'abjection des occupants du véhicule.

Il hésita un instant à agir, craignant de compromettre la sécurité de la femme et de l'enfant qui avaient de toute évidence été enlevées. Mais elles courraient encore plus de risques s'il différait son intervention. Plus longtemps elles demeureraient entre les mains de leurs ravisseurs, moins elles auraient de chances d'en sortir vivantes.

Il déboîta, voulant distancer le Roadking de quelques kilomètres puis bloquer la route avec sa voiture.

Mais l'autre conducteur devait l'avoir vu s'arrêter près du break et inspecter celui-ci. Il se laissa presque doubler, avant de braquer brutalement vers la gauche pour tamponner son poursuivant.

Il y eut un crissement métallique aigu. La Camaro fit une embardée.

Le volant sembla bondir entre les mains de Jim, qui ne conserva qu'avec peine le contrôle de sa voiture.

Le mobil-home se rabattit quelque peu puis revint le percuter, lui faisant quitter la route et heurter l'accotement non goudronné. Ils roulèrent ainsi à toute vitesse sur quelques centaines de mètres, le Roadking toujours dans la mauvaise file, au risque de heurter de front un éventuel véhicule masqué par les rideaux de chaleur et le rayonnement du soleil. La Camaro soulevait de grands nuages de poussière, naviguait dangereusement à la lisière du profond fossé séparant le désert et la route surélevée.

Le moindre coup de frein pouvait déporter la voiture sur la gauche et lui faire faire toute une série de tonneaux. Jim osait juste relâcher l'accélérateur et laisser sa vitesse décroître progressivement.

Le Roadking réduisit lui aussi l'allure pour rester à sa hauteur. Puis il commença à dériver, centimètre par centimètre, se rapprochant inexorablement du bas-côté.

Nettement plus petite, la Camaro ne pouvait résister à la pression. En dépit des efforts de Jim, elle fut poussée vers le fossé. La roue avant fut la première à se trouver privée de support, ce qui déséquilibra le véhicule. Jim pila : maintenant, ça n'avait plus d'importance. Au moment même où son pied écrasait la pédale, l'arrière suivit l'avant dans le vide et la voiture bascula sur le côté.

Son conducteur fut ballotté de droite et de gauche, d'avant en arrière — ce qui lui arracha ses lunettes de soleil —, mais sa ceinture de sécurité lui évita de percuter de la tête le montant de la vitre ou de se fracasser le sternum contre le volant. Un réseau de fêlures évoquant la toile d'une araignée défoncée à la benzédrine se propagea sur le pare-brise. Jim ferma les yeux. Une pluie d'éclats de verre gluants s'abattit sur lui. La voiture exécuta un second tonneau et en entama un troisième qu'elle n'acheva pas, car elle se stabilisa sur le toit.

Son occupant se retrouva la tête en bas, indemne mais fortement commotionné. Les nuages de poussière blanche qui s'engouffraient par le pare-brise cassé le firent suffoquer.

Ils vont venir m'achever.

Il chercha fébrilement la commande de la ceinture, la trouva, et se laissa tomber sur le toit de la Camaro. Il était lové autour du fusil de chasse. L'arme ayant été bringuebalée en tous sens pendant les tonneaux, il avait eu une sacrée chance que les coups ne fussent pas partis.

Venir m'achever.

Il lui fallut un moment pour trouver la poignée de la portière au-dessus de sa tête. Lorsqu'il la manœuvra, le battant refusa tout d'abord de s'ouvrir puis se débloqua d'un coup et pivota dans un grincement métallique.

Avec l'impression d'être prisonnier d'un univers surréaliste à la Dali, empli de folles perspectives, Jim sortit du véhicule en rampant. Il tendit la main derrière lui pour récupérer le fusil.

La fine poussière qui commençait à se redéposer lui emplissait encore les poumons. Il dut serrer les dents pour tenter de réprimer sa toux. Le silence était le prix de sa survie.

Courbé, ni aussi rapide ni aussi discret que les minuscules lézards du désert qui s'enfuyaient sur son passage, il courut vers un arroyo. Arrivé au bord du petit canal de drainage naturel, il découvrit que celui-ci avait à peine plus d'un mètre de profondeur et s'y laissa glisser. Ses pieds frappèrent le fond durci avec un bruit mat.

S'accroupissant, il risqua un œil prudent vers la Camaro retournée, autour de laquelle le nuage de poussière alcaline ne s'était pas encore totalement dissipé. Sur la nationale, le Roadking achevait une marche arrière et s'arrêtait sur le bas-côté, parallèlement au véhicule accidenté.

Un homme en descendit. Un deuxième, sorti de l'autre côté, se hâta de le rejoindre. Aucun ne ressemblait au brave retraité que l'on eût pu imaginer au volant de ce vieil engin. Ils paraissaient la trentaine, et aussi solides que le roc du désert durci par la chaleur. La chevelure noire du premier était tirée en arrière et réunie en une double queue de cheval — style démodé que les gamins appelaient désormais « tête de nœud ». L'autre avait une courte crête de cheveux hérissés et les côtés du crâne rasés — comme s'il se croyait dans un film de Mad Max. Tous deux portaient un T-shirt sans manches, un jean et des bottes de cow-boy. Et tous deux avaient un pistolet à la main. Ils se dirigèrent prudemment vers la Camaro, se séparant pour la contourner.

Jim se baissa à nouveau et, toujours courbé, commença à courir vers la droite — ce qui était approximativement la direction de l'ouest. Un coup d'œil en arrière lui permit de constater que la boue séchée, grillée par des mois de soleil ardent depuis la dernière pluie, ne retenait pas l'empreinte de ses pas. Au bout d'environ quinze mètres, l'arroyo obliquait abruptement sur la gauche — vers le sud. Vingt mètres plus loin, il s'engouffrait dans un tunnel passant sous la nationale.

La bouffée d'espoir qui monta en Jim ne suffit pas à éliminer les tremblements de peur qui l'agitaient continuellement depuis la découverte du mourant dans le break. Il se sentait nauséeux mais, n'ayant pas pris de petit déjeuner, il n'avait rien à vomir. Quoi qu'en pussent dire les diététiciens, il était parfois payant de sauter un repas.

Le tunnel de béton plongé dans l'ombre recelait une certaine fraîcheur. Jim fut tenté de rester caché là, en espérant que les tueurs finiraient par laisser tomber et partir.

Bien sûr, il ne le ferait pas. Il n'était pas un lâche. Mais même si, juste pour cette fois, sa conscience avait toléré de sa part un peu de lâcheté, la force mystérieuse qui le poussait ne lui aurait pas permis d'abandonner la lutte. D'une certaine manière, il était une marionnette aux fils invisibles, à la merci d'un montreur inconnu, évoluant dans un spectacle de guignol dont le thème et les péripéties lui échappaient.

Quelques broussailles qui avaient tourbillonné jusqu'au tunnel formaient une barrière au travers de laquelle Jim dut se frayer un chemin. Égratigné par de fines épines, il ressortit de l'autre côté de la nationale, dans un autre bras de l'arroyo, et escalada la paroi du canal asséché.

Là, il rampa jusqu'au bord de la route et leva la tête pour étudier la situation. Les deux hommes s'étaient rejoints près de la Camaro, toujours semblable à un cafard mort retourné sur le dos. De toute évidence, ils venaient de l'examiner et avaient constaté que son conducteur ne s'y trouvait plus.

Ils discutaient avec animation mais se tenaient trop loin de Jim pour que celui-ci comprît leurs paroles. Il n'en perçut que quelques-unes, étouffées par la distance, distordues par la sécheresse de l'air.

La sueur qui continuait à couler dans ses yeux lui troublait la vue. Il s'essuya le visage d'un revers de manche et, plissant les yeux, observa à nouveau les deux individus.

Ils s'éloignaient lentement de la route. L'un d'eux demeurait aux aguets, ne cessant de scruter les environs, tandis que l'autre examinait le sol, cherchant sans doute des traces. C'était bien sa chance ! Pour peu que le second se révélât être le fils adoptif d'un éclaireur indien, ils allaient fondre sur lui plus vite qu'un iguane sur un scarabée des sables.

Un bruit de moteur s'éleva à l'ouest, de plus en plus puissant, et un Peterbilt surgit d'un mirage de cascade. Jim, depuis son poste d'observation encaissé, le trouva si imposant qu'il ressemblait plus à une machine de guerre futuriste qui eût remonté le temps depuis le vingt-deuxième siècle qu'à un poids lourd.

Le chauffeur allait voir la Camaro retournée. Faisant preuve du traditionnel esprit serviable que partageaient la plupart des routiers, il allait s'arrêter pour offrir son aide. Son arrivée troublerait les deux tueurs, et Jim profiterait de leur distraction pour leur tomber dessus.

Il avait tout prévu — sauf que les choses ne se passeraient pas ainsi. Voyant que le Peterbilt ne ralentissait pas, il comprit qu'il allait devoir lui faire signe. Mais avant qu'il ait seulement eu le temps de se relever, le grand camion passa devant lui dans un rugissement de dragon et une rafale de vent chaud, réalisant un dépassement record de la limite de vitesse — comme si le chauffeur avait été un démon chargé de conduire en enfer un lot d'âmes que le diable voulait voir arriver dans les plus brefs délais.

Jim réprima son envie de bondir sur ses pieds et de hurler : « Qu'est-ce que tu fais de ton traditionnel esprit serviable, espèce d'enfoiré ? »

Le silence s'abattit à nouveau sur le désert.

De l'autre côté de la chaussée, les tueurs suivirent un instant le Peterbilt des yeux puis reprirent leurs recherches.

Furieux et effrayé, Jim se laissa glisser de l'accotement, le fusil de chasse tenu d'une main, et rampa vers l'est pour se rapprocher du mobil-home. Le terre-plein surélevé s'étendant entre les deux hommes et lui, ils ne pouvaient le voir. Pourtant, il s'attendait à moitié à ce qu'ils surgissent au-dessus de lui pour lui loger une dizaine de balles dans le corps.

Lorsqu'il osa redresser la tête, il se trouvait juste en face du Roadking, qui lui masquait les assassins. S'ils n'étaient pas dans son champ de vision, lui n'était pas dans le leur. Il se releva et traversa la chaussée.

De ce côté, la portière du mobil-home n'était pas située face à celle du chauffeur mais environ au tiers du véhicule. Elle était ouverte.

Jim en saisit la poignée, puis réalisa qu'un troisième homme pouvait fort bien être resté à l'intérieur avec la femme et la petite fille. S'il entrait avant de s'être débarrassé des autres, il risquait de se retrouver pris entre deux feux.

Il gagna l'avant du Roadking. Juste au moment où il l'atteignait, il entendit la voix des ravisseurs se rapprocher et s'immobilisa, attendant que le type à la coiffure bizarre vienne à sa rencontre. Mais les deux individus demeurèrent de l'autre côté.

— On s'en branle...

— Il a peut-être relevé notre numéro...

— Il doit être salement amoché...

— Y avait pas de sang dans la bagnole...

Caché derrière la roue, Jim mit un genou en terre et regarda sous le châssis. Les tueurs discutaient près de la portière de gauche.

— On n'a qu'à prendre la prochaine route vers le sud...

— Avec les flics au cul...

— D'ici à ce qu'il trouve des flics, on sera en Arizona...

— C'est toi qui le dis...

— C'est sûr...

Jim se releva et, à pas de loup, commença à contourner le Roadking. Il dépassa la première paire de phares, puis le capot.

— D'Arizona, on passera au Nouveau-Mexique...

— Là-bas aussi, il y a des flics...

— Et puis au Texas, histoire de mettre quelques États derrière nous. On roulera toute la nuit s'il le faut...

Jim se réjouit que l'accotement fût constitué de terre battue et non de gravillons. Courbé, il parvint silencieusement au niveau des phares gauches.

— Tu sais que les flics commencent à merder dès qu'on passe la limite des États...

— Mais bon Dieu, il doit bien être quelque part par là !

— Ouais ! Avec un million de scorpions et de serpents à sonnette...

Jim sortit à découvert et braqua le fusil de chasse sur les deux hommes.

— Bougez pas !

Ils le contemplèrent un instant de la manière dont lui aurait pu contempler un martien à trois yeux, avec une bouche au milieu du front. Ils ne se trouvaient guère qu'à un peu plus de deux mètres de lui, à portée du crachat qu'ils méritaient. De loin, ils avaient donné l'impression d'être de véritables serpents à pattes, et ils semblaient toujours plus dangereux que n'importe quelle bestiole rampante du désert.

Leurs pistolets étaient pointés vers le bas.

— Lâchez ça, nom de Dieu ! cria Jim en agitant son arme.

Il avait affaire ou bien à des durs de durs ou bien à des malades mentaux — et probablement aux deux —, car ils ne se figèrent pas à la vue du fusil. Celui qui avait la double queue de cheval se jeta à terre et commença à rouler sur lui-même, tandis que l'échappé de *Mad Max* levait son pistolet. Jim lui tira une cartouche en pleine poitrine, le propulsant en arrière, puis au sol, puis tout droit en enfer.

En se tortillant, le survivant réussit à se glisser sous le Roadking.

Peu désireux de recevoir une balle dans la cheville, Jim empoigna la portière ouverte et bondit sur le marchepied. A cet instant précis, deux coups de feu résonnèrent sous le véhicule. L'une des balles creva le pneu avant gauche.

Plutôt que de se réfugier dans la cabine, Jim sauta à bas des marches métalliques, se laissa tomber à plat ventre, et poussa le canon du fusil sous le châssis, espérant prendre son adversaire par surprise. Mais celui-ci était déjà ressorti de l'autre côté. Jim ne vit que ses bottes noires qui couraient vers l'arrière du mobil-home. Le type tourna à l'angle — et disparut.

L'échelle. A l'angle arrière droit. Près de la moto.

Ce salopard montait sur le toit.

Avant que le tueur ne puisse le voir et tirer d'en haut, Jim se précipita sous le Roadking. Il n'y trouva aucune fraîcheur : l'accotement brûlé par le soleil irradiait la chaleur qu'il avait emmagasinée depuis l'aube.

Deux voitures passèrent en rugissant l'une derrière l'autre. Jim ne les avait pas entendues venir, peut-être parce que son cœur battait si fort qu'il lui semblait être enfermé dans un tambour. Il maudit les automobilistes à voix basse, puis se dit qu'on ne pouvait pas leur demander de s'arrêter après avoir vu un forcené comme Tête de Nœud se trimbaler sur le toit d'un mobil-home avec un pistolet à la main.

Sa meilleure chance de l'emporter était de continuer à cultiver l'inattendu, si bien qu'il rampa jusqu'à l'arrière du Roadking, aussi rapide qu'un marine sous le feu de l'ennemi. Il se retourna sur le dos, dépassa le pare-chocs de la tête et leva les yeux vers les échelons qui semblaient fondre sous l'ardent soleil blanc.

L'échelle était déserte. Le tueur était déjà sur le toit, sans doute persuadé d'avoir temporairement mystifié son adversaire en disparaissant ainsi. En tout cas, il ne s'attendrait pas à être poursuivi avec une telle ténacité.

Jim sortit à l'air libre et s'approcha de l'échelle. Il en saisit d'une main le montant brûlant, tenant son fusil de l'autre, et grimpa aussi silencieusement que possible. Sur la surface d'aluminium du toit, l'autre homme était étonnamment silencieux, faisant juste assez de bruit pour couvrir les grincements occasionnels des échelons usés.

Jim balaya du regard le sommet du mobil-home. Sa proie, qui avait traversé les deux tiers du véhicule, était revenue du côté droit de celui-ci et observait le sol. Le type marchait à quatre pattes, ce qui devait lui faire sacrément mal : la peinture blanche écaillée avat beau refléter une bonne partie de la chaleur, elle devait en avoir absorbé assez pour brûler les mains les plus calleuses et traverser la toile du jean. Mais si le gars souffrait, il n'en montrait rien. De toute évidence, il était aussi stupidement macho que son camarade défunt.

Jim gravit un nouvel échelon.

Tete de Nœud se mit à plat ventre, bien que la tôle bouillante dût le brûler à travers son T-shirt. Il tentait de se faire aussi discret que possible, attendant que Jim apparût juste en dessous.

Celui-ci s'éleva encore d'un degré ; la surface du toit lui arrivait à mi-torse. Il se tourna de profil et glissa un genou derrière l'échelle, afin de bien se caler. Il disposerait ainsi de ses deux mains pour le fusil et le recul ne l'enverrait pas valdinguer à terre.

A défaut de sixième sens, certaines personnes sont dotées d'une chance insolente. Quoiqu'il n'eût pas fait le moindre bruit, le tueur lança soudain un coup d'œil par-dessus son épaule et l'aperçut.

Poussant un juron, Jim se prépara à l'ajuster.

Le forcené roula sur lui-même et se jeta à bas du toit.

Se retenant de tirer, son poursuivant dégagea son genou de derrière le montant métallique et sauta sur la route. Il atterrit rudement mais conserva son équilibre, contourna le mobil-home et appuya sur la détente.

Hélas ! l'autre franchissait déjà la porte latérale. Il reçut tout au plus quelques plombs dans la jambe. Sans doute même pas.

Il allait rejoindre la femme et l'enfant.

S'en servir comme otages.

A moins qu'il ne voulût juste les abattre avant d'être tué à son tour. Les deux dernières décennies avaient vu croître le nombre de ces psychopathes qui écumaient le pays à la recherche de proies faciles, alignant de longues listes de victimes, trouvant l'apaisement sexuel aussi bien dans le meurtre brutal que dans le viol.

Jim entendit en lui-même la voix angoissée du mourant dans le break : *Lisa... Susie... ma femme, ma fille...*

Il n'avait plus le temps d'être prudent et la colère avait pris en lui le pas sur la peur. Il se mit à courir, franchit la porte et se retrouva derrière la cabine du Roadking. Ses yeux éblouis par le soleil ne perçaient qu'avec peine la pénombre qui régnait à l'intérieur du mobil-home, mais il aperçut ce salopard de psychotique se diriger vers l'arrière du véhicule, dépasser le coin salon et s'engouffrer dans la cuisine.

Silhouette sombre n'ayant pour tout visage qu'un ovale noir, le tueur se retourna et tira. La balle fracassa un placard mural sur la gauche de Jim, qui fut éclaboussé d'éclats de Formica et de particules fumantes de contre-plaqué.

Ignorant où se trouvaient la femme et l'enfant, Jim craignait de les atteindre. Un fusil de chasse n'est pas une arme de précision.

Le forcené tira à nouveau. La seconde balle passa si près de sa cible qu'elle laissa derrière elle une traînée brûlante, comme un baiser de feu sur la joue droite de Jim.

Celui-ci actionna la pompe du fusil. La déflagration fit trembler les minces parois du Roadking. Hurlant, le tueur fut propulsé contre l'évier. A demi assourdi par l'explosion, Jim tira une nouvelle fois, instinctivement. Tête de Nœud fut littéralement catapulté dans les airs. Projeté en arrière, il alla percuter la cloison du fond, près d'une porte close qui séparait la pièce principale de la chambre. Puis il s'écroula.

Jim attrapa deux cartouches dans sa poche de pantalon pour recharger son arme puis s'avança. Il passa devant un sofa déchiré et affaissé.

Il savait que l'autre devait être mort mais n'y voyait pas assez bien pour avoir la moindre certitude. Malgré les rayons de soleil qui, tels des fers rouges, se forçaient un passage à travers le pare-brise et les portes ouvertes, les épais rideaux couvrant les vitres plongeaient l'arrière du mobil-home dans l'ombre. De plus, un léger nuage de fumée âcre créé par les coups de feu flottait dans l'air.

Lorsqu'il atteignit le bout de la pièce étroite et baissa les yeux, Jim n'eut plus aucun doute sur la mort de son adversaire. Ce n'était qu'une ordure humaine couverte de sang. Autrefois une ordure vivante, maintenant une ordure morte.

A la vue du cadavre déchiqueté, une excitation sauvage s'empara du vainqueur, un furieux sentiment de devoir accompli, aussi exaltant qu'effrayant. Même si cet individu avait mérité son sort, Jim eût voulu être dégoûté par ce qu'il venait de faire. Mais quoique le carnage lui donnât la nausée, il ne ressentait aucune répulsion morale. Il avait rencontré le mal en personne. Ces deux salopards auraient dû connaître une mort cent fois pire que celle-ci, une mort lente, après des heures et des heures de souffrance et de terreur. Il se faisait l'effet d'être l'ange exterminateur venu pour le Jugement dernier, empli d'une rage sacrée. Et bien qu'il se sentît lui-même au bord de la psychose, bien qu'il sût que seuls les fous ne remettent jamais en question le bien-fondé de leurs actes les plus atroces, il ne pouvait déceler en lui le moindre trouble. La colère montait du tréfonds de son être comme s'il avait été une incarnation divine en qui eût circulé l'ire apocalyptique du Tout-Puissant.

Il se tourna vers la porte fermée.

Derrière, il y avait la chambre.

La mère et l'enfant devaient s'y trouver.

Lisa... Susie...

Et qui d'autre?

Les psychopathes agissaient généralement seuls, mais il leur arrivait de s'associer, comme ces deux-là. Les groupements plus importants étaient cependant rares. Bien sûr, il y avait eu Charles Manson et sa « famille », plus quelques autres exemples. Jim ne pouvait rien exclure, pas dans un monde où les professeurs de philosophie à la mode enseignaient que la morale était toujours fonction de la situation et que tous les points de vue se valaient, quels que fussent leur degré de logique ou la quantité de haine qu'ils renfermaient. C'était un monde qui engendrait des monstres, et cette bête-là pouvait fort bien posséder autant de têtes qu'une hydre.

Jim savait qu'il devait se montrer prudent, mais la sainte fureur qui le possédait lui donnait le sentiment d'être invulnérable. Il s'approcha de la porte, l'ouvrit d'un coup de pied et la franchit de profil, fusil pointé devant lui, conscient qu'il pouvait se faire tirer dessus mais s'en moquant, prêt à tuer et à être tué.

La femme et l'enfant étaient seuls. Sur un lit répugnant. Les poignets et les chevilles entravés à l'aide d'un ruban adhésif solide. Elles étaient bâillonnées de la même manière.

Lisa avait environ trente ans. C'était une mince jeune femme blonde, dotée d'un charme peu commun. Mais la fillette, Susie, était encore plus belle que sa mère — d'une beauté éthérée. Elle avait une dizaine d'années, des yeux verts lumineux, des traits délicats, et une peau aussi dépourvue de défauts que la membrane interne d'une coquille d'œuf. Ange jeté dans une fosse d'aisance, elle semblait personnifier l'innocence, la bonté et la pureté. Une puissance nouvelle alimenta la rage de Jim à la vue de ces deux êtres garrottés dans cette chambre infecte.

Des larmes ruisselaient le long des joues de l'enfant, qui poussait des soupirs de terreur muselés par le scotch scellant ses lèvres. Quoique son regard fût également habité par le chagrin et la peur, la mère ne pleurait pas. Son sens des responsabilités envers sa fille et une colère évidente — proche de celle de Jim — l'empêchaient de sombrer dans l'hystérie.

Le nouveau venu réalisa qu'elles avaient peur de lui. Pour ce qu'elles en savaient, il était de mèche avec leurs ravisseurs.

Il posa son fusil contre une commode encastrée.

— Tout va bien, dit-il. C'est terminé, maintenant. Je les ai tués. Je les ai tués tous les deux.

Lisa, incrédule, le regardait avec des yeux exorbités.

Il ne la blâmait pas de douter de lui. Sa voix avait un son étrange : pleine de fureur, tremblante, elle se brisait tous les trois ou quatre mots, passait du murmure à l'exclamation et de l'exclamation au murmure.

Il explora la pièce des yeux, à la recherche d'un outil pour libérer les captives. Un rouleau de papier adhésif et une paire de ciseaux étaient posés sur la commode.

En s'emparant des ciseaux, il remarqua que des cassettes vidéo classées X étaient également empilées sur le meuble. Soudain, il réalisa que les murs et le plafond de la petite pièce étaient tapissés de photos obscènes tirées de magazines. Avec un haut-le-corps, il constata qu'il s'agissait d'un genre d'ordures bien particulier : de la pornographie enfantine. Les clichés montraient des hommes adultes, au visage toujours dissimulé, mais aucune femme. Seulement des petits garçons et des petites filles — la plupart aussi jeunes que Susie, d'autres plus jeunes encore — subissant toutes les brutalités imaginables.

Les individus qu'il avait tués n'auraient que brièvement usé de Lisa. Ils l'auraient violée, torturée, brisée, pour qu'elle serve d'exemple à sa fille, puis ils lui auraient tranché la gorge ou lui auraient fait sauter la cervelle sur quelque route poussiéreuse du désert, avant d'abandonner son corps aux lézards, aux serpents et aux vautours. C'était l'enfant qu'ils voulaient, l'enfant dont ils auraient transformé les prochains mois ou les prochaines années en enfer.

La colère de Jim se changea en un sentiment allant bien au-delà du simple courroux. Une terrible noirceur monta en lui, tel du pétrole brut jaillissant au sommet d'un puits.

Il était furieux que Susie ait vu ces photographies, qu'elle ait été forcée de demeurer sur ces draps souillés et puants, environnée d'obscénités sans nom. Il avait une envie folle de ramasser son fusil et de tirer quelques cartouches supplémentaires dans chacun des deux cadavres.

Ils ne l'avaient pas touchée. Dieu merci. Ils n'avaient pas eu le temps de la toucher.

Mais la pièce ! Oh, Seigneur, elle avait été violentée par le simple fait d'être enfermée dans cette pièce.

Il tremblait.

Il vit que la mère tremblait également.

Au bout de quelques instants, il se rendit compte que ses frissons à elle n'étaient pas dus à la rage, comme les siens, mais à la peur. La peur de *lui*. Il la terrifiait à présent encore plus que lorsqu'il avait surgi dans la chambre.

Il était content qu'il n'y eût pas de miroir. Il n'aurait pas voulu contempler son propre visage, où devait apparaître une certaine forme de folie.

Il fallait qu'il se contrôle.

— Tout va bien, la rassura-t-il à nouveau. Je suis ici pour vous aider.

Impatient de les délivrer, d'apaiser leur terreur, il tomba à genoux près du lit et coupa le ruban adhésif enroulé autour des chevilles de Lisa, l'arracha. Ayant également tranché celui qui lui maintenait les poignets, il la laissa achever le travail.

Lorsqu'il libéra les mains de Susie, celle-ci ramena les bras contre sa poitrine, comme pour se protéger. Lorsqu'il lui libéra les jambes, elle lui donna des coups de pied et s'éloigna de lui en se tortillant sur les draps tachés. Il ne chercha pas à la retenir. Bien au contraire, il recula.

Lisa ôta le morceau de scotch qui la bâillonnait et retira un chiffon de sa bouche, toussant, au bord de la nausée. Ses premiers mots furent prononcés d'une voix haletante, à la fois affolée et résignée.

— Mon mari, dans la voiture. Mon mari !

Jim la regarda sans rien dire, incapable de formuler une nouvelle aussi sinistre devant l'enfant.

La jeune femme lut la vérité dans ses yeux. Un instant, son beau visage se tordit en un masque de chagrin et de douleur. Mais songeant à sa fille, elle combattit ses larmes et son angoisse.

— Oh, mon Dieu, dit-elle simplement, chacun de ses mots chargé du poids de son affliction.

— Pouvez-vous porter Susie?

Elle ne songeait qu'à son époux défunt.

— Pouvez-vous porter Susie? répéta Jim.

Lisa cligna des yeux, surprise.

— Comment connaissez-vous son nom?

— C'est votre mari qui me l'a dit.

— Mais...

— Avant, coupa-t-il sèchement, entendant par là « avant de mourir » — il ne voulait pas lui donner de faux espoirs. Est-ce que vous pouvez la porter dehors?

— Oui, je crois. Peut-être.

Jim aurait pu se charger lui-même de la fillette, mais ne croyait pas avoir le droit de la toucher. Même si la chose était irrationnelle, purement émotionnelle, il sentait que ce que lui avaient fait les deux malades — et ce qu'ils lui auraient fait s'ils en avaient eu l'occasion — engageait d'une certaine manière la responsabilité de tous les hommes. Qu'il portait lui aussi au moins une petite tache de culpabilité.

A ce moment précis, le seul homme qui aurait eu le droit de toucher Susie était son père. Et il était mort.

Jim se releva et s'éloigna du lit. Son dos heurta la porte d'un placard étroit, qui s'ouvrit toute grande lorsqu'il s'en écarta.

Sur le lit, la petite fille gémissante tenta tout d'abord d'échapper à sa mère, tellement traumatisée qu'elle ne reconnaissait pas ces mains aimantes et familières. Puis, brusquement, elle brisa les chaînes de la terreur et se jeta dans les bras de Lisa, qui lui parla d'une voix rassurante, lui caressa les cheveux et la serra contre elle.

L'air conditionné était coupé depuis que les tueurs étaient partis inspecter la Camaro accidentée. L'atmosphère de la chambre devenait plus étouffante à chaque seconde qui passait, plus pestilentielle. Jim percevait à présent des remugles de bière éventée, de sueur, et ce qui pouvait être une odeur tenace de sang séché émanant des taches marron foncé sur la moquette — ainsi que d'autres odeurs répugnantes qu'il n'osait pas identifier.

— Venez, sortons.

Lisa n'avait pas l'air bien costaud, mais elle souleva sa fille sans plus d'efforts que s'il se fût agi d'un oreiller. Susie pelotonnée dans ses bras, elle se dirigea vers la porte.

— Ne la laissez pas regarder à gauche quand vous sortirez, lui conseilla Jim. Il y a un type mort près de la porte et ce n'est pas beau à voir.

La jeune femme hocha la tête, visiblement reconnaissante de cet avertissement.

Alors qu'il se préparait à la suivre, Jim remarqua le contenu du placard qui s'était ouvert lorsqu'il l'avait heurté : des étagères de cassettes vidéo amateur. Sur le dos de chaque boîte, une étiquette blanche portait un titre écrit à la main. Un prénom. Les titres étaient tous des prénoms. CINDY, TIFFANY. JOEY. CISSY. TOMMY. KEVIN. Deux cassettes étaient intitulées SALLY, trois WENDY. Et il y avait d'autres noms encore. Une trentaine en tout, peut-être. Bien qu'il sût ce qu'elles contenaient — souvenirs de sauvagerie, de perversions — Jim refusait d'y croire. Tant de victimes !

L'amère noirceur jaillit en lui avec encore plus de force.

Il traversa le véhicule à la suite de Lisa et retrouva le soleil brûlant du désert.

2

Lisa se tenait derrière le mobil-home, sous les rayons d'or blanc du soleil. Serrée contre elle, sa fille ne la quittait pas. Il existait une affinité certaine entre elles et la lumière : celle-ci glissait en courants scintillants dans leurs cheveux blonds, rehaussait la couleur de leurs yeux comme la lampe d'un bijoutier renforce la beauté d'émeraudes dans un écrin de velours, et conférait à leur peau une luminosité presque mystique. En les voyant, il était difficile d'admettre que la clarté qui les baignait n'existait pas aussi en elles, que leur existence était désormais plongée dans des ténèbres qui les emplissaient aussi totalement que la nuit recouvre le monde lorsqu'elle remplace le crépuscule.

Jim ne supportait qu'avec peine leur présence. Chaque fois que ses yeux se posaient sur elles, il revoyait l'homme mort dans le break, et un chagrin mêlé de pitié lui tordait les entrailles, aussi douloureux que n'importe quel mal physique.

Une des clefs du trousseau découvert sur le tableau de bord du mobil-home lui permit de déverrouiller le châssis qui maintenait la Harley Davidson. C'était une FXRS-SP, au moteur de 1 340 cm^3, à simple carburateur, double soupape et deux cylindres en V, munie d'une transmission à cinq vitesses qui entraînait la roue arrière grâce à une courroie dentée et non à une chaîne graisseuse. Jim avait conduit des machines plus puissantes et plus sophistiquées ; celle-ci était ordinaire, presque quelconque — pour autant qu'une Harley pût l'être —, mais tout ce qu'il lui demandait était d'aller vite et d'être facile à manœuvrer : et si elle était en bon état, ce serait le cas.

— On ne peut pas monter tous les trois là-dessus, observa Lisa d'une voix inquiète, tandis que Jim posait la moto à terre et l'examinait.

— Non, répondit-il. C'est seulement pour moi.

— Ne nous abandonnez pas, s'il vous plaît.

— Je ne m'en irai pas avant que quelqu'un ne se soit arrêté.

Une voiture approchait. Ses trois occupants les dévisagèrent en passant, puis le conducteur accéléra.

— Personne ne s'arrêtera, se plaignit Lisa, découragée.

— Mais si ! Et j'attendrai jusque-là.

— Je ne veux pas aller avec des étrangers, dit la jeune femme après un instant de silence.

— On verra bien à qui on aura affaire.

Elle secoua violemment la tête.

— Je saurai si on peut se fier à eux, assura Jim.

— Je ne... (Sa voix se brisa. Elle hésita, se reprit.) Je ne fais confiance à personne.

— Il y a de braves gens sur terre, vous savez. C'est même la majorité. De toute façon, je saurai si ceux-là en font partie.

— Comment ? Au nom du ciel, comment est-ce que vous pourrez le savoir ?

— Je le saurai.

Mais il ne pouvait l'expliquer, pas plus qu'il n'aurait pu dire comment il avait su qu'elle et sa fille avaient besoin de lui au cœur de ces étendues torrides et désolées.

Il enfourcha la Harley et appuya sur le démarreur. Le moteur répondit aussitôt. Jim le fit tourner quelques secondes puis le coupa.

— Qui êtes-vous ? interrogea Lisa.

— Je ne peux pas vous le dire.

— Pourquoi ?

— Il y a trop de sensationnel dans cette histoire. Elle va faire les gros titres dans tout le pays.

— Je ne comprends pas.

— On publierait ma photo partout. Je tiens à mon intimité.

Un petit porte-bagages était fixé à l'arrière de la moto. Jim y sangla le fusil de chasse à l'aide de sa ceinture.

— Nous vous devons tellement, dit la jeune femme d'une voix tremblante, vulnérable.

Son interlocuteur lui rendit son regard puis observa Susie, qui enserrait fermement d'un bras menu la taille de sa mère. L'enfant n'écoutait pas leur conversation. Ses yeux étaient vides, absents. Son esprit semblait bien loin de la réalité. Une main devant la bouche, elle se mordait le poing jusqu'au sang.

Jim détourna la tête, s'intéressa de nouveau à la Harley.

— Vous ne me devez rien du tout, dit-il.

— Mais vous nous avez sauvées...

— Je n'ai pas sauvé tout le monde, rétorqua-t-il vivement. Pas tous ceux que j'aurais *dû* sauver.

Le lointain grondement d'une voiture venant de l'est attira leur attention. Une Trans Am noire au moteur trafiqué jaillit des miroitements chimériques et vint s'arrêter à leur hauteur dans un crissement de freins. Des flammes rouges étaient peintes sur les garde-boue avant, et des chromes fantaisie bordaient le carter de chaque roue. De gros pots d'échappement jumeaux luisaient comme du mercure sous le soleil ardent.

Le conducteur descendit. C'était un homme d'environ trente ans. Ses épais cheveux noirs étaient coiffés en arrière et noués sur la nuque. Il portait un jean et un T-shirt dont les manches relevées révélaient des biceps tatoués.

— Quelque chose qui ne va pas ? demanda-t-il.

Jim le considéra une seconde en silence puis répondit :

— Il faudrait que vous emmeniez ces gens à la première ville.

Pendant que le nouveau venu contournait la Trans Am, la portière de droite s'ouvrit, livrant le passage à une femme. Un peu plus jeune que son compagnon, elle portait un short kaki trop large et un débardeur blanc. Ses cheveux décolorés étaient maintenus par un bandana et encadraient un visage si maquillé qu'il aurait pu appartenir à un cobaye de Max Factor. La jeune femme portait en outre une profusion de bijoux clinquants : de grandes boucles d'oreilles argentées, trois colliers de perles rouges aux nuances différentes, deux bracelets à chaque poignet, une montre et quatre bagues. Au-dessus de son sein gauche apparaissait un petit tatouage rose et bleu représentant un papillon.

— Vous êtes en panne ? demanda-t-elle.

— Un pneu crevé.

— Je m'appelle Frank, dit l'homme, qui mâchait un chewing-gum. Elle, c'est Verna. Je vais vous aider à changer la roue.

Jim secoua la tête.

— De toute façon, on ne peut pas prendre le mobil-home. Il y a un mort à l'intérieur.

— Un mort ?

— Et un deuxième par là-bas, ajouta Jim, désignant l'autre côté du Roadking.

Verna ouvrait de grands yeux.

Frank cessa de mâcher en apercevant le fusil attaché sur la Harley.

— C'est vous qui les avez tués ?

— Oui. Ils avaient kidnappé cette dame et son enfant.

Frank considéra un instant Jim d'un œil soupçonneux puis interrogea Lisa.

— C'est vrai ?

La mère de Susie acquiesça.

— Oh, la vache ! lâcha Verna.

Jim regarda à nouveau Susie. Elle s'était réfugiée dans un autre monde et aurait besoin d'un soutien psychiatrique pour retrouver celui-ci. Selon toute probabilité, elle n'entendait pas le moindre mot de ce qui se disait autour d'elle.

Curieusement, Jim se sentait aussi détaché de la réalité que l'enfant. La noirceur le possédait toujours. Avant longtemps, elle l'envahirait totalement.

— Ces types que j'ai tués... expliqua-t-il. Ils ont abattu le mari... le père. Son cadavre est dans un break, à quelques kilomètres d'ici.

— Oh merde ! jura Frank. C'est atroce.

Verna se rapprocha de lui en frissonnant.

— Je voudrais que vous les emmeniez à la prochaine ville aussi vite que possible, continua Jim, désignant ses compagnes. Conduisez-les chez un docteur et contactez la police. Envoyez-la ici.

— Vous pouvez compter sur nous, affirma Frank.

— Attendez... non... je ne peux pas, balbutia Lisa.

Comme Jim s'approchait d'elle, elle lui murmura :

— Ils ont l'air de... Je ne peux pas... J'ai peur...

Il lui posa la main sur l'épaule, plongea son regard dans le sien.

— Les apparences sont parfois trompeuses. Frank et Verna sont des gens bien. Vous avez confiance en moi ?

— Oui, maintenant, bien sûr.

— Alors, croyez-moi : vous pouvez aussi avoir confiance en eux.

— Mais comment pouvez-vous le savoir ? demanda-t-elle d'une voix plaintive.

— Je le sais, c'est tout, répliqua-t-il fermement.

Elle continua de le regarder dans les yeux pendant quelques secondes, puis acquiesça.

— Très bien.

Le reste fut aisé. Aussi docile que si elle avait été droguée, Susie se laissa porter jusqu'à la banquette arrière de la voiture. Sa mère l'y rejoignit et l'attira contre elle. Lorsque Frank eut reprit le volant, sa compagne à son côté, Jim accepta avec reconnaissance une boîte de bière sortant de leur glacière, puis il ferma lui-même la portière de Verna et se pencha vers la vitre ouverte pour remercier le jeune couple.

— Vous n'allez pas attendre les flics, hein ? devina Frank.

— Non.

— Vous n'avez rien à craindre, vous savez. Vous êtes un héros.

— Je sais, mais je n'attendrai pas.

Frank hocha la tête.

— Je suppose que vous avez vos raisons. Vous voulez qu'on dise que vous étiez chauve, que vous aviez les yeux noirs et que vous êtes monté dans un camion qui filait vers l'est ?

— Non. Ne mentez pas. Ne mentez pas pour moi.

— Comme vous voulez, conclut le jeune homme.

— Ne vous en faites pas, ajouta Verna. On prendra soin d'eux.

— Je sais, dit Jim.

Sirotant sa bière, il garda les yeux fixés sur la Trans Am jusqu'à ce qu'elle eût disparu.

Puis il enfourcha à nouveau la Harley, la fit démarrer d'un coup de pouce, passa la première à l'aide de la longue et lourde pédale de changement de vitesses, fit un peu chauffer le moteur et embraya. Il traversa l'accotement, franchit la dénivellation qui séparait celui-ci du désert et partit tout droit vers le sud, s'enfonçant au cœur de l'immense et inhospitalier Mojave.

Bien qu'il ne disposât d'aucune protection contre le vent, la SP n'ayant pas de carénage, il roula un long moment à plus de cent kilomètres-heure. Fouetté cruellement, il sentait ses yeux s'emplir de larmes qu'il tentait d'attribuer au seul air mordant qui l'assaillait.

La chaleur, bizarrement, ne l'incommodait pas. En fait, il ne la remarquait même pas. Quoiqu'il fût en sueur, il ressentait une impression de fraîcheur.

Il perdit bientôt la notion du temps. Une heure pouvait s'être écoulée lorsqu'il se rendit compte qu'il avait quitté la plaine pour traverser d'arides collines couleur de rouille. Il ralentit. Il devait désormais louvoyer entre de nombreux affleurements rocheux, mais la SP était conçue pour cela. Elle possédait une fourche et des amortisseurs arrière plus longs de cinq centimètres que ceux de la FXRS normale — avec les coefficients d'élasticité et de résistance aux chocs correspondants — et était munie de deux freins à disques à l'avant, ce qui permettait à Jim de virer à angle droit comme un cascadeur lorsque le terrain le surprenait.

Au bout d'un moment, le froid remplaça la fraîcheur en lui.

Bien qu'on ne fût qu'en début d'après-midi, le soleil semblait décroître. L'obscurité se refermait sur Jim de l'intérieur.

Il finit par s'arrêter à l'ombre d'un piton rocheux haut d'une centaine de mètres et long d'environ quatre cents. Des milliers d'années de vent et de soleil, ainsi que les pluies rares mais torrentielles qui arrosaient la région avaient sculpté des formes inquiétantes au sein de cette masse, qui surgissait du désert telles les ruines d'un temple antique à demi enfouies dans le sol.

Jim cala la Harley sur sa béquille.

Il s'assit à l'ombre, à même le sol.

Peu après, il s'étendit sur le côté et se recroquevilla en position fœtale, les bras croisés sur la poitrine.

Il s'était arrêté juste à temps. Totalement envahi par la noirceur, il sombra dans un abîme de désespoir.

3

Un peu avant la tombée de la nuit, il se retrouva sur la moto, au milieu de plaines au sol gris et rose où poussaient des touffes éparses de prosopis. Des broussailles noircies le poursuivaient, chassées par une brise chargée d'un parfum de sel et de limaille de fer.

Jim se souvenait vaguement d'avoir brisé l'enveloppe d'un cactus et aspiré l'eau contenue dans la pulpe, au cœur de la plante. Mais il avait encore soif. Désespérément soif.

Alors qu'il arrivait au sommet d'une pente douce et ralentissait un peu l'allure, il aperçut une petite ville à quelques kilomètres de là : des bâtiments agglutinés autour d'une route. Non loin s'élevait un bouquet d'arbres qui, après la désolation physique et spirituelle qu'il venait de traverser, lui sembla d'une luxuriance surnaturelle. A demi persuadé que cette agglomération n'était qu'un mirage, il se dirigea néanmoins vers elle.

Soudain, se découpant sur un ciel que le crépuscule parait de rouge et de pourpre, apparut le clocher d'une église, surmonté d'une croix. Bien qu'il se sût en proie à un léger délire, dû au moins en partie à la déshydratation, Jim prit aussitôt la direction de l'édifice religieux — sentant qu'il avait encore plus besoin de quiétude que d'eau.

A cinq cents mètres de la ville, il engagea la Harley dans un arroyo et l'y abandonna sur le flanc. Les parois sablonneuses du canal cédèrent aisément sous ses mains et il eut vite fait de recouvrir l'engin.

Il s'était cru capable de parcourir sans trop de mal le reste du chemin, mais son état était plus grave qu'il ne l'avait imaginé. Sa vue ne cessait d'osciller entre la clarté et le flou. Ses lèvres le brûlaient, sa langue adhérait à son palais desséché et sa gorge le fai-

sait souffrir — comme s'il avait été en proie à une fièvre violente
Il commença à avoir des élancements musculaires et des crampe
dans les jambes. Ses pieds lui semblaient pris dans des brodequin
de béton.

Il dut perdre momentanément conscience de ses actes, car il s
retrouva sur les marches de l'église aux murs blancs, faits de plan
ches à clin — sans garder le moindre souvenir des dernières cen
taines de mètres du trajet. Les mots NOTRE-DAME-DU-DÉSER
étaient inscrits sur une plaque de cuivre près de la porte à deu
battants.

Jim avait naguère été catholique et le restait en partie dans so
cœur. Il avait adopté dans sa vie de nombreuses religions — métho
diste, juive, bouddhiste, baptiste, islamique, hindouiste, taoïste
et d'autres encore — et quoiqu'il n'en pratiquât plus aucune, i
conservait l'expérience de chacune.

La porte semblait peser plus lourd que le rocher ayant scellé l
tombeau du Christ, mais il parvint cependant à la tirer et à entrer

Moins étouffante que celle du Mojave baigné par le crépuscule
l'atmosphère de l'église n'était toutefois pas réellement fraîche
Il y flottait un parfum de myrrhe et de nard, ainsi que l'odeu
douceâtre des cierges se consumant — ce qui fit remonter en Jim
des souvenirs de sa période catholique et lui donna un sentimen
de sécurité.

A l'entrée, entre le narthex et la nef, il trempa deux doigts dan
le bénitier, se signa, puis plongea ses mains en coupe dans le liquide
frais, les porta à sa bouche et but. L'eau avait un goût de sang
Il observa avec horreur le bassin de marbre blanc, sûr de le décou
vrir empli d'un épais liquide écarlate. Mais il ne vit que de l'eau
et le vague reflet miroitant de son visage.

Il réalisa alors que ses lèvres sèches et douloureuses étaient fen
dues. Il y passa la langue. Le sang qu'il avait senti était le sien

L'instant d'après, il se retrouva agenouillé à l'avant de la nef
appuyé contre la barrière du chœur, en train de prier, sans savoir
comment il était arrivé là. Une nouvelle fois, il avait dû agir en
somnambule.

La fin du jour avait été balayée comme une fine pellicule de
poussière, et une chaude brise nocturne faisait vibrer les vitraux.
L'église n'était éclairée que par une ampoule nue dans le narthex,
les flammes d'une demi-douzaine de cierges fixés dans les chan
deliers de verre rouge et un petit projecteur tourné vers le crucifix.

Jim vit son propre visage peint sur celui du Christ. Il ferma un
instant ses yeux brûlants avant de regarder à nouveau. Cette fois,

il reconnut la victime découverte dans le break. Puis la figure sacrée se métamorphosa en celle de la mère de Jim, de son père, de Susie, de Lisa, avant de perdre toute caractéristique humaine pour n'être plus qu'un ovale noir — telle la face du tueur à l'intérieur du Roadking obscur, lorsqu'il s'était retourné pour tirer sur son poursuivant.

D'ailleurs, ce n'était plus le Christ qui était sur la croix, c'était le tueur lui-même. Le tueur qui ouvrit les yeux, regarda Jim et sourit. D'un coup sec, il se libéra les pieds, le premier demeurant traversé par le clou, tandis qu'un trou noir perçait le second. Il arracha aussi ses mains de la croix, les pointes restant fichées dans ses paumes, et flotta jusqu'au sol — comme si la gravité n'avait sur lui que la prise qu'il voulait bien lui accorder. Il commença à traverser l'estrade de l'autel en direction de la barrière, de Jim.

Bien que son cœur battît à tout rompre, ce dernier se dit qu'il s'agissait d'une hallucination. Le produit d'un esprit enfiévré. Rien de plus.

Le tueur l'atteignit. Toucha son visage. Sa main était aussi douce que de la viande en décomposition, aussi froide que du gaz liquide.

Tel un illuminé s'évanouissant au cours d'une expérience de renouveau de la foi, sous la puissance mystique des mains d'un guérisseur, Jim fut parcouru d'un long frisson et plongea dans les ténèbres.

4

Une pièce aux murs blancs.

Un lit étroit.

Quelques meubles fort simples.

Derrière les fenêtres, la nuit.

Jim ne cessait de naviguer entre deux cauchemars. Chaque fois qu'il reprenait connaissance, jamais pour plus d'une ou deux minutes, il distinguait le même homme grassouillet penché au-dessus de lui : la cinquantaine, le front dégarni, les sourcils épais et le nez cassé.

De temps en temps, l'inconnu étendait délicatement un onguent sur le visage de Jim ou bien y appliquait des compresses d'eau glacée. Un fois, il souleva la tête du blessé et lui fit boire de l'eau fraîche à la paille. Ses yeux étaient emplis d'inquiétude et de bonté, aussi son patient ne protesta-t-il pas.

Il ne possédait de toute façon ni la voix ni l'énergie nécessaires pour protester. Sa gorge lui faisait si mal qu'il lui semblait avoir avalé de l'essence et une allumette enflammée. Il n'avait pas même la force de lever la main à deux centimètres des draps.

— Reposez-vous, lui dit l'inconnu. Vous avez une insolation et un méchant coup de soleil.

Le pire, c'est la brûlure du vent, songea Jim, se souvenant de la Harley SP dépourvue de carénage.

▼▲▼

De la lumière aux fenêtres. Un nouveau jour.

Ses yeux étaient douloureux.

Son visage lui semblait pire que jamais. Enflé.

L'inconnu portait un col clérical.

— Prêtre, murmura Jim d'une voix rauque qu'il ne reconnut pas.

— Je vous ai trouvé dans l'église, inconscient.

— Notre-Dame-du-Désert.

Soulevant à nouveau la tête de Jim, l'ecclésiastique acquiesça.

— C'est cela. Je suis le père Geary. Leo Geary.

Cette fois, le blessé put s'aider un peu. L'eau avait un goût sucré.

— Qu'est-ce que vous faisiez dans le désert ? interrogea la prêtre.

— J'errais.

— Pourquoi ?

Jim ne répondit pas.

— Comment vous appelez-vous ?

— Jim.

— Vous n'avez pas de papiers d'identité.

— Non, pas cette fois.

— Qu'est-ce que vous voulez dire ?

Jim resta silencieux.

— Il y avait trois mille dollars en liquide dans vos poches, reprit le père Geary.

— Prenez ce qu'il vous faut.

Le prêtre l'observa en souriant.

— Vous devriez faire attention à ce que vous offrez, mon fils. Notre église est pauvre. Nous avons besoin de tout ce que nous pouvons trouver.

▼▲▼

Encore plus tard, Jim s'éveilla à nouveau. L'ecclésiastique n'était pas là. La maison était silencieuse. De temps à autre, un chevron craquait, une fenêtre vibrait doucement sous les assauts du vent qui soufflait dans le désert.

— Une question, mon père, dit Jim lorsque revint Geary.

Sa voix, encore enrouée, commençait à retrouver son timbre normal.

— Quoi donc ?

— Si Dieu existe, pourquoi permet-Il la souffrance ?

— Vous ne vous sentez pas bien ? s'enquit le prêtre, alarmé.

— Si, si, je vais mieux. Je ne parlais pas de ma souffrance à moi. Seulement... Pourquoi permet-Il la souffrance en général ?

— Pour nous mettre à l'épreuve, déclara le père Geary.

— Et pourquoi devons-nous être mis à l'épreuve ?

— Pour savoir si nous sommes dignes.

— Dignes de quoi ?

— Dignes du paradis, bien sûr. Du salut. De la vie éternelle.

— Pourquoi Dieu ne nous en a-t-Il pas rendus dignes au moment de la création ?

— Il l'a fait. Il nous a créés parfaits. Mais ensuite, nous avons péché et perdu la grâce.

— Comment avons-nous pu pécher si nous étions parfaits ?

— Parce que nous sommes doués de libre arbitre.

— Je ne comprends pas.

Le front de l'ecclésiastique se plissa.

— Je ne suis qu'un simple prêtre, pas un grand théologien. Tout ce que je peux vous dire, c'est que cela fait partie du mystère divin. Nous avons perdu la grâce et, désormais, nous devons gagner le paradis.

— J'ai envie de faire pipi, annonça Jim.

— Très bien.

— Pas dans le bassin, cette fois. Si vous m'aidez, je crois que je pourrai aller aux toilettes.

— Je le crois aussi. Vous vous remettez vraiment très bien, grâce à Dieu.

— Au libre arbitre, dit Jim.

Le prêtre fronça le sourcil.

▼▲▼

A la fin de l'après-midi, près de vingt-quatre heures après que Jim était entré en titubant dans l'église, sa fièvre était presque tombée. Il n'avait plus de spasmes musculaires, ses articulations ne le faisaient plus souffrir, la tête ne lui tournait plus, et respirer profondément ne lui causait plus de brûlure dans la poitrine. En revanche, la douleur embrasait toujours périodiquement son visage. Il parlait en sollicitant le moins possible les muscles faciaux, car les coupures de ses lèvres et des commissures de sa bouche se rouvraient aisément, malgré la pommade à la cortisone que le père Geary appliquait dessus toutes les deux ou trois heures.

Il pouvait s'asseoir dans le lit sans aide et marcher à travers la pièce presque sans soutien. Lorsque l'appétit lui revint, le prêtre lui apporta un bouillon de poulet, puis de la glace à la vanille. Jim mangea avec précaution, ménageant ses lèvres, tentant d'éviter de mêler à la nourriture le goût de son propre sang.

— J'ai encore faim, dit-il lorsqu'il eut fini.

— Voyons d'abord si vous réussissez à garder ça.

— Je me sens bien. Ce n'était qu'une insolation et la déshydratation.

— On peut mourir d'une insolation, mon fils. Vous devez vous reposer encore.

Peu après, lorsque Geary eut capitulé et lui eut rapporté de la glace, Jim lui parla au travers de dents à demi serrées et de lèvres gelées :

— Pourquoi certains hommes sont-ils des tueurs ? Je ne parle pas des flics, ni des soldats, ni des gens qui tuent en état de légitime défense. Les autres, les meurtriers. Pourquoi est-ce qu'ils tuent ?

S'asseyant près du lit, sur un rocking-chair au dossier droit, l'ecclésiastique le couva d'un regard perplexe.

— C'est une question étrange.

— Vraiment ? Peut-être. Vous avez une réponse ?

— La plus simple est : parce que le mal est en eux.

Ils gardèrent le silence pendant environ une minute. Jim mangeait sa glace. Le prêtre dodu se balançait sur son fauteuil. Derrière les fenêtres, un nouveau crépuscule envahissait le ciel.

— Le meurtre, les accidents, la maladie, la vieillesse... reprit enfin Jim. Pourquoi Dieu nous a-t-Il rendus mortels ? Pourquoi devons-nous mourir ?

— La mort n'est pas une fin. C'est du moins ce que je crois. La mort n'est que notre moyen de passage, le train qui nous conduit à notre récompense.

— Vous voulez dire : le paradis ?

Le père Geary hésita.

— Ou l'autre.

Jim dormit deux heures. Lorsqu'il se réveilla, il vit son compagnon debout au pied du lit, l'observant intensément.

— Vous avez parlé en dormant.

Jim s'assit.

— Vraiment ? Qu'est-ce que j'ai dit ?

— « Il existe un ennemi. »

— C'est tout ?

— Non. Vous avez ajouté : « Il arrive. Il va tous nous tuer. »

Un frisson de terreur traversa le blessé, non que ces mots eux-mêmes possédassent le moindre pouvoir, ni qu'il les comprît, mais il sentait que, dans son subconscient, il ne savait que trop bien ce qu'il avait voulu dire.

— Je suppose que j'ai rêvé, dit-il. Ce n'était qu'un cauchemar.

Mais peu après trois heures du matin, durant sa seconde nuit au presbytère, il s'éveilla en sursaut, se redressa d'un coup et entendit les mots lui échapper à nouveau : *Il va tous nous tuer.*

La pièce était plongée dans l'obscurité.

Il tâtonna à la recherche de l'interrupteur, alluma la lampe.

Il était seul.

Il regarda vers les fenêtres. Au-delà, il y avait les ténèbres.

Jim avait la sensation bizarre, irrépressible, que quelque chose d'hideux et d'impitoyable avait plané au-dessus de lui, quelque chose d'infiniment plus sauvage et plus étrange que tout ce que quiconque avait jamais pu voir, rêver ou imaginer au cours de l'histoire. Tout tremblant, il se leva du lit. Il portait un pyjama appartenant au prêtre, trop grand pour lui. Un instant, il demeura immobile, ne sachant que faire.

Puis il éteignit la lumière et, pieds nus, s'approcha d'une fenêtre, puis de l'autre. Il se trouvait au premier étage. La nuit était silencieuse, profonde, paisible. Si quelque chose avait rôdé par là, cela avait maintenant disparu.

5

Le matin suivant, il remit ses propres vêtements, que le père Geary avait lavés. Il passa la plus grande partie de la journée dans le salon, au fond d'un confortable fauteuil, les pieds posés sur un coussin, à lire des magazines et à somnoler tandis que le prêtre s'occupait des affaires de sa paroisse.

Brûlé, irrité par le vent, le visage de Jim se durcissait. Comme un masque.

Ce soir-là, les deux hommes préparèrent le dîner de concert. Geary nettoya une laitue, du céleri et des tomates pour faire une salade. Jim mit la table, ouvrit une bouteille de chianti bon marché pour laisser respirer le vin, puis coupa en morceaux des champignons en conserve, avant de les jeter dans la casserole de sauce à spaghetti qui mijotait sur le gaz.

Ils travaillaient en gardant un silence qui les satisfaisait tous deux. Jim s'étonna de la curieuse relation qui s'était nouée entre eux. Les deux derniers jours avaient eu quelque chose d'onirique, comme si ce refuge n'était pas une simple petite ville du désert mais un endroit paisible n'appartenant pas au monde réel, une cité de la quatrième dimension. Le père Geary avait cessé de poser des questions. Pour tout dire, il avait été loin de se montrer aussi inquisiteur ou insistant que l'y autorisaient les circonstances. Jim soupçonnait pourtant que son hôte ne poussait généralement pas la charité chrétienne jusqu'à héberger des étrangers blessés et à l'allure louche. Les raisons pour lesquelles il recevait un tel traitement de faveur constituaient pour lui un mystère, mais il en était reconnaissant.

Lorsqu'il eut coupé la moitié des champignons contenus dans la boîte, il dit soudain :

— Ligne de vie.

Le prêtre se tourna vers lui, une branche de céleri à la main.

— Je vous demande pardon ?

Un frisson glacé parcourut Jim, qui faillit lâcher son couteau dans la sauce. Il le posa sur la tablette.

— Jim ?

Celui-ci se tourna vers Geary en tremblant et reprit :

— Il faut que je trouve un aéroport.

— Un aéroport ?

— Et tout de suite, mon père.

Le visage joufflu de l'ecclésiastique se creusa de perplexité. Son front bruni se plissa bien au-delà de la ligne où étaient autrefois plantés ses cheveux.

— Mais il n'y a pas d'aéroport ici.

— A quelle distance se trouve le plus proche ?

— Eh bien... A deux heures de voiture. A Las Vegas.

— Il faut que vous m'y conduisiez.

— Quoi ? Maintenant ?

— Tout de suite, acquiesça Jim.

— Mais...

— Il faut que j'aille à Boston.

— Mais vous avez été malade...

— Je vais mieux.

— Votre visage...

— Ça fait mal et ce n'est pas beau à voir, mais ce n'est pas non plus mortel. Il faut absolument que j'aille à Boston, mon père.

— Pourquoi ?

Jim hésita, puis décida de révéler une partie de la vérité.

— Si je n'y vais pas, quelqu'un va y être tué. Quelqu'un qui ne doit pas mourir.

— Qui ? Qui est-ce qui va mourir ?

Jim humecta ses lèvres gercées.

— Je ne sais pas.

— Vous ne le savez pas ?

— Je le saurai en arrivant là-bas.

Le père Geary l'observa un long moment.

— Jim, dit-il enfin, vous êtes l'homme le plus étrange que j'aie jamais connu.

Son interlocuteur hocha la tête.

— Je suis l'homme le plus étrange que, moi, j'aie jamais connu.

▼▲▼

Ils quittèrent le presbytère dans la Toyota du prêtre, vieille de six ans. Bien que le soleil fût masqué par des nuages couleur de chair meurtrie, il restait une heure de clarté avant la nuit dans cette longue journée d'août.

Ils avaient roulé durant une trentaine de minutes à peine quand la foudre déchira le ciel gris et se mit à danser sur ses jambes déchiquetées le long de l'horizon obscurci. Les éclairs se succédèrent rapidement, semblant à Jim plus éclatants et plus violents dans l'air pur du Mojave que partout ailleurs. Dix minutes plus tard, le ciel se fit plus sombre, plus bas. La pluie commença à s'abattre en cataractes argentées aussi fortes que ce qu'avait observé Noé tandis qu'il se hâtait d'achever son arche.

— Les orages sont rares, ici, observa le père Geary en mettant en marche les essuie-glaces.

— Il ne faut pas que cela nous retarde, dit Jim, inquiet.

— Je vous emmènerai à bon port, assura le prêtre.

— Il ne doit pas y avoir beaucoup de vols de nuit vers l'est. La plupart des avions quittent certainement Vegas pendant la journée. Je ne peux pas me permettre de rater le dernier et d'attendre le matin. Il faut que je sois à Boston demain !

Le sable sec absorbait le déluge. Mais dans certaines zones rocheuses ou durcies par des mois de soleil brûlant, l'eau demeurait à la surface, créant dans toutes les déclivités de petits ruisseaux qui devenaient rivières puis atteignaient vite la taille de véritables fleuves. Bientôt, tous les arroyos que franchit la voiture furent emplis d'eaux torrentielles, bouillonnantes, couvertes d'une écume blanche et sale, charriant des buissons arrachés au désert, des broussailles desséchées, des morceaux de bois.

Le père Geary gardait dans la Toyota ses deux cassettes favorites : une compilation de vieux tubes de rock'n'roll et un *best of* d'Elton John. Il inséra ce dernier dans l'autoradio. Les mélodies de « Funeral for a friend », de « Daniel » et de « Benny and the Jets » les firent passer d'une fin de journée martelée par l'orage à un début de nuit balayé par la pluie.

Des flaques de mercure étincelaient sur le bitume. Jim songea que les mirages aperçus quelques jours plus tôt sur la nationale étaient devenus étrangement réels.

Il était plus tendu à chaque minute qui passait. Boston l'appelait, mais Boston était loin, et il n'existait rien de plus sombre ni de plus traître qu'un ruban d'asphalte, la nuit, dans un désert battu par l'orage. A part peut-être le cœur humain.

Le prêtre conduisait courbé sur le volant. Il scrutait la route avec attention tout en chantonnant avec Elton John.

— Est-ce qu'il n'y avait pas un docteur en ville, mon père? demanda Jim au bout d'un moment

— Si.

— Mais vous ne l'avez pas appelé.

— C'est lui qui m'a prescrit la cortisone.

— J'ai vu le tube. L'ordonnance était rédigée à votre nom et vieille de plusieurs mois.

— C'est-à-dire que... j'avais déjà vu des insolations. Je savais que je pouvais vous soigner.

— Au début, pourtant, vous aviez l'air horriblement inquiet.

Geary ne répondit qu'après qu'ils eurent parcouru plusieurs kilomètres.

— Je ne sais ni qui vous êtes, ni d'où vous venez, ni pourquoi vous avez réellement besoin d'aller à Boston. Mais je sais que vous avez des ennuis, peut-être de gros ennuis, les plus gros qu'on puisse avoir. Et je sais... ou du moins je crois savoir que vous êtes un homme bon. De toute façon, j'ai pensé que quelqu'un dans votre situation préférerait ne pas se faire remarquer.

— Merci. C'est le cas.

Trois kilomètres plus loin, la pluie devint assez forte pour surpasser la capacité des essuie-glaces et força le prêtre à ralentir.

— C'est vous qui avez sauvé cette femme et sa petite fille, dit-il soudain.

Jim se contracta mais ne répondit pas.

— Vous correspondez à la description donnée à la télé, reprit son compagnon.

Après un nouveau silence prolongé, il ajouta :

— Je ne crois pas aux miracles.

Jim fut abasourdi par cette déclaration.

Le père Geary coupa l'autoradio. Les seuls bruits audibles demeuraient le crissement des pneus sur la chaussée humide et le battement de métronome des essuie-glaces.

— Je crois que les miracles décrits dans la Bible se sont produits, oui, j'accepte tout cela comme de l'histoire authentique, continua l'ecclésiastique, les yeux toujours fixés sur la route. Mais j'ai du mal à croire que, la semaine dernière, une statue de la Vierge ait versé de vraies larmes dans une église de Cincinnati, de Peoria ou de Teaneck, après le bingo du mercredi soir, sous les yeux ébahis de deux adolescents et de la femme de ménage. Je ne crois pas non plus qu'une ombre ressemblant à Jésus, projetée par un insecte lumineux sur la porte d'un garage, soit l'annonce d'une prochaine apocalypse. Les voies du Seigneur sont certes impénétrables, mais elles ne passent pas par les insectes et les portes de garage.

Le prêtre se tut à nouveau. Jim attendit la suite, se demandant où il voulait en venir.

— Quand je vous ai trouvé dans l'église, allongé près du chœur, vous portiez les stigmates du Christ, dit Geary d'une voix de plus en plus hallucinée. Il y avait la marque des clous dans vos paumes...

L'intéressé regarda ses mains et n'y vit aucune blessure.

— Et votre front était griffé, piqueté, par ce qui aurait pu être une couronne d'épines.

Le visage de Jim restait si ravagé par le soleil et le vent que chercher dans le rétroviseur la trace des égratignures dont parlait Geary eût été inutile.

— Je crois que j'ai été effrayé..., continua ce dernier. Mais fasciné, aussi.

Ils arrivèrent devant un pont de béton d'une douzaine de mètres de long, qui traversait un arroyo aux berges inondées. Un lac sombre s'était formé au sein de celui-ci et avait dépassé le niveau des accotements surélevés de la route. Le conducteur accéléra. Des jets d'eau reflétant la lumière des phares se déployèrent comme de grandes ailes blanches des deux côtés de la voiture.

— Je n'avais jamais vu de stigmates, mais j'avais entendu parler du phénomène, reprit le père Geary lorsqu'ils eurent dépassé la zone inondée. J'ai relevé votre chemise... examiné votre côté... et j'y ai trouvé la cicatrice enflammée de ce qui pouvait être un coup de lance.

Les événements des derniers mois avaient été tellement emplis de surprises que le seuil d'étonnement de Jim s'était trouvé repoussé à plusieurs reprises. Pourtant, ce que lui disait le prêtre le franchit sans peine. Le miraculé de fraîche date sentit un frisson de terreur respectueuse courir le long de son épine dorsale.

La voix de Geary n'était plus qu'un murmure.

— Quand je vous ai eu porté au presbytère et mis au lit, les signes avaient disparu. Mais je sais que je ne les ai pas imaginés. Je les ai vus, ils étaient réels, et je sais qu'il y a en vous quelque chose de spécial.

La foudre avait depuis longtemps cessé d'étendre dans le ciel noir ses colliers d'électricité luisants et déchiquetés. La pluie commença à son tour à se calmer, et l'ecclésiastique put réduire la vitesse des essuie-glaces tout en augmentant celle de la vieille Toyota.

Pendant un long moment, aucun des deux hommes ne sembla savoir quoi dire. Enfin, Geary s'éclaircit la voix.

— Cela vous était-il déjà arrivé... d'avoir ces stigmates?

— Non. Pas que je sache. Mais, bien sûr, je n'en avais pas non plus conscience cette fois avant que vous n'en parliez.

— Vous n'aviez pas remarqué les marques sur vos mains avant de vous évanouir?

— Non.

— Mais ce n'est pas la seule chose étrange qui vous soit arrivée ces derniers temps?

Jim eut un petit rire, moins dû à l'amusement qu'à une cruelle ironie.

— Vraiment pas, non.

— Vous voulez m'en parler? proposa Geary.

Son interlocuteur réfléchit quelques secondes avant de répondre.

— Oui, mais je ne peux pas.

— Je suis prêtre. Je respecte toutes les confidences. Même la police n'a aucun pouvoir sur moi.

— Oh! j'ai confiance en vous, mon père. Et je n'ai pas spécialement peur de la police.

— Alors?

— Si je vous en parle... l'ennemi viendra, dit Jim, fronçant le sourcil en s'entendant prononcer ces mots.

Cette affirmation semblait être venue *à travers* lui et non *de* lui.

— Quel ennemi?

Jim laissa errer son regard sur l'immensité obscure du désert.

— Je ne sais pas.

— Celui dont vous avez parlé durant votre sommeil, la nuit dernière?

— Peut-être.

— Vous avez dit qu'il nous tuerait tous.

— Et c'est vrai.

Peut-être encore plus intéressé que le prêtre par ce qu'il disait, car il n'avait aucune idée des paroles qu'il allait prononcer avant de les entendre, il continua :

— S'il découvre mon existence, s'il s'aperçoit que je sauve des vies, des vies bien particulières, il viendra pour m'arrêter.

Geary lui jeta un coup d'œil étonné.

— Des vies bien particulières? Qu'est-ce que vous entendez par là?

— Je ne sais pas.

— Si vous me parliez de vous, je ne répéterai pas le moindre mot à qui que ce soit. Alors quel que soit votre ennemi, comment pourrait-il découvrir votre existence juste parce que vous vous confiez à moi ?

— Je ne sais pas.

— Vous ne savez pas.

— Non.

Geary poussa un soupir de frustration.

— Je ne me moque vraiment pas de vous, mon père, et je ne suis pas volontairement obscur.

Jim se tortilla sur son siège et ajusta la ceinture de sécurité, essayant de trouver une position plus confortable. Mais son malaise, moins physique que spirituel, était difficile à apaiser.

— Avez-vous déjà entendu l'expression « écriture automatique » ?

Sans quitter la route des yeux, Geary répondit :

— Les médiums et les voyants en parlent. C'est de la superstition. Un esprit est censé prendre le contrôle de la main du sujet, qui entre en transe, et lui faire écrire des messages provenant de l'au-delà. (Il émit une onomatopée méprisante.) Les mêmes personnes qui refusent l'idée de s'adresser à Dieu — voire même l'existence de Dieu — croient naïvement tous les charlatans qui prétendent canaliser les esprits des morts.

— Quoi qu'il en soit, il arrive parfois que quelqu'un ou quelque chose semble s'exprimer à travers moi. C'est une forme orale d'écriture automatique. Je ne sais ce que je dis que parce que je m'écoute parler.

— Vous n'êtes pas en transe ?

— Non.

— Vous pensez être un médium, avoir des pouvoirs psychiques quelconques ?

— Non, je suis sûr que ce n'est pas le cas.

— Vous croyez que les morts parlent par votre bouche ?

— Pas les morts, non.

— Alors qui ?

— Je ne sais pas.

— Dieu ?

— Peut-être.

— Mais vous n'en savez rien, conclut Geary, exaspéré.

— En effet.

— Vous n'êtes pas seulement l'homme le plus étrange que j'aie jamais rencontré, Jim. Vous êtes aussi le plus frustrant.

▼▲▼

Ils arrivèrent à l'aéroport international McCarran de Las Vegas à dix heures du soir. Seuls quelques taxis circulaient encore sur la voie d'accès. La pluie avait cessé. Les palmiers étaient agités par une brise légère, et le paysage tout entier semblait avoir été récuré, poli.

Jim ouvrit sa portière avant même que le père Geary n'eût freiné devant l'aérogare. Une fois hors de la Toyota, il se retourna pour échanger quelques mots d'adieu avec le prêtre.

— Merci, mon père. Vous m'avez probablement sauvé la vie.

— N'exagérons rien.

— J'aimerais offrir à Notre-Dame-du-Désert une partie des trois mille dollars que j'ai sur moi, mais je peux en avoir besoin. Je ne sais pas ce qui va m'arriver à Boston, et je serai peut-être obligé de tout dépenser.

L'ecclésiastique secoua la tête.

— Vous ne me devez rien.

— Quand je rentrerai chez moi, je vous enverrai quelque chose. Ce sera du liquide dans une enveloppe, sans mention d'expéditeur. Mais c'est tout de même de l'argent honnête. Vous pouvez l'accepter sans hésiter.

— Ce n'est pas nécessaire, Jim. Il me suffit de vous avoir rencontré. Vous devez savoir que... vous avez ramené le sens du mysticisme dans la vie d'un prêtre fatigué qui commençait parfois à douter de sa vocation — mais qui ne doutera plus jamais.

Ils s'observèrent avec une affection mutuelle qui, visiblement, les surprenait tous les deux. Puis Jim se pencha pour serrer la main que lui tendait le prêtre. Une main ferme, sèche.

— Que Dieu vous accompagne, dit Geary.

— Je l'espère.

DU 24 AU 26 AOÛT

1

Le vendredi matin, peu après minuit, assise à son bureau dans la salle de rédaction du *Press*, les yeux fixés sur l'écran vide de son ordinateur, Holly était si déprimée qu'elle n'avait qu'une envie : rentrer chez elle, se mettre au lit, et se cacher la tête sous les couvertures pendant plusieurs jours. Elle méprisait les gens qui ne cessaient de se plaindre, aussi tenta-t-elle de chasser ce sentiment par la honte, mais elle ne parvint qu'à s'apitoyer encore plus sur elle-même d'en être arrivée à se prendre en pitié. Quoique la drôlerie de ce cercle vicieux fût évident, la jeune femme était incapable de sourire d'elle-même. Bien au contraire, elle se lamentait d'être aussi stupide et ridicule.

Elle était heureuse que l'édition du lendemain matin fût achevée et la salle de rédaction presque déserte, si bien qu'aucun de ses collègues ne pouvait la surprendre dans cet état. Les seules autres personnes en vue étaient Tommy Weeks — l'agent de maintenance dégingandé qui vidait les corbeilles à papiers et passait la serpillière — et George Fintel.

George, le spécialiste de la vie politique locale, dormait affalé sur son bureau, à l'autre bout de la grande salle, la tête posée sur ses bras croisés. De temps en temps, il émettait un ronflement assez sonore pour qu'Holly l'entendît. A la fermeture des bars, il lui arrivait de revenir ici plutôt que de regagner son appartement — tout comme un vieux cheval qui emprunte le chemin familier pour retrouver l'endroit qu'il considère comme sa maison. La plupart du temps, George s'éveillait durant la nuit, réalisait où il se trouvait et allait enfin rejoindre son lit d'un pas mal assuré. « Les politiciens sont la forme de vie la plus basse qui soit, disait-il souvent. Ils ont subi une évolution à rebours depuis la première bestiole gluante sortie de la mer primordiale. » A cinquante-sept ans, il était trop usé pour recommencer une carrière à zéro, aussi continuait-il d'employer ses journées à écrire sur des personnalités officielles qu'il haïssait. Ce travait avait fini par le conduire à se haïr lui-même et à chercher l'oubli dans une consommation quotidienne de martini-vodka stupéfiante.

Si elle avait un tant soit peu supporté l'alcool, Holly aurait craint de finir comme George Fintel. Mais un premier verre lui faisait agréablement tourner la tête, un second la soûlait et un troisième l'endormait.

Je déteste ma vie, songea-t-elle.

— Espèce de loque, dit-elle à haute voix.

Mais c'est vrai, je la déteste. C'est sans issue.

— C'est ça : nourris-toi bien de désespoir. Tu m'écœures, ajouta-t-elle doucement, mais avec un réel dégoût.

— C'est de moi que vous parlez ? s'enquit Tommy Weeks, qui s'approchait du bureau en poussant son balai le long de l'allée.

— Non, Tommy. C'est de moi.

— De vous ? Eh bien ! De quoi est-ce que vous avez à vous plaindre ?

— De ma vie.

L'employé s'arrêta, s'appuya sur son instrument de travail et croisa une de ses longues jambes devant l'autre. Avec son visage large, couvert de taches de rousseur, ses oreilles décollées et sa tignasse poil de carotte, il avait l'air doux, gentil, innocent.

— Ça ne va pas comme vous voulez ?

Holly ramassa un sachet de M & M's à moitié vide, en avala deux ou trois à la fois et se renversa en arrière sur sa chaise.

— Quand j'ai quitté l'université du Missouri avec mon diplôme de journaliste, j'étais décidée à faire trembler le monde, à écrire des articles dévastateurs, à collectionner les prix Pulitzer. Et regardez-moi, maintenant ! Vous savez ce que j'ai fait, cet après-midi ?

— Non, mais j'ai l'impression que ça ne vous a pas plu.

— J'étais au Hilton, pour le banquet annuel de l'Association des travailleurs du bois de Portland. J'ai interviewé des constructeurs de pullmans préfabriqués, des représentants en contre-plaqué et des fabricants de planchers en séquoia. Ils ont remis ce qu'ils appellent le Trophée de la Bûche au « Meilleur travailleur du bois de l'année », qu'il m'a fallu interviewer aussi. Ensuite, j'ai foncé jusqu'ici histoire de tout retranscrire pour l'édition du matin. Pas question de se faire griller par ces salauds du *New York Times* pour des nouvelles aussi palpitantes.

— Je croyais que vous vous occupiez de l'art et des loisirs.

— Ça m'a rendue malade. Je vais vous dire une bonne chose, Tommy : tomber sur le mauvais poète peut vous dégoûter de l'art pour une bonne décennie.

Elle porta encore quelques dragées au chocolat à sa bouche. Généralement, elle évitait les sucreries, car elle n'avait aucune envie de se retrouver avec un problème de poids comme sa mère. Mais là, elle n'était en train de se gaver de M & M's que pour se sentir encore plus malheureuse. Son moral dégringolait en flèche.

— Ça a l'air tellement excitant, le journalisme, au cinéma ou à la télé, reprit-elle. Quelle blague !

— Moi, je n'ai jamais eu non plus la vie dont je rêvais, lui apprit Tommy. Vous croyez que j'avais envie de devenir chef de l'équipe de maintenance pour le *Press* ? Un simple balayeur avec du galon ?

— Je suppose que non, répondit-elle, se sentant petite et égoïste de s'être plainte à lui, dont la situation était encore moins enviable que la sienne.

— Bon Dieu, non ! Quand j'étais môme, je *savais* que je finirais par conduire une de ces super-grandes bennes à ordures, que je serais là-haut, dans la cabine, à pousser les boutons qui commandent le broyeur hydraulique. (Sa voix prit un ton désenchanté.) Ah ! dominer la foule, commander à toute cette machinerie, c'était mon rêve, et j'ai essayé de le réaliser, mais j'ai échoué à la visite médicale municipale. J'ai un problème de reins. Pas grave, mais assez pour que les inspecteurs de la santé me jugent inapte.

Toujours appuyé sur son balai, le regard dans le vague, il souriait doucement, s'imaginait sans doute trônant aux commandes d'une benne à ordures.

L'observant avec incrédulité, Holly comprit qu'elle avait mal interprété les courbes du visage de Tommy. Celui-ci n'était ni doux ni gentil ni innocent : il était stupide.

Espèce d'idiot ! avait-elle envie de lui crier. Moi, je rêvais de décrocher des Pulitzer et maintenant, je me tape des articles creux sur ce maudit Trophée de la Bûche. Ça, c'est une tragédie ! Est-ce que tu crois que ça peut se comparer au fait d'être devenu balayeur alors qu'on voulait être éboueur ?

Mais elle se tut, car elle réalisa que leurs situations étaient effectivement comparables. Un rêve non réalisé, qu'il soit humble ou fabuleux, constitue toujours une tragédie pour le rêveur qui a perdu l'espoir. Les bennes à ordures jamais conduites pouvaient tout autant engendrer le désespoir et l'insomnie que les Pulitzer jamais gagnés. Et c'était là la pensée la plus déprimante de la soirée.

Tommy mit un terme à sa rêverie.

— Il ne faut pas broyer du noir, Miss Thorne. La vie... c'est comme quand, à la cafétéria, on vous apporte un biscuit aux myrtilles alors que vous en avez commandé un aux abricots et aux noix. Il n'y a ni abricots ni noix à l'intérieur, et si vous pensez à ce que vous êtes en train de rater, vous risquez de perdre les pédales. Le mieux, c'est encore de se dire que les myrtilles aussi, c'est bon.

A l'autre bout de la pièce, George Fintel lâcha en dormant un pet monumental. Si le *Press* avait été un grand quotidien abritant des journalistes à peine rentrés de Beyrouth ou d'une quelconque zone de combats, tous se seraient mis à couvert.

Mon Dieu, songea Holly, ma vie n'est qu'une mauvaise imitation d'un roman de Damon Runyon. Des salles de rédaction minables après minuit. Des balayeurs philosophes un peu niais. Des journalistes alcooliques endormis sur leur bureau. Mais c'était du Runyon revu et corrigé par un poète de l'absurde, en collaboration avec un existentialiste lugubre.

— Ça m'a fait du bien de vous parler, mentit la jeune femme. Merci, Tommy.

— A votre service, Miss Thorne.

Comme il reprenait son balai et continuait de descendre l'allée, Holly mangea encore quelques friandises et se demanda si elle pourrait passer la visite médicale requise pour les conducteurs de bennes. Voilà un travail qui changerait du journalisme tel qu'elle le connaissait — elle ramasserait les ordures au lieu de les semer — et qui lui procurerait la satisfaction de savoir qu'au moins un habitant de Portland serait désespérément jaloux d'elle.

Elle consulta la pendule murale. Une heure et demie. Elle n'avait pas sommeil — et aucune envie de rentrer chez elle pour se retrouver au lit à regarder le plafond, sans rien d'autre à faire que de se livrer encore à l'introspection et à l'apitoiement. Ou plutôt si, c'est de cela qu'elle avait envie, mais elle savait que cette attitude était malsaine. Hélas, aucune alternative ne s'offrait à elle : en semaine, la vie nocturne de Portland se limitait à une boutique de beignets ouverte vingt-quatre heures sur vingt-quatre.

Ses vacances commençaient dans moins d'un jour et elle en avait désespérément besoin, bien qu'elle n'eût fait aucun projet. Elle allait se détendre, paresser, ne pas ouvrir le moindre journal. Voir quelques films, peut-être, lire quelques livres. Et peut-être aussi aller au centre Betty Ford pour une cure de désintoxication antilamentations.

Elle venait d'atteindre le stade dangereux où elle se mettait à regretter son propre nom. Holly Thorne... Mignon. Vraiment mignon.

Comment avait-on pu lui coller une horreur pareille ? Imaginait-on le jury Pulitzer remettant son grand prix à une femme au nom de personnage de dessin animé ? Parfois — mais toujours au milieu de la nuit, bien sûr —, elle était tentée d'appeler ses parents pour exiger de savoir si ce patronyme ne constituait qu'une faute de goût, une mauvaise plaisanterie, ou bien de la cruauté pure et simple[1].

Mais ses parents étaient des êtres fantastiques, de la classe laborieuse, qui s'étaient privés de nombreux plaisirs pour lui donner une éducation de premier ordre et qui ne désiraient pour elle que le meilleur. Ils seraient atterrés d'apprendre qu'elle détestait son nom, alors qu'ils le jugeaient sans nul doute intelligent et même sophistiqué. Holly les aimait tendrement et il fallait qu'elle atteigne les plus profondes abysses de la dépression pour oser les rendre responsables de ses malheurs.

Craignant presque de décrocher le téléphone pour les appeler, elle se força à retourner à son ordinateur et ouvrit le fichier de la prochaine édition. Le système de recherche de données du *Press* permettait à n'importe quel journaliste de l'équipe de suivre un article au cours de sa rédaction, de sa composition et de sa mise en page. Maintenant que l'édition du matin était bouclée et envoyée aux presses, Holly pouvait obtenir sur son écran une reproduction exacte de chaque page. Seuls les gros titres étaient lisibles, mais on pouvait agrandir n'importe quel fragment aux dimensions de l'écran. Parfois, la jeune femme réussissait à retrouver un peu d'optimisme en lisant un article sensationnel avant la sortie des journaux ; cela faisait jaillir en elle, telle une vague lueur, le sentiment de voir les choses de l'intérieur. C'était l'un des aspects de la profession qui attirait vers le journalisme les jeunes gens aveuglés par leurs rêves.

Mais tandis qu'elle parcourait les gros titres des yeux, à la recherche d'une histoire intéressante à agrandir, son abattement augmenta. Un grand incendie à Saint-Louis, neuf morts. Des rumeurs de guerre au Moyen-Orient. Une marée noire au Japon. Un ouragan et une inondation en Inde, des dizaines de milliers de sans-logis. Le gouvernement fédéral augmentait encore les impôts. Holly avait toujours su que l'industrie de l'information fleurissait sur l'horreur, les désastres, les scandales, la violence aveugle et les

1. Jeu de mots sur *holly* : houx et *thorn* : épine. *(N.d.T.)*

guerres. Mais soudain, il lui sembla exercer un métier de charognard. Elle s'aperçut qu'elle n'avait plus envie de voir les choses de l'intérieur, d'être parmi les premiers à avoir connaissance de ces sinistres nouvelles.

Alors qu'elle s'apprêtait à refermer le fichier et à éteindre l'ordinateur, un titre attira son attention : UN MYSTÉRIEUX INCONNU SAUVE UN PETIT GARÇON. Les événements de l'école McAlbury remontaient à moins de douze jours et ces quelques mots revêtaient pour la jeune femme une signification particulière. Curieuse, elle ordonna à la machine d'agrandir le quart de page où commençait l'article.

La nouvelle venait de Boston et était accompagnée d'une photographie. Celle-ci restait sombre, floue, mais le grossissement était désormais suffisant pour permettre à Holly de déchiffrer le texte. Un nouvel agrandissement mit en évidence la première colonne de l'article afin qu'elle puisse lire aisément.

La phrase d'introduction la fit bondir sur son siège : *Jeudi soir, un courageux passant qui n'a voulu révéler que son prénom, Jim, a sauvé la vie de Nicholas O'Conner, 6 ans, lors de l'explosion d'un relais électrique souterrain dans un quartier résidentiel de Boston.*

— Qu'est-ce que c'est que cette histoire..., murmura Holly.

Elle tapa de nouvelles instructions sur le clavier, déplaçant le champ de visualisation vers la droite afin de cadrer la photo qui illustrait l'article. Elle l'agrandit encore et encore jusqu'à ce qu'un visage emplisse l'écran.

Jim Ironheart.

Holly demeura brièvement figée par l'incrédulité. Puis elle fut frappée du désir d'en savoir plus — un désir non seulement intellectuel mais aussi physique, proche d'une soudaine et intense fringale.

Elle retourna au texte et le lut en entier, puis le relut. Le petit O'Conner était assis sur le trottoir, devant chez lui, juste sur la bouche de béton qui masquait l'entrée du relais — lequel était à peine assez vaste pour permettre à quatre hommes d'y travailler. L'enfant jouait avec des camions miniatures. Ses parents, installés devant la maison, l'observaient lorsqu'un homme avait déboulé dans la rue. « Il a couru droit sur Nick, avait raconté le père, et il l'a attrapé, alors je me suis dit que c'était un dingo de pédophile qui allait me voler mon fils. » L'enfant hurlant dans les bras, l'inconnu avait franchi d'un bond la petite clôture entourant la pelouse des O'Conner, au moment même où une ligne à haute tension de 17000 volts explosait dans le relais. Le souffle avait projeté la plaque de béton dans les airs comme une pièce de monnaie, une ardente boule de feu rugissant dans son sillage. Gêné par les remerciements et les félicitations enthousiastes des parents de Nicky et des voisins qui avaient assisté à cet acte d'héroïsme, le sauveur avait prétendu avoir senti une odeur de caoutchouc brûlé, entendu un sifflement en provenance du relais et compris ce qui allait se passer parce qu'il avait naguère « travaillé pour une compagnie d'électricité ». Il n'avait révélé que son prénom, Jim, et avait insisté pour s'enfuir avant l'arrivée des médias car, selon ses propres termes : « J'attache une grande importance à mon intimité. »

Ce sauvetage *in extremis* avait eu lieu le jeudi soir à 19 h 40, heure de Boston, soit la veille à 16 h 40, heure de Portland. Holly regarda une nouvelle fois la pendule. On était maintenant vendredi matin, 2 h 20. Il y avait moins de neuf heures et demie que Nicky O'Conner avait été arraché à la mort.

La piste était encore fraîche.

La jeune femme aurait voulu poser des questions au reporter du *Globe* qui avait écrit l'article. Mais à Boston, il n'était qu'un peu plus de cinq heures du matin. Il ne serait pas encore au travail.

Holly referma le fichier. Sur l'écran de l'ordinateur, le menu habituel remplaça le texte agrandi.

Elle accéda par l'intermédiaire d'un modem au vaste réseau d'informations auquel était abonné le *Press*. Elle commanda au programme Newsweb de chercher tous les articles publiés dans les grands quotidiens américains au cours des trois derniers mois, comprenant le nom « Jim », employé à moins de dix mots des verbes « secourir » ou « sauver ». Elle demanda une impression de ces articles, spécifiant qu'elle ne désirait qu'un seul compte rendu par incident.

Tandis que Newsweb lui obéissait, elle décrocha son combiné et appela les renseignements téléphoniques par zone, codes 818, 213, 714 et enfin 619, cherchant à savoir si Jim Ironheart figurait dans l'annuaire des comtés d'Orange, de Riverside, de San Bernardino et de San Diego, situés autour de Los Angeles. Aucune des opératrices ne put l'aider. S'il vivait réellement au sud de la Californie, comme il l'avait prétendu, son numéro de téléphone n'était pas répertorié.

L'imprimante laser qu'elle partageait avec trois autres postes de travail bourdonnait doucement. Les premières trouvailles de Newsweb commençaient à glisser dans le panier.

Holly brûlait d'envie de se ruer vers le bureau où était entreposé l'engin, de se saisir du feuillet et de le lire sans plus tarder, mais elle se retint, concentrant au contraire son attention sur le téléphone, tentant d'imaginer un autre moyen de localiser Jim Ironheart dans cette portion de Californie que ses habitants appelaient simplement « le Sud ».

Quelques années plus tôt, elle aurait pu accéder à l'ordinateur du Bureau des véhicules à moteur de Californie et, pour un prix modique, acquérir l'adresse de tout citoyen de l'État détenteur d'un permis de conduire valide. Mais après que l'actrice Rebecca Schaeffer avait été assassinée par un fan obsédé l'ayant trouvée de cette manière, une nouvelle loi avait imposé des restrictions aux archives du BVM.

Si Holly avait été une bidouilleuse émérite, familiarisée avec le langage ésotérique de l'informatique, elle aurait sans nul doute pu s'y infiltrer malgré les nouveaux verrous. Peut-être aurait-elle également pu se glisser dans les fichiers des sociétés de crédit pour chercher un dossier sur Ironheart. Elle avait connu des reporters qui aiguisaient leurs talents d'informaticiens dans ce seul but, mais elle-même avait toujours obtenu ses sources et ses informations d'une manière strictement honnête, sans tromperie.

Et c'est pour ça que tu te tapes des sujets aussi excitants que le Trophée de la Bûche, songea-t-elle, amère.

Tout en cherchant une solution à son problème, elle fit une brève incursion au foyer et prit un gobelet de café au distributeur automatique. C'était de la pisse d'âne. Holly se força néanmoins à le boire car, avant la fin de la nuit, elle aurait besoin de caféine. Elle emporta un second gobelet dans la salle de rédaction.

L'imprimante laser était silencieuse. La jeune femme saisit les feuillets posés dans le panier et s'assit à son bureau.

Newsweb avait découvert dans la presse nationale une épaisse pile d'articles répondant aux conditions posées. Holly les compta vivement : vingt-neuf.

Le premier, tiré du *Chicago Sun-Times*, relatait un fait divers. Elle ne lut la première phrase à voix haute : « Jim Foster, d'Oak Park, a secouru plus de cent chats errants qui...

Elle mit cette page au panier et examina la suivante. Celle-ci sortait du *Philadelphia Inquirer* : « Jim Pilsbury, le lanceur de Philadelphie, a sauvé son club d'une défaite humiliante... »

Écartant également cet article, elle s'intéressa au suivant. C'était une critique de film dans laquelle elle ne se préoccupa même pas de chercher le nom « Jim ». Le quatrième faisait référence au romancier Jim Harrison. Le cinquième concernait un politicien du New Jersey qui avait pratiqué le bouche-à-bouche sur un parrain de la Mafia s'étouffant avec une tranche de chorizo, alors qu'ils prenaient ensemble un verre dans un bar.

Holly commençait à se demander si elle n'allait pas faire chou blanc quand le sixième article, provenant du *Houston Chronicle*, lui donna un coup de fouet plus violent que n'avait pu le faire l'immonde café. UNE FEMME SAUVÉE DE LA VENGEANCE DE SON MARI. Le 14 juillet, après avoir obtenu la garde de son enfant et une pension alimentaire au cours d'une procédure de divorce pénible, Amanda Cutter avait failli être abattue devant chez elle — dans le riche quartier de River Oaks —, par son époux, Cosmo, devenu enragé. Trois balles l'avaient manquée avant qu'elle ne fût sauvée par un homme « sorti de nulle part », qui avait plaqué le fou furieux à terre et l'avait désarmé. Le sauveur ne s'était présenté que sous le nom de « Jim » et avait disparu dans l'humide après-midi de Houston avant l'arrivée de la police. Il avait de toute évidence produit une forte impression sur la jeune divorcée, qui l'avait décrit en ces termes : « très beau, l'air musclé, comme un super-héros de cinéma, avec des yeux bleus fabuleux ».

Holly revoyait toujours les yeux intensément bleus de Jim Ironheart. Elle n'était pas le genre de femme à les qualifier de « fabuleux », bien que ce fussent certainement les plus clairs et les plus pénétrants qu'elle eût... Oh, bon, très bien, ils étaient effectivement fabuleux. S'il lui répugnait d'admettre la réaction adolescente que lui avait inspirée Ironheart, elle n'était pas plus douée pour se leurrer que pour mentir aux autres. Elle se souvint de son impression initiale de froideur inhumaine, lorsqu'elle avait croisé pour la première fois ce regard, impression qui s'était enfuie pour ne plus revenir dès que l'homme avait souri.

Le septième article, daté du 5 juillet, concernait un autre Jim fort modeste, qui ne s'était pas attardé pour recevoir les remerciements — ni l'attention de la presse — après avoir sauvé Carmen Diaz, trente ans, d'un appartement en feu à Miami. Il avait les yeux bleus.

Holly trouva encore deux récits qui concernaient Ironheart, quoique seul son prénom fût cité. Le 21 juin, à Harlem, Thaddeus Johnson, douze ans, avait failli être jeté du toit d'un immeuble délabré de huit étages par quatre jeunes délinquants du voisinage : ceux-ci n'avaient pas apprécié le ton dédaigneux sur lequel il avait refusé d'entrer dans leur réseau de trafic de drogue. Il avait été sauvé par un homme aux yeux bleus qui avait mis les quatre voyous hors de combat grâce à une impressionnante série de coups de pied, de projections et de manchettes de Tae Kwon Do. « On aurait dit Batman sans son costume », avait confié Thaddeus au reporter du *Daily News*. Quinze jours plus tôt, le 7 juin, un autre Jim aux yeux bleus avait « semblé se matérialiser » chez Louis Andretti, vingt-huit ans, à Corono, Californie, juste à temps pour empêcher le jeune homme de se glisser dans le vide sanitaire de sa maison où il voulait réparer une fuite. « Il m'a dit qu'un nid de serpents à sonnette s'y était installé », avait rapporté Andretti aux journalistes. Plus tard, quand les agents de l'hygiène publique avaient inspecté le vide sanitaire à l'aide d'une lampe halogène, ils n'avaient pas simplement trouvé un nid mais « un véritable cauchemar », et avait fini par extraire quarante et un reptiles de sous le bâtiment. « Ce que je ne comprends pas, avait ajouté Andretti, c'est comment ce type savait que les serpents étaient là, alors que moi qui vis dans la maison, je ne m'en étais jamais douté. »

Holly avait désormais quatre incidents à ajouter au sauvetage de Nicky O'Conner à Boston et à celui de Billy Jenkins à Portland, tous postérieurs au 1er juin. Elle donna de nouvelles instructions à Newsweb, demandant pour les mois de mars, avril et mai la même recherche que précédemment.

Il lui fallait un autre café. Lorsqu'elle se leva pour aller en chercher, elle s'aperçut que George Fintel avait fini par s'éveiller et par rentrer chez lui. Tommy était parti, lui aussi. Elle restait seule.

Elle but un nouveau café, le trouvant moins mauvais qu'auparavant. Il ne s'était pas amélioré, mais son sens gustatif avait sans doute été temporairement émoussé par les deux premières tasses.

Newsweb finit par découvrir entre mars et mai onze articles qui répondaient aux critères fixés. Après avoir examiné les feuillets, la jeune femme n'en retint qu'un seul.

Le 15 mai, à Atlanta, Géorgie, un Jim aux yeux bleus était entré dans une épicerie durant une attaque à main armée. Il avait abattu le voleur, Norman Rink, qui s'apprêtait à tirer sur deux clients — Sam Newsome, vingt-cinq ans, et sa petite fille de cinq ans, Emily. Défoncé à la cocaïne, à l'opium et aux amphétamines, Rink avait déjà tué pour le plaisir le vendeur et deux autres clients. Après l'avoir mis hors d'état de nuire et s'être assuré que les Newsome n'avaient pas de mal, Jim s'était éclipsé avant l'arrivée de la police.

La caméra de surveillance du magasin avait fourni une photo assez floue de l'héroïque sauveur — la seconde qu'Holly eût trouvée dans l'ensemble des articles. Bien que l'image fût de mauvaise qualité, la jeune femme reconnut immédiatement Jim Ironheart.

Certains détails de l'incident la troublaient. Si cet homme avait la fantastique capacité — que ce fût un pouvoir psychique ou autre chose — de prévoir les dangers mortels menaçant certains inconnus et d'influencer le destin, pourquoi n'était-il pas arrivé quelques minutes plus tôt pour sauver le vendeur et les malheureux clients ? Pourquoi avait-il secouru les Newsome et laissé mourir les autres ?

Holly fut encore plus impressionnée par la description de l'assaut. Ironheart avait tiré quatre cartouches de fusil de chasse calibre 12 sur Rink. Puis, quoique celui-ci fût indubitablement mort, il avait rechargé son arme et lâché quatre coups supplémentaires sur le cadavre. « Il était dans une rage folle, avait expliqué Sam Newsome. Il était très rouge, il suait, et on voyait battre les veines de ses tempes et de son front. Il pleurait aussi un peu, mais ça n'avait pas l'air de diminuer sa colère. » Ceci fait, Jim avait exprimé ses regrets d'avoir abattu Rink aussi sauvagement devant la petite Emily. Il avait expliqué que les gens comme le voleur défunt, qui tuaient des innocents, « le rendaient un peu dingue, lui aussi ». « Il nous a sauvé la vie, c'est vrai, avait confié Newsome à la presse, mais je dois avouer qu'il était effrayant, presque autant que Rink. »

Réalisant qu'Ironheart avait fort bien pu, en certaines occasions, tenir son prénom secret, Holly demanda à Newsweb de chercher les articles des six derniers mois dans lesquels les verbes « secourir » ou « sauver » apparaissaient à moins de dix mots de l'adjectif « bleu ». Elle avait remarqué que si certains témoins demeuraient vagues quant à son physique, la plupart se souvenaient des yeux de leur sauveur.

Elle alla aux toilettes, s'offrit un nouveau café puis revint auprès de l'imprimante. A mesure que les articles sortaient, elles les recueillait, les parcourait et les jetait dans la corbeille à papiers s'ils étaient dénués d'intérêt, ou bien les lisait avec passion s'ils concernaient un autre sauvetage *in extremis*. Newsweb découvrit quatre nouvelles affaires appartenant indiscutablement au dossier Ironheart, quoique ni son nom ni son prénom ne fussent cités.

De retour à son bureau, Holly commanda à l'ordinateur de chercher toutes les mentions du nom Ironheart dans la presse nationale au cours des six derniers mois.

En attendant la réponse, elle classa les récits dont elle disposait déjà, puis établit la liste des gens dont Jim Ironheart avait sauvé la vie, par ordre chronologique, y incorporant les quatre nouveaux cas. Elle nota leur nom, leur âge, le lieu de l'incident et le type de mort que chaque personne s'était vu épargner.

Lorsqu'elle étudia le résultat de ce travail, elle remarqua avec intérêt certaines constantes, mais elle abandonna ses réflexions dès que Newsweb eut achevé sa dernière tâche.

En se levant pour s'approcher de l'imprimante, elle se figea, surprise de découvrir qu'elle n'était plus seule dans la salle de rédaction. Trois journalistes et un rédacteur se trouvaient à leur bureau, tous nantis d'une réputation de lève-tôt — notamment Hank Hawkins, le responsable de la rubrique financière, qui aimait être à pied d'œuvre dès l'ouverture des marchés de la côte Est. La jeune femme n'avait pas remarqué leur arrivée. Deux d'entre eux riaient très fort d'une histoire drôle, Hawkins était au téléphone, mais elle ne les avait pas entendus avant de poser les yeux sur eux. Elle consulta la pendule : 6 h 10. Elle ne s'était pas rendu compte que la nuit s'éclaircissait. Pourtant, la lumière opalescente de l'aube léchait les fenêtres. Abaissant le regard sur son bureau, Holly vit deux gobelets en carton supplémentaires, qu'elle se rappela être allée prendre au distributeur.

Elle réalisa alors que son désespoir l'avait quittée. Elle se sentait bien pour la première fois depuis des jours. Des semaines. *Des années.* Elle était redevenue une vraie journaliste.

Elle alla vider le panier de l'imprimante et ramena les feuillets à son bureau. De toute évidence, les Ironheart n'étaient pas de grands pourvoyeurs de copie. Durant les derniers mois, il n'était paru que cinq entrefilets sur des gens portant ce nom.

Kevin Ironheart — Buffalo, New York. Sénateur. A annoncé son intention de se présenter au poste de gouverneur.

Anna Denise Ironheart — Boca Raton, Floride. A trouvé un alligator vivant dans son salon.

Lori Ironheart — Los Angeles, Californie. Auteur-compositeur. Nominé pour le prix de la meilleure chanson de l'année.

Valerie Ironheart — Cedar Rapids, Iowa. A donné naissance à des quadruplées en bonne santé.

Le dernier des cinq était Jim Ironheart.

Holly lut l'en-tête de l'article. Celui-ci provenait du *Register* du comté d'Orange, était daté du 10 avril, et faisait partie d'une vingtaine de papiers publiés dans l'État pour rendre compte du même événement. En raison de ses instructions, l'ordinateur n'avait imprimé que ce seul bulletin.

La chose s'était produite à Laguna Niguel, Californie. *Le sud* de la Californie. Le Sud.

Aucune photo n'illustrait l'article, mais la description de l'individu concerné comprenait une référence à ses yeux bleus et à ses épais cheveux bruns. Holly était sûre qu'il s'agissait bien de *son* Jim Ironheart.

N'ayant jamais douté que des efforts opiniâtres lui auraient permis tôt ou tard de le localiser, elle n'était pas surprise d'avoir réussi à le trouver. Ce qui la surprenait, c'était le sujet du papier où apparaissait enfin le nom qu'elle cherchait. Sûre de lire l'histoire d'une nouvelle personne arrachée aux griffes de la mort, elle ne s'attendait certes pas à ce gros titre : UN HABITANT DE LAGUNA NIGUEL GAGNE SIX MILLIONS A LA LOTERIE.

2

Après le sauvetage de Nicholas O'Conner, Jim dormit paisiblement pour la première fois depuis quatre nuits. Il quitta Boston dans l'après-midi du vendredi 24 août. Gagnant trois heures grâce aux fuseaux horaires, il arriva à l'aéroport John Wayne vers quinze heures trente et fut chez lui une demi-heure plus tard.

Il alla directement à son cabinet de travail, où il souleva le pan de tapis qui masquait le coffre-fort encastré dans le plancher d'un placard. Il composa la combinaison, ouvrit le couvercle et sortit cinq mille dollars de la cache, dix pour cent de la somme qui s'y trouvait.

A son bureau, il glissa les billets de cent dollars dans une enveloppe molletonnée, qu'il ferma à l'aide d'agrafes. Il tapa l'adresse du père Leo Geary, à Notre-Dame-du-Désert, sur une étiquette autocollante puis timbra l'enveloppe. Il la posterait le lendemain matin sans faute.

Il passa ensuite au salon et alluma la télévision. Aucun des films diffusés sur les chaînes câblées ne retint son attention. Il s'intéressa quelque temps aux informations, mais ses pensées finirent par dériver. Après s'être fait chauffer une pizza au four à micro-ondes et avoir ouvert une canette de bière, il s'installa avec un bon livre — qui l'ennuya. Il feuilleta une pile de magazines qu'il n'avait pas encore lus, mais pas un article ne lui sembla digne d'intérêt.

Un peu avant la nuit, il sortit s'asseoir dans le patio avec une autre bière. Le feuillage des palmiers était agité par une légère brise. Un doux parfum s'élevait du jasmin longeant le muret de la propriété. Dans la lumière déclinante, des impatiens rouges, pourpres et roses dégageaient une lueur quasi solaire. Elles s'éteignirent doucement, à mesure que l'astre achevait de se coucher, comme autant de petites ampoules électriques sur un rhéostat. La nuit se déposa telle une grande cape de soie noire.

Quoique la scène fût paisible, Jim se sentait nerveux. Jour après jour, semaine après semaine, depuis qu'il avait sauvé la vie à Sam Newsome et à sa fille Emily, le 15 mai, les tâches et les plaisirs ordinaires de la vie lui avaient semblé de plus en plus ennuyeux. Il était incapable de se détendre, car il ne cessait de songer à tout le bien qu'il pourrait faire, à toutes les vies qu'il pourrait sauver, aux destins qu'il pourrait modifier si l'appel retentissait à nouveau : « Ligne de vie ». Par comparaison, les autres entreprises semblaient frivoles.

Ayant été l'instrument d'une puissance supérieure, il avait désormais peine à accepter un rôle moins important.

▼▲▼

Après avoir passé la journée à rassembler les rares informations disponibles sur James Madison Ironheart, Holly ne s'accorda qu'une sieste de deux heures pour compenser sa nuit blanche, puis entama les vacances qu'elle attendait depuis si longtemps en prenant un avion pour le comté d'Orange. A l'aéroport, elle loua une voiture et se rendit au motel de Laguna Hills où elle avait réservé une chambre.

Assez éloignée de la mer, Laguna Hills n'était pas une station touristique. Mais l'été, les hôtels de Laguna Beach, de Laguna Niguel et des autres villes côtières louaient leurs chambres très longtemps à l'avance. Holly n'avait de toute façon pas l'intention de se baigner ni de prendre des bains de soleil. En temps ordinaire, elle recherchait comme tout le monde à attraper un cancer de la peau, mais ces vacances-ci s'étaient changées en véritable mission professionnelle.

Elle arriva au motel avec l'impression d'avoir les yeux pleins de sable. Tandis qu'elle portait sa valise dans sa chambre, la gravité lui joua un mauvais tour, pesant sur elle avec cinq fois plus de force qu'à l'ordinaire.

L'endroit était simple et propre. En outre, un Esquimau en proie au mal du pays s'y fût trouvé à l'aise, car le système d'air conditionné était assez puissant pour recréer les conditions climatiques de l'Alaska.

Dans une allée couverte, Holly délesta les distributeurs automatiques d'un paquet de biscuits au beurre de cacahuète et au fromage, ainsi que d'une boîte de soda allégé. Elle apaisa sa faim assise sur son lit. Elle était si fatiguée qu'elle se sentait engourdie. Tous ses sens étaient émoussés par la lassitude, y compris le goût. Elle eût tout aussi bien pu manger du polystyrène accompagné de jus de chique.

Comme si le contact de sa tête avec l'oreiller avait actionné un interrupteur, elle s'endormit instantanément.

Durant la nuit, elle commença à rêver. C'était un songe étrange, car il se déroulait dans une obscurité absolue et ne comprenait pas la moindre image, seulement des bruits, des odeurs et des sensations tactiles. Peut-être était-ce de cette manière que rêvaient les aveugles de naissance. Holly se trouvait dans une pièce fraîche et humide qui sentait vaguement le citron. Au début, elle ne fut pas effrayée, seulement désorientée. Elle tâtonnait prudemment le long des murs, gros blocs de pierre maintenus par d'épais joints de mortier. Une rapide exploration lui apprit qu'il n'y avait en fait qu'un seul mur, car la pièce était circulaire. Les seuls bruits étaient ceux qu'elle-même faisait — et, en fond sonore, le martèlement de la pluie sur un toit d'ardoise.

Elle s'éloigna du mur, marchant sur un solide plancher, les bras tendus devant elle. Quoiqu'elle ne rencontrât rien de palpable, sa curiosité commença soudain à se changer en peur. Elle s'immobilisa, sûre d'avoir perçu un son sinistre.

Un son subtil. Masqué par le crépitement doux mais insistant de la pluie. Cela revint. Un couinement.

Un instant, la jeune femme songea à un rat, gras et luisant, mais le bruit était trop étrange et trop prolongé pour être produit par un rongeur. En fait, il s'agissait plus d'un craquement que d'un couinement. Un craquement qui n'était toutefois pas dû aux lattes du plancher. Cela disparut... revint quelques secondes plus tard... disparut... revint... rythmiquement.

Lorsque Holly comprit qu'elle entendait grincer un quelconque mécanisme grippé, elle aurait dû être soulagée. Pourtant, debout dans cette pièce obscure, essayant de toutes ses forces d'imaginer la machine en question, elle sentit son cœur battre plus vite. Le grincement n'augmenta guère d'intensité mais sa fréquence se fit plus grande : il retentit toutes les cinq à six secondes, puis toutes les trois à quatre secondes, toutes les deux à trois secondes, et enfin à chaque seconde.

Brusquement, un deuxième son étrange et régulier s'imposa, à contre-temps. *Flouch, flouch, flouch.* C'était le bruit d'un objet large et plat fendant l'air.

Flouch.

Quoique le mécanisme fût situé très près d'elle, Holly ne sentait pas le moindre courant d'air.

Flouch.

L'idée folle lui vint qu'il s'agissait d'une lame.

Flouch.

Une grande lame. Acérée. Tournoyante. Énorme.

Flouch.

Une chose terrible s'approchait, une chose si étrange que la lumière elle-même, en la révélant, ne permettrait pas de la comprendre. Bien qu'elle fût consciente de rêver, la jeune femme savait qu'il lui fallait quitter au plus vite cet endroit — sous peine de mort. On ne peut échapper à un cauchemar simplement en le fuyant, aussi devait-elle s'éveiller. Mais elle en était incapable, trop fatiguée pour briser les liens du sommeil. Alors, la pièce obscure sembla se mettre à tourner. Holly sentit la présence d'une grande forme pivotante (*cric*, *flouch*), qui s'élançait dans le ciel nocturne battu par la pluie (*cric*, *flouch*), tournait sur elle-même (*cric*, *flouch*), tranchait l'air (*cric*, *flouch*). Elle tenta de hurler (*cric*, *flouch*) mais se rendit compte qu'elle ne pouvait produire le moindre son (*flouch*, *flouch*, *flouch*), pas plus qu'elle ne pouvait s'éveiller, *FLOUCH !*

▼▲▼

— Non !

Jim se redressa dans son lit en hurlant. Il était couvert de sueur et tremblait violemment.

Il s'était endormi assez vite, avec la lumière allumée, ce qui lui arrivait souvent — quoique ce fût en général volontaire. Depuis plus d'un an, son sommeil était troublé par des cauchemars aux scénarios très variés, mettant en scène toute une panoplie de croquemitaines, qu'il oubliait la plupart du temps en s'éveillant. La créature sans nom et sans visage, qu'il appelait « l'ennemi » et dont il avait rêvé tandis qu'il reprenait des forces dans le presbytère de Notre-Dame-du-Désert, était le monstre le plus effrayant de son univers onirique, mais pas le seul.

Cette fois, cependant, l'objet de sa terreur n'avait été ni une personne ni une créature mais un endroit. Le moulin à vent.

Jim consulta son réveil. Trois heures quarante-cinq du matin.

En pantalon de pyjama, il sortit du lit et se traîna jusqu'à la cuisine.

La lumière crue du néon lui déchira les yeux. Parfait. Il voulait éliminer les résidus de sommeil qui s'accrochaient à lui.

Ce maudit moulin à vent.

Il versa une dose de mélange colombien corsé dans un filtre et brancha la cafetière. Il avala quelques gorgées debout puis remplit sa tasse et s'assit à la table, bien décidé à boire la totalité du café : il ne pouvait risquer de se rendormir et de rêver encore.

Tous les cauchemars amenuisaient la qualité du repos procuré par le sommeil, mais celui du moulin à vent engendrait un véritable malaise. Chaque fois que Jim s'éveillait après l'avoir fait, il avait mal dans la poitrine, comme si son cœur avait été meurtri de cogner trop fort contre ses côtes. Il lui fallait parfois des heures pour cesser totalement de trembler. Souvent, il avait des maux de tête qui, comme en ce moment, lui élançaient tout le haut du crâne et cognaient avec une telle puissance qu'il lui semblait être l'hôte d'une présence étrangère cherchant à sortir de lui. S'il s'était regardé dans un miroir, il savait qu'il aurait découvert un visage atrocement pâle, hagard, avec des cernes bleu-noir autour des yeux, le visage d'un cancéreux au stade final, dont la maladie avait aspiré tout le suc vital.

Le rêve du moulin à vent n'était pas le plus fréquent de ceux qui le torturaient. Il ne hantait en fait son sommeil qu'une ou deux nuits par mois. Mais c'était de très loin le pire.

Curieusement, il ne s'y produisait pas grand-chose. Jim avait dix ans. Il était assis sur le plancher poussiéreux de l'étage, au-dessus de la pièce qui renfermait les meules, avec pour toute lumière la flamme vacillante d'une grosse chandelle jaune. La nuit obscurcissait les fenêtres étroites, percées telles des meurtrières de château fort dans les murs de calcaire. La pluie crépitait sur les vitres. Soudain, à l'extérieur, dans un grincement de mécanisme mal huilé et à demi rouillé, les quatre grandes ailes du moulin entamaient une rotation de plus en plus rapide, fendant l'air humide à la manière de gigantesques faux. L'axe vertical qui sortait du plafond et disparaissait au centre du plancher se mettait lui aussi à tourner, créant brièvement l'illusion que le sol lui-même se mouvait à l'instar d'un carrousel. Au niveau inférieur, les vieilles meules commençaient à rouler l'une contre l'autre dans un grondement sourd de tonnerre lointain.

Seulement cela. Rien d'autre. Pourtant le rêve le terrifiait.

Il avala une longue gorgée de café.

Il y avait encore plus étrange : dans la réalité, le moulin à vent avait été un endroit agréable, où Jim n'avait jamais éprouvé ni peur ni douleur. Il s'élevait entre un étang et un champ de maïs, dans la ferme de ses grands-parents. Pour un garçon vivant en ville et traversant une période difficile, le grand moulin s'était paré d'une aura d'exotisme et de mystère. Il avait constitué un refuge, le lieu idéal pour rêver et laisser libre cours à son imagination. Jim ne parvenait pas à comprendre pourquoi il faisait des cauchemars à propos d'une chose dont il ne conservait que de bons souvenirs.

Après que le rêve terrifiant se fut enfui sans l'éveiller, Holly Thorne dormit paisiblement jusqu'au matin, aussi inerte qu'un galet au fond de la mer.

3

Le samedi matin, Holly prit son petit déjeuner à la cafétéria du motel. La plupart des autres clients étaient visiblement des estivants : des familles portant toutes le même uniforme — shorts ou pantalons blancs et chemises de couleur vive. Certains enfants arboraient des casquettes et des T-shirts à la gloire de Sea World, de Disneyland ou de Knott's Berry Farm. Tout en mangeant, les parents étudiaient cartes et brochures afin de repérer l'itinéraire qui les conduirait à l'une des innombrables attractions pour touristes que proposait la Californie. Il y avait tant de polos ou d'imitations de polos dans le restaurant qu'un visiteur d'une autre planète aurait pu croire que Ralph Lauren était soit la divinité d'une religion influente, soit le dictateur du monde.

Lorsqu'on lui eut apporté ses crêpes aux myrtilles, Holly étudia la liste des gens qui avaient été sauvés par l'intervention opportune de Jim Ironheart.

15 MAI : Sam (25 ans) et Emily (5 ans) Newsome — Atlanta, Géorgie (meurtre).

7 JUIN : Louis Andretti (28 ans) — Corona, Californie (morsure de serpent).

21 JUIN : Thaddeus Johnson (12 ans) — New York, New York (meurtre).

30 JUIN : Rachel Steinberg (23 ans) — San Francisco, Californie (meurtre).

5 JUILLET : Carmen Diaz (30 ans) — Miami, Floride (incendie).

14 JUILLET : Amanda Cutter (30 ans) — Houston, Texas (meurtre).

20 JUILLET : Steven Aimes (57 ans) — Birmingham, Alabama (meurtre).

1er AOÛT : Laura Lenaskian (28 ans) — Seattle, Washington (noyade).

8 AOÛT : Doogie Burkette (11 ans) — Peoria, Illinois (noyade).

12 AOÛT : Billy Jenkins (8 ans) — Portland, Oregon (accident de la circulation).

20 AOÛT : Lisa (30 ans) et Susan (10 ans) Jawolski — désert Mojave (meurtre).

23 AOÛT : Nicholas O'Conner (6 ans) — Boston, Massachusetts (explosion).

Certaines constantes étaient évidentes. Sur les quatorze personnes sauvées, six étaient des enfants et sept avaient entre vingt-trois et trente ans. Une seule était plus âgée — Steven Aimes, cinquante-sept ans. Ironheart donnait donc la préférence aux jeunes. Et il semblait que la fréquence de ses activités augmentât : un épisode en mai, trois en juin, trois en juillet, et déjà cinq en août alors qu'il restait une semaine complète avant la fin du mois.

Holly était particulièrement intriguée par le nombre de gens sur sa liste qui, sans l'intervention d'Ironheart, auraient été *assassinés*. Pourtant, il y avait chaque année beaucoup plus de morts accidentelles que provoquées. A elle seule, la route était responsable de bien plus de décès que les meurtriers. Or, Jim Ironheart intervenait plus souvent en cas d'homicide que d'accident : huit des quatorze personnes recensées avaient échappé aux intentions malveillantes de criminels. Plus de soixante pour cent.

Peut-être ses prémonitions étaient-elles plus souvent liées au meurtre qu'aux autres circonstances fatales parce que la violence humaine générait des vibrations psychiques plus fortes que les accidents...

Holly cessa de mastiquer. Sa fourchette chargée d'un autre morceau de crêpe à la myrtille se figea à mi-chemin de sa bouche. La jeune femme venait de réaliser à quel point cette histoire était étrange. Poussée par son ambition de journaliste et par la curiosité, elle avait mené son enquête tambour battant. Son excitation, puis son épuisement l'avaient empêchée de vraiment réfléchir aux implications et à la complexité des activités d'Ironheart. Elle posa son couvert et baissa les yeux sur son assiette, comme pour y glaner des réponses dans le dessin des miettes et les taches de graisse, à l'image des gitans lisant dans le marc de café ou la paume de la main.

Que diable était donc Jim Ironheart ? Un voyant ?

Holly ne s'était jamais beaucoup intéressée aux perceptions extra-sensorielles ni aux pouvoirs mentaux. Elle savait que certains individus, qui se prétendaient capables de « voir » un meurtrier simplement en touchant les vêtements de sa victime, aidaient parfois la police à trouver les corps de disparus. Que d'autres étaient payés grassement par le *National Enquirer* pour prédire les événements mondiaux ou les rebondissements à venir dans la vie des célébrités. Que d'autres encore affirmaient pouvoir transmettre aux vivants la voix des morts. Mais l'intérêt qu'elle portait au surnaturel était si minime qu'elle ne s'était jamais vraiment forgé d'opinion sur ces assertions.

Malgré son esprit rationnel tenace et son cynisme, elle pouvait admettre l'idée que certains voyants soient réellement dotés de pouvoirs, mais elle n'était pas sûre que le terme de « voyant » convînt à Jim Ironheart. Cet homme-là ne se contentait pas de prédire pour le compte d'une feuille de chou bon marché que Steven Spielberg tournerait l'année prochaine un nouveau film à grand succès (surprise !), que Schwarzenegger aurait toujours un accent[1], que Tom Cruise larguerait sa petite amie du moment ou que, en tout cas pour les prochaines années, Eddie Murphy resterait noir. Cet homme-là prévoyait en détail — qui, quand, où, comment — des décès, assez tôt pour faire dévier le destin. Il ne tordait pas de petites cuillers par la force de son esprit, ne parlait pas avec la voix trémulante d'un esprit ancestral nommé Rama-Lama-Dingdong, ne lisait pas l'avenir dans les entrailles d'animaux ou dans les tarots. Il sauvait des vies, nom de Dieu ! Il modifiait le cours des choses. Ses activités avaient un impact profond non seulement sur les gens qu'il secourait mais aussi sur leurs amis et leurs familles, auxquels étaient épargnés le déchirement et l'affliction. Et son pouvoir avait une portée de cinq mille kilomètres, de Laguna Niguel à Boston !

Ses actes héroïques ne le cantonnaient d'ailleurs peut-être pas aux frontières des États-Unis. Holly n'avait pas fait de recherches dans la presse internationale des six derniers mois. Pour ce qu'elle en savait, Ironheart avait pu intervenir en Italie, en France, en Allemagne, en Suède ou à Pago Pago.

Le mot « voyant » était tout à fait inapproprié. La jeune femme n'en trouvait cependant aucun autre qui pût décrire ce don.

A sa grande surprise, elle avait tout d'abord ressenti un émerveillement qu'elle n'avait plus connu depuis son enfance. A présent, une certaine crainte s'emparait d'elle également. Elle frissonna.

Qui était cet homme ? Qu'était-il ?

1. Arnold Schwarzenegger est né Autrichien. *(N.d.T.)*

A peine plus de trente heures auparavant, lorsqu'elle avait lu l'histoire du petit Nicholas O'Conner, elle avait compris qu'elle avait là un bon sujet. Après avoir examiné la matière fournie par Newsweb, elle avait senti qu'il s'agissait peut-être même du plus beau sujet de sa carrière, si longtemps que dût encore durer celle-ci. Aujourd'hui, elle commençait à se demander si cette affaire n'allait pas être le meilleur sujet de toute la décennie.

— Tout va bien ?

— Tout est étrange, répondit la journaliste, avant de réaliser que la question ne venait pas d'elle-même.

La serveuse — Bernice, à en croire le nom brodé sur sa blouse — se tenait près de sa table, l'air inquiet. Holly s'aperçut qu'elle n'avait cessé de fixer intensément son assiette pendant qu'elle pensait à Jim Ironheart et qu'elle n'avait pas avalé une seule bouchée. Bernice l'avait remarqué et s'inquiétait.

— Étrange ? répéta l'employée, en fronçant les sourcils.

— Euh, oui. Il est étrange que je trouve dans une cafétéria ordinaire les meilleures crêpes aux myrtilles que j'aie jamais mangées.

Bernice hésita, semblant se demander si Holly ne se moquait pas d'elle.

— Elles... elles vous plaisent vraiment ?

— Je les adore, affirma Holly.

Elle reprit une bouchée de crêpe froide et pâteuse et la mâcha avec enthousiasme.

— C'est gentil ! Vous désirez autre chose ?

— Seulement l'addition.

Après le départ de la serveuse, Holly continua à manger les crêpes, parce qu'elles étaient là et parce qu'elle avait faim.

Tout en achevant son repas, elle explora le restaurant des yeux, observa les estivants parés de couleurs vives qui discutaient de leurs amusements passés et à venir. Le plaisir de connaître les choses de l'intérieur se propagea en elle pour la première fois depuis des années. Elle savait quelque chose qu'ils ignoraient. Elle était une journaliste détenant un secret jalousement gardé. A la fin de ses recherches, lorsque son article serait rédigé en une prose limpide, aussi directe et évocatrice que les meilleures pages d'Hemingway (c'était du moins ce qu'elle tenterait d'obtenir), il aurait les honneurs de la Une, ferait les gros titres de tous les grands quotidiens du pays. Et ce qui était agréable, ce qui la faisait véritablement frissonner de délice, c'était que son secret n'eût rien à voir avec un scandale politique, une fuite de déchets toxiques, ou n'importe laquelle des horreurs innombrables qui alimentaient les médias modernes. Son histoire serait étonnante, merveilleuse, parlerait de courage et d'espoir, de tragédies évitées, de vies épargnées, d'un défi lancé à la mort.

Comme la vie est belle, songea-t-elle, ne pouvant s'empêcher de sourire aux autres convives.

▼▲▼

Juste après le petit déjeuner, Holly localisa sur un plan appelé le *Guide Thomas* la maison de Jim Ironheart à Laguna Niguel. Elle avait obtenu l'adresse grâce à son ordinateur, à Portland, en épluchant les archives publiques des transactions immobilières dans le comté d'Orange depuis le premier de l'an. Elle avait fort justement supposé que quiconque gagnait six millions de dollars à la loterie en investirait une partie dans une nouvelle maison. Jim avait remporté le gros lot — vraisemblablement grâce à sa clairvoyance — début janvier. Le 3 mai, il était devenu propriétaire d'une maison de Bougainvillea Way. Les archives n'indiquant pas qu'il eût vendu quoi que ce fût, il devait auparavant être locataire.

La jeune femme fut assez surprise par la modestie de la propriété. De construction récente, près de la rocade de Crown Valley, le quartier était bâti dans la grande tradition du comté d'Orange : ordre, bon goût et cadre agréable. Serpentant avec grâce, les rues étaient larges, bordées de jeunes palmiers. Les maisons étaient toutes du même style méditerranéen, avec des toits de tuiles rouges, sable ou pêche. Mais même dans cette charmante ville du Sud qu'était Laguna Niguel, où le prix du mètre carré n'avait rien à envier à celui d'un appartement en terrasse à Manhattan, Ironheart aurait pu s'offrir un plus grand terrain. Le sien ne dépassait guère les deux cents mètres carrés, le plus petit modèle disponible dans le quartier. Hormis le stuc blanc crémeux et les grandes portes-fenêtres, la maison ne présentait pas de traits distinctifs. Sa pelouse luxuriante, mais exiguë, était parsemée d'azalées et d'impatiens, et plantée de deux palmiers aux feuilles tombantes qui, sous le frais soleil matinal, dessinaient une dentelle d'ombres sur les murs.

Au volant, Holly passa lentement devant la propriété, l'étudiant avec attention. Il n'y avait pas de voiture dans l'allée. Les rideaux étaient tirés. La jeune femme n'avait qu'un seul moyen de savoir si Ironheart était chez lui : aller à la porte d'entrée et sonner. Elle finirait par en arriver là. Mais pas tout de suite.

Au bout de la rue, elle fit demi-tour pour repasser devant la maison. L'endroit était agréable, plaisant, mais tellement *commun.* Il était difficile d'admettre qu'un être d'exception, détenteur de fantastiques secrets, vivait derrière ces murs.

▼▲▼

La maison de Viola Moreno, à Irvine, faisait partie d'une de ces résidences verdoyantes construites par l'Irvine Company dans les années soixante et soixante-dix. Les haies de prunelliers avaient atteint leur maturité. Les eucalyptus à sève rouge et les lauriers indiens étaient assez hauts pour fournir de l'ombre même durant la journée la plus claire et la plus torride. L'ameublement était davantage conçu pour le confort que pour le style : un sofa exagérément rembourré, des fauteuils confortables avec de moelleux repose-pieds, le tout couvert d'une toile brune ornée des traditionnels dessins de paysages destinés à apaiser l'œil et l'esprit plutôt qu'à les solliciter. Partout, des piles de magazines et des étagères pleines de livres se trouvaient à portée de main. Holly se sentit chez elle dès qu'elle eut franchi le seuil.

Viola était tout aussi accueillante que sa demeure. Agée d'environ cinquante ans, d'origine mexicaine, elle avait une peau cuivrée sans défaut et des yeux pétillants — bien qu'ils fussent aussi noirs que de l'encre de pieuvre. Malgré sa taille inférieure à la moyenne et le léger embonpoint qu'elle avait pris en vieillissant, on voyait sans mal qu'elle avait dû autrefois faire des ravages parmi la gent masculine. C'était toujours une jolie femme. A la porte, elle prit la main d'Holly, puis lui donna le bras pour lui faire traverser la petite maison — comme si elles ne s'étaient pas parlé pour la première fois la veille, au téléphone, mais avaient été de vieilles amies.

Dans le patio, qui dominait des espaces verts, un pichet de citronnade et deux verres reposaient sur une table couverte d'une plaque de verre. Les chaises en rotin étaient rembourrées d'épais coussins jaunes.

— Je passe une bonne partie de l'été ici, dit Viola tandis qu'elles s'asseyaient. (La journée n'était pas trop chaude, l'air sec et doux.) C'est un joli petit coin, non ?

Le vallon verdoyant, large mais peu profond, qui séparait cette rangée de maisons de la suivante, était ombragé par de grands arbres et agrémenté de deux parterres circulaires d'impatiens rouges et pourpres. Deux écureuils gambadaient sur sa pente douce, non loin d'une allée sinueuse.

— Très joli, admit Holly, tandis que Viola leur servait de la citronnade.

— Quand mon mari et moi avons acheté ici, les arbres avaient l'air d'allumettes et la verdure était plutôt clairsemée. Mais nous savions à quoi cela ressemblerait un jour et nous étions patients, même quand nous étions jeunes. (Elle soupira.) Parfois, je passe de mauvais moments. Je regrette amèrement qu'il soit mort si tôt et qu'il n'ait pas eu la chance de voir ce que cet endroit est devenu. Mais la plupart du temps, je me contente d'en jouir. Je sais que Joe est dans un monde meilleur et qu'il doit d'une certaine manière prendre plaisir à ma joie.

— Je suis désolée, dit Holly. Je ne savais pas que vous étiez veuve.

— Naturellement, ma chère, comment auriez-vous pu le savoir ? Ça s'est passé il y a longtemps, de toute façon, en 1969. J'avais trente ans et lui trente-deux. Mon mari était marine de carrière et fier de l'être. J'en étais fière aussi et je le suis toujours, même s'il est mort au Vietnam.

Holly réalisa avec stupeur qu'une bonne partie des premiers soldats tués au cours du conflit auraient aujourd'hui dépassé les cinquante ans. Leurs épouses avaient désormais vécu bien plus longtemps sans eux qu'avec eux. Combien de temps encore avant que le Vietnam semble aussi vieux que les croisades de Richard Cœur de Lion ou les guerres du Péloponnèse ?

— Quel gâchis, repris Viola, d'une voix cassée qui retrouva sa douceur pour ajouter : C'est si loin...

La vie de cette femme telle qu'Holly l'avait imaginée — une existence de petits plaisirs,calme et paisible, chaude et confortable, avec son lot de rires — ne recouvrait de toute évidence qu'une partie de la vérité. Le ton ferme et aimant que Viola employait pour dire « mon mari » montrait clairement que le temps ne pouvait altérer son souvenir et qu'elle n'avait pas connu d'autre homme. Sa vie avait été profondément bouleversée, comprimée, par la mort de Joe. Bien qu'elle fût visiblement d'une nature optimiste et sociable, l'ombre de la tragédie pesait sur son cœur.

L'une des premières choses qu'apprend tout bon journaliste est que les gens sont rarement seulement ce qu'ils semblent être — et jamais moins complexes que le mystère de la vie lui-même.

Viola goûta la citronnade.

— Trop sucrée. Je mets toujours trop de sucre. Désolée. (Elle reposa son verre.) Maintenant, parlez-moi de ce frère que vous recherchez. Vous m'avez énormément intriguée.

— Comme je vous l'ai dit au téléphone, je suis une enfant adoptée. Les gens qui m'ont élevée sont fantastiques et je les aime énormément, mais... Eh bien...

— Évidemment. Vous avez envie de connaître vos véritables parents.

— C'est comme si... il y avait un vide en moi, une tache noire dans mon cœur, reprit Holly, tentant d'éviter l'emphase.

Elle n'était pas surprise par la facilité avec laquelle elle mentait mais par la qualité de ses mensonges. La tromperie est un outil fort pratique pour tirer des informations de gens qui pourraient, sinon, hésiter à parler. De nombreux journalistes respectés, tels que Joe McGinness, Joseph Wambaugh, Bob Woodward ou Carl Bernstein, ont affirmé qu'il est parfois nécessaire de recourir à la malhonnêteté durant les interviews, dans le seul but de découvrir la vérité. Holly, elle, n'avait jamais été douée pour cela. Ou du moins, elle avait la décence d'être navrée, gênée par ses mensonges — deux sentiments qu'elle dissimulait fort bien à son interlocutrice.

— Les archives de l'agence d'adoption n'étaient pas très enrichissantes, mais elles m'ont tout de même appris que mes véritables parents, mes parents biologiques, sont morts il y a vingt-cinq ans, alors que je n'en avais que huit.

En fait, c'étaient ceux de Jim Ironheart qui étaient décédés vingt-cinq ans plus tôt, alors que lui-même en avait dix. La jeune femme l'avait appris dans un des articles consacrés à la loterie.

— Je n'ai donc jamais eu la moindre chance de les connaître, ajouta-t-elle.

— C'est terrible. C'est à mon tour d'être désolée pour vous, commenta Viola, d'une voix douce où perçait une compassion sincère.

Holly eut un pincement au cœur. En concoctant cette fausse tragédie, il lui semblait bafouer celle, bien authentique, qu'avait vécue sa compagne. Elle n'en continua pas moins :

— Mais le tableau n'est pas aussi noir qu'il pourrait l'être : comme je vous l'ai dit, j'ai découvert que j'avais un frère.

Penchée en avant, les bras croisés sur la table, Viola était impatiente d'apprendre les détails de l'histoire.

— Et je peux faire quelque chose pour vous aider à le retrouver ?

— Pas exactement. En fait, je l'ai déjà retrouvé.

— C'est merveilleux !

— Seulement... j'ai un peu peur de le rencontrer.

— Peur ? Pourquoi donc ?

Holly tourna les yeux vers la pelouse et déglutit péniblement à deux reprises, comme si elle s'efforçait de contrôler l'émotion qui l'étouffait. Elle était excellente comédienne, digne d'un Oscar — et se méprisait pour cela. Lorsqu'elle reprit la parole, elle parvint à donner à sa voix un tremblement subtil, convaincant.

— A ma connaissance, il est la seule famille qui me reste, le seul lien que j'aie avec mon père et ma mère disparus. C'est mon frère, Mrs. Moreno, et je l'aime. Même si je ne l'ai jamais vu, je l'aime. Mais que se passera-t-il si je vais le voir, si je lui ouvre mon cœur... et qu'il souhaite ne m'avoir jamais rencontrée, que je ne lui plaise pas ou bien...

— Mon Dieu, bien sûr que vous lui plairez ! Pourquoi ne serait-il pas ravi d'avoir une sœur aussi gentille ?

J'irai pourrir en enfer à cause de ça, se lamenta intérieurement Holly.

— Eh bien, ça va peut-être vous paraître idiot, répondit-elle, mais ça m'inquiète. Je ne fais jamais bonne impression aux gens au premier abord...

— Vous m'en avez fait une excellente, ma chère.

Allez-y, frottez-moi le nez dans la crotte ! songea la journaliste.

— Je tiens à être prudente, reprit-elle. Je veux en savoir autant que possible sur lui avant de frapper à sa porte. Je veux savoir ce qu'il aime, ce qu'il n'aime pas, ce qu'il pense de... oh, de tout un tas de choses. Mon Dieu, Mrs. Moreno, je n'ai pas envie de tout gâcher !

Viola hocha la tête.

— Si vous êtes venue me voir, je suppose que je connais votre frère. Je l'ai peut-être eu autrefois dans une de mes classes ?

— Vous êtes bien professeur d'histoire au collège d'Irvine ?

— Oui. J'ai débuté avant la mort de Joe.

— Mon frère n'a pas été un de vos élèves. Il était professeur d'anglais. J'ai suivi sa trace jusqu'ici et j'ai appris que vous aviez enseigné dans la salle voisine de la sienne pendant dix ans, que vous le connaissiez bien.

Un sourire éclaira le visage de Viola.

— Vous voulez parler de Jim Ironheart !

— C'est bien ça, acquiesça Holly.

— Splendide ! s'exclama son interlocutrice, enthousiaste. C'est magnifique ! C'est parfait !

La journaliste resta sans voix devant cette réaction excessive.

— C'est un brave garçon, continua Viola avec une affection non feinte. J'aurais beaucoup aimé avoir un fils tel que lui. Il vient dîner de temps en temps, quoique pas aussi souvent qu'autrefois, et je cuisine pour lui, comme une mère. Je ne saurais exprimer le plaisir que j'en tire. (Une expression rêveuse avait envahi son visage et elle demeura un instant silencieuse.) Quoi qu'il en soit... Vous n'auriez pu rêver meilleur frère, ma chère. C'est l'un des hommes les plus gentils que j'aie jamais connus, un professeur dévoué, tellement doux, tellement patient...

Holly songea à Norman Rink, le psychopathe qui avait tué un vendeur et deux clients dans la boutique d'Atlanta, au mois de mai, et qui avait en retour été abattu par le doux et gentil Jim Ironheart. Huit cartouches de fusil de chasse à bout portant, dont quatre après la mort de l'individu. Peut-être Viola connaissait-elle bien son ancien collègue, mais elle ne soupçonnait visiblement pas l'existence de la réserve de rage où il pouvait puiser lorsqu'il en avait besoin.

— J'ai connu beaucoup de bons enseignants, mais aucun aussi soucieux de ses élèves que Jim Ironheart. Il s'en occupait vraiment comme s'ils avaient été ses enfants. (Viola se renversa en arrière et secoua la tête, laissant remonter les souvenirs.) Il leur donnait tant, il voulait tellement améliorer leur vie. Et à part les pires voyous, tous l'appréciaient. Il avait avec eux des rapports pour lesquels les autres professeurs auraient vendu leur âme. Pourtant, il n'avait pas renoncé à une relation maître-élève normale. Il y en a tellement qui essaient d'être les copains de leurs étudiants ! Et ça ne marche jamais vraiment.

— Pourquoi a-t-il arrêté d'enseigner ?

Viola hésita. Son sourire disparut.

— En partie à cause de la loterie.

— Quelle loterie ?

— Vous n'êtes pas au courant ?

Holly secoua la tête, le front plissé.

— Il a gagné six millions de dollars en janvier, annonça Viola.

— Mon Dieu !

— Et c'était la première fois qu'il achetait un billet.

Changeant son expression initiale de surprise en masque d'inquiétude, la journaliste enchaîna :

— Oh, non, maintenant il va croire que je ne refais surface que parce qu'il est devenu riche !

— Non, non, se hâta de la rassurer Viola. Jim ne penserait jamais de mal de qui que ce soit.

— Je me débrouille assez bien, moi aussi, mentit Holly. Je n'ai pas besoin de son argent. Même s'il voulait me le donner, je ne l'accepterais pas. Mes parents adoptifs sont médecins, pas riches mais aisés, et je suis moi-même avocate. Mon cabinet marche bien.

Bon, d'accord, c'est vrai, tu ne veux pas de son argent, songea-t-elle avec un dégoût aussi corrosif que de l'acide, mais tu restes une sale petite garce de menteuse, dotée d'un talent terrifiant pour inventer des détails. Et tu vas passer l'éternité à cirer les bottes de Satan, enfoncée dans la merde jusqu'à la taille.

Sa bonne humeur envolée, Viola repoussa sa chaise et marcha jusqu'au bord du patio. Elle arracha un brin d'herbe dans une grande jardinière emplie de bégonias, de jacinthes et d'œillets d'Inde dorés. Le roulant distraitement entre le pouce et l'index, elle demeura silencieuse un long moment, pensive, les yeux perdus dans les espaces verts.

Holly se demanda si elle avait fait une erreur, révélé sans le vouloir sa duplicité. Sa nervosité augmenta de seconde en seconde. Elle eut envie de bredouiller des excuses pour tous les mensonges qu'elle avait proférés.

Les écureuils gambadaient toujours sur l'herbe. Un papillon passa sous le toit du patio, se percha brièvement au bord du pichet de citronnade puis s'envola au loin.

— Quelque chose ne va pas, Mrs. Moreno ? interrogea enfin la journaliste, avec dans la voix un tremblement qui, cette fois, n'était pas feint.

Viola jeta sur la pelouse le brin d'herbe roulé en boule.

— C'est juste que je ne sais pas comment vous annoncer ça.

— M'annoncer quoi ? s'enquit Holly, fébrile.

— Vous m'avez demandé pourquoi Jim... votre frère a arrêté d'enseigner, reprit son interlocutrice. (Elle se retourna vers elle et s'approcha de la table.) J'ai dit que c'était à cause de la loterie, mais ce n'est pas tout à fait vrai. S'il avait aimé son métier autant qu'il y a quelques années, autant qu'il y a seulement un an, il aurait continué à travailler même s'il avait gagné cent millions.

La jeune femme retint avec peine un soupir de soulagement en comprenant qu'on ne l'avait pas percée à jour.

— Qu'est-ce qui l'en a dégoûté ?

— Il a perdu un étudiant.

— Perdu ?

— Un élève de troisième, Larry Kakonis. Un garçon très intelligent, très gentil — mais perturbé. Il avait une famille difficile. Son père battait sa mère depuis toujours et Larry pensait qu'il lui appartenait d'y mettre un terme. Seulement il en était incapable.

Il se sentait responsable, à tort. Il était comme ça : il avait vraiment un sens aigu des responsabilités.

Viola prit son verre de citronnade, retourna au bord du patio et recommença à fixer les espaces verts, marquant une nouvelle pause dans son récit.

Holly attendit.

Enfin, son hôtesse finit par reprendre :

— La mère était du genre dépendante, victime du père mais participant à son propre malheur. Aussi dérangée dans son genre que son mari. Larry ne pouvait plus concilier le respect et l'amour qu'il avait pour elle avec la certitude croissante qu'elle aimait être battue, qu'elle en avait besoin.

Holly comprit soudain où sa compagne voulait en venir et n'eut pas envie d'entendre la suite. Elle n'avait cependant d'autre choix que d'écouter.

— Jim avait tellement travaillé avec ce garçon. Et je ne parle pas seulement des cours d'anglais. Larry s'était confié à lui comme il n'avait jamais pu se confier à personne. Jim le conseillait avec l'aide du Dr Lansing, un psychologue qui travaille à mi-temps pour le collège. Larry semblait s'en sortir, faire des efforts pour comprendre sa mère et lui-même — et y parvenir à peu près. Et puis une nuit, le 15 mai de l'année dernière — il y a presque un an et demi, j'ai peine à admettre que ce soit si loin —, Larry Kakonis a pris un fusil dans la collection de son père, l'a chargé, a mis le canon dans sa bouche... et s'est tiré une balle dans la tête.

Holly tressaillit comme si on l'avait frappée. De fait, elle avait bien été frappée, quoique les coups — au nombre de deux — n'eussent pas été physiques. Elle avait tout d'abord été choquée par l'idée qu'un enfant de treize ans pût se suicider alors que le meilleur de la vie se trouvait devant lui. A cet âge, le moindre tracas pouvait sembler énorme et un problème réellement sérieux paraître catastrophique, désespéré. Holly fut envahie par une bouffée de chagrin pour Larry Kakonis et par une colère dépourvue de cible précise : ce garçon n'avait pas eu le temps d'apprendre qu'il est possible de surmonter toutes les horreurs et que, en compensation, la vie procure bien plus de joies que de peines. Mais la jeune femme était tout aussi bouleversée par la date de ce suicide : le 15 mai.

Un an plus tard, jour pour jour, Jim Ironheart avait accompli son premier sauvetage miraculeux. Sam et Emily Newsome, à Atlanta, Géorgie. Sauvés d'un cambrioleur psychopathe nommé Norman Rink.

Holly ne pouvait plus rester en place. Elle se leva et rejoignit sa compagne. Ensemble, elles observèrent les écureuils.

— Jim s'en est voulu, dit Viola.

— Pour Larry Kakonis ? Mais il n'était pas responsable.

— Il s'en est tout de même voulu. Il est comme ça. Mais sa réaction était excessive, même pour lui. Après la mort de Larry, il a perdu tout intérêt pour l'enseignement. Il a cessé de croire qu'il pouvait être utile. Il avait eu énormément de succès, plus que n'importe quel autre professeur à ma connaissance, mais il n'a pas supporté cet unique échec.

La journaliste se souvint du courage dont avait fait preuve Ironheart pour enlever Billy Jenkins du chemin de la camionnette emballée. Voilà qui n'avait certes pas été un échec.

— Il s'est en quelque sorte laissé glisser dans la déprime, continua Viola. Et il n'a pas pu s'en sortir.

L'homme qu'Holly avait rencontré à Portland ne lui avait pas semblé dépressif. Mystérieux, oui, et secret. Mais il avait le sens de l'humour et souriait facilement.

Viola but une gorgée de citronnade.

— Curieux, c'est trop acide, maintenant.

Elle posa le verre sur le sol de ciment, près de son pied, et s'essuya la main sur son pantalon. Elle entama une nouvelle phrase, hésita, puis reprit :

— Ensuite... il est devenu assez bizarre.

— Bizarre ? Comment ça ?

— Renfermé. Discret. Il a commencé à prendre des cours d'arts martiaux. De Tae Kwon Do. Je sais que des tas de gens s'intéressent à ces choses-là, mais ça ne semblait pas être son genre.

Cela semblait tout à fait le genre du Jim Ironheart que connaissait Holly.

— Et ce n'était pas qu'un passe-temps. Tous les jours, après les cours, il allait prendre sa leçon à Newport Beach. Une véritable obsession. Je m'inquiétais tellement pour lui que quand il a gagné le gros lot, en janvier, j'ai été ravie. Six millions de dollars ! Une telle chance, on aurait pu croire que ça allait changer sa vie, le faire sortir de sa dépression.

— Ça n'a pas été le cas ?

— Non. Il n'a pas semblé très surpris ni même très heureux. Il a cessé d'enseigner, a quitté son appartement pour une maison... et s'est encore plus éloigné de ses amis. (Elle se tourna vers Holly et sourit, pour la première fois depuis de longues minutes.) Voilà pourquoi j'étais tellement contente quand vous m'avez dit être sa sœur, une sœur dont il ignore l'existence. Peut-être réussirez-vous là où ont échoué les six millions de dollars.

Le remords submergea à nouveau Holly, la faisant rougir. Elle espéra que Viola prendrait cela pour du plaisir ou de l'exaltation.

— Ce serait merveilleux.

— Je suis sûre que ça marchera. Une partie de son problème vient de sa solitude, ou de son impression de solitude. Avec une sœur, il ne serait plus seul. Allez le voir aujourd'hui. Tout de suite.

Holly secoua la tête.

— Bientôt. Mais pas encore. J'ai besoin de... de me mettre en confiance. Vous n'allez pas lui parler de moi, n'est-ce pas ?

— Bien sûr que non, ma chère. C'est à vous qu'il appartient de lui apprendre votre existence, et ce sera un moment extraordinaire.

Il semblait à la journaliste que son sourire était une bouche en plastique rigide collée sur son visage, aussi factice qu'un déguisement de mardi gras.

Quelques minutes plus tard, à la porte d'entrée, alors qu'Holly prenait congé de Viola, celle-ci lui posa la main sur le bras et dit :

— Je ne veux pas vous donner d'idées fausses. Ce ne sera pas facile de lui remonter le moral et de le remettre sur les rails. Depuis que je connais Jim, je sais qu'il y a une profonde tristesse enfouie en lui, comme une tache qui refuse de s'effacer, ce qui n'est d'ailleurs pas surprenant quand on considère qu'il est devenu orphelin à l'âge de dix ans.

La jeune femme acquiesça.

— Merci, vous m'avez énormément aidée.

Impulsivement, Viola la prit dans ses bras et lui donna un baiser sur la joue :

— Je veux que Jim et vous veniez dîner aussi vite que possible. Je vous ferai des tamales au maïs vert, des haricots noirs et du riz jalapeño assez chaud [2] pour faire fondre vos plombages !

Holly était à la fois heureuse et déprimée. Heureuse d'avoir rencontré cette femme qui lui faisait déjà l'effet d'être une tante gâteau. Déprimée de l'avoir connue et d'avoir été acceptée par elle sous de faux prétextes.

En regagnant sa voiture, elle s'insulta violemment à voix basse. Elle n'était pas en peine de gros mots ni d'injures bien senties. Douze ans passés dans des salles de rédaction à fréquenter des journalistes lui avaient fourni assez de vocabulaire ordurier pour gagner

2. Jeu de mots intraduisible sur *hot* : chaud, mais aussi : épicé. *(N.d.T.)*

le trophée dans un concours de jurons, même contre le pire des charretiers.

▼▲▼

Les pages jaunes ne mentionnaient qu'une seule école de Tae Kwon Do à Newport Beach, dans un centre commercial de Newport Boulevard, entre une pâtisserie et un fabricant de fenêtres personnalisées.

Le nom de l'endroit était Dojo, un mot japonais signifiant « salle d'arts martiaux », ce qui revenait à appeler un restaurant « Restaurant » ou une boutique de vêtements « Boutique de vêtements ». Holly fut surprise par ce terme générique, car les commerçants asiatiques apportaient souvent une sensibilité poétique à l'intitulé de leurs entreprises.

Trois personnes se tenaient sur le trottoir, devant le Dojo, dans les arômes délicieux qui s'échappaient de la pâtisserie. Elles mangeaient des éclairs en regardant une classe de six élèves s'entraîner en compagnie d'un moniteur coréen de petite taille mais exceptionnellement souple, vêtu d'un pyjama noir. Lorsqu'il projetait un élève sur le tatami, le choc faisait vibrer la vitrine.

En entrant, Holly quitta l'atmosphère chargée d'effluves de chocolat, de cannelle, de sucre et de levure pour pénétrer dans un environnement acide, composé d'un parfum d'encens éventé et d'une vague odeur de transpiration. Elle avait écrit un article sur un jeune de Portland qui avait remporté une médaille au cours d'un tournoi international, aussi savait-elle que le Tae Kwon Do était une forme coréenne de karaté particulièrement agressive, qu'il recourait à de violents coups de poing, à des coups de coude fulgurants, à des manchettes, blocages, étranglements, sauts et coups de pied dévastateurs. Le moniteur n'utilisait pas toute sa puissance mais on entendait néanmoins de nombreux grognements, des respirations sifflantes, des exclamations gutturales et des chocs sourds lorsque les élèves s'abattaient sur le tapis.

Au fond de la pièce, dans l'angle droit, une jeune femme brune assise derrière un bureau faisait des travaux d'écriture. Chaque détail de son habillement et de son maquillage était destiné à mettre en valeur sa sensualité. Son T-shirt rouge collant faisait ressortir son ample poitrine et soulignait des mamelons aussi gros que des cerises. Avec son épaisse chevelure châtain, rehaussée de mèches blondes savamment disséminées, ses yeux ombrés de manière subtile mais originale, sa bouche barbouillée de corail, son bronzage impeccable, ses ongles extraordinairement longs, couverts d'un vernis assorti au rouge à lèvres, et ses bijoux argentés assez nombreux pour emplir un étalage, elle aurait constitué une publicité idéale si les femmes avaient été un produit en vente dans tous les bons supermarchés.

— Ça cogne et ça grogne comme ça toute la journée ? demanda Holly.

— Presque toute la journée, ouais.

— Et ça ne vous fait rien ?

— Oh si, répondit la beauté avec un clin d'œil mutin. Je vois ce que vous voulez dire. Ils se jettent les uns sur les autres comme des taureaux de combat. Le matin, je ne suis pas là depuis une heure que je mouille déjà comme une malade.

Ce n'était pas exactement ce qu'avait voulu dire Holly. A son sens, le bruit risquait de provoquer la migraine, pas l'excitation. Elle rendit cependant le clin d'œil, complice, et questionna :

— Le patron est là ?

— Eddie ? Il est en train de grimper un ou deux cents escaliers, déclara énigmatiquement la réceptionniste — si tel était bien son titre. Qu'est-ce que vous lui voulez ?

Holly expliqua qu'elle était journaliste et qu'elle menait une enquête sur une affaire en rapport avec le Dojo.

Plutôt que de s'assombrir, ce qui était souvent le cas, son interlocutrice sembla enchantée de cette nouvelle. Eddie, lui apprit-elle, cherchait toujours à faire de la publicité pour la maison. Elle descendit de son tabouret et passa une porte située derrière le bureau, révélant des sandales à talons hauts et un short blanc qui collait à ses fesses aussi étroitement qu'une couche de peinture.

Holly commençait à se sentir dans la peau d'un garçon.

Comme son employée l'avait laissé entendre, Eddie fut ravi d'apprendre que le Dojo serait mentionné dans un article, même de manière indirecte, mais il exigea d'être interviewé tandis qu'il continuait à escalader ses marches. Ce n'était pas un Asiatique, ce qui expliquait peut-être le nom dépourvu d'imagination de l'endroit. Grand, blond, hirsute, les yeux bleus, il ne portait que ses muscles et un short de sport noir. Juché sur une machine d'exercices Stair-Master, il grimpait à vive allure vers nulle part.

— C'est génial, dit-il, activant ses jambes superbement développées. Encore six escaliers et je serai au sommet du monument de Washington.

Il avait le souffle court, mais pas autant que Holly après être montée en courant à son troisième étage de Portland.

Elle s'assit sur la chaise qu'il lui désigna, ce qui la plaça juste en face du Stair-Master, lui procurant une vue intégrale du profil de l'athlète. La peau bronzée de celui-ci luisait d'une sueur qui fonçait ses cheveux à la base de son cou épais. Son short était aussi moulant que celui de la réceptionniste. Il semblait presque qu'il eût prévu cette visite et disposé avec soin la machine et la chaise afin de se montrer sous le meilleur angle.

Bien qu'elle se préparât de nouveau à mentir, Holly ne ressentait pas la même culpabilité envers Eddie qu'envers Viola Moreno. D'une part, l'histoire qu'elle avait préparée cette fois était moins fantaisiste : elle écrivait un article de fond en plusieurs parties sur Jim Ironheart (vrai), notamment sur les changements qu'avaient provoqués dans sa vie ses gains à la loterie (faux), le tout avec le consentement de l'intéressé (faux). Trente-trois pour cent de vérité suffisaient à chasser ses scrupules, ce qui, supposait-elle, ne plaidait pas en faveur de sa conscience.

— Et écrivez Dojo correctement, lui enjoignit Eddie.

Il jeta par-dessus son épaule un coup d'œil à sa jambe droite et ajouta avec entrain :

— Regardez-moi ce mollet : dur comme de la pierre.

Comme si elle n'avait pas fait que le regarder.

— La couche de graisse entre la peau et le muscle est presque inexistante. Brûlée.

Il y avait une autre raison pour laquelle elle se fichait de lui mentir : c'était un crétin prétentieux.

— Encore trois escaliers jusqu'au sommet du monument, dit-il.

Le rythme de ses propos était réglé sur son souffle. Ses mots s'élevaient et retombaient avec chaque inspiration, chaque expiration.

— Seulement trois ? Dans ce cas, je vais attendre.

— Non, non. Posez vos questions. Je ne m'arrête pas là. Je vais voir combien d'étages de l'Empire State Building j'arrive à me faire après ça.

— Ironheart était un de vos élèves ?

— Ouais. Je lui donnais les cours moi-même.

— Il est venu vous voir bien avant de gagner à la loterie ?

— Oui. Il y a plus d'un an.

— En mai de l'année dernière, je crois ?

— Peut-être bien.

— Vous a-t-il dit pourquoi il voulait apprendre le Tae Kwon Do ?

— Non. Mais c'était un passionné.

Dans un cri de triomphe, comme s'il avait effectué une réelle ascension, il annonça :

— Le sommet du monument !

Au lieu de ralentir son rythme, il accéléra.

— Vous n'avez pas trouvé ça bizarre ?

— Pourquoi ?

— Eh bien, il était professeur.

— Nous en avons. Nous avons de tout. Tout le monde a envie de savoir se battre.

Il prit une profonde inspiration, la relâcha, puis déclara :

— J'attaque l'Empire State, et c'est pas fini.

— Ironheart était-il doué ?

— Très. Il aurait pu faire de la compétition.

— Il aurait pu ? Vous voulez dire qu'il a abandonné ?

La respiration un peu plus oppressée qu'auparavant, les mots sortant un peu plus vite, Eddie répondit :

— Il est venu ici pendant sept ou huit mois. Tous les jours. Il était vraiment avide de douleur. En plus des arts martiaux, il faisait de l'aérobic et de l'haltérophilie. La douleur, c'était son outil pour progresser. Il devenait assez dur pour enculer un rocher. Excusez-moi. Mais c'est vrai. Et puis il a laissé tomber. Quinze jours après avoir gagné le pognon.

— Ah, je vois.

— Ne vous y trompez pas. Ce n'est pas à cause de l'argent qu'il a arrêté.

— A cause de quoi alors ?

— Il a dit que je lui avais donné ce dont il avait besoin, qu'il ne lui en fallait pas plus.

— Ce dont il avait besoin ?

— Assez de Tae Kwon Do pour faire ce qu'il voulait.

— Il a dit ce que c'était ?

— Non. Démolir quelqu'un, j'imagine.

Eddie se donnait maintenant à fond. Ses pieds frappaient les marches avec violence. Il montait, montait, tellement baigné de transpiration qu'il semblait enduit d'huile. Des gouttelettes de sueur s'échappaient de sa chevelure lorsqu'il secouait la tête. Les muscles de ses bras et de son large dos étaient aussi gonflés que ceux de ses cuisses et de ses mollets.

Assise à environ trois mètres de lui, Holly avait le sentiment de se trouver au bord de la scène dans un club de strip-tease masculin. Elle se leva.

Eddie regardait droit vers le mur. Son visage était creusé par l'effort, mais il avait dans les yeux une expression rêveuse, absente. Peut-être, en lieu et place de la paroi lisse, voyait-il l'interminable escalier de l'Empire State Building.

— Est-ce qu'il vous a jamais dit quelque chose d'intéressant... d'étonnant ? interrogea la journaliste.

Il ne répondit pas. Il se concentrait sur son ascension. Les veines de son cou, dilatées, palpitaient comme si de petits poissons avaient remonté son flux sanguin à intervalles réguliers.

— Trois choses, dit-il lorsqu'Holly atteignit la porte.

Elle se retourna vers lui.

— Oui ?

Sans la regarder ni ralentir un seul instant l'allure, les yeux toujours dans le vague, la voix provenant du lointain gratte-ciel de Manhattan, il reprit :

— Ironheart est le seul type que j'aie jamais rencontré qui puisse se montrer plus obstiné que moi.

Fronçant le sourcil, Holly pesa cette affirmation.

— Quoi d'autre ?

— Il n'a manqué que deux semaines de cours, en septembre. Il est allé quelque part dans le comté Marin pour un stage de conduite agressive.

— Qu'est-ce que c'est que ça ?

— En gros, c'est là que les chauffeurs de politiciens, de diplomates et de gros hommes d'affaires apprennent à manœuvrer une bagnole comme James Bond, à échapper aux pièges des terroristes et des kidnappeurs, toute cette merde.

— Vous savez pourquoi il avait besoin de ce genre d'entraînement ?

— Il a seulement dit que ça avait l'air amusant.

— Ça fait deux choses.

Eddie secoua la tête. De la sueur vola aux alentours, éclaboussant le tapis et les meubles. Holly était juste hors de portée. Il ne tourna pas les yeux vers elle.

— Petit trois : après avoir décidé qu'il en savait assez en Tae Kwon Do, il a voulu apprendre à se servir d'une arme.

— D'une arme ?

— Il m'a demandé si je connaissais quelqu'un qui pouvait lui apprendre à tirer et tout ce qu'il y a à savoir sur les armes. Revolvers, pistolets, fusils de chasse, carabines...

— A qui l'avez-vous envoyé ?

Bien qu'il haletât, Eddie réussissait encore à s'exprimer clairement entre deux inspirations sifflantes.

— A personne. Les armes, ç'est pas mon truc. Vous savez ce que je crois ? Je crois que c'est un mec qui lit *Soldier of Fortune*. Il s'est laissé prendre par le rêve. Il veut devenir mercenaire. En tout cas, il se préparait bien pour une guerre.

— Et ça ne vous inquiète pas d'aider quelqu'un comme ça ?

— Pas tant qu'il paie ses leçons.

Holly ouvrit la porte, hésita, observant son interlocuteur.

— Vous avez un compteur sur cette machine ?

— Ouais.

— Vous êtes à quel étage ?

— Au dixième, dit Eddie, la voix distordue par une puissante expiration.

Lors de la suivante, une exclamation de plaisir accompagna l'air hors de ses poumons.

— Bon Dieu, j'ai les jambes en granit. Je crois que si je prenais un type en ciseau, je pourrais le couper en deux. Vous mettez ça dans votre article, d'accord ? Je pourrais couper quelqu'un en deux avec les jambes.

Holly quitta la pièce et ferma doucement la porte derrière elle.

Dans la salle d'entraînement, la classe d'arts martiaux était encore plus active qu'auparavant. L'exercice du moment opposait le moniteur coréen à un groupe d'élèves. L'enseignant bloquait, projetait, pivotait et bondissait comme un derviche, renvoyant ses adversaires au sol aussi vite qu'ils se jetaient sur lui.

La réceptionniste avait ôté ses bijoux, enfilé des tennis, un short plus lâche, un nouveau T-shirt et un soutien-gorge. Elle faisait des exercices d'assouplissement devant son bureau.

— Il est une heure, expliqua-t-elle à Holly. C'est la pause du déjeuner. Je fais toujours sept ou huit kilomètres en courant au lieu de manger. Salut.

Elle gagna la porte d'entrée à petites foulées, la franchit et s'éloigna en courant le long des devantures du centre commercial.

Holly sortit à son tour et resta un instant immobile sous les ardents rayons du soleil. Là, elle se rendit soudain compte que la majorité des gens qui quittaient ou rejoignaient leur voiture étaient en bonne forme physique. Ayant émigré dans le Nord-Ouest près d'un an et demi auparavant, elle avait oublié à quel point les Californiens du Sud étaient soucieux de leur santé — et de leur apparence. En conséquence, le comté d'Orange recelait bien moins de doubles mentons, de poignées d'amour, de chambres à air, d'estomacs à bière et de fesses avachies que Portland.

Avoir l'air et se sentir en forme constituaient les impératifs du style de vie local. C'était un des aspects de la région qu'elle adorait, et aussi un de ceux qu'elle détestait.

La jeune femme alla déjeuner dans la pâtisserie voisine. Elle sélectionna un éclair au chocolat, une tarte au kiwi et à la crème brûlée, un gâteau au fromage blanc nappé de chocolat et d'amandes grillées, un biscuit à la cannelle et une tranche de gâteau roulé à l'orange.

— Et un Coca light, précisa-t-elle au vendeur.

Elle porta son plateau à une table proche de la devanture, d'où elle pouvait observer la parade des corps fermes et bronzés en tenue d'été. Les pâtisseries étaient excellentes. Holly ne cessa de passer de l'une à l'autre, savourant chaque bouchée, bien décidée à ne pas en laisser une miette.

Au bout d'un certain temps, elle s'aperçut que quelqu'un l'observait. A quelques tables de là, une grosse femme d'environ trente-cinq ans la contemplait avec un mélange d'incrédulité et d'envie : elle-même n'avait mangé qu'une misérable tarte aux fruits — ce qui, pour un amateur forcené de gâteaux, équivalait à un biscuit de régime aux céréales.

— J'aimerais m'en passer, mais je n'y arrive pas, dit Holly, ressentant à la fois le besoin de s'expliquer et une certaine compassion. Quand je suis excitée, si je n'ai rien d'autre à faire, je me goinfre.

La grosse femme acquiesça.

— Moi aussi.

▼▲▼

Elle reprit sa voiture pour aller chez Jim Ironheart. Elle en savait désormais assez sur lui pour prendre le risque de l'approcher, et c'était bien ce qu'elle avait l'intention de faire. Mais plutôt que de se garer dans l'allée, elle passa une nouvelle fois devant la maison, lentement.

Son instinct lui disait que ce n'était pas le bon moment. Bien qu'il semblât complet, le portrait qu'elle avait composé d'Ironheart ne l'était pas. Il y manquait un élément quelque part, et elle sentait qu'il serait dangereux d'agir avant de l'avoir découvert.

De retour au motel, elle passa la fin de l'après-midi et le début de la soirée près de la fenêtre de sa chambre, à boire de l'Alka Seltzer puis du 7-Up light, à fixer la tache saphir de la piscine au milieu de la cour luxuriante, et à réfléchir. Réfléchir.

Bon, se dit-elle, résumé des épisodes précédents. Ironheart est un homme qui abrite au fond de lui une grande tristesse, probablement en raison du décès de ses parents lorsqu'il avait dix ans. Disons qu'il a passé une bonne partie de sa vie à broyer du noir en pensant à la mort, notamment à l'injustice des morts prématurées. Peut-être parce que nul n'était présent autrefois pour l'aider à surmonter le choc de celle de son père et de sa mère, il voue son existence à l'éducation des enfants. Et puis Larry Kakonis se suicide. Ironheart est brisé, sent qu'il aurait dû pouvoir éviter cela. Le décès de ce garçon ramène à la surface toute sa rage enfouie : sa rage contre le destin, la fragilité biologique de l'espèce humaine — contre Dieu. En proie à une profonde détresse, proche d'un véritable déséquilibre, il décide de se transformer en Rambo et de combattre le destin, ce qui est au mieux surprenant, au pire complètement dingue. Grâce à l'haltérophilie, à des marathons d'aérobic et au Tae Kwon Do, il se transforme en machine de combat. Il apprend à conduire comme un cascadeur. Il passe maître dans l'art de se servir de toutes les armes. Il est prêt. Encore une chose : il apprend également à être clairvoyant pour gagner à la loterie, devenir riche et pouvoir se consacrer à sa croisade. Et connaître le moment exact où va se produire une mort prématurée, bien sûr.

A ce point, la théorie s'écroulait. Il est possible d'aller au Dojo pour apprendre les arts martiaux, mais les pages jaunes ne recèlent aucune école de clairvoyance. Comment diable avait-il hérité de ce pouvoir psychique ?

Holly envisagea la question sous tous les angles possibles. Elle ne cherchait pas à trouver une réponse, seulement à bâtir une méthode de raisonnement susceptible de la conduire à des explications plausibles. Mais la magie reste de la magie : on ne peut appliquer la logique à pareil sujet.

La jeune femme avait le sentiment de ne plus être journaliste mais d'être employée par un torchon à scandales pour concocter des papiers remplis d'extra-terrestres réfugiés sous Cleveland, de bébés mi-hommes mi-singes mis au monde par des gardiennes de zoo amorales, et d'inexplicables pluies de grenouilles et de poulets au Tadjikistan. Mais bon Dieu, Jim Ironheart avait sauvé quatorze personnes de la mort, dans tous les coins du pays, toujours au dernier moment, avec une clairvoyance miraculeuse — et ça, c'était un fait indéniable !

Vers huit heures, elle commença à avoir envie de se cogner la tête contre la table, le mur ou la bordure en béton de la piscine, contre n'importe quoi d'assez dur pour briser son barrage mental et faire entrer la lumière en elle. Elle décida qu'il était temps d'arrêter de réfléchir et d'aller dîner.

Elle mangea à nouveau à la cafétéria du motel — du poulet rôti et une salade, pour compenser son déjeuner gourmand. Elle tenta de s'intéresser aux autres clients, de les observer. Mais elle ne pouvait s'empêcher de songer à Jim Ironheart et à sa sorcellerie.

Il dominait toujours ses pensées lorsqu'elle essaya de s'endormir. Fixant les ombres que posaient sur le mur l'éclairage extérieur et les stores à demi ouverts, elle fut assez honnête avec elle-même pour reconnaître que cet homme ne la fascinait pas que d'un point de vue professionnel. Il lui fournissait certes le plus beau sujet de sa carrière, et il était tellement mystérieux qu'il aurait intrigué n'importe qui, journaliste ou pas. Mais elle était également attirée vers lui parce qu'elle avait été seule très longtemps, que la solitude avait creusé en elle un vide et que Jim Ironheart était l'individu le plus sympathique qu'elle eût rencontré depuis des années.

Ce qui était dingue.

Peut-être parce qu'*il* était dingue.

Holly n'était pas de ces femmes qui courent après les hommes ne leur convenant pas, qui cherchent inconsciemment à se faire utiliser, blesser et abandonner. En matière d'hommes, elle se montrait difficile. C'était d'ailleurs pour cette raison qu'elle était seule. Bien peu de mâles correspondaient à ce qu'elle recherchait.

Difficile, bien sûr, songea-t-elle, sarcastique. C'est pour ça que tu as le béguin pour un type qui se prend pour Superman sans la cape et le collant. Reviens sur terre, Thorne. Mon Dieu !

Nourrir des fantasmes romantiques au sujet de cet individu était irréfléchi, déraisonnable, futile et tout simplement stupide.

Mais ces *yeux* !

Holly s'endormit avec l'image du visage d'Ironheart dans la tête. Il planait au-dessus d'elle comme un portrait peint sur une bannière géante qui eût doucement volé au vent dans un ciel céruléen. Ses yeux étaient encore plus bleus que le firmament.

Peu après, elle se retrouva dans son rêve d'aveugle. La pièce circulaire. Le plancher. Une odeur de pierre humide et calcaire. La pluie martelant le toit. Les grincements rythmiques. *Flouch*. Quelque chose venait la chercher, une portion d'obscurité ayant d'une manière ou d'une autre pris vie, une présence monstrueuse qu'elle ne voyait ni n'entendait, mais qu'elle ressentait. L'Ennemi. *Flouch*. Il s'approchait inexorablement, hostile et barbare, dégageant du froid comme une chaudière dégage de la chaleur. *Flouch*.

Holly était heureuse d'être aveugle car elle savait l'apparence de la chose si étrange, si terrifiante que sa simple vue la tuerait. *Flouch*. Quelque chose la toucha. Un filament humide, glacé. A la base du cou. Un tentacule aussi fin qu'une pointe de crayon. Elle hurla. L'extrémité de la sonde pénétra dans sa chair, lui perça le crâne...

Flouch.

Elle s'éveilla avec un petit cri de terreur. Pas de désorientation. Elle sut immédiatement où elle se trouvait : le motel, à Laguna Hills.

Flouch.

Le bruit du rêve était encore avec elle. Une grande lame tranchant l'air. Mais elle ne rêvait plus. C'était réel. Et la chambre était aussi froide que la pièce obscure du cauchemar. Elle essaya de bouger et en fut incapable, comme plaquée au lit par le poids de son cœur gonflé de terreur. Elle sentait l'odeur de la pierre humide. Du plancher. Comme si les sous-sols du motel abritaient de vastes salles d'où montait le grondement de ce qu'elle savait curieusement être deux grandes roues de pierre frottant l'une contre l'autre.

Flouch.

Quelque chose d'innommable rampait toujours à la base de son cou, s'insinuait à l'intérieur de son crâne, un parasite hideux qui l'avait choisie comme réceptacle et se préparait à pondre des œufs dans son cerveau. Mais elle ne pouvait pas bouger.

Flouch.

Holly ne voyait que des barres de lumière très pâle sur le plafond noir, là où le rayonnement lunaire des lampadaires projetait l'image des stores. Elle désirait de tout son être disposer de plus de lumière:

Flouch.

Elle poussait des gémissements de terreur pathétiques et se méprisait tant de cette faiblesse qu'elle parvint enfin à briser sa paralysie. Le souffle court, elle se redressa sur son séant et porta la main à sa nuque pour arracher la sonde vermiforme gluante et glacée. Il n'y avait rien. Rien. Holly s'assit au bord du lit. Chercha la lampe de chevet d'une main nerveuse. Faillit la renverser. Trouva l'interrupteur. Alluma.

Flouch.

Elle bondit hors de la couche. Porta à nouveau la main à sa tête. A son cou. Entre ses omoplates. Rien. Il n'y avait rien. Et pourtant elle sentait quelque chose.

Flouch.

Elle avait franchi la limite de l'hystérie et ne pouvait revenir en arrière, émettait de petits cris animaux de peur et de désespoir. Du coin de l'œil, elle surprit un mouvement. Pivota. Le mur derrière le lit. Il ruisselait. Luisait. Le mur tout entier se boursouflait, comme une membrane sur laquelle eût pesé avec force une masse terrible, colossale. Il palpitait de manière répugnante, tel un énorme organe interne dans les viscères fumants d'un mastodonte préhistorique éventré.

Flouch.

La jeune femme recula devant le mur humide, animé d'une force malfaisante. Tourna les talons. Courut. Il fallait sortir d'ici. Vite. L'Ennemi. Il arrivait. L'avait suivie. Hors du rêve. La porte. Fermée. Au verrou. Verrou tiré. Mains tremblantes. L'Ennemi. Il venait. Chaîne de sécurité. Enlevée. Porte. Ouverte à la volée. Il y avait quelque chose sur le seuil, emplissant l'embrasure, quelque chose de plus gros qu'Holly, quelque chose qui dépassait l'expérience humaine. Un être à la fois insectoïde, arachnéen et reptilien, qui se tortillait et sautillait sur place, une masse intriquée de pattes velues, d'antennes, d'anneaux ophidiens, de mandibules, d'yeux à facettes, de crocs de serpent à sonnette, de griffes. Un millier de cauchemars réunis en un seul — mais elle était *éveillée*. La chose passa la porte d'un bond et saisit la journaliste, qui sentit la douleur exploser dans ses flancs, là où les griffes la déchirèrent. Elle hurla...

Une brise nocturne...

C'était tout ce qui franchissait la porte ouverte. Une douce brise nocturne.

Holly frissonnait, haletante, contemplant avec stupéfaction l'allée cimentée du motel. Des palmiers aux feuilles légères, de grandes fougères australiennes et de nombreuses autres plantes se balançaient sensuellement sous la caresse du zéphyr tropical. La surface de la piscine, animée de petites rides, semblait composée d'innombrables facettes changeantes qui réfractaient la lumière des lampes brillant au fond de l'eau, si bien qu'on n'avait plus l'impression de voir au milieu de la cour une étendue liquide mais un trou empli par le trésor d'un pirate, constitué de saphirs taillés.

La créature avait disparu comme si elle n'avait jamais existé. Elle ne s'était pas enfuie, pas plus qu'elle n'était remontée brutalement au sommet d'une toile : elle s'était tout simplement évaporée en un instant.

Holly ne sentait plus le filament glacé se tortiller à la base de son cou, ni à l'intérieur de son crâne.

Un peu plus loin, un ou deux autres clients étaient sortis de leur chambre, sans doute pour déterminer la cause de son hurlement.

Elle s'éloigna du seuil de la porte, peu soucieuse d'attirer leur attention en ce moment.

Elle jeta un coup d'œil par-dessus son épaule. Le mur du fond était redevenu un simple mur.

Le réveil encastré dans la table de nuit annonçait 5 h 08.

La jeune femme referma doucement le battant, contre lequel elle dut soudain s'appuyer lorsque toute force quitta ses jambes.

Au lieu d'être soulagée par la fin de cette étrange épreuve, elle était brisée. Elle croisa les bras autour de son corps, frissonnant si fort que ses dents claquaient. Elle commença à pleurer doucement, non de peur rétrospective, ni d'inquiétude pour sa sécurité ou sa santé mentale, mais en raison du sentiment d'avoir été profanée. Brièvement, mais tout de même trop longtemps, elle était demeurée sans défense, victime, esclave de la terreur, contrôlée par une entité qui échappait à son entendement. Elle avait subi un viol psychologique. Quelque chose l'avait terrassée, s'était frayé un chemin au-dedans d'elle, la privant de tout libre arbitre. Quoique désormais enfuie, la bête avait laissé des traces en elle, un résidu qui lui souillait l'esprit, l'âme.

Ce n'était qu'un rêve, se dit Holly pour se donner du courage.

Mais lorsqu'elle s'était levée et qu'elle avait allumé la lampe, elle ne rêvait plus. Le cauchemar l'avait suivie dans la réalité.

Ce n'était qu'un rêve, n'en fais pas une montagne, contrôle-toi, se répéta-t-elle, luttant pour retrouver sa sérénité. Tu as rêvé que tu étais dans cet endroit obscur, et puis tu as *rêvé* que tu te redressais dans ton lit et que tu allumais la lumière. Ensuite, *dans ton rêve*, tu as vu le mur se déformer et tu as couru à la porte. Mais c'était du somnambulisme. Tu étais encore endormie lorsque tu as ouvert la porte, encore endormie quand tu as vu le croquemitaine et que tu as hurlé. C'est là que tu t'es enfin réveillée.

Elle voulait croire à cette explication mais la trouvait cependant trop facile pour être crédible. Aucun de ses cauchemars n'avait jamais possédé cette perfection dans la texture et les détails. De plus, elle n'était pas somnambule.

Quelque chose de réel avait cherché à l'atteindre. Peut-être pas l'insecte-araignée-reptile qu'elle avait aperçu. Peut-être cela n'était-il qu'un déguisement adopté par une autre créature pour l'effrayer. Mais quelque chose avait bel et bien tenté de pénétrer dans ce monde, quelque chose qui venait de...

D'où ?

Cela n'avait pas d'importance. Du dehors. De l'au-delà. Et cette chose avait presque réussi.

Non. C'était ridicule. Un fait divers pour feuille à sensation. Même le *National Enquirer* ne publiait plus de telles inepties. VIOLÉE PSYCHIQUEMENT PAR UN MONSTRE VENU DE L'AU-DELÀ. Ce genre de merde se trouvait à trois échelons en dessous de « Cher avoue être une extra-terrestre », à deux échelons en dessous de « Jésus s'adresse à une nonne depuis l'intérieur d'un four à micro-ondes », et même un bon échelon en dessous de « Après sa transplantation du cerveau, Elvis s'appelle maintenant Roseanne Barr ».

Plus Holly se sentait stupide d'avoir de telles pensées, plus elle se calmait. Accepter cette expérience serait plus simple si elle parvenait à croire qu'il ne s'agissait que d'un produit de son imagination exacerbée, laquelle avait été stimulée de manière déraisonnable par l'indéniablement fantastique affaire Ironheart.

Enfin, elle parvint à se tenir debout sans s'aider du battant. Elle remit le verrou et la chaîne de sécurité.

En s'éloignant de la porte, elle prit conscience d'une douleur cuisante au côté gauche. Quoique supportable, cela la fit grimacer. Elle réalisa qu'un point similaire mais un peu moins fort lui élançait le côté droit.

Elle saisit le bas de son T-shirt pour le soulever et s'examiner, ce qui lui permit de constater que le tissu était lacéré. En trois endroits sur la gauche, en deux sur la droite. Le vêtement portait des taches de sang.

Avec une crainte renouvelée, Holly passa dans la salle de bains et fit jaillir la lumière du tube électrique. Elle se plaça devant le miroir, hésita, puis fit passer son T-shirt par-dessus sa tête.

Un mince filet de sang coulait sur son flanc gauche, venant de trois blessures peu profondes. La première lacération se trouvait juste sous le sein, les deux autres un peu plus bas, espacées de cinq centimètres. Deux égratignures moins profondes lui marquaient le côté droit. Celles-ci ne saignaient pas.

Les griffes.

▼▲▼

Jim vomit dans la cuvette des toilettes, tira la chasse, puis se rinça deux fois la bouche à l'aide d'une préparation parfumée à la menthe.

Le visage qu'il voyait dans le miroir exprimait toute l'angoisse du monde. Il dut se détourner du reflet de sa propre image.

Il s'adossa au lavabo. Pour la millième fois au moins depuis un an, il se demanda ce qui, au nom du ciel, était en train de lui arriver.

Dans son sommeil, il était retourné au moulin à vent. Jamais encore le même cauchemar ne l'avait visité deux nuits de suite. Généralement, plusieurs semaines s'écoulaient entre chaque manifestation.

De plus, un nouvel élément troublant avait fait son apparition. Il n'y avait plus seulement la pluie sur les fenêtres étroites, la flamme blafarde de la chandelle et les ombres dansantes qu'elle produisait, le bruit des grandes ailes à l'extérieur, le sourd grondement des meules au rez-de-chaussée et l'inexplicable sensation de terreur. Cette fois, il avait pris conscience d'une présence malveillante, hors de vue mais plus proche à chaque seconde qui passait, une chose si maléfique, si étrange qu'il ne pouvait pas même en imaginer la forme ni les intentions exactes. Il s'était attendu à la voir surgir des murs de calcaire, jaillir du plancher ou s'abattre sur lui en faisant exploser la lourde porte de bois située en haut de l'escalier. Il n'avait su de quel côté s'enfuir. Finalement, il avait ouvert la porte d'un coup — et s'était réveillé en hurlant. Si quoi que ce fût s'était trouvé là, il n'en gardait aucun souvenir.

Quelle qu'eût pu être l'apparence qu'avait adoptée la chose, Jim en connaissait le nom : l'ennemi. Mais il y pensait désormais avec un grand E. L'Ennemi. La bête qui hantait nombre de ses autres cauchemars était parvenue à s'infiltrer dans le rêve du moulin à vent, où elle ne l'avait jamais terrorisé auparavant.

Aussi fou que cela pût sembler, il sentait que la créature n'était pas un simple fantasme engendré par son subconscient. Elle était aussi réelle qu'il l'était lui-même. Tôt ou tard, elle franchirait la barrière entre le monde des rêves et la réalité, aussi aisément qu'elle avait franchi celle séparant les différents cauchemars.

4

Holly ne songea pas à se recoucher. Elle savait qu'elle ne dormirait plus. Pas avant d'être trop épuisée pour garder les yeux ouverts, quelle que fût la quantité de café qu'elle pourrait absorber. Le sommeil avait cessé d'être un sanctuaire. C'était au contraire une source de danger, une large route menant en enfer ou, pis, sur laquelle elle risquait de croiser un voyageur inhumain.

Cela la rendait furieuse. Chacun avait besoin du sommeil. Chacun avait droit à ce refuge.

A l'aube, elle prit une longue douche. Malgré la brûlure du savon et de l'eau chaude sur la chair à vif, elle nettoya avec prudence mais application les griffures qui marquaient ses flancs. Elle craignait de se retrouver avec une infection aussi étrange que la monstruosité qui les lui avait infligées.

Et cela attisait sa colère.

Elle était par nature organisée, toujours prête à toute éventualité. En voyage, elle emportait quelques accessoires de premiers secours dans la trousse de son rasoir Lady Remington : de la teinture d'iode, de la gaze, du sparadrap, des pansements, un petit aérosol de désinfectant et un tube de pommade contre les brûlures légères. Après s'être séchée, elle s'assit au bord du lit, nue, et pulvérisa du désinfectant sur ses blessures, puis les badigeonna de teinture d'iode.

Elle était en partie devenue reporter parce que, plus jeune, elle avait cru le journalisme capable d'expliquer le monde, d'aider à comprendre des événements qui semblaient chaotiques et dépourvus de sens. Après plus de dix ans au service de la presse, sa conviction qu'il était toujours — ou la plupart du temps — possible d'expliquer l'expérience humaine était ébranlée. Mais elle continuait à bien ranger son bureau, à classer méticuleusement ses fichiers et ses notes. Chez elle, dans les placards, les habits étaient regroupés par saison, puis en fonction de leur style (habillé, semi-habillé, décontracté) et enfin par couleur. Si la vie persistait à être chaotique, si le journalisme en tant qu'outil permettant de donner une cohérence au monde l'avait déçue, elle pouvait à tout le moins compter sur la routine et l'habitude pour générer un mini-univers stable, aussi fragile fût-il, d'où le désordre et le tumulte étaient tenus à distance.

La teinture d'iode la piqua.

Elle était de plus en plus furieuse. Bouillait de rage.

La douche avait expulsé les caillots de sang des éraflures les plus profondes de son côté gauche. Elles recommençaient à saigner un peu. Elle demeura sagement assise sur le bord du lit, pressant des Kleenex sur les blessures, jusqu'à ce que celles-ci aient cessé de suinter.

Lorsqu'elle se fut habillée d'un jean brun et d'un chemisier vert émeraude, il était sept heures et demie.

Elle savait déjà comment elle allait démarrer la journée et rien ne pourrait la faire renoncer à ce projet. N'ayant pas le moindre appétit, elle décida de se passer de petit déjeuner. Lorsqu'elle sortit, elle découvrit un matin clair et inhabituellement tempéré, même pour le comté d'Orange, mais ce temps sublime ne l'apaisa aucunement, ne lui donna pas même l'envie de s'arrêter une seule seconde pour jouir du soleil naissant sur son visage. Elle sortit sa voiture du parking et se dirigea vers Laguna Niguel. Elle allait sonner à la porte de James Ironheart et exiger de lui bon nombre de réponses.

Elle voulait connaître toute son histoire, savoir comment il pouvait deviner que des gens allaient mourir et pourquoi il prenait de tels risques pour sauver de parfaits inconnus. Mais elle voulait aussi savoir pourquoi son cauchemar de la nuit précédente était devenu réel, comment et pourquoi le mur de sa chambre s'était mis à luire et à gonfler comme de la chair, savoir quelle était cette créature qui s'était échappée du rêve pour la saisir entre des griffes rien moins qu'oniriques.

Elle était convaincue d'obtenir des réponses. Durant la nuit, pour la seconde fois en trente-trois ans, elle avait rencontré l'inconnu, le surnaturel l'avait frôlée. La toute première fois, le 12 août, quand Ironheart avait miraculeusement sauvé Billy Jenkins de la camionnette qui allait l'écraser en face de l'école McAlbury, elle n'avait pas réalisé immédiatement que le héros sortait tout droit de la quatrième dimension. Quoiqu'elle admît volontiers posseder bon nombre de défauts, la stupidité n'en faisait pas partie. Et il eût fallu être stupide pour ne pas comprendre que ces deux collisions avec le paranormal, Ironheart et le cauchemar devenu réalité, étaient liées.

Elle était plus que furieuse. Elle était folle de rage.

Tout en remontant la rocade de Crown Valley, elle se rendit compte qu'une partie de sa colère était due à la déception : le sujet qui devait la rendre célèbre ne se révélait pas simplement fait de surprise et d'émerveillement, de courage, d'espoir et de triomphe, comme elle l'avait cru. Telle la grande majorité des articles qui avaient fait la une des journaux depuis l'invention de la presse, il comportait un aspect sinistre.

Jim s'était douché et habillé pour aller à l'église. Il n'assistait plus régulièrement à la messe du dimanche, pas plus qu'aux offices des autres religions auxquelles il avait sporadiquement appartenu. Mais puisqu'il était contrôlé par une puissance supérieure depuis au moins le mois de mai, lorsqu'il s'était rendu en Floride pour sauver Sam et Emily Newsome, il était plus disposé que d'ordinaire à songer à Dieu. Et quand le père Geary lui avait parlé des stigmates qui marquaient son corps tandis qu'il gisait inconscient sur les dalles de Notre-Dame-du-Désert, moins d'une semaine auparavant, il avait ressenti l'appel du catholicisme pour la première fois depuis deux ans. Il ne s'attendait pas réellement à ce que le mystère des derniers événements fût résolu par sa visite à l'église — mais il pouvait toujours espérer.

En décrochant son trousseau du porte-clefs mural de la cuisine près de la porte du garage, il s'entendit dire : « Ligne de vie ». Son programme de la journée se trouva immédiatement changé. Il se figea, ne sachant plus quoi faire. Puis la sensation familière d'être une marionnette le submergea, et il raccrocha ses clefs de voiture.

Il retourna dans sa chambre et ôta sa tenue dominicale. Il revêtit un pantalon en toile et une large chemise hawaïenne, qu'il évita de rentrer sous sa ceinture afin d'être le moins entravé possible.

Il devait rester libre de ses mouvements, souple. Il ignorait totalement pourquoi cette liberté de mouvements et cette souplesse étaient indispensables mais il n'en ressentait pas moins la nécessité.

Assis par terre devant le placard, il choisit les chaussures les plus vieilles et les plus confortables qu'il possédât, et les laça avec soin sans trop serrer. Il se leva pour juger du résultat. Parfait.

Alors qu'il tendait déjà la main vers la valise rangée sur l'étagère du haut, il hésita. Il n'était pas sûr d'en avoir besoin. Quelques secondes plus tard, il était absolument certain qu'il lui fallait voyager léger. Il referma la porte à glissière sans avoir rien pris.

Une telle absence de bagages signifiait généralement que son but pouvait être atteint en voiture et que l'aller-retour, y compris le temps nécessaire à l'accomplissement de la tâche exigée de lui, ne prendrait pas plus de vingt-quatre heures. Mais en se détournant du placard, il eut la surprise de s'entendre dire : « Aéroport. » Il existait bien sûr bon nombre d'endroits où l'on pouvait se rendre en avion en faisant l'aller-retour dans la journée.

Jim ramassa son portefeuille sur la commode, attendit de voir s'il se sentait poussé à le reposer puis finit par le glisser dans sa poche de pantalon. De toute évidence, il aurait besoin non seulement d'argent mais aussi de sa carte d'identité — ou du moins ne risquerait pas de se trahir en l'emportant.

Lorsqu'il rentra dans la cuisine pour y reprendre ses clefs, il sentit la peur s'infiltrer en lui, quoique avec moins de force qu'avant sa dernière mission. Cette fois-là, on lui avait « dit » de voler une voiture afin que nul ne puisse remonter jusqu'à lui, puis de s'enfoncer dans le désert Mojave. Aujourd'hui, il pouvait fort bien rencontrer des adversaires aussi dangereux que les deux occupants du Roadking, mais il n'était pas aussi inquiet. Il savait qu'il pouvait mourir. Être l'instrument d'une puissance supérieure ne confère aucune garantie d'immortalité : il restait un homme, dont la chair pouvait être déchirée, les os brisés, et le cœur arrêté net par une balle bien placée. La diminution de sa frayeur n'était attribuable qu'à son odyssée quasi mystique sur la Harley, aux deux jours passés en compagnie du père Geary, à l'annonce des stigmates apparus sur son corps et à la conviction subséquente que la puissance divine était à l'œuvre dans tout cela.

▼▲▼

Holly roulait sur Bougainvillea Way, à cent mètres du domicile d'Ironheart, lorsqu'une Ford vert sombre sortit en marche arrière de la cour de ce dernier. La jeune femme ne connaissait pas le véhicule de celui qu'elle épiait mais, puisqu'il vivait seul, elle supposa que cette Ford était la sienne.

Elle accéléra, ayant presque envie de le dépasser, de lui faire une queue-de-poisson, de le forcer à s'arrêter et de lui poser ses questions en pleine rue. Puis elle ralentit à nouveau : la discrétion était rarement une erreur fatale. Elle pouvait tout aussi bien voir où il allait, ce qu'il préparait.

Lorsqu'elle passa devant la maison, la porte automatique du garage achevait de s'abaisser. Juste avant la fermeture totale, la journaliste vit qu'aucun autre véhicule ne se trouvait là. Le conducteur de la Ford ne pouvait être qu'Ironheart.

Holly ne s'était jamais vu confier d'enquêtes sur des magnats de la drogue paranoïaques, ni sur des politiciens véreux ou des hommes d'affaires corrompus, aussi n'était-elle pas experte en filature motorisée. Ce genre de technique n'avait guère d'utilité pour couvrir le Trophée de la Bûche, les exploits d'individus en scaphandre de cosmonaute qui jonglaient avec des souris vivantes sur le perron de l'hôtel de ville sous prétexte de faire de l'art, et les concours du plus gros mangeur de tartes. En outre, la jeune femme n'oubliait pas qu'Ironheart avait effectué pendant quinze jours un stage de conduite agressive dans une école spécialisée du comté Marin : s'il savait comment manœuvrer une voiture pour se débarrasser de terroristes, il la sèmerait dès qu'il s'apercevrait qu'elle le suivait.

Elle demeura donc aussi loin de lui qu'elle le put. Fort heureusement, la circulation de ce dimanche matin était assez dense pour lui permettre de se dissimuler derrière d'autres véhicules, et assez fluide pour qu'elle ne craignît pas de voir soudain les voies s'engorger entre elle et Ironheart, au point qu'elle eût risqué de le perdre.

Il prit la rocade de Crown Valley vers l'est jusqu'à la nationale 5, puis suivit l'autoroute 405 vers le nord en direction de Los Angeles.

Lorsqu'ils eurent dépassé les gratte-ciel agglutinés autour de South Coast Plaza, le principal centre de commerce et d'affaires s'offrant aux deux millions d'habitants du comté d'Orange, Holly avait retrouvé le moral. Elle se révélait douée pour les filatures, laissant de deux à six voitures entre elle et Ironheart mais demeurant toujours assez près pour le suivre s'il s'engageait brusquement sur une bretelle de sortie. Sa colère était tempérée par le plaisir qu'elle tirait de cette poursuite. De temps à autre, elle se surprenait même à admirer la clarté du ciel ou les lauriers roses et blancs abondamment fleuris qui bordaient parfois l'autoroute.

En dépassant Long Beach, cependant, elle commença à se demander si elle n'allait pas rouler toute la journée pour découvrir finalement que l'endroit où se rendait Ironheart n'avait rien à voir avec l'énigme qui l'intéressait. Même un super-héros doué de clairvoyance pouvait passer un après-midi au cinéma, et n'affronter pour tous périls que les plats les plus épicés d'un restaurant chinois.

Elle en vint également à craindre que ledit super-héros ne fût averti de la filature par ses pouvoirs psychiques. Sentir une présence à quelques voitures de distance semblait nettement plus simple que prévoir la mort prochaine d'un petit garçon de Boston. D'un autre côté, peut-être la clairvoyance n'était-elle pas un pouvoir que l'on branchait et débranchait à volonté. Peut-être ne réagissait-elle qu'aux choses importantes, procurant à Ironheart des visions de danger, de destruction et de mort — ou bien pas de visions du tout. Ce n'était pas impossible. Savoir à l'avance si l'on allait apprécier un film, bien dîner ou attraper des gaz et des boutons à cause des pâtes à l'ail que l'on s'apprêtait à savourer aurait sans doute suffi à rendre fou un individu normalement constitué. Quoi qu'il en fût, Holly ralentit un peu et laissa un véhicule de plus s'insérer entre elle et Ironheart.

Quand celui-ci quitta l'autoroute à la sortie de l'aéroport international de Los Angeles, le cœur de la jeune femme se mit à battre plus vite. Peut-être venait-il tout simplement accueillir un passager, mais il était plus probable qu'il allât prendre l'avion, s'embarquer pour une de ses missions de sauvetage, tout comme il s'était rendu à Portland le 12 août, près de deux semaines auparavant. Holly n'avait pas prévu de voyager : elle n'avait même pas de vêtements de rechange. Toutefois, elle disposait de liquide et de cartes de crédit pour ses dépenses, et pourrait acheter n'importe où un autre chemisier. La perspective d'accompagner Ironheart jusqu'au théâtre de l'action la tentait prodigieusement. Lorsqu'elle écrirait son article, elle pourrait le faire avec d'autant plus d'autorité qu'elle aurait été témoin de *deux* sauvetages.

Elle faillit perdre courage lorsqu'il quitta l'échangeur interne de l'aéroport pour entrer dans un parking : il n'y avait plus aucune voiture entre eux pour masquer sa présence. Mais l'alternative était de continuer son chemin, de se garer ailleurs et de le perdre. Elle le suivit d'aussi loin que possible et prit son ticket quelques secondes après lui.

Il trouva une place libre au milieu d'une rangée du troisième niveau et Holly se gara une dizaine de véhicules plus loin. Elle se tassa un peu dans son siège et resta au volant, afin de lui laisser un peu d'avance et de réduire la probabilité qu'il se retourne et ne l'aperçoive.

Elle faillit attendre trop longtemps. Quand elle sortit de sa voiture, elle eut à peine le temps de le voir disparaître derrière un mur, près de la rampe d'accès aux étages supérieurs.

Elle s'élança derrière lui, le claquement léger de ses pas se répercutant sourdement sur le béton du plafond. Lorsqu'elle arriva au bas de la rampe, Ironheart pénétrait dans la cage d'escalier. S'y engageant à son tour, elle l'entendit descendre les dernières marches et ouvrir la porte qui menait à l'extérieur.

Grâce à sa chemise hawaïenne colorée, elle put le suivre de loin, mêlée aux autres voyageurs, tandis qu'il traversait l'allée et pénétrait dans l'aérogare de l'United Airlines. Elle espéra qu'ils ne se rendaient pas à Hawaï. Mener une enquête sans le support financier du journal était déjà assez onéreux. Si Ironheart devait sauver une vie aujourd'hui, elle souhaitait qu'il le fît à San Diego plutôt qu'à Honolulu.

Dans l'aérogare, elle demeura derrière un groupe de grands Suédois qui lui servirent de couverture pendant qu'Ironheart étudiait les horaires des départs affichés sur une série d'écrans vidéo. A en juger par sa moue, il ne trouvait pas l'annonce du vol qu'il désirait prendre. Ou bien il *ignorait* encore quel vol il désirait prendre. Peut-être ses prémonitions ne lui venaient-elles pas d'un coup. Peut-être devaient-elles être travaillées, choyées, si bien qu'il ne savait jamais exactement où il se rendait, ni de qui il allait sauver la vie avant d'arriver à pied d'œuvre.

Au bout de quelques minutes, il abandonna les écrans et se dirigea vers le guichet des billets. Holly resta en arrière, l'observant de loin, puis réalisa qu'elle ne connaîtrait pas sa destination si elle ne se trouvait pas assez près pour l'entendre l'annoncer au préposé. Sans enthousiasme, elle regagna du terrain.

Elle pouvait bien sûr attendre qu'il eût acheté son billet, le suivre pour voir vers quelle porte il se dirigeait, et retenir une place sur le même vol — mais l'avion risquait de partir alors qu'elle errerait encore dans les interminables halls de l'aérogare. Une autre possibilité était d'essayer de faire parler l'employé en prétendant avoir ramassé une carte de crédit perdue par Ironheart. Mais la compagnie pouvait proposer de la lui rendre elle-même. Ou bien appeler le service de sécurité si l'histoire paraissait louche.

Dans la queue, Holly se hasarda à ne laisser qu'une personne entre elle et Ironheart : un homme robuste et bedonnant, qui ressemblait à un ex-footballeur empâté. Il dégageait une odeur corporelle assez désagréable mais la jeune femme lui était reconnaissante de l'écran qu'il lui procurait.

La file d'attente se résorba rapidement. Ironheart arriva devant le guichet. Pour tenter de saisir ses propos, Holly contourna le gros homme et se pencha en avant.

Comme pour la contrarier, le haut-parleur diffusa alors la voix douce et sensuelle, quoique dépourvue de vie, d'une femme annonçant la découverte d'un enfant perdu. Au même moment, un bruyant groupe de New-Yorkais passa non loin de là en se plaignant de l'hypocrisie qui se cachait derrière la politesse de façade des employés californiens. Apparemment, le climat d'hostilité de leur ville leur manquait. Les paroles d'Ironheart furent noyées dans le tumulte.

Holly se rapprocha encore plus de lui.

Le gros homme l'observa avec suspicion, visiblement persuadé qu'elle cherchait à resquiller. Elle lui sourit de manière à lui assurer qu'elle n'avait pas de mauvaises intentions et qu'elle savait fort bien qu'il était assez gros pour l'écraser comme une punaise.

Si Ironheart se retournait, ils se trouveraient nez à nez. Elle retint son souffle, entendit le préposé annoncer : « ... aéroport O'Hare de Chicago, départ dans vingt minutes... », puis repassa derrière le gros homme, qui la regarda de nouveau en sourcillant.

La journaliste se demanda pourquoi ils étaient venus jusqu'à Los Angeles pour se rendre à Chicago. Elle était tout à fait sûre que de nombreuses lignes existaient entre O'Hare et l'aéroport John-Wayne du comté d'Orange. Bon... Quoique Chicago fût plus éloigné que San Diego, cela restait préférable à Hawaï — et moins cher.

Ironheart paya son billet et se hâta de rejoindre sa porte d'embarquement, sans jeter le moindre coup d'œil en direction d'Holly.

Tu parles d'un voyant, songea-t-elle.

Elle était satisfaite d'elle-même.

Lorsqu'elle atteignit le guichet, elle présenta sa carte de crédit et demanda une place sur le même vol pour Chicago. Un instant, elle eut la terrible sensation qu'on allait lui annoncer que l'avion était complet, mais ce ne fut pas le cas. Elle obtint son billet.

Le hall d'attente était quasi désert, l'embarquement presque terminé. Ironheart n'était pas en vue.

En traversant le couloir qui la menait à la porte de l'avion, elle commença à craindre qu'il ne la voie lorsqu'elle devrait remonter l'allée pour rejoindre son fauteuil. Elle pouvait faire mine de ne pas le remarquer, voire même prétendre ne pas le reconnaître s'il lui adressait la parole. Mais elle doutait qu'il crût purement fortuite sa présence sur le même vol que lui. Une heure et demie auparavant, elle n'avait rien de plus pressé que de le rencontrer. Maintenant, elle ne désirait rien tant qu'éviter cette rencontre. S'il la voyait, il annulerait son voyage. Elle n'aurait peut-être plus jamais la chance d'assister à l'un de ses sauvetages.

L'avion était un grand DC-10 pourvu de deux allées. Chaque rangée de neuf sièges était ainsi divisée en trois sections : deux fauteuils du côté gauche, cinq au centre de l'appareil, et deux à droite. Holly s'était vu attribuer le fauteuil H dans la rangée vingt-trois — à tribord, côté couloir. Tout en gagnant son siège, elle examina les autres passagers, en espérant ne pas rencontrer le regard de Jim Ironheart. En fait, elle eût préféré ne pas le voir du tout durant le vol et se débrouiller pour le retrouver une fois à O'Hare. Le DC-10 était un immense appareil. Quoiqu'un certain nombre de places fussent libres, il n'y avait pas moins de deux cent cinquante personnes à bord. Ironheart et elle pourraient fort bien faire ensemble le tour du monde sans se rencontrer ; à plus forte raison, le voyage de quelques heures qui les séparait de Chicago.

Ce fut alors qu'elle le vit. Assis dans la section centrale de la rangée seize, sur le premier siège de gauche, de l'autre côté de l'avion, il feuilletait un magazine édité par la compagnie aérienne. Holly pria intérieurement pour qu'il ne relève pas les yeux avant qu'elle ne l'eût dépassé. Bien qu'elle dût s'écarter pour laisser passer une hôtesse accompagnant un petit garçon qui voyageait seul, son vœu fut exaucé. Elle atteignit le fauteuil 23-H et s'assit, avec un soupir de soulagement. Même s'il se rendait aux toilettes, ou simplement s'il se levait pour se dégourdir les jambes, il n'aurait aucune raison d'emprunter l'allée de droite. Parfait.

Elle jeta un coup d'œil à l'homme qui occupait le siège voisin du sien, près du hublot. La trentaine, bronzé, il paraissait en bonne forme et avait l'air sérieux. Bien qu'on fût dimanche, il portait un complet bleu sombre, une chemise blanche et une cravate. Le front aussi plissé que son costume était bien repassé, il travaillait sur un ordinateur portable. Les écouteurs posés sur ses oreilles indiquaient qu'il écoutait de la musique, ou bien faisait semblant, afin de décourager la conversation. Il adressa à la jeune femme un sourire assez froid, calculé dans le même but.

Voilà qui convenait à Holly. Comme beaucoup de journalistes, elle n'était pas d'une nature bavarde. Son travail lui demandait de savoir écouter, pas nécessairement de savoir parler. Passer le voyage en compagnie du magazine de l'United Airlines et de ses propres pensées lui suffisait amplement.

▼▲▼

Au bout de deux heures de vol, Jim n'avait toujours aucune idée de ce qu'on attendait de lui une fois qu'il serait descendu de l'avion. Il ne s'en inquiétait cependant pas, car il avait appris à être patient. La révélation venait toujours, tôt ou tard.

Aucun article du magazine ne présentait d'intérêt pour lui et d'après sa bande sonore, le film projeté pendant le vol devait être aussi divertissant que des vacances dans une prison soviétique. Les deux sièges à sa droite étant vides, il n'avait pas à échanger de politesses avec un inconnu. Il inclina légèrement la tête, croisa les mains sur son abdomen, ferma les yeux et — entre deux questions de l'hôtesse relatives à son appétit et à son confort — passa le temps en cherchant à percer le sens du rêve du moulin à vent — s'il en avait un.

C'était en tout cas ce à quoi il *s'efforçait* de réfléchir. Mais, curieusement, ses pensées revenaient sans cesse à Holly Thorne, la journaliste.

Voilà qu'il devenait malhonnête. Il savait fort bien qu'elle n'avait cessé de lui traverser l'esprit depuis qu'il l'avait rencontrée. Elle était fort belle. Et intelligente : au premier regard, on voyait qu'elle avait au bas mot un million d'engrenages dans la tête, tous parfaitement reliés, bien huilés, silencieux et productifs.

Et elle avait le sens de l'humour. Il eût donné n'importe quoi pour partager ses jours et ses longues nuits troublées de cauchemars avec une femme telle que celle-ci. Le rire était souvent une question de partage — d'une observation, d'une blague, d'un moment. On ne rit pas beaucoup lorsqu'on est seul, ou si c'est le cas, cela signifie généralement qu'on aurait besoin de faire une longue retraite dans un établissement aux murs capitonnés.

Jim n'avait jamais su s'y prendre avec les femmes, si bien qu'il avait souvent dû s'en passer. Et, il lui fallait bien l'avouer, même avant le récent début de ses aventures, il était parfois difficile à vivre. Pas dépressif à proprement parler mais par trop conscient que la mort était la compagne de la vie. Trop enclin à s'inquiéter des ténèbres futures. Trop lent à saisir l'instant et à succomber au plaisir. Si...

Il ouvrit les yeux et se redressa sur son siège. Il venait soudain de recevoir la révélation qu'il attendait. Du moins en partie. S'il ignorait toujours ce qui allait se produire à Chicago, il connaissait le nom des gens à qui il était censé sauver la vie : Christine et Casey Dubrovek.

A sa grande surprise, il réalisa qu'elles se trouvaient avec lui dans l'avion, ce qui l'amena à soupçonner que le problème se manifesterait dans l'aérogare d'arrivée, ou en tout cas peu après l'atterrissage. Dans le cas contraire, il n'aurait pas croisé leur route si tôt. La plupart du temps, il ne rencontrait ceux qu'il secourait que quelques minutes avant que leur vie ne soit en danger.

Poussé par les forces qui le guidaient périodiquement depuis le mois de mai, il se leva, contourna les premières rangées de sièges, passa dans l'allée de droite et commença à la remonter. Il n'eut aucune idée de ce qu'il faisait avant de s'arrêter auprès de la femme et de l'enfant qui occupaient les fauteuils 22-H et 22-I. La première n'avait pas encore trente ans. Si elle n'était pas belle à proprement parler, son visage était harmonieux, plein de douceur. La petite fille avait cinq ou six ans.

Lorsque la jeune mère leva vers lui un regard curieux, Jim s'entendit demander :

— Mrs Dubrovek ?

Elle cligna les yeux de surprise.

— Je vous demande pardon... nous nous connaissons ?

— Non, mais Ed m'a dit que vous seriez dans cet avion et m'a demandé de vous chercher.

En prononçant le prénom Ed, il sut qu'il s'agissait du mari de Christine Dubrovek. Il s'accroupit près du siège et arbora son plus beau sourire.

— Je m'appelle Steve Harkman. Ed s'occupe des ventes, moi de la publicité, si bien que nous nous prenons mutuellement la tête au cours d'une dizaine de réunions par semaine.

Le visage de madone de la jeune femme s'éclaira.

— Oh, oui. Il m'a parlé de vous. Vous êtes entré dans la boîte il y a quoi, un mois ?

— Six semaines, maintenant, répondit Jim, se laissant aller, sûr que les bonnes réponses jailliraient de lui même s'il ignorait totalement de quoi elles seraient faites. Et voilà sans doute Casey.

La fillette occupait le siège près du hublot. Elle leva la tête, abandonnant un livre de contes en relief.

— Je vais avoir six ans demain, c'est mon anniversaire et nous allons voir grand-père et grand-mère. Ils sont très vieux, mais ils sont gentils.

Jim éclata de rire.

— Et je parie qu'ils sont très fiers d'avoir une petite-fille aussi mignonne que toi.

▼▲▼

Lorsque Holly vit Ironheart remonter l'allée, elle fut si stupéfaite qu'elle faillit bondir hors de son siège. Croyant tout d'abord qu'il la regardait, elle faillit commencer à bredouiller une excuse avant même qu'il n'arrive auprès d'elle — « Oui, bon, d'accord, je vous ai suivi, je vous ai surveillé et je me suis introduite dans votre vie privée... » Elle connaissait peu d'autres journalistes qui se seraient sentis coupables de l'avoir espionné, mais elle était apparemment incapable d'éliminer ce sens des convenances qui n'avait cessé d'interférer avec son avancement depuis l'obtention de son diplôme. Elle resta totalement désemparée jusqu'à ce qu'elle réalise que les yeux d'Ironheart n'étaient pas fixés sur elle mais sur la jeune femme brune assise devant elle. Plutôt que de bondir hors de son siège en proie à une frénésie d'excuses, elle s'y laissa glisser de quelques centimètres, déglutissant avec peine. Elle reprit le magazine qu'elle avait abandonné et l'ouvrit lentement pour masquer son visage, dans la crainte qu'un mouvement trop brusque n'attire l'attention d'Ironheart avant qu'elle ne fût dissimulée derrière les pages de papier glacé.

Ce rempart l'empêchait de le voir, mais elle entendait tout ce qu'il disait et la plus grande partie des réponses de son interlocutrice. Lorsqu'il se présenta en tant que Steve Harkman, publiciste, elle se demanda à quoi rimait cette comédie.

Elle inclina la tête sur le côté pour l'observer d'un œil. Il était accroupi près du siège de la jeune femme, si proche d'Holly que celle-ci aurait pu cracher sur lui — bien qu'elle n'eût pas plus d'expérience en matière de crachat que de filature.

La journaliste se rendit compte que ses mains tremblaient, ce qui faisait doucement vibrer les pages du magazine. Elle redressa la tête, regarda droit devant elle et se concentra pour tenter de retrouver son calme.

▼▲▼

— Comment avez-vous bien pu me reconnaître ? demanda Christine Dubrovek.

— Eh bien... Ed ne tapisse pas *tout à fait* son bureau avec des photos de vous deux, répondit Jim.

— Oh, c'est vrai.

— Écoutez, Mrs Dubrovek...

— Appelez-moi Christine.

— Merci, Christine... j'ai un autre motif de venir vous importuner ainsi. D'après Ed, vous avez le chic pour nouer des alliances.

C'était sans doute la chose à dire. Déjà lumineux, le doux visage s'éclaira un peu plus.

— Ma foi, j'aime bien faire se rencontrer les gens si je pense qu'ils se conviennent, et je dois admettre que j'ai eu beaucoup de réussites en ce domaine.

— Tu fabriques des alliances, maman? demanda Casey.

— Pas celles qu'on porte au doigt, chérie, répondit Christine, étonnamment en phase avec les six ans de sa fille.

— Ah bon, dit celle-ci avant de retourner à son livre.

— Pour tout vous dire, reprit Jim, il n'y a que deux mois que je suis à Los Angeles, et évidemment, je me sens un peu seul. Je n'aime pas les bars pour célibataires, je n'ai pas envie de m'inscrire à un club de gym juste pour rencontrer des femmes et j'imagine que celles avec qui je pourrais prendre contact par l'intermédiaire d'une messagerie seraient aussi désespérées ou paumées que moi.

La jeune femme éclata de rire.

— Vous ne m'avez l'air ni paumé ni désespéré.

— Excusez-moi, monsieur, intervint une hôtesse avec une fermeté amicale, en posant la main sur l'épaule de Jim. Je ne peux pas vous laisser bloquer le passage.

— Non, bien sûr, approuva-t-il en se levant. Je n'en ai que pour une minute.

A l'adresse de Christine, il ajouta :

— Écoutez, je suis très gêné, mais j'aimerais vraiment vous parler de moi, vous dire ce que je recherche chez une femme, et voir si par hasard vous connaîtriez quelqu'un qui...

— J'en serais ravie, coupa sa compagne avec l'enthousiasme d'une marieuse ou d'une *schatchen* de Brooklyn.

— J'y pense ! Les deux sièges près du mien sont libres. Vous pourriez peut-être faire le reste du voyage avec moi...

Il s'attendait à ce qu'elle répugne à quitter des fauteuils proches des hublots. Une inexplicable boule d'anxiété lui noua l'estomac tandis qu'il attendait la réponse.

Mais elle n'hésita qu'une ou deux secondes.

— Oui, pourquoi pas?

L'hôtesse, qui gravitait toujours dans les parages, approuva d'un signe de tête.

— Je pensais que Casey aimerait voir le paysage, mais ça n'a pas l'air de la passionner, continua Christine. En plus, nous sommes presque à l'arrière de l'aile, ce qui nous bloque une bonne partie de la vue.

Jim ne comprit pas la raison de la vague de soulagement qui le traversa lorsque la jeune femme accepta de se déplacer, mais ces temps-ci, de nombreuses choses le déroutaient.

— Super. Merci, Christine.

Il recula pour lui permettre de se lever et remarqua alors la passagère assise derrière elle. Cette pauvre femme avait de toute évidence une peur bleue de l'avion. Elle tenait un exemplaire de *Vis-à-Vis* devant son visage, cherchant à oublier ses craintes grâce à la lecture, mais ses mains tremblaient tant que le magazine ne cessait de tressauter.

— Où êtes-vous installé ? interrogea Christine.

— De l'autre côté. Venez, je vais vous montrer.

Il s'empara de l'unique bagage à main de la jeune mère tandis que celle-ci et Casey rassemblaient le reste de leurs affaires, puis il les précéda vers sa place. La petite fille s'engagea dans la rangée 16, et Christine la suivit.

Avant de s'asseoir à son tour, Jim ressentit le besoin de jeter un dernier regard en direction de la passagère aérophobe qu'il avait remarquée. Elle avait reposé son magazine. Elle l'observait. Et il la connaissait.

Holly Thorne.

Il était abasourdi.

— Steve ? s'enquit Christine Dubrovek.

De l'autre côté de l'avion, la journaliste se rendit compte qu'il l'avait vue. Elle resta pétrifiée, les yeux exorbités. Tel un chevreuil pris dans les phares d'une voiture.

— Steve ?

— Euh, excusez-moi un instant, dit-il à sa compagne. J'en ai pour une minute. Je reviens tout de suite. Vous m'attendez ici, hein ? Attendez-moi ici.

Il retraversa l'appareil pour rejoindre l'allée de droite.

Son cœur tambourinait dans sa poitrine. La peur lui serrait la gorge. Mais il ne savait pas pourquoi. Il ne craignait pas Holly Thorne. Il savait que sa présence ici n'était pas une simple coïncidence, qu'elle avait percé son secret et qu'elle le suivait. Mais pour le moment, il s'en moquait. Ce n'était pas d'être découvert, démasqué, qui l'inquiétait. Il ignorait ce qui motivait son anxiété, mais celle-ci augmentait à une vitesse telle que l'adrénaline ne tarderait plus à lui couler des oreilles.

Tandis qu'il se dirigeait vers la journaliste, cette dernière commença à se lever. Puis une expression résignée passa sur son visage et elle se rassit. Elle était aussi jolie que dans son souvenir, quoique ses yeux fussent cernés, comme si elle avait manqué de sommeil.

— Venez, dit-il en arrivant près d'elle.

Il voulut lui prendre la main. Elle se déroba.

— Il faut qu'on parle, insista-t-il.

— On ne peut pas parler ici.

— C'est exact.

L'hôtesse qui avait enjoint à Jim de ne pas bloquer le passage s'approchait à nouveau.

Comme Holly refusait de lui donner la main, il la saisit par le bras et lui demanda de se lever, espérant qu'elle ne le forcerait pas à l'arracher à son siège. L'hôtesse pensait sans doute déjà avoir affaire à un émir pervers qui rassemblait les plus belles femmes du bord pour se constituer un harem. Heureusement, la journaliste se laissa entraîner sans protester.

Jim l'escorta à l'arrière de l'avion, jusqu'à un cabinet de toilette libre dans lequel il la poussa. Il jeta un coup d'œil en arrière, s'attendant à surprendre sur lui le regard de l'hôtesse, mais celle-ci s'occupait d'un autre passager. Il rejoignit Holly dans le réduit et ferma la porte.

Elle se cala dans un angle, afin de demeurer aussi loin que possible de lui, mais ils restaient littéralement nez à nez.

— Je n'ai pas peur de vous, dit-elle.

— C'est bien. Vous n'avez aucune raison d'avoir peur.

Les parois d'acier terni des toilettes conduisaient fort bien les vibrations. Le profond ronronnement des moteurs était ici un peu plus fort que dans la cabine.

— Qu'est-ce que vous voulez ? interrogea Holly.

— Vous allez faire exactement ce que je vais vous dire.

Elle fronça les sourcils.

— Écoutez, je...

— Très exactement ce que je vais vous dire, et sans discuter. On n'a pas le temps de discuter, ajouta-t-il sèchement, se demandant de quoi diable il pouvait bien parler.

— Je sais tout de vous...

— Je me fous de ce que vous savez. En ce moment, ça n'a pas d'importance.

— Mais vous tremblez comme une feuille !

Non seulement il tremblait, mais il transpirait. Bien que la température fût assez fraîche dans les toilettes, il sentait des gouttes de sueur se former sur son front. Une fine traînée humide courut sur sa tempe, contourna son œil droit.

— Je veux que vous veniez à l'avant de l'appareil, dit-il très vite, et que vous vous asseyiez près de moi. Il y a une ou deux places libres dans le coin.

— Mais, je...

— Vous ne pouvez pas rester dans la rangée 23. Pas question.

Holly n'était pas une femme docile. Elle savait ce qu'elle voulait et n'avait pas l'habitude de s'entendre donner des ordres.

— C'est ma place. 23-H. Vous ne pouvez pas me forcer à...

— Si vous restez là, vous allez mourir, coupa-t-il, impatient.

La surprise qu'elle afficha n'avait rien à envier à celle qu'elle ressentait.

— Mourir ? Qu'est-ce que vous voulez dire ?

— Je ne sais pas. (Et soudain, une information qu'il ne désirait pas s'imposa à lui.) Oh, mon Dieu, non ! Nous allons tomber.

— Quoi ?

— L'avion. (Son cœur battait maintenant plus vite que ne tournaient les pales des grands moteurs propulsant l'appareil.) Il va tomber. Tout en bas.

Il vit la perplexité d'Holly céder la place à une terrible compréhension.

— On va s'écraser ?

— Oui.

— Quand ?

— Je ne sais pas. Bientôt. Au-delà de la rangée 20, presque personne ne survivra. (Il ignorait ce qu'il allait dire avant de parler et il était horrifié par les mots qui sortaient de sa bouche.) Il y aura plus de survivants dans les neuf premières rangées, mais pas beaucoup. Vraiment pas beaucoup. Il faut que vous veniez dans ma section.

L'avion eut un soubresaut.

Holly se raidit et roula autour d'elle des yeux effrayés, comme si elle s'attendait à voir les parois des toilettes s'effondrer sur eux.

— Des turbulences, la rassura Jim. Seulement des turbulences. Nous avons encore... quelques minutes.

De toute évidence, elle en avait assez appris sur lui pour accorder foi à ses prédictions. Elle n'exprima pas le moindre doute.

— Je ne veux pas mourir.

Jim la saisit aux épaules, empli d'un affolement croissant.

— C'est pour ça que vous devez venir vous asseoir près de moi. Il n'y aura pas de victimes entre les rangées 10 et 20. Il y aura des blessés, certains gravement, mais pas de morts, et une bonne partie des passagers sortira de l'avion sans une égratignure. Alors, pour l'amour du ciel, venez !

Il tendit la main vers la poignée de la porte.

— Attendez. Il faut prévenir le pilote.

Jim secoua la tête.

— Ça ne servirait à rien.

— Il pourra peut-être faire quelque chose, empêcher l'accident.

— Il ne me croirait pas, et même dans le cas contraire... je ne saurais pas quoi lui dire. Nous allons tomber, c'est vrai, mais je ne sais pas pourquoi. Peut-être une collision avec un autre avion, peut-être une fissure dans la coque. Peut-être même y a-t-il une bombe à bord. Il peut s'agir de n'importe quoi.

— Mais vous êtes un voyant, vous devez être capable de prévoir plus de détails si vous essayez.

— Si vous croyez que je suis voyant, vous en savez moins sur moi que vous ne l'imaginez.

— Vous devez essayer.

— Oh, mais j'essaierais ! J'essaierais de toutes mes forces si ça pouvait avoir la moindre utilité. Seulement ce n'est pas le cas.

La terreur et la curiosité se disputaient le contrôle du visage d'Holly.

— Mais qu'est-ce que vous êtes, si vous n'êtes pas un voyant ?

— Un instrument.

— Un instrument ?

— Quelqu'un ou quelque chose se sert de moi.

Le DC-10 fut animé d'une nouvelle secousse. Jim et Holly se figèrent, mais l'appareil ne se mit pas à plonger. Il continua son chemin comme avant, dans le ronflement de ses trois gros moteurs. Encore des turbulences.

La jeune femme saisit le bras de son compagnon.

— Vous ne pouvez pas laisser mourir tous ces gens !

A l'idée d'être d'une certaine manière responsable de la mort des autres passagers, Jim sentit la culpabilité s'enrouler autour de lui comme une corde, lui comprimer la poitrine, lui nouer l'estomac.

— Je suis ici pour sauver la femme et sa fille, dit-il. C'est tout.

— C'est horrible.

— Ça ne me plaît pas plus qu'à vous mais c'est comme ça, conclut-il en ouvrant la porte des toilettes.

Refusant de lui lâcher le bras, elle le retint avec colère. Ses yeux verts étaient hagards, probablement hantés par leurs propres visions de corps disloqués, dispersés sur le sol parmi des débris fumants.

— Vous ne pouvez pas laisser mourir tous ces gens, répéta-t-elle, avec véhémence, cette fois.

— Soit vous venez avec moi, soit vous mourez avec eux, rétorqua Jim, impatient.

Il sortit des toilettes. Elle le suivit, sans qu'il sache si elle allait l'accompagner jusqu'au bout. Il priait pour qu'elle le fît. On ne pouvait vraiment pas le tenir pour responsable de la mort des autres passagers, car ceux-ci seraient décédés même s'il n'était pas monté à bord. C'était leur destin, un destin qu'on ne lui avait pas demandé de modifier. Incapable de sauver tout le monde, il devait se fier à la sagesse de la puissance supérieure qui le guidait. Mais il serait sans conteste responsable de la mort d'Holly Thorne, car celle-ci n'eût jamais pris cet avion si, sans le vouloir, il ne l'y avait conduite.

Tandis qu'il remontait l'allée de gauche, il jeta un coup d'œil vers les hublots et le ciel azuré. Il n'avait que trop conscience du vide qui s'étendait sous ses pieds. Son estomac tressauta.

Il n'osa regarder derrière lui que lorsqu'il eut atteint sa place. Une grande vague de soulagement l'envahit lorsqu'il constata qu'Holly était sur ses talons.

Il désigna deux sièges vides situés derrière le sien et celui de la mère de Casey.

La jeune femme secoua la tête.

— Seulement si vous vous asseyez avec moi. Nous avons à parler.

Jim observa Christine, puis Holly. Il sentait le temps s'enfuir comme de l'eau qui s'écoule en tourbillonnant au fond d'un lavabo. L'atroce instant de l'impact approchait. Il eut envie d'empoigner la journaliste, de la flanquer sur son fauteuil, de lui boucler sa ceinture et de verrouiller cette dernière. Mais les ceintures de sécurité n'étaient pas munies de serrures.

Incapable de masquer son irritation, il parla entre ses dents serrées.

— Ma place est avec elles, dit-il en désignant Christine et Casey Dubrovek.

Bien qu'Holly et lui se fussent exprimés calmement, d'autres passagers commençaient à les observer.

L'air soucieux, Christine leva les yeux vers lui puis tordit le cou pour regarder Holly.

— Il y a quelque chose qui ne va pas, Steve ?

— Non, tout va bien, mentit-il.

Il tourna à nouveau la tête vers les hublots. Du ciel bleu. Vaste. Vide. Et combien de kilomètres jusqu'à la terre, tout en bas ?

— Vous n'avez pas l'air bien, insista Christine.

Il réalisa que son visage était toujours couvert d'une transpiration grasse.

— J'ai un peu chaud, c'est tout. Euh, écoutez, je viens juste de rencontrer une vieille amie. Vous m'accordez cinq minutes ?

La jeune femme sourit.

— Bien sûr, bien sûr. Je suis encore en train de dresser mentalement la liste des meilleures candidates.

Un instant, il ne comprit pas de quoi elle voulait parler. Puis il se souvint qu'il lui avait demandé de jouer pour lui les entremetteuses.

— Impeccable, dit-il. Super. Je reviens tout de suite et on en cause.

Il poussa Holly dans la rangée 17 et s'installa dans le siège voisin du sien, côté couloir.

Sur la droite de la journaliste se trouvait une vieille femme obèse, vêtue d'une robe à fleurs. Ses cheveux gris, teintés de bleu, formaient une masse de boucles épaisses. Elle dormait à poings fermés, ronflait doucement. Une paire de lunettes à monture dorée, suspendue à son cou par un chapelet de perles, reposait sur son ample poitrine, se soulevant et s'abaissant au rythme d'un souffle régulier.

Se penchant vers Jim, parlant d'une voix si basse qu'on ne l'eût pas même entendue de l'autre côté de l'allée, mais avec la conviction d'un orateur politique, Holly répéta :

— Vous ne pouvez pas laisser mourir tous ces gens.

— Nous en avons déjà discuté, répliqua-t-il, nerveux, sur le même ton.

— C'est votre responsabilité...

— Je ne suis qu'un homme !

— Un homme très particulier.

— Je ne suis pas Dieu, se plaignit-il.

— Parlez au pilote.

— Bon Dieu, vous êtes d'un entêtement !

— Avertissez le pilote, chuchota-t-elle.

— Il ne me croira pas.

— Alors avertissez les passagers.

— Il n'y a pas assez de place dans cette section pour qu'ils s'y installent tous.

Furieuse contre lui, elle restait calme mais tellement passionnée qu'il ne pouvait ni détourner les yeux ni cesser de l'écouter. Elle lui posa la main sur le bras, le serra jusqu'à lui faire mal.

— Ils pourraient peut-être faire *quelque chose*, nom de Dieu !

— Ça ne ferait que déclencher la panique.

— Si vous pouvez sauver plus de gens mais que vous les laissez mourir, c'est un meurtre, insista-t-elle, les yeux luisants de colère.

Cette accusation fit à Jim l'effet d'un violent coup de marteau dans la poitrine. Un instant, il fut incapable de respirer et, lorsqu'il répondit, sa voix se brisa à plusieurs reprises :

— J'ai horreur de la mort, de voir les gens mourir, j'ai *horreur* de ça. J'ai envie de sauver des vies, de mettre un terme à toutes les souffrances, d'être du côté de la vie, mais je fais ce que je peux.

— Un meurtre, répéta-t-elle.

Ce qu'elle faisait était odieux. Il ne pouvait pas porter la charge de responsabilité qu'elle voulait poser sur ses épaules. S'il réussissait à sauver les Dubrovek, il aurait accompli deux miracles : arraché une mère et son enfant à la tombe prématurée que leur avait creusée le destin. Mais Holly Thorne, ignorante de ses capacités, ne se contentait pas de deux miracles. Elle en voulait trois, quatre, cinq, dix, cent. Il sentit un poids énorme peser sur lui, l'écraser au sol — le poids de ce maudit avion tout entier. Elle n'avait pas le droit de l'accuser. C'était injuste. Si elle voulait accuser quelqu'un, elle n'avait qu'à s'en prendre à Dieu, dont les voies étaient tellement impénétrables qu'Il avait décidé de faire s'écraser l'avion.

— Un meurtre ! Elle lui enfonça encore plus ses ongles dans le bras.

Il sentait la colère irradier de sa compagne comme la chaleur du soleil reflétée par une surface métallique. *Reflétée*. Il réalisa soudain que cette image était si appropriée qu'on aurait pu la qualifier de freudienne. La rage qu'éprouvait la jeune femme devant son refus de sauver les autres passagers n'était pas plus violente que sa propre rage à l'idée de s'en savoir incapable. La fureur d'Holly n'était que le reflet de la sienne.

— Un meurtre, répéta-t-elle à nouveau, visiblement consciente de l'effet que produisait sur lui cette accusation.

Il la regarda dans les yeux et eut envie de la frapper, de lui donner un coup de poing au visage, de l'écraser de toutes ses forces, de l'assommer, afin qu'elle cessât de formuler ses propres pensées. Elle était trop perspicace. Il la détestait parce qu'elle avait raison.

Au lieu de la frapper, il se leva.

— Où allez-vous ? demanda-t-elle

— Parler à une hôtesse.

— De quoi ?

— Vous avez gagné, OK ? Vous avez gagné !

En se dirigeant vers l'arrière de l'avion, Jim observa les gens qu'il dépassait, glacé par la certitude que, bientôt, un grand nombre d'entre eux seraient morts. Son imagination s'enfla au même rythme que son désespoir : il entrevit les crânes sous la peau, les os luisants au travers de la chair. Des morts vivants.

La peur lui donnait la nausée, une peur qu'il éprouvait non pour lui-même mais pour eux.

L'appareil se cabra et oscilla comme s'il avait rencontré un nid-de-poule en plein ciel. Jim s'agrippa au dossier d'un siège pour garder son équilibre. Mais ce n'était pas encore la grande secousse.

Les hôtesses et les stewards s'étaient rassemblés dans leur zone de travail, à l'arrière, pour se préparer à servir les plateaux-repas qui venaient d'arriver de la cuisine. Deux d'entre eux n'avaient guère plus de vingt ans. Les autres avaient la cinquantaine.

Jim s'approcha de la plus vieille des hôtesses. D'après son badge, elle se nommait Evelyn.

— Il faut que je parle au pilote, dit-il à voix basse, bien que les premiers passagers fussent assez éloignés de lui.

Si Evelyn fut étonnée par sa requête, elle ne le montra pas. Elle sourit comme elle avait été entraînée à le faire.

— Je suis désolée, monsieur, mais c'est impossible. Quel que soit le problème, je suis sûre que je peux vous aider...

— Écoutez, pendant que j'étais aux toilettes, j'ai entendu quelque chose, mentit-il. Un bruit bizarre, tout à fait anormal pour un moteur.

Le sourire de la femme s'élargit mais perdit de sa sincérité. Elle enclencha le programme « Rassurer un passager nerveux » :

— Eh bien, voyez-vous, il est parfaitement normal que le bruit des moteurs change durant le vol, lorsque le pilote modifie la vitesse et...

— Je le sais bien. (Il tenta d'adopter l'air raisonnable d'un homme qu'elle avait intérêt à écouter.) J'ai souvent pris l'avion. Là, c'était différent. (Il mentit à nouveau.) Je m'y connais en moteurs. J'ai travaillé pour McDonnel Douglas. C'est nous qui avons dessiné et construit le DC-10. Je *connais* cet avion et ce que j'ai entendu dans les toilettes était tout à fait anormal.

Le sourire d'Evelyn disparut un instant, probablement moins parce qu'elle commençait à prendre l'avertissement au sérieux que parce qu'elle considérait Jim comme un individu plus inventif que la plupart de ceux qui paniquaient au milieu d'un vol.

Les autres employés de la compagnie aérienne avaient interrompu les préparatifs du déjeuner et le dévisageaient avec attention, se demandant sans nul doute s'il n'allait pas leur causer un problème.

— Sincèrement, tout fonctionne bien, dit l'hôtesse, pesant ses paroles. Hormis quelques turbulences.

— C'est le moteur de queue, coupa Jim. (Voilà qui n'était pas un mensonge. Il recevait une révélation et en laissait la source inconnue s'exprimer à travers lui.) Le bloc hélice est en train de se casser. Si les pales se séparent du reste, ce ne sera pas trop grave : les pièces pourront être contenues. Mais si tout le bloc vole en éclats, Dieu seul sait ce qui arrivera.

En raison de la spécificité de ses craintes, il ne ressemblait plus au passager apeuré moyen. Les hôtesses et les stewards l'observèrent sinon avec respect, du moins avec un intérêt prudent.

— Tout va bien, insista Evelyn, par réflexe. Mais même si nous perdions un moteur, il nous en resterait deux.

Jim fut ravi de constater que la puissance qui le guidait avait décidé de lui communiquer les informations dont il avait besoin pour convaincre ces gens. Il serait peut-être possible de faire quelque chose pour sauver tous les passagers, finalement.

Cherchant à tout prix à demeurer calme et convaincant, il s'entendit reprendre :

— Le moteur a une poussée de vingt mille kilos. C'est un véritable monstre. S'il explose, ça fera l'effet d'une bombe. Les compresseurs peuvent se renverser et les pales de titane, le bloc hélice, voire même des morceaux du rotor risquent d'être projetés dans toutes les directions. Ça peut creuser des trous dans la queue, bousiller l'empennage et le gouvernail... Tout l'arrière de l'appareil peut se désintégrer.

— Peut-être qu'on devrait en parler au capitaine Delbaugh, dit l'un des stewards.

Evelyn ne protesta pas immédiatement.

— Je connais ces moteurs, continua Jim. Je peux lui expliquer ce qui se passe. Vous n'avez pas besoin de m'emmener dans le cockpit. Je veux juste lui parler à l'interphone.

— McDonnel Douglas, hein ? interrogea l'hôtesse.

— Oui. J'ai été ingénieur chez eux pendant douze ans, mentit-il.

Evelyn avait désormais des doutes sur la sagesse des réponses standard qu'on lui avait inculquées. La partie était presque gagnée.

— Il faut que votre capitaine coupe le moteur numéro deux, s'entêta Jim, avec un espoir nouveau. S'il le fait et qu'il termine le voyage avec le un et le trois, nous nous en sortirons. Nous nous en sortirons tous.

L'hôtesse interrogea ses collègues du regard. Un ou deux hochèrent la tête.

— Je suppose qu'il n'y aurait aucun mal à...

— Allons-y, la pressa Jim. Il ne nous reste peut-être pas beaucoup de temps.

Il la suivit hors de la pièce. Ils remontèrent l'allée de droite de la classe tourisme en direction du cockpit.

Une explosion secoua l'appareil.

Evelyn fut violemment projetée au sol. Jim partit en avant lui aussi, s'accrocha à un siège pour éviter de s'écrouler sur sa compagne, surcompensa et tomba de côté, d'abord sur un passager puis sur le plancher, tandis que l'avion se mettait à osciller. Derrière lui, il entendit des plateaux-repas se renverser, des cris de surprise, de frayeur, et un bref hurlement. Tandis qu'il tentait de se remettre sur ses pieds, l'avion piqua du nez et commença à perdre de l'altitude.

Holly quitta son fauteuil, alla s'asseoir auprès de Christine Dubrovek à qui elle se présenta comme une amie de Steve Harkman, et faillit être catapultée hors de son siège lorsqu'une terrible onde de choc traversa l'appareil. L'instant d'après retentit un coup sourd gigantesque, comme si quelque chose avait heurté l'avion.

— Maman !

Quoique le signal ordonnant d'attacher les ceintures ne fût pas allumé, celle de Casey était bouclée. La fillette ne fut donc pas projetée en avant, mais son livre de contes glissa au sol. Elle avait les yeux écarquillés par la peur.

Le DC-10 piqua du nez.

— Maman ?

— Tout va bien, dit Christine, cherchant à dissimuler son propre effroi à sa fille. C'est seulement une poche d'air, des turbulences.

Ils tombaient de plus en plus vite.

— Tout ira bien, affirma Holly, se penchant devant Christine pour s'assurer que l'enfant entendait ses paroles rassurantes. Tout se passera bien pour vous deux si vous restez ici. Ne bougez pas. Ne bougez pas de vos places.

Ils plongeaient... mille pieds... deux mille...

La journaliste boucla sa ceinture avec empressement.

... trois mille pieds... quatre mille...

Une première vague d'effroi et de panique s'empara des passagers, vite suivie par un silence religieux. Tous s'agrippaient aux accoudoirs de leurs sièges, anxieux de voir si l'appareil allait se redresser à temps — ou bien continuer à tomber selon un angle encore plus aigu.

A la surprise d'Holly, le nez se releva lentement. L'avion redevint horizontal.

Un soupir de soulagement général et une volée d'applaudissements traversèrent la cabine.

La journaliste se tourna vers Christine et Casey, souriante.

— Ça va aller. On va s'en sortir.

Le capitaine expliqua par haut-parleur qu'ils venaient de perdre un de leurs moteurs. Ils pouvaient toujours voler grâce aux deux autres mais seraient peut-être obligés, pour des raisons de sécurité, de se poser sur un aéroport plus proche qu' O'Hare. Apparemment calme et confiant, il remercia les passagers de leur patience, sous-entendant qu'ils n'avaient au pire à redouter qu'un certain inconfort.

Quelques instants plus tard, Jim Ironheart apparut dans l'allée et s'accroupit auprès d'Holly. Une goutte de sang miroitait au coin de sa bouche. Il avait à l'évidence été un peu ballotté.

La jeune femme était si enthousiaste qu'elle avait envie de l'embrasser.

— Vous avez réussi, vous avez réussi à changer le cours du destin, s'exclama-t-elle.

Il avait une mine sinistre.

— Non.

Il se pencha vers elle, jusqu'à ce que leurs visages se touchent presque, afin qu'il leur soit à nouveau possible de chuchoter — bien qu'Holly suspectât Christine Dubrovek de pouvoir entendre une partie de leurs paroles.

— Il est trop tard, dit-il.

Sa compagne crut recevoir un coup de poing à l'estomac.

— Mais nous nous sommes redressés.

— Des bouts de moteur ont traversé la queue, coupé la plupart des lignes hydrauliques et percé les autres. Bientôt, ils ne pourront plus diriger l'appareil.

La peur d'Holly avait fondu. Elle revenait à présent à la manière de cristaux de glace se formant et se soudant les uns aux autres sur la surface grise d'un lac hivernal.

Ils tombaient.

— Vous savez exactement ce qui est arrivé, dit-elle. Vous devriez être auprès du capitaine. Pas ici.

— C'est terminé. Je suis arrivé trop tard.

— Non. Il n'est jamais...

— Maintenant, je ne peux plus rien faire.

— Mais...

Une hôtesse fit son apparition, secouée mais la voix calme.

— Regagnez votre place, je vous prie, monsieur.

— Très bien, acquiesça Jim. (Il prit la main d'Holly dans la sienne et la serra.) Ne craignez rien. (Ses yeux se posèrent sur Christine, puis sur Casey.) Tout ira bien.

Puis il réintégra le fauteuil situé juste derrière celui de la journaliste, qui fut dépitée de le perdre des yeux. Sa simple vue lui donnait du courage.

▼▲▼

Le capitaine Sleighton Delbaugh gagnait sa vie dans le cockpit des avions de ligne depuis vingt-six ans, dont dix-huit en tant que pilote. Il avait rencontré et résolu une impressionnante variété de problèmes, certains assez sérieux pour être qualifiés d'alertes, et il avait bénéficié du rigoureux programme de formation continue et de réhomologation périodique mis en place par l'United. Il se sentait prêt à affronter tout ce qui pouvait se produire dans un avion moderne. Pourtant, il avait peine à croire ce qui venait d'arriver au vol 246.

Après l'arrêt du moteur numéro deux, l'appareil avait exécuté une plongée imprévue et les commandes répondaient mal. Les membres de l'équipage avaient cependant réussi à corriger cette tendance et à ralentir considérablement la chute. Mais avoir perdu onze mille pieds d'altitude était le moindre de leurs soucis.

— On vire à droite, dit Bob Anilov, le premier officier de Delbaugh, un excellent pilote de quarante-trois ans. On n'arrête pas de virer à droite. C'est coincé, Slay.

— On a perdu une partie des systèmes hydrauliques, leur apprit Chris Lodden, le navigateur.

C'était le plus jeune des trois, et la coqueluche de presque toutes les hôtesses qui le rencontraient — en partie parce qu'il était beau gosse, dans le genre gars de la campagne, plein de fraîcheur, mais surtout parce qu'il était un peu timide, ce qui faisait de lui un cas à part parmi les séducteurs sûrs d'eux-mêmes constituant la majorité des équipages. Assis derrière Anilov, Chris était chargé de surveiller les systèmes mécaniques.

— On vire de plus en plus à droite, insista le copilote.

Delbaugh tirait déjà le manche à balai à fond vers la gauche.

— Bordel !

— Ça ne répond pas ? s'enquit Anilov.

— On n'en a pas perdu qu'une partie, corrigea Chris Lodden, tapotant et ajustant ses instruments comme s'il avait peine à croire ce qu'ils lui communiquaient. C'est pas possible !

Le DC-10 possédait trois systèmes hydrauliques parfaitement conçus. Ils ne pouvaient pas tous tomber en panne au même moment. Pourtant, c'était le cas.

Pete Yankowski — un instructeur de vol au front dégarni et à la moustache rousse, venu du centre d'instruction de la compagnie à Denver — voyageait dans le cockpit. Il allait rendre visite à son frère, à Chicago. En tant que membre observateur de l'équipage, il occupait le siège pliable situé juste derrière Delbaugh et regardait par-dessus l'épaule de celui-ci.

— Je vais aller jeter un coup d'œil à la queue, annonça-t-il. Me rendre compte des dégâts.

— Le seul truc qu'on contrôle encore, c'est la poussée des moteurs, reprit Lodden tandis que Yankowski s'éclipsait.

Le capitaine Delbaugh avait déjà commencé à utiliser ce facteur, diminuant la puissance du moteur droit, augmentant celle de gauche pour mettre un terme à la déviation indésirable. Lorsqu'ils commenceraient à trop s'incliner vers la gauche, il lui faudrait rendre un peu de puissance à l'autre moteur pour retrouver une trajectoire rectiligne.

Avec l'assistance du navigateur, Delbaugh détermina que les gouvernails interne et externe de la queue ne répondaient plus. Les ailerons intérieurs des ailes étaient morts. Les ailerons extérieurs également. De même que les volets et les déflecteurs.

Le DC-10 avait une envergure de plus de cinquante mètres. Son fuselage en mesurait près de soixante. C'était plus qu'un avion. C'était littéralement un vaisseau qui sillonnait le ciel, la plus pure définition du « jumbo jet ». Et pour le diriger, le pilote ne disposait plus que de deux moteurs General Electric/Pratt & Whitney. Ce qui revenait, pour un automobiliste, à tenter de conduire une voiture emballée en se penchant de droite et de gauche, cherchant désespérément à infléchir la course du véhicule en variant la répartition des masses.

▼▲▼

Quelques minutes s'étaient écoulées depuis l'explosion du moteur de queue et ils étaient toujours en l'air.

Holly croyait en l'existence d'un Dieu, non en raison d'une quelconque expérience spirituelle qui eût changé sa vie mais parce que l'alternative à cette croyance était par trop sinistre. Bien qu'elle eût été élevée selon les rites méthodistes et eût envisagé à une époque de se convertir au catholicisme, elle n'avait jamais réussi à savoir quelle sorte de déité elle préférait. Le Dieu vêtu de gris des protestants, le Dieu plus passionné des catholiques, ou quelque chose d'entièrement différent. Dans la vie de tous les jours, elle ne se tournait pas vers le ciel pour résoudre ses problèmes, et elle ne disait le bénédicité avant les repas que lorsqu'elle rendait visite à ses parents, à Philadelphie. Elle eût ressenti comme une hypocrisie de se mettre à prier maintenant, mais elle n'en espérait pas moins que, quels que fussent son sexe et ses préférences en matière de fidèles, Dieu était d'humeur miséricordieuse et qu'Il veillait sur le DC-10.

Christine lisait l'un des contes en relief avec Casey, ajoutant ses propres commentaires amusants aux aventures des animaux, désireuse de faire perdre à sa fille le souvenir de l'explosion et du plongeon qui avait suivi. L'intensité avec laquelle elle se concentrait sur son enfant trahissait ses propres sentiments : elle était terrorisée et savait que le pire restait à venir.

Minute après minute, Holly s'enfonça de plus en plus dans un état de révolte. Elle ne voulait pas accepter ce que lui avait dit Ironheart. Ce n'était pas de sa propre survie, de celle de Jim ou de celle des Dubrovek qu'elle doutait. L'homme auquel elle s'intéressait tant avait prouvé qu'il obtenait de fort bons résultats lorsqu'il livrait bataille au destin, et elle était raisonnablement sûre que, comme il l'avait promis, leurs vies n'étaient pas en danger dans la section avant de la classe tourisme. Ce qu'elle voulait refuser, ce qu'elle *devait* refuser, c'était la mort de tant d'autres passagers. Il était intolérable de penser que jeunes et vieux, hommes et femmes, innocents et coupables, gentils et méchants allaient périr dans la même catastrophe, écrasés contre un escarpement rocheux ou au sein d'un champ de fleurs sauvages incendié par du kérosène enflammé, sans qu'il fût accordé le moindre avantage à ceux qui avaient vécu dans la dignité et le respect des autres.

▼▲▼

Au-dessus de l'Iowa, le vol 246 sortit de la zone relevant de la tour de contrôle de Minneapolis, qui avait pris le relais après celle de Denver, et ne répondit plus qu'à celle de Chicago. Le capitaine Delbaugh, incapable de reprendre le contrôle des systèmes hydrauques, reçut du contrôleur de l'United et de celui de Chicago la ermission d'échanger O'Hare contre l'aéroport important le plus roche : Dubuque, Iowa. Il confia les commandes à Anilov, afin le pouvoir se concentrer sur le moyen de parer à l'alerte, en compagnie de Chris Lodden.

En tout premier lieu, il contacta par radio le *System Aircraft Maintenance* (SAM) à l'aéroport international de San Francisco. SAM était la base d'entretien centrale de l'United, un énorme omplexe qui comptait plus de dix mille employés.

— On a un problème, annonça calmement Delbaugh. Panne otale des systèmes hydrauliques. On peut continuer à voler un eu, mais pas moyen de manœuvrer.

A SAM, outre le personnel de l'United, des experts travaillant our les constructeurs de tous les avions actuellement utilisés par a compagnie étaient présents vingt-quatre heures sur vingt-quatre – notamment un agent de la General Electric, qui avait fabriqué es moteurs CF-6, et un de McDonnel Douglas, la firme ayant onçu et construit le DC-10. Les employés de SAM disposaient our tous les types d'appareil de livres, de manuels et d'une colossale banque de données informatiques, ainsi que de l'histoire détaillée de chaque exemplaire mis en service par l'United. Ils pouvaient nformer Delbaugh et Lodden de tous les problèmes mécaniques ubis par leur avion au cours de son existence, des travaux réalisés sur lui lors de sa dernière révision, et même de la date à laquelle on avait rembourré les fauteuils. Ils pouvaient littéralement tout eur apprendre, à l'exception de la quantité de monnaie tombée les poches des passagers et oubliée sur les sièges durant les douze derniers mois.

Delbaugh espérait qu'ils seraient aussi capables de lui expliquer de quelle manière il était censé diriger un appareil aussi grand qu'un mmeuble sans l'aide des gouvernails, de l'empennage, des ailerons ni d'aucun autre accessoire permettant de manœuvrer. Même dans les meilleurs stages de pilotage, on supposait qu'en cas d'incident catastrophique, le pilote conserverait un *certain* contrôle de 'engin — grâce aux systèmes de secours prévus par les concepteurs. Les employés de SAM eurent d'abord peine à croire que a totalité des systèmes hydrauliques fût en panne. Ils supposaient que le capitaine exagérait. Il dut leur parler sèchement pour leur faire entendre raison, ce qu'il regretta beaucoup. Non seulement parce qu'il désirait perpétuer la tradition de sang-froid et de professionnalisme établie par les pilotes l'ayant précédé en des circonstances semblables, mais aussi parce qu'il fut sérieusement effrayé du son de sa propre voix furieuse et eut ensuite de grandes difficultés à se persuader de la réalité du calme qu'il voulait afficher.

Pete Yankowski, l'instructeur de Denver, revint de son petit tour à l'arrière de l'avion et annonça que, par un hublot, il avait aperçu un trou de cinquante centimètres de diamètre dans la portion horizontale de la queue.

— Il y a probablement d'autres dégâts que je n'ai pas pu voir. J'imagine que les débris ont déchiré la section arrière, derrière la cloison, là où passent tous les systèmes hydrauliques. Au moins, il n'y a pas eu de dépressurisation.

Sentant l'angoisse lui tordre les entrailles, douloureusement conscient d'être responsable de la vie de deux cent cinquante passagers et d'une dizaine de membres d'équipage, Delbaugh transmit cette information à SAM. Puis il pria qu'on l'aide à trouver un moyen de diriger l'avion endommagé. Il ne fut guère surpris qu'après un bref débat, les experts de San Francisco ne puissent lui faire aucune recommandation. Il leur demandait l'impossible : lui dire comment rester maître de ce mastodonte, sans autre moyen de contrôle substantiel que la poussée des moteurs. C'était cette même épreuve injuste que Dieu lui imposait.

Il demeura également en contact avec le bureau du contrôleur de l'United, qui suivait la progression de tous les appareils en vol de la compagnie. Ces deux lignes — le contrôleur et SAM — étaient de plus retransmises au quartier général de l'United, près de l'aéroport O'Hare, à Chicago. Bon nombre de gens anxieux et intéressés par le problème se trouvaient donc en contact radio avec le pilote, mais aucun n'avait de meilleure suggestion que les experts de San Francisco.

— Demande à Evelyn de trouver le type de chez McDonnel Douglas dont elle nous a parlé, enjoignit Delbaugh à Yankowski. Qu'il vienne ici, vite !

Tandis que Pete quittait à nouveau le cockpit et qu'Anilov luttait avec son manche à balai, essayant opiniâtrement mais en vain de reprendre au moins en partie le contrôle de l'engin, le capitaine informa le chef d'équipe de SAM qu'un ingénieur de McDonnel Douglas était à bord.

— Il nous a averti du problème juste avant que le moteur de queue n'explose. Je crois qu'il s'en est aperçu à l'oreille. Alors on va le faire venir avec nous, pour voir s'il peut nous aider.

A SAM, l'expert en moteurs CF-6 de la General Electric reprit la communication.

— Comment ça, il s'en est aperçu à l'oreille ? Comment il a fait ? ?u'est-ce qu'il a entendu comme bruit ?

— Je ne sais pas, répliqua Delbaugh. Nous, on n'avait remar- ué aucun bruit anormal, aucun changement d'intensité inattendu. .es hôtesses et les stewards non plus.

— Je n'y comprends absolument rien, croassa la voix dans les couteurs.

L'expert en DC-10 de McDonnel Douglas semblait tout aussi erplexe.

— Comment s'appelle ce type ?

— On le saura, répondit Sleighton Delbaugh. Tout ce qu'on peut ous donner pour le moment, c'est son prénom : Jim.

Tandis que le capitaine annonçait aux passagers qu'ils atterri- aient à Dubuque en raison d'un ennui mécanique, Jim vit Evelyn 'approcher de lui en oscillant de droite et de gauche : l'avion 'était plus aussi stable qu'auparavant. Il aurait voulu qu'elle ne ui demande pas ce qu'il la savait obligée de lui demander.

— ... et on risque d'être un peu secoués, conclut Delbaugh.

Lorsque les pilotes réduisaient la puissance d'un moteur et aug- nentaient celle de l'autre, les ailes vacillaient et l'appareil tanguait el un bateau sur une mer agitée. Chaque fois, le DC-10 retrou- 'ait vivement son assise, mais s'il avait le malheur de rencontrer les turbulences entre ces corrections de trajectoires désespérées, l ne les traversait plus avec la même aisance qu'au début du voyage.

— Le capitaine Delbaugh aimerait que vous veniez à l'avant, annonça Evelyn d'une voix douce, souriante, comme si elle l'invi- ait à prendre le thé avec des petits gâteaux.

Jim avait envie de refuser. Il n'était pas totalement sûr que Chris- ine et Casey — ni Holly, d'ailleurs — survivraient à l'accident t à ses suites immédiates sans sa présence à leur côté. Il savait ju'au moment de l'impact, la portion de fuselage contenant les lix rangées de sièges situées à l'arrière des premières classes se déta- cherait du reste de l'avion et subirait moins de dégâts que celui-ci. Avant son intervention dans le destin du vol 246, tous les passa- gers occupant ces sièges de faveur étaient voués à sortir de l'épave ndemnes ou avec des blessures relativement bénignes. Il avait tou- ours la certitude que ceux qui portaient le sceau de la vie allaient 'en tirer, mais il ignorait en revanche si le fait d'avoir placé les Dubrovek au milieu de la zone de sécurité suffirait à changer leur sort et à assurer leur survie. Après l'écrassement, peut-être devrait-il leur faire traverser un incendie pour les aider à sortir de l'épave — ce qui lui serait impossible s'il se trouvait avec l'équipage.

De plus, il ignorait totalement si ce dernier survivrait ou non. S'il était dans le cockpit au moment de l'impact...

Il accompagna cependant Evelyn. Il n'avait pas le choix — du moins pas depuis qu'Holly Thorne lui avait répété qu'il pouvait certainement faire plus que sauver une femme et un enfant, combattre le destin sur une plus grande échelle. Il ne se souvenait que trop clairement du mourant dans le break, au milieu du désert Mojave, et des trois innocents assassinés dans l'épicerie d'Atlanta, au mois de mai, des gens qui eussent pu être épargnés comme les autres si on lui avait permis d'arriver à temps.

Lorsqu'il dépassa la rangée 16, il observa les Dubrovek, courbées sur le livre de contes, puis croisa les yeux d'Holly. L'angoisse de la jeune femme était presque palpable.

En suivant l'hôtesse, Jim se rendit compte que les passagers l'observaient avec étonnement. Il était l'un des leurs, élevé à un statut spécial en raison d'un problème qui, ils commençaient à le soupçonner, était plus grave qu'on ne voulait bien le leur dire. De toute évidence, ils se demandaient quelles connaissances il pouvait bien posséder qui rendissent souhaitable sa présence dans le cockpit. Si seulement ils avaient su...

L'avion tanguait de nouveau.

Jim essaya d'imiter Evelyn, qui ne se contentait pas d'osciller lorsque le plancher l'y forçait. Elle tentait d'en anticiper les mouvements et de se pencher du côté opposé, déplaçant son centre de gravité pour conserver son équilibre.

Une ou deux personnes vomissaient discrètement dans des sacs en papier. Beaucoup d'autres, quoiqu'elles réussissent à contrôler leur nausée, avaient le teint grisâtre.

Quand Jim pénétra dans le cockpit exigu, il fut choqué par ce qu'il découvrit. Le navigateur tournait nerveusement les pages d'un manuel, une expression de tranquille désespoir sur le visage. Les deux pilotes — Delbaugh et Anilov, d'après l'hôtesse, restée à l'extérieur — se débattaient avec les commandes dans l'espoir de faire retrouver sa course normale au jumbo jet qui ne cessait de virer à droite. Pour leur permettre de se concentrer sur cette tâche, un rouquin au front dégarni, agenouillé entre eux deux, manœuvrait les manettes des gaz selon les instructions qu'il recevait, utilisant la poussée des deux derniers moteurs en guise de direction.

— On recommence à perdre de l'altitude, déclara Anilov.

— Pas grave, répondit Delbaugh.

Conscient d'une nouvelle présence, il leva alors les yeux vers Jim. A sa place, ce dernier eût transpiré comme un cheval de course après un grand prix, mais le visage du capitaine ne luisait que d'un léger film de transpiration, comme s'il avait été aspergé par un vaporisateur. Sa voix était calme.

— C'est vous ?

— Oui, répondit Jim.

Delbaugh lui tourna à nouveau le dos.

— On approche, dit-il à Anilov, qui hocha la tête.

Le pilote ordonna un changement de poussée puis, s'adressant à Jim sans le regarder, reprit :

— Vous saviez que ça allait arriver ?

— Oui.

— Qu'est-ce que vous pouvez m'apprendre de plus, alors ?

Jim se retint à une cloison, tandis que l'avion frémissait et tanguait de plus belle.

— Panne totale des systèmes hydrauliques.

— Je voulais dire : quelque chose que j'ignore, répliqua Delbaugh, sarcastique.

Il eût été fondé à faire preuve de mauvaise humeur, mais il se dominait admirablement. Il entra en contact avec le contrôle d'approche afin d'obtenir de nouvelles instructions.

Tendant l'oreille, Jim comprit que la tour de Dubuque allait faire exécuter au vol 246 une série de virages à trois cent soixante degrés pour tenter de l'amener en position d'atterrissage. Sans la maîtrise de l'appareil, les pilotes auraient eu peine à réaliser une approche directe, comme à l'ordinaire. L'exaspérante tendance de l'avion à tourner inlassablement sur la droite devait désormais être prise en compte dans un plan audacieux qui le laisserait trouver sa route à l'instar d'un taureau entêté, déterminé à résister au gardien de troupeau et à rentrer chez lui par son propre chemin. En calculant avec soin le rayon de chaque cercle et en l'adaptant à une vitesse de descente tout aussi précise, l'équipage pourrait peut-être conduire le 246 en face d'une piste.

Impact dans cinq minutes.

Jim sursauta et faillit prononcer à voix haute ces quatre mots lorsqu'ils s'imposèrent à lui.

Au lieu de cela, dès que le capitaine eut fini de s'entretenir avec la tour, il demanda :

— Est-ce que le train d'atterrissage est en état ?

— Il est sorti, confirma Delbaugh.

— Alors on peut s'en tirer.

— On *va* s'en tirer, corrigea l'officier. A moins qu'une nouvelle surprise nous attende.

— C'est le cas, dit Jim.

Son interlocuteur lui jeta un coup d'œil inquiet.

— Pardon ?

Impact dans quatre minutes.

— Dans un premier temps, il y aura un brusque vent cisaillant au moment où vous commencerez votre approche. Il vous frappera à l'oblique, si bien que vous ne serez pas propulsés à terre. Mais le courant ascendant résultant vous fera passer un mauvais quart d'heure. Vous aurez l'impression de voler au milieu d'une tempête.

— Qu'est-ce que vous racontez ? interrogea Anilov.

— Au moment de l'approche finale, vous ne serez pas tout à fait en face de la piste, reprit Jim, qui laissait à nouveau quelque puissance omnisciente s'exprimer à travers lui. Mais vous serez obligés de continuer. Pas le choix.

— Comment est-ce que vous pouvez le savoir ? questionna le navigateur.

Jim ignora la question et poursuivit, en parlant de plus en plus vite.

— L'avion s'affaissera brusquement sur la droite, l'aile touchera le sol et vous ferez des tonneaux tout le long de la piste jusqu'à vous retrouver dans un champ. Tout ce putain de DC-10 tombera en morceaux et prendra feu.

Le rouquin en civil qui manœuvrait les commandes des gaz le fixa avec incrédulité.

— Qu'est-ce que c'est que ces conneries ? Pour qui est-ce que vous vous prenez ?

— Il a prévu l'explosion du moteur numéro deux, rétorqua calmement Delbaugh.

Jim savait qu'ils allaient entamer le second des trois virages à trois cent soixante degrés prévus et que le temps leur était compté.

— Aucun d'entre vous ne mourra, ajouta-t-il, mais vous perdrez cent quarante-sept passagers et quatre membres de l'équipage.

— Oh, mon Dieu, murmura le capitaine.

— Mais il ne peut pas le savoir ! objecta Anilov.

Impact dans trois minutes.

Delbaugh donna de nouvelles instructions au rouquin. L'un des moteurs se mit à ronfler plus fort, l'autre moins, et le grand appareil commença sa deuxième révolution, perdant dans le même temps un peu d'altitude.

— Mais vous serez avertis juste avant que l'avion ne tombe sur la droite, reprit Jim.

— Comment? interrogea le pilote, toujours incapable de le regarder, s'obstinant à tenter de faire répondre ses commandes.

— Par un bruit que vous ne reconnaîtrez pas parce que vous ne l'avez encore jamais entendu : la rupture de la pièce qui relie l'aile au fuselage. Il y aura un claquement sec, comme une corde de guitare géante qui se casse. Quand vous l'entendrez, si vous augmentez aussitôt la puissance du moteur de gauche, pour compenser, vous éviterez les tonneaux.

Anilov perdait patience.

— C'est complètement dingue, Slay, et avec ce type ici, je n'arrive pas à penser.

Jim savait que l'homme avait raison. SAM et le contrôleur étaient silencieux depuis un moment, hésitant à troubler la concentration de l'équipage. S'il restait ici, même sans ajouter le moindre mot, il risquait de distraire les pilotes à un moment crucial. De plus, il sentait qu'il ne recevrait plus aucune information importante à leur transmettre.

Il quitta le cockpit et se dirigea aussi vite que possible vers sa place.

Impact dans deux minutes.

▼▲▼

Holly cherchait à apercevoir Jim Ironheart, espérant qu'il les rejoindrait. Elle voulait qu'il soit auprès d'elle quand l'irréparable se produirait. Elle n'avait pas oublié son rêve étrange de la nuit précédente, la créature monstrueuse qui avait semblé jaillir de son cauchemar pour entrer dans sa chambre d'hôtel. Elle n'avait pas oublié non plus le nombre de gens tués par Jim au cours de sa quête pour protéger la vie des innocents, ni la manière dont il avait sauvagement abattu Norman Rink à Atlanta. Mais son côté sombre était éclipsé par son côté lumineux. Bien qu'il fût entouré d'un halo de danger, la jeune femme se sentait curieusement en sécurité avec lui, comme dans l'aura protectrice d'un ange gardien.

Par l'intermédiaire de l'un des haut-parleurs, une hôtesse informait les passagers des procédures d'urgence. D'autres, réparties dans tout l'avion, s'assuraient que chacun suivait ses instructions.

Le DC-10 recommençait à être ballotté. En outre, bien que sa coque ne contînt pas la moindre parcelle de bois, il craquait à la manière d'un trois-mâts pendant une tempête. Au-delà des hublots, le ciel restait bleu mais l'air était plus qu'agité : furieux, tumultueux.

Les passagers ne se faisaient plus d'illusions, à présent. Ils savaient qu'ils allaient atterrir dans les pires conditions possibles et que le choc serait rude. Peut-être fatal. Ils se montraient étonnamment calmes, comme au cœur d'une cathédrale durant un service solennel. Peut-être assistaient-ils intérieurement à leur propre enterrement.

Jim sortit de la section des premières classes et commença à remonter l'allée. Holly ressentit à sa vue un soulagement intense. Il ne s'arrêta que le temps d'adresser un sourire d'encouragement aux Dubrovek et de presser brièvement l'épaule de la journaliste. Puis il reprit sa place derrière elle.

L'avion traversa une zone de turbulences plus importante que les précédentes. La jeune femme était à demi convaincue qu'ils n'étaient plus en train de voler mais de glisser sur de la tôle ondulée.

Christine lui prit la main et la tint un instant dans la sienne, comme si elles étaient de vieilles amies — ce que, curieusement, elles étaient devenues, grâce aux liens tissés par l'imminence de la mort.

— Bonne chance, Holly.

— A vous aussi.

Auprès de sa mère, Casey semblait minuscule.

Même les hôtesses et les stewards s'étaient maintenant assis, comme ils avaient ordonné aux passagers de le faire. Holly finit par suivre leur exemple, adoptant la position qui assurait la meilleure chance de survie en cas d'accident : la ceinture bouclée, le torse penché en avant, la tête entre les genoux, les mains enserrant les chevilles.

L'appareil quitta la zone agitée, glissa un instant sans à-coups. Mais avant que la journaliste eût pu se détendre, le ciel tout entier sembla se mettre à vibrer, comme si des démons l'avaient saisi aux quatre coins et l'agitaient à la manière d'une couverture.

Certains des compartiments à bagages supérieurs s'ouvrirent. Des mallettes, des valises, des vestes et autres effets personnels en jaillirent pour pleuvoir sur les passagers. Quelque chose frappa Holly dans le dos, rebondit. Il s'agissait d'un objet léger, qui ne lui fit pas le moindre mal, mais elle craignit soudain qu'une trousse à maquillage chargée de cosmétiques et de pots de crème ne s'abattit selon l'angle idéal pour lui briser l'épine dorsale.

▼▲▼

Le capitaine Sleighton Delbaugh donna de nouvelles directives à Yankowski, qui manœuvrait toujours les gaz tandis que les pilotes se préoccupaient de conserver le peu de contrôle qu'ils avaient sur l'appareil. Quoi qu'il fût arc-bouté, l'atterrissage ne l'épargnerait pas.

Ils achevaient leur troisième et dernier virage. La piste était devant eux, mais pas en droite ligne, tout comme Jim — dont Delbaugh avait oublié de demander le nom de famille — l'avait prédit.

Ainsi qu'il l'avait également prévu, ils traversaient des turbulences exceptionnelles, tressautaient, vibraient, comme dans un vieil autobus aux essieux tordus dévalant un chemin de montagne défoncé. Le capitaine n'avait jamais rien connu de tel. Même si l'avion avait été intact, il se fût inquiété d'avoir à se poser au milieu de ces vents contraires et de ces puissants courants ascendants.

Mais il ne pouvait reprendre de l'altitude en espérant trouver de meilleures conditions dans un autre aéroport ou lors d'une seconde approche de celui-ci. Trente-trois minutes s'étaient écoulées depuis l'explosion du moteur de queue. Avoir évité jusque-là la catastrophe était un exploit dont les membres de l'équipage pouvaient être fiers, mais l'habileté, l'intelligence et le sang-froid ne suffiraient pas à les emmener beaucoup plus loin. A chaque minute qui passait, à chaque seconde, maintenir le DC-10 blessé dans les airs revenait à essayer de faire voler un énorme rocher.

Ils se trouvaient à environ deux mille mètres de la piste et s'en rapprochaient rapidement.

Delbaugh songea à sa femme et à leur fils de vingt-sept ans qui l'attendaient dans leur maison de Westlake Village, au nord de Los Angeles. A son autre fils, Tom, déjà en route pour Willamette, afin de se préparer à sa troisième année d'université. Il brûlait de voir leurs visages et de les serrer contre lui.

Il n'avait pas peur de mourir. Pas excessivement, du moins. Cette absence de souci pour sa propre sécurité ne provenait pas de la prédiction de l'inconnu selon laquelle lui et ses hommes survivraient, puisqu'il ignorait si ses prémonitions étaient toujours exactes. Non, il n'avait pas le temps d'y penser, tout bonnement.

Quinze cents mètres.

Il s'inquiétait surtout pour les passagers et l'équipage qui avaient remis leur vie entre ses mains. Si sa responsabilité se trouvait engagée de quelque manière que ce fût dans l'accident, à cause d'un manque de résolution, de courage ou de rapidité, tout le bien qu'il avait fait ou tenté de faire au cours de sa vie ne pourrait compenser cet unique échec catastrophique. Peut-être cette attitude signifiait-elle qu'il était trop dur avec lui-même, comme le prétendaient certains de ses amis, mais il savait que nombre de pilotes possédaient un sens des responsabilités tout aussi développé.

Il se souvint des paroles de l'inconnu : *Vous perdrez cent quarante-sept passagers...*

La douleur palpitait dans ses mains serrées sur le manche à balai, qui vibrait violemment.

... et quatre membres de l'équipage...

Douze cents mètres.

— On repart à droite, dit-il.

— Tiens bon ! l'encouragea Anilov.

A une altitude aussi basse, durant une approche, tout reposait sur Delbaugh.

Cent cinquante et une victimes, toutes ces familles brisées, d'innombrables autres vies touchées par une seule et même tragédie.

Onze cents mètres.

Mais comment diable ce type pouvait-il connaître le nombre de morts ? Impossible. Cherchait-il à se faire passer pour un voyant ? Comme avait dit Yankowski, tout ça n'était que des conneries. Ouais, seulement il avait prévu l'explosion du moteur, et il avait prévu les turbulences. Il eût fallu être stupide pour ne pas en tenir compte.

Mille mètres.

— C'est parti, s'entendit dire Delbaugh.

▼▲▼

Penché en avant, la tête entre les genoux, les mains serrées autour des chevilles, Jim Ironheart songea à la chute d'une vieille histoire drôle : donne un baiser d'adieu à ton cul.

Il pria pour que ses propres actions n'aient pas détourné le cours du destin au point que la chance abandonne non seulement lui-même et les Dubrovek, mais aussi d'autres passagers dont la mort n'était pas prévue au départ. Ce qu'il avait dit au pilote avait potentiellement modifié l'avenir, et ce qui allait se produire maintenant pouvait fort bien se révéler pire que ce qui aurait dû arriver.

La puissance qui l'utilisait avait en définitive semblé approuver ses efforts pour sauver d'autres gens que Christine et Casey. Mais d'un autre côté, la nature et l'identité de cette puissance restaient tellement énigmatiques que seul un imbécile aurait pu présumer de ses motifs ou de ses intentions.

L'avion fut animé de tremblements et de secousses. Le hurlement des moteurs sembla se faire encore plus aigu.

Jim avait les yeux fixés sur le plancher, s'attendant à le voir imploser.

Plus que tout, il avait peur pour Holly Thorne. Sa présence à bord constituait une énorme entorse au scénario originellement prévu par le destin. Jim était dévoré par la crainte de sauver effectivement plus de vies qu'il n'en avait eu l'intention au départ, mais surtout de voir Holly coupée en deux par l'impact.

▼▲▼

Tandis que le DC-10 se rapprochait du sol en tressautant et en grondant, Holly se recroquevilla le plus possible sur elle-même et ferma les yeux. Des visages familiers lui traversèrent l'esprit : son père et sa mère, ce qui était prévisible ; Lenny Callaway, le premier garçon dont elle fût tombée amoureuse, ce qui était étrange car ils ne s'étaient pas revus depuis leurs seize ans ; Mrs Rooney, un professeur qui s'était particulièrement intéressé à elle ; Lori Clugar, sa meilleure amie pendant toutes ses années de lycée et une partie de ses études supérieures, avant que la vie ne les envoie chacune à un bout du pays et ne leur fasse perdre le contact ; et une bonne dizaine d'autres personnes, qu'elle avait aimées ou qu'elle aimait encore. Aucune n'avait pu occuper son esprit plus d'une fraction de seconde. Pourtant, la proximité de la mort semblait distordre le temps au point qu'elle avait le sentiment de s'attarder sur chaque image. Ce qui passait devant ses yeux n'était pas sa vie entière mais les gens qui y avaient tenu une place importante — ce qui, d'une certaine manière, revenait au même.

Par-dessus le vacarme infernal et bien qu'elle se concentrât sur les visages qui défilaient dans son esprit, elle entendit Christine Dubrovek parler à sa fille durant les derniers instants de leurs chute :

— Je t'aime, Casey.

Holly se mit à pleurer.

▼▲▼

Trois cents mètres.

Le nez de l'avion était relevé.

Tout semblait aller bien. Du moins aussi bien que possible, compte tenu des circonstances.

Ils ne se trouvaient pas tout à fait en face de la piste, mais Delbaugh serait peut-être capable de redresser la trajectoire de l'appareil une fois qu'ils auraient touché terre. Sinon, ils rouleraient sur mille ou mille cinq cents mètres avant que leur angle d'approche ne les entraîne dans un champ qui, apparemment, avait été récemment moissonné. Ce n'était pas à souhaiter mais, d'ici là, ils auraient à tout le moins perdu une bonne partie de leur vitesse. L'avion risquerait toujours de se briser, selon la nature du sol qu'il trouverait sous ses roues, mais il y avait peu de chances pour qu'il vole en éclats de manière catastrophique.

Deux cents mètres.

Fin des turbulences.

L'appareil flottait. Comme une plume.

« Très bien », lâcha Anilov, à l'instant où Delbaugh marmonnait : « Doucement, doucement. » Tous deux voulaient dire la même chose. La chance était avec eux. Ils allaient s'en sortir.

Cent mètres.

Le nez était toujours relevé.

Parfait, parfait.

Le train d'atterrissage toucha terre et...

CLANG !

... le bruit résonna au moment même où les pneus crissaient sur le bitume. Se rappelant l'avertissement de l'inconnu, Delbaugh ordonna : « Toute la puissance sur le numéro un ! », et tira le manche vers la gauche. Yankowski s'en souvenait également et, bien qu'il eût qualifié ces prédictions de conneries, il obéit à l'injonction au moment même où le capitaine la donnait. L'aile droite s'affaissa, tout comme on le leur avait prédit, mais leur vive réaction tira l'avion vers la gauche. Elle se releva. Tout en continuant de faire virer le DC-10 à bâbord, Delbaugh donna un nouvel ordre pour éviter le danger de surcompression. Ils roulaient, roulaient. L'appareil tremblait comme une feuille. Le pilote fit renverser la puissance des moteurs : à aucun prix ils ne pouvaient continuer à accélérer. Tant qu'ils se déplaçaient à grande vitesse, ils couraient un danger mortel. Ils roulaient, roulaient en travers de la piste, roulaient, ralentissaient un peu maintenant mais continuaient à rouler. Et l'aile droite s'affaissait à nouveau, accompagnée par les craquements et les déchirements métalliques de l'acier usé — un problème dans la jointure de l'aile et du fuselage, avait dit Jim. Elle succombait à la tension provoquée par leur vol furieusement erratique et par des vents cisaillants d'une puissance exceptionnelle. Ils roulaient, roulaient, mais Delbaugh ne pouvait rien contre un défaut de ce type, ne pouvait sortir pour refaire les soudures ou maintenir en place ces maudits rivets. Ils roulaient, roulaient, perdant de la vitesse. Mais l'aile continuait à s'affaisser, sans que les manœuvres du capitaine eussent désormais le moindre effet, l'aile s'affaissait, s'affaissait. Oh, mon Dieu, l'aile...

▼ ▼ ▲

Holly sentit l'avion s'incliner plus fortement qu'auparavant sur la droite. Elle retint son souffle — ou crut le faire, mais s'entendit au même instant respirer avec force.

Les craquements et les crissements de métal torturé qui résonnaient de manière inquiétante dans la cabine depuis une ou deux minutes s'amplifièrent soudain. La dérive de l'appareil s'accentua. Un bruit semblable à un coup de canon traversa le compartiment des passagers. L'avion rebondit, retomba avec rudesse. Le train d'atterrissage se brisa.

Ils glissaient sur la piste, animés de soubresauts. Le DC-10 commença alors à tourner sur lui-même, ce qui fit tressauter le cœur de la journaliste et lui noua l'estomac. C'était le plus grand manège du monde, mais ce n'était pas amusant du tout. La ceinture de la jeune femme était comme une lame contre sa taille, la sciant en deux, et s'il s'était trouvé là un forain pour ramasser les tickets, Holly savait qu'il aurait eu le visage d'un cadavre en décomposition et un rictus en guise de sourire.

Le vacarme était intolérable, mais les cris des passagers n'étaient pas ce qu'il y avait de pire. Leurs voix étaient en grande partie absorbées par les hurlements de l'appareil lui-même, dont le ventre se dissolvait lentement contre l'asphalte et dont d'autres pièces s'arrachaient. Peut-être le cri de mort des dinosaures englués dans les mares de goudron du Mésozoïque avait-il égalé ce volume, mais depuis cette ère, la terre n'avait rien connu qui protestât avec autant de force et de stridence contre sa propre disparition. Il ne s'agissait pas uniquement d'un bruit de machine : c'était un son métallique, mais d'une certaine manière vivant, un son si inquiétant, si terrifiant qu'il aurait pu être constitué par les cris de douleur de tous les occupants de l'enfer réunis, des centaines de millions d'âmes désespérées se lamentant à l'unisson. Holly avait la certitude que ses tympans allaient exploser.

Ignorant les instructions qu'elle avait reçues, elle releva la tête et jeta un bref coup d'œil autour d'elle. Des cascades d'étincelles blanches, jaunes et turquoise s'élevaient derrière les hublots, comme si l'appareil traversait un extravagant spectacle de feu d'artifice. Six ou sept rangées devant elle, le fuselage se craquelait telle une coquille d'œuf heurtant le bord d'un bol en céramique.

Elle en avait vu assez — trop. Elle se remit la tête entre les genoux.

Elle s'entendit parler à voix basse, mais elle était prise dans un tel tourbillon d'horreur qu'elle dut faire l'effort de s'écouter au travers de la cacophonie pour comprendre ce qu'elle disait :

— Non, non, non, non, non, non...

Soit qu'elle eût perdu connaissance durant quelques secondes, soit que ses sens saturés eussent cessé brièvement de fonctionner, l'instant d'après, tout était redevenu calme. L'air était empli d'odeurs âcres qu'elle ne parvenait pas à identifier. L'épreuve était terminée. Pourtant, elle ne se souvenait pas d'avoir senti l'avion s'immobiliser.

Elle était vivante.

Une joie intense la traversa. Elle releva la tête, s'assit, prête à pousser le hurlement farouche que lui inspirait le bonheur d'avoir survécu — et elle vit le feu.

▼▲▼

Le DC-10 n'avait pas fait de tonneaux. L'avertissement avait porté ses fruits.

Mais comme Jim l'avait craint, les suites chaotiques de l'accident recelaient autant de dangers que l'impact lui-même.

Tout au long du flanc droit de l'appareil, là où du kérosène s'était répandu, des flammes orangées léchaient les hublots. Il semblait à Jim qu'il voyageait en sous-marin dans une mer de feu, sur un monde inconnu. Quelques vitres s'étaient brisées au moment du choc et les flammes jaillissaient par ces ouvertures, ainsi que par la déchirure béante qui séparait maintenant la classe tourisme de l'avant de l'engin.

Tout en débouclant sa ceinture d'un geste mal assuré et en se remettant sur ses pieds, Jim vit des fauteuils prendre feu sur la droite de l'appareil. Là, les passagers s'accroupissaient ou se jetaient à quatre pattes pour ramper sous les flammes qui se propageaient rapidement.

Il s'engagea dans l'allée, saisit Holly et la serra dans ses bras tandis qu'elle se relevait. Puis il observa les Dubrovek. Malgré les larmes de Casey, la mère et la fille étaient sans conteste indemnes.

Tenant la journaliste par la main, cherchant à repérer la sortie la plus proche, Jim se tourna vers l'arrière du DC-10. Il ne comprit pas immédiatement ce qu'il y voyait. Tel un monstre vorace jailli d'un vieux film d'horreur, une masse informe se dirigeait vers eux, provenant de la queue atrocement broyée. Une masse noire et tourbillonnante, qui dévorait tout ce qu'elle rencontrait. De la fumée, réalisa-t-il enfin. Si épaisse qu'elle semblait avoir la consistance d'un mur d'huile ou de boue.

La mort par suffocation, ou pire, les attendait de ce côté. Ils allaient devoir aller de l'avant, malgré l'incendie. Sur la droite, les flammes léchaient le bord de la déchirure du fuselage, s'engouffrant dans la cabine, soufflant sur près de la moitié du diamètre de l'avion. Mais ils devraient réussir à sortir par la gauche, où rien ne flambait.

— Vite, enjoignit Jim à Christine et Casey qui quittaient leur siège. Vers l'avant, aussi vite que vous pouvez. Allez, allez !

Toutefois, les passagers des six premiers rangs se trouvaient devant eux dans l'allée. Chacun cherchait à sortir au plus vite. Une courageuse jeune hôtesse faisait son possible pour aider à l'évacuation, mais la progression était difficile. L'allée était encombrée de mallettes, de sacs, de livres de poche et autres objets tombés des compartiments à bagages. Au bout de quelques pas traînants, Jim eut les pieds entravés par les débris.

La fumée les rejoignit par derrière, les enveloppa, si piquante que leurs yeux s'emplirent aussitôt de larmes. Jim toussa mais eut également un haut-le-cœur révulsé. Il refusa de songer à ce qui était peut-être en train de brûler derrière lui, en plus du plastique, de la mousse des sièges et des tapis.

L'épais nuage huileux le dépassa, et ceux qui se trouvaient devant lui commencèrent à disparaître, comme s'ils traversaient les plis d'un rideau de velours noir.

Avant que la visibilité ne se réduisît à quelques centimètres, Jim lâcha Holly et toucha l'épaule de Christine.

— Laissez-moi la porter, dit-il, en soulevant Casey dans ses bras.

A ses pieds se trouvait un sac en papier qui provenait d'une boutique de souvenirs de Los Angeles, déchiré à force d'être piétiné. Il contenait un T-shirt blanc — I LOVE L.A. — décoré de palmiers roses, pêche et vert pâle.

Jim ramassa vivement le vêtement et le mit entre les mains de Casey.

— Tiens-le contre ta figure, chérie, recommanda-t-il en toussant, comme tout un chacun. Respire à travers.

Puis il devint aveugle. Le nuage répugnant qui l'entourait était si sombre qu'il ne distinguait plus l'enfant. En fait, il ne percevait même pas les courants tourbillonnants du nuage lui-même. Cette obscurité était plus profonde que celle qu'il voyait en fermant les yeux, car derrière ses paupières, de petites explosions de couleur formaient des dessins fantomatiques illuminant son univers intérieur.

Ils se trouvaient à six ou sept mètres de l'ouverture. Jim ne risquait pas de se perdre : l'allée était la seule route qu'il pût suivre.

Il s'efforça de ne pas respirer. Il était capable de retenir son souffle pendant au moins une minute, ce qui devait suffire. Son seul problème était d'avoir déjà aspiré un peu de cette fumée amère et corrosive, qui lui brûlait la gorge comme s'il avait avalé de l'acide. Ses poumons se soulevaient, son œsophage était parcouru de spasmes, ce qui le forçait à tousser — et chaque toussotement précédait une inspiration involontaire, quoique miséricordieusement brève.

Probablement moins de cinq mètres.

Il avait envie de hurler aux gens qui se trouvaient devant lui : *Bougez-vous, bon Dieu, bougez-vous !* Il savait qu'ils avançaient le plus vite possible, impatients comme lui de sortir, mais il avait envie de hurler tout de même. Il sentit un cri de rage naître au fond de lui et réalisa qu'il était au bord de l'hystérie.

Plusieurs petits objets cylindriques se glissèrent sous ses pieds. Il vacilla, comme s'il marchait sur des billes, mais réussit à garder son équilibre.

Casey était secouée par une toux violente. Il ne l'entendait pas, mais, en la tenant serrée contre lui, il sentait chaque contraction de son corps menu tandis qu'elle luttait désespérément pour inspirer un air à demi-filtré par le T-shirt.

Il s'était écoulé moins d'une minute depuis qu'il avait commencé à avancer, et seulement trente secondes environ depuis qu'il avait pris l'enfant dans ses bras. Pourtant, il lui semblait accomplir un long voyage dans un tunnel sans fin.

Quoique la peur et la colère l'eussent plongé dans la confusion, il réfléchissait encore assez clairement pour se rappeler avoir lu quelque part que, dans une pièce en feu, la fumée monte et s'accumule près du plafond. S'ils ne débouchaient pas à l'air libre d'ici quelques secondes, il lui faudrait se laisser tomber au sol et ramper — dans l'espoir d'échapper aux gaz toxiques, de trouver une atmosphère un peu moins viciée.

Une soudaine chaleur l'enveloppa.

Il crut pénétrer dans un four, imagina sa peau qui fondait en un instant, sa chair qui se boursouflait, qui fumait. Son cœur se démenait déjà à l'instar d'un animal sauvage se jetant contre les barreaux d'une cage, mais il se mit à battre encore plus fort, encore plus vite.

Certain de ne plus être qu'à quelques pas du trou dans la coque aperçu peu avant, Jim ouvrit les yeux, qui le brûlèrent atrocement et s'emplirent de larmes. L'obscurité totale avait cédé la place à un tourbillon de vapeurs grisâtres dans lequel palpitaient des poches de lumière rouge sang : les flammes, filtrées par la fumée, reflétées par des millions de particules de cendres mouvantes. A tout moment, le feu pouvait jaillir sur lui et le carboniser jusqu'à l'os.

Il n'allait pas y arriver.

Pas d'air respirable.

Le feu qui le cernait.

Il allait flamber. Brûler comme une torche vivante. Dans une vision envoyée par la terreur et non par une puissance supérieure, il se vit tomber à genoux, vaincu. L'enfant dans ses bras. Il les vit se fondre l'un dans l'autre au sein de cet enfer...

Tout à coup, sur sa gauche, il sentit un courant d'air qui aspirait la fumée.

Il aperçut la lumière du jour, froide et grise, impossible à confondre avec la lueur menaçante du kérosène enflammé.

Propulsé par une terrible vision de lui-même et de Casey grillés dans un soudain jaillissement de flammes, alors qu'ils n'avaient que deux pas à faire pour être hors de danger, il s'élança vers la grisaille et se jeta hors de l'avion. Il n'y avait bien sûr pas de passerelle qui l'attendait, ni de toboggan d'urgence, tout juste de la terre. Heureusement, ce champ était moissonné de frais et labouré pour la fertilisation. Le sol récemment retourné était assez dur pour lui couper le souffle mais bien trop meuble pour lui briser les os.

Haletant, la petite fille fermement serrée contre lui, il roula sur lui-même, se releva et sortit en titubant du halo de chaleur qui s'échappait de l'appareil en feu.

Quelques-uns des survivants s'éloignaient en courant, comme s'ils croyaient le DC-10 empli de dynamite, prêt à faire sauter d'une seconde à l'autre la moitié de l'Iowa. D'autres erraient sans but, choqués. D'autres encore restaient allongés à terre, certains trop étourdis pour faire le moindre pas, certains blessés. Et certains, peut-être, morts.

Inspirant avec reconnaissance un air non vicié, expulsant les fumées malsaines de ses poumons encrassés, Jim chercha des yeux Christine Dubrovek. Il tourna sur lui-même, l'appela, mais ne la vit pas. Il craignit alors qu'elle n'eût péri dans l'avion. Avait-il seulement piétiné les objets personnels des passagers, dans l'allée, ou aussi un ou deux des passagers eux-mêmes ?

Comme si elle avait pu saisir ses pensées, Casey laissa échapper le T-shirt aux palmiers. Accrochée à lui, toussant encore, elle commença à réclamer sa mère sur un ton effrayé qui prouvait qu'elle s'attendait au pire.

Un sentiment de triomphe s'était tout d'abord emparé de Jim, mais maintenant, une peur nouvelle résonnait en lui comme des cubes de glace s'entrechoquant dans un grand verre. Soudain, le chaud soleil d'août sur le pré et les flammes du DC-10 ne l'atteignirent plus. Il lui sembla qu'il se tenait au milieu d'une plaine gelée.

— Steve ?

Il ne réagit pas tout de suite.

— Steve ?

Alors il se souvint que, pour elle, il était Steve Harkman — un détail à propos duquel Christine, son mari et le véritable Steve Harkman s'interrogeraient toute leur vie — et il se tourna vers la voix. Christine était là, titubant pieds nus dans la terre fraîchement retournée, le visage et les vêtements tâchés par la fumée huileuse, les bras tendus vers sa petite fille.

Jim la lui donna.

La mère et l'enfant se serrèrent l'une contre l'autre avec force.

— Merci, dit Christine en pleurant. Merci de l'avoir sortie de là. Mon Dieu, Steve, je ne pourrai jamais assez vous remercier.

Il ne voulait pas de remerciements. Tout ce qu'il voulait, c'était Holly Thorne, saine et sauve.

— Avez-vous vu Holly ? interrogea-t-il, inquiet.

— Oui. Elle a entendu un enfant appeler à l'aide et elle a pensé que c'était peut-être Casey.

Christine tremblait, comme si elle n'était pas le moins du monde convaincue que leur épreuve était terminée, comme si elle croyait que la terre risquait de s'ouvrir et de cracher de la lave en fusion, ajoutant ainsi un nouveau chapitre au cauchemar.

— Comment avons-nous pu être séparées ? Nous étions l'une derrière l'autre, et puis nous sommes sorties, et dans la confusion, nous n'avons vu ni vous ni Casey.

— Holly, répéta-t-il impatiemment. Où est-elle allée ?

— Elle voulait rentrer dans l'avion pour chercher Casey, mais elle s'est rendu compte que le cri venait de l'avant. (Christine leva le sac à main qu'elle tenait.) Elle l'avait emporté sans y penser, alors elle me l'a donné et elle y est retournée. Elle savait que ça ne pouvait pas être Casey, mais elle y est retournée quand même.

Christine tendit la main. A cet instant seulement, Jim constata que l'avant du DC-10, c'est-à-dire la totalité des premières classes, s'était entièrement détaché de la section d'où ils venaient de sortir. Il se trouvait soixante mètres plus loin. Bien que les flammes y fussent moins ardentes que dans la partie médiane, il était beaucoup plus endommagé que le reste de l'avion, y compris la queue, complètement écrasée.

Jim fut atterré d'apprendre que la journaliste était retournée dans l'épave fumante. Le cockpit et l'avant reposaient sur ce champ tel un monolithe dans un cimetière d'extra-terrestres. Ils semblaient tout à fait déplacés ici, et donc infiniment étranges, flous et colossaux — inquiétants.

Jim se mit à courir en criant le nom d'Holly.

Holly savait qu'il s'agissait là de l'avion dans lequel elle avait quitté Los Angeles quelques heures auparavant. Pourtant, elle avait peine à croire que la carcasse dans laquelle elle pénétrait eût jamais fait partie d'un appareil complet et en état de marche. Cela ressemblait plus à la représentation d'un DC-10 réalisée par un sculpteur un peu fou, où auraient été soudées ensemble de véritables portions d'avion mais aussi des débris de toutes sortes : poêles, moules à tartes, boîtes de conserve et bouts de tuyaux, pare-chocs de voitures, fils de fer, plaques d'aluminium et morceaux de clôture en fer forgé. Les rivets avaient lâché, le verre avait fondu. Les sièges, arrachés, étaient empilés tels des fauteuils cassés dont personne ne veut et qui restent entassés dans un coin de salle des ventes. Le métal s'était plié, tordu, et en certains points avait volé en éclats comme du cristal. Les panneaux internes de la coque s'étaient décrochés et les lourdes poutrelles de l'armature avaient pénétré à l'intérieur du fuselage. Le plancher s'était ouvert par endroits, sous l'effet de l'impact ou d'une explosion dans la soute. Partout luisaient des objets métalliques déformés, déchiquetés, et l'ensemble évoquait un cimetière de voitures après le passage d'une tornade.

Holly essayait de repérer ce qui ressemblait aux cris d'un enfant effrayé. Elle ne pouvait malheureusement pas toujours se tenir debout, devait s'accroupir, se glisser dans des espaces étroits, repousser les obstacles lorsque c'était possible, passer en dessous, par-dessus ou sur le côté dans le cas contraire. Les allées et les rangées de sièges du DC-10 avaient été transformées en un véritable labyrinthe.

La jeune femme sursauta en apercevant des flammes rouges et jaunes sur les bords du plancher et dans le coin avant droit, près de la cloison séparant la cabine du cockpit. Au contraire de l'enfer qu'elle venait de fuir, cependant, cet incendie-là était sporadique. Il risquait bien sûr de grossir brusquement et de tout consumer sur son passage, mais il semblait disposer pour le moment d'à peine assez d'oxygène pour rester en activité.

Des filaments de fumée sinueux s'enroulèrent autour de la journaliste, plus agaçants que menaçants. L'air respirable ne manquait pas, si bien qu'elle ne toussait que fort peu.

Plus que tout, c'étaient les cadavres qui la mettaient mal à l'aise. Quoique l'impact eût sans doute été moins violent qu'il n'aurait pu l'être sans l'intervention de Jim Ironheart, il avait tout de même fait des victimes, dont une bonne partie dans la section des premières classes. La jeune femme vit un homme cloué à son siège par un gros tube métallique de trente centimètres de long qui lui avait traversé la gorge. Ses yeux aveugles restaient écarquillés sur une expression de surprise. Une femme presque décapitée se trouvait auprès de lui, toujours sanglée dans un siège dont les fixations s'étaient rompues. Ailleurs, d'autres fauteuils arrachés s'étaient heurtés avec violence et des corps s'empilaient. Le seul moyen de distinguer les morts des blessés était de tendre l'oreille pour déterminer lesquels gémissaient.

Holly chassa l'horreur de son esprit. Elle avait conscience du sang mais ne le regardait pas, regardait à travers, détournait les yeux des plaies les plus atroces et refusait de s'attarder sur les images cauchemardesques des passagers brisés qu'elle ne cessait de rencontrer. Les corps humains devinrent pour elle des formes abstraites, comme s'ils n'étaient que de simples masses colorées jetées sur une toile par un émule de Picasso. Si elle se mettait à réfléchir à ce qu'elle voyait, elle n'aurait plus qu'à faire demi-tour ou bien à se rouler en position fœtale et à pleurer.

Elle croisa une dizaine de personnes qui avaient besoin d'une assistance médicale immédiate, mais trop lourdes ou trop enfouies sous les décombres pour qu'elle pût les tirer hors de l'épave. De plus, elle était poussée en avant par les cris obsédants de l'enfant, par cet instinct voulant que les jeunes soient sauvés les premiers :

une des clauses principales de la politique de tri génétique programmée par la nature.

Des sirènes s'élevèrent dans le lointain. Holly n'avait jamais songé que des sauveteurs professionnels pussent être en route. Cela n'avait pas d'importance. Elle ne rebrousserait pas chemin pour attendre qu'ils prennent la situation en main. Rejoindre l'enfant une ou deux minutes plus tôt pouvait faire la différence entre la vie et la mort.

Tandis qu'elle progressait centimètre par centimètre, apercevant de temps à autre des flammes anémiques mais préoccupantes à travers le réseau de destruction, elle entendit Jim Ironheart l'appeler depuis l'endroit où l'avant de l'avion avait été séparé du reste de la coque. Dans la confusion, après être tombés du DC-10, ils avaient sans doute émergé de la fumée à des endroits différents et s'étaient dirigés dans des directions opposées, car elle ne l'avait pas retrouvé, bien qu'il aurait dû être juste derrière elle. Elle ne doutait guère que Casey et lui eussent survécu, ne fût-ce qu'en raison de l'indéniable talent de Jim pour la survie, mais il était réconfortant d'entendre sa voix.

— Ici ! cria-t-elle, bien qu'elle ne pût le voir à travers cet enchevêtrement de décombres.

— Qu'est-ce que vous faites ?

— Je cherche un petit garçon. Je l'entends. Je me rapproche, mais je ne le vois pas encore.

— Sortez de là ! lança Ironheart par-dessus le gémissement de plus en plus proche des sirènes. Les infirmiers sont en route. Ils sont entraînés à ce genre de travail.

— Venez, vous ! répliqua-t-elle, continuant à avancer. Ici, il y a des gens qui ont besoin d'aide *tout de suite* !

Holly arrivait à l'avant de la section des premières classes. Les poutrelles d'acier du fuselage s'y étaient également affaissées, mais pas en aussi grand nombre que dans la zone qu'elle venait de franchir. Des sièges arrachés, des bagages à main et des débris divers y avaient cependant été projetés par l'impact et s'y étaient empilés plus haut que n'importe où ailleurs. Plusieurs personnes se trouvaient prises dans cet amoncellement, certaines mortes, d'autres non.

Après avoir poussé un siège inoccupé hors de son chemin, la journaliste s'immobilisa pour reprendre son souffle et entendit Jim ramper dans l'épave derrière elle.

Allongée sur le côté, elle se glissa dans un espace étroit menant à une poche dégagée, et déboucha face au petit garçon dont elle avait suivi les cris. Il avait environ cinq ans et possédait de grands yeux noirs. Il ravala un sanglot en la contemplant avec surprise, comme s'il n'avait jamais réellement cru que quelqu'un arriverait jusqu'à lui.

Il se trouvait sous une rangée retournée de cinq sièges qui formaient comme une tente. Couché sur le ventre, il aurait apparemment dû pouvoir ramper sans trop de mal jusqu'à Holly.

— J'ai le pied coincé, se plaignit-il.

Il avait toujours peur mais pouvait désormais se contrôler. La plus grande partie de sa terreur s'était évanouie lorsqu'il avait vu la jeune femme. Que l'on eût cinq ans ou cinquante, le pire était toujours d'être seul.

— J'ai le pied coincé. Ça ne veut pas me lâcher.

— Je vais te sortir de là, mon chéri, assura Holly en toussant. Tout ira bien.

Levant les yeux, elle vit qu'une seconde rangée de fauteuils reposait sur la première. Toutes deux étaient pressées contre le sol par une masse d'acier gauchi qui jaillissait du plafond effondré. Elle se demanda si cette portion de l'avion n'avait pas fait un tonneau avant de s'immobiliser sur le ventre.

Elle essuya du bout des doigts ses yeux mouillés de larme.

— Comment tu t'appelles, chéri ?

— Norwood. A l'école, on m'appelle Norby. Ça fait pas mal. Mon pied, je veux dire.

Elle fut heureuse de l'apprendre.

Mais tandis qu'elle étudiait les décombres autour de l'enfant et cherchait un moyen de le délivrer, il ajouta :

— Je le sens pas.

— Qu'est-ce que tu ne sens pas, Norby ?

— Mon pied. C'est marrant. Il y a quelque chose qui le tient, parce que je peux pas sortir, mais je sens pas mon pied. Vous voyez ? C'est comme s'il était pas là.

Holly sentit son estomac se tordre sous l'effet des images que lui inspiraient ces paroles. Peut-être n'était-ce pas aussi grave qu'elle le croyait. Peut-être le pied du petit garçon était-il juste coincé très fort et engourdi. Néanmoins, elle devait réfléchir et agir vite, car Norby pouvait aussi bien être en train de perdre son sang à une vitesse alarmante.

L'espace dans lequel il se trouvait était trop étroit pour qu'elle s'y glissât afin de le dégager. Elle roula sur le dos, plia les jambes et plaqua ses semelles contre les sièges qui emprisonnaient l'enfant.

— Écoute-moi bien, chéri. Je vais essayer de faire bouger un peut tout ça, juste de quelques centimètres. Quand ça commencera à se soulever, tâche de sortir ton pied de là-dessous.

Un fin serpent de fumée grise s'éleva derrière Norby et se lova autour de son visage.

— Il y a des morts avec moi, ici, dit le petit garçon en reniflant.

— Tout va bien, mon chou, le rassura Holly. (Elle banda ses muscles, tendit un peu les jambes pour évaluer le poids qu'elle allait tenter de soulever.) Tu ne vas pas rester là bien longtemps. Pas bien longtemps.

— Il y a mon siège, et puis un autre siège, et puis des morts, insista Norby d'une voix tremblante.

La jeune femme se demanda combien de temps le traumatisme de cette expérience façonnerait les cauchemars de l'enfant, troublerait le cours de son existence.

— On y va, annonça-t-elle.

Elle poussa vers le haut avec les deux pieds. L'empilement de fauteuils, de corps et de débris était assez lourd en lui-même, mais le plafond à demi effondré qui s'appuyait sur le tout ne semblait pas le moins du monde disposé à remuer. Holly poussa plus fort, au point que le plancher d'acier, tout juste couvert d'un fin tapis, lui meurtrit le dos. Elle laissa échapper un gémissement de douleur involontaire. Puis elle poussa encore plus fort, plus fort, furieuse de ne pas réussir à faire bouger les sièges, enragée, et...

... ils bougèrent.

Sur une fraction de centimètre seulement.

Mais ils bougèrent.

Holly se donna encore plus à fond, puisant dans des ressources dont elle ignorait l'existence, jusqu'à ce que la souffrance qui pulsait dans ses jambes fût pire que celle qui lui nouait le dos. L'enchevêtrement de plaques métalliques et d'entretoises craqua, recula de deux centimètres, puis de quatre, et les fauteuils suivirent le mouvement.

— Je suis encore coincé, pleurnicha Norby.

De la fumée s'élevait toujours autour de lui, non plus gris pâle mais sombre, épaisse, huileuse — et dégageant une odeur répugnante. Holly pria pour que les petites flammes n'aient pas fini par embraser le plastique et la mousse du cocon dont l'enfant tentait de s'extraire.

Les muscles de ses jambes palpitaient. La douleur irradiant dans son dos avait diffusé jusqu'à sa poitrine. Chacun de ses battements de cœur était un coup douloureux, chacune de ses inspirations une torture.

Elle ne pensait pas pouvoir soutenir beaucoup plus longtemps ce fardeau, encore moins le hisser plus haut. Mais, brusquement, la masse d'acier remonta de quelques centimètres encore, puis un peu plus.

Norby poussa un cri de douleur et de joie. Il commença à se tortiller vers l'avant.

— Ça y est, ça m'a lâché.

Détendant les jambes et laissant sa charge retomber, Holly réalisa que l'enfant avait pensé ce qu'elle-même eût imaginé si, à cinq ans, elle s'était trouvée dans pareille situation : que sa cheville était retenue par la main froide et puissante de l'un des cadavres lui tenant compagnie.

Elle se poussa pour permettre au petit garçon de la rejoindre dans l'espace dégagé entre les débris. Il se pressa contre elle, cherchant le réconfort.

— Holly ! cria Jim, un peu en arrière.

— Je l'ai trouvé !

— Moi, j'ai dégagé une femme. Je vais la faire sortir.

— Bravo ! s'exclama-t-elle.

A l'extérieur, le bruit des sirènes diminua puis finit par s'éteindre. Les équipes de secours étaient là.

La fumée noire qui s'échappait du tunnel obscur dont venait de sortir Norby était de plus en plus épaisse. Holly n'en prit pas moins le temps d'examiner le pied de son protégé, qui pendait sur le côté tel le bras d'une vieille poupée de chiffon. La cheville était brisée. Otant la chaussure du pied qui enflait rapidement, la jeune femme constata que la chaussette blanche était tachée de sang. Mais la chair que recouvrait le tissu n'était qu'écorchée, entaillée de quelques coupures peu profondes. L'enfant n'allait pas se vider de son sang. Néanmoins, il ne tarderait pas à prendre conscience de sa cheville cassée. La douleur serait atroce.

— Viens, dit-elle. Sortons.

Elle voulut tout d'abord le ramener par le chemin qu'elle avait emprunté pour venir, puis elle aperçut sur sa gauche une autre brèche dans le fuselage, à quelques mètres de là, juste derrière la cloison du cockpit. L'ouverture s'étendait sur toute la hauteur de la paroi mais avait épargné le plafond. Les panneaux internes et le système de climatisation qu'ils recouvraient, les poutrelles du châssis ainsi que les panneaux externes avaient été projetés dans la cabine, parmi les autres débris, ou expulsés au-dehors. Le trou qui en résultait n'était pas très large, mais bien assez pour qu'Holly pût s'y glisser avec le petit garçon.

Lorsqu'ils arrivèrent au bord de la coque ravagée, un sauveteur apparut à environ quatre mètres en contrebas, dans le champ. Il leva les bras vers eux.

Norby se laissa tomber. L'homme l'attrapa, recula.

Holly sauta à son tour et se reçut sur ses pieds.

— Vous êtes sa mère ? demanda le sauveteur.

— Non. Je l'ai juste entendu crier et je suis allée le chercher. Il a la cheville cassée.

— J'étais avec mon tonton Frank, dit Norby.

— D'accord, répliqua le nouvel arrivant, s'efforçant d'avoir l'air joyeux. Alors, allons chercher tonton Frank.

— Tonton Frank est mort, déclara l'enfant tout net.

Le sauveteur regarda Holly comme si elle pouvait savoir quoi dire.

Elle demeura muette, ébranlée, emplie de désespoir à l'idée qu'un garçon de cinq ans ait dû subir une telle épreuve. Elle avait envie de le saisir dans ses bras, de le bercer et de lui dire que tout irait bien.

Mais rien ne va bien, songea-t-elle, parce que la mort est toujours présente. Adam a désobéi et mangé la pomme, goûté au fruit de la connaissance, si bien que Dieu a décidé de lui faire connaître toutes sortes de choses, des bonnes comme des mauvaises. Les enfants d'Adam ont appris à chasser, à travailler la terre, à utiliser le feu pour supporter l'hiver et cuire leur nourriture, à fabriquer des outils, à construire des abris. Et Dieu, voulant parfaire leur éducation, leur a fait connaître, oh, un bon million de façons de souffrir et de mourir. Il les a encouragés à apprendre le langage, la lecture et l'écriture, la biologie, la physique, la chimie, le secret du code génétique. Et Il leur a enseigné les exquises horreurs des tumeurs au cerveau, des dystrophies musculaires, de la peste bubonique, du cancer qui ronge le corps — et aussi, naturellement, des catastrophes aériennes. On voulait la connaissance : Dieu acceptait avec joie. C'était un professeur enthousiaste, un *démon* de la connaissance. Il la chargeait de tant de poids et de détails exotiques qu'il semblait parfois qu'on en serait écrasé.

Quand le sauveteur se détourna, emportant Norby vers une ambulance blanche garée au bord de la piste, le désespoir d'Holly s'était changé en colère. Une colère inutile, dirigée contre Dieu seul, et dont l'expression ne pouvait rien changer. Le Créateur ne libérerait pas la race humaine de la mort sous prétexte qu'Holly Thorne estimait qu'il s'agissait d'une énorme injustice.

Elle réalisa alors qu'elle était en proie à une fureur proche de celle qui semblait motiver Jim Ironheart. Elle se souvint de ce qu'il lui avait dit lors de leur conversation à voix basse, quand elle avait voulu le forcer à sauver non seulement les Dubrovek mais aussi tous les autres passagers du vol 246 : *J'ai horreur de la mort, de voir les gens mourir. J'ai horreur de ça !* Certaines des personnes qu'il avait sauvées avaient rapporté des remarques du même type, et Holly se rappela ce que lui avait confié Viola Moreno à propos de la profonde tristesse qui le possédait, sans doute liée à la mort de ses parents. Il avait cessé d'enseigner et abandonné sa carrière parce que le suicide de Larry Kakonis lui avait paru ôter tout intérêt à ses efforts et à ses préoccupations. Holly avait tout d'abord jugé cette réaction exagérée, mais elle la comprenait maintenant tout à fait. Elle ressentait le même besoin de renoncer à une vie banale pour faire quelque chose de plus utile, briser les lois du destin, façonner la matière même de l'univers afin de lui faire adopter une autre forme que celle choisie par Dieu.

Durant un bref instant, debout dans ce champ où le vent lui apportait la puanteur de la mort, les yeux fixés sur le sauveteur et le petit garçon qui avait failli mourir, Holly se sentit plus proche de Jim Ironheart qu'elle ne l'avait jamais été d'aucun autre être humain.

Elle partit à sa recherche.

Autour de l'épave du DC-10, les choses étaient devenues encore plus chaotiques qu'aussitôt après l'accident. Des voitures de pompiers s'étaient engagées dans le champ. Des jets de mousse blanche jaillissaient des lances à incendie, recouvraient le fuselage de giclées semblables à de la crème fouettée et éteignaient les flammes qui s'élevaient de la terre alentour, imprégnée de kérosène. De la fumée bouillonnait toujours dans la portion médiane de l'avion, s'échappait de chaque hublot brisé. Un grand auvent noir, agité au gré de la brise, s'étendait au-dessus du site et filtrait le soleil de l'après-midi pour y projeter des ombres inquiétantes, sans cesse changeantes, qui évoquaient pour Holly l'image d'un sinistre kaléidoscope où toutes les pièces de verre eussent été noires ou grises. Les sauveteurs et les infirmiers se pressaient autour de l'épave, à la recherche des survivants. Ils étaient si peu nombreux par rapport à l'ampleur de la tâche que les passagers les moins éprouvés se joignaient parfois à eux. D'autres — certains si peu affectés par l'expérience qu'ils semblaient douchés et habillés de frais, certains sales et échevelés — se tenaient à l'écart, seuls ou par petits groupes, et attendaient les minibus qui devaient les emmener à l'aérogare de Dubuque, discutant avec fébrilité ou se réfugiant dans le silence. Seules les voix chargées d'électricité statique qui crépitaient dans les postes de radio à ondes courtes et les talkies-walkies conféraient une once de cohérence à la scène

Alors qu'Holly cherchait Jim Ironheart, elle découvrit une jeune femme en robe-chemisier jaune, âgée d'à peine plus de vingt ans, mince, les cheveux auburn, un visage de porcelaine. Bien qu'elle ne fût pas blessée, elle avait visiblement besoin d'aide. Elle se tenait non loin de l'arrière encore fumant de l'appareil, criant encore et toujours le même nom :

— Kenny ! Kenny ! Kenny !

Elle avait hurlé si souvent que sa voix devenait rauque.

— Qui est-ce ? interrogea Holly en lui posant la main sur l'épaule.

Les yeux brûlants de l'inconnue avaient exactement la nuance de bleu des glycines.

— Est-ce que vous avez vu Kenny ?

— Qui est Kenny ?

— Mon mari.

— De quoi a-t-il l'air ?

— C'était notre lune de miel, articula la femme, hébétée.

— Je vais vous aider à le chercher.

— Non.

— Allons, petite, tout ira bien.

— Je ne veux pas le chercher, reprit l'inconnue. (Elle se laissa entraîner en direction des ambulances.) Je ne veux pas le voir. Pas comme il doit être. Mort. Déchiqueté, brûlé. Et complètement mort !

Elles s'éloignèrent ensemble sur la terre meuble, où de nouvelles cultures seraient semées à la fin de l'hiver et où, au printemps, jailliraient de jeunes pousses vertes et tendres — quand auraient été chassés tous les signes de mort et restaurée l'illusion naturelle d'une vie sans cesse renouvelée.

5

Il arrivait quelque chose à Holly. Un changement fondamental s'opérait en elle. Elle ne comprenait pas encore de quoi il s'agissait, ignorait ce que cela signifierait et à quel point elle serait différente lorsque ce serait achevé, mais elle était consciente d'un puissant mouvement dans le tréfonds de son cœur, de son esprit.

Son univers intérieur était plongé dans un tel maelström qu'elle n'avait plus l'énergie nécessaire pour s'occuper du monde extérieur, aussi suivit-elle placidement la procédure post-accident standard, en compagnie des autres passagers.

Elle fut impressionnée par la qualité du soutien affectif, psychologique et pratique apporté aux survivants du vol 246. Les services médicaux et de défense civile de Dubuque — qui avaient de toute évidence prévu un tel cas d'urgence — étaient arrivés vite et s'étaient montrés efficaces. En outre, des psychologues, des avocats, des prêtres, des pasteurs et un rabbin furent mis à la disposition des rescapés quelques minutes après leur arrivée à l'aérogare. Une grande salle d'attente luxueuse — meublée de tables en acajou et de chaises confortables recouvertes de tissu bleu foncé — avait été réservée pour eux, dix ou douze lignes de téléphone retirées à leur intention des services normaux de l'aéroport, et des infirmières appelées pour dépister d'éventuels signes de choc rétrospectif.

Les employés de l'United se montraient particulièrement empressés ; ils se chargeaient de procurer aux survivants une chambre pour la nuit et un nouveau plan de vol, réunissaient aussi vite que possible les passagers indemnes et leurs amis ou parents transportés dans divers hôpitaux et annonçaient avec tact le nom des victimes. Leur horreur et leur chagrin semblaient aussi profonds que ceux des passagers. Ils étaient choqués et honteux qu'une telle chose eût pu se produire dans un de leurs appareils. Holly vit une jeune femme en uniforme de l'United tourner brutalement les talons et quitter la pièce en larmes. Tous les autres, hommes et femmes, étaient pâles et tremblants. Elle se surprit à avoir envie de les consoler, eux, de les entourer de ses bras et de leur dire que même les machines les mieux construites et les mieux entretenues étaient condamnées à tomber un jour en panne, parce que les connaissances humaines étaient imparfaites et que l'obscurité s'étendait sur le monde.

Le courage, la dignité et la compassion étaient tellement présents dans ces circonstances dramatiques qu'Holly fut affligée par l'arrivée massive des médias. Elle savait que la dignité, en tout cas, serait l'une des premières victimes de leurs assauts. A dire vrai, ils faisaient leur travail, dont elle ne connaissait que trop bien les problèmes et les impératifs. Mais le pourcentage des journalistes responsables n'était pas supérieur à celui des plombiers compétents ou des menuisiers capables de façonner correctement un encadrement de porte. La différence était que les reporters insensibles, stupides ou carrément hostiles risquaient de causer une gêne considérable à l'objet de leurs attentions, voire parfois de compromettre des innocents et de détruire à jamais une réputation — ce qui était bien pire que de laisser fuir un robinet ou de mal assembler quelques morceaux de bois.

Des envoyés spéciaux de la télévision, de la radio et de la presse écrite envahirent l'aéroport et pénétrèrent même bientôt dans les zones où leur présence était officiellement interdite. Certains respectaient la détresse des survivants, mais la plupart harcelaient les employés de l'United, leur parlant de « responsabilité » et « d'obligation morale », ou poursuivaient les passagers afin de révéler leurs peurs les plus profondes et de leur faire revivre l'horreur de l'accident pour le plus grand plaisir du public. Bien qu'Holly connût leurs méthodes et parvînt assez bien à les éviter, elle s'entendit poser la même question une dizaine de fois, par quatre reporters différents, en l'espace d'un quart d'heure : « Qu'avez-vous ressenti ? Qu'avez-vous ressenti quand vous avez appris que vous alliez atterrir en catastrophe ? Qu'avez-vous ressenti quand vous avez cru que vous alliez mourir ? Qu'avez-vous ressenti en voyant mourir des gens autour de vous ? »

Finalement, acculée contre une grande baie vitrée qui permettait d'observer les décollages et les atterrissages, elle craqua face à un journaliste de CNN particulièrement insistant, un certain

Anlock, qui n'arrivait tout bonnement pas à comprendre qu'elle ne fût pas flattée de ses attentions.

— Demandez-moi ce que j'ai vu, ou bien demandez-moi ce que je pense, lui dit-elle. Demandez-moi qui, quoi, où, pourquoi et comment, mais au nom du ciel, cessez de me demander ce que je ressens, parce que si vous êtes un être humain, vous devez *savoir* ce que je ressens. Si vous avez la moindre compassion pour la condition humaine, vous devez le savoir !

Anlock et son cameraman tentèrent de battre en retraite et de se rabattre sur une autre proie. Holly était consciente que la plupart des gens entassés dans la pièce s'étaint retournés pour voir ce qui se passait, mais s'en moquait. Elle n'allait pas laisser ce type s'en tirer aussi facilement. Elle le suivit.

— Vous ne cherchez pas les faits : vous voulez du drame, vous voulez du sang et du sensationnel, vous voulez que les gens vous dévoilent leur âme. Ensuite, vous prenez ce qu'ils vous ont dit et vous le modifiez ou, la plupart du temps, vous comprenez tout de travers. C'est une sorte de viol, ça, nom de Dieu !

Elle se rendit compte qu'elle cédait à la même rage que celle qui l'avait saisie sur les lieux de l'accident : elle n'en voulait pas à moitié autant à Anlock qu'à Dieu, aussi futile que cela pût être. Le reporter était simplement une cible beaucoup plus pratique que le Tout-Puissant, qui, lui, pouvait rester caché dans quelque coin sombre de Son paradis. Croyant sa colère calmée, la jeune femme fut déconcertée de la sentir renaître.

Elle était hors d'elle, ne se contrôlait plus et s'en moquait jusqu'à ce qu'elle réalise qu'elle passait sur CNN en direct. Une lueur prédatrice dans l'œil d'Anlock et la vague ironie de son expression lui apprirent qu'il n'était pas réellement ennuyé par cet esclandre. Elle lui fournissait des instants hauts en couleur, du drame de premier ordre, et il ne pouvait s'empêcher de s'en servir, même s'il était l'objet de ses insultes. Plus tard, bien sûr, il excuserait magnanimement envers les télespectateurs la conduite de la jeune femme, ferait mine de comprendre le traumatisme qu'elle avait subi et passerait à la fois pour un journaliste intrépide et pour un individu sensible.

Furieuse contre elle-même d'être entrée dans son jeu alors qu'elle aurait dû savoir que seul le reporter est toujours vainqueur, Holly se détourna de la caméra. En s'éloignant, elle entendit les paroles d'Anlock :

— ... tout à fait compréhensible, bien sûr, compte tenu de ce que cette malheureuse vient de vivre...

Elle eut envie de faire demi-tour et de le gifler. Mais il eût sans doute apprécié le geste !

Qu'est-ce qui ne va pas, Thorne ? se demanda-t-elle. Tu ne perds jamais les pédales. Pas comme ça. Tu ne perds jamais les pédales, mais là, tu es en train de les perdre en beauté.

Tentant d'ignorer les journalistes et de réprimer son intérêt soudain pour l'auto-analyse, elle se recommença à chercher Jim Ironheart mais ne parvint toujours pas à le localiser. Il ne faisait pas partie du dernier groupe qui arrivait à l'aérogare. Aucun employé de l'United ne put trouver son nom sur la liste des passagers, ce qui ne surprit guère Holly.

Elle supposa qu'il était toujours sur les lieux de l'accident, à aider du mieux qu'il pouvait l'équipe des sauveteurs. Elle brûlait de s'entretenir avec lui, mais il lui faudrait être patiente.

Malgré la méfiance qu'elle inspirait désormais à certains des envoyés spéciaux, elle savait manipuler ceux de son espèce. Une tasse de café noir amer à la main — comme si elle avait eu besoin de caféine ! —, elle se promena dans la pièce et le couloir qui la jouxtait, posa des questions aux reporters sans révéler qu'elle était des leurs et glana quelques informations intéressantes. Entre autres choses, elle apprit que l'on comptait déjà deux cents survivants et qu'il n'y avait probablement pas plus de cinquante morts, un chiffre miraculeusement bas compte tenu de la dislocation de l'avion et de l'incendie subséquent. Cette nouvelle aurait dû l'emplir de joie, puisqu'elle signifiait que l'intervention de Jim avait permis au capitaine de sauver bien plus de vies que ne l'avait prévu le destin. Mais au lieu de se réjouir, elle se lamenta sur le sort de ceux qui, malgré tout, avaient péri.

Elle apprit également que les membres de l'équipage, tous indemnes, espéraient retrouver un passager qui les avait énormément aidés, un homme qu'ils décrivaient comme « Jim quelque chose, une sorte de sosie de Kevin Costner avec des yeux très bleus ». Les premiers agents fédéraux arrivés sur place étant également impatients de parler à Jim quelque chose, les journalistes commencèrent à le chercher eux aussi.

Holly finit par comprendre qu'il ne se montrerait pas. Il se volatiliserait, comme il le faisait toujours après chacun de ses exploits, fuyant les reporters et les officiels de tout poil. Personne ne le connaîtrait jamais que sous le nom de Jim.

La jeune femme était la seule personne à qui il eût donné son nom complet sur les lieux d'un de ses sauvetages. Elle fronça les sourcils : pourquoi avait-il choisi de lui en révéler plus à elle qu'à quiconque ?

Près des toilettes pour dames les plus proches, elle rencontra Christine Dubrovek, qui lui rendit son sac à main et lui demanda ce qu'était devenu Steve Harkman, sans se douter qu'il s'agissait du mystérieux Jim dont tout le monde parlait.

— Il fallait coûte que coûte qu'il soit à Chicago ce soir, mentit Holly. Il a loué une voiture et il est déjà parti.

— Je voulais le remercier encore, expliqua Christine. Mais je suppose que je devrai attendre jusqu'à ce que nous soyons tous rentrés à Los Angeles. Vous savez qu'il travaille dans la même entreprise que mon mari ?

Casey avait lavé la suie qui lui maculait le visage et s'était recoiffée. Elle mangeait une barre de chocolat mais ne semblait guère y prendre plaisir.

Holly s'excusa dès qu'elle le put et retourna au poste d'assistance d'urgence établi par l'United dans un angle de la salle d'attente. Elle tenta de trouver un vol qui, quel que fût le nombre des correspondances, la ramènerait à Los Angeles cette nuit même. Mais Dubuque n'était pas exactement le centre de l'univers et toutes les places pour n'importe quelle ville du sud de la Californie étaient déjà réservées. La meilleure solution restait un vol pour Denver dans la matinée, suivi par un autre qui la déposerait à LA vers midi.

L'United lui fournit un logement pour la nuit et, à six heures du soir, Holly se retrouva seule dans une chambre d'hôtel propre mais sans chaleur du Best Western Midway Motor Lodge. Peut-être l'endroit n'était-il pas aussi froid que ça, mais dans son état d'esprit du moment, la jeune femme eût été incapable d'apprécier même une suite au Ritz.

Elle appela ses parents à Philadelphie pour leur dire qu'elle allait bien, au cas où ils l'auraient vue sur CNN ou auraient découvert, en ouvrant le journal le lendemain matin, son nom dans la liste des survivants. Par bonheur, ils n'étaient au courant de rien, mais cela ne les empêcha pas d'être pris d'une peur rétrospective si violente que ce fut elle qui dut les consoler et non l'inverse — ce qui était touchant, car cela confirmait à quel point ils l'aimaient.

— Je me fiche de l'importance de l'article sur lequel tu travailles, lui dit sa mère. Tu n'as qu'à prendre un bus qui t'amènera à la maison.

Se savoir aimée n'améliora pas l'humeur d'Holly.

Ses cheveux n'étaient qu'un paquet de nœud et elle sentait la fumée, mais elle se rendit tout de même au centre commercial le plus proche, où elle se servit de sa carte Visa pour acheter des vêtements de rechange : des chaussettes, des dessous, un jean, un chemisier blanc et un léger blouson de toile. Elle s'offrit également des tennis neuves, car elle ne pouvait se défaire de l'impression que les marques qu'il y avait sur les anciennes étaient des taches de sang.

De retour dans sa chambre, elle prit la plus longue douche de son existence, se frottant jusqu'à ce que la petite savonnette fournie par l'hôtel fût réduite à l'état de fine lamelle friable. Elle ne se sentait toujours pas propre mais finit par arrêter l'eau lorsqu'elle comprit qu'elle tentait de laver quelque chose qui se trouvait au-dedans d'elle.

Elle commanda ensuite un sandwich, une salade et des fruits. Lorsqu'on les lui apporta dans sa chambre, elle fut incapable de manger.

Elle resta un moment assise, les yeux fixés sur le mur.

Elle n'osait pas allumer la télévision, de crainte de tomber sur un flash d'informations consacré à l'accident du vol 246.

Si elle avait pu appeler Jim Ironheart, elle l'aurait fait sur-le-champ. Elle l'aurait appelé toutes les dix minutes, heure après heure, jusqu'à ce qu'il rentre chez lui et réponde au téléphone. Mais elle savait déjà que son numéro était sur la liste rouge.

Elle finit par descendre au bar, s'installa au comptoir et commanda une bière — un acte risqué pour quelqu'un qui supportait aussi mal l'alcool. Étant donné qu'elle n'avait rien mangé, une seule cannette la plongerait probablement dans l'inconsience pour le reste de la nuit.

Un représentant de commerce d'Omaha voulut engager la conversation avec elle. Il avait entre quarante et cinquante ans, n'était pas dénué de charme et avait l'air gentil, mais elle ne voulait pas le faire marcher. Avec le maximum de tact, elle lui déclara qu'elle n'avait pas envie de se faire draguer.

— Moi non plus, dit-il en souriant. Tout ce que je cherche c'est quelqu'un à qui parler.

Elle le crut et n'eut pas à se repentir de son intuition. Ils demeurèrent au bar pendant environ deux heures, à discuter de cinéma et de shows télévisés, de comédiens et de chanteurs, de nourriture et de temps, sans jamais aborder la politique, les accidents d'avion, ni les problèmes mondiaux. A sa grande surprise, elle but trois bières sans éprouver d'autre effet qu'un léger bourdonnement.

— Je vous serai reconnaissante jusqu'à la fin de mes jours, Howie, dit-elle avec le plus grand sérieux lorsqu'elle quitta son compagnon.

Elle retourna dans sa chambre, seule, se déshabilla, se glissa entre les draps et sentit le sommeil s'abattre sur elle dès qu'elle posa la tête sur l'oreiller. Comme elle s'enroulait dans les couvertures pour combattre la fraîcheur de l'air conditionné, elle murmura d'une voix plus troublée par la fatigue que par la bière :

— Je m'enferme dans mon cocon, bientôt je serai un papillon.

Elle s'endormit en se demandant d'où pouvait bien sortir cette phrase et ce qu'elle signifiait.

Flouch, flouch, flouch, flouch, flouch...

Bien qu'elle fût de nouveau dans la pièce aux murs de pierre, le rêve différait en bien des points de ceux qu'elle avait faits auparavant. D'une part, elle n'était plus aveugle. Une grosse bougie jaune brûlait dans une soucoupe bleue. Sa flamme orangée révélait la paroi circulaire, des fenêtres aussi étroites que des meurtrières, un plancher de bois, un axe tournant qui sortait du plafond et traversait la pièce pour rejoindre l'étage inférieur, ainsi qu'une lourde porte en bois renforcée de ferrures. Sans pouvoir l'expliquer, elle savait qu'elle se trouvait au premier étage d'un vieux moulin à vent, que le bruit — *flouch, flouch, flouch* — était produit par les gigantesques ailes tranchant l'air nocturne agité, et que derrière la porte démarrait un escalier de pierre incurvé menant à la pièce des meules. Quoique au début du rêve, elle fût debout, les circonstances se modifièrent en un clin d'œil et elle se retrouva soudain assise — mais pas sur un siège ordinaire. Elle occupait un fauteuil d'avion, ceinture bouclée, et lorsqu'elle regarda autour d'elle, elle vit que Jim Ironheart était installé à sa gauche.

— Ce vieux moulin n'ira jamais jusqu'à Chicago, déclara-t-il, solennel.

Et il semblait tout à fait logique qu'ils fussent emportés dans ce bâtiment de pierre, soutenu par ses quatre ailes de bois comme un avion est propulsé par ses réacteurs.

— Mais nous survivrons tout de même, n'est-ce pas? interrogea-t-elle.

Jim s'évanouit sous ses yeux et fut remplacé par un garçon de dix ans. Elle s'émerveilla de cette magie. Puis elle comprit que les épais cheveux bruns et les yeux bleu électrique de l'enfant signifiaient qu'il s'agissait encore de Jim, en un autre temps. Compte tenu des lois libérales régissant les rêves, cela ôtait de son fantastique à la transformation et la rendait même tout à fait normale.

— Nous survivrons s'il ne vient pas, dit le petit garçon.

— Qui ça, il? demanda-t-elle.

— L'Ennemi, répondit-il.

Autour d'eux, le moulin sembla répondre à ce dernier mot, fléıissant et se contractant, palpitant telle de la chair, tout comme : mur de la chambre d'Holly, à Laguna Hills, avait été empreint 'une vie malveillante. La jeune femme crut voir se dessiner un isage et un corps monstrueux, qui tiraient leur substance de la ierre elle-même.

— Nous allons mourir ici, annonça l'enfant. Nous allons tous ıourir ici.

Et il semblait presque accueillir avec joie la créature qui tentait e s'arracher du mur. *FLOUCH !*

Holly s'éveilla en sursaut, comme elle l'avait fait les trois nuits récédentes. Mais cette fois, aucun élément du rêve ne la suivit ans le monde réel, et elle n'était pas aussi terrifiée qu'auparaant. Elle avait peur, oui. Mais c'était une peur infime, plus prohe du malaise que de l'hystérie.

Le plus important était qu'elle sortait du rêve avec une intense ensation de libération. Instantanément consciente, elle s'adossa u bois de lit et croisa les bras sur ses seins nus. Elle frissonnait, on de peur ou de froid, mais d'exaltation.

Un peu plus tôt, la langue déliée par la bière, elle avait murıuré une phrase en sombrant dans le précipice du sommeil : *Je ı'enferme dans mon cocon, bientôt je serai un papillon*. Maintenant, elle savait ce qu'elle avait voulu dire, et elle comprenait les hangements qui s'étaient exercés en elle depuis qu'elle avait découert par hasard le secret d'Ironheart. Des changements qu'elle 'avait commencé à ressentir que lorsqu'elle avait vu la grande alle d'attente de l'aéroport, après l'accident.

Elle ne retournerait jamais au *Portland Press*.

Elle ne travaillerait plus jamais pour un journal.

Sa carrière de reporter était terminée.

Voilà pourquoi elle s'était emportée contre Anlock, l'envoyé de ꞆNN. Elle avait beau le mépriser, elle était rongée par une culpailité inconsciente, parce qu'il s'intéressait à un événement d'imporance qu'elle ignorait alors même qu'elle y était mêlée. Si elle avait ncore été journaliste, elle aurait interviewé les autres survivants uis se serait empressée de tout mettre par écrit pour le *Press*. Cepenant, une telle pensée ne l'avait pas effleurée une seule seconde. Elle s'était emparée de son dégoût inconscient d'elle-même pour 'y tailler un habit de fureur aux larges épaules et aux revers démeurés. Puis elle l'avait endossé et s'était promenée en fulminant evant la caméra, dans une tentative désespérée pour nier qu'elle e s'intéressait plus au journalisme, qu'elle allait abandonner une arrière et un engagement qu'elle avait autrefois crus éternels.

Elle se leva du lit et commença à faire les cent pas, trop excitée pour rester en place.

Sa carrière de reporter était terminée.

Terminée.

Elle était libre. Née d'une famille laborieuse et dépourvue de pouvoir, elle avait été obsédée toute sa vie par le besoin de se sentir importante, acceptée, d'être quelqu'un qui connaît le dessous des cartes. Enfant intelligente devenue une femme plus intelligente encore, elle avait été frappée par le désorde apparent de la vie et s'étaient sentie obligée de l'expliquer de son mieux en utilisant les outils peu commodes du journalisme. Ironiquement, cette double quête de l'acceptation et des explications — qui la poussait depuis toujours à travailler et à étudier soixante-dix ou quatre-vingts heures par semaine — l'avait laissée dépourvue de racines, sans compagnon, sans enfants ni amis véritables, et sans plus de réponses aux difficiles questions de l'existence que lorsqu'elle débutait. Aujourd'hui, elle était enfin libérée de ces besoins et de ces obsessions, n'avait plus envie d'appartenir à une élite ni d'expliquer le comportement humain.

Elle avait cru détester le journalisme. Ce n'était pas le cas. Ce qu'elle détestait, c'était son échec en ce domaine. Et elle avait échoué parce qu'elle n'avait jamais été faite pour être journaliste.

Pour réaliser ce qu'elle désirait et briser les chaînes de l'habitude, elle n'avait eu qu'à rencontrer un homme capable de faire des miracles et de survivre à une catastrophe aérienne dévastatrice.

— Quelle capacité d'adaptation, Thorne ! dit-elle à haute voix, en se moquant d'elle-même. Quelle profondeur de vues !

Oh oui ! Si rencontrer Jim Ironheart et sortir indemne d'un accident d'avion ne lui avaient pas suffi pour y voir clair, elle aurait certainement tout compris dès que Jiminy Cricket eût sonné à sa porte et lui eût chanté une petite comptine morale aux vers habiles sur la différence entre les choix sages et les choix stupides dans l'existence.

Elle éclata de rire. Retirant une couverture du lit, elle l'enroula autour de son corps nu, s'assit dans l'un des deux fauteuils, ramena ses jambes sous elle et rit comme elle n'avait plus ri depuis son insouciante adolescence.

Mais non, c'était bien là le problème : elle n'avait *jamais* été insouciante. Elle avait été une adolescente sérieuse, qui s'intéressait déjà à l'actualité, qui s'inquiétait des risques de troisième guerre mondiale parce qu'on lui disait qu'elle pourrait périr dans une catastrophe nucléaire avant d'avoir quitté le lycée. Qui s'inquiétait de la surpopulation parce qu'on lui disait que la famine ferait un milliard et demi de victimes avant 1990, finirait par diminuer de moitié la population mondiale et par décimer même les États-Unis. Qui s'inquiétait de la pollution qui refroidissait la planète de manière dramatique et préparait une nouvelle ère glaciaire, laquelle détruirait la civilisation *de son vivant* ! Voilà ce qui faisait la une des journaux à la fin des années soixante-dix, avant que l'on ne commence au contraire à se préoccuper du réchauffement de la terre. Elle avait passé son adolescence et le début de l'âge adulte à s'inquiéter démesurément et à ne pas s'amuser assez. Sans joie, elle avait perdu toute perspective et s'était laissé consumer par toutes les informations sensationnelles, qu'elles fussent fondées sur des problèmes réels ou totalement mensongères.

Maintenant, elle riait comme une gosse. Jusqu'à ce qu'ils atteignent la puberté et qu'un déferlement d'hormones les plonge dans une nouvelle existence, les gosses savaient que la vie était effrayante, oui, sombre, étrange, mais ils savaient aussi qu'elle était amusante, qu'il s'agissait d'un voyage aventureux sur une longue route, vers une destination inconnue en un endroit lointain et merveilleux.

Holly Thorne, qui soudain aimait son nom, savait où elle allait, et pourquoi.

Elle savait ce qu'elle espérait obtenir de Jim Ironheart — et il ne s'agissait ni d'un bon article, ni d'accolades journalistiques, ni d'un Pulitzer. Ce qu'elle désirait de lui était bien mieux que cela, plus enrichissant, plus durable, et elle était impatiente de lui présenter sa requête.

Le plus drôle était que s'il acceptait de lui donner ce qu'elle désirait, elle pourrait fort bien y trouver plus que de l'exaltation, de la joie et un but à son existence. Elle savait qu'elle y trouverait également du danger. Si elle obtenait ce qu'elle désirait, elle pourrait tout à fait être morte dans un an, dans un mois — ou dans une semaine. Mais, pour le moment au moins, elle se concentrait sur des perspectives joyeuses et ne se laissait pas déprimer par l'éventualité d'une mort prématurée et des ténèbres éternelles.

Deuxième partie

LE MOULIN A VENT

« Aucun secret ne peut rester
toujours secret s'il n'est enfoui
au plus profond dans le passé,
à l'abri pour la vie, la vie.
Prends-le dans l'ombre de ton cœur
ou crains d'attiser la rumeur.
Quand les années ont enterré
les secrets qui t'ont tant pesé,
nul confident ne peut trahir
les mots que tu as su enfouir.
Toi seul alors peux exhumer
ce qui survit dans le tombeau
du souvenir, du souvenir,
dans le tombeau du souvenir. »

LE LIVRE DES CHAGRINS COMPTÉS

▲

« Dans la réalité
comme en songe,
les apparences parfois
sont mensonges. »

LE LIVRE DES CHAGRINS COMPTÉS

DU 27 AU 29 AOÛT

1

Holly changea d'avion à Denver, traversa deux fuseaux horaires d'est en ouest et atterrit à l'aéroport de Los Angeles à onze heures, le lundi matin. Dépourvue de bagages, elle récupéra aussitôt son véhicule de location au parking, puis longea la côte vers le sud jusqu'à Laguna Niguel et arriva chez Jim Ironheart à midi et demi.

Elle arrêta la voiture devant le garage, alla tout droit à la porte d'entrée et sonna. Il ne répondit pas. Elle sonna à nouveau. En vain. Elle s'obstina, jusqu'à ce que la trace rougeâtre du bouton de sonnette se fût imprimée dans son pouce droit.

Reculant d'un pas, elle observa les fenêtres du rez-de-chaussée et de l'étage. Toutes étaient obstruées par des jalousies, dont les larges lattes apparaissaient au travers des carreaux.

— Je sais que vous êtes là, dit calmement Holly.

Elle retourna à sa voiture, baissa les vitres et s'assit au volant. Tôt ou tard, il aurait besoin de nourriture, de lessive, de soins médicaux ou de papier hygiénique, *de n'importe quoi*. Alors elle le tiendrait.

Le temps ne se prêtait malheureusement pas à un siège prolongé. Si les derniers jours avaient été relativement doux, la chaleur d'août était aujourd'hui revenue à la manière d'un dragon dans un conte, brûlant la terre de son souffle ardent. Les feuilles des palmiers se courbaient vers le sol et les fleurs commençaient à griller sous le soleil torride. Derrière tous les systèmes d'irrigation sophistiqués qui maintenaient le paysage luxuriant, le désert dépossédé était prêt à reprendre ses droits.

Rôtissant aussi vite et aussi uniformément qu'un gâteau dans un four à convection, la jeune femme finit par relever les vitres, démarrer et brancher l'air conditionné. Le courant d'air froid était paradisiaque, mais le moteur ne tarda pas à surchauffer. L'aiguille de l'indicateur de température se rapprocha vivement de la zone rouge.

A treize heures quinze, tout juste trois quarts d'heure après son arrivée, Holly passa la marche arrière et sortit de l'allée. Elle rentra au motel de Laguna Hills où elle enfila un short brun et un corsage jaune canari qui lui découvrait le ventre. Elle remit ses nouvelles tennis — sans chaussettes, cette fois. Dans un drugstore voisin, elle fit l'emplette d'une chaise longue, d'un drap de bain, d'un tube de crème solaire, d'une glacière, d'un sac de glaçons, d'un pack de soda allégé et d'un roman de John D. MacDonald — une aventure de Travis McGee. Elle avait déjà des lunettes de soleil.

Elle était de retour devant chez Jim Ironheart, sur Bougainvillea Way, avant deux heures et demie. Elle sonna à nouveau. Il refusa de répondre.

Sans pouvoir l'expliquer, elle savait qu'il était chez lui. Peut-être était-elle un peu voyante, elle aussi.

Elle emporta la chaise longue et ses autres achats de l'autre côté de la maison et s'installa sur la pelouse, à la limite du patio au toit de séquoia. Il ne lui fallut que quelques minutes pour se mettre à son aise.

Dans le roman, Travis McGee baignait dans son jus à Fort Lauderdale, où sévissait une vague de chaleur si intense qu'elle chassait même de la plage les professionnelles du bronzage. Holly l'avait déjà lu. Elle avait choisi de s'y replonger parce qu'elle se rappelait qu'il se déroulait sur fond de chaleur tropicale et d'humidité. Grâce à la plume efficace de MacDonald, l'étouffante Floride semblait rendre moins torride l'air sec de Laguna Niguel — bien qu'il dût faire plus de quarante degrés.

Au bout d'environ une demi-heure, la jeune femme jeta un coup d'œil à la maison et vit Ironheart à la grande fenêtre de la cuisine. Il l'observait.

Elle lui fit un signe de la main.

Il n'y répondit pas.

Il s'éloigna de la fenêtre mais ne sortit pas.

Holly ouvrit une boîte de soda et retourna à son roman, appréciant la caresse de la chaleur sur ses jambes nues. Déjà légèrement bronzée, elle ne craignait pas les coups de soleil. De plus, quoique blonde et dotée d'une peau claire, elle possédait un gène bronzant qui la protégeait des brûlures dans la mesure où elle ne s'exposait pas à longueur de journée.

Un peu plus tard, lorsqu'elle se leva pour ajuster la chaise longue afin de pouvoir se coucher sur le ventre, elle vit Jim Ironheart dans le patio, devant la porte vitrée coulissante de son salon. Il portait un pantalon et un T-shirt froissés. Il n'était pas rasé, ses cheveux étaient raides, gras, et il avait l'air épuisé.

Il ne se trouvait qu'à environ cinq mètres d'Holly, si bien que sa voix parvint distinctement jusqu'à celle-ci :

— Qu'est-ce que vous fabriquez ?

— Je bronze.

— Allez-vous-en, s'il vous plaît, Miss Thorne.

— Il faut que je vous parle.

— Nous n'avons rien à nous dire.

— Ha !

Il rentra et ferma la porte. Holly entendit tourner le verrou.

Après être restée sur le ventre pendant presque une heure, à somnoler plus qu'à lire, elle décida qu'elle avait assez pris le soleil. De plus, à trois heures trente de l'après-midi, les meilleurs rayons bronzants étaient passés.

Elle installa la chaise longue, la glacière et le reste de son matériel dans le patio ombragé, ouvrit un deuxième soda et reprit le roman de MacDonald.

A quatre heures, elle entendit coulisser à nouveau la porte du salon. Des pas résonnèrent sur le sol pour s'interrompre derrière elle. Ironheart resta immobile, à l'observer. Ni l'un ni l'autre ne parlèrent et la jeune femme fit mine de continuer à lire.

Ce silence prolongé était presque inquiétant. Holly commença à songer au côté obscur de son compagnon — les huit cartouches de fusil de chasse qu'il avait tirées sur Norman Rink, à Atlanta, par exemple — et elle devint de plus en plus nerveuse jusqu'à ce qu'elle comprît qu'il cherchait à l'effrayer.

Lorsqu'elle ramassa sa boîte de soda sur la glacière, en but une gorgée et la reposa avec un petit soupir de contentement, sans avoir laissé une seule fois trembler sa main, Ironheart contourna enfin la chaise longue pour lui faire face — toujours débraillé et mal rasé. Des cernes noirs entouraient ses yeux. Il était d'une pâleur morbide.

— Qu'est-ce que vous voulez ? interrogea-t-il.

— Ça va me prendre un moment pour vous l'expliquer.

— Je n'ai pas un moment.

— Combien de temps avez-vous ?

— Une minute.

Elle hésita, puis secoua la tête.

— Impossible. Je vais attendre ici que vous soyez plus disponible.

Il lui lança un regard d'intimidation.

Elle reprit le roman là où elle l'avait abandonné.

— Je pourrais appeler la police pour vous faire expulser de chez moi.

— Pourquoi ne le faites-vous pas ? demanda Holly.

Il s'attarda encore quelques secondes, irrité, incertain, puis rentra dans la maison. Ferma la porte. La verrouilla.

— Ne soyez pas trop long, marmonna Holly. D'ici une heure, il va falloir que j'utilise vos toilettes.

Autour d'elle, deux oiseaux-mouches extirpaient le nectar des fleurs. Les ombres s'allongeaient. Les bulles qui explosaient dans la boîte de soda produisaient des petits bruits creux.

En Floride, il y avait aussi des colibris, des ombres fraîches et des bouteilles réfrigérées — de Dos Equis, pas de Coca light. Travis McGee s'enfonçait un peu plus dans les ennuis à chaque paragraphe.

L'estomac d'Holly commença à gargouiller. Elle avait pris le petit déjeuner à l'aéroport de Dubuque, surprise que les images macabres de l'accident gravées au fer rouge dans son esprit ne lui aient pas coupé l'appétit pour toujours. Depuis, pour ne pas quitter son poste, elle avait sauté le déjeuner et était désormais affamée. La vie continuait.

Un quart d'heure avant l'expiration du délai qu'elle s'était fixé pour aller aux toilettes, Ironheart revint. Il avait pris une douche et s'était rasé. Il portait à présent une chemise bleue à col marin, un pantalon blanc et des chaussures de toile blanche.

La jeune femme fut flattée qu'il eût cherché à améliorer son apparence.

— Très bien, dit-il. Qu'est-ce que vous voulez ?

— Dans un premier temps, il faut que j'aille aux toilettes.

Une expression d'intense lassitude allongea le visage de son hôte.

— D'accord, d'accord, mais ensuite on parle, on en finit et vous partez.

Elle le suivit dans la véranda qui jouxtait la cuisine. Les meubles, dépareillés, semblaient avoir été achetés à bas prix pendant la liquidation d'un entrepôt, à l'époque où Ironheart, tout juste sorti de l'université, avait commencé à enseigner. Quoique propres, ils étaient usés. Des centaines de livres de poche s'empilaient sur les étagères, mais pas une œuvre d'art n'était accrochée aux murs et aucun élément de décoration — vases, coupes, sculptures ou plantes vertes — ne conférait de chaleur à la pièce.

Ironheart désigna à sa compagne le cabinet de toilette situé près de l'entrée principale. Pas de papier peint, de la peinture blanche. Pas de savonnette fantaisie en forme de boutons de rose, juste un savon couleur ivoire. Pas de serviettes colorées ou brodées, seulement un rouleau d'essuie-tout posé sur la tablette.

Avant de fermer la porte, Holly se retourna.

— On pourrait peut-être discuter en dînant : je meurs de faim.

Lorsqu'elle eut fini d'utiliser les toilettes, elle jeta un coup d'œil dans le salon. Encore plus spartiate que la véranda, celui-ci était décoré — au sens large accordé à ce mot par les rapports de police — dans un style que l'on ne pouvait mieux définir que par Époque Braderie. Pour un homme qui avait gagné six millions de dollars à la loterie, la maison était étonnamment modeste, mais son ameublement lui donnait par comparaison des allures de palais.

Holly trouva Ironheart dans la cuisine, assis à la table ronde.

— Je pensais que vous seriez en train de cuisiner quelque chose, observa-t-elle, s'installant en face de lui.

Il ne sembla pas amusé.

— Qu'est-ce que vous voulez?

— Laissez-moi d'abord vous dire ce que je ne veux pas. Je ne veux pas écrire un article sur vous. J'ai abandonné le journalisme : j'en avais assez. Que vous le croyiez ou non, c'est la vérité. Si vous étiez pourchassé par les médias, cela ne ferait que gêner votre travail et mettre en danger des vies que vous pourriez sauver. Maintenant, je l'ai compris.

— Parfait.

— Et je ne veux pas vous faire chanter. De toute façon, à en juger par votre style de vie somptueux, je doute qu'il vous reste plus de dix-huit dollars en poche.

Il ne sourit pas. Il se contenta de la fixer de ses yeux aussi bleus qu'une flamme de gaz.

— Je ne veux ni faire cesser vos activités, ni les compromettre en aucune manière, reprit-elle. Je ne veux pas vénérer en vous le nouveau messie, ni vous épouser, ni porter vos enfants, ni vous arracher le sens de la vie. De toute façon, il n'y a qu'Elvis Presley qui connaisse le sens de la vie, et il se trouve en hibernation artificielle dans une caverne, sur la planète Mars.

Le visage d'Ironheart demeura aussi immobile que de la pierre. Il était sacrément coriace.

— Ce que je veux, continua Holly, c'est satisfaire ma curiosité, apprendre comment vous faites ce que vous faites, et pourquoi.

(Elle hésita, inspira profondément. Le plus important arrivait.) Et je veux y participer.

— Comment cela ?

Elle parla vite, enchaînant les phrases l'une après l'autre, dans la crainte qu'il ne l'interrompe avant qu'elle n'ait terminé et qu'il ne lui redonne plus jamais une autre occasion de s'expliquer.

— Je veux travailler avec vous, vous aider, contribuer à votre mission, quel que soit le nom que vous lui donnez, de quelque manière que vous voyiez les choses. Je veux sauver des gens, ou du moins vous aider à les sauver.

— Il n'y a rien que vous puissiez faire.

— Il doit bien y avoir quelque chose, insista-t-elle.

— Vous m'encombreriez, c'est tout.

— Écoutez, je suis intelligente...

— Et alors ?

— ... cultivée...

— Moi aussi.

— ... courageuse...

— Mais je n'ai pas besoin de vous.

— ... compétente, efficace...

— Désolé.

— Et merde ! jura-t-elle, plus frustrée que furieuse. Laissez-moi être votre secrétaire, même si vous n'en avez pas besoin. Laissez-moi être votre Vendredi, votre bras droit... ou au moins votre amie.

Cette supplique semblait le laisser de marbre. Il la fixa si longtemps qu'elle en éprouva un malaise. Pourtant, elle s'interdit de détourner les yeux. Elle sentait qu'il se servait de ce regard singulièrement pénétrant comme d'une arme de contrôle et d'intimidation, mais on ne la manipulait pas aussi aisément. Elle était décidée à ne pas le laisser diriger cette discussion avant même qu'elle ne fût commencée.

— Alors vous voulez être ma Loïs Lane, dit-il enfin.

Un instant, elle ne comprit pas de quoi il parlait. Puis elle se souvint : Metropolis, le *Daily Planet*, Jimmy Olsen, Perry White, Loïs Lane, Clark Kent, Superman.

Holly savait qu'il essayait de l'irriter. La mettre en colère serait un autre moyen de la manipuler : si elle devenait désagréable, il aurait une excuse pour la chasser. Elle se promit donc de rester calme et raisonnablement courtoise afin de préserver les chances de dialogue.

Mais elle était incapable de se contrôler en restant assise. Il lui fallait évacuer une partie de l'énergie qui surchargeait ses batteries. Elle repoussa sa chaise, se leva et commença à marcher de long en large pour lui répondre :

— Non, ça, c'est exactement ce que je ne veux pas être. Je ne veux pas être votre chroniqueur, l'intrépide journaliste. Le journalisme, j'en ai ma claque. (Elle lui expliqua succinctement pourquoi.) Je ne veux pas non plus être votre groupie, ni la fille bien gentille mais maladroite qui collectionne les ennuis et doit compter sur son héros pour l'arracher aux griffes de Lex Luthor. Il se passe quelque chose de fabuleux et je veux y participer. C'est dangereux, oui, mais je veux quand même y participer, parce que ce que vous faites est vraiment... vraiment utile. Je veux y contribuer de n'importe quelle manière, donner enfin un vrai sens à ma vie.

— Les philanthropes sont généralement tellement imbus d'eux-mêmes, tellement emplis d'arrogance inconsciente, qu'ils font plus de mal que de bien, objecta-t-il.

— Je ne suis pas une philanthrope. Ce n'est pas comme ça que je me vois. Je n'ai pas la moindre envie d'être admirée pour ma générosité et mes sacrifices. Je n'ai pas besoin de me sentir moralement supérieure. Juste *utile*.

— Le monde est plein de philanthropes, reprit-il, refusant de céder. Si j'avais besoin d'un assistant, ce qui n'est pas le cas, pourquoi vous choisirais-je, vous, plutôt que n'importe qui d'autre ?

Il était impossible. Elle avait envie de le gifler.

Elle se contenta de continuer à faire les cent pas.

— Hier, quand je suis retournée dans l'avion pour chercher ce petit garçon, Norby, je... eh bien, je me suis surprise moi-même. Je ne savais pas que j'avais ce genre de chose en moi. Ce n'était pas de la bravoure, j'étais morte de trouille, mais je l'ai sorti de là et je ne me suis jamais sentie aussi contente de moi.

— Vous aimez la manière dont les gens vous regardent lorsqu'ils savent que vous vous êtes conduite héroïquement, déclara-t-il.

Elle secoua la tête.

— Non, ce n'est pas ça. A part un sauveteur, personne ne sait que j'ai tiré Norby de l'avion. Ce que j'ai aimé, c'est la manière dont, moi, je me suis regardée après l'avoir fait, c'est tout.

— Alors vous recherchez le risque, l'héroïsme. Vous êtes une droguée du courage.

Maintenant, elle avait envie de lui donner deux gifles. *Paf*, *paf*. Assez fort pour lui faire tourner les yeux dans les orbites. Oh, comme elle en avait envie !

Elle se retint.

— D'accord, très bien, si vous voulez le prendre comme ça, je suis une droguée du courage.

Il ne s'excusa pas. Se contenta de la regarder.

— Mais c'est tout de même mieux que de m'envoyer une livre de cocaïne par jour dans les narines, vous ne croyez pas? interrogea-t-elle.

Il ne répondit pas.

Commençant à désespérer mais tentant de ne pas le montrer, Holly ajouta :

— Quand tout a été fini, hier, après que j'ai eu confié Norby à ce sauveteur, vous savez ce que j'ai ressenti ? Plus que tout ? Pas la joie de l'avoir sauvé — bien sûr, ça aussi, mais pas seulement. J'ai surtout ressenti de la *rage*. Ça m'a surprise, ça m'a même fait peur. J'étais furieuse qu'un petit garçon ait failli mourir, que son oncle soit mort à côté de lui, qu'il ait été coincé sous des sièges en compagnie de cadavres, que toute son innocence ait été pulvérisée et qu'il ne soit plus jamais capable de jouir de la vie comme devrait pouvoir le faire n'importe quel gosse. J'avais envie de frapper quelqu'un, d'obliger quelqu'un à s'excuser pour ce que Norby avait subi. Mais le destin n'est pas un gugusse à qui on peut tordre le bras pour lui arracher des excuses. Tout ce qu'on peut faire, c'est ravaler sa colère.

Quoiqu'elle n'eût pas élevé le ton, sa voix était de plus en plus intense. Elle marchait plus vite, avec plus d'agitation. Plutôt que furieuse, elle devenait passionnée, ce qui pouvait d'autant mieux révéler son désespoir. Mais elle était incapable de s'arrêter.

— On ne peut que ravaler sa colère, répéta-t-elle. A moins de s'appeler Jim Ironheart. Vous, vous pouvez agir, vous pouvez changer le cours du destin comme personne ne l'a encore jamais fait. Et maintenant que je vous connais, je ne peux pas reprendre le train-train quotidien, je ne peux pas m'en laver les mains et vous oublier, parce que vous m'avez donné la chance de découvrir en moi une force dont j'ignorais l'existence. Vous m'avez donné l'espoir alors que je ne réalisais même pas que j'en manquais. Vous m'avez montré comment satisfaire un besoin dont, jusqu'à hier, je n'étais même pas consciente. Le besoin de me battre, de cracher au visage de la mort. Et maintenant, nom de Dieu, vous n'avez pas le droit de me fermer votre porte au nez et de me laisser crever de froid dehors !

Il continuait à l'observer.

Bravo, Thorne, se dit-elle, amère. Tu as été un modèle de calme et de sang-froid, un exemple confondant de maîtrise de soi.

Il se contentait de l'observer.

Elle avait répondu à sa froideur par de la chaleur, à ses silences par un déluge de paroles. Une chance. Voilà tout ce qu'elle avait eu, et elle l'avait gâchée.

Découragée, soudain vidée de l'énergie qui, l'instant d'avant, débordait d'elle, elle se rassit. Posant les coudes sur la table, elle enfouit son visage entre ses mains, ne sachant pas si elle allait pleurer ou hurler. Elle ne fit ni l'un ni l'autre, poussa simplement un soupir épuisé.

— Vous voulez une bière ? demanda Ironheart.

— Bon Dieu, oui.

▼▲▼

Tel un pinceau de flamme, le soleil couchant traversait les jalousies à l'oblique, dessinant des bandes de feu cuivré sur le plafond. Holly était effondrée sur sa chaise, Jim penché en avant. Elle l'observait, tandis qu'il contemplait sa bouteille de Corona à moitié vide.

— Comme je vous l'ai dit dans l'avion, je ne suis pas un voyant, insista-t-il. Je suis incapable de faire des prédictions à volonté. Je n'ai pas de visions. C'est une puissance supérieure qui se sert de moi.

— Vous pourriez définir ça ?

Il haussa les épaules.

— Dieu.

— Dieu vous parle ?

— Il ne me parle pas. Je n'entends pas de voix. Ni la Sienne, ni aucune autre. De temps en temps, je suis poussé à me trouver en un certain endroit à un certain moment...

Du mieux qu'il le put, il tenta d'expliquer comment il était arrivé à l'école McAlbury de Portland et sur les lieux des autres sauvetages miraculeux qu'il avait effectués. Il raconta également comment le père Geary l'avait trouvé allongé dans l'église, près de la barrière du chœur, avec les stigmates du Christ sur le front, les mains et le côté.

C'était du délire, une étrange forme de mysticisme qu'eussent pu concocter un catholique hérétique et un homme-médecine indien inspiré par le peyotl, en collaboration avec un flic pragmatique à la Clint Eastwood. Holly était fascinée.

— Honnêtement, je ne peux pas dire que je vois la main de Dieu dans tout cela, dit-elle néanmoins.

— Moi si, répondit Jim avec calme, laissant clairement entendre que sa conviction était solide et n'avait nul besoin d'approbation.

— Il vous a parfois fallu être salement violent, reprit la jeune femme. Comme avec ces types qui avaient capturé Susie et sa mère dans le désert.

— Ils ont eu ce qu'ils méritaient, déclara froidement son compagnon. Il y a trop de noirceur en certaines personnes, une corruption que cinq vies de réhabilitation ne suffiraient pas à laver. Le mal est réel, et il sévit sur terre. Le diable se sert parfois de la tentation. Et parfois il se contente de déchaîner ces psychopathes, qui n'ont pas la moindre once d'empathie ou de compassion.

— Je ne dis pas que vous n'avez pas été *obligé* de vous montrer violent dans certaines situations. Pour ce que j'en sais, vous n'aviez pas le choix. Ce que je veux dire... c'est qu'il est difficile d'imaginer Dieu encourageant Son messager à s'armer d'un fusil de chasse.

Jim but un peu de bière.

— Vous avez déjà lu la Bible ?

— Bien sûr.

— Il y est dit que Dieu a exterminé les habitants de Sodome et Gomorrhe avec des volcans, des tremblements de terre et des pluies de feu. Une fois, Il a bien inondé la terre entière, non ? Il a aussi fait se refermer la mer Rouge sur les soldats de Pharaon pour les noyer tous... Ce n'est pas un malheureux petit fusil de chasse qui va L'effaroucher.

— Je crois que je pensais au Dieu du Nouveau Testament. Vous en avez peut-être entendu parler ? Compréhensif, compatissant, miséricordieux.

Il posa à nouveau sur elle ces yeux qui pouvaient être si attirants qu'ils la faisaient vaciller sur ses jambes ou si froids qu'ils lui donnaient le frisson. L'instant d'avant, ils avaient été chauds. Maintenant, ils étaient glacials. Si elle en avait douté, elle aurait compris par sa réponse qu'il n'était pas encore décidé à l'accueillir dans sa vie.

— J'ai rencontré de telles ordures que les qualifier d'animaux serait faire injure aux animaux. Si je croyais que Dieu devait toujours les traiter avec mansuétude, je ne voudrais rien avoir affaire avec Lui.

▼▲▼

Devant l'évier, Holly nettoyait des champignons et découpait des tomates en tranches, tandis que Jim séparait le blanc du jaune de quelques œufs pour faire deux omelettes

— Il y a des tas de gens qui ont le bon goût de mourir à côté de chez vous. Pourtant, il vous arrive souvent de traverser le pays pour aller en sauver d'autres.

— Je suis même allé en France, une fois, dit-il, confirmant le soupçon d'Holly selon lequel ses missions l'avaient entraîné hors des États-Unis. Et une fois en Allemagne, deux au Japon, une en Angleterre.

— Pourquoi cette puissance supérieure ne vous donne-t-elle pas que des tâches locales ?

— Je l'ignore.

— Vous vous êtes déjà demandé ce que les personnes que vous sauvez ont de si spécial ? Je veux dire... pourquoi elles et pas les autres ?

— Oui, bien sûr. Les informations parlent tous les jours d'innocents qui ont été assassinés ou qui sont morts par accident ici, en Californie, et je me demande pourquoi Dieu n'a pas choisi de les sauver, eux, plutôt qu'un petit garçon de Boston. J'imagine que le diable avait prévu d'emporter le petit garçon de Boston avant l'heure et qu'on m'a utilisé pour l'en empêcher.

— Il y en a tellement qui sont jeunes.

— Je l'ai remarqué.

— Mais vous ne savez pas pourquoi ?

— Pas la moindre idée.

▼▲▼

Il flottait dans la cuisine une odeur d'œufs, d'oignons, de champignons et de poivre vert. Jim faisait une seule omelette, dans une grande poêle, prévoyant de la couper en deux une fois cuite.

Pourquoi Dieu a-t-Il voulu que vous sauviez Susie et sa mère dans ce foutu désert, mais pas le père ? interrogea Holly, en surveillant les tranches de pain complet insérées dans le toasteur.

— Je ne sais pas.

— Ce n'était pas un mauvais homme ?

— Non, il n'en avait pas l'air.

— Alors pourquoi ne pas les sauver tous ?

— S'il veut que je le sache, Il me le dira.

La certitude qu'avait Jim d'être en état de grâce, guidé par Dieu, son acceptation spontanée du fait que le Créateur voulait que certaines personnes meurent et pas d'autres, mettaient Holly mal à l'aise.

D'un autre côté, comment pouvait-il réagir autrement à son extraordinaire expérience ? A quoi bon discuter avec Dieu ?

Elle se souvint d'un vieux dicton, un véritable manifeste devenu un cliché de la contre-culture : « Puisse Dieu me donner le courage de changer les choses que je ne puis accepter, d'accepter celles que je ne puis changer et la sagesse de voir la différence. » Cliché ou non, il s'agissait d'une attitude extrêmement saine.

Lorsque les deux tranches de pain se soulevèrent, elle les sortit de l'appareil et en inséra de nouvelles.

— Si Dieu voulait éviter que Nicholas O'Conner soit rôti, pourquoi n'a-t-Il pas tout bonnement empêché le relais électrique d'exploser ? demanda-t-elle.

— Je ne sais pas.

— Est-ce qu'il ne vous semble pas bizarre que Dieu ait besoin de Se servir de vous, de vous faire traverser tout le pays et de vous jeter sur le petit O'Conner au moment où une ligne de dix-sept mille volts va voler en éclats ? Pourquoi est-ce qu'Il n'a pas simplement... oh, je ne sais pas, moi... craché sur le câble ou quelque chose comme ça ? Pourquoi est-ce qu'Il ne l'a pas soudé avant sa rupture avec un peu de salive divine ? Ou bien, plutôt que de vous envoyer à Atlanta descendre Norman Rink, pourquoi est-ce qu'Il ne lui a pas juste bidouillé un peu le cerveau pour lui faire avoir une congestion au bon moment ?

Jim secoua la poêle juste ce qu'il faut pour retourner l'omelette.

— Pourquoi a-t-Il créé les souris pour tourmenter les gens et les chats pour tuer les souris ? Pourquoi a-t-Il créé les pucerons, qui infestent les plantes, et les coccinelles, qui mangent les pucerons ? Et pourquoi ne nous a-t-Il pas donné d'yeux derrière la tête alors qu'Il nous a fourni tant de raisons d'en avoir besoin ?

Holly acheva de beurrer légèrement les deux premières tranches de pain grillé.

— Je vois ce que vous voulez dire : les voies du Seigneur sont impénétrables.

— Tout à fait.

▼▲▼

Ils mangèrent dans la cuisine, accompagnant l'omelette de toasts, de tranches de tomates et de bouteilles de Corona glacée.

A l'extérieur, le drap pourpre du crépuscule commençait à s'entrouvrir sur le monde pour révéler la silhouette de la nuit.

— Dans ces circonstances-là, vous n'êtes pas totalement une marionnette, affirma Holly.

— Si.

— Vous pouvez exercer une certaine influence sur le résultat.

— Pas du tout.

— Voyons... Dieu ne vous a envoyé sur le vol 246 que pour sauver les Dubrovek.

— C'est exact.

— Et pourtant, en prenant le problème à bras-le-corps, vous n'avez pas seulement sauvé Christine et Casey. Combien de personnes étaient censées mourir ?

— Cent cinquante et une.

— Et combien sont mortes ?

— Quarante-sept.

— Bon, vous avez donc sauvé cent deux vies de plus qu'Il ne vous l'avait ordonné.

— Cent trois, en comptant la vôtre — mais uniquement parce qu'Il me l'a permis, parce qu'Il m'a aidé à le faire.

— Quoi ? Vous voulez dire que Dieu ne voulait s'occuper que des Dubrovek, et qu'ensuite Il a changé d'avis ?

— Je le suppose.

— Dieu n'est pas sûr de ce qu'Il veut ?

— Je ne sais pas.

— Il Lui arrive d'hésiter ?

— Je ne sais pas.

— Dieu n'est qu'un velléitaire ?

— Holly, je n'en sais rien !

— L'omelette est délicieuse.

— Merci.

— J'ai du mal à admettre que Dieu puisse jamais changer d'avis. Après tout, Il est infaillible, non ? Il ne peut donc pas avoir pris la mauvaise décision la première fois.

— Je ne m'intéresse pas à ce genre de question. Je n'y pense même pas.

— C'est l'évidence même, conclut la jeune femme.

Il lui jeta un regard rapide et elle sentit le plein effet de ses yeux dans leur mode arctique. Les abaissant sur son omelette et sa bière, il refusa ensuite de répondre aux tentatives que fit Holly pour relancer la conversation.

Elle réalisa alors qu'elle n'était pas plus près de gagner sa confiance que lorsqu'il l'avait invitée à entrer. Il continuait à la juger et elle était probablement en train de perdre aux points. Ce dont elle avait besoin, c'était d'un bon uppercut pour le mettr KO. Elle pensait savoir où le placer mais ne voulait pas l'utilise avant le bon moment.

Quand Jim eut fini de manger, il releva les yeux de son assiett et annonça :

— Très bien, je vous ai écoutée et je vous ai nourrie. Maintenant, je veux que vous partiez.

— Non, vous ne le voulez pas.

Il cligna des paupières.

— Miss Thorne...

— Vous m'avez déjà appelée Holly.

— S'il vous plaît, Miss Thorne, ne me forcez pas à vous jete dehors.

— Vous ne voulez pas que je parte, s'entêta Holly, s'efforçan de paraître plus confiante qu'elle ne l'était. A chacun de vos sauvetages, vous avez donné uniquement votre prénom. Personne n'a jamais rien pu savoir de plus. A part moi. Vous m'avez appris que vous viviez dans le sud de la Californie et que vous vous appeliez Ironheart.

— Je n'ai jamais dit que vous étiez une mauvaise journaliste Vous êtes très douée pour soutirer des renseignements.

— Je ne vous les ai pas soutirés, vous me les avez donnés. Même un grizzly avec un diplôme d'ingénieur et un pied-de-biche aurait été incapable de vous tirer quelque chose que vous n'auriez pas voulu dire. Je veux une autre bière.

— Je vous ai demandé de partir.

— Ne vous dérangez pas. Je sais où elles sont.

Elle se leva, alla au réfrigérateur et en sortit une nouvelle bouteille de Corona. C'était là prendre un gros risque, du moins pour elle, mais cette troisième bière lui donnait une excuse — aussi mince fût-elle — pour rester et continuer à discuter. La nuit précédente, au bar du motel de Dubuque, elle en avait bu trois. A ce moment-là, elle était encore saturée d'adrénaline, aussi alerte et excitée qu'un chat sous benzédrine, ce qui neutralisait l'alcool à mesure qu'il pénétrait dans son système sanguin. Malgré cela, elle s'était effondrée sur son lit aussi rudement qu'un bûcheron ayant abattu une dizaine d'arbres dans la journée. Si elle s'évanouissait devant Ironheart, elle s'éveillerait sans nul doute dans sa voiture et ne remettrait plus jamais les pieds chez lui. Elle ouvrit la bière et retourna à table.

— Vous *vouliez* que je vous trouve, déclara-t-elle en s'asseyant.

Il la fixa avec toute la chaleur d'un pingouin mort, congelé dans un iceberg.

— Ah oui ?

— Absolument. C'est pour ça que vous m'avez donné votre nom et l'endroit où je pourrais vous joindre.

Il resta muet.

— Est-ce que vous vous rappelez la dernière chose que vous m'avez dite à l'aéroport de Portland ?

— Non.

— C'était la plus belle avance qu'un homme m'ait jamais faite.

Il attendit.

Elle le laissa attendre encore un peu, but une gorgée de bière à même la bouteille.

— Juste avant de fermer la portière de la voiture et de rentrer dans l'aérogare, vous m'avez dit : « Vous aussi, vous l'êtes, Miss Thorne. »

— Ça ne me semble pas terrible comme avance.

— C'était diablement romantique.

— « Vous aussi, vous l'êtes, Miss Thorne. » Et qu'est-ce que vous veniez de me dire ? « Vous êtes chiant comme la pluie, Mr Ironheart » ?

— Ha, ha, ha, railla-t-elle. Allez-y, essayez de tout gâcher, vous n'y arriverez pas. J'avais dit que votre modestie était rafraîchissante, et vous avez répondu : « Vous aussi, vous l'êtes, Miss Thorne. » Rien que d'y penser, j'ai encore le cœur qui fait boum-boum-boum. Oh, vous saviez parfaitement ce que vous faisiez, espèce d'hypocrite. Vous me dites votre nom, vous me dites où vous vivez, vous n'arrêtez pas de me regarder avec ces putains d'yeux, vous jouez les timides, vous me balancez « Vous aussi, vous l'êtes, Miss Thorne », et vous vous tirez en jouant les Bogart.

— Je crois que vous devriez arrêter la bière.

— Ah ouais ? Moi, je crois que je vais rester ici toute la nuit à picoler.

Il soupira.

— En ce cas, je vais me resservir aussi.

Il alla chercher une autre bière et se rassit.

Holly avait l'impression de progresser.

A moins qu'il ne fût en train de la mener en bateau. Fraterniser devant la Corona constituait peut-être une sorte de piège. Il était vraiment malin. Peut-être allait-il essayer de la faire rouler sous la table.

— Vous vouliez que je vous cherche, insista-t-elle.

Il ne répondit pas.

— Vous savez pourquoi vous vouliez que je vous cherche ?

Il ne répondit pas.

— Vous vouliez que je vous cherche parce que vous me trouviez vraiment rafraîchissante et que vous êtes le type le plus solitaire et le plus triste de ce côté-ci du Rio Grande.

Il ne répondit pas. Il était doué pour ça. Personne au monde n'était plus doué que lui pour éviter de répondre quand il le fallait.

— J'ai envie de vous gifler, ajouta Holly.

Il ne répondit toujours pas.

La confiance qu'avait procurée la Corona à la jeune femme commença soudain à s'évaporer. Elle sentit qu'elle perdait à nouveau du terrain. Durant un ou deux rounds, elle avait sans conteste gagné aux points, mais ce silence lui décochait maintenant une avalanche de coups qui la forçaient à reculer.

— Pourquoi est-ce que je n'arrête pas de penser à des métaphores de boxe ? lui demanda-t-elle. J'ai horreur de la boxe.

Il avala quelques gorgées de bière puis désigna de la tête la bouteille dont elle n'avait bu que le tiers.

— Vous tenez vraiment à finir ça ?

— Bon Dieu, oui.

Elle avait conscience de l'effet, peut-être risqué, que commençait à produire sur elle le breuvage, mais était encore assez sobre pour comprendre que le moment était venu de placer son uppercut.

— Si vous ne me parlez pas de cet endroit, je vais rester assise ici jusqu'à devenir une vieille alcoolo obèse. Je mourrai ici même, à l'âge de quatre-vingt-deux ans, avec un foie aussi gros que le Vermont.

— Un endroit ? (Il semblait éberlué.) Quel endroit ?

Maintenant. Elle choisit de lui assener son uppercut dans un murmure doux mais clair.

— Le moulin à vent.

Jim ne s'abattit pas à proprement parler sur la nappe, et aucune étoile de dessin animé ne se mit à tourner autour de sa tête, mais Holly put voir qu'il avait été touché.

— Vous êtes allée au moulin à vent ? interrogea-t-il.

— Non. Vous voulez dire qu'il existe ?

— Si vous ne savez même pas ça, comment est-ce que vous pouvez en parler ?

— J'en ai rêvé. J'ai rêvé d'un moulin à vent ces trois dernières nuits.

Il pâlit. Le plafonnier n'était pas allumé. Ils étaient assis dans l'ombre, éclairés seulement par la faible lueur des tubes de la hotte et de l'évier, ainsi que par une petite lampe, dans la véranda adjacente. Pourtant, Holly le vit pâlir sous son bronzage. Le visage d'Ironheart semblait planer devant elle, dans l'obscurité, comme les ailes blanches d'un grand papillon de nuit.

L'extraordinaire netteté du cauchemar, son caractère inhabituel — et le fait qu'il se fût poursuivi après son réveil — l'avaient portée à croire qu'il était d'une certaine manière lié à Jim Ironheart. Deux rencontres avec le paranormal en un laps de temps aussi court *devaient* être liées. Mais elle n'en fut pas moins soulagée de voir ses soupçons confirmés par l'expression abasourdie de son compagnon.

— Des murs de calcaire, ajouta-t-elle. Un plancher à lattes. Une lourde porte en bois, renforcée de ferrures, débouchant sur un escalier de pierre. Une chandelle jaune dans une soucoupe bleue.

— J'en rêve depuis des années, murmura-t-il. Une ou deux fois par mois. Jamais plus. Jusqu'aux trois dernières nuits. Mais comment pouvons-nous avoir le même rêve ?

— Où se trouve le véritable moulin à vent ?

— A la ferme de mes grands-parents. Au nord de Santa Barbara. Dans la vallée de Santa Ynez.

— Et il vous est arrivé quelque chose de terrible là-bas, ou quoi ?

Il secoua la tête.

— Non, pas du tout. J'adorais cet endroit. C'était... un sanctuaire.

— Alors pourquoi avez-vous pâli quand j'en ai parlé ?

— J'ai pâli ?

— Imaginez-vous un chat albinos courant après une souris et tombant sur un doberman au détour d'un couloir. Pâle à ce point-là.

— Eh bien, quand je rêve du moulin, c'est toujours terrifiant...

— Je sais. Mais si c'est un bon endroit, un sanctuaire comme vous dites, pourquoi figure-t-il dans des cauchemars ?

— Je ne sais pas.

— Nous y revoilà.

— Je ne sais vraiment pas, insista-t-il. Pourquoi est-ce que vous, vous en rêvez, si vous n'y êtes jamais allée ?

Elle but un peu de bière, ce qui ne clarifia nullement ses pensées.

— Peut-être parce que vous projetez votre rêve sur moi. De manière à créer un lien entre nous, à m'attirer vers vous.

— Pourquoi voudrais-je vous attirer vers moi ?

— Merci bien.

— De toute façon, comme je vous l'ai déjà dit, je ne suis pas un voyant. Je ne possède pas ce genre de don. Je ne suis qu'un instrument.

— Alors c'est votre fameuse puissance supérieure, conclut-elle. Elle m'envoie le même rêve parce qu'elle veut que nous entrions en contact.

Il s'essuya le bas du visage d'un revers de main.

— C'est trop compliqué pour moi en ce moment. Je suis trop fatigué.

— Moi aussi, mais il n'est que neuf heures et demie et nous avons encore beaucoup de choses à nous dire.

— Je n'ai dormi qu'environ une heure la nuit dernière, lui apprit-il.

Il semblait réellement épuisé. La douche et le rasoir l'avaient rendu présentable, mais les cernes autour de ses yeux devenaient de plus en plus sombres. Et il n'avait toujours pas retrouvé ses couleurs depuis qu'elle avait parlé du moulin.

— Nous pourrons reprendre ça demain matin, proposa-t-il.

Elle sourcilla.

— Pas question. Si je reviens demain, vous refuserez de me laisser entrer.

— Mais non, je vous laisserai entrer.

— C'est ce que vous dites maintenant.

— Si vous faites ce rêve, vous êtes impliquée dans l'affaire, que ça me plaise ou non.

De frais, son ton était redevenu froid. Ce « que ça me plaise ou non » signifiait clairement « bien que ça ne me plaise pas ». C'était un solitaire. A l'évidence, il l'avait toujours été. Viola Moreno, qui avait beaucoup d'affection pour lui, prétendait qu'il était apprécié de ses élèves et de ses collègues. Elle avait cependant mentionné la tristesse fondamentale qui le séparait des autres gens — et depuis qu'il avait cessé d'enseigner, il avait rarement revu Viola ou ses autres amis de l'époque. Même s'il était intrigué par le fait qu'Holly et lui partagent le même rêve, même s'il avait trouvé la jeune femme « rafraîchissante » et même si elle l'attirait, il n'appréciait visiblement pas son intrusion dans sa solitude.

— Je ne marche pas, s'obstina-t-elle. Quand j'arriverai, demain matin, vous serez parti, je ne saurai pas où vous êtes et vous ne reviendrez peut-être jamais.

Il n'avait plus la force de lui résister.

— Alors, passez la nuit ici.

— Vous avez une chambre d'amis ?

— Oui, mais sans lit. Vous pouvez dormir sur le divan de la véranda, seulement il est très vieux et pas vraiment confortable.

Sa cannette à la main, Holly alla tester le sofa brun affaissé.

— Ça fera l'affaire.
— Comme vous voulez.
Il affectait l'indifférence, mais elle sentit qu'il ne s'agissait que d'une façade.
— Vous pourriez me prêter un pyjama ?
— Mon Dieu !
— Je suis désolée, je n'en ai pas apporté.
— Les miens seront trop grands pour vous.
— Ils n'en seront que plus confortables. J'aimerais aussi me doucher. Je suis restée au soleil tout l'après-midi, et avec la crème, je suis toute poisseuse.
Il la conduisit au premier étage avec l'air d'un homme qui vient de trouver sur le pas de sa porte le membre de sa famille qu'il apprécie le moins, lui indiqua la salle de bains d'appoint et lui donna un pyjama et deux serviettes.
— Essayez de ne pas faire de bruit, lui enjoignit-il. J'ai l'intention de dormir à poings fermés dans cinq minutes.

▼▲▼

Jouissant avec volupté de la cascade d'eau chaude et des nuages de vapeur, Holly se félicita que la douche ne la privât pas de son ivresse. Bien qu'elle eût mieux dormi qu'Ironheart la nuit précédente, elle n'avait pas eu ses huit heures depuis plusieurs jours et se réjouissait à l'avance d'un sommeil induit par la Corona, même sur le sofa affaissé.

En même temps, les brumes qui persistaient dans son esprit lui inspiraient un certain malaise. Elle avait besoin de rester lucide. Après tout, elle se trouvait chez un homme indéniablement étrange, qui demeurait en grande partie une énigme, un mystère vivant. Elle comprenait mal ce qui se jouait dans ce cœur pompant plus d'ombres et de secrets que de sang. Malgré sa froideur envers elle, il semblait plein de bonnes intentions et elle avait peine à imaginer qu'il pût la menacer. Néanmoins, les histoires de fous furieux meurtriers qui, après avoir brutalement assassiné amis, famille et collègues, étaient décrits par des voisins stupéfaits comme des « types vraiment très gentils », n'étaient pas rares. Pour ce qu'elle en savait, bien qu'il se dît la main de Dieu, Jim Ironheart pouvait fort bien passer ses journées à risquer héroïquement sa vie pour en sauver d'autres et torturer des chatons avec un plaisir sadique pendant la nuit.

Pourtant, après s'être séchée à l'aide d'une serviette moelleuse qui sentait le propre, elle but une autre gorgée de Corona. Une bonne nuit d'un sommeil profond et dépourvu de rêves valait bien le risque d'être dépecée dans son lit.

Elle enfila le pyjama, en roula les manches et les jambes.

Emportant sa bouteille qui renfermait encore une ou deux gorgées, elle ouvrit sans bruit la porte de la salle de bains et sortit dans le couloir du premier étage. Un silence pesant régnait dans la maison.

En se dirigeant vers l'escalier, elle passa devant la porte ouverte de la chambre d'Ironheart et jeta un coup d'œil à l'intérieur. De grandes appliques de cuivre étaient fixées de chaque côté du lit. L'une d'elles jetait un mince filet de lumière ambrée sur les draps froissés. Jim était allongé, les mains croisées sous la nuque, la tête posée sur deux oreillers, apparemment éveillé.

La jeune femme hésita, puis s'avança sur le seuil.

— Merci, dit-elle à voix basse, au cas où il fût endormi. Je me sens beaucoup mieux.

— Tant mieux pour vous.

Holly entra dans la pièce et s'approcha assez du lit pour voir les yeux de son hôte briller dans la lueur de la lampe. Les couvertures étaient tirées au-dessus de son nombril. Il ne portait pas de veste de pyjama. Son torse et ses bras étaient minces, quoique musclés.

— Je croyais que vous seriez endormi, dit Holly.

— Je le voulais. Je devrais. Mais je n'arrive pas à faire taire mes pensées.

— Viola Moreno dit qu'il y a en vous une grande tristesse, reprit-elle, les yeux baissés vers lui.

— Vous n'avez pas chômé, hein ?

Elle avala une petite gorgée de Corona. Plus qu'une. Elle s'assit au bord du lit.

— Vos grands-parents possèdent toujours la ferme du moulin à vent ?

— Ils sont morts.

— Je suis désolée.

— Grand-mère est morte il y a cinq ans, grand-père huit mois plus tard — comme s'il n'avait pas vraiment envie de continuer sans elle. Ils avaient eu une vie heureuse et bien remplie. Mais ils me manquent.

— Il vous reste de la famille ?

— Deux cousins, à Akron.

— Vous êtes restés en relation ?

— Ça fait vingt ans que je ne les ai pas vus.

Holly vida sa bouteille et la posa sur la table de nuit.

Durant quelques minutes, ni l'un ni l'autre ne parlèrent. Mais ce silence n'était pas embarrassant. En fait, il était même agréable.

Puis la jeune femme se leva et contourna le lit. Elle souleva les couvertures, s'allongea auprès de Jim et posa la tête sur les deux autres oreillers.

Apparemment, il n'en fut pas surpris. Elle non plus.

Au bout d'un moment, ils se prirent par la main, allongés côte à côte, regardant le plafond.

— Ça a dû être dur de perdre vos parents à dix ans, remarqua-t-elle.

— Très dur.

— Qu'est-ce qui s'est passé?

Il hésita.

— Un accident de voiture.

— Et vous êtes allé vivre chez vos grands-parents?

— Oui. La première année a été la plus difficile. J'étais... en mauvais état. Je passais beaucoup de temps dans le moulin à vent. C'était mon endroit préféré pour aller jouer... pour être seul.

— J'aurais aimé que nous passions notre enfance ensemble, dit Holly.

— Pourquoi?

Elle songea à l'enfant qu'elle avait tiré du sarcophage formé par les sièges retournés du DC-10.

— Comme ça, j'aurais pu vous connaître avant la mort de vos parents, savoir comment vous étiez à l'époque, encore intact.

Un autre long moment s'écoula en silence.

Lorsque Jim parla, sa voix était si basse qu'Holly l'entendit à peine au travers des battements de son propre cœur.

— Viola aussi est triste. Elle a l'air de la femme la plus heureuse du monde mais elle ne s'est jamais remise d'avoir perdu son mari au Vietnam. Et le père Geary, le prêtre dont je vous ai parlé... Il ressemble au type même du curé dévoué qu'on rencontre dans tous les films catholiques sentimentaux des années trente ou quarante, mais quand je l'ai rencontré, il était à bout, il doutait de sa vocation. Quant à vous... Eh bien, vous êtes jolie et rigolote, et vous avez l'air de savoir ce que vous voulez, mais je ne vous aurais jamais crue aussi obstinée. Vous donnez l'impression de traverser la vie avec aisance, de vous intéresser à votre travail mais de ne jamais nager à contre-courant, de toujours vous laisser porter. Alors qu'en fait, quand vous avez planté les dents dans quelque chose, vous êtes un vrai bouledogue.

Les yeux fixés sur les taches d'ombre et de lumière au plafond, serrant la main puissante de son compagnon, Holly médita un peu cette tirade.

— Où voulez-vous en venir ? s'enquit-elle enfin.

— Les gens sont toujours plus... complexes qu'on ne l'imagine.

— C'est seulement une observation... ou aussi un avertissement ?

Il sembla surpris par cette question.

— Un avertissement ?

— Peut-être m'avertissez-vous que vous n'êtes pas ce que vous semblez être.

Après une nouvelle pause prolongée, il répondit :

— Peut-être.

Elle imita son silence, puis finit par déclarer :

— Je crois que je m'en fous.

Il se tourna vers elle. Elle vint contre lui avec une timidité qu'elle n'avait pas ressentie depuis des années. Leur premier baiser fut très doux, et plus enivrant que trois bouteilles ou même trois caisses de Corona.

Holly comprit qu'elle s'était leurrée. Elle n'avait pas bu pour se calmer les nerfs, ni pour s'assurer une nuit de sommeil ininterrompu, mais pour se donner le courage de séduire Jim — ou de se laisser séduire. Elle lui avait dit qu'elle avait senti sa solitude abyssale. A présent, elle comprenait que sa propre solitude avait excédé celle de son compagnon, et qu'une infime partie seulement de sa détresse provenait de son désenchantement de journaliste. Le reste était tout simplement le résultat d'une vie d'adulte en grande partie passée seule.

Deux pantalons et une veste de pyjama semblèrent se dissoudre entre eux comme s'évaporent parfois les vêtements dans les rêves érotiques. Holly caressa Jim avec une excitation croissante, émerveillée que le toucher pût transmettre une telle diversité de formes et de textures, donner naissance à des désirs aussi exquis.

Elle s'était construit une image par trop romantique de ce que ce serait de faire l'amour avec lui, un fantasme de jeune fille aux yeux rêveurs, composé d'un mélange parfaitement équilibré de passion inégalable, de tendresse et de sexe à l'état pur, chacun de leurs muscles se contractant et se détendant avec une sublime harmonie ou, par moments, en un contrepoint à vous couper le souffle ; chaque caresse devait être un aveu de reddition mutuelle, la fusion de deux êtres en un, le monde de la raison vaincu par celui des sensations ; aucun mot de trop ne devait être prononcé, aucun soupir poussé au mauvais moment ; leurs corps devaient bouger et se mêler sur le même rythme mystérieux par lequel les grandes forces invisibles de l'univers contrôlent le flux et le reflux des marées, hissant ainsi l'acte sexuel au-dessus de la simple biologie, en faisant une expérience mystique. Ce rêve se révéla bien entendu ridicule. La réalité fut plus tendre, plus violente et infiniment meilleure que le fantasme.

▼▲▼

Ils s'endormirent telles des petites cuillers dans un tiroir, le ventre d'Holly contre le dos de Jim, le pubis d'Holly contre les fesses tièdes de Jim. Plusieurs heures plus tard, au fin fond de la nuit qui représentait d'ordinaire — mais plus maintenant — le paroxysme de la solitude, ils furent éveillés par le même appel paisible du désir renouvelé. Il se tourna vers elle, elle l'accueillit et ils s'enlacèrent avec encore plus d'impatience, comme si leur première étreinte avait aiguisé le manque au lieu de l'émousser — à la manière dont une dose d'héroïne ne fait qu'augmenter chez le drogué le besoin de la suivante.

En regardant Jim dans les yeux, Holly eut tout d'abord le sentiment de contempler le pur feu de son âme. Puis il la saisit par les hanches, la souleva à demi du matelas en la pénétrant profondément, et elle sentit les éraflures de ses flancs la brûler, se rappela les griffes de la créature qui s'était magiquement échappée du cauchemar. Un instant, avec la douleur qui fulgurait dans ses blessures, une perception se modifia et elle eut l'étrange impression de contempler un feu glacial, brûlant sans dégager de chaleur. Mais ce n'était là qu'une réaction due à la souffrance et aux souvenirs qu'elle faisait resurgir. Lorsque les mains de Jim se glissèrent sous elle pour la soulever davantage, Holly se laissa aller à sa rencontre. Il ne dégageait désormais plus la moindre onde de froid. Ensemble, ils générèrent assez de chaleur pour carboniser cette brève vision d'une âme sur fond de glace.

▼▲▼

La lueur gelée de la lune invisible se reflétait sur des bancs de nuages noirs dans le ciel nocturne.

Contrairement à ce qui s'était produit dans ses autres rêves, Holly se trouvait à l'extérieur, sur une allée de gravillons qui serpentait entre un étang et un champ de maïs, vers la porte du vieux moulin à vent. Le bâtiment de pierre se dressait au-dessus d'elle. Bien qu'elle en reconnût sans hésiter la nature, il semblait étrange, comme venu d'un autre monde.

Les grandes ailes, auxquelles des dizaines de lattes brisées ou manquantes donnaient un aspect déchiqueté, se découpaient sur le ciel menaçant telle une croix posée de guingois. Un vent mordant créait à la surface du plan d'eau des rides que la lune parait d'argent, et courbait les épis de maïs tout proches, mais les ailes du moulin ne tournaient pas. L'endroit n'était visiblement plus utilisé depuis des années, et le mécanisme devait être trop rouillé pour permettre leur rotation.

Une lumière jaune spectrale dansait aux fenêtres étroites de l'étage. Derrière les vitres, des ombres bizarres évoluaient sur la paroi calcaire de la pièce.

Holly ne voulait pas s'approcher de l'édifice. Jamais, de toute sa vie, aucun endroit ne l'avait autant effrayée. Mais elle était incapable de s'arrêter, tirée en avant comme une poupée ensorcelée par quelque puissant magicien.

Le reflet du moulin à vent dans l'étang, sur sa gauche, avait quelque chose d'anormal. Elle se tourna pour l'observer. Le motif d'ombre et de lumière apparaissait sur l'eau comme en négatif. Au lieu de constituer une forme sombre imprimée sur la gaze de l'éclat lunaire, l'image du bâtiment était plus claire que la portion de surface qui l'entourait, comme si le moulin avait été lumineux, alors que ses pierres s'érigeaient en fait en un amoncellement ébène, inquiétant. Et là où, en réalité, les hautes fenêtres laissaient filtrer une faible lueur, des rectangles noirs flottaient au sein de l'improbable reflet, telles les orbites vides d'un crâne privé de chair.

Cric... cric... cric...

Holly leva les yeux.

Tremblant sous l'effet du vent, les ailes massives se mettaient à bouger, forçaient sur les engrenages corrodés qui entraînaient l'axe central, puis les meules frottant l'une contre l'autre, à la base de l'édifice.

Alors qu'elle ne désirait que s'éveiller ou, à défaut, s'enfuir comme elle était venue, Holly dérivait inexorablement vers l'avant. Les ailes géantes commencèrent à tourner dans le sens des aiguilles d'une montre, gagnant de la vitesse, grinçant de moins en moins à mesure que le mécanisme se dégrippait. La jeune femme vit en elles les doigts d'une main monstrueuse. L'extrémité de chaque latte brisée était comme une griffe.

Elle atteignit la porte.

Elle ne voulait pas entrer. Elle savait qu'à l'intérieur l'attendait une sorte d'enfer, aussi atroce que les salles de torture décrites par un prédicateur enflammé en train d'assener un sermon aux paroissiens de l'ancienne Salem. Si elle entrait, elle ne ressortirait pas vivante.

Les ailes se ruaient à sa rencontre, ne passant qu'à une cinquantaine de centimètres de sa tête. Les éclats de bois cherchaient à l'atteindre. *Flouch*, *flouch*, *flouch*, *flouch*.

A la merci d'une transe encore plus puissante que sa terreur, Holly ouvrit la porte. Passa le seuil. Le battant lui échappa avec la volonté malveillante que les objets ne possèdent que dans les rêves et se referma en claquant.

Devant elle se trouvait le rez-de-chaussée obscur du moulin, là où les meules usées frottaient l'une contre l'autre.

Sur sa gauche, à peine visible, s'élevait un escalier. Des ululements et des cris rauques résonnaient à l'étage, tel le concert nocturne que donnent les animaux sauvages de la jungle, bien qu'aucune des voix ne ressemblât exactement à celle d'une panthère, d'un singe, d'un oiseau ou d'une hyène. Il s'y mêlait des sons électroniques et ce qui ressemblait à des chants d'insectes restitués par un amplificateur stéréo. Sur trois notes, une ligne grave, monotone, entêtante, sous-tendait la cacophonie, se répercutant sur les parois de pierre de la cage d'escalier et — avant même qu'elle n'eût gravi la moitié des marches — dans les os de la jeune femme.

Elle passa devant une fenêtre étroite. Une série d'éclairs rapprochés crépitaient à travers la voûte de la nuit et, au pied du moulin, à l'instar d'un faux miroir dans une galerie des glaces, les eaux sombres de l'étang devinrent transparentes. Ses profondeurs surgissaient en pleine lumière, comme si les éclairs provenaient de sous la surface, et Holly aperçut une forme infiniment étrange au fond. Elle plissa les yeux, tentant de mieux discerner l'objet, mais la foudre cessa aussitôt.

Cette seule vision fugitive suffit pourtant à envoyer un vent glacé dans sa moelle épinière.

Elle attendit, espérant le retour de la foudre, mais la nuit demeura aussi opaque que du goudron, et une pluie noire inonda soudain la vitre. A mi-chemin de l'étage, la vacillante lueur jaune et orange sale qui s'élevait autour de la jeune femme était plus intense qu'au pied des marches. La vitre, maintenant doublée d'obscurité, lui renvoya son reflet.

Le visage qu'elle possédait dans ce songe n'était pas le sien. Il appartenait à une femme plus âgée de vingt ans et avec laquelle elle n'offrait aucune ressemblance.

Jamais encore elle n'avait rêvé qu'elle occupait le corps d'une autre personne. Mais elle comprenait désormais pourquoi elle avait été incapable de se détourner du moulin, et pourquoi elle ne pouvait s'empêcher de monter à l'étage bien qu'elle sût à un certain niveau de conscience qu'elle était en train de rêver. Cette absence de contrôle ne venait pas de l'habituelle impuissance qui change les rêves en cauchemars, mais du fait qu'elle partageait le corps d'une inconnue.

La femme se détourna de la fenêtre et continua à s'élever vers les hurlements et les murmures qui lui parvenaient en même temps que la lumière fluctuante. Autour d'elle, les murs de calcaire palpitaient selon un rythme ternaire, comme si le moulin avait été vivant et doté d'un vaste cœur à trois alvéoles.

Arrêtez, faites demi-tour, là-haut vous allez mourir, cria Holly. Mais son étrange compagne ne pouvait l'entendre. La jeune femme n'était qu'une observatrice de son propre rêve, incapable d'agir sur les événements.

Marche après marche. Plus haut.

La porte de bois aux ferrures était ouverte.

Elle en franchit le seuil.

La première chose qu'elle vit fut l'enfant. Il se tenait au centre de la pièce, terrifié. Ses petits poings serrés pendaient le long de son corps. A ses pieds, une bougie décorative de dix centimètres de diamètre brûlait dans une coupelle bleue. Près de celle-ci était posé un livre relié. Holly aperçut le mot « moulin » sur la jaquette bariolée.

— J'ai peur, dit le petit garçon, tournant vers elle ses beaux yeux bleus assombris par la terreur. Aide-moi. Le mur. *Le mur !*

La jeune femme s'aperçut alors que la bougie n'était pas seule responsable de l'étrange lueur diffusant dans la pièce. De la lumière s'échappait du mur, comme s'il n'avait pas été constitué de calcaire mais d'un quartz semi-transparent d'où provenait un rayonnement magique aux tons ambrés. Aussitôt, Holly comprit que quelque chose vivait *à l'intérieur* de la pierre, quelque chose de lumineux, qui pouvait se déplacer au sein de la matière solide aussi aisément qu'un nageur dans l'eau.

Le mur gonflait et palpitait.

— Il arrive, dit l'enfant avec une peur évidente, mais aussi avec ce qui ressemblait à une excitation perverse. Et personne ne peut l'arrêter !

Soudain, la chose naquit. La surface courbe des blocs de pierre se fendit comme la membrane spongieuse d'un œuf d'insecte. Et au cœur d'une substance boueuse et nauséabonde, là où il n'aurait dû y avoir que du calcaire, il se forma...

— *Non!*

Holly s'éveilla en hurlant.

Elle s'assit dans le lit. Quelque chose la toucha, et elle s'en écarta avec violence. Dans la lumière matinale, elle vit qu'il ne s'agissait que de Jim.

Un rêve. Seulement un rêve.

Pourtant, comme cela s'était produit deux nuits plus tôt dans le motel de Laguna Hills, la créature du cauchemar tentait de se frayer un chemin dans le monde réel. Cette fois, elle ne venait pas par un mur, mais par le plafond. Juste au-dessus du lit. Le crépi n'était plus ni sec ni blanc, mais tacheté d'ambre et de brun, semi-transparent, lumineux — comme l'avait été la paroi dans le rêve. Il suintait d'une mucosité nocive, s'enflait sous les efforts de la créature à la silhouette floue qui tentait de venir au monde.

Le battement de cœur à trois temps de la chose onirique — *loum-boum-BOUM*, *loum-boum-BOUM* — se répercutait dans toute la maison.

Jim roula hors du lit. Il avait remis son pantalon de pyjama durant la nuit, tout comme Holly avait enfilé l'ample veste qui lui descendait à mi-cuisse. Elle se hâta de le rejoindre. Horrifiés, ils contemplèrent le sac embryonnaire palpitant qu'était devenu le plafond et la forme qui s'y contorsionnait afin d'en percer la membrane.

Le plus effrayant était que cette apparition se produisît en plein jour. Les jalousies n'étaient pas totalement closes et des bandes de lumière s'étendaient dans la pièce. Si une créature de l'au-delà surgissait au cœur de la nuit, on pouvait presque trouver cela normal. Mais le soleil était censé bannir tous les monstres.

Jim poussa Holly vers la porte ouverte du couloir.

— Sors d'ici, vite!

Avant qu'elle n'eût fait deux pas, le battant se referma de lui-même en claquant. Comme sous l'effet d'un esprit frappeur exceptionnellement puissant, une haute commode d'acajou, aussi vétuste que le reste des meubles, se décolla d'un mur et traversa la chambre, manquant de renverser la jeune femme, pour aller percuter la porte. Une coiffeuse et une chaise la suivirent, barricadant efficacement l'unique sortie.

Jim et Holly pouvaient encore s'évader par les fenêtres du mur du fond, mais devraient pour cela passer sous la portion centrale du plafond de plus en plus distendue. Ayant accepté l'illogisme du cauchemar éveillé, la jeune femme répugnait à s'approcher de cette poche grasse qui palpitait de manière obscène, de peur de la voir s'ouvrir sur elle et d'être saisie par la créature qu'elle renfermait.

Jim l'entraîna dans la salle de bains voisine, dont il ferma la porte d'un coup de pied.

Holly tourna sur elle-même, cherchant une idée. L'unique fenêtre était trop haute et trop petite pour leur permettre de sortir.

Exempts de la transformation organique qui affectait la chambre, les murs de la petite pièce résonnaient pourtant des triples coups sourds produits par le battement de cœur inhumain.

— Bon Dieu, qu'est-ce que c'est que ça ? s'exclama Jim.

— L'Ennemi, répondit aussitôt sa compagne, surprise qu'il ne le sache pas. L'Ennemi du cauchemar.

Au-dessus d'eux, à partir du mur de la chambre, le plafond blanc commença à se tacher, comme brusquement saturé de sang écarlate, de bile brune. La peinture brillante du crépi se métamorphosa en une surface biologique et se mit à palpiter au rythme des pulsations tonitruantes.

Jim attira Holly dans un angle, près de la coiffeuse. Elle se pelotonna peureusement contre lui. Au-delà du renflement du plafond, elle distinguait des mouvements répugnants, comme les contorsions d'un million de vers.

L'horrible tintamarre augmenta de volume, se répercutant avec force autour d'eux.

La jeune femme entendit un bruit de déchirement humide. Tout cela ne pouvait pas arriver, et pourtant cela arrivait bel et bien. Le son rendait les choses encore plus réelles que ce qu'elle voyait de ses yeux, car c'était un bruit infect, trop hideusement familier trop *réel* pour une hallucination ou un rêve.

La porte vola en éclats et le plafond se fendit, faisant choir sur eux une pluie de débris.

Mais cette implosion épuisa l'énergie du cauchemar persistant et la réalité reprit enfin pleinement ses droits. Aucune monstruosité ne surgit par le battant défoncé : au-delà, il n'y avait que la chambre ensoleillée. Bien que le plafond eût semblé totalement organique lorsqu'il s'était effondré, aucune trace de cet état ne subsistait. Ce n'était plus qu'un simple plafond. Les débris comprenaient des morceaux de revêtement, du crépi réduit en poudre ou en fragments, des éclats de bois et des touffes de laine de verre — mais rien de vivant.

Holly trouvait déjà le trou bien assez ahurissant.

Deux nuits plus tôt, quoique le mur se fût enflé et eût ondoyé comme s'il avait été vivant, il avait retrouvé son état normal sans une fêlure. A l'exception des éraflures sur les flancs de la jeune femme, qu'un psychologue eût pu supposer auto-infligées, il n'était demeuré aucune trace de l'intrusion. Une fois la poussière retombée, tout cela aurait pu être pris pour une hallucination minutieusement détaillée.

Mais les décombres au milieu desquels ils se trouvaient maintenant ne constituaient en rien une hallucination. Les particules de plâtre qui emplissaient l'air étaient bien réelles.

En état de choc, Jim prit la main de sa compagne et l'entraîna hors de la salle de bains. Le plafond de la chambre ne s'était pas effondré. Il avait retrouvé son aspect initial brillant et blanc. Les meubles, en revanche, étaient toujours empilés devant la porte, comme chassés là par une inondation.

La folie aime l'obscurité, mais la lumière est le royaume de la raison. Si l'éveil ne procure pas de sanctuaire contre les cauchemars, si le soleil n'en offre pas contre la déraison, alors il n'existe pas de sanctuaire. Nulle part. A aucun moment. Pour personne.

2

L'unique ampoule de soixante watts pendue à une poutre ne suffisait pas à illuminer la totalité de l'étroit grenier poussiéreux. Jim en explorait les moindres recoins à la lueur d'une lampe de poche, contournant les canalisations de chauffage, examinant le fond des deux cheminées, cherchant... ce qui avait bien pu démolir le plafond de la salle de bains. N'ayant aucune idée de ce qu'il allait trouver, il avait emporté un revolver chargé. Puisque la chose n'était pas descendue à l'étage inférieur, elle devait encore se trouver dans le grenier. Jim ne possédait cependant pas assez d'objets personnels pour ranger quoi que ce fût sous le toit, ce qui ne laissait que peu de cachettes potentielles. Il fut bientôt convaincu que la pièce supérieure de sa maison n'était occupée que par des araignées et une petite colonie de guêpes ayant fait son nid à la jonction de deux chevrons.

De plus, aucune créature n'aurait pu s'échapper de ce vase clos. A l'exception de la trappe que lui-même avait empruntée pour monter, les seules ouvertures du grenier étaient les bouches d'aération situées sur les deux avant-toits. Elles mesuraient environ soixante centimètres sur trente et étaient obstruées par un grillage ne pouvant s'ôter qu'à l'aide d'un tournevis. Or, tout était intact.

Le sol était en partie recouvert d'un plancher mais, par endroits, seule de la laine de verre séparait les chevrons qui soutenaient le plafond des pièces inférieures. Avançant avec précaution sur ces supports parallèles, Jim s'approcha de la fracture située au-dessus de la salle de bains principale. Il observa la pièce jonchée de débris dans laquelle Holly et lui s'étaient tenus.

Qu'avait-il bien pu se produire ?

Admettant enfin que ses recherches étaient vaines, il retourna à la trappe ouverte et redescendit dans le débarras du premier étage. Là, il replia l'échelle et la fixa au plafond, ce qui bloquait l'entrée du grenier.

Holly l'attendait dans le couloir.

— Alors ?

— Rien.

— Je le savais.

— Mais qu'est-ce qui s'est passé ?

— C'est comme dans le rêve.

— Quel rêve ? interrogea Jim.

— Tu disais que tu rêvais aussi du moulin à vent.

— C'est vrai.

— Alors tu as déjà entendu le battement de cœur dans le mur.

— Non.

— Tu as déjà vu la paroi se transformer.

— Non, rien de tout ça, nom de Dieu ! Moi, je suis dans la pièce du haut du moulin. Il y a une bougie et la pluie contre les fenêtres.

Elle se souvint de la surprise qu'il avait manifesté en voyant le plafond de la chambre se distendre au-dessus d'eux.

— Dans le rêve, j'ai le sentiment que quelque chose s'approche, reprit-il. Quelque chose d'effrayant et de terrible.

— L'Ennemi, confirma Holly.

— Oui ! Ou quoi que ce puisse être. Mais il n'arrive jamais. Pas dans mes rêves à moi. Je me réveille toujours avant.

Il traversa le couloir à grands pas pour entrer dans la chambre. La jeune femme l'y suivit. Debout près des meubles déglingués qu'il avait repoussés pour dégager la porte, il observait avec consternation le plafond intact.

— Je l'ai vu, dit-il, comme si sa compagne l'avait accusé de mentir.

— Je le sais bien. Moi aussi, je l'ai vu.

Il se tourna vers elle, arborant l'air le plus désespéré qu'elle lui eût jamais vu, même à bord du DC-10 condamné.

— Parle-moi de tes rêves. Je veux tout savoir. Tous les détails.

— Je te dirai tout plus tard. D'abord on va prendre une douche et s'habiller. Je veux partir d'ici.

— Oui, d'accord. Moi aussi.

— Je suppose que tu sais où nous devons aller.

Il hésita.

Elle répondit pour lui :

— Au moulin à vent.

Il acquiesça.

Ils se douchèrent ensemble dans la seconde salle de bains, dans le seul but de gagner du temps — et parce qu'ils étaient trop nerveux pour rester seuls. Holly supposa qu'en d'autres circonstances, elle eût trouvé l'expérience assez érotique. Mais compte tenu de la passion qui avait animé la nuit passée, leurs ablutions demeurèrent étonnamment chastes.

Il ne la toucha que lorsque, sortis de la douche, ils se hâtèrent de se sécher. Il se pencha vers elle, l'embrassa au coin des lèvres et murmura :

— Dans quoi est-ce que je t'ai fourrée, Holly Thorne?

▼▲▼

Plus tard, tandis que Jim bouclait une valise, Holly s'aventura dans la pièce voisine de la chambre à coucher. C'était vraisemblablement là que son compagnon préparait ses cours et corrigeait ses copies quand il était enseignant. Mais aujourd'hui, il ne traînait pas même un stylo rouge sur le bureau. Le Formica n'en était couvert que de poussière.

L'endroit était aussi modeste que le reste de la maison. Le bureau avait sans doute été acheté dans un entrepôt de matériel d'occasion. Le reste de l'ameublement et des accessoires ne se composait que de deux lampes, d'un fauteuil à roulettes pivotant, de deux bibliothèques débordant de vieux livres et d'une table de travail aussi nue que sa consœur inutilisée.

Tous les livres — plus de deux cents — traitaient de religion : d'épaisses histoires de l'islam, du judaïsme, du bouddhisme, du bouddhisme zen, du christianisme, de l'hindhouisme, du taoïsme, du shintoïsme, et d'autres encore. Les œuvres complètes de Saint Thomas d'Aquin, de Martin Luther. Les *Scientifiques et leurs dieux*. La Bible en plusieurs versions — Douay, King James, Œcuménique —, le Coran, la Torah, y compris l'Ancien Testament et le Talmud. Le Tripitaka du bouddhisme, l'Agama de l'hindouisme, le Zend-Avesta du Zoroastrisme, et les Veda du brahmanisme.

En dépit de l'étrange exhaustivité de cette portion de bibliothèque, la chose la plus intéressante de la pièce était la galerie de photos, une trentaine, qui s'étendait sur deux murs. La plupart étaient des clichés 21 × 27 en noir et blanc. Tous représentaient les trois mêmes personnes : une jeune femme brune d'une grande beauté, un homme élégant, aux traits marqués et aux cheveux clairsemés, et un enfant qui ne pouvait être que Jim Ironheart. Ces yeux. L'une des photos montrait Jim en compagnie du couple — ses parents, de toute évidence — alors qu'il n'était qu'un bébé emmailloté dans ses langes. Sur les autres, en revanche, il avait rarement moins de quatre ans et jamais plus d'une dizaine d'années.

Lorsqu'il avait eu dix ans, bien sûr, ses parents étaient morts.

Sur certains des clichés c'était son père qui tenait compagnie à l'enfant, sur d'autres sa mère. Celui des deux qui manquait s'était certainement alors trouvé derrière l'appareil. Ils n'apparaissaient tous trois qu'en de rares occasions. A mesure que les années passaient, la femme ne faisait qu'embellir. L'homme avait de moins en moins de cheveux mais semblait de plus en plus heureux. Jim, quant à lui, suivait l'exemple de sa mère : il devenait de plus en plus charmant.

Les photos avaient souvent pour toile de fond un lieu célèbre, ou un panneau indiquant un lieu célèbre. Jim à six ans, avec ses parents, devant le Radio City Music Hall. Jim à quatre ou cinq ans, avec son père, sur la promenade d'Atlantic City. Jim et sa mère devant un panneau vantant le parc national du Grand Canyon, avec une vue panoramique derrière eux. Les trois Ironheart devant le château de la Belle au bois dormant, à Disneyland, alors que l'enfant avait sept ou huit ans. Bourbon Street, à Memphis. L'hôtel Fontainebleau de Miami Beach, sous un soleil de plomb. Une plate-forme d'observation dominant les visages du mont Rushmore. Buckingham Palace, à Londres. La tour Eiffel. L'hôtel Tropicana, à Las Vegas. Les chutes du Niagara. Ils semblaient être allés partout.

Dans tous les cas, quels que fussent l'endroit et la personne qui tenait l'appareil, les sujets semblaient sincèrement heureux. Pas un visage n'arborait ce sourire forcé ou cette expression d'impatience signifiant : « Tu vas la prendre, ta sacrée photo, oui ? », qu'on rencontre à profusion dans la plupart des albums familiaux. Parfois, les Ironheart ne souriaient pas, ils riaient, et plusieurs clichés les avaient surpris au beau milieu de jeux divers. Car ils ne se contentaient jamais de demeurer côte à côte en des postures figées. La plupart du temps, ils se tenaient le bras, parfois s'enlaçaient, de temps en temps s'embrassaient sur la joue ou bien exprimaient leur affection d'une manière ou d'une autre.

Jim enfant ne trahissait par aucun trait l'adulte mélancolique qu'il allait devenir, et Holly put constater combien la mort prématurée de ses parents l'avait changé. Le petit garçon souriant et insouciant avait été détruit à jamais.

La jeune femme fut particulièrement frappée par l'un des clichés en noir et blanc. Il montrait Mr. Ironheart assis sur une chaise à dossier droit, Jim — âgé d'environ sept ans — sur les genoux. Tous deux portaient un smoking. Mrs. Ironheart se tenait derrière son mari, la main sur l'épaule de celui-ci, revêtue d'une étroite robe du soir à paillettes qui mettait en valeur sa superbe silhouette. Ils regardaient droit vers l'appareil. Contrairement aux autres photos, celle-ci avait visiblement été prise en studio, sans autre décor qu'un rideau artistiquement drapé comme toile de fond, par un photographe professionnel.

— Ils étaient merveilleux, dit Jim sur le pas de la porte. Holly ne l'avait pas entendu approcher. Aucun enfant n'a jamais eu de tels parents.

— Vous voyagiez beaucoup.

— Oui. Ils n'arrêtaient pas de bouger. Ils aimaient me montrer de nouveaux endroits, m'apprendre la géographie par l'expérience. Je t'assure qu'ils auraient été d'excellents professeurs.

— Qu'est-ce qu'ils faisaient, dans la vie?

— Mon père était comptable à la Warner Bros.

— Le studio de cinéma?

— Oui, sourit Jim. On vivait à Los Angeles. Maman... Elle voulait être actrice mais elle n'a jamais eu beaucoup de travail. Alors elle était surtout serveuse dans un restaurant de Melrose Avenue, pas très loin des studios de la Paramount.

— Vous étiez heureux, non?

— Oh, oui.

Holly désigna le cliché où tous trois étaient en tenue de soirée.

— Une occasion spéciale?

— Les fêtes qu'ils auraient pu célébrer tous les deux seuls, comme leurs anniversaires de mariage, ils insistaient pour m'y associer aussi. J'avais toujours le sentiment d'être important, d'être aimé. Quand cette photo a été prise, j'avais sept ans, et je me rappelle que ce soir-là, ils avaient fait de grands projets. Ils disaient que leur mariage durerait un siècle, et que chaque année qui passerait serait plus heureuse que la précédente. Ils disaient qu'ils auraient des tas d'autres enfants, une grande maison, et qu'ils exploreraient le monde entier avant de mourir ensemble dans leur sommeil. Mais trois ans plus tard, ils étaient morts...

— Je suis désolée, Jim.

Il haussa les épaules.

— C'était il y a longtemps. Vingt-cinq ans. (Il consulta sa montre.) Viens, allons-y. Il y a quatre heures de route pour aller à la ferme et il est déjà neuf heures.

▼▲▼

Au motel de Laguna Hills, Holly enfila vivement un jean et un chemisier à carreaux bleus puis refit ses bagages. Jim mit la valise dans le coffre de sa voiture.

Lorsqu'elle rendit sa clef et paya son séjour à la réception, elle eut conscience qu'il l'observait, installé au volant de la Ford. Elle eût bien entendu été déçue s'il n'avait pas aimé la regarder. Mais chaque fois qu'elle tournait les yeux vers lui, il demeurait si immobile, si froid, si dépourvu d'expression derrière ses lunettes de soleil fortement teintées, que cette attention de tous les instants devenait déconcertante.

La jeune femme se demanda si elle était bien inspirée de l'accompagner dans la vallée de Santa Ynez. Quand elle sortirait de l'hôtel et rentrerait dans la voiture, Jim serait la seule personne au monde à savoir où elle allait. Toutes ses notes le concernant étaient dans la valise et pouvaient s'évanouir avec elle. Elle ne serait alors plus qu'une femme seule disparue au cours de ses vacances.

Tandis que le réceptionniste achevait de rédiger sa note, elle envisagea d'appeler ses parents à Philadelphie pour leur dire où elle se rendait, et avec qui. Mais elle ne ferait que les alarmer et serait obligée de passer une demi-heure au téléphone pour les persuader que tout irait bien.

De plus, elle avait la certitude qu'en Jim, la noirceur s'effaçait devant la lumière, et elle s'était engagée envers lui. S'il la mettait parfois mal à l'aise... c'était en partie ce qui l'avait attirée vers lui. Le danger ne faisait qu'augmenter son charme. Fondamentalement, c'était un homme bon.

Il était en outre déraisonnable de s'inquiéter de sa sécurité après avoir déjà fait l'amour avec lui. La première nuit d'une liaison recelait pour une femme l'un des moments les plus fragilisants, ce qui n'était jamais tout à fait vrai pour un homme. En supposant bien entendu qu'elle ne se donnât pas seulement par besoin physique mais aussi par amour. Et Holly aimait Jim.

— Je suis amoureuse de lui, dit-elle à haute voix, ce qui la surprit car elle s'était convaincue que l'attirance qu'elle éprouvait venait essentiellement de la grâce exceptionnelle, du magnétisme animal et du mystère et de son compagnon.

Le réceptionniste était de dix ans son cadet. Il avait donc tendance à penser que l'amour se rencontrait partout et était quelque chose d'inévitable.

— C'est super, non?

— Vous croyez au coup de foudre? interrogea Holly en signant sa note.

— Pourquoi pas?

— En fait, ce n'est pas vraiment un coup de foudre. Je le connais depuis le 12 août, ce qui fait... seize jours.

— Et vous n'êtes pas encore mariés? plaisanta l'employé.

Holly rejoignit la Ford et s'assit auprès de Jim.

— Tu es sûr qu'en arrivant, tu ne vas pas me découper à la tronçonneuse et m'enterrer sous le moulin? demanda-t-elle.

Il sembla comprendre sa vulnérabilité et n'en prit pas ombrage.

— Oh, oui. Il n'y a plus de place sous le moulin, déclara-t-il d'un ton faussement solennel. Je vais être obligé de répartir tes morceaux dans toute la ferme.

Elle éclata de rire. Qu'elle était donc stupide d'avoir peur de lui.

Il se pencha pour l'embrasser. Un baiser prolongé, très agréable.

— Je prends un aussi grand risque que toi, ajouta-t-il lorsque leurs lèvres se séparèrent.

— Je t'assure que je n'ai jamais tué personne à la hache.

— Je suis sérieux. Je n'ai jamais eu de chance en amour.

— Moi non plus.

— Cette fois, ce sera différent pour nous deux.

Il lui donna un second baiser, plus court et plus doux que le premier, puis démarra et fit marche arrière pour sortir du parking.

Bien décidée à maintenir en vie son cynisme moribond, Holly nota qu'il ne lui avait pas réellement dit qu'il l'aimait. Il avait employé des termes vagues, choisis avec soin. Peut-être ne valait-il pas mieux que les autres hommes auxquels elle avait fait confiance au cours des années.

D'un autre côté, elle non plus ne lui avait pas réellement dit qu'elle l'aimait. Elle ne s'était pas montrée plus démonstrative que lui. Sans doute parce qu'elle ressentait encore le besoin de se protéger un peu. Elle avait trouvé plus facile d'ouvrir son cœur au réceptionniste du motel qu'au principal intéressé.

▼▲▼

Faisant descendre des biscuits aux myrtilles avec du café noir, après une halte dans une cafétéria, ils suivaient l'autoroute de San Diego vers le nord. Quoique l'heure de pointe du mardi matin fût passée, il se produisait par endroits des ralentissements sur toutes les files, et les véhicules se déplaçaient alors à l'allure d'un troupeau d'escargots poussé vers un restaurant gastronomique.

Confortablement installée dans son siège, Holly narra comme promis ses quatre cauchemars — depuis le rêve en aveugle du vendredi soir jusqu'au musée des horreurs de la nuit précédente, le plus bizarre et le plus terrifiant de tous.

Son compagnon était à l'évidence fasciné par le fait qu'elle ait vu le moulin sans même en connaître l'existence. D'autant que le dimanche soir, après avoir réchappé de l'accident du vol 246, elle avait rêvé de lui dans ledit moulin, sous la forme d'un *garçon de dix ans*, alors qu'elle ne pouvait savoir ni que l'endroit lui était familier, ni qu'il y avait passé beaucoup de temps durant son enfance.

La plupart des questions qu'il posa furent cependant relatives au cauchemar le plus récent.

— Qui était cette femme, si ce n'était pas toi ? demanda-t-il sans quitter la route des yeux.

— Je l'ignore, répondit Holly, en engloutissant la dernière bouchée du dernier gâteau. Je n'avais aucune idée de son identité.

— Tu peux me la décrire ?

— Je n'ai vu que son reflet dans la vitre, alors j'ai peur de ne pas pouvoir te dire grand-chose.

Elle avala le reste de café qu'il y avait au fond de son gobelet en polystyrène et réfléchit un instant. Visualiser les images de cette expérience onirique était plus facile qu'elle ne s'y attendait. Les rêves s'évanouissaient généralement vite de la mémoire. Mais celui-ci lui revenait avec clarté, comme si elle l'avait réellement vécu.

— Elle avait un visage large, clair, plus séduisant que vraiment beau. Des yeux écartés, une bouche pleine. Un grain de beauté en haut de la joue droite. Un tout petit point rond. Je ne crois pas que c'était un défaut du carreau. Les cheveux frisés. Ça te dit quelque chose ?

— Non, pas vraiment, répondit-il. Dis-moi ce que tu as vu au fond de l'étang quand la foudre est tombée.

— Je ne suis pas sûre de ce que c'était.

— Décris-le du mieux que tu peux.

Elle se concentra durant quelques secondes puis secoua la tête.

— Je ne peux pas. Je me suis rappelé facilement les traits de la femme parce que, quand je les ai vus, je savais de quoi il s'agissait : un visage, un visage humain. Mais le truc au fond de l'étang... C'était étrange. Je n'avais encore jamais rien vu de pareil. Je ne savais pas ce que je regardais, je ne l'ai observé qu'un instant et... maintenant, je ne m'en souviens plus. Est-ce qu'il y a vraiment quelque chose de particulier dans cet étang ?

— Pas à ma connaissance, lui apprit Jim. Est-ce que ça aurait pu être un bateau, une barque, quelque chose comme ça ?

— Non, pas du tout. C'était beaucoup plus gros. Il y a eu un bateau de coulé, là-bas ?

— Je n'en ai jamais entendu parler. Mais c'est un plan d'eau assez traître. On croirait qu'il est peu profond, alors qu'il fait au moins douze ou quinze mètres vers le milieu. Il ne s'assèche jamais. Il ne baisse jamais non plus de niveau pendant les sècheresses, parce qu'il s'est formé au-dessus d'un puits artésien, pas d'une simple couche aquifère.

— C'est quoi, la différence ?

— Tu perces une couche aquifère quand tu veux creuser un puits. C'est une sorte de réservoir ou de ruisseau souterrain. Les puits artésiens sont plus rares. Il n'y a pas besoin de creuser pour trouver de l'eau, parce que la pression la pousse déjà à la surface. En fait, il faudrait au contraire un sacré boulot pour l'empêcher de jaillir.

La circulation commença à diminuer, mais Jim ne chercha pas à saisir toutes les occasions de changer de file pour dépasser les véhicules les plus lents. Les propos d'Holly l'intéressaient plus que sa moyenne.

— Quand tu es arrivée en haut des marches, reprit-il, ou quand cette femme y est arrivée, tu as vu un garçon de dix ans, debout, et tu as su que c'était moi...

— Oui.

— J'ai pas mal changé depuis cette époque-là. Comment m'as-tu reconnu ?

— Surtout grâce à tes yeux. Eux, ils n'ont pas changé beaucoup. On ne peut pas s'y tromper.

— Des tas de gens ont les yeux bleus.

— Tu plaisantes ? Mon chéri, tes yeux sont à ceux des autres ce que la voix de Sinatra est à celle de Donald Duck.

— Tu n'es pas objective. Qu'est-ce que tu as vu dans le mur, déjà ?

Elle le lui décrivit à nouveau.

— Quelque chose de vivant dans la pierre ? Ça devient de plus en plus bizarre.

— Je ne me suis pas ennuyée, ces derniers jours, approuva-t-elle.

Après la jonction avec la nationale 10, la circulation devint encore plus fluide, et Jim mit enfin à profit ses talents de conducteur. Il menait la voiture à la manière d'un excellent jockey qui chevauche un pur-sang, en tirant les performances qui servent à gagner les courses. La Ford n'était qu'un simple modèle de série, mais elle répondait à son chauffeur comme si elle avait eu pour ambition de se changer en Porsche.

Au bout d'un moment, Holly commença elle aussi à poser des questions.

— Comment ça se fait que tu sois millionnaire et que tu vives aussi chichement ?

— J'ai acheté une maison, j'ai déménagé, j'ai quitté mon travail.

— Oui, mais c'est une petite maison. Et ton mobilier tombe en ruine.

— J'avais besoin d'une maison à moi pour méditer et pour me reposer entre mes... missions. Pas de meubles tarabiscotés.

Après quelques minutes de silence, Holly reprit :

— Est-ce que je t'ai tapé dans l'œil comme tu m'as tapé dans l'œil, là-bas, à Portland ?

Jim sourit mais ne tourna pas la tête vers elle.

— Vous aussi, vous l'êtes, Miss Thorne.

— Alors tu l'admets ! s'exclama la jeune femme, ravie. C'était bien une avance.

A partir de l'ouest de Los Angeles, ils roulèrent à bonne allure jusqu'à Ventura, où Jim recommença à ralentir. Kilomètre après kilomètre, sa conduite perdait en agressivité.

Holly crut tout d'abord que la vue exerçait sur lui un effet apaisant. Après Ventura, la route longeait de magnifiques paysages côtiers. Ils dépassèrent Pitas Point, puis Rincon Point et les plages de Carpinteria. La mer bleue montait, le ciel bleu descendait, une terre dorée s'inscrivait entre les deux, et les seules turbulences visibles en cette sereine journée d'été étaient les petites vagues couronnées de blanc qui glissaient vers la plage pour s'y briser dans une légère vaporisation d'écume.

Mais il existait une autre forme de turbulence, au sein de Jim Ironheart. Holly remarqua la nervosité nouvelle de son compagnon en se rendant compte qu'il n'accordait aucune attention au paysage. Il n'avait pas ralenti pour profiter de la vue mais, suspecta-t-elle, pour retarder leur arrivée à la ferme.

Lorsqu'il eut quitté l'autoroute, obliqué vers l'intérieur des terres au niveau de Santa Barbara puis se fut engagé dans les montagnes de Santa Ynez, il était indéniablement devenu plus sombre.

Bien que la jeune femme tentât toujours d'engager la conversation, ses réponses se faisaient plus courtes, plus distraites.

La route 154 quittait les montagnes pour pénétrer dans une jolie région de collines basses, de champs emplis d'herbe sèche dorée, de bouquets de chênes verts californiens et de ranches aux enclos blancs. Il ne régnait pas ici l'atmosphère d'agriculture intensive qui caractérisait la vallée de San Joaquin et quelques autres. Quelques grands vignobles s'étendaient çà et là, mais le plus souvent, les fermes semblaient cultivées pour le compte de riches habitants de Los Angeles, plus préoccupés d'entretenir une résidence secondaire que d'obtenir de bonnes récoltes.

— Il va falloir qu'on s'arrête à New Svenborg pour faire quelques courses avant d'aller à la ferme, annonça Jim.

— Qu'est-ce que tu veux acheter ?

— Je ne sais pas. Mais je le saurai quand on s'arrêtera.

Ils laissèrent derrière eux le lac Cachuma, dépassèrent la route de Solvang, puis longèrent Santa Ynez elle-même. Avant Los Olivos, ils bifurquèrent vers l'est, et arrivèrent enfin à New Svenborg, la ville la plus proche de la ferme Ironheart.

Au début du siècle, des Américains d'origine danoise venus du Midwest s'étaient installés dans la vallée, la plupart dans l'intention de fonder des communautés où seraient préservés les coutumes, les arts traditionnels et, en définitive, le style de vie danois. La plus prospère des villes ainsi créées était Solvang, sur laquelle Holly avait naguère écrit un article : c'était devenu une grande attraction pour touristes en raison de son architecture étrange, de ses boutiques et de ses restaurants typiques.

Avec moins de deux mille habitants, New Svenborg n'était pas aussi totalement, authentiquement, *obstinément* danoise que Solvang. Aux côtés des constructions de style nordique — poutres encastrées dans les murs, toits de chaume et vitres teintées —, on trouvait de déprimants édifices de stuc aux toits de pierre blanche, des bâtiments revêtus de planches à clin, aux porches de bois nu qui rappelèrent à Holly certains endroits du Texas rural, des bungalows et des maisons victoriennes blanches, clinquantes, aux larges portes d'entrée. Une demi-douzaine de moulins à vent dont les ailes se découpaient sur le ciel d'été s'élevaient également dans la ville. Au bout du compte, il s'agissait d'un de ces singuliers mélanges californiens qui produisent parfois une harmonie délicieuse et inattendue. Mais à New Svenborg, la recette ne fonctionnait pas et créait au contraire une impression de discordance.

— J'ai passé la fin de mon enfance et toute mon adolescence

ici, dit Jim en remontant lentement la grand-rue, calme et ombragée.

Holly songea que ses sautes d'humeur pouvaient tout autant être attribuées à New Svenborg qu'à la tragique histoire de sa famille.

Elle se montrait toutefois assez injuste. De grands arbres bordaient les rues, les charmants lampadaires semblaient avoir été importés du Vieux Monde, et la plupart des trottoirs étaient de longs rubans de briques érodées, aux courbes gracieuses. Vingt pour cent de la ville environ évoquait le Midwest nostalgique des romans de Bradbury, mais le reste sortait tout droit d'un film de David Lynch.

— On va visiter un peu, annonça Jim.

— On devrait aller à la ferme.

— Ce n'est qu'à quelques minutes d'ici, à deux kilomètres au nord.

Du point de vue d'Holly, c'était là une raison supplémentaire de s'y rendre s'en tarder. Elle en avait assez de rouler.

Mais elle sentit que son compagnon avait envie de lui montrer la ville — et pas seulement pour retarder leur arrivée à la ferme Ironheart. Elle acquiesça donc, écoutant même avec intérêt ce qu'il voulait lui dire. Elle avait appris qu'il lui était difficile de parler de lui-même et qu'il faisait parfois des révélations personnelles de manière indirecte — voire sur un ton badin.

Jim dépassa la pharmacie Handahl, à l'extrémité est de la grand-rue, où les habitants venaient porter leurs ordonnances s'ils n'avaient pas envie de faire trente kilomètres pour aller à Solvang. Handahl abritait également l'un des deux seuls restaurants de la ville, avec — d'après Jim — « la meilleure fontaine à soda qu'on ait vue depuis 1955 ». Il renfermait aussi le bureau de poste et l'unique kiosque à journaux de New Svenborg. Avec son toit aux pics multiples, son dôme de cuivre vert-de-grisé et ses fenêtres en chanfrein, il attirait efficacement le chaland.

Jim s'arrêta sans couper le moteur devant la bibliothèque de Copenhagen Lane, sise dans l'une des petites maisons victoriennes, nettement moins clinquante que la plupart des autres. Le bâtiment était fraîchement repeint et disposait d'un jardinet bien entretenu. Dans l'allée, au sommet d'un mât de cuivre, le drapeau californien et celui des États-Unis voletaient au vent. Mais l'endroit avait tout de même l'allure d'une triste et petite bibliothèque.

— Dans une ville de cette taille, c'est déjà bien beau qu'il y en ait une, commenta Jim. Et heureusement qu'elle était là. J'y venais souvent à vélo. Si on additionne tous mes trajets, j'ai bien dû faire la moitié du tour du monde en pédalant. Après la mort de mes parents, les livres sont devenus mes amis, mes conseillers, mes psychiatres. Ils m'empêchaient de devenir fou. Mrs Glynn, la bibliothécaire, était une femme fantastique. Elle savait parler à un petit garçon timide et désorienté sans lui donner de sentiment d'infériorité. Elle m'a servi de guide dans les régions les plus exotiques du monde, dans les époques les plus reculées... le tout sans quitter ses rayons.

Holly ne l'avait jamais entendu parler de quiconque avec autant d'affection et de lyrisme. Il était clair que la bibliothèque de New Svenborg et Mrs Glynn avaient eu sur lui une influence bénéfique durable.

— Pourquoi ne pas aller lui dire bonjour? suggéra la jeune femme.

Jim fit la moue.

— Oh, je suis sûr qu'elle n'est plus ici. Elle est même sans doute morte. J'ai commencé à venir ici il y a vingt-cinq ans. Sept ans plus tard, je suis parti à l'université. Je ne l'ai plus jamais revue.

— Quel âge avait-elle?

Il hésita.

— Elle était très vieille, répondit-il en passant la première et en redémarrant, ce qui coupa court à toute possibilité de visite nostalgique.

Ils longèrent les Jardins de Tivoli, un parc situé au coin de la grand-rue et de Copenhagen Lane, ridiculement petit par rapport à celui auquel il empruntait son nom. Pas de sodas, pas de musiciens, pas de danses, pas de jeux, pas de guinguette. Il n'y avait là que des roses, quelques parterres de fleurs tardives, une pelouse clairsemée, deux bancs et, dans un angle, un moulin à vent bien entretenu.

— Pourquoi est-ce que les ailes ne bougent pas? interrogea Holly. Il y a du vent.

— Les moulins ne sont plus utilisés depuis un bon moment, expliqua Jim. Et puisqu'ils sont uniquement décoratifs, ça n'a plus de sens d'être obligé de supporter leur vacarme. Il y a longtemps qu'on a posé des freins aux mécanismes.

Comme ils arrivaient au bout du parc, il ajouta :

— Il y a eu un film de tourné ici, autrefois.

— Par qui?

— Un des studios.

— D'Hollywood?

— Oui, je ne sais plus lequel.

— Comment ça s'appelait ?

— J'ai oublié.

— C'était avec qui ?

— Personne de connu.

Holly prit mentalement note de ce film, se demandant s'il n'était pas plus important pour la ville et pour Jim que celui-ci ne l'avait dit. Un je-ne-sais-quoi dans la manière spontanée dont il en avait fait mention, puis dans la sécheresse de ses réponses, amenait la jeune femme à soupçonner qu'il lui cachait quelque chose.

Pour finir, à l'extrémité sud-est de New Svenborg, Jim s'arrêta devant le garage Zacca, un grand hangar en tôle ondulée posé sur une dalle en béton, devant lequel se trouvaient deux voitures rouillées. Le bâtiment avait visiblement été peint à plusieurs reprises au cours de son existence, mais n'avait pas vu un pinceau depuis de longues années. Les restes de ses nombreuses couches de peinture apparaissaient en un tableau chaotique, marqué de grandes incrustations de rouille, ce qui créait un involontaire effet de camouflage. Devant le garage, des nids-de-poule emplis de graviers parsemaient le bitume craquelé. Le terrain environnant était envahi par les mauvaises herbes.

— J'allais à l'école avec Ned Zacca, dit Jim. A l'époque, c'était son père, Vernon, qui tenait le garage. Il n'a jamais été bien reluisant, mais il a quand même eu meilleure allure que maintenant.

Les grandes portes coulissantes, ouvertes, ressemblaient à celles d'un hangar à avions. L'intérieur était plongé dans l'ombre. Le pare-chocs arrière d'une vieille Chevrolet luisait vaguement dans l'obscurité. Quoique le garage fût vétuste, il ne semblait abriter aucun danger. Pourtant, un étrange frisson s'empara d'Holly tandis qu'elle en scrutait les profondeurs obscures.

— Ned était un vrai fils de pute, la grande brute de l'école, lui expliqua Jim. Quand il voulait, il pouvait vraiment changer la vie d'un môme en enfer. Il me faisait une peur bleue.

— Dommage que tu n'aies pas connu le Tae Kwon Do, à l'époque. Tu aurais pu lui botter le cul.

Tout d'abord, il ne répondit pas, se contentant d'observer le garage. Son expression était étrange, troublante.

— Dommage, oui.

Lorsque la jeune femme reporta son attention sur le hangar, elle vit un homme en jean et T-shirt sortir de l'obscurité, passer lentement derrière la Chevrolet en s'essuyant les mains sur un chiffon. Il se trouvait juste en dehors de la lumière du soleil, dans le clair-obscur, aussi ne put-elle distinguer ses traits. Il contourna le véhicule en quelques pas et se fondit à nouveau dans les ténèbres, à peine plus matériel qu'un spectre aperçu au milieu d'un cimetière baigné par l'éclat lunaire.

Sans pouvoir l'expliquer, Holly savait que cet être fantomatique était Ned Zacca. Curieusement, bien qu'il eût été l'ennemi de Jim et non le sien, elle sentit son estomac se contracter et les paumes de ses mains devenir moites.

Puis son compagnon appuya sur l'accélérateur. Dépassant le garage, ils rentrèrent en ville.

— Qu'est-ce qu'il te faisait, exactement, ce Zacca ?

— Tout ce qui lui passait par la tête. C'était un vrai petit sadique. Il a fait un ou deux séjours en prison depuis. Mais je me doutais qu'il était revenu.

— Tu t'en doutais ? Comment ça ?

Jim haussa les épaules.

— Je le sentais, c'est tout. De toute façon, c'est un de ces types qui ne se font jamais prendre dans des gros coups. La chance du diable. Quand il se fait pincer, c'est pour des broutilles. C'est un imbécile, mais il est rusé.

— Pourquoi voulais-tu venir ici ?

— Pour les souvenirs.

— La plupart des gens qui cherchent un peu de nostalgie préfèrent s'en tenir aux bons souvenirs.

Il ne répondit pas. Progressivement, avant même d'arriver à New Svenborg, il s'était refermé sur lui-même à la manière d'une tortue rentrant dans sa carapace. Maintenant, il était presque redevenu aussi triste et aussi distant que la veille, lorsqu'elle était allée chez lui.

Cette brève visite n'avait pas donné à la jeune femme l'impression de se trouver dans une petite ville paisible et accueillante, mais celle d'être perdue aux confins de nulle part. Ils étaient pourtant toujours en Californie, l'État le plus peuplé de l'Union, à moins de cent kilomètres de Santa Barbara. La population de New Svenborg atteignait presque les deux mille habitants, ce qui était plus que bon nombre de bourgades. Ce sentiment d'isolement était donc plus psychologique que réel, mais Holly ne parvenait pas à s'en défaire.

Jim se gara devant le Central, un complexe prospère qui comprenait une station-service vendant de l'essence démarquée, un petit magasin d'articles de sport fournissant les pêcheurs et les campeurs, et une épicerie bien achalandée qui proposait nourriture, bière et vin. Holly fit le plein de la Ford à la pompe self-service puis rejoignit Jim dans la boutique pour sportifs.

Celle-ci était emplie de marchandises qui débordaient des étagères, pendaient du plafond et s'empilaient sur le linoléum. Près de la porte, des leurres à poissons se balançaient sur un râtelier. Il flottait dans l'air un parfum de bottes en caoutchouc.

Jim avait déjà posé sur le comptoir deux sacs de couchage haut de gamme, doublés de matelas pneumatiques, une lampe Coleman et son bidon de pétrole, une glacière de bonne taille, deux lampes torches, des piles et quelques objets divers. Le caissier, un barbu portant des verres aussi épais que des culs de bouteille, faisait le décompte des marchandises. Jim attendait, portefeuille ouvert.

— Je croyais que nous allions au moulin, s'étonna Holly.

— On y va, confirma Jim. Mais à moins que tu veuilles dormir par terre, on a besoin de tout ça.

— Je ne savais pas qu'on resterait pour la nuit.

— Moi non plus. Jusqu'à ce que j'entre ici et que je m'entende demander les sacs de couchage.

— On ne pourrait pas descendre dans un motel?

— Le plus près est à Santa Ynez.

— C'est une chouette promenade, insista Holly, qui préférait refaire le trajet plutôt que de passer la nuit au moulin.

Son manque d'enthousiasme ne provenait que partiellement de l'inconfort qu'elle imaginait trouver dans le vieux bâtiment. Cet endroit était après tout le théâtre de leurs cauchemars. De plus, depuis son arrivée en ville, elle se sentait vaguement... menacée.

— Il va se passer quelque chose, reprit Jim. Je ne sais pas quoi. Juste... quelque chose. Dans le moulin. Je le sens. On va obtenir des réponses. Mais ça risque de prendre un moment. Il faut qu'on soit prêts à attendre. Qu'on soit patients.

Soudain, bien qu'elle eût elle-même suggéré de se rendre au moulin, Holly ne voulait plus de réponses. Au fond d'elle-même, elle avait le vague pressentiment d'une tragédie indéfinissable, mais inévitable. Le sang, la mort et l'obscurité.

Jim, lui, semblait débarrassé de son appréhension et plein d'une vitalité nouvelle.

— C'est bien... ce qu'on fait. Là où on va. Je le *sens*, Holly. Tu vois ce que je veux dire? On me fait savoir que nous avons bien fait de venir ici, que quelque chose d'effrayant nous attend, oui, quelque chose qui va nous secouer comme des damnés, peut-être même un véritable danger. Mais il y a aussi autre chose qui va nous transporter.

Ses yeux brillaient d'exaltation. Elle ne l'avait jamais vu ainsi, même lorsqu'ils avaient fait l'amour. En cet instant, de quelque manière obscure que ce fût, sa fameuse puissance supérieure était en contact avec lui. Une extase tranquille se lisait sur son visage.

— Je sens venir... une étrange jubilation, une découverte extraordinaire, des révélations...

L'employé à lunettes avait quitté la caisse pour leur montrer le total inscrit sur le ticket.

— Jeunes mariés ? demanda-t-il en souriant.

Dans l'épicerie voisine, ils achetèrent de la glace, du jus d'orange, du soda allégé, du pain, de la moutarde, de la mortadelle aux olives et des tranches de fromage préemballé.

— De la mortadelle, fit Holly, rêveuse. Je n'en ai pas mangé depuis mes quatorze ans. Quand j'ai appris que j'avais des artères.

— Et ça ? ajouta Jim, en saisissant un paquet de beignets au chocolat et en le glissant dans le panier qu'il portait. De la mortadelle, des beignets au chocolat... et des chips, bien sûr. Sans chips, ce ne serait pas un vrai pique-nique. Les gaufrées, d'accord ? Et puis des tortillons au fromage. Ça va bien avec les chips.

Holly était stupéfaite : il se montrait presque gamin, apparemment insouciant. Il aurait tout aussi bien pu être en train d'organiser une excursion avec des copains, une petite virée.

Elle se demanda si sa propre appréhension était justifiée. Après tout, c'étaient les pressentiments de Jim qui s'étaient toujours révélés justes. Peut-être allaient-ils réellement découvrir quelque chose de merveilleux au moulin, percer le mystère des sauvetages *in extremis* exécutés par son compagnon, peut-être même rencontrer cette puissance supérieure dont il parlait. Et bien qu'il pût sortir des rêves pour pénétrer dans le monde réel, peut-être l'Ennemi n'était-il pas aussi puissant qu'il paraissait.

A la caisse, tandis que le vendeur leur rendait la monnaie après avoir emballé leurs achats, Jim se ravisa.

— Attendez un instant. Encore une chose.

Il fila vers l'arrière du magasin. Lorsqu'il revint, il tenait à la main deux bloc-notes jaunes et un feutre noir à pointe fine.

— On en aura besoin cette nuit, annonça-t-il à Holly.

Lorsqu'ils eurent chargé la voiture et pris la direction de la ferme Ironheart, la jeune femme désigna ces derniers achats, qui se trouvaient dans un sac séparé.

— A quoi ça va nous servir ?

— Je n'en ai pas la moindre idée. J'ai juste su brusquement qu'on en aurait besoin.

— C'est bien Dieu, ça, railla-t-elle. Toujours obscur et mystérieux.

— Je ne suis plus sûr que ce soit Dieu qui s'adresse à moi, dit Jim après un instant de silence.

— Oh? Qu'est-ce qui t'a fait changer d'avis?

— En partie ce que tu m'as dit hier soir. Si Dieu ne voulait pas que le petit Nick O'Conner meure, pourquoi n'a-t-Il pas simplement empêché le relais d'exploser? Comme tu disais, pourquoi me faire traverser le pays pour me jeter sur ce môme? Et pourquoi aurait-Il changé d'avis à propos des passagers de l'avion? Pourquoi en aurait-Il sauvé plus sous prétexte que je le voulais? Je m'étais déjà posé toutes ces questions, mais toi, tu n'as pas voulu te contenter des réponses faciles qui me satisfaisaient. (Il tourna un instant la tête vers elle, alors qu'ils atteignaient les limites de la ville, sourit et répéta l'une des questions qu'elle lui avait posée la veille, pour l'aiguillonner.) Dieu n'est qu'un velléitaire?

— J'aurais cru que...

— Quoi?

— Eh bien, tu étais tellement sûr de voir la main de Dieu dans tout ça qu'il doit être assez déprimant d'envisager des possibilités moins exaltantes. J'aurais cru que tu serais un peu démoralisé...

— Pas du tout, assura-t-il en secouant la tête. J'ai toujours eu du mal à admettre que c'était Dieu qui se servait de moi, tu sais. C'était tellement dingue! J'acceptais cette idée parce que je n'en avais pas de meilleure. Je crois que je n'en ai toujours pas, mais j'ai pensé à une autre possibilité, et c'est quelque chose de tellement étrange, de tellement merveilleux, que perdre le concours de Dieu ne me préoccupe pas trop.

— Quelle autre possibilité?

— Je préfère ne pas en parler pour l'instant, dit-il, tandis que le soleil et les ombres des arbres jouaient alternativement sur son visage à travers le pare-brise poussiéreux. Je veux y réfléchir avant de t'en parler, être sûr que c'est plausible. Maintenant, je sais que tu es dure à convaincre.

Il semblait heureux. Vraiment heureux. Holly n'avait cessé de l'apprécier depuis leur première rencontre, en dépit de ses sautes d'humeur. Elle avait perçu l'espoir sous la morosité, la tendresse sous la brusquerie, la grandeur dissimulée sous l'humilité. Mais cette allégresse nouvelle le rendait encore plus attirant que jamais.

Elle lui pinça gentiment la joue.

— Qu'est-ce qu'il y a?

— Tu es adorable.

Tandis qu'ils sortaient de New Svenborg, Holly remarqua que la disposition des maisons et autres édifices évoquait davantage une communauté de pionniers qu'une agglomération moderne. Dans la plupart des villes, les bâtiments formaient un réseau plus serré au centre, avec des terrains de plus en plus vastes et dégagés à mesure que l'on s'en écartait, jusqu'à ce que les derniers immeubles finissent par laisser la place à des zones rurales. Mais à New Svenborg, la frontière entre la ville et la campagne était extrêmement délimitée, comme tracée à la règle. Les maisons s'arrêtaient là où commençaient les champs, dont elles n'étaient séparées que par une mince bande coupe-feu. La jeune femme ne put s'empêcher de songer aux pionniers du Far West, qui construisaient leurs avant-postes en gardant un œil prudent sur les alentours hostiles, d'où pouvait surgir n'importe quelle menace.

Lorsqu'on traversait la ville, elle semblait sinistre, emplie de terribles secrets. Vue de l'extérieur — Holly se retourna pour l'observer alors qu'ils commençaient à grimper vers le sommet d'une petite colline —, elle paraissait plus menacée que menaçante, comme si ses habitants savaient tout au fond d'eux-mêmes qu'au sein de ces terres dorées, quelque chose d'effrayant attendait son heure pour les engloutir.

Peut-être avaient-ils simplement peur du feu. La région était particulièrement aride, comme toute la Californie, là où les efforts humains n'avaient pas apporté d'eau.

Nichée entre les montagnes de Santa Ynez à l'ouest et celles de San Rafael à l'est, la vallée était si large et si profonde que son relief était plus varié que celui de certains États de la côte Est, bien qu'à cette époque de l'année, elle présentât un aspect presque uniformément brun et sec, n'ayant pas connu la pluie depuis le début du printemps. La voiture franchit des mamelons dorés, traversa des prairies rousses. Depuis les points les plus élevés, Jim et Holly apercevaient de hautes collines couvertes de chaparral, des vallées dans la vallée, où prospéraient des futaies de chênes-verts et de petits vignobles entourés de grands champs desséchés.

— C'est superbe ! s'extasia Holly, contemplant les pâles collines, les prairies à l'éclat doré et le chaparral luisant.

Même les chênes, dont la concentration indiquait des zones assez humides, n'étaient pas luxuriants mais d'un vert argenté dénonçant l'aridité.

— C'est superbe, mais c'est une vraie poudrière. Comment pourrait-on lutter contre un incendie, dans le coin ?

Au moment où elle posait cette question, ils découvrirent au détour d'un virage une étendue de terre noircie, sur la droite de la petite route. Les herbes et les broussailles y avaient été réduites à l'état de traînées cendrées au milieu d'une suie noire. Le feu avait pris récemment car une odeur de brûlé flottait encore dans l'air.

— Celui-là n'est pas allé très loin, constata Jim. On dirait que dix arpents à peine ont brûlé. Ils sont plutôt rapides, par ici. Dès qu'ils voient de la fumée, ils se précipitent. Il y a en ville une bonne équipe de pompiers volontaires, et une antenne du ministère des Forêts dans la vallée, avec des postes d'observation. Quand on vit ici, on n'oublie jamais la menace... on finit juste par comprendre qu'il est possible de s'en accommoder.

Puisqu'il semblait si confiant après avoir vécu dans la région pendant sept ou huit ans, Holly tenta de réprimer sa peur du feu. Pourtant, même après qu'ils eurent dépassé le terrain dévasté et que l'odeur de broussailles carbonisées se fut évanouie, la jeune femme conserva en elle l'image de la gigantesque vallée, la nuit, brûlant de bout en bout. Des tourbillons de flammes rouge orangé tournoyant comme des tornades et consumant tout ce qu'ils rencontraient entre les remparts des deux chaînes montagneuses.

— La ferme Ironheart, annonça Jim.

Holly sursauta. Comme ils ralentissaient, elle tourna la tête vers la gauche.

La ferme se trouvait à une trentaine de mètres de la route, derrière une pelouse toute flétrie. Ce n'était qu'une simple maison à un étage, sans style particulier, mais à l'aspect accueillant, avec un revêtement d'aluminium blanc, un toit de bardeaux rouges et un large porche. Elle aurait pu aussi bien avoir été arrachée à ses fondations n'importe où dans le Midwest et replantée ici, car dans tous les États de la Ceinture du Maïs, il y en avait des milliers comme elle.

A une centaine de mètres sur la gauche se dressait une grange rouge dont le toit pointu était surmonté d'une girouette rouillée en forme d'attelage. Cette dépendance ne mesurait que la moitié de la maison, déjà guère imposante.

A l'arrière-plan, entre les deux bâtiments, il y avait l'étang. Et derrière lui l'élément le plus fascinant de la propriété. Le moulin à vent.

3

Jim s'arrêta dans le chemin, entre la maison et la grange, et descendit de voiture. Il lui fallait de l'air : la vue de cet endroit l'affectait plus qu'il ne s'y fût attendu, lui faisant monter à la fois un frisson au creux de l'estomac et une bouffée de chaleur au visage. En dépit du courant d'air frais qui s'échappait du tableau de bord, l'atmosphère de la voiture lui semblait soudain chaude et viciée, trop pauvre en oxygène pour le soutenir. Une fois dehors, il inspira à pleins poumons et s'efforça de ne pas perdre le contrôle de lui-même.

La maison aux fenêtres aveugles ne produisait sur lui que peu d'effet. Il ressentait certes en la voyant une douce mélancolie qui, avec le temps, pourrait se changer en une tristesse plus profonde, voire même en désespoir, mais il pouvait la contempler puis en détourner les yeux sans être saisi du besoin de la regarder à nouveau.

La grange, elle, ne suscitait aucun trouble, mais il n'en allait pas de même du moulin. En regardant ce cône de pierre calcaire, au-delà de l'étang, Jim croyait se sentir lui-même changé en pierre, telles les infortunées victimes de la Méduse mythologique après avoir posé les yeux sur son visage auréolé de serpents.

Il avait lu l'histoire de Méduse bien des années auparavant, dans l'un des livres de Mrs Glynn. A l'époque où il souhaitait de tout son cœur rencontrer lui aussi cette femme à la chevelure reptilienne, afin d'être transformé en roc insensible.

— Jim ? interrogea Holly, de l'autre côté de la voiture. Tout va bien ?

Avec ses plafonds élevés — à l'étage encore plus qu'au rez-de-chaussée — le moulin avait en fait une hauteur équivalant à quatre niveaux. Mais pour Jim, il était à l'heure actuelle bien plus grand, aussi imposant qu'un gratte-ciel. Ses pierres autrefois blanches avaient été noircies par un siècle de poussière. Du lierre, dont les racines étaient irriguées par l'étang qui jouxtait le moulin sur un de ses côtés, serpentait le long du rude visage minéral, se faufilant dans les épais joints de mortier. Personne n'entretenant l'endroit, les plantes grimpantes avaient envahi la moitié de l'édifice et totalement obstrué une des étroites fenêtres du rez-de-chaussée, près de la porte d'entrée. Les ailes semblaient vermoulues. Chacun des quatre bras mesurait environ dix mètres de long, pour une envergure de vingt, et un mètre cinquante de large, en trois rangées de lattes. Depuis la dernière visite de Jim, certaines de ces lattes s'étaient brisées ou étaient tombées. Les ailes, figées par le temps, ne formaient pas une croix mais un X, deux bras tournés vers l'étang et deux vers le ciel. Même par cette claire journée, Jim trouva le moulin menaçant, tel un monstrueux épouvantail aux bras déchiquetés, déchirant le firmament de ses griffes squelettiques.

— Jim ? insista Holly, lui touchant le bras.

Il sursauta comme s'il ne la reconnaissait pas. Et de fait, l'espace d'un instant, il ne vit pas seulement sa compagne mais aussi un visage depuis longtemps disparu, le visage de...

Son trouble se dissipa. La jeune femme n'était plus qu'Holly, à présent. Son image ne se mélangeait plus avec celle d'une autre comme dans le rêve de la nuit précédente.

— Tout va bien ? s'enquit-elle à nouveau.

— Oui, ça va... C'est juste les souvenirs.

Il fut heureux qu'elle détournât son attention du moulin pour lui désigner la ferme.

— Tu te plaisais avec tes grands-parents ? interrogea-t-elle.

— Lena et Henry Ironheart. Des gens fantastiques. Ils m'ont adopté. Ils ont tellement souffert pour moi.

— Souffert ? s'étonna-t-elle.

Le mot était trop fort. Il se demanda pourquoi il l'avait employé.

— Je veux dire qu'ils se sont sacrifiés pour moi. D'un tas de manières différentes — des petites choses, mais qui au bout du compte finissaient par s'additionner.

— Prendre en charge un enfant de dix ans n'est pas rien, admit Holly, mais à moins que tu n'aies exigé du caviar et du champagne à table, je ne crois pas que tu aies vraiment pu être un gros fardeau.

— Après ce qui est arrivé à mes parents, je suis devenu... renfermé, mal dans ma peau, peu communicatif. Ils ont passe beaucoup de temps avec moi, m'ont donné beaucoup d'amour, pour essayer de me tirer... de l'ornière.

— Qui habite ici, maintenant ?

— Personne.

— Tes grands-parents ne sont pas morts depuis cinq ans ?

— La ferme n'a pas été vendue. Faute d'acheteur.

— A qui appartient-elle ?

— A moi. J'en ai hérité.

Holly explora la propriété du regard avec une stupéfaction évidente.

— Mais c'est superbe ici ! Si la pelouse était arrosée et les mauvaises herbes arrachées, ce serait charmant. Pourquoi est-ce si difficile à vendre ?

— D'abord, la vie est sacrément calme, dans le coin. Même la plupart des fanas du retour à la nature, qui parlent de vivre dans une ferme, pensent en fait à une ferme proche de plusieurs cinémas, de librairies, de bons restaurants et de garagistes qui sachent s'occuper de voitures européennes.

La jeune femme éclata de rire.

— Tu sais qu'il y a en toi un drôle de petit cynique ?

— En plus, essayer de vivre de ce genre de propriété, c'est une galère de tous les instants. Ce n'est qu'une vieille ferme d'une centaine d'arpents, pas assez grande pour être rentable avec le lait ou la viande — ni avec une seule culture. Mon grand-père et ma grand-mère élevaient des poules pour vendre les œufs. Et grâce à la douceur du climat, ils pouvaient avoir deux récoltes. Les fraises commençaient à mûrir en février et on les ramassait jusqu'en mai. C'était ce qui rapportait le plus. Ensuite, il y avait le maïs et les tomates — des *vraies* tomates, pas comme celles en plastique qu'on trouve dans les supermarchés.

Il vit qu'Holly était toujours sous le charme de l'endroit. Les mains sur les hanches, elle explorait la ferme du regard comme si elle avait elle-même envisagé de l'acheter.

— Mais est-ce qu'il n'existe pas des gens qui font un autre métier, pas des fermiers, qui aimeraient vivre ici juste pour être tranquilles ? demanda-t-elle.

— La région n'est pas aussi riche que Newport Beach ou Beverly Hills. Les gens du coin n'ont pas assez d'argent pour s'offrir une résidence secondaire. La meilleure chance qu'on ait de vendre une propriété comme celle-ci, c'est de trouver un riche producteur de cinéma ou le président d'une maison de disques de LA qui achèterait le terrain, raserait le tout et y construirait une villa chic, histoire de dire qu'il a un pied-à-terre dans la vallée de Santa Ynez. C'est assez à la mode, en ce moment.

Tandis qu'ils parlaient, Jim sentait son malaise augmenter. Il était trois heures de l'après-midi. La nuit ne tomberait pas de sitôt mais, soudain, il craignait la venue du crépuscule.

Holly donna un coup de pied dans une des touffes de mauvaises herbes qu'abritaient les nombreuses fêlures du chemin goudronné.

— Ça a besoin d'un nettoyage, mais tout a l'air en bon état. Il y a cinq ans qu'ils sont morts ? On dirait que la maison et la grange ont été repeintes il y a seulement un an ou deux.

— C'est le cas.

— Tu veux que ça reste vendable, hein ?

— Bien sûr. Pourquoi pas ?

Les hautes montagnes de l'Ouest avaleraient le soleil plus tôt que ne le faisait l'océan à Laguna Niguel. Le crépuscule arriverait plus vite — et durerait plus longtemps. Jim se surprit à étudier les ombres pourpres qui s'allongeaient, avec l'angoisse d'un personnage de film de vampires désireux de trouver un abri avant que le couvercle du cercueil ne s'ouvre.

Qu'est-ce qui me prend ? se demanda-t-il.

— Tu crois que tu auras envie de vivre ici, un jour ? interrogea Holly.

— Jamais ! répondit-il, si sèchement, d'une voix si forte qu'il s'étonna lui-même.

Ses yeux se posèrent à nouveau sur le moulin, comme vaincus par une attirance maléfique. Un frisson le parcourut.

Il se rendit compte que la jeune femme l'observait.

— Qu'est-ce qui t'est arrivé ici, Jim ? murmura-t-elle. Au nom du ciel, qu'est-ce qui t'est arrivé dans ce moulin à vent, il y a vingt-cinq ans ?

— Je ne sais pas, répondit-il, tremblant. (Il se passa une main sur le visage. Sa main était chaude, son visage glacé.) Je ne me rappelle rien de spécial, rien d'étrange. C'était là que je jouais. C'était... frais et tranquille... un endroit agréable. Il n'est rien arrivé ici. Rien du tout.

— Il est arrivé quelque chose, insista Holly. *Quelque chose.*

▼▲▼

Holly ne connaissait pas Jim depuis assez longtemps pour savoir s'il traversait fréquemment des montagnes russes émotionnelles — comme depuis leur départ du comté d'Orange — ou si ces changements d'humeur étaient inhabituels. Au Central, en préparant le pique-nique, il s'était défait de la morosité qui avait fondu sur lui dans les montagnes de Santa Ynez et s'était presque montré enthousiaste. Puis la vue de la ferme lui avait fait l'effet d'un plongeon dans l'eau froide. Le moulin était l'équivalent d'une chute dans une crevasse gelée.

Il semblait aussi perturbé qu'il était doué, et Holly souhaitait faire quelque chose pour le rassurer. Elle se demanda s'il avait été sage de l'encourager à venir ici. Sa carrière de journaliste, bien que ratée, lui avait appris à bondir au milieu des événements, à saisir l'instant puis à se laisser porter. Mais peut-être cette situation eût-elle nécessité plus de prudence et de retenue, de réflexion, de préparation.

Ils remontèrent dans la Ford et longèrent le grand étang. L'allée de gravillons qu'Holly avait vue en rêve avait jadis été prévue pour des attelages et la Ford put y circuler sans peine, ce qui leur permit de se garer au pied du moulin.

Lorsqu'elle redescendit du véhicule, Holly était à la lisière d'un champ de maïs. Seuls quelques épis desséchés jaillissaient de ce terrain à l'abandon, derrière une clôture brisée. La jeune femme contourna la voiture pour rejoindre Jim au bord de l'étang.

Tachetée de bleu, de vert et de gris, l'eau ressemblait à une ardoise de soixante mètres de diamètre — et en avait presque l'immobilité. Libellules et autres insectes se posaient brièvement à sa surface, provoquant de petits remous. Le long de sa rive, où frissonnaient des plantes aquatiques et des céréales sauvages aux épis duveteux, de faibles courants, bien trop légers pour créer des rides, faisaient miroiter l'eau de manière presque imperceptible.

— Tu ne te souviens toujours pas de ce que tu as vu dans ce rêve ? demanda Jim.

— Non. Ça n'a sans doute pas d'importance, de toute façon. Tous les éléments d'un rêve ne sont pas significatifs.

— C'était significatif, dit-il à voix basse, comme pour lui-même.

Sans turbulence pour agiter les alluvions, l'eau n'était pas boueuse — mais on ne pouvait non plus la qualifier de claire. Holly estima qu'elle ne voyait pas à plus d'un mètre au-dessous de la surface. Si le plan d'eau était bien profond de douze à quinze mètres en son centre, comme l'avait dit Jim, cela laissait un volume important où quelque chose pouvait se dissimuler.

— Allons jeter un œil au moulin, proposa-t-elle.

Jim sortit de la voiture l'une des lampes torches et y inséra des piles.

— Même en plein jour, il risque de faire assez sombre.

La porte donnait sur une courte entrée voûtée, bâtie devant la structure conique du moulin, telle celle d'un igloo esquimau. Quoique dépourvue de verrou, elle était faussée, les gonds rouillés. Elle résista un instant à la poussée de Jim, puis pivota avec un grincement aigu et un bruit de bois brisé.

Ce couloir débouchait sur la pièce principale, d'environ quinze mètres de diamètre. Quatre fenêtres réparties régulièrement filtraient le soleil au travers de vitres souillées, l'amputaient de sa gaieté estivale en lui conférant une grisaille d'hiver qui ne contribuait guère à percer l'obscurité. La torche révéla un appareillage couvert de poussière et de toiles d'araignées qui, aux yeux d'Holly, n'apparut pas moins étrange que la salle des machines d'un sous-marin nucléaire. C'était là la technologie primaire d'un autre siècle — massifs mécanismes de bois, engrenages, axes, meules, poulies, vieilles cordes pourries —, si démesurée, si complexe qu'elle ne semblait pas due à des êtres humains d'un autre âge mais à une espèce différente, encore moins évoluée.

Jim avait grandi au milieu des moulins. Bien qu'on eût cessé de les utiliser avant sa naissance, il connaissait les noms de tous les rouages. Braquant tour à tour sa lampe sur chacun d'eux, il tenta d'en expliquer le principe de fonctionnement, parlant de la roue motrice et de l'arbre, de la masse et de la roue à pignon, de la gisante et de la courante.

— Normalement, on ne devrait pas voir aussi bien le mécanisme, mais regarde : le fond du logement de la roue motrice est pourri, il n'en reste plus grand-chose, celui du pont s'est effondré quand ces grosses pierres se sont détachées.

De l'extérieur, il avait regardé le moulin avec angoisse, mais son humeur avait commencé à changer dès qu'ils y étaient entrés. A la surprise d'Holly, alors qu'il tentait de lui expliquer le principe des meules, il retrouva une partie de l'enthousiasme enfantin qu'elle avait observé en lui pour la première fois tandis qu'ils faisaient leurs courses à New Svenborg. Il était fier de son savoir et voulait le partager, de même qu'un enfant aime faire part de ce qu'il a appris à la bibliothèque pendant que ses camarades jouaient au base-ball.

Il se tourna vers les marches de pierre, sur leur gauche, et monta sans hésiter, laissant sa main courir avec légèreté sur le mur incurvé. Ses lèvres s'étiraient en un demi-sourire, comme si, pour le moment, seuls les bons souvenirs lui revenaient.

Déconcertée par cette humeur fluctuante, tentant d'imaginer comment le moulin pouvait tout à la fois l'effrayer et l'emplir de ravissement, Holly le suivit avec une certaine appréhension vers ce qu'il avait appelé la « pièce du haut ». Elle-même n'associait au moulin que les images terrifiantes de son cauchemar, qui l'assaillirent à nouveau tandis qu'elle gravissait l'escalier. Grâce à son rêve, l'étroite volée de marches lui était familière, quoiqu'elle la vît pour la première fois — sensation étrange, bien plus troublante qu'une simple impression de déjà-vu.

Elle s'arrêta à mi-hauteur, devant la fenêtre qui dominait l'étang. Les carreaux étaient couverts de crasse. Elle en essuya un de la main pour observer le plan d'eau en contrebas. Un instant, elle crut voir quelque chose d'étrange sous la surface paisible — puis réalisa qu'il ne s'agissait que du reflet d'un nuage.

— Qu'est-ce qu'il y a ? s'enquit Jim avec une impatience infantile.

Il s'était immobilisé quelques degrés au-dessus d'elle.

— Rien. Une ombre.

Ils atteignirent enfin la pièce supérieure, qui se révéla fort banale. Quatre à cinq mètres de diamètre, à peine plus de hauteur en son point le plus élevé. La paroi incurvée s'enroulait sur elle-même pour former le plafond, si bien qu'on se serait cru dans le nez arrondi d'un obus. La pierre n'était pas semi-transparente, comme dans le rêve, et aucune lumière ambrée ne jouait sur sa surface. Le dôme abritait un mécanisme compliqué grâce auquel la rotation des ailes se transformait en un mouvement horizontal qui actionnait un axe vertical en bois. Cet axe disparaissait par un trou au centre du plancher.

Se souvenant d'avoir vu depuis le rez-de-chaussée de nombreux planchers effondrés et brisés, Holly tâta avec précaution celui sur lequel ils s'engageaient. Apparemment, il n'était pas pourri. Les lattes et leurs jointures semblaient solides.

— Qu'est-ce qu'il y a comme poussière ! remarqua Jim.

Chacun de leurs pas soulevait un petit nuage.

— Et comme araignées, ajouta Holly.

Avec une grimace de dégoût, elle leva les yeux vers les carcasses d'insectes desséchées prises dans les toiles tissées le long du mécanisme grippé. Elle n'avait pas peur des araignées mais ne les aimait guère.

— Il faut faire un peu de ménage avant d'installer le campement, constata son compagnon.

— On aurait dû acheter un balai et deux ou trois autres trucs pendant qu'on était en ville.

— Il y a tout ce qu'il faut à la maison. Je vais aller chercher ça pendant que tu commenceras à décharger la voiture.

— La maison ! s'exclama Holly, enthousiasmée par une inspiration nouvelle. Quand on est partis pour le moulin, je n'avais pas compris que la propriété t'appartenait encore, que personne n'y vivait. On peut installer les sacs de couchage dans la maison, y dormir, et venir ici aussi souvent que nécessaire.

— Bonne idée, admit Jim, mais ce n'est pas si simple. Il va se passer quelque chose dans cette pièce, Holly. Quelque chose qui nous donnera des réponses ou qui nous mettra sur la voie pour les trouver. Je le sens. Je le sais... Enfin, si tant est que je puisse savoir quelque chose. Mais on ne peut pas choisir le moment de la révélation. Ça ne marche pas comme ça. On ne peut pas demander à Dieu — ou à quiconque se trouve derrière tout ça — d'aller pointer et de ne donner ses renseignements que pendant les heures de bureau. Il faut rester ici et s'armer de patience.

— Très bien, soupira-t-elle. Bon, si tu...

Elle fut interrompue par les cloches.

Ce fut un son clair et doux, qui ne dura que deux ou trois secondes — ni lourd ni strident mais agréablement musical. Le trille était en fait si léger, si gai, qu'il aurait dû sembler frivole au cœur de cet imposant édifice de pierre. Pourtant, il ne l'était pas le moins du monde : inexplicablement, il provoqua des associations d'idées fort sérieuses dans l'esprit d'Holly — des pensées de péché, de pénitence et de rédemption.

Cela cessa alors même que la jeune femme pivotait pour en chercher l'origine. Mais avant qu'elle n'eût pu demander à Jim de quoi il s'agissait, cela revint.

Cette fois, Holly comprit pourquoi elle y associait des concepts religieux : le son avait la tonalité exacte de la clochette qu'agite un enfant de chœur pendant la messe. Le tintement délicat lui rappela l'odeur du nard et de la myrrhe, souvenir de l'époque où, étudiante, elle avait failli se convertir au catholicisme.

Puis il cessa à nouveau.

Holly se tourna vers Jim. Il souriait.

— Qu'est-ce que c'est ? demanda-t-elle.

— J'avais complètement oublié, dit-il. Comment est-ce que j'ai bien pu oublier ça ?

Les cloches retentirent une nouvelle fois, argentines, pures.

— Oublié quoi ? insista Holly. Qu'est-ce que c'est que ces cloches ?

— Ce ne sont pas des cloches, répondit son compagnon, tandis que le son disparaissait.

Il hésita. Lorsque le phénomène se produisit pour la quatrième fois, il ajouta :

— C'est dans la pierre.

— Des pierres qui tintent ? s'étonna Holly.

Elle fit le tour de la pièce, inclinant la tête de droite et de gauche, tandis que les cloches résonnaient encore à deux reprises. Le son semblait bien provenir de la paroi, ne pas s'échapper d'un endroit en particulier mais de tous les blocs composant la surface incurvée, avec une intensité égale en chaque point.

Holly se dit que la pierre ne pouvait pas tinter, pas de manière aussi musicale. Cependant, les moulins à vent étaient de curieux bâtiments qui pouvaient posséder une acoustique trompeuse. La jeune femme se rappela avoir visité le Capitole, à Washington, lorsqu'elle était au lycée. Un guide avait indiqué aux élèves un endroit de la rotonde d'où, grâce à une bizarrerie architecturale, le plus petit murmure était emporté à travers l'immense dôme jusqu'à l'autre côté de la pièce, où l'on pouvait l'entendre avec une parfaite clarté. Peut-être se produisait-il ici un phénomène similaire. Si des cloches, ou quoi que ce fût d'autre, retentissaient en un point bien précis du rez-de-chaussée, une fantaisie acoustique pouvait fort bien répercuter le son en un volume égal le long du mur du premier étage. Elle trouva cette explication plus logique que l'idée de pierres magiques — jusqu'au moment où elle se demanda qui pouvait bien sonner les cloches en cachette, et pourquoi.

Elle posa la main sur le mur.

La pierre était fraîche. Vibrait légèrement.

Les cloches se turent.

Les vibrations cessèrent.

Ils attendirent.

Lorsqu'il devint évident que le tintement ne reviendrait plus, Holly demanda :

— Quand as-tu entendu ça auparavant ?

— Quand j'avais dix ans.

— Et qu'est-ce qui se passait après ? Qu'est-ce que ça signifiait ?

— Je ne sais pas.

— Mais tu disais que tu venais de te souvenir...

Les yeux de Jim brillaient d'excitation.

— Oui, du tintement. Pas de ce qui le provoquait, ni de ce qui le suivait. Ceci dit, je crois... c'est un bon présage, Holly. (Une note de plaisir perça dans sa voix.) Ça veut dire qu'une bonne chose va se produire, une chose... merveilleuse.

La jeune femme se sentait frustrée. Malgré l'aspect mystique des missions de Jim — et ses propres expériences paranormales avec les rêves et les créatures qui les peuplaient —, elle était venue ici dans l'espoir de trouver des explications logiques à tout ce qui s'était produit. Elle ignorait totalement ce que pourraient être ces explications, mais croyait aux méthodes scientifiques : des procédures d'enquête rigoureuses combinées à une réflexion intense, des raisonnements déductifs ou inductifs mèneraient à la solution. Mais il semblait désormais que la logique ne fût pas de mise. Holly était perturbée par le goût de Jim pour le mysticisme. Elle devait toutefois admettre qu'il s'était montré illogique dès le départ, avec toutes ses réflexions sur Dieu, et qu'il n'avait pas cherché à le dissimuler.

— Mais comment as-tu pu oublier quelque chose d'aussi étrange que des pierres qui tintent ? Et tout ce qui t'est arrivé ici, quoi que ça puisse être ?

— Je ne crois pas que j'aie oublié. Je crois qu'on m'a *fait* oublier.

— Qui ?

— L'être qui vient de refaire sonner les cloches. Celui qui a provoqué les derniers événements. (Il se dirigea vers la porte.) Viens, il faut qu'on nettoie et qu'on s'installe, histoire d'être prêts pour ce qui va arriver ensuite.

Elle le suivit jusqu'en haut de l'escalier, mais s'arrêta là et le regarda descendre en sautant une marche sur deux, comme un enfant excité par la perspective d'une aventure. Toutes ses inquiétudes au sujet du moulin, sa peur de l'Ennemi semblaient s'être évaporées telles des gouttes d'eau sur une plaque chauffante. Son wagonnet émotionnel venait d'atteindre le point le plus élevé des montagnes russes.

Sentant quelque chose au-dessus de sa tête, Holly leva les yeux. Une grande toile d'araignée était suspendue au-dessus de la porte, là où la paroi incurvée devenait plafond. Son occupante était grosse comme l'ongle, sombre et luisante telle une goutte de sang, et dotée de fines pattes presque aussi longues qu'un doigt. Elle se gavait gloutonnement du corps pâle et convulsé d'un papillon de nuit.

4

Un balai, une pelle, un seau d'eau, une serpillière et quelques chiffons eurent tôt fait de rendre habitable la petite pièce du premier étage. Jim dénicha même dans les réserves de produits d'entretien du Glassex et de l'essuie-tout avec lesquels ils nettoyèrent les fenêtres, qui laissèrent ensuite entrer nettement plus de lumière. Puis Holly s'attaqua aux araignées et tua non seulement celle suspendue au-dessus de la porte mais sept autres, explorant les coins les plus sombres avec une torche jusqu'à être sûre de les avoir toutes trouvées.

Le rez-de-chaussée devait bien entendu grouiller d'un tas d'autres bestioles. La jeune femme décida de ne pas y penser.

Vers six heures du soir, le jour baissait mais la pièce restait assez claire pour qu'ils puissent se passer de la lampe Coleman. Jim et Holly étaient assis sur leurs sacs de couchage à matelas pneumatiques, jambes croisées, la grande glacière posée entre eux. En utilisant le couvercle comme table, ils se firent de gros sandwiches, ouvrirent les paquets de chips et de tortillons au fromage puis décapsulèrent deux cannettes de bière. Bien qu'elle eût sauté le déjeuner, Holly n'avait pas songé à manger avant qu'ils ne commencent à préparer le repas. A présent, elle était plus affamée qu'elle ne l'eût cru possible compte tenu des circonstances. Tout était délicieux, meilleur que de la cuisine gastronomique. La mortadelle et le fromage sur le pain blanc, avec de la moutarde, lui rappelaient l'appétit de son enfance, les parfums intenses et l'innocente sensualité oubliée de sa jeunesse.

Ils ne parlèrent que peu en dînant. Leur silence ne les mettait mal à l'aise ni l'un ni l'autre et ils tiraient du repas un tel plaisir primaire qu'aucune conversation, même la plus spirituelle, n'aurait pu ajouter quoi que ce fût. Mais ce n'était pas l'unique raison de leur réserve. Holly ne savait que dire en cette étrange situation, assise au sommet d'un vieux moulin en ruine, à attendre une manifestation surnaturelle. Les bavardages futiles ne semblaient pas de mise et toute discussion sérieuse eût paru ridicule.

— Je me sens un peu bête, dit-elle enfin.

— Moi aussi, admit Jim. Juste un peu.

A sept heures, en ouvrant le paquet de beignets au chocolat, la jeune femme réalisa que le moulin n'était pas muni de W-C.

— Comment on fait, pour faire pipi.

Jim ramassa son trousseau de clefs par terre et le lui tendit.

— Dans la maison. La plomberie est en bon état. Il y a un petit cabinet de toilette juste à côté de la cuisine.

Holly se rendit alors compte que la pièce s'emplissait d'ombres. En regardant par la fenêtre, elle constata que le crépuscule était arrivé.

— Je veux être revenue avant qu'il fasse noir, déclara-t-elle en abandonnant les beignets.

— Vas-y, dit Jim. (Il leva la main comme pour un serment au drapeau.) Je jure sur tout ce que j'ai de plus sacré que je te laisserai au moins un beignet.

— T'as intérêt à me laisser la moitié du paquet, répliqua-t-elle. Sinon, je te ramène à New Svenborg à grands coups de pied au derrière pour en acheter d'autres.

— Dis donc ! Tu prends ça au sérieux, les beignets.

— Et comment !

Il sourit.

— C'est une qualité que j'apprécie chez une femme.

Holly s'empara d'une torche, se leva et gagna la porte.

— Tu devrais allumer la lampe.

— Ne t'inquiète pas. Quand tu reviendras, il y aura un sympathique petit feu de camp.

En descendant l'escalier étroit, la jeune femme se demanda si elle avait raison de quitter Jim. Marche après marche, son anxiété augmenta. Elle n'avait pas peur de rester seule, non. Ce qui l'inquiétait, c'était de *le* laisser seul. Ce qui était ridicule : il était adulte et bien plus à même de se défendre que l'individu moyen.

L'obscurité qui régnait au rez-de-chaussée du moulin était nettement plus profonde que lors de leur arrivée. Avec leurs toiles d'araignées en guise de rideaux, les fenêtres maculées ne laissaient qu'à peine filtrer la faible luminosité du crépuscule.

En s'approchant de l'entrée voûtée, Holly fut submergée par

la déplaisante sensation d'être observée. Elle savait que Jim et elle étaient seuls dans le bâtiment et se morigéna d'être aussi impressionnable. Pourtant, lorsqu'elle atteignit le seuil, son appréhension était devenue si forte qu'elle ne put s'empêcher de se retourner et de promener le faisceau de la torche à travers la pièce. Des ombres étaient tendues sur l'antique machinerie avec la même profusion que le crêpe noir dans le château hanté d'un parc d'attractions. Elles s'écartaient quand la lumière les touchait pour se remettre délicatement en place dès qu'elle s'en éloignait. Les endroits les plus obscurs, débarrassés de leurs draperies immatérielles, ne révélèrent aucune présence. Quelqu'un pouvait bien entendu se dissimuler derrière l'un des rouages du vieux mécanisme. La jeune femme envisagea de les explorer, à la recherche d'un éventuel intrus.

Brusquement, elle se sentit stupide, trop facilement effarouchée. Elle sortit en se demandant ce qu'était devenue l'intrépide journaliste qu'elle avait naguère été.

Le soleil avait disparu derrière les montagnes. Le ciel se parait de pourpre et de ce bleu iridescent profond qu'on peut voir sur les vieux tableaux de Maxfield Parrish. Quelques crapauds coassaient le long de l'étang, dans leurs cachettes obscures.

Holly continua à se sentir épiée en contournant le plan d'eau pour dépasser la grange et gagner la porte située à l'arrière de la maison. Toutefois, s'il était possible que quelqu'un rôdât dans le moulin, il n'était guère probable qu'un véritable bataillon d'espions eût pris position dans la grange, les champs alentour et les collines afin de suivre ses mouvements.

Idiote, se dit-elle, moqueuse, avant de déverrouiller la porte.

Bien qu'elle disposât de la lampe, elle manœuvra machinalement l'interrupteur mural et découvrit avec surprise que l'installation électrique fonctionnait toujours.

Ce que révéla la lumière la stupéfia plus encore : une cuisine entièrement équipée. Une table et quatre chaises étaient installées près de la fenêtre. Casseroles et poêles en cuivre étaient suspendues à une étagère et deux râteliers pour couteaux et autres ustensiles étaient accrochés au mur, à côté de la cuisinière. Un grille-pain, un mini-four et un mixer reposaient sur le plan de travail. Une liste de courses d'une quinzaine d'articles était fixé au réfrigérateur par un aimant de la forme d'une cannette de Budweiser.

Jim ne s'était pas débarrassé des affaires de ses grands-parents à leur mort, il y a cinq ans ?

Holly passa un doigt sur le plan de travail, traçant une ligne à travers la fine couche de poussière. Une poussière accumulée depuis trois mois tout au plus — pas cinq ans.

Après être allée aux toilettes, elle traversa le couloir pour explorer la salle à manger et le salon, où l'ameublement n'était pas couvert d'un voile plus épais. Certains tableaux étaient pendus de travers. Des napperons tricotés au crochet protégeaient le dossier et les bras des fauteuils et sofas. La grande pendule, qui n'avait pas été remontée depuis longtemps, ne tictaquait pas. Au salon, un porte-journaux regorgeait de magazines. Dans une vitrine en acajou, des bibelots brillaient d'un éclat terne, sous leur propre poussière.

La première pensée de la jeune femme fut que Jim avait conservé les meubles afin de pouvoir louer la maison en attendant de trouver un acheteur. Mais l'un des murs du salon était orné de photos qui n'auraient pas été laissées à la merci d'un locataire : le père de Jim, âgé d'une vingtaine d'années ; son père et sa mère, le jour de leur mariage ; Jim à cinq ou six ans, en compagnie de ses parents.

Le quatrième et dernier cadre abritait deux photos jumelles d'un couple plus âgé, en buste. L'homme était robuste, doté de traits épais, mais restait indéniablement un Ironheart. La femme était plus gracieuse que réellement belle, et certains de ses traits se retrouvaient également en Jim et en son père. Holly ne douta pas un instant d'être en présence des grands-parents paternels de Jim : Lena et Henry Ironheart.

C'était le corps de Lena qu'elle avait possédé durant le rêve de la nuit précédente. Un visage clair et large. Des yeux écartés. Une bouche pleine. Des cheveux bouclés. Un petit grain de beauté rond marquant la haute pommette droite.

Holly l'avait décrite à Jim de manière exacte et il ne l'avait pas reconnue. Peut-être n'avait-il jamais jugé les yeux de sa grand-mère écartés ou sa bouche pleine. Peut-être n'avait-elle eu les cheveux bouclés que durant une partie de sa vie, grâce aux talents d'un visagiste. Mais le grain de beauté aurait dû faire resurgir le souvenir, même cinq ans après.

Le sentiment d'être observée n'avait pas totalement quitté la jeune femme depuis qu'elle était entrée dans la maison. En contemplant le visage de Lena Ironheart, elle le ressentit avec une telle intensité qu'elle pivota brusquement sur elle-même.

Elle était seule.

Elle traversa le salon à grands pas pour retrouver le couloir d'entrée. Désert.

Un escalier d'acajou sombre menait au premier étage. La couche de poussière déposée sur le pilastre et la rampe était uniforme. Pas d'empreintes de doigts.

— Eho ! appela Holly, les yeux levés.

Dans la maison vide, sa voix avait une sonorité étrangement plate.

Nul ne se manifesta.

Elle commença à monter lentement les marches.

— Qui est là ? interrogea-t-elle.

Seul le silence lui répondit.

Le front plissé, elle s'arrêta sur le troisième degré. Elle jeta un coup d'œil dans le couloir, derrière elle, puis scruta à nouveau le demi-palier.

Le silence était trop profond, comme surnaturel. Même dans une maison abandonnée, il y a des bruits : les craquements occasionnels du vieux bois qui travaille, les vibrations d'une fenêtre mal fixée agitée par le vent. Mais celle des Ironheart était tellement silencieuse qu'Holly se fût crue sourde si elle n'eût entendu les sons qu'elle-même produisait.

Elle monta deux autres marches. S'immobilisa à nouveau.

Elle se sentait *toujours* observée, comme si la vieille demeure l'épiait avec un intérêt malveillant, vivante, pensante, dotée d'un millier d'yeux dissimulés dans les moulures et les motifs du papier peint.

Des particules de poussière flottaient dans la lumière éclairant le palier.

Le crépuscule pressait son visage pourpre contre les fenêtres.

A deux degrés du demi-palier, sous la seconde volée de marches qui menait à l'étage encore invisible, Holly fut soudain convaincue que quelque chose l'attendait là-haut. Pas forcément l'Ennemi, ni même quelque chose de vivant et d'hostile — mais quelque chose d'horrible, dont la découverte l'anéantirait.

Son cœur battait à tout rompre. En déglutissant, elle se rendit compte qu'elle avait une boule au fond de la gorge. Sa respiration se faisait sifflante, haletante.

Le sentiment d'être espionnée et de tâtonner au bord d'une monstrueuse révélation devint enfin si obsédant qu'elle fit demi-tour et redescendit vivement l'escalier. Elle ne s'enfuit pas de la maison en hurlant : elle revint sur ses pas, prenant soin d'éteindre toutes les lumières. Mais elle ne s'attarda pas non plus.

Dehors, le ciel était rougeâtre au-dessus des montagnes de l'Ouest, d'un pourpre noirâtre au-dessus de celles de l'Est, bleu saphir entre les deux. L'or des champs et des collines, changé en gris, s'assombrissait de plus en plus, comme si un incendie avait ravagé la vallée pendant que la jeune femme se trouvait dans la maison.

Tandis qu'elle retraversait la cour et dépassait la grange, sa conviction d'être observée ne fit que s'intensifier. Elle jeta un regard craintif à l'ouverture noire et carrée du grenier à paille, aux fenêtres qui flanquaient la grande porte rouge à deux battants. La sensation qui lui tordait les entrailles était d'une puissance primitive telle qu'elle transcendait le simple instinct. Holly se sentait dans la peau d'un cobaye de laboratoire, avec des électrodes fichées dans le cerveau, pendant que des scientifiques bombardaient les tissus cérébraux d'impulsions électriques qui contrôlaient le réflexe de peur et généraient des fantasmes paranoïaques. Elle n'avait jamais rien éprouvé de tel, savait qu'elle se trouvait à deux doigts de la panique et luttait pour se maîtriser.

Lorsqu'elle atteignit l'allée de gravillons, elle s'était mise à courir. Elle tenait la torche éteinte à la manière d'un bâton, prête à en frapper rudement tout ce qui s'approcherait d'elle.

Les cloches tintaient. Même au travers de son souffle oppressé, elle entendait les trilles purs et argentins des marteaux frappant rapidement les parois internes parfaitement accordées des cloches.

Un instant, elle s'étonna que le phénomène fût audible à l'extérieur, alors que la moitié de l'allée la séparait encore du moulin. Puis quelque chose étincela à la limite de son champ de vision, avant même que la première série de tintements ne fût achevée, et elle détourna les yeux pour observer le plan d'eau.

Des flashes de lumière rouge sang, qui prenaient naissance au centre de l'étang, se propageaient vers les bords en cercles concentriques serrés, telles les rides provoquées par la chute d'une pierre en eaux profondes. Holly, à cette vue, ralentit. Des gravillons roulèrent sous ses pieds et elle faillit tomber à genoux.

Lorsque les cloches se turent, la lumière écarlate s'évanouit instantanément. Les eaux étaient désormais bien plus noires que lorsque la jeune femme les avait vues pour la première fois, au milieu de l'après-midi. Elles n'avaient plus la teinte sombre de l'ardoise mais évoquaient une plaque d'obsidienne polie.

Le tintement revint, et la lumière rouge se remit à palpiter au cœur de l'étang. Holly constata qu'elle ne naissait pas à fleur d'eau mais dans les profondeurs, d'abord voilée puis de plus en plus intense. En atteignant la surface pour projeter ses vagues vers la rive, elle était presque aussi éblouissante qu'une ampoule à incandescence surchauffée.

Les cloches se turent.

L'eau l'obscurcit.

Sur la berge, les crapauds ne coassaient plus. Le monde naturel sans cesse murmurant était devenu aussi silencieux que la ferme Ironheart. Pas un hurlement de coyote, pas un cri d'insecte, pas un ululement de hibou, pas un couinement ni un battement d'ailes de chauve-souris, pas un frémissement dans l'herbe.

Les cloches tintèrent à nouveau, et la lumière revint. Cette fois, elle n'était pas rouge sang mais plus proche de l'orangé, quoique plus puissante qu'auparavant. Au bord de l'eau, les épis blancs et duveteux d'herbe des pampas absorbaient cet étrange rayonnement et scintillaient, tels des plumets de gaz iridescent.

Quelque chose remontait du fond de l'étang.

Au moment où la luminescence palpitante disparut avec le bruit des cloches, Holly demeura paralysée par la surprise et par la peur. Elle savait qu'elle devait courir mais en était incapable.

Tintement.

Lumière. Orange sale, maintenant. Pas rouge du tout. Plus forte que jamais.

Holly brisa les chaînes de la terreur et partit à toutes jambes vers le moulin.

La lumière palpitante redonnait vie au morne crépuscule. Les ombres bondissaient en rythme, tels des Apaches exécutant une danse de guerre autour d'un feu. Au-delà de la clôture, les épis de maïs desséchés luisaient, aussi répugnants que les pattes hérissées de piquants et le corps cuirassé des mantes religieuses. Les pierres du moulin semblaient se changer magiquement en cuivre, voire en or.

Le tintement s'arrêta et la lumière s'éteignit à l'instant même où Holly atteignait la porte ouverte de l'édifice.

Elle franchit le seuil en courant, puis s'immobilisa à l'entrée de la pièce. Son pied glissa dans l'obscurité. Les vitres n'étaient plus traversées par la moindre clarté. Les ténèbres étaient totales, oppressantes. En cherchant l'interrupteur de la lampe torche, Holly eut peine à respirer, comme si la nuit elle-même avait commencé à s'écouler dans ses poumons pour l'étouffer.

Le faisceau jaillit au moment où les cloches recommençaient à sonner. La jeune femme le promena par deux fois dans le rez-de-chaussée afin de s'assurer que rien ni personne ne s'y dissimulait pour l'attaquer. Puis elle gagna l'escalier et se hâta de le monter.

Lorsqu'elle atteignit la fenêtre, à mi-chemin de l'étage, elle colla son visage à la vitre qu'elle avait nettoyée un peu plus tôt. Dans l'étang, les anneaux lumineux étaient encore plus éblouissants, ambrés et non plus orangés.

Elle gravit les dernières marches quatre à quatre, en appelant Jim.

Des vers d'Edgar Poe, qu'elle avait étudiés au lycée, il y avait de cela une éternité, et qu'elle croyait avoir oubliés, résonnaient follement dans son esprit :

Allant, elle, d'accord (d'accord, d'accord)
En une sorte de rythme runique
Avec la « tintinnabulisation » qui surgit si musicalement
Des cloches (des cloches, cloches, cloches,
cloches, cloches, cloches)...

Elle surgit dans la pièce du haut. Jim était auréolé par la douce lueur blanche de la lampe à pétrole. Il tournait en rond et observait la paroi avec une expression d'attente, souriant.

— Jim, viens voir ! s'exclama Holly tandis que mourait le son des cloches. Viens vite, il y a quelque chose dans l'étang.

Elle se précipita à la fenêtre la plus proche, mais celle-ci était trop éloignée de l'étang pour lui permette d'en voir la surface. Les deux autres ouvertures se trouvant encore moins bien placées, elle n'essaya même pas.

— Le tintement dans la pierre, dit Jim, rêveur.

Comme les cloches revenaient, Holly retourna en haut de l'escalier. Elle s'immobilisa un instant pour s'assurer que Jim la suivait, car il semblait quelque peu distrait.

Se hâtant de descendre les marches, elle entendit d'autres vers de Poe résonner en elle :

Entendez les bruyantes cloches d'alarme —
Cloches de bronze !
Quelle histoire de terreur dit maintenant leur turbulence !

Elle n'avait pourtant jamais été du genre à se remémorer des poésies appropriées aux circonstances. Elle ne se rappelait pas avoir cité un seul vers — ni même en avoir lu, à l'exception du pensum de Louise Tarvohl — depuis l'université.

Lorsqu'elle atteignit la fenêtre, elle essuya frénétiquement un autre carreau pour avoir une meilleure vision du spectacle. La lumière était redevenue rouge sang, et plus faible. Ce qui s'était élevé au travers de l'eau était en train de redescendre.

Oh ! Les cloches (cloches, cloches),
Quelle histoire dit leur terreur...

Il semblait fou de se réciter mentalement de la poésie au cœur de ces événements fantastiques et terrifiants, mais Holly ne s'était jamais trouvée auparavant dans un tel état de tension. Peut-être était-ce ainsi que fonctionnait l'esprit — remontant maladroitement un chemin de connaissances oubliées — lorsqu'on s'apprêtait à rencontrer une puissance supérieure. Car c'était exactement ce à quoi elle s'attendait : une rencontre avec une puissance supérieure — peut-être Dieu, mais probablement pas. Elle ne croyait pas que Dieu vécût dans un étang, bien qu'un prêtre ou un pasteur lui eût sans nul doute assuré que Dieu vivait partout, en toute chose. Dieu était semblable à un gorille de quatre cents kilos : Il pouvait vivre où bon Lui semblait.

Au moment où son compagnon la rejoignait, le tintement cessa et la lumière écarlate se dissipa rapidement. Jim se glissa à côté d'Holly et regarda par la fenêtre.

Ils attendirent.

Deux secondes s'écoulèrent. Puis deux autres.

— Oh, non ! s'exclama la jeune femme. Bon Dieu, j'aurais voulu que tu voies ça !

Mais les cloches ne revinrent pas et, dans le crépuscule de plus en plus sombre, l'étang resta obscur. La nuit serait sur eux dans quelques minutes.

— Qu'est-ce qu'il y avait ? demanda Jim en s'éloignant de la fenêtre.

— On aurait dit un film de Spielberg, répondit Holly avec animation. Ça montait des profondeurs vers la surface. De la lumière qui palpitait au rythme des cloches. Je crois que c'est de là que vient le tintement, de la chose qui est dans l'étang. Il doit être conduit jusqu'aux parois du moulin d'une manière ou d'une autre.

— Un film de Spielberg ?

Il semblait perplexe. Elle tenta de s'expliquer.

— Une chose à la fois merveilleuse et terrifiante, impressionnante et bizarre, angoissante et bigrement excitante.

— Ah, *Rencontres du troisième type* ! Tu veux parler d'un vaisseau spatial ?

— Oui, non, je ne suis pas sûre. Je ne sais pas. Peut-être quelque chose de plus étrange encore.

— Plus étrange qu'un vaisseau spatial ?

Son émerveillement et même sa peur refluaient, chassés par la frustration. Elle n'avait pas l'habitude de ne pas trouver les mots pour décrire ce qu'elle avait ressenti ou ce qu'elle avait vu. Mais avec cet homme et les expériences incomparables auxquelles il était mêlé, même son vocabulaire sophistiqué et son talent pour construire de belles phrases échouaient misérablement.

— Et merde, oui ! dit-elle enfin. Plus étrange qu'un vaisseau spatial. En tout cas, plus que ceux qu'on voit dans les films.

— Viens, dit Jim en rebroussant chemin. Remontons. (Comme elle s'attardait près de la fenêtre, il la rejoignit et lui prit la main.) Ce n'est pas encore fini. Je sens que ça ne fait que commencer. Et il faut qu'on soit dans la pièce du haut. J'en suis sûr. Allons, Holly, viens.

5

Ils s'installèrent à nouveau sur les sacs de couchage.

La lampe Coleman diffusait une lueur argentée délicatement nacrée qui blanchissait les blocs de pierre beige. Sur la mèche, dans le globe de verre, l'essence brûlait avec un grésillement ténu, si bien que des murmures semblaient s'élever du plancher.

Jim demeurait au paroxysme de la bonne humeur, empli de joie enfantine et d'impatience. Cette fois, Holly partageait cette exaltation. Si elle l'avait terrifiée, la lumière dans l'étang l'avait également touchée d'une autre manière, provoquant en elle de vives réactions psychologiques à un niveau subconscient primitif, allumant des flammes d'émerveillement et d'espoir qui semblaient devoir brûler inexorablement jusqu'à l'explosion de foi, la catharsis émotionnelle qu'elle désirait de tout son être.

Elle avait admis le fait que Jim ne fût pas la seule personne troublée présente dans cette pièce. Il avait peut-être le cœur plus agité mais, à sa manière, elle était aussi désespérée que lui. Lorsqu'ils s'étaient rencontrés, à Portland, elle n'était qu'une cynique à bout de force, qui se laissait porter par la vie sans chercher à remplir, ni même à identifier les vides de son être. Elle n'avait pas connu comme lui la tragédie et la douleur, mais elle réalisait maintenant que mener une vie tout aussi dénuée de chagrin que de joie pouvait plonger dans la détresse. Consacrer des jours, des semaines, des années à un but qui ne l'intéressait pas réellement, poussée par une motivation qu'elle n'avait pas vraiment acceptée, sans s'être engagée envers quiconque, lui avait laissé l'âme en proie à la décrépitude. Jim et elle étaient deux pièces d'un puzzle du yin et du yang, chacune façonnée pour combler le vide qui habitait l'autre. Ils se soignaient mutuellement par simple contact et se convenaient si bien que leur union semblait inévitable. Mais le puzzle n'eût jamais été construit s'ils n'avaient pas été attirés au même endroit, au même moment.

A présent, la jeune femme attendait avec une excitation fiévreuse de rencontrer la puissance qui avait guidé Jim jusqu'à elle. Elle était prête à recevoir Dieu, ou quelque chose de tout à fait différent mais d'également bienveillant. Elle ne pouvait croire que ce qu'elle avait vu dans l'étang fût l'Ennemi. Celui-ci était d'une certaine manière lié aux derniers phénomènes, mais il n'en était pas responsable. Même si Jim ne lui avait pas dit que quelque chose de bon approchait, Holly eût fini par sentir que la lumière dans l'étang et le tintement dans la pierre n'annonçaient ni le sang ni la mort, mais l'extase.

Au début, ils ne parlèrent que fort peu, craignant qu'une conversation volubile n'empêchât celui qu'ils attendaient de débuter le stade suivant de la prise de contact.

— Depuis combien de temps cet étang est-il ici ? demanda Holly.

— Longtemps.

— Avant les Ironheart ?

— Oui.

— Avant la ferme elle-même ?

— J'en suis sûr.

— Peut-être depuis toujours ?

— Peut-être.

— Il y a des légendes locales qui le concernent ?

— Qu'est-ce que tu veux dire ?

— Des histoires de fantômes, ou du genre Loch Ness ?

— Non. Je n'en ai jamais entendu parler.

Ils se turent. Attendirent.

— Quelle est ta théorie ? reprit enfin Holly.

— Hein ?

— Tout à l'heure, tu as dit que tu avais une théorie, quelque chose d'étrange et de merveilleux, mais que tu ne voulais pas en parler avant d'y avoir bien réfléchi.

— Ah, oui. Maintenant, c'est peut-être plus qu'une théorie. Quand tu m'as dit avoir vu quelque chose au fond de l'étang, dans ton rêve... je ne sais pas pourquoi, mais je me suis mis à penser à une rencontre...

— Une rencontre ?

— Oui. Comme ce que tu disais. Quelque chose de... d'étranger.

— D'un autre monde, acquiesça Holly, se souvenant du son des cloches et des pulsations lumineuses.

— Ils sont quelque part, reprit Jim avec un enthousiasme contenu. L'univers est trop grand pour n'abriter que la race humaine. Et un jour, ils viendront. Quelqu'un les rencontrera Alors pourquoi pas moi ? Pourquoi pas toi ?

— Mais la chose qui est au fond de l'étang devait déjà s'y trouver quand tu avais dix ans.

— Peut-être.

— Pourquoi y rester si longtemps ?

— Je ne sais pas. Il est possible qu'elle y soit depuis encore plus longtemps. Des centaines, des milliers d'années.

— Mais pourquoi engloutir un vaisseau spatial au fond d'un étang ?

— C'est peut-être une station d'observation, un endroit d'où ils étudient la civilisation humaine, comme un avant-poste que nous pourrions installer dans l'Antarctique.

Holly se dit qu'ils ressemblaient à deux gosses assis sous les étoiles, par une nuit d'été, soumis comme tous les enfants à l'attrait de l'inconnu et inventant des aventures fantastiques. D'un côté, elle trouvait leurs hypothèses absurdes, voire risibles, et elle ne pouvait croire que les derniers événements eussent une explication aussi simple — quoique peu banale. Mais d'un autre côté, elle était encore une enfant, le serait toujours, et souhaitait de toutes ses forces que le fantasme devienne réalité.

Vingt minutes s'écoulèrent sans que rien de nouveau ne se produisit et, petit à petit, Holly commença à redescendre des sommets d'excitation et d'agitation fiévreuse où l'avaient propulsée les lumières. Si elle continuait à s'émerveiller, cela ne lui engourdissait plus l'esprit. Elle se souvint de ce qui lui était arrivé juste avant l'apparition de la radieuse présence dans l'étang : ce sentiment obsédant, irrationnel et presque effrayant d'être observée. Elle s'apprêtait à en faire part à Jim quand elle se souvint de l'*autre* chose étrange qu'elle avait remarquée dans la maison.

— Elle est entièrement meublée, dit-elle. Tu ne l'as jamais vidée après la mort de ton grand-père.

— J'ai laissé les meubles au cas où je pourrais la louer en attendant un acheteur.

C'étaient là presque les mêmes termes qu'elle avait employés pour expliquer la situation.

— Mais tu as laissé aussi tous leurs objets personnels.

Jim ne la regardait pas, gardait les yeux fixés sur le mur, attendant quelque signe d'une présence surhumaine.

— J'aurais enlevé tout ça si j'avais trouvé un locataire.

— Tout est resté tel quel pendant presque cinq ans ?

Il haussa les épaules.

— Depuis, ça a été nettoyé assez régulièrement, insista-t-elle, mais pas récemment.

— Il pourrait toujours se présenter un locataire.

— C'est assez sinistre, Jim.

Il la regarda enfin.

— Comment ça ?

— On dirait un mausolée.

Quoique son regard fût indéchiffrable, Holly sentait qu'elle l'ennuyait. Cette conversation à propos de locataires, de ménage et d'immobilier l'éloignait sans doute de réflexions plus agréables peuplées de rencontres avec des extra-terrestres.

— Oui, c'est un peu sinistre..., admit-il.

— Alors, pourquoi... ?

Il tourna lentement la molette de la lampe, réduisant la flamme. La lumière blanche crue devint une pâle lueur lunaire. Les ombres se resserrèrent autour d'eux.

— Pour être franc, je n'ai pas pu me résoudre à emballer les affaires de grand-père. Nous avions trié ensemble celles de grand-mère, huit mois plus tôt, et ç'avait été assez dur. Quand il est... décédé si peu de temps après elle, je n'ai pas pu le supporter. Ils avaient été tout pour moi pendant si longtemps. Et brusquement, je ne pouvais même plus compter sur eux.

Une expression torturée assombrit le bleu de ses yeux.

Traversée par un flot de compassion, Holly tendit le bras par-dessus la glacière et lui prit la main.

— J'ai retardé et retardé, reprit-il. Et plus j'ai reculé le moment de classer ses affaires, plus c'est devenu difficile. (Il poussa un nouveau soupir.) Si j'avais trouvé un locataire ou un acheteur, ça m'aurait forcé à remettre les choses en ordre, même si je n'en avais pas envie. Mais cette vieille ferme est à peu près aussi négociable qu'un camion de sable en plein milieu du Mojave.

Fermer la maison à la mort de son grand-père, ne toucher à rien pendant quatre ans et quatre mois, sinon pour nettoyer de temps en temps — voilà qui était excentrique. Holly ne pouvait trouver d'autre mot. Pourtant, c'était une excentricité qui la touchait, qui l'émouvait. Elle l'avait su dès le départ : sous la rage de Jim et son image de super-héros aux muscles d'acier se dissimulait un homme sensible — et elle aimait tout autant cette part de fragilité chez lui.

— Nous le ferons ensemble, assura-t-elle. Quand nous saurons ce qui nous arrive et où cela nous mène, nous aurons le temps de trier les affaires de ton grand-père. Si on s'en occupe tous les deux ce sera moins difficile.

Il lui sourit et lui pressa la main.

Un autre détail lui revint en mémoire.

— Jim, tu te rappelles la description que je t'ai donnée de la femme qui était dans mon rêve, la nuit dernière, celle qui montait l'escalier du moulin ?

— Vaguement.

— Tu as dit que tu ne la reconnaissais pas.

— Et alors ?

— Il y a une photo d'elle dans la maison.

— Ah bon ?

— Dans le salon. La photo du vieux couple. Est-ce qu'il s'agit de tes grands-parents ? Lena et Henry ?

— Oui.

— La femme de mon rêve, c'était Lena.

Il plissa le front.

— C'est étrange...

— Peut-être. Ce qui l'est encore plus, c'est que tu ne l'aies pas reconnue.

— J'imagine que ta description n'était pas très bonne.

— Tu ne m'as pas entendu dire qu'elle avait un grain de beauté..

Les yeux de Jim se rétrécirent. Sa main se crispa sur celle de sa compagne.

— Vite, les blocs-notes.

— Quoi ? interrogea Holly, désorientée.

— Il va se passer quelque chose, je le sens, et on va avoir besoin des blocs qu'on a achetés au Central.

Il la lâcha pour qu'elle puisse sortir les deux blocs jaunes et le feutre du sac en plastique posé près d'elle. Il les lui prit et hésita observant le mur et les ombres du plafond comme s'il attendait un ordre.

Les cloches retentirent.

▼▲▼

Un frisson de joie traversa Jim lorsqu'il entendit le tintement Il savait qu'il était sur le point de découvrir la signification des événements de l'année passée, mais aussi des deux dernières décennies. Et plus encore. Bien plus. Les cloches annonçaient une meilleure compréhension de l'univers, la révélation de vérités transcendantes, celle du sens fondamental de toute son existence passée et future, de ses origines et de sa destinée. Celle du sens de la vie même. Si grandiose que pût être une telle notion, il sentait que les secrets de la création lui seraient révélés dans ce moulin, et qu'il atteindrait enfin l'illumination cherchée en vain au sein d'une vingtaine de religions différentes.

Tandis que débutait la deuxième série de tintements, Holly commença à se lever.

Jim supposa qu'elle avait l'intention de descendre à la fenêtre de l'escalier pour observer l'étang.

— Non, attends, la retint-il. Cette fois, ça va se produire ici.

Elle hésita, puis se rassit.

Lorsque cessa de nouveau le tintement, Jim se sentit contraint de pousser la glacière et de poser l'un des blocs jaunes sur le plancher, entre Holly et lui. Après un bref moment d'indécision, il conserva l'autre en main, ainsi que le stylo.

Quand le tintement mélodique retentit pour la troisième fois, il fut accompagné par une fantastique pulsation de lumière à l'intérieur du mur de calcaire. On eût dit qu'une lueur rouge naissait au sein de la pierre, juste devant les deux observateurs, puis courait brusquement autour de la pièce, traçant autour d'eux un cercle palpitant de luminescence.

Au moment où l'étrange éclat se refermait autour d'eux, Holly laissa échapper un petit cri inarticulé, et Jim se souvint de ce qu'elle lui avait dit de son rêve. La femme — qu'elle eût ou non été sa grand-mère — avait monté les marches jusqu'à cette pièce, remarqué une clarté ambrée au sein des murs — comme si le moulin avait été fait de verre coloré —, et vu quelque chose d'incroyablement hostile sortir des pierres.

— Tout va bien. (Il désirait tranquilliser sa compagne.) Ce n'est pas l'Ennemi. C'est autre chose. Il n'y a pas de danger. La lumière est différente.

Il ne faisait là qu'exprimer les assurances déversées en lui par une puissance supérieure. Il priait Dieu de ne pas se tromper en pensant que rien ne les menaçait pour l'instant, car il ne se rappelait que trop bien la hideuse transformation du plafond de sa propre chambre, à peine plus de douze heures auparavant. De la lumière avait palpité au sein de la poche huileuse née de la boursouflure du crépi. Et Jim n'avait aucune envie de contempler de plus près la forme obscure qui s'était tortillée à l'intérieur.

Il y eut deux séries supplémentaires de tintements mélodiques, durant lesquels la lumière devint ambrée. Mais celle-ci ne ressemblait en rien au rayonnement menaçant du plafond de sa chambre, qui était d'un jaune entièrement différent — le jaune répugnant d'une matière en putréfaction ou celui du pus — et avait palpité au rythme d'un terrifiant battement de cœur à trois temps, lequel n'était pas audible pour le moment.

Holly paraissait néanmoins effrayée.

Jim aurait voulu l'attirer contre lui, l'entourer de ses bras. Mais il lui fallait accorder toute son attention à la puissance qui cherchait à l'atteindre.

Le tintement se tut, mais la lumière ne disparut pas. Elle tremblait, miroitait, variait d'intensité et se déplaçait au sein de la sombre paroi en une multitude de petites taches distinctes, semblables à des amibes, qui se fondaient les unes dans les autres et se séparaient pour adopter de nouvelles formes. On eût dit un kaléidoscope. Les motifs sans cesse changeants évoluaient autour d'eux, de la base du mur au sommet du plafond voûté.

— J'ai l'impression d'être dans un bathyscaphe tout en verre plongé au fond de l'océan, dit Holly. Avec de grands bancs de poissons lumineux qui tourbillonnent dans les eaux noires autour de nous.

Il lui fut reconnaissant d'avoir su trouver les mots qui lui manquaient pour décrire cette expérience, des mots qui l'empêcheraient d'oublier ces images, dût-il vivre une centaine d'années.

La luminosité fantomatique rayonnait sans conteste à l'intérieur de la pierre et pas seulement en surface. Jim pouvait voir l'intérieur de la substance à présent translucide comme si un alchimiste l'eût changée en un quartz sombre mais uniforme. La lueur ambrée contribuait plus à illuminer la pièce que ne le faisait la lampe à pétrole. Les mains tremblantes de Jim et le visage d'Holly y semblaient dorés.

Pourtant, il restait des poches d'obscurité, et les incessantes fluctuations de la lumière donnaient également vie aux ombres.

— Et maintenant ? interrogea Holly à voix basse.

Jim remarqua qu'il était arrivé quelque chose au bloc-notes posé entre eux.

— Regarde !

Sur le tiers supérieur de la première page, des mots étaient apparus, qu'on eût dits tracés par un doigt trempé dans l'encre : JE SUIS AVEC VOUS.

6

Holly avait été pour le moins distraite par le jeu de lumières, mais elle ne pensait pas que Jim eût pu se pencher sur le bloc pour y tracer cette phrase sans attirer son attention. Elle avait cependant peine à croire qu'une puissance immatérielle fût à l'origine du message.

— Je pense qu'on nous encourage à poser des questions, déclara son compagnon.

— Alors demande-lui ce qu'il est, répondit-elle aussitôt.

Il inscrivit la question sur le bloc qu'il tenait en main et le lui montra :

Qui êtes vous ?

Le premier bloc était posé entre eux, légèrement en avant, afin qu'ils pussent lire tous les deux. La réponse apparut sous leurs yeux. Les mots n'étaient pas inscrits en lettres de feu, ni avec une encre qui eût coulé magiquement. Les caractères irréguliers surgissaient du néant sous forme de taches gris pâle qui devenaient plus sombres à mesure qu'elles semblaient ondoyer lentement vers la surface du papier, comme si celui-ci n'avait pas eu un vingtième de millimètre d'épaisseur mais eût constitué une masse de liquide de plusieurs mètres de profondeur. Holly remarqua aussitôt que cet effet était similaire à celui qu'elle avait observé plus tôt, lorsque les ondes lumineuses étaient remontées à fleur d'eau avant d'exploser et de projeter des cercles concentriques vers la rive. C'était également ainsi que la lumière avait pris naissance au cœur de la pierre avant que celle-ci ne devînt totalement translucide.

L'AMI

Qui êtes-vous ? L'Ami.

C'était une manière étrange de se présenter. Ni « votre ami », ni même « un ami », mais *l'*Ami.

S'ils avaient bien affaire à une intelligence extra-terrestre, cette appellation faisait surgir de curieuses implications spirituelles, des connotations divines. Les hommes avaient attribué à Dieu de nombreux noms — Jéhovah, Allah, Brahma, Zeus, Aesir — mais encore plus de titres. Dieux était le Tout-Puissant, l'Éternel, l'Infini, le Père, le Sauveur, le Créateur, la Lumière. L'Ami semblait tout à fait à sa place dans cette liste.

Jim griffonna rapidement une autre question et la présenta à Holly : *D'où venez-vous ?*

D'UN AUTRE MONDE.

Ce qui pouvait signifier n'importe quoi, de Mars au paradis.

Vous voulez dire : d'une autre planète ?

OUI.

— Mon Dieu, lâcha la jeune femme, impressionnée malgré elle. Autant pour l'explication théologique.

En levant les yeux du bloc, elle croisa ceux de Jim, qui semblaient plus brillants que jamais, bien que la lumière jaune chromée leur conférât une exceptionnelle nuance de vert.

Tout excitée, elle se redressa à genoux puis s'assit sur les talons. La première page du bloc était remplie de réponses. Holly hésita un instant puis l'arracha et la mit de côté, pressée de lire la seconde page. Elle prit connaissance tour à tour des questions de Jim et des réponses qui les suivaient sans tarder.

D'un autre système solaire ?

OUI.

D'une autre galaxie ?

OUI.

C'est votre vaisseau que nous avons vu dans l'étang ?

OUI.

Depuis combien de temps êtes-vous ici ?

DIX MILLE ANS.

Devant ce chiffre, Holly songea que cette situation était plus onirique que certains des véritables rêves qu'elle avait faits récemment. Après tant de mystère, ils obtenaient enfin des explications — mais qui paraissaient venir trop facilement. Elle ignorait à quoi elle s'était attendue, mais elle n'avait jamais imaginé que le flou dans lequel ils s'étaient débattus pût se clarifier aussi vite que si une goutte de détergent magique avait été versée dessus.

— Demande-lui pourquoi elle-est venue, poursuivit-elle, déchirant la deuxième feuille et la rangeant avec la première.

— *Elle ?* s'exclama Jim, surpris.

— Pourquoi pas ?

Il se détendit.

— Pourquoi pas ? admit-il.

Il tourna la page de son propre bloc et inscrivit la question d'Holly : *Pourquoi êtes-vous venus ?*

Ondoyant à travers le papier jusqu'à la surface : POUR OBSERVER, POUR ÉTUDIER, POUR AIDER L'HUMANITÉ.

— Tu sais à quoi ça me fait penser ? demanda Holly.

— A quoi ?

— A un épisode d'*Au-delà du réel.*

— La vieille série télé ?

— Ouais.

— Tu n'es pas un peu jeune pour l'avoir vue ?

— Ça repasse sur le câble.

— Mais... comment ça : ça te fait penser à un épisode d'*Au-delà du réel ?*

Elle plissa le front en fixant les mots POUR OBSERVER, POUR ÉTUDIER, POUR AIDER L'HUMANITÉ.

— Tu ne trouves pas que ça fait un peu... cliché ?

— Cliché ? (Il était irrité.) Non. Parce que je n'ai aucune idée de ce à quoi devrait ressembler une rencontre avec un extra-terrestre. Je n'ai pas beaucoup d'expérience en la matière, certainement pas assez pour m'attendre à quelque chose de précis ou pour être blasé.

— Je suis désolée. Je ne sais pas... C'est juste que... D'accord, voyons où ça nous mène.

La jeune femme devait admettre qu'elle n'était pas moins impressionnée que lorsque la lumière était apparue dans le mur. Son cœur battait toujours aussi vite, aussi fort, et elle restait incapable de respirer vraiment à fond. Elle se sentait toujours en présence de quelque chose de surhumain, peut-être même d'une puissance supérieure et cela lui donnait un sentiment d'humilité. Compte tenu de ce qu'elle avait vu dans l'étang, de la luminescence qui palpitait en ce moment même au travers des pierres, et des mots qui continuaient d'apparaître sur le bloc, il eût fallu qu'elle soit d'une stupidité indécrottable pour ne *pas* être impressionnée.

Cet émerveillement était toutefois tempéré par l'impression de voir la chose organiser cette rencontre comme dans un vieux film ou une vieille série. Jim avait dit avec une pointe de sarcasme dans la voix posséder trop peu d'expérience dans le domaine des contacts extra-terrestres pour s'être attardé à quoi que ce soit de précis. Mais c'était faux. Ayant grandi durant les années soixante et soixante-dix, il avait été saturé par les médias autant qu'elle. Ils avaient été exposés aux mêmes séries télé, aux mêmes films, aux mêmes livres et aux mêmes magazines. Toute leur vie, la science-fiction avait exercé une influence majeure sur la culture populaire. Jim s'était au contraire vu proposer de nombreux exemples de contacts extra-terrestres, avec une profusion de détails que la créature du mur utilisait tous. Le seul pressentiment conscient d'Holly avait été qu'une *véritable* rencontre du troisième type se révélerait différente de tout ce qu'avaient imaginé romanciers et scénaristes dans leurs délires les plus fous. Car lorsqu'on parle de vie extra-terrestre, on pense à une vie sur un autre monde, à des êtres réellement étrangers, différents, au-delà de toute compréhension trop facile, de toute comparaison.

— Très bien, dit-elle. C'est peut-être justement ça la réponse. Il est possible qu'il utilise nos mythes modernes comme moyen de se présenter à nous d'une manière familière, de se mettre à notre portée. Parce qu'il est sans doute tellement différent de nous qu'on ne pourrait jamais comprendre sa nature ou son apparence véritables.

— Exactement, approuva Jim.

Il écrivit à nouveau : *Quelle est cette lumière que nous voyons dans le mur?*

C'EST MOI.

Holly n'attendit pas que Jim rédige la question suivante. Elle s'adressa directement à la créature.

— Comment faites-vous pour vous déplacer à l'intérieur d'un mur ?

L'extra-terrestre semblait si attaché aux convenances que la jeune femme fut surprise qu'il n'insiste pas pour s'en tenir au principe des questions écrites. Il lui répondit immédiatement : JE PEUX ME FONDRE DANS N'IMPORTE QUOI, M'Y DÉPLACER ET M'EN SERVIR QUAND JE LE DÉSIRE POUR ME CRÉER UNE FORME.

— C'est un peu prétentieux, non? observa Holly.

— Je ne comprends pas que tu puisses être sarcastique dans un moment pareil, la reprit Jim, impatient.

— Je ne suis pas sarcastique, j'essaie juste de comprendre.

Son compagnon semblait dubitatif.

— Vous saisissez mon problème, n'est-ce pas? demanda-t-elle à l'être.

Sur le bloc : OUI.

Elle arracha la page, en révélant une nouvelle. De plus en plus nerveuse, sans réellement comprendre pourquoi, elle se leva et fit le tour de la pièce. Elle formula sa question suivante en observant le jeu des lumières dans le mur.

— Pourquoi votre arrivée est-elle annoncée par un son de cloches ?

Rien n'apparut sur le bloc.

Elle répéta la question.

Le bloc resta vierge.

— Secret professionnel, j'imagine, railla-t-elle.

Elle sentit une goutte de sueur glacée naître au niveau de son aisselle droite et descendre le long de son torse, sous le chemisier. Il subsistait en elle une trace d'émerveillement enfantin, mais la peur naissait à nouveau. Quelque chose n'allait pas. Et ce n'était pas seulement le côté rebattu de l'histoire que leur servait l'entité. Holly ne réussissait pas tout à fait à saisir ce qui l'angoissait.

Jim inscrivit rapidement une autre phrase sur son bloc. La jeune femme se pencha par-dessus son épaule pour la lire : *M'êtes-vous apparu dans cette pièce quand j'avais dix ans ?*

OUI. SOUVENT.

M'avez-vous forcé à l'oublier ?

OUI.

— Pas la peine de te fatiguer à écrire tes questions, lui fit remarquer Holly. Tu n'as qu'à les poser, comme moi.

Jim fut visiblement abasourdi par cette suggestion. Elle s'étonna qu'il eût persisté à se servir du bloc et du stylo après avoir constaté qu'il leur suffisait de formuler leurs interrogations à haute voix. Il semblait répugner à se séparer de ses instruments mais finit cependant par le faire.

— Pourquoi m'avoir fait oublier ?

Même debout, Holly pouvait lire aisément les grandes lettres qui s'inscrivaient sur le bloc.

TU N'ÉTAIS PAS PRÊT A TE RAPPELER.

— Inutilement sibyllin, marmonna-t-elle. Tu as raison. Ce doit être un mâle.

Jim déchira la page utilisée, la mit avec les précédentes et s'interrompit, se mordillant la lèvre, ne sachant de toute évidence pas comment poursuivre l'entretien.

— Êtes-vous mâle ou femelle ? demanda-t-il enfin.

JE SUIS MÂLE.

— Il est plus probable qu'il ne soit ni l'un ni l'autre, observa Holly. C'est un extra-terrestre, après tout. Il peut très bien se reproduire par parthénogenèse.

JE SUIS MÂLE, répéta la créature.

Jim restait assis, jambes croisées, plus rayonnant, plus enfantin que jamais.

Holly ne comprenait pas pourquoi sa propre anxiété augmentait alors que son compagnon continuait de faire des bonds — moralement, s'entend — d'enthousiasme et de plaisir.

— Quelle est votre apparence ? s'enquit-il.

CELLE QUE JE CHOISIS DE PRENDRE.

— Pourriez-vous nous apparaître sous la forme d'un homme ou d'une femme ?

OUI.

— D'un chien ?

OUI

— D'un chat ?

OUI.

— D'un scarabée ?

OUI.

Sans le secours du bloc et du crayon, Jim semblait réduit à des questions sans intérêt. Holly le crut sur le point de demander à l'être quelle était sa couleur favorite, s'il préférait le Coca ou le Pepsi et s'il aimait Barry Manilow.

Mais la question suivante fut :

— Quel âge avez-vous ?

JE SUIS UN ENFANT.

— Un enfant ? s'étonna Jim. Vous nous avez dit que vous étiez sur notre monde depuis dix mille ans ?

JE SUIS TOUT DE MÊME UN ENFANT.

— Alors, votre espèce vit très longtemps ?

NOUS SOMMES IMMORTELS.

— Eh bien !

— Il ment, laissa tomber la jeune femme.

— Bon Dieu, Holly ! s'exclama Jim, choqué par cette insolence.

— Je t'assure !

Et c'était là la source de sa peur renouvelée — le fait que la créature n'était pas honnête, qu'elle jouait avec eux, les trompait. Holly avait le sentiment que l'être les considérait avec un mépris colossal. Si c'était bien le cas, elle eût sans doute dû se taire, faire preuve d'une humble adoration devant sa puissance et tenter de ne pas le mettre en colère.

— S'il était réellement immortel, expliqua-t-elle cependant, il ne se considérerait pas comme un enfant. Il en serait incapable. L'enfance, l'adolescence, l'âge adulte, ce sont des définitions dont se préoccupe une espèce qui a une durée de vie limitée. Si tu es immortel, tu peux naître innocent, ignorant, sans éducation, mais tu ne peux naître jeune, parce que tu ne vieilliras jamais.

— Tu coupes les cheveux en quatre, affirma Jim, presque agressif.

— Je ne crois pas. Il nous ment.

— Peut-être a-t-il utilisé le mot « enfant » pour tenter de simplifier encore une fois sa nature étrangère à nos yeux.

C'EST EXACT

— Mon cul, lâcha la jeune femme.

— Holly, nom de Dieu !

Tandis que Jim ôtait une nouvelle page du bloc, en suivant délicatement le pointillé, sa compagne se rapprocha du mur pour étudier les évolutions de la lumière. De près, celle-ci était très belle, très étrange, non pas semblable à un fluide phosphorescent ni à des fleuves de lave flamboyants, mais à des essaims de vers luisants, à des millions de points rappelant effectivement des bancs de poissons lumineux.

Elle s'attendait presque à ce que la paroi devant laquelle elle se tenait se boursouflât soudain. S'ouvrît. Donnât naissance à une forme monstrueuse.

Elle avait envie de reculer mais, au contraire, s'approcha encore. Son nez ne se trouvait plus qu'à un ou deux centimètres de la pièce transmutée, si proche que le flux des millions de cellules lumineuses apparaissait à présent éblouissant. Aucune chaleur ne s'en dégageait, mais Holly croyait sentir la clarté et les ombres jouer sur son visage.

— Pourquoi votre arrivée est-elle annoncée par un son de cloches ? demanda-t-elle.

— Pas de réponse, annonça Jim derrière elle, au bout de quelques secondes.

La question semblait pourtant assez innocente et prévisible. Le mustime de la créature amena la jeune femme à penser que le tintement était d'une importance vitale. En percer le mystère constituerait peut-être le premier pas vers l'obtention de renseignements utiles sur cette chose.

— Pourquoi votre arrivée est-elle annoncée par un son de cloches ?

— Pas de réponse, rapporta Jim. Je crois que tu ne devrais pas insister. Il est évident qu'il ne veut pas répondre et nous n'avons rien à gagner à le mettre en colère. Ce n'est pas l'Ennemi, c'est...

— Ouais, je sais, c'est l'Ami.

Holly demeura auprès du mur, avec le sentiment de se trouver face à une présence étrangère. L'attention de l'être était maintenant focalisée sur elle. Il était juste devant.

— Pourquoi votre arrivée est-elle annoncée par un son de cloches ?

Elle sentait que cette question innocente, et son insistance qui l'était moins, l'avaient mise en grand danger. Son cœur battait si fort qu'elle se demandait si Jim l'entendait. Quant à l'Ami, avec tous ses pouvoirs, il pouvait sans doute non seulement l'entendre mais aussi le voir bondir dans sa cage thoracique tel un lapin pris de panique. Il savait qu'elle avait peur, bien sûr. Bon Dieu, il était peut-être même capable de lire en elle. Elle devait lui montrer qu'elle ne se laisserait pas manipuler ainsi.

Elle posa la main sur la pierre étincelante. Si ces nuages lumineux n'étaient pas une simple projection de la conscience de l'être, ni une simple illusion ou un spectacle donné en leur honneur, si la chose était vivante dans le mur, comme elle le prétendait, alors la pierre était devenue sa chair. Holly était en train de toucher son corps.

Des vibrations légères traversaient la paroi en tourbillons successifs. Ce fut tout ce que ressentit la jeune femme. Pas de chaleur. Le feu qui brûlait dans la roche était de toute évidence froid.

— Pourquoi votre arrivée est-elle annoncée par un son de cloches ?

— Arrête, Holly ! lui enjoignit Jim.

Pour la première fois, sa voix était teintée d'inquiétude. Peut-être commençait-il lui aussi à sentir que l'Ami n'était pas totalement un ami.

Mais Holly ne pouvait s'empêcher de penser que la force morale était essentielle dans cette confrontation et qu'une démonstration de volonté inébranlable pourrait changer le ton de leurs rapports avec l'extra-terrestre. Elle n'aurait su expliquer pourquoi elle en était aussi convaincue. C'était juste une intuition — pas l'intuition féminine, mais celle d'une ex-journaliste.

— Pourquoi votre arrivée est-elle annoncée par un son de cloches ?

Elle crut percevoir un changement subtil dans les vibrations qui lui picotaient la paume de la main, mais celles-ci n'étant qu'à peine perceptibles, peut-être son imagination lui jouait-elle des tours. Une image lui traversa l'esprit : la pierre se fendait en une bouche monstrueuse pour lui trancher le bras, du sang giclait, de l'os surgissait du moignon déchiqueté.

Elle fut secouée d'un tremblement incontrôlable mais ne recula pas, ni n'ôta sa main du mur.

Elle se demanda si c'était l'Ami qui lui avait envoyé cette vision horrible.

— Pourquoi votre arrivée est-elle annoncée par un son de cloches ?

— Holly, pour l'amour du ciel...

Jim s'interrompit brusquement avant de reprendre :

— Attends. Il y a une réponse qui vient.

C'était donc bien une question de volonté. Mais pourquoi? Pourquoi un être tout-puissant venu d'une autre galaxie serait-il intimidé par la résolution opiniâtre d'Holly Thorne?

Jim transmit la réponse.

— Il a écrit : « Pour l'effet dramatique ? »

— Pour l'effet dramatique? répéta Holly.

— Ouais. P-O-U-R, et puis L'-E-F-F-E-T, et puis D-R-A-M-A-T-I-Q-U-E, et puis un point d'interrogation.

— Vous voulez dire que ce n'est qu'un accessoire de théâtre pour dramatiser vos entrées ? s'exclama la jeune femme à l'adresse du mur.

— Pas de réponse, dit Jim au bout de quelques secondes.

— Et pourquoi ce point d'interrogation ? Est-ce que vous ne savez pas vous-même ce que signifient les cloches, d'où provient leur son, ce qui le produit et pourquoi ? Quand vous dites « Pour l'effet dramatique ? », est-ce que vous ne faites que supposer? Comment pouvez-vous ignorer de quoi il s'agit si ça vous accompagne toujours ?

— Rien, annonça Jim.

Elle observa l'intérieur de la paroi. Les myriades de cellules lumineuses l'éblouissaient de plus en plus mais elle ne ferma pas les yeux.

— Un nouveau message, annonça Jim. « Je m'en vais. »

— Trouillard, dit doucement Holly au visage dépourvu de forme, mais elle était maintenant baignée de sueurs froides.

La lumière ambrée commença à s'assombrir, devint orangée. S'éloignant enfin de la paroi, Holly vacilla et faillit s'effondrer. Elle se laissa tomber à genoux sur son sac de couchage.

D'autres mots apparurent sur le bloc : JE REVIENDRAI.

— Quand? demanda Jim.

QUAND LA MARÉE SERA MIENNE.

— Quelle marée ?

IL Y A UNE MARÉE DANS LE VAISSEAU. UN FLUX ET UN REFLUX. LES TÉNÈBRES ET LA LUMIÈRE. JE ME LÈVE AVEC LA MARÉE LUMINEUSE ET LUI AVEC LA SOMBRE.

— Lui ? interrogea Holly.

L'ENNEMI.

La lumière dans le mur était maintenant rouge orangé, plus faible, mais elle changeait toujours sans cesse de configuration.

— Vous êtes deux à vous partager le vaisseau ? s'étonna Jim.

— OUI. DEUX FORCES. DEUX CRÉATURES.

Il ment, songea Holly. C'est comme le reste de son histoire, comme les cloches : de la comédie.

ATTENDEZ MON RETOUR.

— Nous attendrons, assura Jim.

NE DORMEZ PAS.

— Pourquoi ? intervint Holly, jouant le jeu.

VOUS POURRIEZ RÊVER.

La page était remplie. Jim l'arracha et l'empila sur les autres. Devenue rouge sang, la lumière baissait rapidement.

LES RÊVES SONT DES SEUILS.

— Pourquoi dîtes-vous cela ?

Les cinq mêmes mots : LES RÊVES SONT DES SEUILS.

— C'est un avertissement, dit Jim.

LES RÊVES SONT DES SEUILS.

Non, songea Holly, c'est une menace.

7

Le moulin était redevenu un simple moulin. Des pierres et des poutres. Du mortier et des clous. Une épaisse couche de poussière, du bois vermoulu, du fer rouillé et des araignées tissant des toiles dans le secret de leurs antres.

Holly s'assit en face de Jim, à l'indienne. Leurs genoux se touchaient. Elle lui prit les mains, en partie parce que ce contact la réconfortait et en partie parce qu'elle voulait le rassurer, adoucir ce qu'elle s'apprêtait à lui dire.

— Écoute, mon chéri, tu es l'homme le plus intéressant que j'aie jamais rencontré, certainement le plus séduisant et, je crois, le plus gentil. Mais pour les interviews, tu es lamentable. La plupart de tes questions sont irréfléchies, tu ne vas pas au fond du sujet, tu te laisses entraîner par des choses sans intérêt et, le plus souvent, tu ignores les réponses vraiment importantes. En plus, tu es assez naïf pour croire que l'autre est toujours honnête avec toi, alors que ce n'est pratiquement jamais le cas, si bien que tu ne le sondes pas là où il le faudrait.

Il ne se vexa pas.

— Je ne me suis jamais considéré comme un journaliste réalisant une interview, dit-il en souriant.

— C'est pourtant ce que c'était, mon cher. L'Ami détient des informations dont nous avons besoin pour comprendre ce qui nous arrive, pour faire notre travail.

— J'ai plus pensé à... comment dire ? A une épiphanie. Quand Dieu est venu apporter les Dix Commandements à Moïse, Il lui a juste dit de quoi il s'agissait. Et même s'il avait d'autres questions à poser, Moïse ne s'est pas senti le droit de cuisiner le patron.

— Ce n'est pas Dieu qui S'est manifesté dans le mur.

— Je sais. J'ai abandonné cette idée. Mais c'était une intelligence étrangère tellement supérieure à la nôtre que ça aurait tout aussi bien pu être Dieu.

— On n'en sait rien, objecta Holly, patiente.

— Bien sûr que si, on le sait. Quand on pense au degré d'intelligence et aux millénaires nécessaires pour construire une civilisation capable de traverser les galaxies... Mon Dieu, en comparaison, nous ne sommes que des chimpanzés !

— Tu vois ! C'est exactement ce que je veux dire. Comment sais-tu qu'il vient d'une autre galaxie ? Parce que tu crois ce qu'il t'a dit. Comment sais-tu qu'il y a un vaisseau spatial au fond de l'étang ? Parce que tu crois ce qu'il t'a dit.

Jim s'impatientait.

— Pourquoi est-ce qu'il nous mentirait ? Qu'est-ce qu'il aurait à y gagner ?

— Je n'en sais rien. Mais nous ne pouvons pas être sûrs qu'il ne nous manipule pas. Et quand il reviendra, comme il l'a promis, je veux être prête. Je veux qu'on passe l'heure qui va venir, ou les deux ou trois prochaines heures — tout le temps dont nous disposons — à préparer une liste de questions, afin de pouvoir le soumettre à un interrogatoire minutieux. Il nous faut une stratégie pour lui soutirer de vraies informations, des faits, pas des galéjades, et nos questions devront soutenir cette stratégie. (Comme il fronçait le sourcil, elle continua avant qu'il ne pût l'interrompre.) D'accord, très bien, il est peut-être incapable de mentir, il est peut-être noble et pur, et tout ce qu'il nous a dit est peut-être parole d'évangile. Mais écoute-moi bien, Jim : ce n'est pas une épiphanie. L'Ami a établi les règles en te poussant à acheter les blocs et le stylo. Il a fixé le principe des questions et des réponses. S'il n'avait pas voulu que nous en tirions le maximum, il t'aurait dit de la fermer et il se serait adressé à toi depuis un buisson ardent !

Il l'observait fixement, se mordillant la lèvre, pensif.

Son regard dériva vers le mur où avait nagé la créature de lumière.

— Tu ne lui as même pas demandé pourquoi il veut que tu sauves des gens, insista Holly. Ni pourquoi certaines personnes et pas d'autres.

Il sursauta, visiblement surpris de réaliser qu'il n'avait pas posé la plus importante de toutes les questions. Dans la lueur laiteuse de la lampe à pétrole, ses yeux étaient de nouveau bleus, et non plus verts comme sous la lumière ambrée. Bleus, et troublés.

— Très bien, capitula-t-il. Tu as raison. Je suppose que je me suis laissé entraîner. Je veux dire... quoique ça puisse être, Holly.. c'est ahurissant.

— C'est ahurissant, admit-elle.

— On va faire ce que tu veux. Dresser une liste de questions bien pensées, et quand il reviendra, c'est toi qui les liras toutes, parce que tu seras plus à même d'en improviser d'autres s'il dit quoi que ce soit qui ait besoin d'être développé.

— Je suis d'accord, dit-elle, soulagée qu'il eût proposé cette solution sans y être poussé.

Elle était sans conteste plus rompue que lui aux techniques de l'interview, mais dans cette situation précise, elle était surtout plus fiable qu'il ne pourrait jamais l'être. L'Ami était en relation avec lui depuis longtemps et admettait avoir joué avec sa mémoire pour lui faire oublier leurs rencontres passées. Holly devait donc partir de l'hypothèse que Jim était influencé, corrompu d'une manière ou d'une autre, bien qu'il n'en eût pas conscience. L'Ami s'était introduit *dans son esprit* — peut-être des centaines de fois — à une époque où il était en pleine formation, particulièrement vulnérable en raison de la mort de ses parents et ainsi plus susceptible d'être manipulé, contrôlé, que la plupart des enfants de dix ans. Il pouvait fort bien être programmé sans le savoir pour protéger les secrets de l'extra-terrestre plutôt que pour aider à les révéler.

Holly savait qu'elle marchait sur un fil, à la limite entre la prudence nécessaire et la paranoïa, peut-être même avait-elle déjà basculé du côté de cette dernière. Mais dans les circonstances actuelles, un peu de paranoïa pouvait s'avérer vital.

Lorsque Jim annonça qu'il allait sortir se soulager, elle préféra cependant l'accompagner plutôt que de rester seule dans cette pièce. Elle demeura près de la Ford tandis qu'il urinait contre la clôture du champ de maïs.

Elle contempla les eaux sombres et profondes de l'étang.

Elle écouta les crapauds, qui chantaient à nouveau. De même que les cigales. Les événements de la journée l'avaient secouée. A présent, même les bruits de la nature lui semblaient malveillants.

Elle se demanda s'ils ne se frottaient pas à quelque chose de trop étrange, de trop puissant pour être affronté par une journaliste ratée et un ancien professeur. Elle se demanda s'ils ne feraient pas mieux de quitter immédiatement la ferme. Elle se demanda si on leur permettrait de s'en aller.

Depuis le départ de l'Ami, sa peur ne s'était pas apaisée. Bien au contraire. La jeune femme avait le sentiment de se trouver sous un poids de mille tonnes suspendu par magie à un seul et unique cheveu humain. Mais la magie s'affaiblissait et le cheveu était tendu au maximum, aussi fragile qu'un filament de verre.

▼▲▼

Quand arriva minuit, ils avaient mangé six beignets au chocolat et rédigé sept pages de questions. Le sucre apportait énergie et consolation dans les moments pénibles mais ne soulageait en rien les nerfs à vif. L'anxiété d'Holly n'en était que plus aiguisée, tel un rasoir.

La jeune femme faisait les cent pas, bloc en main.

— Et cette fois-ci, on ne va pas le laisser s'en tirer avec des réponses écrites. Ça ne fait que ralentir le rythme. On va insister pour qu'il nous parle.

— Il ne peut pas parler, dit Jim, allongé sur le dos, les mains croisées derrière la nuque.

— Qu'est-ce que tu en sais ?

— Eh bien, je le suppose, sinon il l'aurait fait dès le départ.

— Ne suppose rien du tout, le reprit Holly. S'il peut mêler ses molécules à celles du mur, nager dans la pierre — dans *n'importe quoi*, à l'en croire — et prendre la forme qu'il veut, alors il est tout à fait capable de se façonner une bouche, des cordes vocales, et de parler comme n'importe quelle puissance supérieure qui se respecte.

— Tu dois avoir raison, concéda Jim, mal à l'aise.

— Il a déjà dit qu'il pourrait nous apparaître sous la forme d'un homme ou d'une femme s'il le voulait, non ?

— Si.

— Je ne lui demande même pas une matérialisation spectaculaire. Juste une voix. Une voix sans corps, quelque chose comme un son et lumière.

En s'entendant, Holly réalisa qu'elle utilisait sa nervosité pour se durcir, pour acquérir le ton agressif dont elle aurait besoin au retour de l'Ami. C'était un vieux truc, appris en interviewant des gens qui l'intimidaient.

Jim s'assit.

— Très bien, il pourrait parler s'il le voulait, mais il ne veut peut-être pas.

— On a déjà décidé de ne pas lui laisser fixer toutes les règles, Jim.

— Je ne comprends pas pourquoi nous devons l'affronter.

— Je ne l'affronte pas.

— Je pense qu'on devrait au moins être un peu respectueux.

— Oh ! je suis vachement respectueuse.

— On ne dirait pas.

— Je suis sûre qu'il pourrait nous écraser comme des insectes s'il en avait envie, et ça me fait éprouver pour lui un respect considérable.

— Ce n'est pas de ce genre de respect dont je parle.

— C'est le seul qu'il m'ait inspiré pour le moment, conclut la jeune femme, tournant maintenant autour de son compagnon au lieu de marcher de long en large. Quand il arrêtera de me manipuler, d'essayer de me foutre la trouille, et quand il se mettra à me donner des réponses qui sonnent vrai, moi, je me mettrai peut-être à le respecter pour d'autres raisons.

— Tu deviens presque effrayante.

— *Moi ?*

— Tu es tellement hostile.

— Je ne suis pas hostile.

— Moi, je trouve que c'est de l'hostilité pure et simple, insista-t-il, faisant la moue.

— C'est du journalisme combatif. Le credo du reporter moderne. On ne commence pas par interroger l'interviewé puis expliquer ses réponses au lecteur, on l'attaque d'emblée. On a un but, une version de la vérité qu'on veut rapporter, quelle que soit la réalité des faits, et on s'y tient. Je n'ai jamais approuvé ça, je n'ai jamais employé cette méthode, et c'est pour ça que les articles intéressants et les promotions étaient réservés aux autres. Mais cette nuit, je suis à cent pour cent en faveur de l'attaque. La seule différence, et elle est de taille, c'est que je cherche à obtenir la vérité, pas à la façonner. Je ne veux rien d'autre qu'arracher quelques faits réels à notre copain l'extra-terrestre.

— Peut-être qu'il ne se montrera pas.

— Il a dit qu'il viendrait.

Jim secoua la tête.

— Pourquoi le ferait-il si tu dois te conduire comme ça ?

— Tu veux dire qu'il pourrait *avoir peur* de moi ? Tu parles d'une puissance supérieure !

Les cloches tintèrent et Holly sursauta.

— Du calme, dit Jim en se levant.

Le son argentin cessa, revint, cessa à nouveau. Lorsqu'il retentit pour la troisième fois, une lumière rouge terne apparut en un point du mur. Elle s'intensifia, s'éclaircit, puis explosa soudain à travers le plafond voûté à la manière d'une fusée de feux d'artifice. Après quoi le bruit des cloches s'évanouit et les innombrables étincelles se fondirent en taches pour recréer les formes palpitantes, sans cesse en mouvement, qu'ils avaient déjà observées.

— Très théâtral, dit Holly.

Tandis que la lumière virait vivement du rouge à l'ambre, en passant par l'orangé, elle prit l'initiative.

— Nous aimerions que vous renonciez au moyen peu pratique utilisé jusqu'ici pour répondre à nos questions et que vous nous parliez directement.

L'Ami ne répondit pas.

— Êtes-vous d'accord ?

Pas de réponse.

Consultant le bloc qu'elle tenait en main, Holly lut la première question.

— Êtes-vous la puissance supérieure qui a envoyé Jim accomplir ses missions de sauvetage ?

Elle attendit.

Silence.

Elle réitéra sa question.

Silence.

Elle la répéta encore, obstinée.

L'Ami ne parlait toujours pas, mais Jim s'exclama :

— Holly, regarde ça !

Lorsqu'elle se tourna vers lui, elle le vit examiner l'autre bloc. Il le lui présenta, faisant battre les dix ou vingt premières pages. A la lumière fluctuante qui s'échappait des pierres, Holly s'aperçut que les feuillets étaient couverts de l'écriture familière de l'Ami.

Elle prit le bloc des mains de son compagnon et lut la première ligne de la première page : OUI, JE SUIS CETTE PUISSANCE.

— Il a déjà répondu à toutes les questions que nous avons préparées, commenta Jim.

Holly jeta le bloc à travers la pièce. Il heurta la fenêtre sans briser la vitre et tomba sur le plancher avec un bruit mat.

— Holly, tu ne peux pas...

Un regard acéré de la jeune femme le fit taire.

Dans la pierre calcaire transmutée, la lumière se déplaçait avec plus d'agitation qu'auparavant.

— Dieu a donné les Dix Commandements à Moïse sur des tablettes d'argile, c'est vrai, dit Holly à l'Ami. Mais Il a eu aussi la courtoisie de lui parler. Si Dieu peut s'abaisser à parler à de simples humains, vous le pouvez aussi.

Elle n'essaya même pas de savoir comment Jim réagissait à son agressivité. La seule chose qui lui importait était qu'il ne l'interrompît pas.

L'Ami restant silencieux, elle répéta la première question de sa liste.

— Êtes-vous la puissance supérieure qui a envoyé Jim accomplir ses missions de sauvetage ?

— *Oui. Je suis cette puissance.*

La voix était un timbre de baryton doux et mielleux. Tel le tintement des cloches, elle semblait provenir de partout autour d'eux. L'Ami ne sortit pas de la paroi sous une forme humaine ni ne se sculpta un visage dans la pierre. Il se contenta de faire surgir sa voix du néant.

Holly posa sa seconde question.

— Comment pouvez-vous savoir que ces gens sont sur le point de mourir ?

— *J'existe dans tous les aspects du temps.*

— Qu'entendez-vous par là ?

— *Le passé, le présent et l'avenir.*

— Vous pouvez prévoir l'avenir ?

— *J'y existe aussi bien que dans le passé et le présent.*

La lumière était désormais moins agitée, comme si la présence étrangère avait accepté les conditions d'Holly et retrouvait sa bonhomie.

Jim rejoignit sa compagne et lui pressa le bras comme pour dire « Bon travail ».

La jeune femme décida de ne pas exiger plus d'explications sur cette capacité de prédiction, de crainte de dévier de sa route et de ne pouvoir la retrouver avant que la créature annonce à nouveau son départ. Elle en revint aux questions préparées.

— Pourquoi désirez-vous que ces gens soient sauvés ?

— *Pour aider l'humanité*, déclara la voix de l'Ami, sonore.

Holly crut y déceler une note pompeuse. Elle ne pouvait cependant l'affirmer en raison de la modulation régulière, presque mécanique, du timbre.

— Mais il y a des tas de gens qui meurent tous les jours — et la plupart sont innocents. Pourquoi avoir choisi ceux-là en particulier ?

— *Ils sont spéciaux.*

— En quoi ?

— *S'il vit, chacun d'entre eux contribuera de manière significative à améliorer le sort de l'humanité.*

— Nom de Dieu ! s'exclama Jim.

Holly ne s'était pas attendue à cette réponse, qui avait l'avantage de la fraîcheur. Mais elle n'était pas sûre d'y croire. D'autant qu'elle trouvait la voix de l'Ami de plus en plus familière. Elle avait la certitude de l'avoir déjà entendue, dans un contexte qui minait maintenant la crédibilité de l'être, malgré son ton profond et autoritaire.

— Vous voulez dire que vous ne voyez pas seulement le futur tel qu'il sera, mais aussi tel qu'il pourrait être ?

— *Oui.*

— Est-ce que cela ne signifie pas que vous êtes Dieu ?

— *Non, je ne vois pas les choses aussi clairement que Dieu, mais je les vois.*

Jim avait retrouvé sa bonne humeur enfantine. Il souriait aux dessins kaléidoscopiques de la lumière, visiblement ravi par ce qu'il entendait.

Holly se détourna du mur, traversa la pièce, s'accroupit auprès de sa valise et l'ouvrit.

— Qu'est-ce que tu fais ? demanda son compagnon en s'approchant.

— Je cherche ça, annonça-t-elle.

Elle exhiba le carnet dans lequel elle avait noté ses découvertes alors qu'elle étudiait les exploits d'un certain Jim Ironheart. Elle se releva et chercha la page où se trouvait la liste des gens sauvés avant l'accident du vol 246.

— Le 15 mai, lut-elle à l'adresse de la créature qui palpitait dans les murs. Atlanta, Géorgie. Sam Newsome et sa fille, Emily. Quelle contribution vont-ils apporter au bien-être de l'humanité qui les rende plus importants que les autres gens morts ce jour-là ?

Elle n'obtint aucune réponse.

— Alors ? insista-t-elle.

— *Emily deviendra une grande scientifique et découvrira un remède contre une grave maladie.*

Cette fois, la voix était indéniablement pompeuse.

— Quelle maladie ?

— *Pourquoi ne me croyez-vous pas, Miss Thorne ?*

L'Ami s'exprimait avec le formalisme d'un majordome anglais dans l'exercice de ses fonctions, mais Holly crut pourtant percevoir sous la dignité et la réserve de cette repartie le ton subtilement malicieux d'un enfant.

— Dites-moi de quelle maladie il s'agit, et je vous croirai peut-être.

— *Le cancer.*

— Quel cancer ? Il y en a de multiples sortes.

— *Tous les cancers.*

Holly consulta à nouveau ses notes.

— Le 7 juin. Corona, Californie. Louis Andretti.

— *Son fils sera un grand diplomate.*

C'est toujours mieux que de se faire mordre par des serpents à sonnette, songea la jeune femme.

— 21 juin. New York City. Thaddeus...

— *Ce sera un grand artiste, dont les œuvres rendront l'espoir à des millions de gens.*

— Il avait l'air d'un bon petit, renchérit Jim, enthousiaste. Il m'a bien plu.

Holly ne releva pas.

— Le 13 juin. San Francisco...

— *Rachel Steinberg donnera naissance à un enfant qui deviendra un grand chef spirituel.*

Cette voix l'exaspérait. Elle savait qu'elle l'avait déjà entendue. Mais où ?

— Le 5 juillet...

— *Miami, Floride, Carmen Diaz. Son fils deviendra président des États-Unis.*

Holly s'éventa avec son carnet.

— Et pourquoi pas président du monde, tant qu'on y est ?

— *Le 14 juillet. Houston, Texas. Amanda Cutter. Son enfant sera un grand pacifiste.*

— Pas le deuxième messie ? minauda Holly. Tiens...

Jim s'était éloigné d'elle pour s'appuyer contre la paroi, entre deux fenêtres. La lumière explosait tout autour de lui en silence.

— Qu'est-ce qui te prend ? demanda-t-il.

— C'est trop.

— Quoi ?

— D'accord, il dit vouloir que tu sauves des gens spéciaux.

— *Pour aider l'humanité.*

— Mais oui, mais oui, lança-t-elle au mur, avant de reprendre, à l'adresse de Jim : mais tu ne trouves pas que tous ces gens sont un peu trop spéciaux ? C'est peut-être moi qui déraille, mais j'ai l'impression qu'il fait donner la grosse artillerie. On replonge dans le cliché. Il n'y en a pas un qui doive devenir un très bon médecin, ni un homme d'affaires destiné à créer une nouvelle industrie et peut-être dix mille emplois, ni un flic honnête et courageux, ni une super-infirmière. Non, ce seront tous de grands diplomates, de grands scientifiques, de grands politiciens, de grands pacifistes. Grands, grands, grands !

— C'est ça, le journalisme combatif ?

— Je veux !

Jim s'éloigna du mur, lissa son épaisse chevelure des deux mains et se retourna vers elle.

— Je vois ce que tu veux dire et pourquoi tu as l'impression d'être retombée dans un épisode d'*Au-delà du réel*, mais réfléchis un peu : nous sommes dans une situation extravagante, complètement folle ; un être venu d'un autre monde, avec des pouvoirs qui nous semblent divins, décide de m'utiliser pour améliorer les chances de la race humaine. Tu ne trouves pas logique qu'il m'envoie sauver des gens vraiment très spéciaux plutôt que ton hypothétique P-DG ?

— Oh, c'est tout à fait logique, acquiesça-t-elle. Simplement, ça sonne faux, et j'ai du nez pour les mensonges.

— *Voilà sans doute pourquoi vous avez si bien réussi dans le journalisme !*

Holly aurait pu éclater de rire en entendant un extra-terrestre aussi supérieur aux humains s'abaisser à un duel verbal aussi mesquin. Mais l'impatience et la malice qu'elle avait cru détecter dans certaines des réponses précédentes étaient maintenant indéniables et l'idée d'une créature hypersensible et rancunière, dotée de pouvoirs divins, se révélait trop effrayante pour être drôle sur le moment.

— Non, mais tu l'entends, ta puissance supérieure ? lança-t-elle à Jim. Si ça continue, elle va me traiter de salope !

L'Ami n'intervint pas.

Consultant à nouveau ses notes, la jeune femme reprit :

— Le 20 juillet. Steven Aimes. Birmingham, Alabama.

Les bancs de lumière évoluaient toujours dans le mur mais les configurations en étaient moins gracieuses, moins sensuelles qu'auparavant. S'ils avaient été auparavant l'équivalent visuel de la plus douce des symphonies de Brahms, ils évoquaient maintenant davantage les gémissements dissonants d'un mauvais morceau de free jazz.

— Alors, et Steven Aimes ? s'entêta Holly, la peur au ventre mais se souvenant de la manière dont avait été accueillie sa première démonstration de volonté.

— *Je m'en vais.*

— La marée a été courte.

La lumière ambrée se mit à foncer.

— *Les marées du vaisseau ne sont ni régulières ni de durée égale. Mais je reviendrai.*

— Parlez-moi de Steven Aimes ! Il a cinquante-sept ans, et même s'il a un peu de bouteille, il est encore capable d'engendrer un grand quelque chose. Pourquoi l'avoir sauvé ?

La voix se fit un peu plus profonde, glissant du baryton à la basse. Elle se durcit.

— *Il ne serait pas raisonnable d'essayer de partir.*

C'était ce qu'attendait Holly. Dès qu'elle entendit ces paroles, elle comprit qu'elle les attendait.

Jim, en revanche, était décontenancé. Il pivota pour contempler les formes sombres, encore ambrées, qui tourbillonnaient, se fondaient les unes aux autres, se séparaient. On eût dit qu'il tentait d'assimiler la géographie biologique de la chose afin de pouvoir la regarder dans les yeux.

— Qu'est-ce que vous voulez dire ? Nous nous en irons quand nous voudrons.

— *Vous devez attendre mon retour. Si vous essayez de partir, vous mourrez.*

— Vous ne voulez donc plus aider l'humanité ? demanda sèchement Holly.

— *Ne dormez pas.*

Jim s'approcha de sa compagne. La distance qu'avait créée entre eux son agressivité envers l'Ami était apparemment oubliée. Il l'entoura d'un bras protecteur.

— *Surtout, ne dormez pas.*

Les pierres demeuraient tachetées d'une lueur rouge sombre.

— *Les rêves sont des seuils.*

La lumière sanglante disparut.

La pièce n'était plus éclairée que par la lampe Coleman. Dans la pénombre qui suivit le départ de l'Ami, on n'entendit plus que le doux grésillement du pétrole en combustion.

8

Holly se tenait en haut des marches, une torche pointée vers le rez-de-chaussée. Jim supposa qu'elle tentait de déterminer si on les empêcherait réellement de quitter le moulin — et, si oui, avec quelle violence.

Assis sur son sac de couchage, il ne comprenait pas pourquoi tout cela prenait un goût amer.

Il était venu ici parce que les événements terrifiants qui s'étaient produits dans sa chambre, plus de dix-huit heures auparavant, ne lui permettaient plus d'ignorer le côté noir du mystère auquel il se trouvait mêlé. Avant cela, il avait accepté de se laisser porter, de faire ce qu'on le poussait à faire, de sauver les gens du feu au dernier moment — super-héros téméraire mais étonné de ses propres prouesses, obligé de prendre l'avion lorsqu'il voulait voler et de laver lui-même son linge sale. A présent, les intrusions croissantes de l'Ennemi — quel qu'il fût —, le mal qu'il incarnait indéniablement et son hostilité évidente lui interdisaient le luxe de l'ignorance. L'Ennemi s'efforçait de pénétrer dans ce monde depuis un autre, peut-être depuis une autre dimension, et il semblait plus proche de son but à chaque nouvelle tentative. Découvrir la nature de la puissance supérieure qui se dissimulait derrière ses propres activités n'avait pas constitué la préoccupation majeure du sauveur, car il sentait que cette illumination lui serait accordée en temps voulu. En revanche, s'informer au sujet de l'Ennemi semblait être devenu primordial pour sa survie — et celle d'Holly.

Il ne s'en était pas moins rendu à la ferme avec le sentiment qu'il allait y rencontrer le bien tout autant que le mal, y faire l'expérience de la joie aussi bien que de la peur. Tout ce qu'il avait pu apprendre en plongeant dans l'inconnu eût au moins dû lui apporter une meilleure compréhension de sa mission sacrée et des forces surnaturelles qui les provoquaient. A présent, il était plus désorienté que jamais. Certaines choses l'avaient effectivement rempli de la joie et de l'émerveillement qu'il espérait : le tintement des pierres, par exemple, et la lumière splendide, presque divine, qui était l'essence de l'Ami. Savoir qu'il sauvait non seulement des vies mais des gens si spéciaux que leur survie améliorerait le sort de l'espèce humaine tout entière l'avait porté au bord de l'extase. Mais cette jouissance spirituelle avait été gâchée par le soupçon croissant que l'Ami ne leur disait pas toute la vérité ou, pis, qu'il ne leur racontait que des mensonges. Jim trouvait extrêmement déplaisant l'enthousiasme enfantin de la créature, au point de se demander si tout ce qu'il avait accompli depuis le sauvetage des Newsome, en mai, ne l'avait pas été au service du mal et non du bien.

Cette crainte était cependant tempérée par l'espoir. Si une écharde s'était logée dans son cœur et avait commencé à l'infecter, cette maladie spirituelle était tenue en échec par l'optimisme fondamental que Jim avait toujours eu en lui.

Holly éteignit la torche et quitta l'embrasure de la porte pour revenir s'asseoir sur son duvet.

— Je ne sais pas. C'était peut-être une menace en l'air, mais il n'y a aucun moyen de l'affirmer tant que nous n'essaierons pas de partir.

— Tu veux qu'on le fasse ?

Elle secoua la tête.

— A quoi bon quitter la ferme, de toute façon ? Pour ce qu'on en sait, il peut nous atteindre n'importe où, non ? Il t'a atteint à Laguna Niguel pour t'envoyer en mission, il t'a atteint au fin fond du Nevada pour t'envoyer sauver Nicholas O'Conner à Boston.

— Je l'ai senti en moi partout où je suis allé. A Houston, en Floride, en France, en Angleterre — il me guidait, m'informait de ce qui allait se produire afin que je puisse accomplir mon travail.

Holly semblait épuisée. Ses traits étaient tirés et son teint trop pâle pour que la lueur spectrale de la lampe à pétrole en fût seule responsable. Elle ferma un instant ses yeux cernés et se pinça l'arête du nez entre le pouce et l'index, une expression douloureuse sur le visage, comme si elle cherchait à faire cesser un mal de tête.

Jim regrettait de tout son cœur de l'avoir entraînée dans cette histoire. Mais comme sa peur et son désespoir, ce regret était mélangé, tempéré par le profond plaisir qu'il tirait de sa seule présence. Même si c'était égoïste, il était heureux qu'elle fût en sa compagnie, où que pût les mener cette étrange nuit. Il n'était plus seul.

— Cette créature ne se cantonne pas aux alentours de l'étang ni aux contacts psychiques à distance, reprit Holly, le front creusé de rides profondes, se pinçant toujours le nez. A en juger par les marques qu'elle a laissées sur mes hanches et la manière dont elle a traversé le plafond de ta chambre ce matin, elle peut se manifester n'importe où.

— Eh, attends un peu, rétorqua Jim. Nous savons que l'Ennemi peut se matérialiser loin d'ici, c'est vrai, mais nous ignorons si l'Ami possède cette capacité. C'est l'Ennemi qui est sorti de ton rêve, et c'est l'Ennemi qui a tenté de nous atteindre ce matin.

Holly ouvrit les yeux et laissa retomber sa main de son visage. Elle était blême.

— Je crois qu'ils ne font qu'un.

— Quoi ?

— L'Ennemi et l'Ami. Je ne crois pas qu'il y ait deux entités distinctes dans cet étang, dans ce vaisseau spatial, s'il s'agit bien d'un vaisseau spatial, ce qui me paraît être le cas. Je crois qu'il n'y en a qu'une seule. L'Ami et l'Ennemi n'en sont que deux aspects différents.

Ce qu'elle voulait dire était évident mais trop effrayant pour que Jim l'accepte d'emblée.

— Tu plaisantes ? Ça revient à dire que... C'est complètement dingue.

— C'est exactement le terme qui convient. Il souffre de l'équivalent extra-terrestre d'un dédoublement de la personnalité. Il joue les deux rôles, sans en avoir conscience. (Le désir qu'avait Jim de croire que l'Ami était une entité séparée purement bienveillante devait se lire sur son visage, car Holly lui prit la main, la serra entre les siennes et se hâta de poursuivre avant qu'il ne pût l'interrompre.) Sa puérilité, la grandiloquence avec laquelle il prétend refaçonner la destinée de notre race tout entière, la flamboyance de ses apparitions, ses fluctuations soudaines entre une attitude de bonne volonté sirupeuse et la colère butée, le fait qu'il nous mente de façon si transparente tout en se croyant très habile, la discrétion dont il fait preuve sur certains sujets alors qu'il n'a aucune raison apparente d'être discret — tout cela prend un sens si tu considères que nous avons affaire à un esprit dérangé.

Jim chercha des failles dans ce raisonnement et en trouva une.

— Mais tu ne peux pas croire qu'un fou, un extra-terrestre fou, ait pu piloter un vaisseau spatial monstrueusement complexe sur des années-lumière, avec tous les dangers que ça comporte ?

— Ça ne s'est pas forcément passé comme ça. Peut-être est-il devenu fou après être arrivé ici. Ou bien alors n'avait-il pas à piloter, le vaisseau est peut-être essentiellement automatique. Ou il avait des congénères qui s'en chargeaient et qui sont maintenant tous morts. Il n'a jamais parlé d'un équipage, Jim, seulement de l'Ennemi. Et en supposant qu'on croie à son origine extra-terrestre, est-ce que tu trouves concevable que deux individus seulement partent pour une exploration intergalactique ? Il a peut-être tué les autres.

Chacune de ces hypothèses pouvait se révéler exacte, mais n'importe quelle autre le pouvait également. Ils se heurtaient à l'Inconnu avec un grand I, et les possibilités d'un univers infini étaient elles aussi infinies. Jim se rappela avoir lu un article à ce sujet : bien des scientifiques en arrivaient à penser que n'importe quelle forme de vie imaginée par l'esprit humain, même la plus fantaisiste, pouvait exister quelque part dans l'univers, parce que la nature infinie de la création impliquait qu'elle n'était ni moins fluide ni moins fertile que les rêves de tous les hommes et de toutes les femmes réunis.

— Ce qui m'embête, dit-il à Holly après lui avoir communiqué ces réflexions, c'est que tu es exactement en train de faire ce que tu critiquais avant. Tu essaies à tout prix d'expliquer cet être à l'aide de termes humains, alors qu'il est peut-être trop différent de nous pour que nous puissions le comprendre. Qu'est-ce qui te prouve qu'une espèce extra-terrestre puisse connaître la folie de la même manière que nous, ou qu'un de ses membres puisse posséder des personnalités multiples ? Ce sont des concepts strictement humains.

Elle acquiesça.

— Tu as raison, bien sûr. Mais pour le moment, c'est la seule théorie que je trouve valable. Jusqu'à ce qu'à preuve du contraire, je suis obligée de m'en tenir à l'hypothèse que nous n'avons pas affaire à un être rationnel.

De sa main libre, Jim augmenta l'arrivée du pétrole dans la lampe, intensifiant la lumière.

— Bon Dieu, je commence à avoir les jetons, dit-il avec un frisson.

— Bienvenue au club.

— S'il est schizophrène, s'il entre dans la peau de l'Ennemi, qu'il n'arrive plus à en sortir... qu'est-ce qu'il peut nous faire ?

— Je ne veux même pas y penser, répondit Holly. S'il nous est aussi supérieur intellectuellement qu'il semble l'être, s'il a vraiment une espérance de vie importante et donc une expérience et des connaissances qui donneraient à toute l'histoire humaine l'allure d'une nouvelle de quelques pages par rapport à une encyclopédie, alors il connaît certainement des tortures et des cruautés qui feraient passer Hitler, Staline et Pol Pot pour des enfants de chœur.

Malgré lui, Jim réfléchit un instant à ce problème. Les beignets qu'il avait mangés formaient dans son estomac une boule compacte, brûlante.

— Quand il reviendra..., commença Holly.

— Plus de tactique combative, par pitié ! l'interrompit son compagnon.

— Je me suis plantée, admit-elle. Mais l'approche était bonne. Je l'ai juste poussé un peu trop loin. Quand il reviendra, je modifierai ma technique.

Jim comprit qu'il avait accepté la théorie de la folie de l'Ami plus qu'il ne voulait bien l'admettre. Il avait désormais des sueurs froides à la pensée de ce que la créature pourrait faire si leur conduite la poussait à endosser sa seconde personnalité.

— Pourquoi ne pas éviter totalement la confrontation, entrer dans son jeu, flatter son ego, lui faire autant plaisir que...

— Ça ne servirait à rien. On ne peut pas contrôler la folie en la cautionnant. Ça ne fait que la rendre plus profonde. Je pense que n'importe quelle infirmière d'asile psychiatrique te dirait que le meilleur moyen de soigner un paranoïaque potentiellement violent est de se montrer gentil, respectueux, mais *ferme*.

Jim reprit sa main à Holly. Il essuya ses paumes moites sur sa chemise.

Le moulin était plongé dans un silence surnaturel, comme perdu dans un vide où le son ne pouvait s'infiltrer, scellé sous une immense cloche exposée dans un musée, au pays des géants. En un tout autre moment, Jim eût trouvé ce silence inquiétant, mais il en était pour l'heure ravi : cela signifiait probablement que l'Ami dormait ou qu'il se préoccupait d'autre chose que d'eux.

— Il cherche réellement à être bon, déclara-t-il. Il est peut-être fou et risque sans doute de se montrer violent, voire méchant, sous son autre identité, exactement comme le Dr Jekyll en Mr Hyde. Mais comme le Dr Jekyll, il désire être bon. On a au moins ça pour nous.

La jeune femme pesa un instant ces paroles.

— OK, ça, je te l'accorde. Quand il reviendra, je m'efforcerai de lui arracher un peu de vérité.

— Ce qui m'inquiète le plus, c'est... Est-ce qu'il peut réellement nous apprendre quelque chose d'utile? Même s'il nous dit toute la vérité, s'il est fou, il aura recours tôt ou tard à la violence irrationnelle.

Elle hocha la tête.

— Il faut essayer.

Un silence gêné retomba dans la pièce.

Jim consulta sa montre et s'aperçut qu'il était une heure dix du matin. Il n'avait pas sommeil et ne craignait donc pas de s'endormir, de rêver et de franchir ainsi un « seuil », mais il était épuisé. Bien qu'il n'eût rien fait d'autre que conduire puis attendre des révélations, debout ou assis, ses muscles lui faisaient mal comme s'il avait accompli dix heures d'un travail manuel harassant. Son visage lui semblait ramolli par la fatigue, ses yeux brûlants et emplis de sable. Une pareille tension pouvait se révéler aussi débilitante qu'une activité physique intense.

Il se surprit à souhaiter que l'Ami ne revînt pas, avec tout l'acharnement d'un enfant qui espère que sa prochaine visite chez le dentiste n'aura pas lieu. Il y employait chaque fibre de son être, comme s'il était convaincu, ainsi que le sont certains enfants, que les vœux, parfois, se réalisent vraiment.

Une citation de Chazal, qu'il avait utilisée durant un cours de littérature sur les œuvres fantastiques de Poe et d'Hawthorne, lui revint en mémoire : *Une terreur extrême nous fait retrouver les gestes de l'enfance.* Grâce à son expérience dans ce vieux moulin à vent, il pourrait citer cette phrase avec bien plus de conviction, si jamais il retournait un jour dans une salle de classe.

A une heure vingt-cinq, l'Ami enleva toute valeur aux vœux en faisant une apparition soudaine. Cette fois, nulle cloche n'annonça son arrivée. La lumière rouge naquit dans les murs comme une explosion de peinture écarlate dans l'eau claire.

Holly se leva vivement.

Jim l'imita. Plus qu'à demi convaincu que cet être mystérieux risquait à tout moment de les frapper avec une impitoyable brutalité, il ne pouvait plus rester tranquillement assis en sa présence.

La lumière se sépara en de nombreuses constellations, se répandit dans la pièce puis commença à passer du rouge à l'ambre.

L'Ami prit la parole sans attendre de question.

— *Le 1er août. Seattle, Washington. Laura Lenaskian, sauvée de la noyade. Son enfant deviendra un grand compositeur, dont la musique consolera des milliers de gens dans les moments difficiles. Le 8 août. Peoria, Illinois. Doogie Burkette. Il sera infirmier à Chicago, où il fera beaucoup de bien et sauvera de nombreuses vies. Le 20 août. Portland, Oregon. Billy Jenkins. Ce sera un excellent ingénieur, dont les inventions révolutionneront les soins médicaux...*

Jim croisa le regard d'Holly et n'eut pas même à se demander ce qu'elle pensait : la même chose que lui. En pleine crise de logorrhée, l'Ami leur fournissait des détails qui, croyait-il, apportaient une certaine crédibilité à son extravagante prétention de modifier la destinée humaine. Mais comment savoir si ce qu'il disait était vrai ou s'il ne s'agissait que de fariboles inventées afin de meubler son histoire ? L'important était peut-être qu'il semblât tenir énormément à ce qu'ils le croient. Cet être leur étant aussi supérieur qu'eux-mêmes par rapport à une souris grise, Jim ignorait totalement en quoi son opinion ou celle d'Holly pouvaient importer à l'Ami, mais le fait qu'elle lui importât effectivement jouait en leur faveur.

— ... *Le 20 août. Désert Mojave, Nevada. Lisa et Susan Jawolski. Lisa procurera à sa fille l'amour, l'affection et les conseils qui lui permettront de surmonter le grave traumatisme causé par la mort de son père et de devenir la plus grande femme d'État de toute l'histoire du monde : elle se battra pour la mise en œuvre de politiques gouvernementales plus humaines. Le 23 août. Boston, Massachusetts. Nicholas O'Conner, sauvé de l'explosion d'un relais électrique. Il sera prêtre et consacrera sa vie à s'occuper des pauvres dans les taudis de l'Inde...*

La tentative de l'extra-terrestre pour répondre à la critique d'Holly et présenter une version moins grandiose de son travail sautait aux yeux. Le petit Burkette n'allait pas sauver le monde mais juste devenir un bon infirmier, et Nicholas O'Conner mènerait une existence effacée parmi les pauvres gens — mais les autres étaient toujours grands, brillants ou incroyablement talentueux. Si elle ressentait désormais un besoin de crédibilité, la créature ne pouvait se résoudre à diminuer de façon significative l'importance de ses exploits.

Un autre détail préoccupait Jim : cette voix. Plus il l'écoutait, plus il était convaincu de l'avoir déjà entendue, mais pas dans cette pièce, même vingt-cinq ans auparavant. Elle ne pouvait qu'être empruntée, puisqu'à l'état naturel, l'extra-terrestre ne possédait sans doute rien de similaire à des cordes vocales. Sa biologie ne pouvait être qu'inhumaine. La voix qu'il imitait, tel un fantaisiste donnant une représentation dans un cabaret cosmique, était celle d'une personne que Jim avait connue. Mais qui ?

— *... Le 26 août. Dubuque, Iowa. Christine et Casey Dubrovek. Christine donnera naissance à un autre enfant qui deviendra le plus grand généticien du vingt et unième siècle. Casey deviendra un excellent professeur ; elle exercera une influence considérable sur ses élèves et ne subira jamais d'échec au point de provoquer un suicide.*

Jim eut l'impression de recevoir un coup de marteau en pleine poitrine. Cette accusation insultante, dirigée contre lui et faisant référence à Larry Kakonis, annihila le reste de foi qu'il avait dans la bonté fondamentale de l'Ami.

— Merde, c'était un sacré coup bas, dit Holly.

Jim avait tellement voulu croire au but que prétendait poursuivre la créature, à sa bienveillance, que cette mesquinerie l'écœura.

La scintillante lumière ambrée plongeait en tourbillonnant au travers des murs, comme si l'Ami avait été ravi de l'effet de sa pique.

Le désespoir monta en Jim au point que, pendant un instant, il osa même envisager que l'extra-terrestre fût une force purement maléfique. Peut-être les gens qu'il avait sauvés depuis le 15 mai n'étaient-ils pas destinés à améliorer la condition humaine mais à la faire empirer : Nicholas O'Conner serait un tueur psychopathe ; Billy Jenkins deviendrait pilote de bombardier et, trahissant son pays, trouverait le moyen de passer outre tous les systèmes de sécurité pour lâcher quelques bombes atomiques sur une grande ville. Et Susie Jawolski, au lieu d'être la plus grande femme d'État de l'histoire du monde, serait une terroriste qui poserait des bombes dans les conseils d'administration et tirerait à la mitrailleuse sur tous ceux qui la contrediraient.

Mais alors qu'il titubait au bord de ce noir abîme, Jim revit le visage de la petite Susie, qui lui avait paru l'innocence même. Il refusait de croire qu'elle pût exercer une influence négative sur le destin de sa famille ou de ses voisins. Il avait fait le bien. Par voie de conséquence, l'Ami avait fait le bien, qu'il fût ou non dément, et même s'il lui était possible de se montrer cruel.

Holly s'adressa de nouveau à la créature.

— Nous avons d'autres questions.

— *Posez-les, posez-les.*

La jeune femme consulta son bloc et Jim espéra qu'elle saurait retenir son agressivité. Il sentait l'Ami plus instable que jamais.

— Pourquoi avoir choisi Jim comme instrument ?

— *Il était pratique.*

— Parce qu'il vivait a la ferme ?

— *Oui.*

— Vous êtes-vous jamais manifesté en d'autres personnes de la même manière qu'en lui ?

— *Non.*

— En dix mille ans ?

— *Est-ce que c'est une question piège ? Est-ce que vous croyez pouvoir me tromper ? Pourquoi continuez-vous à douter alors que je dis la vérité ?*

Holly jeta un coup d'œil à son compagnon, qui secoua la tête : ce n'était pas le moment de se montrer inquisiteur ; la discrétion n'était pas seulement une preuve de courage mais aussi leur meilleure chance de survie.

Puis il se demanda si l'être pouvait lire dans ses pensées aussi facilement que s'y infiltrer pour y implanter des directives. Sans doute pas. Si ç'avait été le cas, il eût été fou de rage en constatant que ses interlocuteurs le croyaient aliéné et cherchaient à le ménager.

— Je suis désolée, assura Holly. Ce n'était pas une question piège, pas du tout. Nous voulons juste vous connaître. Vous nous fascinez. Si nous posons des questions que vous jugez insultantes, je vous prie de croire que ce n'est pas intentionnel. C'est dû à notre ignorance.

L'Ami ne répondit pas.

La lumière se mit à palpiter plus lentement. Quoique Jim fût conscient du danger qu'il y avait à interpréter les actions de l'extraterrestre en termes humains, il sentit que le changement dans les configurations et le tempo du phénomène lumineux indiquait que l'Ami se trouvait dans une phase de réflexion, qu'il pesait ce que venait de dire Holly et s'efforçait d'en déterminer la sincérité.

Enfin, la voix revint, plus douce qu'elle ne l'avait été depuis longtemps.

— *Posez vos questions.*

— Libérerez-vous un jour Jim de cette tâche ? s'enquit la jeune femme après avoir de nouveau consulté son bloc.

— *Le désire-t-il ?*

Holly interrogea Jim du regard.

Compte tenu de ce qu'il avait traversé durant les derniers mois, celui-ci fut assez surpris par sa propre réponse :

— Pas si je fais réellement du bien.

— *C'est le cas. Comment peux-tu en douter ? Mais que tu croies mes intentions bonnes ou mauvaises, je ne te libérerai jamais.*

Le soulagement que procura à Jim l'assurance de n'avoir pas sauvé la vie de futurs assassins fut tempéré par le ton menaçant de cette dernière phrase.

— Pourquoi avez-vous..., commença Holly.

— *Il y a une autre raison pour laquelle j'ai choisi Jim Ironheart comme instrument.*

— Laquelle ? s'enquit l'intéressé.

— *Tu en avais besoin.*

— Ah bon ?

— *Un but.*

Il comprit. Sa peur demeura intacte mais il fut ému par l'aveu de la créature. En donnant un sens à son existence vide et brisée, elle lui avait offert la rédemption aussi sûrement qu'elle avait sauvé Billy Jenkins, Susie Jawolski et tous les autres, bien qu'ils eussent échappé à un péril plus immédiat que la mort de l'âme qui le menaçait, lui. La déclaration de l'Ami semblait révéler une tendance à la pitié. Et Dieu sait si Jim avait besoin de pitié après la mort de Larry Kakonis, lorsqu'il s'était laissé glisser dans la dépression. Même s'il s'agissait d'un nouveau mensonge, cela l'affecta plus qu'il ne s'y fût attendu. Les larmes lui montèrent aux yeux.

— Pourquoi avoir attendu dix mille ans avant de décider d'utiliser quelqu'un comme Jim pour façonner des destinées humaines ? interrogea Holly.

— *Il fallait d'abord que j'étudie la situation, que j'accumule des données, que je les analyse, et que je décide si mon intervention était justifiée.*

— Et il vous a fallu dix mille ans pour prendre cette décision ? Pourquoi ? Ce que nous savons de notre histoire ne remonte pas aussi loin.

Pas de réponse.

Elle reposa sa question.

— *Je pars*, dit enfin l'Ami.

Puis, visiblement peu désireux que sa récente expression de compassion fût interprétée comme un signe de faiblesse, il ajouta :

— *Si vous tentez de vous en aller, vous mourrez.*

— Quand reviendrez-vous ? demanda Holly.

— *Ne dormez pas.*

— Il faudra que nous dormions, tôt ou tard, répliqua-t-elle tandis que la clarté ambrée redevenait rouge.

La pièce semblait couverte de sang.

— *Ne dormez pas.*

— Mais il est deux heures du matin !

— *Les rêves sont des seuils.*

— On ne peut pas rester réveillé éternellement, bordel de merde ! s'emporta la jeune femme.

La lumière dans les murs fut comme soufflée.

L'Ami avait disparu.

Quelque part, des gens riaient. Quelque part, il y avait de la musique, des gens dansaient. Et quelque part, des amants cheminaient vers l'extase.

Mais dans la pièce supérieure du moulin, ancien entrepôt à grain désormais bourré de violence potentielle du sol au plafond, il régnait une ambiance sinistre.

Holly détestait se sentir aussi impuissante. Elle avait toujours été une femme d'action, même si lesdites actions s'étaient révélées plus destructives que constructives. Lorsqu'un emploi décevait ses espérances, elle n'hésitait jamais à démissionner. Lorsqu'une relation s'altérait ou perdait tout intérêt, elle y mettait un terme rapide. Si elle avait souvent reculé devant les problèmes — devant la responsabilité de rester une journaliste consciencieuse après avoir découvert que le journalisme était aussi corrompu que tout le reste, devant l'amour, devant l'idée de se fixer et de s'impliquer dans quelque chose — eh bien, à tout le moins, le repli était une forme d'action. Maintenant même cette possibilité lui était refusée.

L'Ami avait sur elle un seul effet bénéfique · devant ce problème-là, il ne la laisserait pas reculer.

Jim et elles discutèrent un moment de cette dernière visite et relurent les dernières questions de leur liste, y apportant changements et ajouts. La plus récente portion de l'interview avait donné quelques informations intéressantes et potentiellement utiles. Potentiellement seulement, car tous deux sentaient toujours que rien de ce qu'avait dit la créature ne pouvait être pris pour argent comptant.

Vers trois heures et quart, alors que la fatigue leur interdisait de se lever, ils commencèrent à avoir trop mal aux fesses pour rester assis. Ils rapprochèrent leurs sacs de couchage et s'étendirent côte à côte, les yeux rivés au plafond voûté.

Ils laissèrent la lampe à pétrole brûler à son intensité maximum afin de rester éveillés. Tout en attendant le retour de l'Ami, ils continuèrent à parler, non de sujets importants mais de n'importe quoi qui pût leur occuper l'esprit. Il était difficile de s'endormir au milieu d'une conversation et si l'un d'eux somnolait, l'autre s'en apercevait à son silence. De plus, ils se tenaient par la main, la droite d'Holly dans la gauche de Jim, et si l'un commençait à sombrer durant une brève pause, l'autre en serait averti par la soudaine mollesse de la main du dormeur.

Holly ne pensait pas avoir de peine à vaincre le sommeil. A l'université, elle avait passé beaucoup de nuits blanches avant un examen ou lorsqu'elle devait rendre un devoir, et pouvait rester éveillée pendant trente-six heures sans trop de problème. Durant ses premières années de travail, lorsqu'elle croyait encore au journalisme, elle avait planché des nuits entières sur des articles, à étudier des documents, à réécouter plusieurs fois de suite des interviews, ou à remanier un paragraphe. Elle avait aussi sauté des nuits plus récemment, ne fût-ce qu'en raison de ses insomnies. De toute manière, elle était par nature un oiseau de nuit. Ce serait un jeu d'enfant.

Pourtant, bien qu'il ne se fût pas écoulé vingt-quatre heures depuis qu'elle avait jailli du lit le matin précédent, à Laguna Niguel, elle sentit le marchand de sable se glisser près d'elle et lui murmurer son message subliminal, *dors, dors, dors*. Les derniers jours lui avaient apporté un bouillonnement d'activité et de changements personnels qui avait miné ses ressources. Et certaines nuits, elle n'avait guère pris de repos, et pas seulement à cause des cauchemars. *Les rêves sont des seuils*. Le sommeil était dangereux. Elle devait rester éveillée. Bon Dieu, elle n'aurait pas dû avoir un tel besoin de dormir, malgré la tension à laquelle elle avait été soumise. Elle s'efforça d'alimenter la conversation avec Jim, même si, parfois, elle n'était pas sûre de savoir de quoi ils parlaient et qu'elle ne comprenait pas pleinement les mots qui sortaient de sa propre bouche. *Les rêves sont des seuils*. C'était presque comme si on l'avait droguée, ou comme si l'Ami, après les avoir mis en garde contre le sommeil, pressait dans son cerveau un interrupteur. *Les rêves sont des seuils*. Elle combattit le néant qui s'abattait sur elle, mais découvrit qu'elle ne possédait ni la volonté ni la force de s'asseoir... ou d'ouvrir les yeux. Car elle les avait fermés. Et elle ne s'en était pas rendu compte. *Les rêves sont des seuils*. La panique ne put lui faire reprendre conscience. Elle succomba de plus en plus au sortilège du marchand de sable, tout en entendant son cœur battre crescendo. Sa main se relâcha. Elle sut que Jim allait réagir à cette alerte, la réveiller, mais elle sentit alors sa main à lui se relâcher également et comprit qu'ils avaient tous deux été vaincus par le marchand de sable.

Elle dériva dans l'obscurité.

Se sentit observée.

C'était un sentiment à la fois rassurant et terrifiant.

Quelque chose allait se produire. Elle le sentait.

Pendant un certain temps, toutefois, rien ne se produisit. Sinon l'obscurité.

Puis elle prit conscience qu'elle avait une mission à accomplir.

Mais ce ne pouvait être vrai. C'était Jim qu'on envoyait en mission, pas elle.

Une mission. *Sa* mission. Elle allait enfin être envoyée en mission. C'était d'une importance vitale. Sa vie dépendait de la manière dont elle se conduirait. La vie de Jim en dépendait également. L'existence du monde tout entier en dépendait.

Mais les ténèbres restèrent présentes.

Elle dérivait. C'était agréable.

Elle dormait, dormait.

Et puis, au cours de la nuit, elle se mit à rêver. A l'échelle des cauchemars, celui-ci battait des records, franchissait toutes les bornes, mais ne ressemblait pas du tout à ceux que la jeune femme avait faits au sujet du moulin et de l'Ennemi. Il était bien pire, parce qu'il comportait une extraordinaire profusion de détails visuels et que, pendant toute sa durée, Holly se trouva en proie à une angoisse et à une terreur si intenses qu'aucune expérience antérieure n'aurait pu l'y préparer, pas même l'accident du vol 246.

Elle est allongée sur un carrelage, sous une table. Sur le côté. Les yeux grands ouverts. Juste devant elle, il y a une chaise, métal tubulaire et plastique orange. Sous la chaise, il y a des frites et un cheeseburger, dont la tranche de viande a glissé hors du pain sur une feuille de laitue nappée de ketchup. Et puis une femme, une vieille dame, couchée par terre également, la tête tournée vers elle, l'observant à travers les pieds de la chaise, par-dessus les frites et le hamburger gâchés. Elle a une expression de surprise. Elle la fixe, la fixe toujours, sans jamais cligner des yeux. Alors, Holly s'aperçoit que l'un de ses yeux, le plus proche du sol, a disparu. A sa place, un trou vide, d'où s'échappe du sang. Oh, madame. Oh, madame, je suis désolée, tellement désolée. Holly entend un son terrible, *taca-taca-taca-taca-taca-taca-tac*, ne le reconnaît pas, entend des gens qui hurlent, beaucoup de gens, *taca-taca-taca-tac*, qui hurlent toujours mais moins qu'avant, du verre qui se brise, du bois qui éclate, un homme qui pousse un grondement d'ours, qui rugit, qui est très en colère et qui rugit, *taca-taca-taca-taca-taca-taca-taca-tac*. Elle sait maintenant que ce sont des coups de feu, le tir nourri et saccadé d'une arme automatique, et elle veut sortir d'ici. Elle se tourne de l'autre côté, car elle ne veut pas — ne peut pas, vraiment pas — ramper auprès de la vieille femme à l'œil arraché. Mais derrière elle, il y a une petite fille d'environ huit ans, couchée sur le sol dans sa robe rose, avec des chaussures de cuir noir et des chaussettes blanches, une petite fille avec des cheveux blonds platinés, une petite fille avec, une petite fille avec, une petite fille avec des chaussures de cuir, une petite fille avec, une petite fille avec, une petite fille avec des chaussettes blanches, une petite fille avec, une petite fille avec avec avec avec *avec la moitié du visage emporté* ! Un sourire rouge. Des dents blanches brisées en un sourire rouge et bancal. Des gémissements, des cris, et encore des *taca-taca-taca-taca-tac*, ça ne s'arrêtera jamais, ça continuera toujours, ce terrible bruit, *taca-taca-tac*. Alors Holly avance, se traîne à quatre pattes, s'éloignant à la fois de la vieille dame et de la fillette qui n'a plus que la moitié de la figure. Elle ne peut empêcher ses mains de plonger-tremper-glisser-déraper sur des frites chaudes, un hamburger au poisson, de la moutarde, tandis qu'elle avance, avance, sous les tables, entre les chaises, puis elle pose la main dans une flaque glacée de Coca renversé, et lorsqu'elle aperçoit l'image de Dixie Duck sur le grand gobelet en carton dont s'est échappé le liquide, elle sait où elle se trouve : elle est dans un Dixie Duck Burger Palace, l'un des endroits au monde qu'elle préfère. Plus personne ne hurle, maintenant. Les gens se sont peut-être rappelés qu'on ne doit pas crier dans un restaurant, mais il y a quelqu'un qui pleure et qui gémit, et quelqu'un d'autre qui dit s'il-vous-plaît-s'il-vous-plaît-s'il-vous-plaît encore et encore. Holly commence à sortir de sous une table, et elle voit un homme déguisé debout à quelques pas d'elle, qui lui tourne à moitié le dos, et elle pense que c'est peut-être une farce, une fête de mardi gras. Seulement on n'est pas mardi gras. Le type est bien déguisé, pourtant, il porte des bottes de combat comme celles de Rambo et un pantalon de camouflage et un T-shirt noir et un béret, comme ceux des Bérets Verts sauf que celui-là est noir, et il s'agit certainement d'un déguisement parce que l'homme n'est pas vraiment soldat, ne peut pas être soldat avec ce gros ventre qui déborde de son pantalon, et il y a bien une semaine qu'il ne s'est pas rasé, et les soldats sont obligés de se raser, alors il est juste habillé en soldat. La jeune fille est agenouillée devant lui, une des adolescentes qui travaillent à Dixie Duck, celle qui est jolie et qui a des cheveux roux. Elle a fait un clin d'œil à Holly quand celle-ci a passé sa commande, et maintenant elle est agenouillée devant ce type déguisé en soldat, le front baissé comme si elle priait, sauf que ce qu'elle dit, c'est s'il-vous-plaît-s'il-vous-plaît-s'il-vous-plaît. L'homme crie, parle de la CIA et de contrôle mental et de réseaux d'espionnage qui opèrent dans les locaux de Dixie Duck. Puis il cesse de crier et il observe un instant la rouquine, l'observe et lui dit regarde-moi, et elle dit s'il-vous-plaît-s'il-vous-plaît-faites-pas-ça, et il lui dit encore regarde-moi, alors elle lève la tête et elle le regarde et il dit tu-me-prends-pour-un-con-ou-quoi ? La fille est terrorisée, elle est tout bonnement terrorisée et elle dit non-s'il-vous-plaît-je-ne-sais-rien-du-tout et il dit tiens-mon-cul et il abaisse la grosse mitraillette, et il lui met la grosse mitraillette juste devant le visage, à quelques centimètres du visage. Elle dit oh-mon-Dieu-oh-mon-Dieu et il dit tu-fais-partie-de-ces-enfoirés, et Holly est sûre que maintenant le type va écarter la mitraillette et éclater de rire, et que tous les gens qui font les morts vont se relever et éclater de rire aussi, et que le gérant va venir recevoir les félicitations pour son spectacle de mardi gras, sauf qu'on n'est pas mardi gras. Alors l'autre appuie sur la gachette, *taca-taca-taca-tac*, et la fille aux cheveux roux se dissout. Holly se tortille pour rebrousser chemin, vite, elle veut s'éloigner de lui avant qu'il ne la voie, parce qu'il est dingue, voilà ce qu'il est, c'est un dingue. Elle patauge dans la même nourriture répandue par terre, dépasse la petite fille en robe rose et glisse sur une flaque de sang, priant que le fou ne l'entende pas s'éloigner. *TACA-TACA-TACA-TACA-TACA-TAC !* Mais il doit tirer dans l'autre direction, parce que aucune balle ne ricoche autour d'elle, alors elle continue, passe par-dessus un homme mort dont les entrailles s'échappent du corps. Elle entend les sirènes, maintenant, des sirènes qui retentissent à l'extérieur. Les flics vont s'occuper du dingue. Et puis elle entend un grand fracas derrière elle, une table qu'on renverse, et ça a l'air tellement proche qu'elle jette un coup d'œil en arrière. C'est lui, le dingue. Il vient droit sur elle, poussant les tables hors de son chemin, donnant des coups de pied dans les chaises, il la voit. Elle escalade un nouveau cadavre et soudain elle se retrouve dans un angle, sur les genoux d'un mort, dans les bras d'un mort, et sans aucun moyen de sortir d'ici parce que le dingue arrive. Il est tellement terrifiant, il a l'air tellement méchant qu'Holly est incapable de le regarder venir, qu'elle ne veut pas voir la mitraillette devant son visage comme l'a vue la rouquine, alors elle détourne la tête, la tourne vers le mort...

Elle s'éveilla comme jamais encore elle ne s'était éveillée, sans hurler, sans même un cri coincé au fond de la gorge, mais en train d'étouffer. Elle était pelotonnée en une boule serrée, les bras autour du corps, la poitrine soulevée par des hoquets. Ce qui la faisait suffoquer n'avait rien de matériel : c'était la répulsion qui lui comprimait la gorge.

Jim lui tournait le dos, allongé sur le côté, les jambes légèrement repliées, en une position semi-fœtale. Il dormait à poings fermés.

Dès qu'elle put respirer, elle s'assit. Elle ne tremblait pas : elle était littéralement secouée de spasmes. Il lui semblait entendre ses os claquer les uns contre les autres.

Elle se félicita de n'avoir rien mangé après les beignets, digérés depuis longtemps. Si elle avait absorbé quoi que ce fût d'autre, elle en eût maintenant été recouverte.

Elle se pencha en avant et enfouit son visage entre ses mains. Elle demeura ainsi jusqu'à ce que les spasmes se changent en tremblement puis le tremblement en frissons.

La première chose qu'elle remarqua en relevant la tête fût la lumière du jour aux fenêtres étroites. Elle était d'un gris-rose opalescent, faible lueur plutôt que rayonnement, mais c'était tout de même la lumière du jour. En la voyant, Holly réalisa qu'elle n'avait pas été bien sûre de revoir le soleil se lever.

Elle consulta sa montre. Six heures dix. L'aube. Elle n'avait dû dormir que deux heures ou deux heures et demie. Et c'était pire que de ne pas avoir dormi du tout : elle ne se sentait pas le moins du monde reposée.

Le rêve. Elle soupçonnait l'Ami d'avoir utilisé son pouvoir télépathique pour la faire dormir contre son gré. Et en raison de la rare intensité du cauchemar, elle était convaincue que c'était lui qui lui avait envoyé cette répugnante bobine de film mental.

Mais pourquoi ?

Jim marmonna, bougea un peu puis s'immobilisa à nouveau, respirant profondément mais paisiblement. Son rêve devait être différent de celui d'Holly ; sinon il eût été pris de convulsions et eût hurlé comme un supplicié.

La jeune femme resta assise un moment, réfléchissant au rêve, se demandant s'il s'agissait d'une vision prophétique. L'Ami l'avertissait-il qu'elle allait se retrouver dans un Dixie Duck Burger Palace, vautrée dans la nourriture et le sang, à essayer d'échapper à un fou furieux armé d'une mitraillette ? Elle n'avait jamais entendu parler de la chaîne Dixie Duck et ne pouvait imaginer endroit plus saugrenu où mourir.

Elle vivait dans une société aux rues jonchées de victimes de la drogue, dont certaines avaient le cerveau tellement dérangé qu'elles pouvaient fort bien prendre une arme et partir en quête d'enfoirés de la CIA organisant des réseaux d'espionnage dans les fast-foods. Depuis qu'elle était adulte, Holly travaillait pour des journaux. Elle avait lu des articles rapportant des faits aussi tragiques, aussi étranges.

Au bout d'environ un quart d'heure, elle ne supporta plus de penser un seul instant au cauchemar. Plus elle y réfléchissait, moins elle parvenait à l'analyser et plus sa confusion augmentait. Dans son souvenir, les images du massacre ne se dissipaient pas, comme celles des autres rêves, mais devenaient plus nettes. Elle décida qu'il n'était pas utile qu'elle comprît immédiatement le sens de ce songe.

Jim dormait toujours. Elle fut tentée de le réveiller. Mais il avait autant besoin de repos qu'elle et l'Ennemi ne paraissait pas vouloir utiliser le seuil des rêves. Il n'y avait aucun changement dans les murs de pierre, ni dans le plancher. Elle laissa donc son compagnon dormir.

En faisant le tour de la pièce pour examiner les murs, elle avait remarqué le bloc qui reposait sur le plancher, sous la fenêtre la plus éloignée, là où elle l'avait jeté quand l'Ami avait refusé de parler et tenté de lui offrir des réponses écrites à toutes ses questions sans qu'elle puisse les formuler à voix haute. Elle n'avait pas eu l'occasion d'en épuiser la liste et se demandait maintenant ce que la créature avait raconté.

Elle quitta son sac de couchage aussi discrètement que possible, se leva et traversa la pièce sur la pointe des pieds, tâtant chaque latte du plancher avant d'y exercer tout son poids, pour s'assurer qu'elle ne grincerait pas.

Alors qu'elle se penchait pour ramasser le bloc, un son la figea. Comme un battement de cœur avec un troisième temps.

Elle observa la paroi puis leva les yeux vers le plafond. La lumière de la lampe et celle que laissaient entrer les fenêtres lui suffirent pour s'assurer que la pierre n'était que de la pierre, le bois seulement du bois.

Loum-boum-BOUM, loum-boum-BOUM...

Le son était ténu, comme un rythme frappé au loin sur un tambour, hors du moulin, quelque part dans les collines brunes desséchées.

Mais Holly savait de quoi il s'agissait. C'était la pulsation à trois temps qui précédait toujours l'apparition de l'Ennemi — tout comme les cloches avaient, jusqu'à la dernière fois, précédé celle de l'Ami.

Elle entendit le son se dissiper.

Tendit l'oreille.

Rien.

Soulagée mais toujours tremblante, elle ramassa le bloc. Les feuilles froissés firent un peu de bruit lorsqu'elle les remit en place.

Le souffle régulier de Jim résonnait faiblement au travers de la pièce, sans changement de rythme ni d'intensité.

Holly lut les réponses inscrites sur la première page, puis sur la seconde. Sauf pour les questions improvisées qui ne figuraient pas sur le papier, il s'agissait des mêmes phrases que l'Ami avait formulées à haute voix. La troisième et la quatrième page comportaient la liste des gens sauvés par Jim — Carmen Diaz, Amanda Cutter, Steven Aimes, Laura Lenaskian —, et celle des grandes choses qu'ils étaient destinés à accomplir.

Loum-boum-BOUM, loum-boum-BOUM, loum-boum BOUM...

Holly releva vivement la tête.

Le son était toujours distant, autant que précédemment.

Jim gémit dans son sommeil.

Elle fit un pas en avant, avec l'intention de le réveiller, quand l'inquiétant battement s'évanouit à nouveau. De toute évidence, l'Ennemi était dans les environs mais n'avait pas trouvé de seuil dans le rêve de Jim. Et celui-ci devait absolument dormir. Sans sommeil, il ne pourrait agir. Holly décida de le laisser en paix.

Se rapprochant de la fenêtre pour profiter de la lumière, elle tourna la page suivante — et sentit la chair de sa nuque devenir aussi froide et grumeleuse que de la peau de dinde congelée.

Manipulant les feuillets avec une grande délicatesse, afin de faire le minimum de bruit, elle lut la sixième page, puis la septième, la huitième. Toutes étaient identiques. Des messages y étaient inscrits de la même écriture flottante qu'avait utilisée l'Ami pour son petit numéro de mots surgissant de l'eau. Mais là, il ne s'agissait pas de réponses à des questions. Il s'agissait de deux affirmations alternées, dépourvues de ponctuation, chacune répetée trois fois par page :

IL T'AIME HOLLY
IL VA TE TUER HOLLY
IL T'AIME HOLLY
IL VA TE TUER HOLLY
IL T'AIME HOLLY
IL VA TE TUER HOLLY

En contemplant ces affirmations répétées jusqu'à l'obsession, elle comprit que ce « il » ne pouvait représenter que Jim. Elle se concentra alors exclusivement sur les cinq mots honnis, s'efforçant de comprendre.

Et soudain, il lui sembla qu'elle y parvenait. L'Ami l'avertissait que, dans sa folie, il agirait contre elle, peut-être parce qu'il la haïssait d'avoir amené Jim au moulin, de lui avoir fait chercher des réponses et de le distraire de sa mission. Et si l'Ami, la partie saine d'esprit de la créature extra-terrestre, pouvait s'introduire dans l'esprit de Jim afin de lui faire accomplir des sauvetages, l'Ennemi, la partie obscure, ne le pourrait-il pas également afin de le pousser à tuer ? Plutôt que de se matérialiser sous une forme monstrueuse, ce qu'il était parvenu à faire un instant dans le motel, vendredi soir, et avait encore tenté de faire la veille, à Laguna Niguel, ne pourrait-il pas choisir d'utiliser Jim contre elle, de le contrôler plus totalement que ne l'avait jamais fait l'Ami et de le changer en machine à tuer ? Voilà qui réjouirait sans doute perversement l'aspect enfant fou de la créature.

Holly se secoua comme pour chasser une guêpe importune.

Non. C'était impossible. Jim était certes capable de tuer pour défendre des innocents. Mais il était incapable de tuer un innocent. Aucune créature extra-terrestre, quelle que fût sa puissance, ne pourrait prendre le pas sur sa véritable nature. Au fond de son cœur, il était bon, gentil, aimant. Son amour pour elle ne pourrait être dépassé par l'Ennemi, si fort que fût ce dernier.

Mais qu'en savait-elle ? Ce n'était qu'un vœu pieux. Elle ignorait même si les pouvoirs de contrôle mental de l'être mystérieux n'étaient pas assez grands pour lui permettre de s'introduire dès maintenant dans son esprit à elle et lui ordonner d'aller se noyer dans l'étang, sans qu'elle pût lutter contre lui.

Elle se rappela Norman Rink. L'épicerie d'Atlanta. Jim avait tiré huit cartouches de fusil de chasse, continuant à se déchaîner bien après que sa cible fût morte.

Loum-boum-BOUM, loum-boum-BOUM...

Toujours très loin.

Jim gémit doucement.

La jeune femme s'éloigna à nouveau de la fenêtre, bien décidée à le réveiller, cette fois. Toutefois, au moment où elle se préparait à l'appeler, elle songea que l'Ennemi en avait peut-être déjà pris le contrôle. *Les rêves sont des seuils.* Elle n'avait aucune idée de ce que l'Ami entendait par là. Peut-être ne s'agissait-il que d'un nouvel effet dramatique, comme les cloches. Mais peut-être cela signifiait-il que l'Ennemi pouvait s'introduire par les rêves dans l'esprit du rêveur. Cette fois, l'Ennemi n'avait peut-être pas l'intention de se matérialiser dans le mur mais en Jim, en la personne de Jim, aux commandes de Jim, juste le temps d'une petite blague meurtrière.

Loum-boum-BOUM, loum-boum-BOUM, loum-boum-BOUM, loum-boum-BOUM...

Un peu plus fort, un peu plus près.

Holly avait l'impression de perdre l'esprit. Paranoïaque, schizophrène, carrément dingue. Autant que l'Ami et son double maléfique. Elle s'efforçait désespérément de comprendre une conscience totalement étrangère, et plus elle soupesait les diverses possibilités, plus celles-ci devenaient étranges et variées. Dans cet univers infini, tout peut arriver, n'importe quel cauchemar peut s'incarner. Dans un univers infini, la vie est semblable à un rêve. Et tenter de se représenter cela alors que vous êtes dans une situation de vie ou de mort a toutes les chances de vous rendre dingue.

Loum-boum-BOUM, loum-boum-BOUM...

Elle ne pouvait bouger.

Ne pouvait qu'attendre.

Le battement rythmique disparut à nouveau.

Le souffle court, Holly se plaqua au mur, près de la fenêtre : elle avait désormais moins peur de la pierre que de Jim. Elle se demanda si elle pouvait l'éveiller sans crainte lorsque le battement de cœur se taisait. Peut-être l'Ennemi ne se trouvait-il dans son rêve — et donc en lui — que lorsque ces triples coups retentissaient.

Craignant d'agir tout autant que de ne pas agir, elle baissa les yeux sur le bloc qu'elle tenait toujours en main. Certaines des pages étaient retombées, masquant la litanie IL T'AIME HOLLY/IL VA TE TUER HOLLY. La jeune femme redécouvrit au contraire la liste des gens sauvés par Jim et les explications grandiloquentes de l'Ami au sujet de leur importance.

Elle lut « Steven Aimes » et se rappela aussitôt qu'il était le seul dont la créature n'avait pas révélé le sort à haute voix durant l'une ou l'autre de leurs conversations. La seule personne plus âgée de la liste : cinquante-sept ans. Le frisson qui avait animé sa nuque peu de temps auparavant était négligeable par rapport à l'aiguille gelée qui lui traversa l'épine dorsale lorsqu'elle déchiffra les mots inscrits sous ce nom.

Steven Aimes n'avait pas été sauvé parce qu'il donnerait le jour à un grand diplomate, un grand artiste ou un grand médecin. Il n'avait pas été choisi parce qu'il contribuerait de manière durable au bien-être de l'humanité. La raison de son sauvetage était exprimée en quatorze mots, les quatorze mots les plus horrifiants qu'Holly eût jamais lus : PARCE QU'IL RESSEMBLE A MON PÈRE QUE JE N'AI PAS RÉUSSI A SAUVER. Pas « au père de *Jim* », ce qu'aurait certainement dit l'Ami. Pas « qu'*il* n'a pas réussi à sauver », comme l'aurait certainement formulé un extra-terrestre. MON PÈRE. JE N'AI PAS RÉUSSI. MON. JE.

L'univers infini ne cessait de s'étendre. Une hypothèse totalement nouvelle se présentait à Holly, révélée dans cette simple phrase Aucun vaisseau spatial ne reposait dans l'étang. Aucun extra-terrestre ne se dissimulait dans la ferme depuis dix mille ans, dix ans ou même dix jours. L'Ami et l'Ennemi étaient réels : des tiers et non des moitiés de la même créature. Trois personnalités en un seul être, un être disposant de pouvoirs énormes, merveilleux et terrifiants, un être à la fois divin et aussi humain qu'Holly : Jim Ironheart. Qui avait été réduit en pièces par une tragédie lorsqu'il avait dix ans. Qui s'était péniblement reconstitué avec l'aide d'un fantasme complexe, lequel mettait en scène des dieux voyageant à travers les étoiles. Qui était aussi fou et dangereux que sain d'esprit et aimant.

La jeune femme ne savait pas où il avait acquis le pouvoir que, de toute évidence, il possédait, ni pourquoi il ignorait que ce pouvoir provenait de lui-même et non de quelque présence imaginaire. Le fait de comprendre que Jim était tout, que le fin mot de ce mystère résidait uniquement en lui et non dans l'étang, soulevait plus de questions qu'il n'apportait de réponses. Holly ne savait pas non plus comment pareille chose était possible, mais elle savait que ça l'était, au bout du compte. Plus tard, si elle survivait, elle aurait peut-être le temps de comprendre mieux.

Loum-boum-BOUM, *loum-boum-BOUM*...

Plus près, mais pas tout près.

Elle retint son souffle, attendant que l'intensité du son augmente.

Loum-boum-BOUM, *loum-boum-BOUM*...

Jim se retourna dans son sommeil. Il se mit à ronfler doucement et fit claquer ses lèvres, tout comme un rêveur ordinaire.

Mais il était trois personnalités. Deux d'entre elles possédaient une puissance incroyable, et une était assoiffée de sang. Et elle approchait.

Loum-boum-BOUM...

Holly se plaqua encore davantage contre la pierre. Son cœur battait si fort qu'il semblait lui marteler la gorge. Elle avait peine à déglutir.

Le bruit disparut.

Silence.

La jeune femme longea le mur incurvé. A petits pas. De côté. En direction de la lourde porte renforcée de ferrures. Elle s'éloigna juste assez de la paroi pour attraper son sac par la sangle.

Plus elle se rapprochait du haut des marches, plus elle avait la certitude que le battant allait se refermer en claquant avant qu'elle ne l'atteignît, que Jim allait se redresser et se tourner vers elle. Ses yeux bleus ne seraient pas beaux mais froids, comme elle les avait déjà vus à deux reprises — emplis de rage mais froids.

Elle atteignit la porte et la franchit à reculons, se forçant à ne pas quitter son compagnon des yeux. Mais si elle essayait de descendre ainsi cet escalier sans rampe, elle tomberait, se casserait un bras ou une jambe. Elle se retourna donc pour gagner le rez-de-chaussée aussi vite qu'elle put, aussi discrètement que possible.

Quoique la lumière gris velouté du matin dessinât le contour des fenêtres, la pièce du bas restait dangereusement sombre. Holly ne disposait d'aucune torche. Incapable de se rappeler s'il y avait le long de la paroi des gravats susceptibles de craquer sous ses pieds, elle avança lentement le long de la surface courbe, dos au mur, marchant à nouveau de côté. La voûte de l'entrée se trouvait quelque part sur sa droite. Elle ne distinguait qu'à peine le bas des marches qu'elle venait de descendre.

A tâtons, elle découvrit l'angle, s'engouffra dans la petite entrée du moulin. Celle-ci, d'un noir absolu durant la nuit, était maintenant faiblement éclairée par la pâle lueur qui s'étendait au-delà de la porte ouverte.

Le ciel était couvert. Il faisait agréablement frais pour un mois d'août.

L'étang était tranquille et gris.

Les insectes du matin faisaient retentir en fond sonore un bourdonnement presque inaudible, tels des parasites dans un poste de radio à bas volume.

La jeune femme se hâta de rejoindre la Ford et d'en ouvrir la portière.

Une vague de panique l'envahit lorsqu'elle songea aux clefs. Puis elle les sentit dans la poche de son jean, où elle les avait glissées la nuit précédente, après être allée aux toilettes. Une clef pour la ferme, une pour la maison de Laguna Niguel et deux pour la voiture, toutes accrochées à une simple chaînette en cuivre.

Jetant bloc et sac à main sur le siège arrière, elle s'installa au volant mais ne ferma pas la portière, de peur de réveiller Jim. Elle n'était pas encore chez elle. Il pouvait jaillir hors du moulin, contrôlé par l'Ennemi, traverser en courant la petite allée de gravillons et la tirer hors du véhicule.

Elle manipula les clefs d'une main tremblante et eut du mal à enclencher la clef de contact. Quand elle y fut enfin parvenue, elle la tourna, appuya sur l'accélérateur et retint de justesse un soupir de soulagement lorsque le moteur démarra en rugissant.

Elle ferma la portière, passa la marche arrière et recula le long de l'allée qui faisait le tour de l'étang. Les roues soulevèrent une grêle de gravillons qui frappèrent l'arrière de la voiture.

Arrivée entre la grange et la maison, où elle eût pu faire demi-tour afin de se diriger vers la route, elle pila. Elle observa le moulin, qui se trouvait maintenant de l'autre côté du plan d'eau.

Elle n'avait nulle part où fuir. Où qu'elle se rendît, il la trouverait. Il pouvait voir l'avenir, au moins en partie, sinon avec autant de détails et de précision que l'avait prétendu l'Ami. Il pouvait changer de la pierre en un monstrueux organisme vivant ou en une substance transparente emplie de lumière tourbillonnante, projeter une bête hideuse dans les rêves ou dans la chambre d'hôtel de la jeune femme, la traquer, la trouver, la piéger. Il l'avait attirée dans cette folie et voulait probablement toujours qu'elle y joue son rôle. L'Ami en Jim — et Jim lui-même — la laisseraient peut-être partir. Mais la troisième personnalité — la part meurtrière, l'Ennemi — en voulait à sa vie. Peut-être aurait-elle de la chance. Peut-être les deux tiers bienveillants empêcheraient-ils le troisième de prendre les rênes et de la poursuivre. Mais elle en doutait. De plus, elle ne pouvait pas passer le reste de sa vie à craindre qu'un mur ne se boursouflât sans crier gare et qu'il s'y formât une bouche pour lui arracher la main.

Et il y avait un autre problème.

Elle ne pouvait pas abandonner Jim. Il avait besoin d'elle.

Troisième partie

L'ENNEMI

« Depuis l'heure de l'enfance,
Je ne suis pas
Comme les autres —
Je ne vois pas
Comme les autres. »

EDGAR POE, *Seul*

▲

« Vibrations en un câble.
Cristaux de glace
en un cœur qui bat.
Un feu glacial.
Rigidité de l'esprit :
acier gelé,
noire colère, morbidité.
Un feu glacial.
Rempart dressé
contre une vie cruelle,
mort et querelle :
un feu glacial. »

LE LIVRE DES CHAGRINS COMPTÉS

LA FIN DU 29 AOÛT

1

Installée au volant de la Ford, les yeux fixés sur le vieux moulin, Holly était tout à la fois effrayée et exaltée. Son exaltation la surprit. Ce sentiment était peut-être dû au fait qu'elle avait enfin trouvé quelque chose pour lequel elle désirait s'engager. Il ne s'agissait pas d'un engagement superficiel. Pas du type « jusqu'à ce que j'en aie marre ». Cette fois, elle était décidée à risquer sa vie. Pour Jim et ce qu'il pourrait devenir s'il guérissait. Pour ce qu'ils pourraient devenir ensemble.

Même s'il lui avait dit qu'elle pouvait partir, même si elle l'avait senti sincère, elle ne l'aurait pas abandonné. Il était son salut. Et elle était le sien.

Le moulin se découpait à la manière d'une sentinelle sur le ciel de cendre. Jim ne s'était pas montré. Peut-être n'était-il pas encore réveillé.

Il demeurait bien sûr de nombreux mystères dans ce mystère, mais tant de choses étaient désormais douloureusement claires. Jim ne réussissait pas à sauver certaines personnes — comme le père de Susie Jawolski — parce qu'il n'agissait pas au nom d'un Dieu infaillible ni d'un extra-terrestre clairvoyant : il ne disposait que de ses propres visions, phénoménales mais imparfaites. Ce n'était qu'un homme, un homme hors du commun mais un homme tout de même, et les meilleurs d'entre eux ont leurs limites. Il se sentait de toute évidence coupable envers ses parents. Leur mort pesait lourdement sur sa conscience, et il tentait de se racheter en sauvant d'autres vies : IL RESSEMBLE A MON PÈRE QUE JE N'AI PAS RÉUSSI A SAUVER.

La raison pour laquelle l'Ennemi ne surgissait que pendant son sommeil devenait également manifeste : cet aspect noir de lui-même, personnification de sa rage, le terrifiait et, lorsqu'il était éveillé, il le refoulait avec vigueur. A Laguna Niguel, l'Ennemi s'était matérialisé alors que Jim était endormi. Le monstre s'était quelque peu attardé après le réveil de son créateur, mais après avoir défoncé le plafond de la salle de bains, il s'était évaporé comme le simple cauchemar obsédant qu'il était. Les rêves sont des seuils, avait dit l'Ami — ce qui constituait un avertissement provenant de Jim lui-même. Les rêves étaient des seuils, oui, mais pas pour de maléfiques créatures de l'espace qui s'infiltraient dans les esprits. Les rêves étaient des seuils pour le subconscient, et ce qui s'en échappait n'était que trop humain.

Holly détenait encore d'autres pièces de ce puzzle. Elle ignorait juste comment les emboîter.

Elle était furieuse contre elle-même de ne pas avoir posé les bonnes questions, le lundi, lorsque Jim avait enfin ouvert la porte du patio pour la laisser entrer dans sa vie. A plusieurs reprises, il avait dit n'être qu'un instrument, ne posséder aucun pouvoir propre. Elle l'avait cru trop vite. Elle aurait dû pousser plus loin, poser des questions plus précises. En matière d'interview, elle avait alors fait preuve d'amateurisme, autant que Jim lors de la première apparition de l'Ami.

Elle avait été choquée par le désir de son compagnon d'accepter d'emblée les paroles de la créature. Maintenant, elle comprenait qu'il avait créé l'Ami tout comme les autres schizophrènes créent leur seconde personnalité : pour s'adapter à un monde qui les désoriente, qui les effraie. A dix ans, seul, terrifié, il avait cherché refuge dans les fantasmes. Il s'était donné l'Ami, un être magique, comme source de réconfort et d'espoir. Lorsqu'elle-même avait obligé l'extra-terrestre à s'expliquer de manière logique, Jim lui avait résisté car ces questions menaçaient le fantasme dont il avait désespérément besoin pour se soutenir.

Pour des raisons similaires, elle ne l'avait pas interrogé en toute objectivité, le lundi soir. Jim était son rêve à elle, arrivé dans sa vie à l'instar d'un héros onirique en sauvant Billy Jenkins avec grâce et panache. Jusqu'à ce qu'elle le vît, elle n'avait pas réalisé à quel point elle avait besoin de quelqu'un comme lui. Aussi, plutôt que de le cuisiner en profondeur comme l'eût fait n'importe quel bon reporter, elle l'avait laissé feindre d'être ce qu'il voulait. Elle avait eu trop peur de le perdre.

A présent, leur seul espoir était de découvrir toute la vérité. Jim ne pourrait être guéri que s'ils comprenaient pourquoi il s'était doté de ce bizarre fantasme et comment il avait bien pu acquérir les pouvoirs surhumains nécessaires pour lui insuffler la vie.

Les mains sur le volant, la jeune femme était prête à agir mais ne savait que faire. Elle n'avait apparemment d'aide à attendre de personne. Les réponses dont elle avait besoin ne se trouvaient que dans le passé de Jim et dans le subconscient de Jim, deux endroits aussi inaccessibles l'un que l'autre pour le moment.

Soudain, frappée par un éclair de compréhension, elle réalisa qu'il lui avait déjà fourni les clefs permettant de percer les derniers mystères. Lorsqu'ils étaient arrivés à New Svenborg, il lui avait fait visiter la ville, ce qui, sur le moment, avait paru être un moyen de retarder leur arrivée à la ferme. Mais à présent, Holly comprenait que ce circuit recelait les révélations les plus importantes qu'il lui eût faites. Chacune de ses étapes nostalgiques constituait une clef du passé et des énigmes qui, une fois résolues, permettraient à sa compagne de l'aider.

Car il voulait être aidé. Une partie de lui-même savait qu'il était malade, pris au piège d'une illusion, et voulait en sortir. Holly espérait seulement qu'il refoulerait l'Ennemi assez longtemps pour lui permettre d'apprendre ce dont elle avait besoin. Son aspect noir, lui, ne désirait pas qu'elle réussît. Le succès signifierait sa mort, et il n'hésiterait pas à la détruire pour survivre s'il en avait la possibilité.

Si Jim et Holly devaient vivre ensemble, ou vivre tout court, leur avenir résidait dans le passé, et ce passé résidait à New Svenborg.

Elle braqua à droite et commença à faire pivoter la voiture pour sortir de l'allée et se diriger vers la route — puis elle s'arrêta. Contempla à nouveau le moulin.

Il fallait que Jim participe à sa propre guérison. Elle ne pouvait pas se contenter de traquer la vérité, puis de la lui faire admettre. Il devait la découvrir lui-même.

Elle l'aimait.

Elle avait peur de lui.

Contre l'amour, elle ne pouvait rien : il faisait désormais partie d'elle, au même titre que son sang, ses os ou ses muscles. Mais pour vaincre la peur, il suffisait presque toujours d'en affronter la cause.

Surprise de son propre courage, elle ramena la Ford au pied du moulin. Elle donna trois longs coups de klaxon, puis trois autres, attendit quelques secondes puis recommença encore et encore.

Jim apparut enfin dans l'encadrement de la porte. Il s'avança dans la pâle lumière matinale, plissant les yeux pour tenter de distinguer sa compagne.

Holly ouvrit sa portière et sortit de la voiture.

— Tu es réveillé ?

— J'ai l'air d'être somnambule ? renvoya-t-il en s'approchant d'elle. Qu'est-ce qui se passe ?

— Je veux être certaine que tu es réveillé, *complètement* réveillé.

Il s'immobilisa à un mètre d'elle.

— Ouvre le capot. Je vais mettre la tête dedans. Tu n'auras qu'à klaxonner pendant une ou deux minutes, juste histoire d'être sûre. Qu'est-ce qui se passe, Holly ?

— Il faut qu'on parle. Monte.

Avec une moue d'incompréhension, il contourna la Ford et s'installa sur le siège du passager.

— Ça ne va pas être agréable, c'est ça ?

— Non, pas spécialement.

Devant eux, les ailes du moulin frémirent, puis se mirent à tourner avec lenteur, craquant, grinçant, projetant au sol des éclats de lattes vermoulues.

— Arrête ! ordonna la jeune femme, craignant que ce phénomène ne fût qu'un prélude à une manifestation de l'Ennemi. Je sais que tu n'as pas envie d'entendre ce que j'ai à te dire, mais n'essaie pas de me distraire, n'essaie pas de me faire taire.

Il ne répondit pas. Il couvait le moulin d'un regard fasciné, comme s'il ne l'avait pas entendue.

La rotation des ailes s'accéléra.

— Jim, bon Dieu !

Il se tourna enfin vers elle, sincèrement surpris par la colère qui perçait sous sa peur.

— Quoi ?

Les ailes tournaient, tournaient, tournaient-tournaient-tournaient, tournaientournaientournaient, telle une grande roue hantée dans un carnaval infernal.

— Et merde ! lâcha Holly, dont la frayeur augmentait au même rythme que la vitesse du tournoiement.

Elle passa la marche arrière, regarda par-dessus son épaule et recula à grande vitesse le long de l'étang.

— Où on va ? interrogea Jim.

— Pas très loin.

Le moulin résidait au centre des illusions de son compagnon, aussi la jeune femme estimait-elle bon de le mettre hors de vue pendant leur conversation. Elle fit demi-tour et s'arrêta au bout de l'allée, devant la petite route de campagne.

Elle abaissa sa vitre. Jim l'imita.

Coupant le moteur, elle se tourna vers lui. Malgré tout ce qu'elle savait — ou soupçonnait — désormais, elle avait envie de lui caresser le visage, les cheveux, de le serrer dans ses bras. Il éveillait en elle un instinct maternel qu'elle ne se connaissait pas — ainsi qu'une frénésie sexuelle et une passion surpassant tout ce qu'elle avait connu auparavant.

Oui, se dit-elle, et en plus il te fait visiblement découvrir des tendances suicidaires. Bon Dieu, Thorne ! Ce type a carrément dit qu'il allait te tuer.

Mais il avait aussi dit qu'il l'aimait.

Pourquoi rien n'était-il jamais simple ?

— Avant de commencer... je veux que tu saches que je t'aime, Jim.

C'était la plus stupide de toutes les répliques. Ça avait l'air tellement peu sincère. Les mots ne pouvaient traduire ce sentiment, en partie parce qu'il était plus profond qu'elle ne l'avait imaginé et en partie parce qu'il n'était pas indépendant mais mêlé à d'autres choses, telles que l'anxiété et l'espoir.

— Je t'aime vraiment, répéta-t-elle cependant.

Il lui prit la main, souriant avec un plaisir visible.

— Tu es merveilleuse, Holly.

Ce n'était pas exactement « je t'aime aussi, Holly », mais ça suffisait. Elle ne s'attendait pas à se retrouver au cœur d'un roman sentimental. Ce ne serait pas aussi simple. Aimer Jim Ironheart revenait à être simultanément amoureuse du Max de Winter torturé de *Rebecca*, de Superman et de Jack Nicholson dans n'importe lequel de ses rôles. Ce n'était pas simple, mais pas ennuyeux non plus.

— Pendant que je payais ma note d'hôtel, hier matin, et que tu m'attendais dans la voiture, je me suis rendu compte que tu ne m'avais pas dit que tu m'aimais. Je partais avec toi, je me remettais entre tes mains, et tu n'avais pas dit que tu m'aimais. Mais je me suis aussi aperçue que je ne l'avais pas dit non plus. Je restais aussi prudente que toi, je me retenais, pour me protéger. Eh bien, je ne me retiens plus, je joue les funambules sans filet — et c'est essentiellement parce que, la nuit dernière, tu me l'as enfin dit. Alors tu as intérêt à avoir été sincère.

Une expression perplexe se peignit sur les traits de Jim.

— Je sais que tu ne te rappelles pas l'avoir dit, enchaîna Holly, mais tu l'as fait. Tu as des problèmes avec le mot « amour ». Peut-être parce que tu as perdu tes parents quand tu étais enfant : tu ne veux pas devenir trop proche d'autres gens parce que tu crains de les perdre aussi. Psychanalyse sauvage. Holly Freud. Quoi qu'il en soit, tu m'as dit que tu m'aimais, je te le prouverai dans un instant, mais avant d'aller plus loin, je veux que tu saches que je n'avais jamais imaginé ressentir un jour pour quelqu'un ce que je ressens pour toi. Alors si dans les minutes qui viennent, je dis quelque chose qui te semble difficile à avaler, et même *impossible* à avaler, pense que c'est par amour, seulement par amour.

Il la fixait avec stupéfaction.

— Oui, Holly, très bien, mais ce...

— Tu parleras à ton tour. (Elle se pencha pour l'embrasser puis recula.) Pour l'instant, il faut que tu m'écoutes.

Elle lui livra toutes ses théories, lui apprit pourquoi elle s'était enfuie du moulin pendant qu'il dormait — et pourquoi elle était revenue. Il l'écouta avec une incrédulité croissante et, à plusieurs reprises, elle dut couper court à ses protestations en lui pressant la main, en lui posant un doigt sur les lèvres ou en lui donnant un baiser léger. Lorsqu'elle récupéra le bloc-notes sur le siège arrière et le lui montra, ses objections se firent moins véhémentes. PARCE QU'IL RESSEMBLE A MON PÈRE QUE JE N'AI PAS RÉUSSI A SAUVER. Tandis qu'il lisait cette phrase incroyable, les mains de Jim se mirent à trembler. Quand il en arriva à l'autre message, répété page après page — IL T'AIME HOLLY/IL VA TE TUER HOLLY —, cette trémulation augmenta.

— Je ne pourrais jamais te faire de mal, dit-il d'une voix mal assurée, les yeux rivés sur le bloc. Jamais.

— Je sais que tu ne veux pas le faire.

Le Dr Jekyll n'avait jamais voulu devenir le meurtrier Mr Hyde.

— Mais tu crois que c'est moi qui ai envoyé cela, pas l'Ami.

— Je sais que c'est toi, Jim. C'est logique.

— Alors si c'est l'Ami qui l'a envoyé et que je suis l'Ami, qu'une partie de moi est l'Ami, tu crois que ça veut dire « Je t'aime Holly ».

— Oui, murmura-t-elle.

Il releva les yeux, les plongea dans ceux de sa compagne.

— Si tu crois au « Je t'aime », pourquoi ne crois-tu pas au « Je vais te tuer » ?

— C'est bien le problème. Je crois qu'une petite partie de toi a envie de me tuer, oui.

Il sursauta comme si elle l'avait frappé.

— L'Ennemi veut que je meure, continua-t-elle. Il le veut vraiment, parce que je t'ai forcé à affronter ce qui se trouve derrière les derniers événements, parce que je t'ai ramené ici et que je t'ai obligé à regarder ton fantasme en face.

Il commença à secouer la tête pour la contredire.

Mais elle poursuivit :

— Et c'est ce que tu *voulais* que je fasse. C'est pour ça que tu m'as attirée vers toi.

— Je ne t'ai pas...

— Si ! (Le pousser vers la vérité était extrêmement dangereux, mais c'était aussi le seul espoir de le sauver.) Si seulement tu pouvais comprendre ce qui s'est produit, Jim, et accepter l'existence de tes deux autres personnalités, ne serait-ce que la possibilité de leur existence, ce serait le commencement de la fin de l'Ami et de l'Ennemi.

— L'Ennemi ne s'en ira pas si facilement, rétorqua-t-il, secouant toujours la tête.

Il écarquilla aussitôt les yeux en comprenant les implications de ce qu'il venait de dire.

— Bon Dieu, lâcha Holly, parcourue par un frisson d'excitation — non seulement il venait de confirmer sa théorie, qu'il le voulût ou non, mais ces mots prouvaient aussi qu'il désirait sortir du fantasme où il avait cherché refuge.

Jim était aussi pâle que si on venait de lui annoncer qu'il avait un cancer. Il y avait d'ailleurs bien une tumeur en lui, mais elle était mentale et non physique.

La brise qui s'engouffrait par les fenêtres ouvertes de la voiture sembla apporter un espoir nouveau à la jeune femme.

Cette exaltation fut toutefois de courte durée : un nouveau message apparut soudain sur le bloc que Jim tenait en main : TU VAS MOURIR.

— Ce n'est pas moi, se défendit-il, malgré l'aveu subtil qui lui avait échappé quelques instants plus tôt. Holly, ça ne peut pas être moi.

D'autres mots s'inscrivirent sur le papier : J'ARRIVE. TU VAS MOURIR.

Holly eut l'impression que le monde était devenu un train fantôme de carnaval, plein de goules et de spectres. A chaque tournant, à chaque instant, sans crier gare, quelque chose pouvait surgir de l'ombre — ou même de la lumière — et bondir sur elle. Mais contrairement aux monstres des fêtes foraines, celui-là lui ferait mal, ferait couler son sang, la tuerait s'il le pouvait.

Espérant que, tel l'Ami, l'Ennemi serait sensible à la fermeté, elle prit le bloc des mains de son compagnon et le jeta par la fenêtre.

— Au diable tout ça. Je refuse de lire ces conneries. Écoute-moi bien, Jim. Si j'ai raison, l'Ennemi représente la rage que tu as éprouvée à la mort de tes parents. Cette fureur était tellement grande qu'elle t'a terrifié, si bien que tu l'as chassée de toi-même en la reléguant dans cette autre identité. Là où tu te distingues des cas ordinaires de personnalités multiples, c'est que tu es capable de donner une existence physique à tes alter ego.

Quoique cette idée se fût frayé un chemin en lui, il se démenait toujours pour tenter de nier.

— Qu'est-ce que ça veut dire, ça ? Que je suis fou ? Que je suis une sorte de dingue qui réussit quand même à fonctionner socialement, ou quoi ?

— Pas fou, s'empressa-t-elle de le contredire. Disons perturbé, troublé. Tu es enfermé dans une boîte psychologique que tu as toi-même construite, tu veux en sortir, mais tu n'arrives pas à trouver la clef.

Il secoua la tête. De fines gouttes de sueur perlaient à la base de ses cheveux, et il avait encore pâli.

— Non, là, tu parles par euphémismes. Si tu as raison, j'ai touché le fond, Holly, et je devrais être dans une cellule capitonnée, bourré de Thorazine.

Elle lui prit les mains, les serra.

— Non, arrête ! Tu peux t'en sortir. Tu peux retrouver ton intégrité, je le sais.

— Comment peux-tu le savoir ? Bon Dieu, Holly, je...

— Parce que tu n'es pas un homme ordinaire, déclara-t-elle sèchement. Tu es spécial. Tu possèdes ce pouvoir, cette force extraordinaire à l'intérieur de toi, et tu peux faire énormément de bien si tu le veux. Ce pouvoir, tu peux le diriger, contrairement aux gens ordinaires. Il peut devenir l'instrument de ta guérison. Réfléchis ! Si tu peux faire surgir du néant un son de cloches, un battement de cœur d'extra-terrestre ou des voix, si tu peux changer un mur en chair, projeter des images dans mes rêves et prévoir l'avenir pour sauver des vies, alors tu es capable aussi de retrouver ton intégrité.

Un refus buté se lisait sur le visage de Jim.

— Comment un homme pourrait-il détenir le pouvoir dont tu parles ?

— Je ne sais pas, mais tu l'as.

— Il faut que ça provienne d'un être supérieur, nom de Dieu ! Je ne suis pas Superman !

Holly frappa du poing sur le klaxon.

— Tu fais de la télépathie, de la télékinésie, de la télé-n'importe-quoi, putain de merde ! D'accord, tu ne sais pas voler, tu n'as pas de vision à rayons X, tu ne peux pas tordre une barre d'acier entre deux doigts et tu es incapable de courir plus vite qu'une balle de revolver. Mais tu te rapproches plus de Superman que n'importe qui au monde. D'une certaine manière, tu es même plus fort que lui, puisque tu vois l'avenir. Tu n'en vois peut-être que des fragments et tu n'obtiens peut-être que des visions aléatoires, que tu n'as même pas demandées, mais tu vois l'avenir.

Il sembla secoué par tant de conviction.

— Alors où est-ce que j'ai récolté toute cette magie ?

— Je ne sais pas.

— C'est là que ton raisonnement s'écroule.

— Il ne s'écroule pas sous prétexte que je n'en sais rien, insista-t-elle, frustrée. Le jaune n'arrête pas d'être jaune sous prétexte que j'ignore pourquoi l'œil humain voit des différences de couleurs. Tu possèdes un pouvoir. Tu *es* ce pouvoir. C'est toi, pas Dieu ni un quelconque extra-terrestre caché au fond de l'étang.

Il retira ses mains et laissa son regard errer au-delà du pare-brise, sur la route et les champs desséchés. Il semblait avoir peur d'admettre qu'il possédait cette puissance colossale — peut-être parce que celle-ci impliquait des responsabilités qu'il n'était pas sûr de pouvoir assumer.

La jeune femme sentit également que la perspective d'être un malade mental lui faisait honte et qu'il ne pouvait plus se résoudre à la regarder dans les yeux. Il était si fier de sa force qu'il ne pouvait accepter cette éventuelle faiblesse en lui. Toute sa vie, il avait accordé une grande importance au self-control et à l'indépendance, avait fait une vertu de la solitude qu'il s'était imposée — à l'instar d'un moine n'ayant besoin que de lui-même et de Dieu. Et voilà qu'elle insinuait que sa décision de devenir un homme de fer, de rester seul, n'était pas un choix réfléchi mais une tentative désespérée pour maîtriser les remous émotionnels qui avaient failli le détruire. Que son besoin de self-control lui avait fait franchir les frontières de la raison.

Elle songea à la menace sur le bloc : J'ARRIVE. TU VAS MOURIR.

Elle démarra.

— Où allons-nous ? s'enquit-il.

Elle passa la première, rejoignit la route et prit la direction de New Svenborg.

— Il y avait quelque chose de spécial en toi, quand tu étais petit ? demanda-t-elle sans répondre.

— Non, dit-il, trop vite, trop sèchement.

— Aucun signe que tu possédais un don ou...

— Non, bordel, rien du tout !

La nervosité soudaine de Jim, que trahissaient son agitation et ses mains tremblantes, convainquit Holly qu'elle avait vu juste. D'une manière ou d'une autre, il avait été un enfant spécial, un enfant prodige. Maintenant qu'elle lui rappelait ce don précoce, il y voyait les graines de puissance qui avaient germé en lui. Mais il ne voulait pas l'accepter. Nier lui servait de bouclier.

— De quoi viens-tu de te souvenir ?

— De rien.

— Allons, Jim.

— De rien, vraiment.

Ignorant où la menait cette série de questions, elle ne put que répéter :

— C'est vrai. Tu as un don. Ce ne sont pas des extra-terrestres, c'est juste toi.

La fermeté de Jim commençait à se dissoudre, sans doute à cause de ce qu'il venait de se remémorer et qu'il refusait de partager avec elle.

— Je ne sais pas.

— C'est sûr.

— Peut-être.

— C'est sûr, insista-t-elle. Rappelle-toi la nuit dernière, quand l'Ami a prétendu être un enfant à l'échelle de son espèce. Eh bien, c'est exact, c'est bien un enfant. Il a pour toujours l'âge auquel tu l'as créé — dix ans. Ce qui explique sa conduite infantile, Jim, son besoin de frimer, sa malice. L'Ami ne se conduit pas comme un enfant extra-terrestre de dix mille ans, il se conduit comme un être humain de dix ans.

Jim ferma les yeux et s'appuya au dossier de son siège, comme si réfléchir à tout cela l'épuisait. Mais sa tension demeurait intacte, comme le prouvaient ses poings serrés sur ses genoux.

— Où allons-nous, Holly ?

— En balade.

Tandis qu'ils traversaient les champs et les collines dorés, elle poussa son avantage, sans agressivité :

— Ça explique aussi pourquoi l'Ennemi ressemble à un mélange de tous les monstres de cinéma possibles. La chose que j'ai vue à la porte de ma chambre d'hôtel n'était pas une créature *réelle*. Je le comprends maintenant. Elle n'avait pas de structure biologique cohérente. Elle n'était même pas inconnue. Elle n'était que trop familière, c'était un condensé de la galerie de croque-mitaines d'un enfant de dix ans.

Il ne répondit pas.

Elle lui jeta un coup d'œil.

— Jim ?

Il avait toujours les yeux fermés.

Le cœur d'Holly se mit à battre plus fort.

— Jim ?

En percevant la note d'inquiétude qui marquait la voix de sa compagne, il se redressa et ouvrit les paupières.

— Qu'est-ce qu'il y a ?

— Ne ferme pas les yeux aussi longtemps, nom de Dieu ! Tu aurais pu t'endormir et je ne m'en serais pas aperçue avant que...

— Tu crois que je pourrais dormir avec ça dans la tête ?

— Je ne sais pas. Je ne veux pas prendre de risque. Garde les yeux ouverts, d'accord ? Quand tu es réveillé, tu refoules l'Ennemi. Il ne peut se manifester que quand tu dors.

Des lettres de deux ou trois centimètres de haut commencèrent à apparaître de gauche à droite dans le verre du pare-brise, comme sur un écran d'ordinateur au sein du cockpit d'un avion de chasse : MORTE MORTE MORTE MORTE MORTE MORTE.

Effrayée mais refusant de le montrer, Holly s'exclama « Au diable tout ça ! » et mit en route les essuie-glaces, comme si la menace avait été susceptible d'être chassée telle de la poussière. Mais les mots demeurèrent en place et Jim les contempla avec une horreur visible.

Alors qu'ils dépassaient un petit ranch, le vent fit pénétrer une odeur de paille fraîchement coupée par les fenêtres ouvertes.

— Où allons-nous ? demanda à nouveau Jim.

— En exploration.

— En exploration de quoi ?

— Du passé.

— Je n'ai pas encore accepté ton scénario, objecta-t-il, troublé. Je ne peux pas. Comment le pourrais-je ? Et comment pourrions-nous jamais prouver que c'est la vérité ?

— Nous allons en ville, lui annonça Holly. Refaire cette visite, celle d'hier. New Svenborg : ville de mystère et de romance. Tu parles ! Mais il y a quand même quelque chose là-bas. Tu voulais que je voie ces endroits, ton subconscient me disait que New Svenborg abritait des réponses. Alors nous allons les trouver ensemble.

D'autres mots apparurent sous les six premiers : MORTE MORTE MORTE MORTE MORTE MORTE.

Holly savait que le temps leur était compté. L'Ennemi voulait apparaître, voulait l'éventrer, la démembrer, l'abandonner dans le tas fumant de ses propres entrailles avant qu'elle n'eût une chance de convaincre Jim — et il ne voulait pas attendre que celui-ci fût endormi. La jeune femme n'était pas sûre que son compagnon pût refouler cette part sombre de lui-même si elle le poussait trop près de la vérité. Sa maîtrise de soi pouvait lâcher et ses personnalités bienveillantes succomber devant la force meurtrière en expansion.

— Si je possédais ces personnalités multiples, est-ce que je ne devrais pas être guéri maintenant que tu m'as tout expliqué ? Est-ce que mes œillères ne devraient pas déjà avoir disparu ?

— Non. Il faut que tu y *croies* avant d'espérer t'en débarrasser. Admettre que tu souffres d'un état mental anormal est le premier pas vers la compréhension, et la compréhension n'est elle-même que le premier pas vers la guérison.

— Ne parle pas comme un psychiatre. Tu n'es pas psychiatre !

Il cherchait refuge dans la colère, dans ce regard glacial, tentant de l'intimider comme il l'avait déjà fait à plusieurs reprises lorsqu'il voulait l'éloigner de lui. Si ça n'avait pas marché alors, ça ne marcherait pas davantage maintenant. Les hommes étaient tellement obtus, parfois.

— Une fois, j'ai interviewé un psychiatre, dit-elle.

— Oh, génial ! Et ça fait de toi une thérapeute confirmée ?

— Peut-être. Ce type-là était lui-même complètement dingue, alors à quoi sert d'avoir un diplôme ?

Il inspira profondément, expira en frissonnant.

— D'accord, supposons que tu aies raison et que nous réussissions à trouver la preuve irréfutable que moi, je suis complètement dingue...

— Tu n'es pas dingue, tu es...

— Ouais, ouais, je suis perturbé, troublé, enfermé dans une boîte psychologique. Appelle ça comme tu voudras. Si nous réussissons à le prouver — et je ne vois pas comment —, qu'est-ce qui va m'arriver ? Peut-être que je vais faire un grand sourire en disant : « Oh oui, bien sûr, j'avais tout inventé, je vivais dans un rêve, mais je vais vachement mieux maintenant. Si on allait déjeuner ? » Seulement je ne crois pas. Je crois que ce qui va arriver, c'est... que je vais exploser en mille morceaux.

— Si nous découvrons la vérité, je ne peux pas te promettre qu'elle t'apportera le salut, parce que je crois que jusqu'ici, tu l'as plutôt trouvé dans le fantasme. Mais on ne peut pas continuer comme ça : l'Ennemi me déteste et, tôt ou tard, il me tuera. Tu m'en as toi-même avertie.

Jim regarda les mots sur le pare-brise et ne répondit pas. Il était à court d'arguments, sinon de résistance.

Les mots s'estompèrent rapidement, puis disparurent.

Peut-être était-ce de bon augure, signe que son subconscient commençait à admettre la théorie d'Holly. Ou bien peut-être l'Ennemi avait-il décidé que la jeune femme ne pouvait être intimidée et consacrait-il tous ses efforts à apparaître afin de la massacrer.

— Lorsqu'il m'aura tuée, tu réaliseras qu'il fait partie de toi. Et si tu m'aimes, comme tu me l'as dit par l'intermédiaire de l'Ami, la nuit dernière, qu'est-ce qui se produira ? Est-ce que ça ne détruira pas le Jim que j'aime ? Est-ce que ça ne te laissera pas qu'une seule personnalité ? La pire, l'Ennemi. Je crois que c'est tout ce qu'il y a de plus probable. Alors, il est autant question de ta survie que de la mienne. Si tu veux avoir un avenir, il faut creuser tout au fond des choses.

— Et s'il n'y a pas de fond, une fois qu'on a fini de creuser, qu'est-ce qu'on fait ?

— On creuse un peu plus.

▼▲▼

Alors qu'ils entraient en ville, passant sans transition de la campagne brunâtre aux maisons agglutinées qui évoquaient une colonie de pionniers, Holly dit brusquement :

— Robert Vaughn.

Jim sursauta, non qu'il ne comprît pas ce qu'elle voulait dire, mais ce nom avait provoqué en lui une association d'idées immédiate.

— Mon Dieu, s'exclama-t-il. C'était la voix.

— La voix de l'Ami, approuva sa compagne en lui jetant un coup d'œil de côté. Alors, toi aussi t'étais rendu compte que tu la connaissais.

Le grand acteur qu'était Robert Vaughn avait incarné le héros de la série télévisée *Des agents très spéciaux* et le méchant délicieusement onctueux d'innombrables films. Il possédait une voix au timbre et au registre tellement riches qu'elle pouvait tour à tour se montrer aussi menaçante que rassurante et paternelle.

— Robert Vaughn, répéta Holly. Mais pourquoi ? Pourquoi pas Orson Welles, Paul Newman, Sean Connery ou Fred Flintstone ? C'est un choix trop particulier pour être innocent.

— Je ne sais pas, répondit Jim, pensif.

Pourtant, il lui semblait confusément qu'il aurait dû le savoir. L'explication était à portée de sa main.

— Tu penses toujours que c'est un extra-terrestre ? demanda la jeune femme. Est-ce qu'un extra-terrestre ne se contenterait pas de fabriquer une voix quelconque ? Pourquoi imiterait-il un acteur bien précis ?

— J'ai vu Robert Vaughn une fois, lui apprit Jim, surpris par le vague souvenir qui remontait en lui. En vrai, je veux dire. Pas à la télé ou dans un film. De près. Il y a longtemps.

— Où ? Quand ?

— Je n'arrive pas... Ça ne veut pas... ça ne veut pas me revenir.

Il avait l'impression de se tenir sur une bande de terre étroite entre deux précipices. D'un côté se trouvait la vie qu'il menait depuis toujours, chargée de tourments et d'un désespoir qu'il avait tenté d'ignorer mais qui l'avait parfois submergé, comme lorsqu'il avait accompli son pèlerinage sur la Harley, dans le désert Mojave, à la recherche d'une échappatoire — fût-ce la mort. De l'autre, il y avait le futur incertain qu'Holly tentait de façonner pour lui, un futur qu'elle prétendait empli d'espoir mais qui lui semblait à lui dément et chaotique. Et le maigre piton rocheux lui servant de refuge s'effritait un peu plus à chaque minute qui passait.

Il se souvint de la conversation qu'ils avaient eue deux nuits plus tôt, lorsqu'ils étaient allongés côte à côte dans son lit, avant de faire l'amour pour la première fois. *Les gens sont toujours plus... complexes qu'on ne le croit*, avait-il dit.

C'est juste une observation... ou aussi un avertissement ?

Un avertissement ?

Peut-être m'avertissez-vous que vous n'êtes pas ce que vous semblez être.

Après une longue pause, il avait répondu : *Peut-être.*

Et après sa propre pause, Holly avait conclu : *Je crois que je m'en fous.*

Il était sûr, maintenant, qu'il s'était bien agi d'un avertissement. Au fond de lui, une petite voix lui disait que l'analyse de la jeune femme était bonne, que les créatures rencontrées au moulin ne constituaient que différents aspects de lui-même. Mais s'il était la victime d'un dédoublement de la personnalité, il ne pensait pas que sa condition pût être qualifiée de simple dérangement mental ou de troubles de l'esprit. Le seul mot qui convînt était « folie ».

Ils arrivèrent dans la grand-rue. La ville lui sembla étrangement sombre, menaçante — peut-être parce qu'elle recelait la vérité qui le forcerait à quitter son étroit perchoir mental pour plonger dans l'un ou l'autre gouffre.

Il se souvint d'avoir lu que les fous étaient toujours certains d'être sains d'esprit. Lui n'était certain de rien du tout, mais cela ne lui apportait aucun réconfort. La folie était sans doute l'essence même de l'incertitude, une quête effrénée mais vaine de réponses, de terre ferme. La santé mentale, elle, un monde de certitudes suspendu au-dessus du chaos tourbillonnant.

Holly se gara devant la pharmacie Handahl, à l'extrémité est de la grand-rue.

— Commençons ici.

— Pourquoi ?

— Parce que c'est la première halte que nous avons faite quand tu m'as montré les endroits qui avaient compté pour toi dans ton enfance.

Jim sortit de la Ford, sous l'auvent formé par un des magnolias de Wilson qui alternaient avec d'autres arbres des deux côtés de la route. Cette verdure adoucissait le paysage mais contribuait à l'aspect peu naturel de la ville et au sentiment de discordance qu'elle inspirait.

Les bords biseautés des vitres de la porte étincelèrent comme des joyaux quand Holly poussa le battant, et une cloche tinta au-dessus des arrivants. Ils entrèrent ensemble.

Le cœur de Jim battait à tout rompre. Non qu'il semblât probable qu'il lui fût arrivé quelque chose d'important dans la pharmacie lorsqu'il était enfant, mais il sentait qu'il faisait là le premier pas sur le chemin de la vérité.

Le coin buvette était sur la gauche et Jim aperçut plusieurs personnes en train de prendre leur petit déjeuner. Juste derrière la porte d'entrée se trouvait le petit stand de journaux où s'empilaient les quotidiens du matin, notamment ceux de Santa Barbara. Il y avait aussi des magazines et, sur le côté, un présentoir tournant qui abritait des livres de poche.

— Je venais ici pour acheter des livres, dit Jim. J'adorais les livres. Je n'en avais jamais assez.

On accédait à la pharmacie par un passage voûté sur la droite. Elle ressemblait à toutes les pharmacies américaines modernes en ce sens qu'elle proposait plus de cosmétiques, de produits de beauté ou de soins capillaires que de véritables médicaments. Pour le reste, elle avait un charme vieillot indéniable : étagères de bois et non de métal ou de fibre de verre ; comptoir de granit poli, arôme agréable composé de cire de bougie, de sucre, d'effluves de cigares s'élevant de l'humidificateur posé derrière la caisse, de vagues traces d'alcool éthylique et de produits pharmaceutiques divers.

Bien qu'il fût encore tôt, le pharmacien était au travail. Il assurait lui-même la fonction de caissier. C'était Corbett Handahl en personne, un homme corpulent, aux larges épaules, à la moustache et aux cheveux blancs. Il portait une chemise bleue pimpante sous sa blouse blanche amidonnée.

— Mon Dieu, Jim Ironheart ! s'exclama-t-il en relevant les yeux. Ça fait combien de temps ? Au moins trois ou quatre ans, non ?

Les deux hommes se serrèrent la main.

— Quatre ans et quatre mois, précisa Jim.

Il faillit ajouter « depuis la mort de grand-père », mais se retint sans vraiment comprendre pourquoi.

Handahl vaporisait du Glassex sur le comptoir de granit et l'essuyait à l'aide de serviettes en papier. Il sourit à Holly.

— Et qui que vous soyez, je vous serai éternellement reconnaissant d'avoir apporté un peu de beauté à cette journée maussade.

Corbett Handahl était le pharmacien idéal pour une petite ville : juste assez jovial pour avoir l'air d'un homme du peuple, bien que son métier le rangeât parmi les notables de la ville, assez taquin pour qu'il fît figure de personnage du cru, mais dégageant une incontestable impression de compétence et de probité qui faisait sentir aux clients que ses médicaments ne pouvaient qu'être efficaces. Les gens de New Svenborg s'arrêtaient ici pour lui dire bonjour, pas seulement lorsqu'ils avaient besoin de quelque chose, et l'intérêt réel qu'il leur portait servait son commerce. Il travaillait à la pharmacie depuis trente-trois ans et en était le propriétaire depuis la mort de son père, il y avait vingt-sept ans de cela.

Handahl n'était pas le moins du monde menaçant. Pourtant, Jim se sentit soudain menacé. Il eut envie de sortir de la pharmacie avant que...

Avant quoi ?

Avant qu'Handahl ne dit ce qu'il ne fallait pas dire, n'en révélât trop.

Mais que pouvait-il bien révéler ?

— Je suis la fiancée de Jim, se présenta Holly, à la surprise de son compagnon.

— Félicitations, Jim, dit Handahl. Tu es un petit veinard.

J'espère que vous savez que sa famille a changé de nom, ma chère. Avant, ils s'appelaient Ironhead[1], ce qui était plus approprié. Ils sont têtus comme des mules.

Il cligna de l'œil et eut un petit rire.

— Jim me fait visiter la ville en me montrant ses endroits favoris, enchaîna Holly. J'imagine qu'on peut appeler ça une promenade nostalgique.

Handahl plissa le front.

— Je ne pensais pas que tu aimais assez la ville pour qu'elle t'inspire de la nostalgie, remarqua-t-il à l'adresse de Jim.

Celui-ci haussa les épaules.

— On change.

— J'en suis ravi, affirma le pharmacien en se retournant vers Holly. Il a commencé à venir ici quand ses grands-parents l'ont recueilli. Il passait tous les mardis et tous les vendredis, quand les nouveaux livres et les nouveaux magazines arrivaient de Santa Barbara. (Handahl avait fini avec le Glassex et disposait sur le comptoir les présentoirs de chewing-gums, de pastilles à la menthe, de briquets jetables et de peignes.) C'était un lecteur vorace, à l'époque. Tu l'es toujours ?

— Oui, oui, confirma Jim avec un malaise croissant, terrifié par ce que risquait d'ajouter le gros homme.

Pourtant, il ne savait absolument pas ce que celui-ci aurait pu dire qui eût une telle importance.

— Je me rappelle que tu avais des goûts bien précis. (A Holly :) Avec son argent de poche, il achetait quasiment tous les livres de science-fiction ou d'épouvante qui passaient ma porte. En ce temps-là, un bouquin faisait dans les quarante-cinq ou cinquante cents : avec deux dollars par semaine, on allait loin.

Un sentiment de claustrophobie s'empara de lui, l'enveloppant comme un linceul. La pharmacie lui parut minuscule, encombrée de marchandises, au point d'en être terrifiante. Il n'avait plus qu'une envie : sortir de là.

Il arrive, songea-t-il tandis que son angoisse augmentait d'un coup. Il arrive.

— Je suppose que c'est son père et sa mère qui lui ont communiqué ce goût de l'étrange, continuait Handahl.

— Comment ça ? interrogea Holly.

— Je ne connaissais pas très bien Jamie, le père de Jim, mais j'étais juste dans la classe en dessous, au lycée. Sans vouloir te

1. *Ironhead* : Tête de fer. *(N.d.T.)*

vexer, Jim, ton père s'intéressait à des trucs franchement bizarres — quoique vu la manière dont le monde a changé, ça semblerait sans doute moins étrange maintenant qu'au début des années cinquante.

— Des trucs bizarres? questionna la jeune femme.

Jim inspecta le magasin, se demandant d'où allait surgir la créature, par où ils pourraient s'échapper, quels chemins seraient bloqués. Ballotté entre une timide acceptation de la théorie d'Holly et son rejet complet, il était pour le moment convaincu qu'elle était fausse. Ce n'était pas une force au sein de lui-même. C'était un être totalement indépendant, comme l'Ami. C'était un extraterrestre maléfique, alors que l'Ami était bon. Il pouvait aller n'importe où, sortir de n'importe quoi, à n'importe quel moment, et il arrivait. Jim savait qu'il arrivait, qu'il voulait tous les tuer.

— Quand il était enfant, reprit le pharmacien, Jamie venait souvent ici — c'était le magasin de mon père, à l'époque —, pour acheter ces vieux *pulps* [1] avec des robots, des monstres et des filles à moitié nues sur la couverture. Il n'arrêtait pas de dire qu'on enverrait un jour des gens sur la lune, et tout le monde le trouvait un peu bizarre à cause de ça, même s'il a fini par avoir raison. Je n'ai franchement pas été surpris quand j'ai appris qu'il avait laissé tomber sa place de comptable, qu'il s'était trouvé une femme dans le show-business et qu'il gagnait sa vie avec un numéro de divination.

— Un numéro de divination? s'étonna Holly en se tournant vers Jim. Je croyais que ton père était comptable et ta mère actrice.

— Ils l'étaient, répondit-il d'une voix faible. Avant de monter le numéro.

Il était stupéfait : il avait presque oublié cela. Comment était-ce possible? Les photos des tournées étaient affichées chez lui. Il les regardait tous les jours. Et il avait complètement oublié qu'elles avaient été prises durant les trajets entre les représentations.

Il approchait à toute vitesse, maintenant.

Il était tout près.

Jim voulut avertir Holly. Il fut incapable de parler.

Quelque chose semblait lui avoir tranché la langue, soudé les mâchoires.

Il arrivait.

Il ne voulait pas que Jim avertît Holly. *Il* voulait la prendre par surprise.

1. *Pulps* : magazines bon marché spécialisés dans la littérature à sensation. *(N.d.T.)*

— Ce qui leur est arrivé, c'est une vraie tragédie, continua Handahl en finissant de disposer ses présentoirs. Quand tu es venu vivre avec tes grands-parents, Jim, tu étais tellement renfermé que personne ne pouvait tirer deux mots de toi.

Holly n'observait pas le pharmacien mais son compagnon, semblant sentir sa détresse.

— La deuxième année, après la mort de Lena, Jim a vraiment craqué. Il est devenu totalement muet. On aurait dit qu'il ne prononcerait plus un seul mot de toute sa vie. Tu t'en souviens, Jim ?

Holly écarquilla les yeux.

— Ta grand-mère est morte la deuxième année que tu étais ici ? Quand tu avais onze ans ?

Je lui ai dit que c'était arrivé il y a cinq ans, songea Jim. Pourquoi lui ai-je dit cinq ans, alors que ça en fait vingt-quatre ?

Il arrivait.

Jim le sentait.

Il arrivait.

L'Ennemi.

— Excusez-moi, articula-t-il. Il faut que j'aille prendre un peu l'air.

Il se hâta de sortir, haletant, et de rejoindre la voiture.

En regardant derrière lui, il se rendit compte qu'Holly ne l'avait pas suivi. Il la vit discuter avec Handahl à travers la vitrine de la pharmacie.

Il arrivait.

Ne lui parle pas, Holly. Ne l'écoute pas. Sors d'ici.

Il arrivait.

La seule raison pour laquelle j'ai peur de Corbett Handahl, c'est qu'il en sait plus que moi sur ma vie à New Svenborg.

Loum-boum-BOUM.

Il était là.

▼▲▼

Le pharmacien regarda Jim s'éloigner avec curiosité.

— Je crois qu'il n'a jamais surmonté ce qui est arrivé à ses parents... et à Lena, dit Holly.

Handahl hocha la tête.

— Comment surmonter une chose aussi atroce ? C'était un gamin tellement gentil que ça brisait le cœur de le voir.

Avant que la jeune femme pût demander des précisions au sujet de Lena, il ajouta :

— Vous vous installez à la ferme?

— Non. On n'y passe que quelques jours.

— Ça ne me regarde pas, mais je trouve consternant que la propriété ne soit pas entretenue.

— Eh bien… Jim n'est pas fermier, et comme personne ne veut acheter la ferme…

— Quoi ? Mais ma chère, il y aurait vingt personnes sur le coup s'il acceptait de vendre.

Holly cligna des yeux.

— Il y a un excellent puits artésien dans ce terrain, enchaîna le pharmacien, ce qui fait qu'on n'y manque jamais d'eau, alors que la région est plutôt aride. (Il s'appuya au comptoir et se croisa les bras sur la poitrine.) Quand le vieil étang est plein, le poids de tout ce liquide fait pression sur la source naturelle et ralentit l'arrivée d'eau. Mais dès qu'on commence à pomper pour arroser, le flux reprend. Et l'étang est pratiquement toujours plein, comme la cruche magique des contes de fées. (Il inclina la tête de côté, plissa les yeux.) Jim vous a dit qu'il n'arrivait pas à vendre?

— C'est-à-dire que j'ai supposé…

— Je vais vous dire une chose, coupa Handahl. Peut-être que votre bonhomme est plus sentimental que je ne l'aurais cru. Peut-être qu'il veut garder la ferme parce qu'il y a trop de souvenirs.

— Peut-être, acquiesça Holly. Mais il y en a autant de mauvais que de bons.

— Ça, c'est un fait.

— Comme la mort de sa grand-mère, continua-t-elle, tentant de remettre le pharmacien sur les rails. C'était…

Un bruit de verre entrechoqué l'interrompit. Elle tourna la tête et vit des bouteilles de shampooing, de laque, de vitamines et de sirop contre la toux vaciller sur leurs étagères.

— Un tremblement de terre, annonça le gros homme. Il jeta un regard inquiet au plafond, comme s'il craignait que celui-ci ne s'écroulât.

Les flacons s'agitèrent plus violemment et Holly comprit qu'ils étaient la proie d'un phénomène bien plus grave qu'un simple tremblement de terre. On l'avertissait de ne plus poser de questions.

Loum-boum-BOUM, loum-boum-BOUM.

L'univers rassurant de la pharmacie commença à s'effondrer. Les bouteilles jaillirent des étagères, se dirigeant droit sur la jeune femme, qui pivota en se protégeant la tête des deux bras. Certains des flacons la frappèrent, d'autres la survolèrent pour s'abattre sur Handahl. Derrière le comptoir, l'humidificateur à cigares se mit à vibrer. Holly se laissa tomber à terre instinctivement. Au même instant, le couvercle de l'appareil explosa. Des éclats de verre lacérèrent l'air à l'endroit où elle s'était tenue. Elle commença à ramper vers la sortie, tandis que des tessons étincelants pleuvaient tout autour d'elle. Derrière elle, la lourde caisse glissa du comptoir, la manquant de quelques centimètres, lui évitant de justesse de se fracasser la colonne vertébrale. Avant que les murs ne pussent commencer à se boursoufler, à palpiter et à laisser entrevoir une forme monstrueuse, elle atteignit la porte, passa devant le stand de journaux et sortit dans la rue, abandonnant le pharmacien au milieu de ce qu'il considérait sans aucun doute comme le résultat d'un tremblement de terre.

Sous ses pieds, le battement de cœur à trois temps faisait vibrer le trottoir de brique.

Elle trouva Jim appuyé contre la voiture, blême et secoué de frissons, avec l'expression d'un homme debout au bord d'un précipice, les yeux plongés dans l'abîme, prêt à sauter. Il ne lui répondit pas lorsqu'elle prononça son nom. Il semblait près de succomber à la force maléfique qu'il avait abritée — et nourrie — pendant toutes ces années et qui exigeait maintenant sa liberté.

Holly l'arracha du véhicule, l'entoura de ses bras et le serra contre elle, de plus en plus fort, en répétant son nom. Elle s'attendait à ce que le trottoir explosât en de véritables geysers de briques, à ce que des pinces tranchantes, des tentacules ou des mains inhumaines la saisissent, froides et humides. Mais le battement de cœur diminua progressivement. Au bout de quelques secondes, Jim leva les bras pour enlacer sa compagne.

L'Ennemi s'en était allé.

Mais le répit n'était que temporaire.

▼▲▼

Le Parc commémoratif de New Svenborg jouxtait les Jardins de Tivoli. Il en était séparé par une grille en fer forgé et une rangée d'arbres surtout composée de cèdres blancs et de faux-poivriers californiens.

Jim conduisait lentement le long de l'allée bétonnée qui serpentait à travers le cimetière.

— C'est là.

Il se gara au bord de la chaussée.

Bien qu'il se trouvât en plein air, lorsqu'il sortit de la Ford, son sentiment de claustrophobie revint avec presque autant d'intensité que dans la pharmacie. Le ciel noir semblait peser sur les monuments — rectangles, carrés et piliers de granit gris qui émergeaient du sol à l'instar d'antiques ossements à demi enterrés et noircis par le temps. Dans la luminosité lugubre, l'herbe adoptait une nuance gris-vert, de même que les arbres, qui semblaient vaciller sur leurs racines, prêts à s'abattre sur lui.

Après avoir contourné la voiture pour rejoindre Holly, il pointa le doigt vers le nord.

— C'est là, répéta-t-il.

Elle lui prit la main. Il lui en fut reconnaissant.

Ils se dirigèrent ensemble vers la tombe de ses grands-parents, laquelle se trouvait sur une des rares éminences du cimetière. Un unique bloc de granit rectangulaire marquait les deux emplacements.

Jim sentait son cœur cogner dans sa poitrine. Il avait peine à déglutir.

Le nom de sa grand-mère était gravé du côté droit du monument. LENA LOUISE IRONHEART.

Il se contraignit à lire ses dates de naissance et de décès. Elle était morte à cinquante-trois ans. Vingt-quatre ans plus tôt.

Voilà ce qu'on devait ressentir après un lavage de cerveau, une fois qu'on vous avait effacé votre mémoire et implanté de faux souvenirs à la place. Jim entrevoyait son passé à la manière d'un paysage plongé dans le brouillard, seulement baigné de la clarté fluctuante et blafarde d'une lune masquée par les nuages. Les événements de sa vie n'avaient soudain plus la même netteté qu'une heure auparavant, et il ne pouvait se fier à la réalité de ceux qu'il distinguait encore : lorsqu'il serait forcé de les examiner de près, ses souvenirs les plus sûrs pourraient s'avérer n'être rien d'autre que des illusions créées par le brouillard et les ombres.

Désorienté, effrayé, il serra plus fort la main d'Holly :

— Pourquoi m'as-tu menti en me disant que c'était arrivé il y a cinq ans? demanda doucement la jeune femme.

— Je ne mentais pas. Ou du moins... je ne savais pas que je mentais. (Il contemplait le bloc de granit comme si la surface polie avait constitué une fenêtre sur le passé. Il tenta de faire remonter en lui ses souvenirs.) Je me rappelle m'être réveillé un matin en sachant que grand-mère était morte. C'était il y a cinq ans. Je vivais encore dans mon appartement d'Irvine. (Il écoutait sa propre voix comme si elle avait appartenu à quelqu'un d'autre. Son ton halluciné lui donna le frisson.) Je me suis habillé... j'ai pris la route du nord... acheté des fleurs en ville... et puis je suis venu ici...

Au bout de quelques secondes, comme il restait muet, Holly demanda :

— Tu te souviens d'un enterrement, ce jour-là ?

— Non.

— D'autres gens venus la pleurer avec toi ?

— Non.

— D'autres fleurs sur la tombe ?

— Non. Tout ce que je me rappelle c'est... m'être agenouillé devant la stèle en pleurant, avec les fleurs que j'avais apportées... J'ai pleuré longtemps. Je n'arrivais pas à m'arrêter.

En passant près de lui pour gagner d'autres tombes, des gens l'avaient regardé avec une sympathie qui s'était changée en gêne lorsqu'ils avaient réalisé l'étendue de son trouble, puis en malaise lorsqu'ils avaient découvert en lui un chagrin si intense qu'il le faisait passer pour un déséquilibré. Maintenant, il se rappelait à quel point il s'était senti désorienté, ce jour-là, en rendant leur regard à ceux qui l'observaient. Il n'avait qu'une seule envie : creuser la terre de ses ongles puis la rabattre sur lui telle une couverture pour reposer dans le même trou que sa grand-mère. Mais pourquoi il avait ressenti cela, pourquoi il commençait à le ressentir à nouveau, voilà qui lui échappait encore.

Il relut la date du décès — le 25 septembre. Aujourd'hui, il était trop effrayé pour pleurer.

— Qu'est-ce qu'il y a ? l'encouragea Holly. Dis-moi.

— C'est le jour où je suis venu avec les fleurs, le seul où je sois jamais venu ici, le jour que je me rappelle comme étant celui de sa mort. Le 25 septembre... mais il y a cinq ans, pas vingt-quatre. C'était le dix-neuvième anniversaire de son décès... Pourtant, à l'époque, il me semblait qu'elle venait juste de mourir.

Ils demeurèrent tous deux silencieux.

Deux grands oiseaux noirs évoluaient dans le ciel sombre. Ils disparurent au-dessus des arbres en poussant des cris aigus.

— Est-ce que tu aurais voulu nier sa mort ? avança enfin Holly. Refusé de l'accepter quand elle s'est produite, il y a vingt-quatre ans ? Tu n'en as peut-être été capable que dix-neuf ans plus tard... le jour où tu es venu porter des fleurs sur sa tombe. C'est pour ça que tu as l'impression qu'elle est morte beaucoup plus récemment qu'en réalité. Tu fais remonter son décès au jour où tu l'as enfin admis.

Il comprit aussitôt qu'elle avait deviné juste, mais cela ne dissipa pas son malaise.

— Mon Dieu, Holly. C'est vraiment de la folie.

— Non, rétorqua-t-elle calmement. C'est de l'autodéfense, une partie du rempart que tu as érigé pour dissimuler l'année de tes dix ans.

Elle s'interrompit, inspira profondément puis demanda :

— Comment est morte ta grand-mère, Jim ?

— Elle... (Il constata avec stupéfaction qu'il ne pouvait se rappeler la cause du décès de Lena. Encore un vide empli de brouillard.) Je ne sais pas.

— Je crois qu'elle est morte dans le moulin.

Il se détourna de la pierre tombale pour regarder Holly. Sans savoir pourquoi, il se contracta.

— Dans le moulin ? Comment ? Qu'est-ce qui s'est passé ? Comment peux-tu le savoir ?

— Mon rêve. Je montais l'escalier du moulin, j'ai regardé l'étang par la fenêtre et j'ai vu le visage d'une autre femme reflété dans le carreau. Le visage de ta grand-mère.

— Ce n'était qu'un rêve.

La jeune femme secoua la tête.

— Non, je crois que c'était un souvenir. Un souvenir que tu as projeté de ton sommeil dans le mien.

Sans comprendre, Jim sentit la panique l'envahir.

— Comment pouvait-il s'agir d'un de mes souvenirs si je ne l'ai pas en ce moment ?

— Tu l'as.

Il fronça les sourcils.

— Non. Rien de tel.

— Il est enfermé dans ton subconscient, et tu n'y as accès que quand tu rêves, mais il est bien là.

Si elle lui avait affirmé que le cimetière tout entier était monté sur un carrousel et qu'il tournait lentement sous le ciel métallique, il l'eût accepté avec plus de facilité. Il avait l'impression de tournoyer à travers de la lumière et des ténèbres, de la lumière et des ténèbres, de la peur et de la rage...

Avec un énorme effort, il réussit à dire :

— Mais dans ton rêve, moi, je me trouvais dans la pièce du haut quand grand-mère y est arrivée.

— Oui.

— Et si elle y est morte...

— Tu y as assisté.

Il secoua la tête avec obstination.

— Non. Mon Dieu, tu ne crois pas que je me rappellerais une chose pareille ?

— Non. Je crois que c'est pour ça qu'il t'a fallu dix-neuf ans, ne serait-ce que pour admettre sa mort. Je crois que tu l'as vue mourir, et que ç'a été un tel choc que ça t'a plongé dans une longue amnésie, une amnésie que tu as recouverte de fantasmes. De toujours plus de fantasmes.

La brise se leva. Quelque chose crépita autour des pieds de Jim. Un instant, il eut la certitude qu'il s'agissait des mains squelettiques de sa grand-mère qui creusaient la terre pour venir le prendre, mais lorsqu'il baissa les yeux, il ne vit que des feuilles mortes crissant les unes contre les autres tandis que le vent les chassait à travers la pelouse.

Chacun de ses battements de cœur était désormais comme un poing frappant un punching-ball. Il se détourna de la tombe, impatient de retourner à la voiture.

Holly lui posa une main sur le bras.

— Attends.

Il s'arracha à son étreinte, la repoussa, presque avec violence.

— Je veux partir d'ici ! lâcha-t-il en lui jetant un regard furieux.

Nullement impressionnée, elle le retint à nouveau.

— Et ton grand-père, Jim. Où est-il enterré ?

Il désigna l'emplacement voisin de celui de Lena.

— Il est ici, bien sûr, avec elle.

Alors la moitié gauche du monument de granit lui apparut enfin. Il s'était tellement concentré sur la droite, sur la date impossible du décès de sa grand-mère, qu'il n'avait pas remarqué ce qui manquait à côté. Le nom de son grand-père se trouvait bien à sa place, gravé au même moment que celui de son épouse : HENRY JAMES IRONHEART. Suivait sa date de naissance. Mais rien de plus. La date de sa mort n'avait jamais été ciselée dans la pierre.

Le ciel de fer était de plus en plus pesant.

Les arbres semblaient s'incliner plus bas au-dessus de Jim, menaçants.

— Tu n'as pas dit qu'il était mort huit mois après Lena ? demanda Holly.

Jim avait la gorge sèche. Il produisait juste assez de salive pour parler et ses mots sortaient en murmures secs, tels des nuages de sable glissant à la surface du désert.

— Qu'est-ce que tu veux de moi, bon Dieu ? Je te l'ai dit... huit mois... le 24 mai de l'année suivante.

— De quoi est-il mort ?

— Je... je ne... je ne me rappelle plus.

— De maladie ?

Tais-toi, tais-toi !

— Je ne sais pas.

— Un accident ?

— Je... il me semble... je crois... je crois qu'il a eu une attaque.

De grands pans du passé étaient des brumes au sein de la brume. Jim réalisa qu'il songeait rarement à ce qu'il avait vécu. Il vivait totalement dans le présent. S'il ne s'était pas aperçu qu'il existait des trous gigantesques dans sa mémoire, c'était tout simplement qu'il y avait bon nombre de choses dont il n'avait jamais essayé de se souvenir.

— Tu étais bien le plus proche parent de ton grand-père ? interrogea Holly.

— Oui.

— C'est toi qui t'es chargé d'organiser les obsèques ?

Il hésita, le front plissé.

— Oui... je crois...

— Alors tu as tout bonnement oublié de faire graver la date du décès sur la pierre tombale ?

Incapable de répondre, il contemplait l'espace vacant dans le granit, cherchant de toutes ses forces un autre vide qui lui correspondît parmi ses souvenirs. La nausée le prit. Il avait envie de se recroqueviller sur lui-même, de fermer les yeux, de s'endormir et de ne plus jamais se réveiller, de laisser quelqu'un d'autre le faire à sa place...

— Ou alors tu l'as fait enterrer ailleurs ? insista Holly.

Les oiseaux hurlants fendirent l'air à nouveau, se découpant sur les cendres du ciel carbonisé, y traçant de leurs ailes des messages calligraphiques aussi indéchiffrables que les images fuyantes qui traversaient l'esprit de Jim, envahi par une grisaille encore plus opaque.

▼▲▼

Ce fut Holly qui les conduisit aux Jardins de Tivoli.

Lorsqu'ils avaient quitté la pharmacie, Jim avait voulu venir au cimetière, inquiet mais désireux de retrouver ce passé dont il se souvenait si mal, de réaccorder sa mémoire avec la vérité. A présent, bouleversé par son expérience devant la tombe, il n'était plus aussi pressé de découvrir les autres surprises qui l'attendaient. Il était content de laisser le volant à Holly et la jeune femme soupçonnait qu'il eût été encore plus content qu'elle quittât la ville, prît la direction du sud et ne lui parlât plus jamais de New Svenborg.

Le parc était trop petit pour renfermer une route accessible aux véhicules à moteur Jim et Holly laissèrent la Ford dans la rue et entrèrent à pied.

De près, les Jardins de Tivoli étaient encore moins attrayants qu'ils ne l'avaient semblé la veille, depuis la voiture. Le ciel couvert n'était pas seul responsable de l'ambiance sinistre qui y régnait. Le gazon était à demi carbonisé par des semaines d'un soleil estival qui, dans ces vallées du centre de la Californie, pouvait se montrer très intense. Du liseron avait poussé dans les rosiers sans que quiconque cherchât à l'en arracher. Les rares roses survivantes, flétries, perdaient leurs pétales. Les autres fleurs étaient fanées et les deux bancs avaient besoin d'être repeints.

Seul le moulin à vent était en bon état. Grand, imposant, il mesurait six ou sept mètres de plus que celui de la ferme. Une plate-forme circulaire l'entourait au tiers de sa hauteur.

— Qu'est-ce qu'on cherche ? s'enquit Holly.

— Ne me le demande pas. C'est toi qui as voulu venir.

— Ne sois pas stupide, chéri.

Le bousculer ainsi revenait à donner des coups de pied dans une charge de dynamite, mais elle n'avait pas le choix. Il exploserait tôt ou tard. La jeune femme n'avait qu'un espoir de survie . le forcer à reconnaître qu'il était l'Ennemi avant que celui-ci ne le contrôle de manière permanente. Et elle sentait qu'elle n'avait plus beaucoup de temps.

— C'est toi qui as décidé de l'itinéraire, hier. Tu as dit qu'on avait tourné un film ici. (Elle sursauta, frappée par ses propres paroles.) Attends une seconde. Est-ce que c'est *là* que tu as vu Robert Vaughn ? Est-ce qu'il jouait dans le film en question ?

Avec une expression perplexe qui se changea bientôt en moue d'ignorance, Jim tourna sur lui-même, étudiant le petit parc. Enfin, il se dirigea vers le moulin. Sa compagne le suivit.

Deux lutrins commémoratifs flanquaient le chemin dallé devant la porte de l'édifice. Montés sur un socle de pierre, les documents exposés étaient protégés par une vitre fixée à l'aide d'un cadre étanche. Celui de gauche, devant lequel ils s'arrêtèrent en premier, décrivait l'utilisation des moulins à vent pour la mouture du grain, le pompage de l'eau et la production d'électricité dans la vallée de Santa Ynez, au XIXe siècle et durant la première moitié du XXe. Suivait un historique de celui devant lequel ils se trouvaient, appelé avec à-propos le « moulin de New Svenborg ».

Ces textes étaient terriblement ennuyeux et Holly ne se tourna vers le second lutrin que parce qu'elle possédait encore un peu de l'obstination et de la curiosité qui avaient fait d'elle une journaliste passable. Son intérêt fut immédiatement piqué par l'inscription figurant au sommet de la plaque : LE MOULIN NOIR, LE LIVRE ET LE FILM.

— Jim ! Viens voir.

Il la rejoignit.

On voyait là une reproduction de la couverture d'un roman — *Le Moulin noir*, d'Arthur J. Willott. Le modèle en était de toute évidence le moulin de New Svenborg. Holly lut avec un étonnement croissant le texte qui suivait. Willott, qui avait habité dans la vallée de Santa Ynez — à Solvang et non à New Svenborg — avait écrit cinquante-deux romans à succès pour adolescents, avant de mourir en 1982, à l'âge de quatre-vingts ans. Son plus grand succès, le plus durable, avait été de loin un livre fantastique centré sur un vieux moulin hanté et un jeune garçon qui découvrait que les fantômes étaient en fait des extra-terrestres, qu'un vaisseau spatial reposait au fond de l'étang voisin depuis dix mille ans.

— Non, lâcha Jim, d'une voix faible où perçait cependant une certaine colère. Ça n'a aucun sens. Ça ne peut pas être vrai.

Holly se souvint d'un épisode du rêve dans lequel elle avait occupé le corps de Lena Ironheart. En arrivant au sommet de l'escalier, elle avait trouvé Jim debout, les poings serrés. Il s'était tourné vers elle et avait dit : « J'ai peur, aide-moi, le mur, le *mur* ! » A ses pieds, une bougie brûlait dans une coupelle bleue. Jusqu'ici, la jeune femme avait oublié qu'auprès de cette dernière reposait un livre relié, revêtu d'une jaquette colorée. La même que celle qui figurait sur le lutrin : *Le Moulin noir*.

— Non, répéta Jim en se détournant de la plaque.

Il observa avec anxiété les arbres agités par la brise.

Holly continua à lire et découvrit que, vingt-cinq ans plus tôt, l'année où Jim était arrivé chez ses grands-parents, ce roman avait fait l'objet d'une adaptation cinématographique. Le moulin de New Svenborg avait servi de décor principal. La production avait creusé autour de lui un étang peu profond mais convaincant puis, après le tournage, avait payé la restauration de l'édifice ainsi que la création du petit parc qui l'entourait.

Jim continuait de tourner sur lui-même, lentement, les traits tirés, observant les ombres que créaient arbres et buissons, malgré la couverture de nuages.

— Quelque chose va venir, dit-il.

N'apercevant rien de particulier, Holly pensa qu'il tentait juste de la distraire de la plaque. Il refusait d'accepter les implications de sa découverte, aussi cherchait-il à l'en détourner.

Le film n'avait sans doute pas bien marché, car elle n'en avait jamais entendu parler. Il n'avait probablement été célèbre qu'à New Svenborg, et ce uniquement parce qu'il était adapté d'un livre écrit par un habitant de la région. Le dernier paragraphe de l'inscription, un extrait du générique, citait les cinq acteurs principaux. Il n'y avait pas de grande vedette. Holly ne connaissait qu'un des quatre premiers comédiens : M. Emmet Walsh, qu'elle appréciait beaucoup. Le cinquième était Robert Vaughn — tout jeune et encore inconnu.

Elle observa à nouveau le moulin.

— Qu'est-ce qui se passe? dit-elle à haute voix. (Elle leva un instant les yeux vers le ciel lugubre, puis les rabaissa sur la reproduction du livre de Willott.) Bon Dieu, qu'est-ce qui se passe?

— Il arrive, murmura Jim d'une voix où l'on sentait non seulement la peur mais une étrange pointe de désir.

Suivant son regard, Holly détecta un mouvement du sol, à l'autre bout du petit parc, comme si un animal fouisseur s'y déplaçait en soulevant une bande de terre et de gazon large d'un mètre. La chose avançait vite, droit vers eux.

La jeune femme fit face à son compagnon, le saisit aux épaules.

— Arrête!

— Il arrive, répéta-t-il, les yeux exorbités.

— Jim, c'est toi. Ce n'est que toi.

— Non... pas moi... l'Ennemi.

Il semblait presque en transe.

Holly jeta un coup d'œil en arrière et vit les turbulences franchir une allée de ciment qui se souleva et se fendit.

— Bon Dieu, Jim!

Il regardait approcher le tueur avec une horreur mêlée de fascination.

L'un des bancs du parc se renversa quand la terre se boursoufla puis s'affaissa sous lui.

L'Ennemi n'était plus qu'à quinze mètres d'eux, et il se rapprochait très vite.

Holly empoigna Jim par la chemise, le secoua, tenta de le forcer à l'écouter.

— Ça me rappelle un film que j'ai vu quand j'étais gamine. Comment ça s'appelait, déjà? *L'invasion vient de Mars*, ou quelque chose comme ça. Les extra-terrestres creusaient des trous dans le sable pour engloutir les gens.

Elle regarda à nouveau derrière elle. La chose n'était plus qu'à douze mètres.

— C'est ça qui va nous tuer, Jim ? Un monstre qui va creuser un trou et nous engloutir ? Un monstre qui sort d'un film destiné à donner des cauchemars aux petits garçons de dix ans ?

Plus que huit mètres.

Jim transpirait, frissonnait. Rien de ce que disait Holly ne semblait l'atteindre.

Elle lui hurla au visage :

— Est-ce que tu vas me tuer et te tuer aussi, te suicider comme Larry Kakonis ? Cesser d'être fort et en finir ? Te laisser enterrer par un cauchemar ?

Cinq mètres.

Quatre.

— *Jim !*

Trois.

Deux.

Alors qu'un monstrueux grincement de mâchoires retentissait juste sous eux, Holly lança un coup de pied dans le tibia de son compagnon, le plus fort possible. Il hurla de douleur au moment où la terre commençait à s'agiter sous eux. La jeune femme baissa la tête, horrifiée. Mais le fouissage cessa à l'instant même où s'éleva le cri aigu de Jim. Le sol ne s'ouvrit pas. Aucune créature n'en jaillit pour les engloutir.

Tremblante, Holly recula d'un pas, s'éloignant de la pelouse fendillée.

Jim l'observait, hagard.

— Ce n'était pas moi. Ça ne pouvait pas être moi.

▼▲▼

De retour à la voiture, il s'effondra sur son siège.

Sa compagne croisa les bras sur le volant et y appuya son front

Jim observait le parc par la vitre latérale. Les traces laissées par la taupe géante n'avaient pas disparu. L'allée restait craquelée et effondrée, le banc reposait su- le côté.

Il ne pouvait croire que la chose qui avait fait cela n'eût été qu'un produit de son imagination, qu'elle n'eût surgi que de son esprit. Toute sa vie, il s'était parfaitement maîtrisé, avait mené une existence spartiate entre les livres et le travail, sans vices ni faiblesses. A l'exception d'une terrifiante mais bien pratique propension à l'oubli, songea-t-il, amer. Le plus difficile à accepter, dans la théorie d'Holly, était que leur seul réel adversaire fût une part violente de lui-même, sur laquelle il n'avait aucun contrôle conscient.

Il avait dépassé le stade de la peur ordinaire, désormais. Il ne transpirait ni ne frissonnait plus. Il était en proie à une terreur primaire qui le laissait complètement rigide et sec.

— Ce n'était pas moi, répéta-t-il.

— Mais si.

Compte tenu du fait qu'elle pensait avoir frôlé la mort à cause de lui, Holly se montrait étonnamment calme. Loin d'élever la voix, elle parlait avec une grande tendresse.

— Tu penses encore à cette histoire de personnalités multiples, déclara-t-il.

— Oui.

— Alors c'était mon côté noir.

— Oui.

— Matérialisé sous la forme d'un ver géant, ou de quelque chose comme ça. (Il tentait en vain de conférer une ironie mordante à ses paroles.) Mais tu as dit que l'Ennemi ne se manifestait que pendant mon sommeil, et là, je ne dormais pas. Alors même si je suis bien l'Ennemi, comment aurais-je pu être cette chose ?

— Tu édictes de nouvelles règles. Inconsciemment, tu deviens désespéré. Tu n'es plus capable de contrôler cette personnalité aussi facilement qu'avant. Plus tu te rapprocheras de la vérité, plus l'Ennemi deviendra agressif pour se défendre.

— Si c'était moi, pourquoi est-ce qu'on n'a pas entendu le battement de cœur, comme avant ?

— Ça n'est qu'un effet dramatique, comme les cloches qui tintaient avant les apparitions de l'Ami. (Elle releva la tête et le regarda.) Tu t'en es passé parce que tu n'avais pas le temps. J'étais en train de lire la plaque et tu voulais m'en empêcher aussi vite que possible. Tu avais besoin de me distraire. Et permets-moi de te dire que tu y as parfaitement réussi.

Les yeux de Jim se tournèrent à nouveau vers le moulin et ses lutrins.

Holly lui posa la main sur l'épaule.

— Après la mort de tes parents, tu étais complètement déprimé. Tu avais besoin de t'évader. De toute évidence, un nommé Arthur Willott t'a fourni un fantasme qui correspondait parfaitement à ce que tu recherchais. Dès lors, d'une manière ou d'une autre, tu ne l'as jamais quitté.

Il ne pouvait l'admettre devant elle, mais devait bien avouer qu'il était à deux doigts de comprendre, de voir son passé sous un angle nouveau qui conférerait une forme intelligible au mystérieux rébus qu'était sa vie. Si l'amnésie sélective, de faux souvenirs construits avec soin et même des personnalités multiples n'étaient pas un signe de folie mais seulement les crampons qu'il avait utilisés pour s'accrocher à sa santé mentale — comme le prétendait Holly — qu'arriverait-il lorsqu'il les abandonnerait ? Lorsqu'il découvrirait la vérité sur son passé, affronterait enfin ce qu'il avait refusé d'affronter durant son enfance, au moment où il s'était réfugié dans le rêve, la réalité le rendrait-elle fou, cette fois ? Que cherchait-il à fuir ?

— Écoute, reprit la jeune femme. L'important, c'est que tu l'aies repoussé avant qu'il ne nous atteigne, avant qu'il ne puisse nous blesser.

— Mon tibia me fait un mal de chien, se plaignit-il en grimaçant.

— Parfait ! s'exclama-t-elle, radieuse.

Elle démarra.

— Où allons-nous, maintenant ? questionna Jim.

— Où veux-tu qu'on aille ? A la bibliothèque.

▼▲▼

Holly se gara sur Copenhagen Lane, devant la petite maison victorienne qui abritait la bibliothèque de New Svenborg.

A sa grande satisfaction, ses mains ne tremblaient pas, sa voix était calme et posée, et elle avait réussi à conduire sans zigzaguer. Elle était surprise de ne pas avoir souillé ses sous-vêtements lors de l'incident du parc. Elle avait été réduite à un état de terreur brute — une émotion pure et intense. Quoique diluée maintenant, cette terreur rôdait toujours en elle et, la jeune femme le savait, y demeurerait jusqu'à ce qu'ils fussent sortis de ce cauchemar — ou morts. Mais elle était décidée à ne pas révéler à Jim l'intensité de sa peur, parce qu'il était certainement encore plus remué qu'elle. Après tout, c'était sa vie à lui qui se révélait n'être qu'un collage de mensonges fragiles. Il avait besoin de s'appuyer sur elle.

Tandis qu'ils se dirigeaient vers la porte d'entrée — Jim en boitillant —, Holly remarqua que son compagnon examinait la pelouse, comme s'il craignait que, sous la terre, quelque chose ne commençât à se diriger vers eux.

Il vaudrait mieux pas, songea-t-elle, sinon tu vas te retrouver avec *deux* tibias amochés.

En franchissant le seuil, elle se demanda si la douleur serait efficace une seconde fois.

Dans l'entrée lambrissée, un panneau annonçait DOCUMENTS, PREMIER ÉTAGE. Une flèche pointait vers un escalier sur la droite.

L'entrée donnait sur un couloir que bordaient deux grandes salles remplies d'étagères. Celle de gauche contenait également des tables, des chaises et un grand bureau de chêne.

La femme qui était assise au bureau constituait une bonne publicité pour la vie à la campagne : une peau sans défauts, des cheveux châtains lustrés, des yeux noisette clair. Ou lui donnait trente-cinq ans, mais elle avait probablement une dizaine d'années de plus.

Une plaque posée devant elle annonçait : ELOÏSE GLYNN.

La veille, lorsque Holly avait voulu entrer ici afin de voir cette Mrs Glynn que Jim admirait tant, il avait prétendu qu'elle serait à la retraite, qu'il y a vingt-cinq ans, elle était déjà « très vieille ». En fait, à l'époque, elle était fraîche émoulue de l'université et venait vraisemblablement de décrocher son premier emploi.

Par rapport aux découvertes précédentes, ce n'était là qu'une surprise mineure. La veille, Jim n'avait pas voulu qu'Holly entrât dans la bibliothèque, aussi avait-il tout simplement menti. A en juger par l'expression qui se lisait présentement sur son visage, il était clair que la jeunesse d'Eloïse Glynn ne l'étonnait pas. Il savait qu'il mentait, bien qu'il ne sût peut-être pas pourquoi.

La bibliothécaire ne le reconnut pas. Ou bien avait-il été un de ces enfants qui ne laissent que peu d'impression, à moins que — et c'était plus probable — il eût dit la vérité en affirmant ne pas être revenu ici depuis son départ pour l'université, dix-huit ans auparavant.

Eloïse Glynn avait les manières pleines d'allant d'un professeur d'éducation physique qu'Holly avait connu au lycée.

— Willott ? dit-elle en réponse à la question de la jeune femme. Oh, oui ! Nous en avons un plein wagon. (Elle bondit hors de sa chaise.) Je vais vous les montrer. (Elle contourna son bureau et, d'un pas vif, mena le couple dans l'autre salle.) Il était de la région, comme vous le savez sans doute. Il y a dix ans qu'il est mort mais les deux tiers de ses livres sont encore disponibles. (Elle s'immobilisa devant la section « jeunes » et désigna d'un ample geste deux étagères remplies d'œuvres de Willott.) Artie Willott était prolifique. Il travaillait tellement que les castors rougissaient de honte en le voyant.

Elle sourit à Holly, un sourire contagieux.

— Nous cherchons *Le Moulin noir*, annonça la jeune femme.

— C'est un de ses livres les plus populaires. Je ne connais pas un gosse qui ne l'ait aimé.

Mrs Glynn sortit le roman de l'étagère presque sans le regarder et le tendit à son interlocutrice.

— C'est pour votre enfant ?

— Pour moi, en fait. J'ai vu la plaque dans les Jardins de Tivoli.

— Moi, je l'ai lu, intervint Jim. Mais elle est curieuse.

Ils retournèrent tous deux dans la salle principale et s'assirent à la table la plus éloignée du bureau. Le livre posé entre eux, ils lurent les deux premiers chapitres.

Holly maintenait un contact physique permanent avec son compagnon — lui pressant la main, l'épaule, le genou — afin de le rassurer. Elle devait le soutenir assez longtemps pour qu'il apprît la vérité, pour qu'il guérît, et l'amour était la seule arme à sa disposition. Elle était convaincue que la moindre marque de tendresse — caresse, sourire, parole ou regard affectueux — constituait un lien qui l'empêchait de se briser totalement

Le roman était écrit dans un style élégant et attrayant. Mais ce qu'il révélait de la vie de Jim Ironheart était tellement surprenant qu'Holly se mit vite à le feuilleter pour n'en lire que des passages, à voix basse, avant de chercher fébrilement la révélation suivante.

Le protagoniste se nommait Jim, non pas Ironheart mais Jamison. Il vivait dans une ferme dotée d'un étang et d'un vieux moulin à vent. Celui-ci avait la réputation d'être hanté mais, après avoir assisté à un certain nombre d'incidents effrayants, Jim découvrait qu'un extra-terrestre — et non un fantôme — occupait un vaisseau spatial au fond du plan d'eau et se manifestait dans le moulin. L'être se révélait à lui sous la forme d'une douce lumière qui luisait dans le mur du bâtiment. Ils communiquaient à l'aide de deux bloc-notes jaunes — un pour les questions de Jim, un pour les réponses de la créature, qui y apparaissaient comme par magie. D'après ses dires, l'extra-terrestre était un être de pure énergie qui se trouvait sur terre « POUR OBSERVER, POUR ÉTUDIER, POUR AIDER L'HUMANITÉ ». Il se nommait lui-même L'AMI.

Marquant cette page d'un doigt, Holly feuilleta le reste du livre pour voir si l'Ami continuait jusqu'à la fin à s'exprimer par l'intermédiaire des blocs. C'était le cas. Dans l'histoire sur laquelle Jim avait fondé son fantasme, la créature ne parlait jamais.

— Voilà pourquoi tu doutais que ton Ami à toi puisse parler, pourquoi tu m'as résisté quand j'ai voulu cesser de jouer le jeu.

Jim ne pouvait plus nier, désormais. Il fixait le roman avec stupéfaction.

Cette attitude rendit l'espoir à sa compagne. Au cimetière, il s'était trouvé en proie à une telle détresse, ses yeux avaient été si froids, si mornes, qu'elle avait commencé à se demander s'il serait capable d'utiliser son pouvoir phénoménal à des fins de guérison. Et dans le parc, durant un instant terrible, elle avait cru que sa fragile enveloppe de lucidité allait se fissurer pour libérer sa folie. Mais il avait tenu. Maintenant, sa curiosité semblait dépasser sa peur.

Mrs Glynn était partie travailler dans la réserve. Aucun autre client n'était entré.

Holly retourna à l'histoire, lisant en diagonale. A la moitié du roman, juste après la seconde rencontre de Jim et de l'extraterrestre, celui-ci expliquait qu'il vivait « DANS TOUS LES ASPECTS DU TEMPS », qu'il pouvait percevoir le futur et désirait sauver la vie d'un homme destiné à mourir.

— Mon Dieu, murmura Jim.

Une vision explosa brutalement dans l'esprit d'Holly, avec une telle force, un tel éclat qu'elle fut l'espace d'un instant l'unique réalité et occulta la bibliothèque. La jeune femme se vit nue, clouée à un mur en une obscène parodie de crucifixion, du sang coulant de ses mains et de ses pieds (une voix murmurant : *meurs*, *meurs*, *meurs*). Elle ouvrait la bouche pour crier mais en lieu et place de sa voix, c'étaient des légions de cafards qui s'échappaient de ses lèvres, et elle réalisait qu'elle était déjà morte (*meurs*, *meurs*, *meurs*), que ses entrailles putrides grouillaient de vermine...

Ce détestable fantasme quitta l'écran de son esprit aussi vite qu'il y était apparu et elle réintégra la réalité de la bibliothèque dans un soubresaut.

— Holly ?

Jim la regardait avec inquiétude.

C'était une part de lui-même qui avait généré la vision, cela ne faisait aucun doute. Mais le Jim qu'elle contemplait à présent n'en était pas responsable. C'était l'enfant terrible niché en lui, l'Ennemi, empli de haine et sanguinaire, qui attaquait à l'aide d'une arme nouvelle.

— Tout va bien, mentit-elle — l'image l'avait laissée nauséeuse et quelque peu désorientée.

Elle dut se faire violence pour se concentrer à nouveau sur *Le Moulin noir*.

L'homme menacé était un candidat à la présidence des États-Unis, qui traverserait bientôt la ville de Jim, où il serait assassiné. L'extra-terrestre voulait qu'il vécût car « IL VA DEVENIR UN GRAND HOMME D'ÉTAT PACIFISTE QUI SAUVERA LE MONDE D'UNE GUERRE TERRIBLE ». Devant garder secrète sa présence sur terre, l'Ami voulait se servir de Jim Jamison pour anéantir les meurtriers «TU VAS LUI LANCER UNE LIGNE DE VIE, JIM.»

Le roman ne comportait pas de créature maléfique. L'Ennemi était une pure invention de Jim, personnification de sa rage et de sa haine envers lui-même. Il en avait eu besoin pour se défaire de ces sentiments, pour se maîtriser.

Avec un craquement d'électricité statique interne, une autre vision apparut sur l'écran spirituel d'Holly, de nouveau assez intense pour chasser le monde réel : la jeune femme était dans un cercueil, morte mais pourtant en possession de toutes ses facultés mentales. Elle sentait les vers grouiller en elle (*meurs, meurs, meurs, meurs*), percevait l'odeur atroce de son propre corps en putréfaction, voyait son visage rongé se refléter comme dans un miroir sur l'intérieur du couvercle du cercueil. Elle levait ses poings squelettiques pour tambouriner dessus, entendait les coups se répercuter dans l'épaisse couche de terre compacte qui le recouvrait...

A nouveau la bibliothèque...

— Qu'est-ce qui se passe, Holly, pour l'amour du ciel?

— Rien.

— Holly?

— Rien, répéta-t-elle.

Admettre que l'Ennemi la torturait eût été une erreur, elle le sentait.

Elle acheva de feuilleter *Le Moulin noir*.

A la fin du roman, après que Jim Jamison avait sauvé le futur président, l'Ami s'enfermait dans le mutisme, ordonnant au jeune garçon d'oublier leur rencontre et de croire qu'il avait agi de son propre chef. Si un souvenir refoulé devait un jour resurgir dans son esprit, Jim s'entendait annoncer : «TU NE TE SOUVIENDRAS DE MOI QUE COMME D'UN PERSONNAGE PRÉSENT DANS UN VIEUX RÊVE.» Lorsque l'étrange lumière quittait la paroi pour la dernière fois, les messages s'effaçaient du bloc. Il ne subsistait aucune trace du contact.

Holly ferma le livre.

Jim et elle restèrent immobiles un long moment à contempler la jaquette.

Autour d'eux, des milliers d'époques et d'endroits, de gens et de mondes, depuis Mars jusqu'à l'Égypte en passant par le comté de Yoknapatawpha, étaient enfermés dans des reliures, tel l'éclat d'une lampe-pigeon sous la ternissure du cuivre. Holly pouvait presque les sentir prêts à jaillir à la première page tournée, à prendre vie avec des couleurs brillantes, des odeurs piquantes et de délicieux arômes, avec des rires et des pleurs, des cris et des murmures. Les livres étaient des rêves empaquetés.

— Les rêves sont des seuils, dit-elle à Jim, et n'importe quel roman est une sorte de rêve. Dans l'aventure inventée par Arthur Willott, tu as trouvé le seuil qui t'a permis d'abandonner ta détresse, d'échapper à ton sentiment de culpabilité pour n'avoir pu sauver ton père et ta mère.

Jim était resté très pâle depuis qu'elle lui avait montré le bloc renfermant les réponses de l'Ami. IL T'AIME HOLLY/IL VA TE TUER HOLLY. Maintenant, son visage avait retrouvé un peu de couleur. Ses yeux étaient toujours hallucinés, l'inquiétude l'habitait comme les ombres habitent la nuit, mais il semblait tâtonner vers la reconnaissance des mensonges qui composaient sa vie.

Et c'était cela qui effrayait l'Ennemi en lui. Qui le rendait fou.

Mrs Glynn était revenue de la réserve. Elle travaillait à son bureau.

— Mais pourquoi te reprocher l'accident qui les a tués ? reprit Holly, baissant encore la voix. Et comment un enfant de cet âge peut-il avoir un tel sens des responsabilités ?

Il secoua la tête.

— Je ne sais pas.

La jeune femme se remémora les paroles de Corbett Handahl. Elle posa la main sur le genou de Jim.

— Réfléchis, chéri. Est-ce que l'accident s'est produit pendant une de leurs tournées ?

Il hésita, plissa le front.

— Oui... pendant une tournée.

— Tu voyageais avec eux, non ?

Il acquiesça.

Holly revit la photographie où l'enfant et son père portaient un smoking, sa mère une robe à paillettes.

— Tu faisais partie du spectacle ?

Certains des souvenirs de Jim remontaient à la surface comme l'avaient fait les anneaux lumineux dans l'étang. Les émotions qui se lisaient sur son visage ne pouvaient être feintes : il était authentiquement abasourdi de sentir les ténèbres se dissiper.

L'excitation d'Holly augmentait au même rythme que celle de son compagnon.

— Qu'est-ce que tu faisais, sur scène ?

— C'était un genre de... prestidigitation. Ma mère empruntait des objets aux spectateurs. Mon père restait avec moi et on... et je tenais les objets, je faisais semblant de recevoir des impressions psychiques. Je disais aux gens des choses que je ne pouvais pas savoir.

— Tu faisais semblant ? interrogea Holly.

Il cligna des yeux.

— Peut-être pas. C'est étrange... à quel point je me le rappelle mal, même si j'essaie.

— Ce n'était pas un tour. Tu le faisais vraiment. C'est pour ça que tes parents ont monté le numéro. Tu avais bien un don.

Il laissa glisser ses doigts sur la jaquette pelliculée du *Moulin noir*.

— Mais...

— Mais ?

— Il y a encore tellement de choses que je ne comprends pas...

— Oh, pour ça, moi aussi, mon chou. Mais on se rapproche, et je suis persuadée que c'est une bonne chose.

Une ombre venue du plus profond de Jim se déposa à nouveau sur son visage.

— Viens, dit Holly, ne voulant pas le voir retomber dans son humeur sombre.

Elle ramassa le livre et le porta au bureau de la bibliothécaire. Jim la suivit.

L'énergique Mrs Glynn dessinait sur une feuille de papier fort, à l'aide de crayons de couleur et de feutres. Les images colorées, tracées avec talent, montraient des garçons et des filles habillés en cosmonautes, en spéléologues, en marins, en acrobates et en explorateurs. La légende était déjà inscrite mais pas encore coloriée : CECI EST UNE BIBLIOTHÈQUE. LES ENFANTS ET LES AVENTURIERS Y SONT LES BIENVENUS. LES AUTRES, RESTEZ DEHORS !

— Sympa, dit Holly, sincère, en désignant l'affiche Vous vous investissez vraiment dans ce travail.

— Ça m'empêche de sombrer dans l'alcoolisme, dit Mrs Glynn, avec un sourire prouvant que les enfants ne pouvaient que l'aimer.

— Mon fiancé ici présent m'a beaucoup parlé de vous, continua la jeune femme. Mais peut-être ne vous souvenez-vous plus de lui, après vingt-cinq ans.

La bibliothécaire observa Jim d'un œil dubitatif.

— Je suis Jim Ironheart, Mrs Glynn.

— Mais bien sûr que je me souviens de toi ! Tu était un petit garçon tout à fait remarquable.

Elle se leva, se pencha au-dessus du bureau et insista pour serrer Jim dans ses bras. Puis elle se retourna vers Holly.

— Alors vous allez épouser mon Jimmy ? C'est merveilleux ! Il y a des tas de gosses qui sont passés par ici depuis que je tiens la bibliothèque, bien que ce soit une petite ville, et je ne peux pas prétendre me les rappeler tous. Mais Jimmy était spécial. Vraiment spécial.

Holly s'entendit confirmer que Jim avait eu un goût immodéré pour la science-fiction, qu'il avait été extrêmement renfermé durant sa première année en ville et totalement muet durant la seconde, après la mort soudaine de sa grand-mère.

Elle sauta sur l'occasion.

— Si Jim m'a emmenée ici, c'est en partie pour voir si nous aimerions vivre à la ferme, au moins pour un moment.

— La ville est plus agréable qu'elle n'en a l'air, affirma Mrs Glynn. Je vous garantie que vous seriez heureux, dans la région. D'ailleurs, je vais vous préparer des cartes de bibliothèque!

Elle se rassit et ouvrit un tiroir du bureau.

Tandis qu'elle en tirait deux cartes et prenait un crayon, Holly reprit :

— Le seul problème, c'est que... Jim a autant de mauvais que de bons souvenirs, ici, et la mort de Lena est l'un des pires.

— Et en plus, enchaîna l'intéressé, je n'avais que dix ans quand elle est morte — enfin, presque onze — et je crois que j'ai dû me forcer à oublier une partie de ce qui est arrivé. Je ne sais plus trop comment ça s'est passé. Les détails m'échappent. Je me demandais si vous vous le rappeliez...

Holly songea que, finalement, il pourrait faire un intervieweur convenable.

— Je ne peux pas dire que je me souvienne de tout, répondit la bibliothécaire. Et je crois que personne ne saura jamais ce qu'elle pouvait bien faire dans ce vieux moulin en plein milieu de la nuit. Henry, ton grand-père, disait qu'elle y allait parfois pour s'isoler un peu. C'était un endroit frais et paisible, où elle pouvait tricoter. Méditer, en quelque sorte. Bien sûr, à l'époque, ce n'était pas encore la ruine que c'est devenu. Pourtant... il semble bizarre qu'elle soit allée tricoter là-bas à deux heures du matin.

Tandis que Mrs Glynn parlait, confirmant que le rêve d'Holly avait bien constitué un souvenir de Jim, la jeune femme fut frappée à la fois par la nausée et par un pressentiment sinistre. Ce que leur interlocutrice semblait ignorer, ce que peut-être tout le monde ignorait, c'était que Lena ne s'était pas trouvée seule dans le moulin.

Jim y était également.

Et seul Jim en était sorti vivant.

Holly lui jeta un coup d'œil et constata qu'il avait à nouveau perdu ses couleurs. Il n'était pas simplement pâle, il était aussi gris que le ciel à l'extérieur.

Mrs Glynn demanda à Holly une pièce d'identité pour remplir la carte de bibliothèque. Bien qu'elle n'ait sans doute jamais l'usage de cette dernière, la visiteuse s'exécuta.

— Je crois que ce qui t'a permis plus que tout de surmonter ton chagrin, ce sont les livres. Tu te refermais sur toi-même, tu lisais tout le temps, et je pense que tu te servais de la fiction comme d'un analgésique. (Elle rendit à Holly son permis de conduire et lui donna sa carte.) Jim était très intelligent. Il pouvait s'immerger totalement dans un roman. Pour lui, ça devenait réel.

Non ? Sans blague ? songea la jeune femme.

— Quand il est arrivé en ville, j'ai entendu dire qu'il n'avait encore jamais fréquenté de véritable école, qu'il avait été éduqué par ses parents, et j'ai pensé que c'était une chose affreuse, même s'ils étaient obligés de voyager sans cesse pour leur spectacle de music-hall...

Holly se rappela la galerie de photographies qui figurait dans le bureau de Jim, à Laguna Niguel : Miami, Atlantic City, New York, Londres, Chicago, Las Vegas...

— ... mais en fait, ils avaient fait du bon travail. A tout le moins, ils lui avaient donné l'amour des livres et ça lui a bien servi plus tard. (Mrs Glynn se tourna vers Jim.) Je suppose que tu n'as pas interrogé ton grand-père sur la mort de Lena parce que tu imagines que ça lui ferait du mal d'en parler. Mais je ne crois pas qu'il soit si fragile que ça, et naturellement, il en sait plus que quiconque à ce sujet. (Elle s'adressa de nouveau à Holly.) Quelque chose qui ne va pas, ma chère ?

L'interpellée réalisa qu'elle était aussi immobile qu'une statue, sa carte de bibliothèque à la main, tel l'un des personnages attendant d'être animés dans les mondes que recelaient les livres. Un instant, elle fut incapable de répondre à la brave femme.

Cette fois, Jim semblait trop abasourdi pour prendre le relais. Son grand-père était vivant quelque part. Mais où ?

— Non, dit Holly, tout va bien. Je viens juste de réaliser à quel point il se fait tard...

Un déluge d'électricité statique, une vision : sa propre tête tranchée, hurlante, ses mains sectionnées rampant sur le sol comme des araignées, son corps décapité se tordant de douleur. Elle était démembrée mais encore vivante, incroyablement vivante, dans les griffes d'une horreur qui dépassait les limites du supportable...

Elle se racla la gorge et constata que Mrs Glynn l'observait avec curiosité :

— Euh, oui, vraiment tard. Et nous sommes censés aller voir Henry avant le déjeuner. Il est déjà dix heures. Je ne l'ai jamais rencontré... (maintenant, elle ne pouvait plus s'arrêter de parler) mais j'ai vraiment hâte de le connaître.

A moins qu'il ne fût réellement mort plus de quatre ans auparavant, comme l'avait dit Jim, auquel cas elle n'en avait pas hâte du tout. Toutefois, Mrs Glynn ne semblait pas être une adepte du spiritisme susceptible de proposer à brûle-pourpoint d'invoquer les esprits des morts pour bavarder.

— C'est un brave homme, assura la bibliothécaire. Je sais qu'il était furieux d'être obligé de quitter la ferme après son attaque, mais il peut s'estimer heureux de s'en être sorti aussi bien. Ma mère, Dieu ait son âme, a eu une attaque, elle aussi. Ensuite, elle ne pouvait plus ni marcher ni parler, elle était aveugle d'un œil et avait l'esprit tellement embrumé qu'elle ne reconnaissait pas toujours ses propres enfants. Au moins, d'après ce que je sais, ce pauvre Henry a toute sa tête et il parle. Il paraît même qu'il est le chef de la meute des fauteuils roulants, là-bas, à Beau Refuge.

— Oui, c'est aussi ce qu'on m'a dit, approuva Jim, aussi figé qu'un poteau.

— C'est un bel endroit, Beau Refuge, conclut Mrs Glynn. Et c'est gentil de ta part de le garder là-bas, Jim. De nos jours, il y a tellement d'hospices qui ne sont que des trous à rats.

▼▲▼

L'annuaire d'une cabine téléphonique leur révéla l'adresse de Beau Refuge, non loin de Solvang. Holly au volant, ils reprirent la route du sud avant d'obliquer vers l'ouest.

— Je me rappelle son attaque, dit Jim. J'étais à l'hôpital avec lui. Je suis venu du comté d'Orange pendant qu'il était au service des urgences. Ça faisait... plus de treize ans que je ne l'avais pas vu.

Cette déclaration surprit Holly. Son expression suscita en Jim une vague de honte brûlante qui l'accabla.

— Tu n'avais pas vu ton grand-père depuis treize ans ?

— Il y avait une raison.

— Laquelle ?

Il observa un instant la route puis laissa échapper une exclamation gutturale de frustration et de dégoût.

— Je ne sais pas. Je ne m'en souviens pas, mais je suis sûr qu'il y avait une raison. Quoi qu'il en soit, je suis revenu quand il a eu son attaque, quand il a faillir mourir. Et je me rappelle sa mort, bordel de merde !

— Tu te la rappelles clairèment ?

— Oui.

— Tu te rappelles l'avoir vu mort sur son lit d'hôpital ? Tu te rappelles avoir vu ses courbes devenir plates sur les moniteurs ?

Il fit la moue.

— Non.

— Tu te rappelles qu'un médecin t'a dit qu'il était décédé ?

— Non.

— Tu te rappelles avoir pris les dispositions pour les obsèques ?

— Non.

— Alors en quoi le souvenir de sa mort est-il si clair ?

Jim pesa la question tandis que sa compagne menait la Ford sur les routes qui serpentaient entre les collines basses où s'élevaient des maisons éparses, le long de pâturages aux clôtures blanches aussi verts que des paysages du Kentucky. Cette partie de la vallée était moins aride que la région de New Svenborg. Mais le ciel avait pris une teinte grise plus foncée, avec une nuance bleu-noir dans les nuages — comme un hématome.

— Maintenant que j'y réfléchis, ce n'est pas clair du tout, admit-il enfin. Ce n'est qu'une vague impression... pas un vrai souvenir.

— Est-ce que tu paies la pension d'Henry à Beau Refuge ?

— Non.

— Est-ce que tu as hérité de sa propriété ?

— Comment pourrais-je hériter s'il est vivant ?

— Tu es curateur, alors ?

Il s'apprêtait à le nier également lorsqu'il se souvint brutalement d'une salle d'audience, d'un juge. Du témoignage d'un médecin. De l'avocat d'Henry assurant que celui-ci était en possession de toutes ses facultés et désirait que son petit-fils s'occupât de la propriété.

— Mon Dieu, oui, s'exclama Jim, choqué de constater qu'il était capable d'oublier non seulement des événements lointains, mais aussi d'autres remontant à quatre ans à peine.

Comme Holly dépassait un tracteur dans une ligne droite, il lui confia ce qui venait de lui revenir, si flou que fût le souvenir.

— Comment est-ce que je peux faire ça, vivre de cette façon ? Comment est-ce que je peux réécrire totalement mon passé quand ça m'arrange ?

— Autodéfense, dit à nouveau sa compagne. (Elle se rabattit

devant le tracteur.) Je parie que tu te rappelles un nombre colossal de détails précis sur ton travail de professeur, sur tes élèves, tes collègues...

C'était vrai. Tout en l'écoutant, il pouvait faire défiler à son gré toutes ses années d'enseignement ; les images en étaient si nettes que ces milliers de jours eussent aussi bien pu se dérouler la veille.

— ... parce que cette vie ne renferme pour toi aucune menace. Elle était paisible et elle avait un sens. Les seules choses que tu oublies, que tu repousses inexorablement dans le tréfonds de ta mémoire, sont celles qui ont trait à la mort de tes parents, à celle de Lena et à ta vie à New Svenborg. Henry en fait partie. Tu continues donc à l'effacer de ton esprit.

Le ciel était menaçant.

Jim vit des oiseaux noirs évoluer dans les nuages, plus nombreux qu'au cimetière. Quatre, six, huit. Ils semblaient s'attacher aux roues de la voiture, la suivre vers Solvang.

Étrangement, il se souvint du rêve qui l'avait réveillé le matin où il s'était rendu à Portland, avait sauvé Billy Jenkins et rencontré Holly. Dans le cauchemar, une nuée d'oiseaux noirs le poursuivaient en battant furieusement des ailes et en hurlant, avant de le lacérer de leurs becs crochus, aussi affûtés que des scalpels.

— Le pire reste à venir, déclara-t-il.

— Qu'est-ce que tu veux dire ?

— Je ne sais pas.

— Tu parles de ce qu'on va apprendre à Beau Refuge ?

Au-dessus d'eux, les oiseaux se laissaient porter par les hauts courants froids.

Sans avoir la moindre idée de ce qu'il voulait dire, Jim ajouta :

— Quelque chose de terrible approche.

2

Situé à la sortie de Solvang, Beau Refuge était un grand bâtiment de plain-pied en U, dont l'architecture ne révélait aucune influence danoise. La conception en était purement fonctionnelle et le résultat dépourvu de toute prétention esthétique : stuc couleur crème, toit de béton, angles droits, murs lisses, sans ornements. Mais l'édifice était repeint de frais et bien entretenu. Les haies étaient impeccablement taillées, la pelouse tondue et les trottoirs bien balayés.

L'endroit plut à Holly au point qu'elle souhaita presque avoir quatre-vingts ans pour vivre là, à regarder la télévision tous les jours, à jouer aux échecs, sans autre souci que celui de se rappeler où elle avait mis son dentier après l'avoir ôté pour la nuit.

A l'intérieur, les couloirs étaient larges et aérés, dallés de vinyle jaune. Ici, contrairement à beaucoup d'hospices, l'air n'était pas chargé de la puanteur des pensionnaires incontinents négligés par le personnel, ni du puissant désodorisant destiné à l'éliminer ou à la masquer. Les chambres devant lesquelles passèrent les deux visiteurs avaient l'air agréables, avec de grandes fenêtres donnant sur la vallée ou sur une cour fleurie. Quelques vieillards, victimes de graves attaques ou de la maladie d'Alzheimer à son stade terminal, étaient allongés sur leur lit ou affalés dans des fauteuils roulants, le regard triste et absent. Enfermés dans leurs souvenirs ou leur chagrin, ils n'étaient qu'à peine conscients du monde extérieur. Tous les autres, cependant, semblaient heureux. On pouvait parfois les entendre rire, ce qui était fort rare dans ce genre d'endroits.

D'après l'infirmière-chef chargée de la permanence, Henry Ironheart résidait à Beau Refuse depuis plus de quatre ans.

Mrs Danforth, la directrice, qui reçut Jim et Holly dans son bureau, avait été engagée après l'arrivée du vieil homme. Un peu boulotte, l'air soigné, elle arborait une expression d'autosatisfaction tranquille et ressemblait à une femme de pasteur dans une paroisse prospère. Bien qu'elle ne comprît pas pourquoi ils désiraient vérifier quelque chose que Jim savait pertinemment, elle consulta ses fiches et leur confirma que la pension d'Henry Ironheart était bien réglée au début de chaque mois par un chèque de James Ironheart, de Laguna Niguel.

— Je suis heureuse que vous soyez enfin venu et j'espère que vous allez passer une bonne journée, dit-elle, sur un ton de léger reproche destiné à culpabiliser Jim, qui ne rendait pas souvent visite à son grand-père, sans pour autant l'offenser directement.

Après l'avoir quittée, ils s'isolèrent dans un angle du couloir principal, hors du chemin des infirmières et des pensionnaires confinés dans leurs fauteuils roulants.

— Je ne peux pas aller le voir comme ça, déclara Jim d'un ton sans réplique. Pas après tout ce temps. Je me sens... j'ai l'estomac noué. J'ai peur de lui, Holly.

— Pourquoi ?

— Je ne sais pas trop.

Un désespoir proche de la panique lui troublait à ce point le regard que la jeune femme ne put le soutenir.

— Il te frappait, quand tu étais petit ?

— Je ne crois pas. (Il fit un visible effort pour percer les nuages qui recouvraient ses souvenirs puis secoua la tête.) Je ne sais pas.

En grande partie parce qu'elle craignait de le laisser seul, Holly tenta de le convaincre de venir voir le vieil homme avec elle, mais il insista pour qu'elle y allât la première.

— Pose-lui toutes les questions nécessaires. Comme ça, quand je vous rejoindrai, je n'aurai pas à rester très longtemps si je n'en ai pas envie... au cas où ça se passerait mal, où ça deviendrait gênant, déplaisant. Prépare-le à me voir, Holly, s'il te plaît.

Comme il semblait prêt à s'effondrer si elle n'en passait pas par ses volontés, elle finit par accepter. Mais en le voyant pénétrer dans la cour pour l'attendre, elle regretta déjà de le laisser s'éloigner d'elle. S'il perdait à nouveau le contrôle de lui-même, si l'Ennemi tentait encore de s'introduire en lui, nul ne serait là pour l'aider à repousser l'assaut.

Henry Ironheart n'était pas dans sa chambre. Avec l'aide d'une infirmière sympathique, elle le trouva dans le foyer douillet, à l'autre bout duquel une demi-douzaine de pensionnaires regardaient un jeu télévisé.

Il jouait au poker avec trois de ses amis, sur une table conçue pour les fauteuils roulants. Personne ici ne portait l'uniforme classique des hospices, pyjama ou survêtement. Outre Henry, il y avait là deux hommes à l'aspect fragile — l'un en pantalon et polo, l'autre en pantalon, chemise blanche et cravate — ainsi qu'une femme aux cheveux neigeux et au profil d'oiseau, qui portait un ensemble veste-pantalon rose vif. Ils étaient au milieu d'une partie acharnée, avec un bon nombre de jetons en plastique bleu dans le pot. Holly attendit à l'écart, afin de ne pas les interrompre. Enfin, un par un, ménageant leurs effets, ils abaissèrent leurs cartes. La femme — Thelma — ramassa ses gains avec une petite exclamation ravie, en roulant des yeux faussement cupides, tandis que les hommes mettaient en doute son honnêteté sur un ton bon enfant.

Holly s'approcha alors et se présenta à Henry Ironheart sans lui préciser qu'elle était la fiancée de Jim.

— J'aimerais vous parler quelques minutes, si vous n'y voyez pas d'inconvénient.

— Mon Dieu, Henry! s'exclama l'homme au polo. Elle n'a même pas la moitié de ton âge.

— J'ai toujours su que c'était un vieux pervers, renchérit celui qui portait cravate.

— Taisez-vous donc, Stewart, intervint Thelma. Henry est et a toujours été un gentleman.

— Eh bien ! On dirait que tu ne sortiras pas d'ici sans être marié, Henry, prédit le premier homme.

— Ce qui ne sera certainement pas votre cas, George, répartit Thelma. Et en ce qui me concerne... (elle eut un clin d'œil éloquent)... si Henry voulait, le mariage serait une question secondaire.

Tous éclatèrent de rire à cette remarque.

— Je vois que je n'ai pas mes chances, plaisanta Holly.

— En général, quand Thelma veut quelque chose, elle l'obtient, confirma George.

La jeune femme remarqua que Stewart avait ramassé les cartes et commençait à les battre.

— Je ne veux pas vous empêcher de jouer, reprit-elle.

— Oh, ne vous en faites pas, la rassura Henry.

Sa diction était légèrement hésitante en raison de son attaque, mais il restait tout à fait compréhensible.

— Nous allons faire une pause pipi.

— A notre âge, enchaîna George, si nous ne coordonnions pas

nos pauses pipi, nous ne serions jamais plus de deux en même temps à la table !

Les trois autres vieillards s'éloignèrent dans leurs fauteuils roulants et Holly s'avança une chaise auprès d'Henry.

Ce n'était plus l'homme à l'air énergique et au visage carré qu'elle avait vu sur la photographie, dans le salon de la ferme. Toute seule, elle ne l'eût peut-être pas reconnu. Son attaque lui avait, sinon paralysé, du moins affaibli le côté droit, et il tenait souvent son bras contre son torse, ainsi qu'un animal blessé qui ménage une de ses pattes. Il avait perdu beaucoup de poids et bien qu'il eût de belles couleurs, son visage paraissait presque émacié. Sur la moitié droite de son visage, les muscles étaient anormalement relâchés, ce qui provoquait un léger affaissement des traits.

Combinée à une élocution laborieuse, son apparence aurait pu conduire Holly à déplorer l'inévitable dégénérescence de l'être humain — s'il n'avait possédé des yeux révélant une âme intacte. Et quoique ralentie par son handicap, sa conversation était celle d'un homme intelligent, doté du sens de l'humour, qui refusait de donner au destin le plaisir de contempler sa détresse : s'il lui arrivait de maudire son corps délabré, il le faisait en privé.

— Je suis une amie de Jim, commença la nouvelle venue.

La bouche d'Henry forma un O asymétrique qu'elle interpréta comme une expression de surprise. Il ne sembla tout d'abord pas savoir quoi dire mais finit par demander :

— Comment va-t-il ?

Holly avait décidé de jouer la carte de la franchise.

— Pas très bien, j'en ai peur. Il est extrêmement perturbé.

— C'est vrai, acquiesça le vieillard en détournant le regard pour le poser sur les jetons de poker.

La jeune femme s'était presque attendue à rencontrer un bourreau d'enfants en partie responsable des fantasmes de Jim. A première vue, ce n'était absolument pas le cas.

— Je voulais vous rencontrer, vous parler, parce que Jim et moi sommes plus que des amis. Je l'aime. Il dit qu'il m'aime aussi, et j'espère que nous allons rester ensemble pendant très, très longtemps.

A sa grande surprise, des larmes envahirent les yeux d'Henry et roulèrent sur ses joues, posant des perles brillantes dans les plis de son visage.

— Je suis désolée. Je vous ai fait de la peine ?

— Non. Oh, mon Dieu, non. (Il s'essuya les yeux de la main gauche.) Excusez-moi, je suis un vieil imbécile.

— Je ne crois pas.

— C'est juste que je n'avais jamais pensé... Ma foi, je croyais que Jim resterait seul toute sa vie.

— Pourquoi ?

— Eh bien...

Il semblait répugner à dénigrer en quoi que ce fût son petit-fils, ce qui convainquit définitivement Holly qu'elle n'avait pas affaire à un tyran.

— Il a le chic pour tenir les gens à distance, déclara-t-elle pour lui venir en aide. C'est bien ce que vous voulez dire ?

Il acquiesça.

— Même moi. Toutes ces années, je l'ai aimé de tout mon cœur et je sais qu'il m'aime aussi, à sa manière, même s'il a toujours eu beaucoup de mal à le montrer et s'il ne l'a jamais dit.

Alors que la jeune femme s'apprêtait à lui poser une autre question, il secoua soudain violemment la tête. Son visage se tordit en une expression d'angoisse si intense qu'elle craignit un instant qu'il ne fût au bord d'une nouvelle attaque.

— Dieu sait que ce n'est pas entièrement de sa faute ! ajouta-t-il. (Plus l'émotion l'étreignait, plus son élocution devenait laborieuse.) Je dois bien l'avouer : je suis en partie responsable de la distance qui existe entre nous, à cause des reproches que je lui ai faits sans raison.

— Des reproches ?

— Pour Lena.

Une ombre de peur se déposa sur le cœur d'Holly, lui serra douloureusement la gorge.

Elle jeta un coup d'œil par la fenêtre, qui donnait sur un angle de la cour. Ce n'était pas celui vers lequel s'était dirigé Jim. Elle se demanda où il était, comment il allait... *qui* il était.

— Pour Lena ? Je ne comprends pas, articula-t-elle, bien qu'elle craignît fort, au contraire, de comprendre.

— Ce que j'ai fait, ce que j'ai pensé, me semble maintenant impardonnable. (Il s'interrompit, regardant non pas son interlocutrice mais à travers elle, les yeux fixés sur un lointain passé.) Mais il était tellement bizarre, à cette époque. Ce n'était plus l'enfant que nous avions connu. Pour comprendre ce que j'ai fait, il faut que vous sachiez qu'après Atlanta, il était devenu très bizarre, totalement replié sur lui-même.

Holly songea aussitôt à Sam et à Emily Newsome, dont Jim avait sauvé la vie dans une épicerie d'Atlanta, et à Norman Rink, sur qui il avait tiré huit cartouches de fusil de chasse, en proie à une rage aveugle. Mais de toute évidence, Henry faisait allusion à un événement bien plus ancien.

— Vous n'êtes pas au courant, pour Atlanta ? interrogea-t-il, devant l'expression perplexe de la jeune femme.

Un son étrange résonna dans la pièce, faisant sursauter Holly. Un instant, elle ne put l'indentifier, puis réalisa qu'il s'agissait de cris d'oiseaux, ceux qu'ils poussent lorsqu'ils protègent leurs nids. Puisqu'il n'y avait aucun animal dans la pièce, elle supposa que les cris provenaient du toit, transmis par la cheminée. Ce n'étaient que des oiseaux. Les piaillements cessèrent.

Elle se retourna vers Henry Ironheart.

— Atlanta ? Non, je ne crois pas être au courant.

— C'est normal. Ça m'aurait surpris qu'il vous en ait parlé, même s'il vous aime. Il n'en parle jamais.

— Qu'est-ce qui s'est passé, là-bas ?

— C'était dans un restaurant. Le Dixie Duck...

— Oh, mon Dieu, murmura-t-elle.

Elle était effectivement allée dans ce restaurant, en rêve.

— Alors vous en savez une partie, constata le vieillard.

Ses yeux étaient des lacs de détresse.

Holly sentit son visage se contracter sous l'effet du chagrin — non pour les parents de Jim qu'elle n'avait jamais connus, ni pour Henry qui avait dû les aimer, mais pour Jim lui-même.

— Oh, mon Dieu.

Elle ne put en dire plus : les sanglots étouffèrent ses paroles.

Henry lui tendit une main couverte de taches de son. Elle la prit, la tint dans les siennes, attendant de pouvoir à nouveau parler.

A l'autre bout de la pièce, dans le poste de télévision, des cloches sonnaient, des klaxons retentissaient.

Les parents de Jim n'avaient pas été tués dans un accident de la route. Cette histoire n'était qu'un moyen de dissimuler la terrible vérité.

Elle l'avait su. Elle l'avait su et avait refusé de le reconnaître.

Son dernier rêve n'était pas une prophétie mais un autre souvenir projeté en elle par son compagnon alors qu'ils étaient tous deux endormis. Elle n'y avait pas joué son propre rôle mais celui de Jim, tout comme elle avait joué celui de Lena deux nuits plus tôt. Si un miroir lui avait renvoyé son image, elle aurait vu le visage d'un petit garçon aux yeux bleus. L'horreur sanglante du fast-food lui revenait maintenant en images colorées qu'elle ne pouvait chasser de son esprit. Elle frissonna violemment.

Inquiète, elle contempla à nouveau la cour par la fenêtre.

— Ils donnaient des représentations dans une boîte de la ville, pour une semaine, raconta Henry. Ils sont allés déjeuner dans le restaurant favori de Jim, qu'il avait découvert pendant leur précédente visite à Atlanta.

— Qui était l'assassin ? s'enquit Holly, d'une voix tremblante.

— Un dingue. C'est ça le pire. Ça n'avait aucun sens. C'était juste un cinglé.

— Combien de personnes a-t-il tuées ?

— Beaucoup.

— Combien, Henry ?

— Vingt-quatre.

La jeune femme songea au petit Jim Ironheart perdu au milieu de ce carnage, se traînant parmi les corps brisés des autres clients. A la pièce emplie de cris de souffrance et d'effroi, chargée d'une puanteur de sang, de vomi, de bile et d'urine déversés par les cadavres. Elle entendit à nouveau le vacarme de l'arme automatique, *taca-taca-taca-taca-taca-tac* et le s'il-vous-plaît-s'il-vous-plaît-s'il-vous-plaît-s'il-vous-plaît de la jeune serveuse terrifiée. Même en rêve, la scène avait été presque insupportable. Toutes les horreurs imprévisibles de l'existence, toutes les cruautés humaines s'y étaient trouvées rassemblées en une unique expérience, une épreuve atroce dont même un adulte n'aurait pu se remettre totalement qu'au prix d'une vie entière d'efforts. Un enfant de dix ans avait fort bien pu croire que le soulagement ne viendrait jamais. Jugeant la réalité intolérable et le refus nécessaire, il avait trouvé dans le fantasme le seul moyen qui lui permît de se raccrocher à un lambeau de santé mentale.

— Jimmy a été le seul survivant, continua Henry. Si les flics étaient arrivés quelques secondes plus tard, il y serait passé aussi. Ils ont descendu le type. (La main du vieillard serra un peu plus fort celle d'Holly.) Ils ont trouvé Jim dans un coin, sur les genoux de Jamie, de son père, dans les bras de son père, couvert de... du sang de son père.

Holly se souvint de la fin du rêve...

... le dingue vient droit sur elle, renversant tables et chaises sur son passage, alors elle se réfugie dans un angle et se retrouve sur un cadavre, et le dingue se rapproche, se rapproche encore, levant son arme, et elle ne peut pas supporter de le regarder comme l'a regardé la serveuse avant de mourir, alors elle tourne la tête vers le cadavre...

. et elle se souvint de s'être réveillee en sursaut, s'étranglant de dégoût.

Si elle avait eu le temps de voir le visage du cadavre, elle eût découvert le père de Jim.

Les cris d'oiseaux résonnèrent à nouveau à travers le foyer. Plus forts que la première fois. Un ou deux pensionnaires ayant l'usage de leurs jambes s'approchèrent de la cheminée pour voir si aucun animal n'était pris derrière le registre.

— Du sang de son père, répéta doucement Henry.

Même après toutes ces années, il lui était visiblement très pénible de songer à ce moment.

Non seulement le petit garçon s'était trouvé dans les bras de son père mort, mais il avait certainement su que sa mère gisait quelque part, morte elle aussi, qu'il était orphelin, seul.

▼▲▼

Jim était assis sur un banc de séquoia dans la cour de Beau Refuge. Seul.

Pour une journée de la fin du mois d'août, où la sécheresse aurait dû atteindre son apogée, le ciel était étrangement chargé d'humidité en suspension, ressemblait à une vasque retournée, emplie de cendres. Privées de l'éclat du soleil, les fleurs tardives qui s'inclinaient au-dessus des larges allées bétonnées perdaient la moitié de leurs couleurs. Les arbres frissonnaient comme si la légère brise d'été leur avait donné froid.

Quelque chose arrivait. Quelque chose de mauvais.

Jim se raccrocha à la théorie d'Holly, se dit que rien ne viendrait s'il ne le faisait apparaître. S'il parvenait à se maîtriser, ils survivraient tous.

Mais il sentait toujours quelque chose arriver.

Quelque chose.

Et il entendait les cris rauques des oiseaux.

▼▲▼

Les oiseaux s'étaient tus.

Au bout d'un certain temps, Holly lâcha la main d'Henry, sortit un Kleenex de son sac à main, se moucha et s'essuya les yeux.

— Il se reproche ce qui est arrivé à son père et à sa mère, dit-elle dès qu'elle fut en état de parler.

— Je sais. Il se l'est toujours reproché. Il n'en parlait jamais, mais on voyait bien qu'il s'en voulait, qu'il pensait qu'il aurait dû les sauver.

— Mais pourquoi ? Il n'avait que dix ans, c'était un enfant. Il n'aurait rien pu faire contre un adulte armé d'une mitraillette. Comment a-t-il bien pu se sentir responsable ?

Tout éclat avait déserté les yeux du vieillard. Déjà dissymétrique, son pauvre visage était encore plus déformé par une insondable tristesse.

— Je lui en ai parlé souvent, répondit-il enfin. Je le prenais sur mes genoux et je lui posais la question. Lena le faisait aussi. Mais il était tellement replié sur lui-même, refusait tellement de se confier qu'il n'a jamais dit pourquoi il s'en voulait — pourquoi il se détestait.

Holly consulta sa montre.

Jim était seul depuis bien trop longtemps.

Mais elle ne pouvait pas interrompre Henry au milieu des révélations qu'elle était venue entendre.

— J'y ai pensé durant toutes ces années, continuait le vieil homme, et j'ai peut-être trouvé la solution. Mais quand j'ai commencé à comprendre, Jim était adulte et nous avions cessé depuis des années de parler d'Atlanta. Pour être honnête, à ce moment-là, nous ne parlions plus de rien.

— Qu'est-ce que vous avez compris ?

Henry mit sa main droite, la plus faible, dans la gauche et contempla les bosses noueuses de ses articulations à travers sa peau amincie par le temps. A son attitude, Holly sentit qu'il n'était pas sûr d'avoir le droit de parler, même s'il le voulait — même s'il en avait besoin.

— Je l'aime, Henry.

Il releva la tête, regarda la jeune femme dans les yeux.

— Tout à l'heure, poursuivit-elle, vous avez dit que j'étais venue pour savoir ce qui s'était passé à Atlanta parce que Jim ne voulait pas en parler, et d'une certaine manière, vous aviez raison. Je suis venue pour apprendre un certain nombre de choses, parce qu'il m'a interdit plusieurs zones de son existence. Il m'aime vraiment, Henry, je n'en doute pas un seul instant, mais il est aussi fermé qu'un poing. Il y a des choses qu'il ne peut pas lâcher. Si je dois l'épouser, si nous devons en arriver là, il faut je sache tout de lui — ou nous ne pourrons jamais être heureux. On ne peut pas bâtir une vie commune sur des mystères.

— Vous avez raison, bien sûr.

— Dites-moi pourquoi il s'en veut. C'est en train de le tuer, Henry. Si je veux avoir le moindre espoir de l'aider, vous devez me dire ce que vous savez.

Le vieillard poussa un soupir et se décida.

— Vous allez penser qu'il s'agit d'un canular, mais ce n'est pas le cas. Je vais vous exposer ça le plus simplement et le plus brièvement possible, parce que si j'essaie de biaiser, ça aura l'air encore plus saugrenu. Ma femme, Lena, avait un pouvoir. On pourrait appeler ça des pressentiments. Elle était incapable de prédire l'avenir, de connaître à l'avance le gagnant d'une course de chevaux, de vous dire où vous seriez dans un an ou quoi que ce soit de ce genre. Mais parfois... eh bien, si on l'invitait à un pique-nique pour le dimanche suivant, elle pouvait fort bien déclarer de but en blanc que, ce jour-là, il allait pleuvoir des cordes. Et je vous jure qu'elle ne se trompait pas. Ou bien, si une voisine tombait enceinte, Lena commençait à dire « il » ou « elle » en parlant du bébé, alors qu'elle n'avait aucun moyen d'en connaître le sexe — et elle avait toujours raison.

Holly sentit de nouvelles pièces du puzzle se mettre en place. Comme Henry la fixait avec une expression signifiant « vous devez me prendre pour un vieux fou », elle lui prit la main pour le rassurer.

— Vous avez vu Jim faire quelque chose de spécial, n'est-ce pas ? demanda-t-il après l'avoir observée un instant. Quelque chose qui ressemblait à de la magie ?

— Oui.

— Alors vous savez où je veux en venir ?

— Peut-être.

Les oiseaux invisibles se remirent à crier. Les pensionnaires qui regardaient la télévision coupèrent le son et regardèrent autour d'eux afin de localiser la source du bruit.

Holly n'apercevait aucun volatile par la fenêtre de la cour. Mais elle savait pourquoi leurs cris lui faisaient dresser les cheveux sur la tête : d'une certaine manière, ils étaient liés à Jim. Elle se rappela la manière dont il avait levé les yeux vers eux au cimetière, comment il avait suivi leur vol sur la route de Solvang.

— Jamie, notre fils, était comme sa mère, reprit Henry comme s'il n'avait rien entendu. Il lui arrivait de *savoir* des choses, tout simplement. En fait, il était même un peu plus doué que Lena. Un matin, après son mariage avec Cara, quand celle-ci a été enceinte, Lena s'est levée en disant : « Le bébé va être spécial. Ce sera un vrai mage. »

— Un mage ?

— A la campagne, c'est comme ça qu'on appelle les gens qui ont ce genre de pouvoir, les gens comme Lena et Jamie. Mais là, elle voulait dire qu'il serait vraiment puissant. Jim est né. Vers l'âge de quatre ans... eh bien, il a commencé à faire des choses. Un jour, par exemple, il a touché le peigne que j'avais acheté chez le coiffeur du coin, et il s'est mis à décrire le salon de coiffure — alors qu'il n'y avait jamais mis les pieds, puisqu'il vivait à Los Angeles, avec Jamie et Cara.

Il s'interrompit, inspira profondément à deux ou trois reprises. Son élocution devenait de plus en plus laborieuse. Sa paupière droite s'affaissait. Parler semblait le fatiguer autant que s'il se fût agi d'un effort physique.

Un infirmier muni d'une torche électrique s'était approché de la cheminée. Il en inspectait le conduit, au-delà des fissures qui entouraient le registre, pour voir si des oiseaux n'y étaient pas emprisonnés.

Les cris étaient désormais couverts par un furieux battement d'ailes.

— Quand Jimmy touchait un objet, il savait toujours d'où il venait et il pouvait fournir certaines indications sur son propriétaire. Pas une description complète, non. Il savait ce qu'il savait, voilà tout. En touchant un objet vous appartenant, il pouvait deviner le nom de vos parents et votre métier alors qu'en touchant quelque chose appartenant à quelqu'un d'autre, il n'aurait su que l'endroit où la personne en question avait fait ses études et le nom de ses enfants. C'était à chaque fois différent, il n'avait pas de prise là-dessus. Mais il arrivait toujours à quelque chose.

Suivi de trois pensionnaires qui lui donnaient des conseils, l'infirmier s'était éloigné de la cheminée et examinait d'un air soupçonneux les bouches d'air conditionné. Les cris des oiseaux querelleurs retentissaient toujours dans la pièce.

— Allons dans la cour, proposa Holly en se levant.

— Attendez, la retint Henry, suppliant. Laissez-moi finir, laissez-moi vous dire.

Mon Dieu, Jim, songea la jeune femme, tiens encore une minute. juste une minute ou deux.

A regret, elle se rassit.

— Le don de Jim était un secret de famille, comme celui de Lena et de Jamie, continua le vieillard. Nous ne voulions pas que les gens sachent, qu'ils viennent nous espionner, qu'ils nous traitent de phénomènes ou de Dieu sait quoi. Mais Cara... Elle avait toujours tellement voulu travailler dans le show-business. Jamie l'avait rencontrée à la Warner Bros, là où on l'employait, et il faisait ses quatre volontés. Ils ont pensé qu'ils pourraient monter un numéro avec Jimmy, en l'appelant « l'enfant prodige télépathe », mais que personne ne soupçonnerait jamais qu'il possédait réellement un pouvoir. Ils faisaient mine d'avoir un truc, n'arrêtaient pas de lancer des clins d'œil au public, mettaient les gens au défi de comprendre comment ils s'y prenaient — alors que c'était réel. Ça leur rapportait assez d'argent et c'était bon pour leur vie de famille : ils étaient ensemble tous les jours. Avant le numéro, ils étaient déjà très proches, mais partir sur la route les soudait encore davantage. Aucun couple n'a jamais aimé son enfant plus qu'ils n'aimaient Jim — ni n'en a reçu autant d'amour en retour. Ils étaient tellement unis... qu'il était impossible d'imaginer qu'un jour, ils seraient séparés.

▼▲▼

Les oiseaux noirs volaient dans le ciel lugubre.

Assis sur son banc, les yeux levés, Jim les contemplait.

Ils s'éloignaient vers l'est, disparaissaient presque dans les nuages, puis se retournaient brutalement et revenaient.

Un instant, ils planèrent au-dessus de lui.

Ces formes sombres, déchiquetées, se découpant sur le ciel flétri composaient une image qui aurait pu sortir d'un poème d'Edgar Poe. Enfant, Jim s'était passionné pour Poe, avait appris par cœur tous ses poèmes les plus macabres. La morbidité avait son pouvoir de fascination.

▼▲▼

Le vacarme cessa soudain. Le calme qui s'ensuivit était une bénédiction, mais étrangement, Holly avait été moins effrayée par les cris qu'elle ne le fut par leur interruption.

— Et sa puissance se mit à croître, dit Henry Ironheart à voix basse, s'exprimant avec difficulté. (Il se tortilla sur son fauteuil, mais son côté droit refusa d'adopter une nouvelle position. Pour la première fois, il marqua un certain agacement devant les limitations de son corps altéré par la maladie.) A six ans, Jim pouvait faire bouger une pièce de monnaie simplement en le *voulant*, la faire glisser d'avant en arrière, la faire se dresser sur la tranche. A huit ans, il pouvait la soulever dans les airs, la faire flotter. A dix ans, il arrivait au même résultat avec un moule à gâteaux ou un disque. C'était vraiment époustouflant.

Si vous saviez ce qu'il arrive à faire à trente-cinq ans, songea Holly.

— Ils n'ont jamais utilisé ça dans le numéro, précisa le vieillard. Ils en sont restés à la divination, empruntant des objets personnels aux spectateurs pour que Jim puisse leur dire des choses qui... qui les stupéfiaient, vous voyez ? Jamie et Cara comptaient finir par y inclure un peu de lévitation, mais ils n'avaient pas encore trouvé comment s'y prendre sans se trahir. Et puis ils sont entrés dans le Dixie Duck d'Atlanta... et tout a été fini.

Pas tout. Une chose s'est achevée. Une autre a débuté. Sombre début.

Holly constata à nouveau que l'absence des cris d'oiseaux la mettait plus mal à l'aise que les cris eux-mêmes. Ceux-ci avaient été comme le sifflement d'une mèche en train de se consumer vers une charge de dynamite. Tant qu'on l'entendait, il était encore possible d'empêcher l'explosion.

— Et voilà pourquoi je crois que Jim s'en veut, acheva Henry. Parce qu'il pouvait faire toutes ces petites choses avec son esprit, bouger, soulever des objets, il a cru qu'il aurait pu... je ne sais pas... souder les balles dans l'arme, bloquer la gâchette, verrouiller la sécurité. Faire quelque chose, n'importe quoi.

— Il en aurait été capable ?

— Peut-être, oui. Mais ce n'était qu'un petit garçon effrayé. Pour remuer des pièces de monnaie, des moules à gâteaux ou des disques, il était obligé de se concentrer. Et ce jour-là, quand les balles ont commencé à voler, c'était impossible.

Holly se rappela le bruit meurtrier : *taca-taca-taca-tac...*

— Alors, quand on l'a ramené d'Atlanta, il ne parlait presque plus. Il refusait de nous regarder dans les yeux. Quelque chose est mort en lui avec Jamie et Cara, quelque chose que nous n'avons jamais réussi à ramener à la vie, si fort que nous ayons essayé, si fort que nous ayons pu l'aimer. Son pouvoir aussi est mort. Ou il a semblé mourir. Jim n'a jamais refait ce genre de choses, et au bout de quelques années, il est devenu difficile de croire qu'il y était parvenu lorsqu'il était enfant.

Au début de leur entretien, en dépit de sa bonne humeur, Henry faisait ses quatre-vingts ans. Pas un an de moins. Maintenant, il paraissait encore plus vieux, bien plus vieux.

— Jimmy était tellement bizarre, après Atlanta, tellement inaccessible et empli de colère que... parfois, même quand on l'aimait, il était possible d'avoir un peu peur de lui. Plus tard, que Dieu me pardonne, je l'ai soupçonné de...

— Je sais, coupa Holly.

Les traits d'Henry se durcirent. Il lui lança un coup d'œil acéré.

— Votre femme, reprit-elle. Lena. La manière dont elle est morte.

— Vous savez tellement de choses, dit-il, en articulant avec plus de difficultés qu'à l'ordinaire.

— Trop. Ce qui est bizarre, parce que toute ma vie je n'en ai pas su assez.

Henry abaissa de nouveau les yeux sur ses mains coupables.

— Comment ai-je pu croire qu'à dix ans, même perturbé, il était capable de la pousser au bas des marches du moulin ? Il l'aimait tant ! Bien des années plus tard, j'ai réalisé que j'avais été sacrément cruel avec lui, insensible, tout bonnement stupide. Mais il était déjà trop tard. Il ne m'a pas donné la chance de m'excuser pour ce que j'avais fait... pour ce que j'avais pensé. Après son départ pour l'université, il n'est plus jamais revenu. Pas une seule fois en plus de treize ans. Jusqu'à ce que j'aie mon attaque.

Il est revenu une fois, songea Holly, pour accepter la mort de Lena avec dix-neuf ans de retard et pour fleurir sa tombe.

— Si seulement je trouvais un moyen de lui expliquer. Si seulement il m'en donnait la possibilité...

— Il est ici, lui annonça Holly, se levant à nouveau.

La peur qui s'empara du vieil homme fit paraître son visage encore plus émacié qu'auparavant.

— Ici ?

Tout ce que la jeune femme parvint à répondre fut :

— Il est venu pour vous offrir cette chance. Vous voulez que je vous conduise auprès de lui ?

▼▲▼

Dans le ciel, les oiseaux noirs se regroupaient. Huit d'entre eux s'étaient déjà rassemblés au-dessus de Jim, décrivaient des cercles.

Une fois, par un minuit lugubre, tandis que je m'appesantissais, faible et fatigué, sur maint curieux et bizarre volume de savoir oublié, tandis que je dodelinais la tête, somnolant presque, soudain se fit un heurt, comme de quelqu'un frappant doucement, frappant à la porte de ma chambre...

A l'adresse des volatiles, Jim murmura :

— « Le corbeau dit : *plus jamais.* »

Il entendit des pas et un léger grincement rythmique, tel celui d'une roue qui tournait, tournait. En relevant les yeux, il vit Holly qui poussait le fauteuil roulant de son grand-père dans l'allée, vers le banc.

Dix-huit ans s'étaient écoulés depuis son départ pour l'université, et durant tout ce temps il n'avait revu Henry qu'une seule fois. Au début, il y avait eu quelques coups de fil, mais Jim avait bien vite cessé d'en donner et avait fini par ne plus en accepter. Lorsque des lettres arrivaient, il les jetait sans les ouvrir. Il se rappelait tout cela, maintenant — et commençait à se rappeler pourquoi.

Il voulut se lever. Ses jambes refusèrent de le porter. Il demeura sur le banc.

▼▲▼

Holly arrêta le fauteuil roulant en face de Jim puis s'assit auprès de lui.

— Comment ça va ?

Il hocha la tête, machinalement. Plutôt que de regarder son grand-père, il leva les yeux vers les oiseaux qui volaient toujours en cercle sous les nuages cendrés.

Le vieil homme était lui aussi incapable de regarder Jim. Il étudiait intensement les parterres de fleurs, comme s'il avait été pris d'une soudaine envie de sortir pour jeter un coup d'œil aux plantes, et rien de plus.

Holly savait que les choses n'allaient pas être simples. Elle éprouvait de la sympathie pour les deux hommes et désirait faire de son mieux pour les réunir.

Mais il lui fallait tout d'abord démêler l'écheveau du dernier mensonge que lui avait raconté Jim et que, consciemment ou non, il avait lui-même réussi à croire.

— Ce n'était pas un accident de voiture, chéri, commença-t-elle, lui posant la main sur le genou. Ça ne s'est pas passé comme ça.

Jim lui lança un coup d'œil nerveux et attendit qu'elle poursuivît. Elle lut sur son visage qu'il désirait connaître la vérité mais craignait de l'entendre.

— C'est arrivé dans un restaurant...

Jim secoua lentement la tête.

— ... à Atlanta, Géorgie...

Il secouait toujours la tête mais ses yeux s'agrandissaient.

— ... tu étais avec eux...

Il cessa de nier. Une expression terrible marqua ses traits.

— ... c'était un endroit appelé le Dixie Duck, acheva-t-elle.

Lorsque le souvenir le percuta avec la puissance d'un bélier, il se pencha en avant comme pour vomir les poings serrés sur les genoux et le visage contracté sous l'effet de la douleur. Il émit de petits sons inarticulés qui dépassaient le chagrin et l'horreur.

La jeune femme passa un bras autour de ses épaules courbées.

— Oh, mon Dieu, lâcha Henry en la regardant. (Il découvrait à quelles extrémités en était arrivé son petit-fils pour occulter la vérité.) Oh, mon Dieu.

Tandis que les hoquets de douleur de Jim se changeaient en sanglots tranquilles, le vieillard contempla à nouveau les fleurs, puis ses mains décharnées, ses chaussures sur le marchepied incliné du fauteuil, tout ce qu'il pouvait contempler pour éviter les yeux de Jim et d'Holly. Enfin, il rencontra à nouveau ceux de la jeune femme.

— Il a suivi une thérapie, expliqua-t-il, tentant de toutes ses forces de repousser son sentiment de culpabilité. Nous savions qu'il pourrait en avoir besoin. Nous l'avons emmené chez un psychiatre de Santa Barbara. Plusieurs fois. Nous avons fait ce que nous avons pu. Mais le psychiatre — il s'appelait Hemphill — a dit que Jim allait très bien. Au bout de seulement six séances, il a dit qu'il n'y avait plus de raison de le ramener.

— Comment aurait-il pu savoir ? soupira Holly. Qu'est-ce qu'il aurait pu faire alors qu'il ne le connaissait pas vraiment, qu'il ne l'aimait pas ?

Bien qu'elle n'eût pas voulu l'accabler par ce commentaire, Henry chancela comme si elle l'avait frappé.

— Non, enchaîna-t-elle très vite, espérant qu'il la croirait. Ce que je voulais dire, c'est qu'il n'est guère étonnant que je sois allée plus loin que ce Hemphill n'aurait jamais pu le faire. C'est parce que je l'aime. C'est la seule chose qui puisse conduire à la guérison. (Elle caressa les cheveux de Jim.) Tu n'aurais pas pu les sauver, chéri. Tu n'étais pas assez puissant, à l'époque, pas autant que maintenant. Tu as eu de la chance de t'en tirer. Crois-moi. Écoute-moi et crois-moi.

Un instant, ils demeurèrent muets, souffrant tous les trois en silence.

La jeune femme remarqua que d'autres oiseaux noirs s'étaient rassemblés dans le ciel. Une douzaine peut-être, à présent. Elle ignorait comment son compagnon les attirait — et pourquoi — mais elle savait que c'était le cas et ils lui inspiraient des craintes croissantes.

Elle posa la main sur celle de Jim, pour l'aider à se détendre. Pourtant, bien qu'il cessât lentement de pleurer, ses poings demeurèrent aussi serrés que ceux d'une statue de pierre.

— Maintenant, dit-elle à Henry. C'est votre chance. Expliquez-lui pourquoi vous vous êtes détourné de lui, pourquoi vous lui avez fait.. ce que vous lui avez fait.

Le vieillard se racla la gorge, s'essuya nerveusement la bouche de sa main droite affaiblie, puis commença à parler sans les regarder ni l'un ni l'autre.

— Eh bien... il faut connaître... le contexte. Quelques mois après son retour d'Atlanta, il y a cette compagnie cinématographique qui est venue en ville pour tourner un film...

— *Le Moulin noir*, intervint Holly.

— Oui. Jim n'arrêtait pas de lire... (Henry s'interrompit, ferma les yeux comme pour rassembler ses forces. Lorsqu'il les rouvrit, il fixa la nuque de Jim et sembla prêt à affronter son regard si jamais il relevait la tête.) Tu n'arrêtais pas de lire, tu dévorais la bibliothèque étagère par étagère, et à cause du film, tu as lu le bouquin de Willott. Pendant un moment, c'est devenu... bon Dieu, je ne sais pas trop... je crois qu'on peut dire que c'était une obsession. Parler de ce livre, c'était la seule chose qui te faisait sortir de ta coquille, alors nous t'avons encouragé à aller assister au tournage. Tu te rappelles ? Au bout d'un moment, tu as commencé à nous dire qu'il y avait un extra-terrestre dans notre étang et dans notre moulin, comme dans le roman. Au début, on a cru que c'était un jeu.

Il marqua une pause.

Le silence s'étira.

Une vingtaine d'oiseaux dans le ciel, au-dessus d'eux.

Décrivant des cercles. Sans bruit.

— Et puis ça a commencé à vous inquiéter, dit Holly.

Le vieil homme passa une main tremblante sur son visage profondément ridé, non pas comme pour essayer de chasser sa lassitude mais comme s'il avait voulu se défaire du poids des ans, se rapprocher de cette époque envolée.

— Tu passais de plus en plus de temps dans le moulin, Jim. Parfois toute la journée. Et aussi la soirée. Il nous arrivait de nous lever au milieu de la nuit pour aller aux toilettes et de voir de la lumière là-bas, à trois ou quatre heures du matin. Et tu n'étais pas dans ta chambre.

Il s'interrompait de plus en plus fréquemment. Il n'était pas fatigué. Simplement, il répugnait à se replonger dans cette portion de passé depuis longtemps enterrée.

— Quand ça se produisait, nous allions au moulin pour te ramener, soit Lena, soit moi. Et tu nous parlais de l'Ami. Tu commençais à nous effrayer. Nous ne savions pas quoi faire... Alors je crois que... nous n'avons rien fait du tout. En tout cas, cette nuit-là... la nuit où elle est morte... il y avait un orage...

Holly se rappela le rêve :

... le vent se lève tandis qu'elle marche à grands pas sur l'allée de gravillons...

— ... et Lena ne m'a pas réveillé. Elle est sortie toute seule pour aller dans la pièce du haut...

... elle monte les marches calcaires...

— ... c'était un sacré orage, mais à l'époque, je pouvais dormir dans n'importe quelles conditions...

... la foudre tombe au moment où elle passe devant la fenêtre de l'escalier, et à travers le carreau, elle voit quelque chose dans l'étang, en contrebas...

— ... je suppose que tu étais en train de faire ce que tu faisais toujours quand on te trouvait là-bas la nuit. Tu lisais ce livre, à la lueur d'une chandelle...

... des sons inhumains qui proviennent d'en haut font battre son cœur plus vite et elle monte jusqu'à la pièce du haut, effrayée, mais curieuse et inquiète pour Jim...

— ... un roulement de tonnerre a fini par m'éveiller...

... elle atteint le sommet des marches et le voit debout, les poings serrés, une chandelle jaune dans une coupelle bleue sur le sol, un livre près de la chandelle...

— ... j'ai réalisé que Lena était partie. J'ai regardé par la fenêtre de la chambre et j'ai vu la lumière dans le moulin...

... l'enfant se tourne vers elle et s'écrie : *j'ai peur, aide-moi, le mur, le mur !...*

— ... et je n'ai pas pu en croire mes yeux parce que les ailes du moulin tournaient. Et même à l'époque, elles n'avaient pas tourné depuis dix ou quinze ans. Elles étaient coincées...

... elle voit une lumière ambrée au sein de la paroi, les nuances sales du pus et de la bile. Le calcaire se boursoufle et elle réalise que, même si c'est impossible, il y a quelque chose qui vit dans la pierre...

— ... mais elles tournaient comme des hélices d'avion, alors j'ai enfilé mon pantalon et je me suis précipité en bas...

... terrorisé, mais avec une exaltation perverse, le petit garçon s'exclame : *il arrive et personne ne peut l'arrêter !*

— ... j'ai pris une lampe et j'ai couru sous la pluie...

... la surface incurvée des blocs scellés se fend comme la membrane spongieuse d'un œuf d'insecte. Au sein d'une masse répugnante, là où il ne devrait y avoir que de la pierre, il y a la matérialisation de la rage que ressent l'enfant contre le monde et son injustice, sa haine de lui-même faite chair, son désir de mort qui vient de prendre une forme brutale et meurtrière, tellement solide qu'il s'agit d'une entité entièrement indépendante...

— ... je suis arrivé au moulin. Je n'arrivais pas à comprendre comment ces vieilles ailes pouvaient tourner, *flouch, flouch, flouch* !...

Le rêve d'Holly s'était arrêté là, mais son imagination ne lui faisait que trop aisément imaginer ce qui s'était produit ensuite. Horrifiée par l'Ennemi, stupéfaite de voir que les élucubrations de Jim au sujet des extra-terrestres dans le moulin étaient vraies, Lena avait titubé en arrière et était partie à la renverse dans l'escalier à vis, incapable de stopper sa chute puisqu'il n'y avait pas de rampe. Quelque part entre le sommet et la base, elle s'était rompu le cou.

— ... je suis entré dans le moulin... je l'ai trouvée au pied des marches, brisée, le cou tordu... morte.

Henry s'interrompit pour la première fois depuis un long moment et déglutit péniblement. Durant tout son récit de la nuit d'orage, il n'avait pas quitté des yeux la tête baissée de Jim. Il reprit, balbutiant moins, comme s'il jugeait vital de raconter le reste aussi distinctement que possible.

— J'ai monté les marches et je t'ai trouvé dans la pièce du haut, Jimmy. Tu te rappelles ? Tu étais assis près de la bougie et tu tenais le livre, tellement fort qu'on n'a pas pu te le prendre avant des heures. Tu ne voulais pas parler. (La voix du vieil homme vacilla.) Dieu me pardonne, mais je ne pouvais penser qu'à la mort de Lena, à ma chère Lena qui avait disparu, et tu avais été tellement bizarre toute l'année, tu l'étais encore à ce moment-là, avec ton livre, tu refusais de me parler. Je crois... je crois que je suis devenu un peu dingue. J'ai cru que tu l'avais poussée, Jimmy. J'ai cru que tu avais fait une... crise... et que, peut-être, tu l'avais poussée.

Comme s'il était désormais incapable de s'adresser à son petit-fils, il se retourna vers Holly.

— L'année après Atlanta, il s'était conduit de manière étrange... on ne le reconnaissait presque plus. Il était renfermé, comme je le disais, mais il y avait aussi de la rage en lui, une fureur qu'aucun enfant n'a jamais connue. Parfois, ça nous faisait peur. Il ne le montrait que quand il dormait... quand il rêvait... On l'entendait hurler et on allait jusqu'à sa chambre... Il donnait des coups de poing, des coups de pied dans le matelas et dans les oreillers, il griffait les draps. Il s'attaquait à quelque chose qui était à l'intérieur de ses rêves, et on était obligé de le réveiller.

Henry se tut et baissa les yeux sur sa main droite, à demi inerte sur ses genoux.

Sous celle d'Holly, le poing de Jim demeurait serré.

— Tu ne nous a jamais frappés, Lena ou moi, Jimmy, tu étais un bon garçon, tu ne nous a jamais causé ce genre d'ennui. Mais dans le moulin, cette nuit-là, je t'ai attrapé et je t'ai secoué, j'ai essayé de te faire avouer que tu l'avais poussée dans l'escalier. Je n'ai aucune excuse pour m'être conduit de cette manière... sauf que j'étais fou de douleur à cause de Jamie et de Cara, et maintenant à cause de Lena. Tout le monde mourait autour de moi, il ne restait plus que toi, et tu étais tellement bizarre, tellement replié sur toi-même que tu me faisais peur. Alors je me suis retourné contre toi au moment où j'aurais dû te prendre dans mes bras. Cette nuit-là, je me suis retourné contre toi... et je n'ai pas compris ce que j'avais fait avant bien des années... trop tard.

Les oiseaux décrivaient maintenant des cercles plus serrés. Juste au-dessus d'eux.

— Ne fais pas ça, murmura Holly à Jim. S'il te plaît, ne fais pas ça.

Jusqu'à ce qu'il réagît, elle ne pouvait savoir si ces révélations allaient lui faire du bien ou du mal. S'il ne s'était reproché la mort de sa grand-mère que parce qu'Henry avait instillé en lui la culpabilité, il s'en sortirait. S'il s'en voulait parce que Lena était venue dans la pièce du haut, avait vu l'Ennemi se matérialiser et, prise de terreur, avait roulé au bas de l'escalier, il pourrait aussi surmonter l'épreuve. Mais si l'Ennemi s'était arraché du mur et l'avait *poussée*...

— Durant les six années suivantes, jusqu'à ce que tu partes pour l'université, je t'ai traité comme un meurtrier, reprit Henry. Quand tu as été parti... eh bien, au bout d'un moment, j'ai commencé à voir les choses plus clairement, j'ai compris ce que j'avais fait. Tu n'avais personne vers qui te tourner. Ton père et ta mère étaient morts, ta grand-mère aussi. Tu allais en ville chercher des livres mais tu ne pouvais pas jouer avec les autres enfants parce que ce petit salaud de Zacca, Ned Zacca, n'arrêtait pas de te martyriser alors qu'il était deux fois plus grand que toi. Tu ne trouvais la paix que dans les livres. J'ai essayé de t'appeler, mais tu n'as pas voulu me parler. Je t'ai écrit, mais je crois que tu n'as jamais lu mes lettres.

Jim restait immobile.

— Il est enfin revenu quand j'ai eu mon attaque, dit le vieil homme à Holly. Il est resté assis près de moi pendant que j'étais au service des urgences. Je n'arrivais pas à parler correctement, je ne réussissais pas à dire ce que je voulais. Je ne trouvais pas mes mots et ce que je disais n'avait aucun sens...

— L'aphasie, approuva Holly. Une conséquence de l'attaque...

Henry acquiesça.

— Une fois — j'étais encore branché sur toutes ces machines —, j'ai essayé de lui dire ce que je savais depuis presque treize ans : qu'il n'était pas un assassin et que j'avais été cruel envers lui. (De nouvelles larmes emplirent ses yeux.) Mais quand c'est sorti, ce n'était pas ça du tout, ce n'était pas ce que je voulais dire, et il m'a mal compris. Il a cru que je l'avais traité de meurtrier et que j'avais peur de lui. Il est parti, et je ne l'ai plus revu avant aujourd'hui. Ça fait plus de quatre ans.

Jim gardait la tête baissée.

Les poings serrés.

Que s'était-il rappelé de cette nuit-là, de la partie de l'histoire que nul ne connaissait, hormis lui-même ?

Holly se leva, incapable de supporter l'attente. Elle resta debout, ne sachant où aller. Enfin, elle se rassit, reposa la main sur le poing de Jim.

Elle leva la tête.

Encore plus d'oiseaux. Peut-être une trentaine, maintenant.

— J'ai peur, dit simplement Jim.

— Après, il n'est plus jamais retourné au moulin, reprit Henry. Il n'a plus jamais parlé de l'Ami ni du roman de Willott. Au début, j'ai cru que c'était une bonne chose qu'il se détourne de cette obsession... il semblait moins bizarre. Mais ensuite, je me suis demandé... s'il n'avait pas perdu sa seule source de réconfort.

— J'ai peur de me rappeler, articula Jim.

Holly comprit ce qu'il voulait dire : il ne lui restait plus qu'un seul souvenir oublié. Sa grand-mère était-elle morte accidentellement ou bien l'Ennemi l'avait-il tuée ? Ou bien était-ce lui, sous la forme de l'Ennemi, qui l'avait tuée ?

Incapable de contempler plus longtemps la nuque de son compagnon, incapable de supporter la misérable expression de culpabilité et d'espoir fragile qui se lisait sur le visage d'Henry, elle jeta un nouveau coup d'œil aux oiseaux — et les vit fondre sur eux. Plus d'une trentaine, à présent, noirs couteaux tranchant le ciel gris, encore loin mais piquant droit vers la cour.

— Jim, non !

Henry leva la tête.

Son petit-fils l'imita, mais pas pour voir ce qui arrivait. Il *savait* ce qui arrivait. Il leva la tête comme pour offrir ses yeux aux becs acérés et aux serres furieuses.

Holly bondit sur ses pieds, s'offrant en cible à sa place.

— Pour l'amour de Dieu, Jim, fais face ! Rappelle-toi !

Elle entendait les cris des oiseaux qui plongeaient sur eux.

— Même si l'Ennemi l'a tuée, tu peux le surmonter, tu peux continuer à vivre ! cria-t-elle, attirant le visage de Jim contre sa poitrine pour le protéger.

Henry Ironheart poussa un cri de frayeur. Les oiseaux s'abattirent sur Holly, la frappant de leurs ailes et de leurs corps, puis s'en allant pour laisser la place à d'autres, encore plus nombreux, qui la frôlaient, la percutaient, tentaient de franchir le rempart qu'elle avait érigé devant le visage de Jim, devant les yeux de Jim.

Ils n'avaient encore utilisé contre elle ni leurs becs ni leurs serres, mais elle ignorait combien de temps ils l'épargneraient. Ils étaient l'Ennemi, après tout, qui se manifestait sous une forme totalement nouvelle, et l'Ennemi la détestait autant qu'il détestait Jim.

Les volatiles reprirent leur essor pour regagner le ciel, comme autant de feuilles mortes prises dans un violent courant ascendant.

Henry Ironheart était effrayé mais indemne.

— Allez-vous-en, lui enjoignit Holly.

— Non.

Il tendit une main suppliante à Jim, qui n'eut aucune réaction.

Lorsque Holly osa relever les yeux, elle comprit que les oiseaux n'en avaient pas fini. Ils ne s'étaient élevés qu'à la lisière des nuages déchiquetés, où une vingtaine de leurs semblables venaient de s'assembler. Ils étaient maintenant une cinquantaine ou une soixantaine, noirs et turbulents, rapides, affamés.

La jeune femme s'aperçut qu'il y avait des gens aux fenêtres et aux baies coulissantes qui donnaient dans la cour. Deux infirmières franchirent celle qu'elle-même avait empruntée en compagnie d'Henry pour aller retrouver Jim.

— N'approchez pas ! leur cria-t-elle, ignorant dans quelle mesure elles pourraient se trouver en danger.

La rage de Jim, quoique dirigée contre lui-même, et peut-être contre Dieu pour la simple raison que la mort existait, risquait de déborder et d'éclabousser des innocents. Le cri d'Holly dut effrayer les infirmières car elles reculèrent et demeurèrent dans l'encadrement de la porte.

Elle releva la tête. Les oiseaux arrivaient.

— Jim, plaida-t-elle, lui prenant le visage à deux mains, plongeant le regard dans ses superbes yeux bleus désormais réfrigérés par le feu glacial de la haine qu'il éprouvait contre lui-même. Plus qu'un pas. Plus qu'une seule chose à te rappeler.

Leurs visages n'étaient séparés que par quelques centimètres, mais elle avait le sentiment qu'il ne la voyait pas. Il semblait regarder à travers elle, comme il l'avait fait dans les Jardins de Tivoli, quand la créature fouisseuse s'était ruée vers eux.

Les oiseaux fondaient sur eux en poussant des cris démoniaques.

— Nom de Dieu, Jim, ce qui est arrivé à Lena ne vaut pas le coup de se suicider.

Le grondement des ailes qui battaient emplissait l'air. Holly attira la tête de son compagnon contre son corps et reprit un peu espoir en constatant que, comme la première fois, il ne l'empêchait pas de le protéger. Elle fit le dos rond et ferma les paupières aussi hermétiquement que possible.

Ils arrivèrent : plumes soyeuses; becs froids et lisses qui piquaient, sondaient, cherchaient ; serres qui griffaient doucement, puis moins doucement, mais qui ne versaient toujours pas le sang. Ils évoluaient autour d'elle comme des rats affamés, tourbillonnaient, plongeaient, battaient des ailes, se jetaient le long de son dos et de ses jambes, de ses cuisses, sur ses flancs, tentaient de s'insinuer entre sa poitrine et le visage de Jim qu'ils voulaient déchirer, perforer. Et les criaillements retentissaient toujours à ses oreilles, aussi aigus que ceux de femmes hystériques, exigences inarticulées trahissant leur soif de sang, de sang, de sang. Puis elle sentit une douleur aiguë dans son bras lorsque l'un d'eux déchira la manche de son chemisier et lui pinça la peau

— Non !

Ils s'élevèrent à nouveau dans les airs. Holly ne remarqua pas leur départ car les battements de son propre cœur et sa respiration haletante continuaient à résonner aussi fort que les ailes furieuses. Puis elle leva la tête, ouvrit les yeux, et vit qu'ils remontaient en spirale dans le ciel couvert pour rejoindre un nuage d'orage composé d'autres oiseaux, une masse de corps et d'ailes noirs. Deux cents, peut-être.

Elle jeta un coup d'œil vers le vieil homme, qui s'était recroquevillé dans son fauteuil durant l'attaque. Les volatiles lui avaient griffé un bras. Il se pencha à nouveau, tendit la main et prononça comme une supplique le nom de Jim.

Holly replongea son regard dans celui de son compagnon, assis en face d'elle sur le banc, mais il était toujours absent. Sans doute se trouvait-il dans le moulin, la nuit de l'orage, contemplant sa grand-mère une seconde avant la chute, figé à cet instant précis, incapable de faire avancer le film de ses souvenirs jusqu'à l'image suivante.

Les oiseaux revenaient.

Ils étaient encore loin, juste sous les nuages, mais tellement nombreux maintenant que le vacarme de leur vol se propageait sur une grande distance. Leurs hurlements étaient comme les voix des damnés.

— Tu peux prendre le chemin qu'a pris Larry Kakonis, Jim, tu peux te suicider. Moi, je n'ai pas le pouvoir de t'en empêcher. Mais si l'Ennemi ne veut plus de moi, s'il ne veut que toi, ne crois pas pour autant que je serai épargnée. Si tu meurs, Jim, je suis morte aussi, presque morte. Je ferai comme Larry Kakonis, je me tuerai, et si je ne peux pas t'avoir sur terre, j'irai rôtir en enfer avec toi !

Les innombrables fractions de l'Ennemi fondirent sur elle au moment où elle attirait pour la troisième fois le visage de Jim contre sa poitrine. Contrairement à ce qu'elle avait fait auparavant, elle ne protégea pas son propre visage ni ne ferma les yeux, mais demeura debout dans ce maelström d'ailes, de becs et de serres. Elle rendit leur regard à des dizaines de petits yeux luisants, très noirs, qui tournaient autour d'elle sans jamais cligner, aussi humides, aussi profonds que la nuit se réverbérant sur la mer, aussi impitoyables et cruels que l'univers lui-même, ou que ce qui rôdait dans le cœur de l'humanité. Elle savait qu'en observant ces yeux, elle observait une partie de Jim, sa portion la plus secrète et la plus sombre, qu'elle ne pouvait atteindre autrement, et elle prononça son nom. Elle ne cria pas, ne hurla pas, n'implora ni ne supplia, ne montra ni peur ni colère. Elle se contenta de murmurer son nom, encore et encore, en y mettant toute sa tendresse, tout son amour. Les oiseaux la frappaient avec tant de force que leurs rémiges claquaient. Ils ouvraient leurs becs crochus pour lui hurler au visage, tiraient sur ses vêtements et ses cheveux, menaçants, la frappaient de leurs becs mais ne la déchiraient pas, lui donnaient une dernière chance de s'enfuir. Ils tentaient de l'intimider du regard, un regard froid et insensible de bêtes de proie. Mais elle ne se laissait pas intimider, continuait à répéter le nom de Jim, à lui jurer qu'elle l'aimait, encore et encore, jusqu'à ce que...

... ils disparussent.

Ils ne remontèrent pas dans le ciel, contrairement aux fois précédentes. Ils s'évanouirent. L'instant d'avant, l'air était empli de leur masse et de leurs cris féroces ; l'instant d'après, ils avaient disparu comme s'ils n'avaient jamais existé.

Holly maintint encore Jim contre elle pendant quelques secondes puis le laissa aller. Son regard semblait toujours passer à travers elle. Il paraissait en transe.

— Jim, l'encouragea son grand-père, lui tendant à nouveau la main.

Après une hésitation, il se laissa glisser du banc et tomba à genoux devant le vieil homme. Il prit la main flétrie et l'embrassa.

— Grand-mère a vu l'Ennemi sortir du mur, dit-il sans regarder ni Holly ni Henry. C'était la première fois, la première fois que je le voyais, moi aussi. (Sa voix était lointaine, comme si une partie de lui-même se trouvait toujours dans le passé, revivant ce terrible moment, soulagée de comprendre qu'il n'y avait pas autant de raisons de le craindre qu'elle ne l'avait pensé.) Elle l'a vu, ça l'a terrifiée et elle a reculé, trébuché, elle est tombée.. (Il pressa la main du vieil homme contre sa joue.) Je ne l'ai pas tuée.

— Je le sais bien, dit Henry. Mon Dieu, je sais bien que tu ne l'as pas tuée.

Le grand-père de Jim leva vers Holly des yeux remplis d'un millier de questions concernant oiseaux, ennemis et choses dans les murs. Mais la jeune femme savait qu'il devrait attendre un autre jour pour obtenir des réponses, tout comme elle avait attendu — tout comme Jim avait attendu, lui aussi.

3

Durant la traversée des montagnes qui les emmenait vers Santa Barbara, Jim se laissa glisser au fond de son siège, les yeux fermés. Il semblait tombé dans un profond sommeil. Holly songea qu'il avait plus que quiconque besoin de dormir, car il n'avait quasiment pas connu de véritable repos depuis vingt-cinq ans.

Elle n'avait plus peur de le laisser dormir. Elle était certaine que l'Ennemi avait disparu, ainsi que l'Ami, et qu'une seule personnalité habitait désormais le corps de Jim. Les rêves n'étaient plus des seuils.

Pour le moment, elle ne voulait pas retourner au moulin, même s'ils y avaient laissé quelques affaires. Elle avait également assez vu New Svenborg et tout ce que cette ville représentait dans la vie de Jim. Elle voulait se réfugier dans un endroit neuf, où ni l'un ni l'autre n'étaient jamais allés et où il leur serait possible de se forger de nouvelles bases débarrassées de l'empreinte du passé.

Tandis qu'elle conduisait à travers cette terre aride, sous le ciel de cendres, elle rassembla les pièces du puzzle et examina l'image reconstituée :

... un petit garçon doué d'un pouvoir énorme, plus important que lui-même ne l'imagine, survit au massacre du Dixie Duck, mais il en sort avec l'âme brisée. Désespérant de se sentir à nouveau en accord avec lui-même, il emprunte l'idée d'Arthur Willott, utilise sa puissance pour créer l'Ami, qui personnifie ses aspirations les plus nobles, et l'Ami lui dit qu'il a une mission à accomplir.

Mais l'enfant est tellement rempli de rage et de désespoir que cet Ami ne suffit pas à le guérir. Il lui faut une troisième personnalité, dans laquelle il puisse projeter tous ses sentiments négatifs, toute la noirceur qu'il abrite en lui-même et qui l'effraie. Alors il crée l'Ennemi, enrichissant ainsi l'histoire de Willott. Seul dans le moulin à vent, il a d'exaltantes conversations avec l'Ami — et donne libre cours à sa rage grâce aux manifestations de l'Ennemi.

Jusqu'à ce qu'une nuit, Lena Ironheart arrive au mauvais moment. Effrayée, elle tombe à la renverse...

Choqué par ce qu'a fait l'Ennemi, par sa simple présence, Jim se force à oublier le fantasme, ses deux aspects, tout comme Jim Jamison a oublié sa rencontre avec l'extra-terrestre après avoir sauvé la vie du futur président des États-Unis. Pendant vingt-cinq ans, il maintient fermement un couvercle sur ces personnalités fragmentaires, refoulant à la fois ses plus grandes qualités et ses pires défauts, menant une vie relativement calme et terne car il n'ose puiser dans ses sentiments les plus profonds.

L'enseignement donne un sens à sa vie et, dans une certaine mesure, la rachète — jusqu'à ce que Larry Kakonis se suicide. Alors, à nouveau privé de tout but, sentant qu'il a été incapable de sauver son élève comme il avait été incapable de sauver ses parents et, plus encore, sa grand-mère, il éprouve le désir inconscient de vivre l'aventure courageuse et rédemptrice de Jim Jamison — ce qui signifie libérer l'Ami.

Et lorsqu'il le fait, il libère également l'Ennemi. Durant toutes ces années d'emprisonnement, sa rage n'a fait que croître, devenir plus noire, plus amère, d'une intensité totalement inhumaine. L'Ennemi est encore plus maléfique maintenant qu'il ne l'était il y a vingt-cinq ans. C'est une créature à l'apparence terrifiante et au comportement extraordinairement meurtrier...

Jim était donc semblable à toutes les victimes d'un syndrome de personnalités multiples. Hormis pour une chose. Une toute petite chose. Il ne créait pas d'autres identités humaines pour personnifier des aspects de lui-même mais des identités extra-terrestres — et il avait le pouvoir de leur donner corps. Il n'était pas comme Sally Field jouant Sybil, seize personnes en un seul corps. Il était trois êtres en trois corps différents, et l'un d'entre eux était un tueur.

Holly brancha le chauffage. Bien qu'il dût faire près de quarante degrés à l'extérieur, elle était gelée. La chaleur qui s'échappa du tableau de bord ne la réchauffa en rien.

▼▲▼

Lorsque Holly prit une chambre dans un motel de première catégorie, à Santa Barbara, l'horloge qui se trouvait derrière le bureau de la réception indiquait treize heures onze. Tandis que la jeune femme remplissait le registre et confiait sa carte de crédit à l'employé, Jim continuait à dormir dans la voiture.

De retour avec la clef, elle réussit à lui faire suffisamment reprendre conscience pour le sortir de la Ford et le faire marcher jusqu'à leur chambre. En proie à une stupeur totale, il gagna immédiatement le lit, où il se recroquevilla avant de sombrer à nouveau dans un sommeil profond.

Holly alla chercher des sodas allégés, de la glace et des barres au chocolat aux distributeurs près de la piscine.

Revenue dans la chambre, elle tira les rideaux, alluma une lampe et posa une serviette sur l'abat-jour pour tamiser la lumière.

Le pire était passé. Le fantasme s'était consumé et Jim avait plongé dans les eaux froides de la réalité.

Mais la jeune femme ne savait pas quelles en seraient les conséquences. Elle n'avait jamais connu son compagnon sans ses illusions et ignorait ce qu'il allait advenir de lui. Elle ignorait s'il serait plus optimiste ou plus sombre. S'il posséderait encore la même puissance surhumaine. Il était allé puiser cette force au plus profond de lui-même parce qu'il en avait besoin pour alimenter son fantasme et s'accrocher à une santé mentale précaire. Peut-être n'allait-il plus posséder que les dons qui étaient siens avant la mort de ses parents — faire léviter un moule à tarte, jouer mentalement à pile ou face. Et, pire que tout, elle ignorait s'il l'aimerait encore.

Lorsque arriva l'heure du dîner, il dormait toujours.

Holly sortit acheter d'autres barres au chocolat. Une entorse de plus à son régime. Si elle ne se retenait pas, elle finirait vraiment aussi grosse que sa mère.

Jim dormait encore à vingt-deux heures. A vingt-trois heures. A minuit.

Elle se demanda un instant si elle devait le réveiller. Puis elle comprit qu'il se trouvait dans une chrysalide, qu'il s'apprêtait à quitter son ancienne vie pour en découvrir une nouvelle. Les chenilles ont besoin de temps pour devenir papillons. C'était du moins ce qu'elle espérait.

Entre minuit et une heure du matin, Holly s'endormit dans son fauteuil. Elle ne rêva pas.

Ce fut lui qui la réveilla.

Elle observa ses yeux magnifiques qui, dans la lueur tamisée de la lampe, n'étaient pas froids mais toujours mystérieux.

Il était penché au-dessus d'elle, la secouant doucement

— Réveille-toi, Holly, il faut qu'on parte.

Elle chassa instantanément le sommeil et se redressa

— Pour aller où ?

— Scanton, Pennsylvanie.

— Pourquoi ?

Il saisit une des barres au chocolat qu'elle n'avait pas mangées, en ôta le papier et en prit une bouchée.

— Demain après-midi, à trois heures et demie, un chauffeur de car inconscient va essayer de faire la course avec un train, à un endroit où la route coupe la voie ferrée. Si on n'arrive pas à temps, il y a vingt-six gamins qui vont mourir.

— Et tu sais tout ça ? interrogea-t-elle en se levant. L'ensemble, pas seulement une partie ?

— Bien sûr, répondit-il, la bouche pleine. (Il sourit.) Je sais tout. Je ne suis pas voyant pour rien !

Elle lui rendit son sourire.

— On va devenir quelque chose d'extraordinaire, Holly, continua-t-il, enthousiaste. Superman ? Pourquoi diable perdait-il tout ce temps à travailler pour un journal alors qu'il aurait pu faire du bien ?

— Je me le suis toujours demandé, approuva la jeune femme, d'une voix où perçaient son soulagement et son amour.

Il lui donna un baiser au goût de chocolat.

— Le monde n'a encore jamais rien connu qui nous ressemble, chérie. Bien sûr, il va falloir que tu apprennes les arts martiaux, le maniement des armes et deux ou trois autres choses. Mais tu seras bonne élève, j'en suis persuadé.

Elle se jeta à son cou et le serra contre elle avec force, saisie d'une joie sans mélange.

Enfin, sa vie avait un sens.

Table

Achevé d'imprimer en juillet 1996
sur les presses de l'Imprimerie Bussière
à Saint-Amand (Cher)

POCKET - 12, avenue d'Italie - 75627 Paris Cedex 13
Tél. : 44-16-05-00

— N° d'imp. 1587. —
Dépôt légal : février 1995.

Imprimé en France